孺子帝 3

重返权力巅峰

冰临神下 ◎著

北京联合出版公司
Beijing United Publishing Co.,Ltd.

图书在版编目（CIP）数据

孺子帝.3 / 冰临神下著. — 北京：北京联合出版
公司，2018.6
ISBN 978-7-5596-2011-8

Ⅰ.①孺… Ⅱ.①冰… Ⅲ.①长篇小说—中国—当代
Ⅳ.①I247.5

中国版本图书馆CIP数据核字（2018）第082966号

孺子帝.3

作　　者：冰临神下
选题策划：北京磨铁图书有限公司
责任编辑：昝亚会　夏应鹏
装帧设计：Violet　刘珍珍

北京联合出版公司出版
（北京市西城区德外大街83号楼9层　100088）
北京嘉业印刷厂印刷　新华书店经销
字数426千字　700毫米×980毫米　1/16　印张24
2018年6月第1版　2018年6月第1次印刷

ISBN 978-7-5596-2011-8
定价：42.00元

目 录

重返权力巅峰

重返权力巅峰

第一章

雪林

孟娥小声说:"藏起来。"

韩孺子看了看,庙很小,实在没什么地方可藏,只有半扇门板还坚守在原处,他转到门后,贴墙站立。

对于如何夺回帝位,他心里有一个完整的计划,可他做不到料事如神,更没法将每一步都计算得妥妥当当,破庙、士兵等都不在他的预想之内,只能走一步算一步。

京城里没人认识男装的孟娥,或许她真能将来者打发走。

孟娥退后几步,正好能看到门后的韩孺子,而走到她对面的人即使转身也只能看到破旧的门板。

马蹄声从门前经过,韩孺子刚有一点放心,突然想起,外面还有三匹驿马,来者不可能没注意到。

马蹄声迅速减弱,十余名士兵下马,踩着雪走来,韩孺子隔着门缝看到有一道身影闪进来。

"你是什么人?从哪儿来的?到哪儿去?"来者问道。

"我是神雄关士兵,去往京城送信。"孟娥回答,就连韩孺子也听不出这是一名女子。

"你一个人?"

"嗯。"

"外面怎么有三匹马?"

杜穿云步行去查看地形,三匹马都留在了庙外。孟娥道:"换着骑。"

来者沉默了一小会儿:"一个人带三匹马,你送的是急信喽?"

"嗯。"

"离天黑还有一会儿,你不急着赶路,停在这儿干吗?"

解释了这个关键问题,或许能将来者劝走,韩孺子很想听听孟娥怎么说,结果却出乎他的意料，更是将那名军官吓了一跳。

孟娥寻思了一会儿，大概是想不出合适的理由，她撩开长袍衣襟，将刀拔出来。

"你……你想干吗？"军官立刻后退，身影挡住了门缝，也将自己的刀拔出来，庙外的士兵纷纷跑来支援。

原来孟娥最终的解决手段就是动刀，她站的位置很巧妙，外面的人顶多同时进来三人，无法将她围住。

身为一名武功高手，孟娥完全合格，韩孺子相信她甚至想好了计划，要将十余名士兵全部杀死，可是作为一名掩护者，她实在失败。

韩孺子不能再躲了，大步从门后走出来，伸手道："且慢动手。"

军官又吓一跳，几名士兵已经趁机进庙，呈扇形排列，个个手持腰刀，孟娥轻轻叹了口气，将刀收回鞘中，对她来说，最好的时机一瞬即逝。

官兵们稍稍放心，刀却没有收回，军官打量了几眼新冒出来的人："你是谁？"

"我们一起的，从神雄关出发，给京城送信。"

"你们……"

韩孺子不等对方问出口，直接回道："我们送的不是公文，是一封私信，没想到白桥镇会有南军的兄弟把守，一时弄不清是怎么回事，所以在庙中暂留。"

军官将刀垂下："给谁送私信？"

韩孺子面露难色："这个……是左察御史萧大人的私信。"

"给谁？"

"只说送到府中，别的事情我就不知道了。"

军官示意，庙里的五名士兵也将手中的刀垂下，但是仍不肯收回鞘中。

"既然是执行公务，你们紧张什么？过桥去吧，没人阻拦你们，南军驻守白桥镇，是为了提防周围的暴民，你们从神雄关一路赶来，遇见不少事吧？"

"唉，一言难尽，能安全走到这儿，全靠谨慎，还有几分运气，所以走到白桥镇，一看到人多，就有点害怕。"

"哈哈，官兵怕什么官兵啊？走吧，我送你们一程，就你们两位，没有第三位了？"

"还有一位在镇子里，待会儿能回来，我们在这儿等一会儿，就不劳动诸位兄弟了。"

军官似乎被说服了，收起刀，庙内、庙外的士兵也都收起兵器。

"既然这样，我们就不多事了。你们不用害怕，到了这儿已算是天子脚下，有南军镇守，保你们平安无事，只管赶路就是。"

韩孺子长嘘一口气，笑道："有你这句话，我就放心了，等同伴回来，我们立刻过桥，找家店住下，明天一早就能进京将信送到萧大人府中了。"

双方拱手，客气地告别，军官带人上马，沿着官道继续向前巡逻，但是有一名士兵掉转方向回白桥镇。

韩孺子目送士兵远去，转身对孟娥说："他不相信我。"

"嗯。"孟娥话不多。

"把长袍留下，马匹也留下，咱们去找杜穿云。"

孟娥也不多问，脱下长袍放在香案上，韩孺子去外面拿来两顶头盔，压住长袍，等到天色再黑一点，从外面望去，很像是两个人并肩而坐。

"走吧。呃，你能找到杜穿云吗？"韩孺子能出主意，但是对跟踪就不在行了。

孟娥点点头，带头出庙，向树林深处走去，两人都穿着轻便的皮甲，负担倒是不重。

林地难行，韩孺子看着身后的脚印，叹道："我要是会杜穿云的踏雪无痕就好了。"

杜穿云曾经在侯府里展示过踏雪无痕的轻功，虽然跑不出太远，可有时候还是挺有用的。

"我背你。"孟娥说。

韩孺子马上摇头："我只是随口说说，就算是杜穿云也会留下脚印。瞧，前面就是，反正很快天就要黑了……"

"你走得太慢，天黑以后我就没办法追踪了。"孟娥侧身。

韩孺子还是摇头，孟娥虽是男装，在他眼里却是再真实不过的女子："我加快脚步就是。"

孟娥扭头看着他，静静的目光里有一丝责备，好像在说，如此忸怩的一个人怎么能当皇帝？

"好吧。"韩孺子受不了这种监督似的目光，走到孟娥身后，伸手搭在她的肩上。

韩孺子的个头与孟娥差不多，体重也相差无几，孟娥双手一托，将他背起，小步向前跑去，既没有踏雪无痕，速度也不是很快，可是不久之后，孟娥显出了自己的本事，她在雪地中如履平地，地上虽留下脚印，却从来不会深陷进去，速度不快，却能一直保持，总能及时躲过横生的树枝。

阳光逐渐消退，杜穿云在地上留下的脚印时有时无，这时更难辨认了，孟娥却没有减速，她好像大致猜到了杜穿云前进的方向。

夜色降临，孟娥终于停下。韩孺子小声道："我可以下来了。"

孟娥却没有放他下来，从喉咙里发出几声奇怪的鸟叫，停顿片刻，换个方向又叫了几声，第四次之后，远处传来了回应。

"咦，你和小杜事先商量好的吗？"韩孺子很是惊讶，孟娥与杜穿云并不熟，从神雄关一路走来，直到第三天，杜穿云才认出她是一名女子，虽然没多问，但是与她说话更少了。

"江湖上的玩意儿，大家都会。"孟娥解释得很简单，背着韩孺子继续前进。

天色已黑，她的速度明显放慢，与行走无异，偶尔还会停下模仿鸟叫声，回应声越来越近。

一段距离之后，孟娥小声说："下来吧。"

韩孺子马上下来，"谢谢。"他说，知道孟娥这么做是不想让他在杜穿云面前丢脸。

两人一前一后，走出没多远，前方传来一个声音："敢问阁下是何方英雄？"

韩孺子微微一惊，那声音有些苍老，明显不是杜穿云，他不知该如何回答，孟娥突然退到他身边，顺手拔刀出鞘。

月上树梢，将雪地照出几分明亮，从附近的树后又走出两人，与对面的说话者正好呈三角之形，将两人包围。

终于，一个熟悉的声音说话了："别误会，我是杜穿云，你们是……镇北将军和陈通吗？"

"是我。"韩孺子马上回道。

孟娥收起刀。

三人跑过来，其中一人果然是杜穿云，最开始的说话者是他的爷爷杜摸天，还有一人韩孺子也认识，居然是厨子不要命。

"你们怎么找到这儿的？"

"你们是怎么遇到一块儿的？"

杜穿云与韩孺子同时发问。

韩孺子先回道："我们遇上官兵，支走之后就一路找来了。"

杜穿云道："我在河边找路，看到几串脚印比较奇怪，就一路跟踪，没想到碰到了爷爷，真是巧。"

杜摸天严肃地说："这可不是巧合，为了拦截倦侯，有一批江湖人一直在河边逡巡，我和不要命在这里已经观察他们三天了。"

杜摸天向韩孺子点下头，对重逢没有任何表示，转向孟娥，上下打量一眼："阁下叫陈通？"

"嗯。"

"阁下从何处学会的杜门口技？"

原来那种鸟叫声并非江湖上通行的技巧，而是杜门独有，孟娥沉默了一会儿："听过几次，就学会了。"

杜摸天一愣，随后笑道："阁下好本事，老杜行走江湖几十年，居然没听说过阁下大名，实在是孤陋寡闻。"

"江湖广大，偶尔有不认识的人也很正常。"

杜穿云凑近爷爷，小声提醒："爷爷，她是……"

杜摸天抬手制止孙子说下去，他是老江湖，心中疑惑再多，也知道适可而止，转向韩孺子，笑道："我们三人正在迎接倦侯，能在这里遇见，真是太好了。"

杜穿云也很高兴，他只觉得"陈通"有点怪异，却没多少疑问："走吧，爷爷和不要命找到一条路，能避开那些讨厌的江湖人。"

杜氏爷孙领路，韩孺子、孟娥紧跟，不要命殿后，见到倦侯之后，他一句话也没说过。

没有孟娥帮忙，韩孺子走路有些艰难，只能勉强跟上。

他们所在的位置离河不远，可是绕了一个大大的圈子，花了将近两个时辰才在一处偏僻的地方过河。

过河不久，不要命走到韩孺子身边，小声说："躲过南军就好，倦侯先不要进京，杨奉要见你一面。"

一觉醒来，天已大亮，韩孺子早已习惯居无定所，可在睁眼的一刹那，他还是悚然心惊，弄不清自己身处何方，腾地坐起来，片刻之后才完全清醒，心跳由狂暴逐渐恢复正常。

床边有一套整齐的新袍，韩孺子穿好之后走出房间。现在已经是下午，阳光照在白皑皑的雪地上，极为刺眼。韩孺子以手遮目，等了一会儿才适应过来。

五间屋子散落在河岸上，横七竖八，看不出任何规划，周围也没有院墙。韩孺子等人昨晚从下游很远的地方过河，绕行至此处，韩孺子当时没有注意附近的冻河，现在才觉得奇怪：走了这么久，居然仍停在河边，南军士兵想找到他岂不是轻而易举？

雪地铲出了一条小路，直通河边，韩孺子信步而行，远远地看见河床上有一名陌生老者正在垂钓。

韩孺子走过去，老者认真地盯着破开的冰窟窿，指了指身边的一根长竹竿，头也不回地说："帮帮忙。"

韩孺子拿起竹竿，在椭圆形的冰窟窿上轻轻捅了几下，浮冰尽碎，然后掉转竹竿，用另一头的网兜捞出冰碴。

老者对面有一张折凳，韩孺子坐上去，看了一会儿钓鱼，抬头打量老者，老者虽须发皆白，脸上的皮肤却很光滑，让人猜不出年龄。

老者突然起竿，另一只手抓住渔线，末端钩着一条尺余长的大鱼，鱼身摇摆，不是很激烈，在这样一个寒冷的季节里，连死亡都被冻得不那么可怕了。

老者将鱼扔进旁边的木桶里，笑道："你带来了好运气，今晚有鱼吃了，希望你能坚持一会儿。"

韩孺子的确有点饿了，还是笑道："受得了。敢问老丈尊姓大名？"

"我在钓鱼，就叫渔翁吧。"

对方不愿透露真实名姓，韩孺子也不强求，拱手道："多谢渔翁前辈收留我等，我的那些同伴呢？"

"有的走，有的留。"渔翁的话像是敷衍，又像是有所指，停顿片刻，他转移了话题，"你在冬天钓过鱼吗？"

"没有。"韩孺子从来没钓过鱼。

渔翁重新上饵："冰钓很有意思，从中能够领悟到一些道理。"

他没说道理是什么，韩孺子看了一会儿，忍不住道："耐心等候方有收获？"

老者笑道："你说的是条道理，我领悟到的是一定要多穿棉衣。"

韩孺子也笑了，外面的确很冷，还好风不是很大，他能受得了，可他不喜欢这种莫名其妙的谈话，等了一会儿，直接问道："据说有江湖人沿河巡视，他们找不到这里吗？"

"能，今天早晨来过一批。"渔翁将鱼竿放在架子上，抬头道，"但他们不会过河，这是约定，你现在非常安全。"

"约定？什么约定？"

渔翁没有回答，而是反问道："倦侯不关心京城都发生了什么事情吗？"

"关心，可我不认识你。"

"无妨，我随便说说，倦侯自己判断准确与否，也可以日后再做打听。"

韩孺子越来越觉得诡异，可杜摸天和不要命将他送到这里，显然对渔翁非常信任，他没必要非得刨根问底，于是道："有劳渔翁。"

"冠军侯最早回京，已经取得不少宗室子弟以及朝中大臣的支持，尤其是宰相殷无害。殷无害位极人臣，按理说应该无欲无求了，可他当年给前太子当过师父，对前太子被废耿耿于怀，因此一心想要将太子遗孤送上宝座，他的心情，倦侯可以理解吧？"

"嗯，理解。"

"太傅崔宏消息灵通，反应也很快，虽然本人没有回京，但是暗中布局已久，取得不少勋贵世家的支持，能与冠军侯、殷无害分庭抗礼。"

"崔太傅又要抛弃东海王了？"韩孺子问道，崔宏布局已久，东海王却一无所知，因为一次意外才被迫逃回京城，一点儿也不像是在与舅舅配合。

"崔太傅的真实想法没人知道，总之他一直与冠军侯保持联系，可东海王远道而归，他也很高兴，立刻派兵将外甥送入京城，既是保护安全，也是耀武扬威，让众人明白，帝位之争还没有结束。"

"皇宫里究竟发生了什么？"韩孺子对这件事最为关心。

渔翁盯着水面看了一会儿，确认没有鱼上钩之后，他说："皇帝得了重病，已是奄奄一息，随时都有可能驾崩。"

"什么病？"

"十位御医倒有十一种诊断，总之是种怪病，皇帝年纪轻轻，却吃不下去饭食，每餐必吐，如今已是骨瘦如柴，躺在床上，很久没起来了。"

韩孺子印象中的皇帝还是那个胖乎乎的八九岁孩子："太后呢？"

"太后也染上疾病，状况比皇帝要好些，时好时坏。"

"宫里已经两个月不肯批复任何奏章了吧，为什么？"

"皇帝久治不愈，太后明白，帝位争夺又要开始了，可是今非昔比，大楚内忧外患不断，她不能再从宗室子弟中随意选择年幼者继位了。所以，她想出一个办法。"

渔翁又看了一眼水面。

韩孺子有一种感觉，渔翁对太后比对冠军侯更熟悉。

"太后想出的办法就是诸子争位，强者登基，以挽救大楚江山。"

"嗯？"韩孺子吃了一惊。

"当然不能公开争位，那样的话太失体统，得由太后制定规矩，由她亲自监督，这就是为什么她一直不肯批复奏章，一是皇帝病重，她自己也不舒服；二是防止被人利用，奏章是大臣的武器，一不小心，就可能影响到朝堂格局，以致诸子争位时不够公平。"

韩孺子没能完全掩饰住心中的愤怒："朝廷迟迟没有旨意，边疆差点儿因此失守。"

"可朝廷一旦颁旨，倦侯很可能命丧塞外，再也回不来了。"

韩孺子微微一愣，的确，朝廷当初若是对匈奴人的到来立刻做出反应，所任命的大将绝不可能是镇北将军，有圣旨在，他也没机会夺印、夺权、夺兵。

"当然，太后并不是想要保住谁，只是不愿被人利用。如果匈奴大军真的攻到塞下，她也只能颁布旨意了。"

韩孺子轻轻摇头，宫中不知边疆危险，面对强敌居然如此儿戏。很快，他开始感到疑惑：这不像太后的为人，她最在乎的是权力，可她听政期间，颇受大臣好评，不像是胡作非为之人。

拒做批复、诸子争位，这都不像是太后的风格，韩孺子盯着渔翁："阁下究竟是什么人？"

"钓鱼者。"

"不不，你有名字，而且是我听说过的名字，你现在不愿意说，可我早晚会知道，何必隐瞒这一时呢？"

渔翁再次起竿，这回钓起的鱼个头小些，他仍然很满意，笑呵呵地将收获放入桶中，拿起带网的竹竿，将冰窟窿上的一层浮冰敲碎、捞出来，然后上饵，继续垂钓。

"我用过的名字太多，有时候不知道该用哪一个才好。"

韩孺子腾地站起身："阁下是淳于枭？"

渔翁点点头："这的确是我用过的名字，倦侯喜欢，我就叫淳于枭吧。"

韩孺子惊讶万分，盯着老者看了好一会儿，这就是淳于枭，望气者的首领？他不应该一露面就遭抓捕，甚至立即斩首吗？

韩孺子慢慢坐下："你劝服了太后？"

他终于明白那些稀奇古怪的主意是谁想出来的，只是还没有明白，太后怎么会被一名望气者说服。

"是太后自己想明白了，她需要我们这样的人。"

据说淳于枭已经是太监，可他颔下的胡须垂到胸口，还很茂盛。据说淳于枭左眉中有一颗红痣，韩孺子却没看到，只有身材高大、须发皆白这两项与传言完全符合，他的事情总是真真假假。

"望气者已经有能力干涉帝位继承了，恭喜。"

"顺势而为，这只是顺势而为。倦侯不关心争位的规矩吗？再晚回来几天，倦侯就将失去这次机会，所以你很幸运，但是与冠军侯、东海王相比，你现在的确不占优势。"

这就是夫人崔小君接连催促他回京的原因，她大概了解到宫内的一些内情。

韩孺子从小到大受过不少羞辱，没有哪一次像现在这样令他恼怒，可他笑了："抱歉，请淳于先生继续。"

"没关系，只要还有鱼肯上钩，就不算浪费时间。"淳于枭将鱼竿在架子上摆好，"规则倒也简单，第一，京畿之内不准动武。"

"崔太傅不是派军队将东海王送入京城了吗？"

"只是一支小小的军队，不到三百人，而且我说过，那是耀武扬威，不算动武。"

"嗯，我明白。"

淳于枭笑了笑："第二，也是最重要的规则，争位者可以使用武力以外的一切手段去争取朝中大臣的支持，最后，谁的支持者最多，谁就是下一位皇帝，公平吧？"

韩孺子问道："这个'最后'，是指什么时候？"

"难说，总不能当今圣上还活着，就选出新帝，对吧？"

韩孺子突然间不想跟淳于枭交谈了，他甚至连此人到底是不是真正的淳于枭都不能肯定，可这名望气者的本事，明显比林坤山高出一大截。

韩孺子再次起身，也不告辞，大步向岸上走去。

"倦侯，不要浪费你的运气！"淳于枭大声说。

韩孺子仍不接话，他想找到孟娥，立刻离开这里。他不明白，为什么孟娥也信任望气者，将他一个人留下。

远处驶来一匹马，韩孺子望了一会儿，心中稍安。

杨奉如约而至，就他一个人。不久之后，他来到韩孺子面前，跳下马，带来一股寒气，韩孺子不自觉地打了一个冷战。

"这是怎么回事？"韩孺子问，觉得自己不用多做解释，杨奉就能明白他的全部意思。

"太后疯了。"杨奉说。

屋子里香烟缭绕，大楚皇太后威严地说："跪下。"

年轻男子立刻依言跪下。

太后前行两步，伸出手臂，指尖离架子上的旧衣裳只有两三寸远，触手可及，却像是碰到了不可见的障碍，停在那里："这就是太祖衣冠。"太后语气略缓，带有一丝痴迷，"人死了，鬼魂仍在，帝王升天之后则将成仙成神，无时无刻不在照看后代子孙，等你升天之后，也将位列众神，而我……而我在天上只是一名卑微的仆人。"

"太后母仪天下，即使在天上也会与历代帝王并列为神。"年轻男子小心地回答。

"你不明白，太后是可以被废掉的，只要……只要皇帝一句话……"太后脸上的威严消失了，换之以惊恐不安，她的目光转向衣冠架上的宝剑，突然间不寒而栗，缓步退后，垂下手臂，跪在另一个蒲团上，低声祈祷了一会儿。

太后扭头看向年轻男子："到了天上，你会站在母后一边吗？"

"当然。"

太后脸上露出欣喜与怜爱的神情："我就知道能够依靠你，我所做的一切……一切都是为了你……你的父皇……不，不说他，你只要记得，升天之后要为我辩解，你是皇帝，你将成神，你说的话没人能够反驳，就算是其他帝王，就算是你的父皇，也不能反驳。"

"当然。"跪在旁边的年轻男子尽量少说话。

太后站起身，神情又变得威严："很快你就要亲政了，掌握帝工之术了吗？"

"尚需太后多多教诲。"

"嗯，跟我来，不要打扰太祖。"

年轻男子起身，跟随太后走出衣冠室。

外面的庭院里站着两名女子，太后盯着她们看了一会儿，脸上显出几分怒容，却又无可奈何："桓帝如愿了，他的女人都在这里，他还能说我善妒心狠吗？"

"太后贞淑娴静，为天下女子之楷模，纵然桓帝重生，也说不出一个'不'字。"崔太妃微笑道。

"妖气，你们身上有妖气。"太后指着两名女子，"就站在这里，不准乱走乱动，让太祖压压妖气。"

"是，太后。"两人同时恭敬地回道。

太后带着年轻男子走进偏殿，那是一间小屋子，平时可供来者休息，如今成为临时教室。

年轻男子看了看两女，不太情愿地跟在太后身后进入偏殿。

王美人小声道："你何必多说那一句？她虽然有点糊涂，可是能听出你的讥讽。"

崔太妃微微一笑："那又能怎样？她把我接进宫，不就是为了在先帝面前求一个心安理得吗？她早就知道我是这样的性格，我又何必假装呢？"

崔太妃收起笑容："太后的心已经坏掉了，即使人疯了，也还是一肚子坏水，居然让我跟你站在一起，她这是故意的，自作聪明，不只骗人，还要骗鬼。"

王美人是丫鬟出身，并不将崔太妃的话放在心上："别忘了，咱们就是要用太后骗人骗鬼骗神。"

崔太妃盯着王美人，突然笑靥如花："妹妹说得对，大楚江山握在这个疯女人手里，咱们得保证能平稳过渡给真正的大楚皇帝。"

偏殿门开，年轻男子匆匆走出来，左右看了看，来到崔太妃和王美人身前，低声道："你们知不知道，我现在所做的每一件事都是要被抄家灭族的死罪？"

王美人没吱声。崔太妃笑道："上官盛，太后是你的姑母，迎合她、为她治病，是你做晚辈的一份孝心，何来死罪之说？"

"我在冒充思帝！"上官盛大为恼怒，声音变得尖细，却不敢提高，害怕被太后听到。

王美人道："不对，你没有冒充思帝，从头到脚你都是皇宫宿卫的装扮，没自称'朕'、没碰过宝玺，怎么算是冒充呢？你只是……跟那间屋子里的衣冠一样，太后在衣冠里感受到了太祖，在你身上看到了思帝，这不叫冒充……"

"你是另一副衣冠，上官盛，最后你会有衣冠的功劳和衣冠的待遇。"崔太妃抢着说道。

崔太妃的话里总是带着一分讥讽，上官盛面色微沉："我可是扛着身家性命配合你们。"

"无论我们两人谁的儿子日后登基，都会记得上官家的功劳，不管怎么说，咱们都属于桓帝一系，是自家人，一荣俱荣，一损俱损，冠军侯不是。"崔太妃说。

上官盛当然明白这个道理，抱怨几句之后，还是得继续充当"衣冠"，转身回到偏殿里。

崔太妃看着上官盛的背影："上官家的聪明才智都长在太后一个人身上了？"

王美人保持沉默，所谓言多必失，她不愿无谓地讥讽任何人。

但是在崔太妃面前，言少也是一种过失，她露出一丝不屑的神情："轮也该轮到我儿子了。"

偏殿里，太后端坐，严肃地问道："斥责过那两个贱人了？"

"是，太后，狠狠地斥责了。"上官盛顺着说道。

"嗯，记住了，这也是帝王之术，提拔一个人的时候，一定要打压他，让他惶惑不安、让他感恩戴德、让他明白自己的地位，就是不能让他骄傲，臣子的骄傲会腐蚀皇帝的权力。"

"记住了。"上官盛说，心里却在纳闷，太后究竟疯到了什么程度，自己比思帝年长几岁，容貌也不怎么相似，居然会被太后当成亲生儿子，实在是匪夷所思。

在太后眼里，这些明显的破绽一个都不存在，她继续道："帝王得学会分门别类，万不可将臣子看成同一伙人，帝王的权力能够无中生有：你将不同派别的人当成同一伙人，这些人即使彼此间有深仇大恨，早晚也会如你所'看'，变成盟友；反之，只要你坚持将同一伙人当成不同派别，他们早晚也会分崩离析。"

上官盛点头。

太后说到了兴头上，眼中更是只有思帝一个人："勋贵是同一种人，对皇帝来说却有亲疏远近，这就是分门别类；军队是同一种人，所以要分成南军、北军、边军、宿卫军……"

太后突然停下，像是想起一件特别重要的事情，呆了片刻，她突然用极其严厉的语气问："宿卫军扩充得怎么样了？"

就这一句话，上官盛扑通跪下，冷汗直流，前一任宿卫中郎将是他的伯父上官虚，随大将军韩星前往边疆，一直未归，不久之后，上官盛继任此职，半年来只做一件事，淘汰冗员，充实精兵。

上官盛做得不错，可太后突然问起，让他一下子想起自己的真实身份，以为太后清醒过来，那可是一场灾难，就算他是太后的外甥，也难逃一死。

太后却露出微笑："我儿无须害怕，我已布置得妥妥当当，少则一年，多则三年，新的宿卫军就能成形，不仅能够守卫皇宫，还能保护整座京城，南、北军在边疆一时半会儿回不来，即使匈奴人被消灭，还有各地暴乱，让他们逐郡清剿吧。然后我会重赏南、北军将领，让他们都当大官，驻扎在不同的地方，互相竞争、互相提防。到时候，新宿卫军可不战而胜，保大楚江山至少三十年平安无事。"

"是。"上官盛颤声回道，没敢说南军已经回到京畿界外，北军正在南归。

"还有大臣，大臣最麻烦，军队的威胁摆在明面上，你只要小心一些，别将兵权过于集中在某人或者某部司手中，总能解决，大臣擅长的却是拐弯抹角、以柔克刚，对他们分门别类的时候，不能太简单。他们太聪明，也太狡猾，有时候会故意分成几个派别，在皇帝面前假装竞争，最后却总能双方受益，损失的只是皇帝。"

太后陷入沉思，上官盛跪在地上不敢吱声。

"臣子的骄傲是对皇帝的威胁，可大臣的骄傲根深蒂固，所以，对付大臣最好的办法就是将他们的骄傲用在彼此身上，让他们打从心眼儿里瞧不起对方：官瞧不起吏，科考之官瞧不起荫袭之官，三朝元老瞧不起本朝重臣，文官瞧不起武将，老人瞧不起年轻人……还有什么？"

上官盛无言以对，正好门外传来王美人的声音："老神仙来了。"

太后面露喜色："快请。"然后对上官盛道，"你年纪还小，不适合见神仙，先退下，明天我继续教你帝王之术。"

"是，太后。"上官盛起身，退出偏殿，恨不得拔腿就跑，却没有这个胆子，强作镇定，目光故意避开崔太妃和王美人，匆匆走出院子，在外面与一队宿卫士兵会合，心中稍安。

须发皓白的老神仙就站在院门外，上官盛恭恭敬敬地行礼，低声说："老神仙可以进去了。"

　　老神仙微笑着点头，迈步进入院子，向崔太妃、王美人拱手致意。

　　"老神仙见到他了？"王美人掩饰不住心中的激动。

　　淳于枭道："倦侯平安进入京畿界内。"

　　王美人长舒一口气。

　　崔太妃笑道："这回人都齐了，争位可以开始了吧？老神仙，您有把握说服太后吗？她连当今圣上都不承认，还以为……思帝在位呢。"

　　淳于枭指向天空："凡人做不到的事情，天上的神仙能。"

　　"您就是神仙，降凡的神仙。"崔太妃道。

　　淳于枭呵呵一笑，迈步进入偏殿。

　　崔太妃冷冷地对王美人说："你的儿子能应付这种人吗？大楚需要一位真皇帝，不是傀儡。"

　　王美人默不作声，想到儿子离自己不远，满心激动。

第二章

杨奉的选择

"太后疯了？"韩孺子大吃一惊，"这……这……杨公见过太后？"

"还没有，我现在不能随便进宫，但是我有消息来源。"杨奉顿了一下，身上散发出来的寒气没有那么猛烈了，"很高兴看到你回来，我一度以为你会受不了诱惑留在神雄关。"

"诱惑？什么诱惑？"韩孺子没听明白。

"枭雄，留在神雄关，你有机会当枭雄，却会失去称帝的机会。"一见面，杨奉就以师父的语气说话，而且不厌其烦地加以解释，"可枭雄需要坚实的基础，你得花费至少五年以上的时间与军中将士培养交情，还得用更长的时间一步步控制神雄关周围的郡县，保证以后的粮草充足，否则的话，今天看上去最支持你的人，明天很可能会背叛你。"

"我明白。"韩孺子说，这是他第一次觉得杨奉没说出什么，就像是回味已久的儿时的一道菜，终于有机会再度品尝，表面上一切都没变，味道却很寡淡，"我回来了，杨公……有什么打算？"

有一个至关重要的问题摆在两人面前：北军长史到底辅佐谁，倦侯还是冠军侯？

杨奉回避了这个问题："接待你的是哪一位望气者？"

"淳于枭。"

"他本人？"杨奉露出明显的惊讶。

"嗯，他是这么自称的。"韩孺子转身指向河床，由于他所在的位置较高，看不到垂钓的老者身影。

杨奉大步走去，韩孺子跟在他身后，河就在眼前，冰窟窿、钓竿、木桶俱在，就是人消失了。

"刚刚还在。"韩孺子疑惑地说，淳于枭肯定没有进屋，或许是顺着河道离开了，速度够快的。

"他说他叫淳于枭？"杨奉问道。

"嗯。"

"亲口说的？"

"当然。"韩孺子不明白杨奉为何不相信他。

杨奉对这件事却越来越感兴趣："仔细回想一下，当时他是怎么说的？"

韩孺子不是特别高兴，但还是努力回忆道："我们聊了一会儿，我觉得他很奇怪，对宫里的事情知道得太多，于是就问他究竟叫什么。他开始自称渔翁、钓鱼者，后来又说他用过的名字太多，于是……"

韩孺子突然明白自己犯的错误是什么了，心中微惊，收起语气中的那一点不耐烦，继续道："我说'阁下是淳于枭？'他说'这的确是我用过的名字，倦侯喜欢，我就叫淳于枭吧。'"

"所以，是你先说出'淳于枭'这个名字的？"

韩孺子点点头，突然有些脸红，就在他自以为成熟，不需要杨奉指点的时候，他却犯了一个简单而愚蠢的错误："是我自己给出了答案，望气者顺势而为，我……"

"与望气者交谈一定要小心，他们的手段各不相同，有的口吐莲花，有的沉静少言，有的故弄玄虚，有的装傻充愣，目的只有一个，让你相信他。"

"是，我记住了。"韩孺子恭谨地说，"可他说太后要让诸子争位……"

"这是真的，所以我说太后疯了，争位肯定是望气者的主意，太后竟然同意了。"

"我更奇怪冠军侯为什么会同意，他不是已经得到宰相与群臣的支持了吗？"

"因为太后掌握着宿卫军和广华群虎，这段日子里，太后并没有闲着，宿卫八营已经扩充至五万多人，京畿周边随时能够再召集五万将士，足以拱卫京城。崔宏的南军正是因此不敢踏入京城半步，冠军侯也不愿得罪太后，何况争位的规则对他十分有利。"

谁争取到的大臣数量最多，谁就是下一位皇帝，冠军侯先行一步，当然觉得自己胜券在握。

"杨公是代表冠军侯来的？"韩孺子问道。

杨奉点头："我来有两个目的，一个是观察倦侯的情况。"

"我独自回京，身边只有孟娥与杜穿云两人，杜摸天和不要命接我渡河，但他们应该是你的人。"

"他们现在为倦侯夫人做事。"杨奉点下头，表示自己观察得够多了，"第二个目的，是给倦侯带句话，冠军侯希望倦侯不要参与争位，等他登基之后，会封倦侯为王，给你一生的荣华富贵，这是天子的许诺，绝不会食言。"

"他都已经胜券在握了，还担心我的竞争？"

"冠军侯希望自己的登基是天命所归，没有任何争议。"

"他给东海王什么条件？"

"为王一方，永不朝请。"

韩孺子想了一会儿："冠军侯真的很大方。"

"嗯，冠军侯和朝中大臣都不希望用武力解决帝位之争，他还向崔太傅许诺，娶崔家的女儿为妻，登基之后立其为后。"

当韩孺子还是皇帝的时候，也娶了崔家的一位女儿："我记得冠军侯已经娶妻，连儿子都有了。"

"这不重要，冠军侯与崔太傅各有所需，联姻对双方都有好处。"

"崔太傅同意了？"

"起码他没有拒绝。"

"北军呢？冠军侯不停地催促北军与匈奴人决战，那是他的军队，他不要了吗？"

"这里有一些私人恩怨。"

韩孺子简直不敢相信自己的耳朵，正在争位的关键时刻，冠军侯居然为了一些私人恩怨而抛弃整支军队："多大的恩怨能让冠军侯自断其臂？"

"我不是很了解。倦侯的回答呢？"

韩孺子向前走出几步，转身道："请转告冠军侯，他不在意北军，北军将士却记得他。此时此刻，若无意外的话，八万北军正由神雄关南归返京，意欲救主。"

见面之后，杨奉第一次显出几分意外："冠军侯并不需要北军返京……"

"我知道，冠军侯知道，北军将士不知道，这就是我的回答，起码我也没有'拒绝'。"

"好。"杨奉难得地笑了一下，转身走向自己的坐骑，翻身上马，张嘴似乎想说什么，最后却只是喊了一声"驾"，策马离去。

韩孺子向屋子走去，孟娥、杜穿云、杜摸天、不要命四人正好也从各自的房间走出来。"回倦侯府。"他大声宣布，说来说去，望气者与杨奉其实只告诉了他一件事：京城是安全的。

杨奉顺着河先到达白桥镇，守卫在这里的南军将士已经撤走，他们驻扎在不远处的怀陵县，等候朝廷的旨意。

一名身穿红袄的孩童，手里举着糖葫芦，连蹦带跳地从桥上跑过，追赶前方的父母，杨奉这才想起，新年即将到来，风雨飘摇的"无为"年号，居然将坚持到第二年。

一队士兵等在桥头，与北军长史会合，一块儿驶向京城。

天很快就黑了，他们住进了离城最近的一处驿站，驿站规模很大，挤一挤的话，能住四五百人，现在是冬季，驿站的一多半房屋都是空着的，杨奉选了一间，挑灯夜读，毫无睡意。

夜至二更左右，驿站来了一批新客人，带头者崔宏直接来拜访杨奉。

崔太傅不打算住在这里，见过杨奉之后，他还要连夜返回怀陵县，与冠军侯不同，他信任南军、依赖南军，绝不会轻易放手。

"东海王回来了。"崔太傅省掉了客套与寒暄。

"是，我已经奉冠军侯之命见过东海王，向他提出了很不错的条件。"

"东海王不会同意退出竞争的，他为帝位而生。这一次，我不会再阻止他，但是请冠军侯理解，我是个愿赌服输的人，南军将士很快就会退却三百里，远离京城，绝不以武力干扰帝位之争。条件只有一个，他得尽快遵守诺言，迎娶我的女儿。"

"崔家的女儿够用吗？"

"哈哈，还好，崔家三个女儿，出嫁两位，还有一个待字闺中。"崔宏似乎胸有成竹，走到桌前，借着灯光俯视坐在桌旁的太监，"南军撤离京城，北军也会一直留在塞外，对吧？"

杨奉寻思了一会儿，郑重地点头："冠军侯是这么承诺的，他一定会做到。"

崔宏拱拱手，准备告辞，临走还是忍不住问了一句："倦侯真要参加争位？"

"总之他没有拒绝。"

崔宏笑了几声，随后叹息一声："崔家浪费了一个好女儿，早知如此……唉，这是小君的命。"

朝中没有人比崔宏准备得更充分，三名争位的皇子，都与崔家有着深厚的联系，他可以安心地率军离开京城了。

北军南归的消息，还没有追上连夜赶路的韩孺子，杨奉也不打算说。

第二天一早，杨奉回到城内。

冠军侯已经无须隐藏行迹，侯府门前一大早就挤满了访客，谨慎一点的留下拜帖就告辞离去，执着的人则留在门口，讨好门吏，希望能有机会亲自向冠军侯贺喜。

冠军侯正式向崔家下聘礼，过完正月就将迎娶崔家的女儿过门，至于冠军侯的原配夫人——所有访客都明白，还是少打听这件事为好。

身为北军长史，杨奉也没有资格立刻见到冠军侯，但是不用等在大门外，可以进到前院在厢房里坐等，中午还与府丞一块儿吃了顿饭。

直到下午过去一半，杨奉才得到召见。

冠军侯红光满面，心情非常不错，笑着问道："杨长史见过倦侯和崔宏了？"

"见过了，崔太傅那边一切顺利，南军会后退三百里，绝不干涉京城事务。"

冠军侯耸耸肩，不是很在意："听说崔家的女儿都很美，是真的吗？"

杨奉摇摇头："我不了解。"

"对了，你是太监。倦侯那边呢？"

"他没有拒绝冠军侯的提议，也没有接受。"

冠军侯笑了一声："你知道吗？我一点都不意外，倦侯……有点奇怪，大概是因为在皇宫里待过几天，觉得宝座就该归他所有，跟东海王是一个脾气。无所谓了，他们不接受也好，我倒可以放手去做了。"

杨奉仍然没提北军南归的消息，从怀里取出一个小包裹，恭恭敬敬地放在冠军侯身边的桌子上。

"这是什么？"冠军侯惊讶地问。

"北军长史的官印，冠军侯此后一路顺风，已经不需要我的建议了，请允许我致仕为民。"

冠军侯的脸色阴沉下来。

崔府里张灯结彩，却与东海王没有多少关系，这让他深感人情冷暖，回京的兴奋劲儿一下子烟消云散。

他向内宅走去，每次看到熟悉的面孔都感到亲切，可是一看到对方的笑脸，又觉得厌恶，就像嫉妒的丈夫看到妻子也对别人笑语嫣然一样。

东海王从小在崔府里长大，可以自由进出内宅，没人拦他，他先去往母亲的住处，快到门口了突然想起母亲已经离开崔府，正在皇宫里，生死未卜，东海王越发黯然神伤，只好去往老君的房间，那是一向对他宠爱有加的外祖母，或许能给他一点安慰。

老君的房间里挤满了人，脸上全都似笑非笑，像是一群持弓待发的士兵，只需一个暗示，他们就将同时发出笑声，分为浅笑、微笑、嬉笑、大笑、暴笑……绝不能乱。东海王到的时候，一名婆子会错了意，突兀地大笑了一声，被众人所鄙视，讪讪地退到一边，半天抬不起头来。

若在平时，东海王根本注意不到这一点，现在，他不仅注意到了，还有点同情这名犯错的婆子。

"冠军侯……"

东海王听到这三个字，立刻知道自己来错了地方，与整个崔府的张灯结彩一样，老君这里也在庆祝崔家与冠军侯联姻。

东海王转身想走，却已被人发现，跟往常一样，许多人热情地向他打招呼，里面的老君一发话，立刻有几名婆子颠颠地跑来，簇拥着东海王，像献宝一样将他推进屋子里。

老君坐在椅榻上，双手各搂着一名孙女，笑得合不拢嘴："我的乖外孙，你的三妹妹就要出嫁了，你怎么才来道喜？"

东海王勉强笑道："我才不要在这么多丫鬟、婆子面前道喜，俗气，我要单独道喜，为三妹妹送行。"

屋内屋外的丫鬟、婆子们遭到鄙视，笑得却是更欢，老君尤其喜欢外孙的这股傲气，笑道："你的三妹妹已经许给冠军侯，你想单独道喜可不行喽。"

东海王顿足捶胸，一副痛不欲生的样子，这对他来说轻而易举："从小玩到大的姐姐们都出嫁了，我还留在府里做什么啊？老君，您光想着孙女，把孙子和外孙都给忘啦，我和崔腾都没娶亲呢。"

儿孙辈越是要赖，老君越是高兴，指着东海王笑骂道："皇子皇孙，娶不上媳妇倒怨我了，怎么不去找宗正府？"

东海王装出沮丧的样子，周围的人大笑。除了两名太监，屋子里全是女子，东海王待了一会儿，正式地恭喜三妹妹即将嫁给佳婿，告辞离去。

东海王走得不快，屋内的欢声笑语时不时地传来："崔家注定要出皇后！"老君的声音清晰地传来，东海王加快了脚步，却没有离得太远，就在偏门外等着。

没多久，他等的人出来了。

"嘿，小君妹妹，这么快就要走了？"

崔小君转身，冷冷地打量东海王："说起'走得快'，我怎么比得上你？"

东海王脸上微微一红，知道崔小君是嘲讽他从边疆抛弃倦侯回来得太快："咱们是同病相怜，就不要互相讽刺了。"

"谁跟你同病相怜？"崔小君看了一眼丫鬟，示意这就离开。

东海王急忙道："崔府上下都以为冠军侯必定要当皇帝，你就不着急吗？"

"你到底想说什么？我没工夫在这里陪你闲聊。"

东海王叹了口气，在他的记忆中，崔家的女儿与他的关系都是很密切的，没想到一出嫁，全都变了一副面孔："倦侯快要回来了，跟他说，现在不是内斗的时候，我和他，还是得联手。"

"再被你背叛一次？"

东海王严肃地说："臣子才有'背叛'之说，对我不要用这个词。小君妹妹，想做大事，就得学会妥协，你天天往崔府跑，不也是强颜欢笑，就为了给倦侯要钱、要物，哀求崔家对他网开一面吗？"

崔小君轻"哼"一声，什么也没说，带着丫鬟离开。

"我原谅你！"东海王大声道，"以后你会来求我的！"

东海王回到自己的住处，一切都那么熟悉，他却毫无留恋之意。

林坤山来了，悄悄走进屋子，静静地站在门口。

"我在崔府住了十几年，以为这里就是我的家。"东海王用手指轻轻划过桌面，擦得很干净，挑不出毛病，"结果我却是外人。"

东海王转身看向林坤山："你还跟着我干吗？大势已经清楚，冠军侯将要称帝，望气者不是顺势而为吗？去顺冠军侯的势吧。"

林坤山微笑道："势者如水，谁也不知道它什么时候就会突然改变方向，在我看来，东海王并没有一败涂地，你还有机会，而且是不小的机会。"

"嘿，你们望气者弄出一个什么'皇子争位'，居然让我们靠讨好大臣竞争帝位，这真是……不管怎样，争位还没开始，冠军侯已经胜券在握，满朝文武谁不支持他？"

"果真如此吗？"林坤山问。

东海王沉默了一会儿，望气者虽然个个心怀鬼胎，可他们的势力的确在一点点扩张并上升："你知道些什么？"

"东海王知道些什么？如果你不能向我开诚布公，我该怎么辅佐你、为你提建议呢？"

"辅佐我？"东海王轻声一笑，"冠军侯身边也有望气者吧？"

"当然。"

"望气者就跟崔家一样，四处下注，以为无论谁胜出，自己都能得到好处。可天下没有这种好事，自古以来，帝王要的都是独一份，崔家今天为女儿嫁得好而高兴，明天就得为不够忠诚而付出代价。望气者也一样，你们辅佐许多人，最终，没有一个人会视你们为心腹。"

"在'最终'到来之前，望气者和崔家都会做出唯一的选择，此时此刻，我选择的是东海王，将帮助你击败冠军侯以及他身边的望气者。东海王不愿屈居人下，我又何尝喜欢败给同门、接受他的施舍与羞辱？"

两人对视片刻，东海王大笑，从怀里取出一封信，没有递给林坤山，而是放在桌上："这是母亲进宫前留给我的，她知道我一定会回来，已经替我制订了计划。"

"哦？"林坤山没有拿信，等东海王自己说出来。

"冠军侯原本有一位正妻，是他微贱时的糟糠之妻，并非名门之后，出自东城谭家，你想必听说过。"

"朝堂三侠，'俊侯丑王布衣谭'，江湖中人都听说过。"林坤山道。

"为了迎娶崔家之女，冠军侯只能休妻，或者将原妻贬为妾。"

"谭家宁可将女儿接回家中，也不会让她当妾。"

"母亲已经派人与谭家联系过，只要我去求亲，谭家就会将女儿嫁给我——不是冠军侯的原妻，是另一个女儿，与我年龄相当。可母亲在信里没说这么做的用意是什么，如果只是给冠军侯一点羞辱，实在没有必要。如果真是为了讨好谭家——我不明白，谭家无权无势，也没有人在朝中当官，对我能有什么好处？真有好处的话，冠军侯又何必放弃？"

"呵呵，崔太妃果然有眼力，这是一着妙棋啊。"

"我对谭家了解不多，你跟我说说，谭家既是布衣，为何被称为'朝堂之侠'，能与俊阳侯并列？"

"谭家可不简单，早年在关东经商，家财巨亿，后来又有一部分族人前往北方放牧，牲畜多得数不过来。谭家仗义疏财，帮助过不少人，江湖和朝堂都有人受过谭家的好处。武帝时期要与匈奴人开战，军用不足，谭家主动向官府献出一半财产以及北方的九成牲畜，震惊天下。武帝非常高兴，想要重赏谭家，封侯封官，随谭家选择，可谭家人不愿为官，只想经商放牧，他们说击败匈奴对谭家好处多多，做点贡献也是应该的。"

"嘿嘿。"东海王笑了两声，"接着说，《国史》里对这一段记载得少。"

"武帝不能白受百姓的好处，十天之内，封谭家三人为侯，给予另外二十多人不同的爵位。"

"谭家人口还不少。"

"谭家人丁兴旺，擅长经商、放牧、种地，就是不爱做官。"

"谭家三人封侯，我怎么没见过？"东海王对京城勋贵了如指掌，没听说过姓谭的列侯。

"武帝晚年对天下豪杰大肆杀伐，唯独对谭家网开一面，谭家上奏，愿以另一半家产和全部爵位，换取数十位豪杰的性命。"

"还有这种事？谭家人胆子真大。"东海王有点感兴趣了，"武帝不会同意吧？"

"当然不会，武帝削夺爵位、没收家产，将谭家迁到京城，置于自己的眼皮子底下，对豪杰一个也没放过。"

东海王对武帝的手腕悠然神往。

"经此一劫，谭家名声更响，谭家立誓代代不得为官，以布衣的身份侨居京城，十几年间，又成巨富。"

"谭家会点石成金吗？"

"谭家最值钱的东西是信用，任何人做生意想要取信于人，都要找谭家居中作保，还有许多人仅仅因为仰慕，带着赚钱的生意来找谭家合作，结果总是皆大欢喜。谭家仍然仗义疏财，帮助过许多武帝时期被杀者的后代，也是因为这个原因，才将女儿嫁给当时还是平民身份的冠军侯。"

"原来如此，可谭家对我能有什么好处？我需要讨好的是大臣，不是布衣。"

"这就是冠军侯目光短浅的地方了，他以为有宰相的支持，朝中大臣尽入其手，可大臣并非独自一人，总有不当官的亲朋好友，这些人，多多少少与谭家都有往来。谭家不开口则已，一开口，对朝中大臣的影响只怕不比殷宰相差多少。"

"谭家这么厉害，冠军侯看不到？"

"谭家的声名传播于江湖，冠军侯大概没有注意到吧，最关键的是，谭家不会轻易对朝堂开口，这会违背他们的祖训，即使东海王与谭家联姻，想取得谭家的支持也很困难，冠军侯就是先例。"

"可母亲已经想到了办法……"东海王喃喃道，眼前不再是一片迷雾。

崔小君还没进侯府大门，就有仆人出来道喜，说倦侯已经回来了。崔小君微笑以对，命人看赏，她几天前就派杜摸天和不要命出城迎接倦侯，可是听到消息之后还是又惊又喜，下轿之后，步子忍不住有点发飘。

可她控制得很好，没有在仆人面前表现得过于兴奋，回到内宅，倦侯却不在，问起来才知道，倦侯回来不久就直奔书房去了。

丫鬟跑去书房查看情况，很快回来，报告说倦侯正在小憩，说过等夫人一回来就将他叫醒。

崔小君没让人叫醒倦侯，反正她有事情要做，去往后厅，命人去将倦侯的随从请来，如果他们没有休息的话。

不要命回醉仙楼去了，杜氏爷孙和孟娥来见夫人。

对杜氏爷孙，崔小君只是表示感激，没有像对待普通仆人一样给予奖赏，这是大恩，目前的倦侯夫妻还没有能力报答。

对卫兵"陈通"，崔小君有点困惑，她从来没听说过此人，而且一眼就认出对方是女扮男装，这与破绽无关，完全是一种直觉。

孟娥没有刻意再用男声说话："我叫孟娥，从前是皇宫侍卫。"

听说孟娥是侍卫，杜氏爷孙都吃了一惊，崔小君却十分高兴，上前拉住孟娥的手，特意与她多说了几句话，送行时，已经对她以"孟姐姐"相称了。

崔小君又处理了府中的一些事务，终于不想再等了，移步前往书房。

丫鬟将酒食托盘轻轻放在书桌上，悄悄退出，崔小君站在屋地中间，盯着小床上的倦侯看了一会儿，多半年未见，倦侯容貌发生了些变化，即使在睡梦中也有几分风霜之色。

韩孺子累坏了，多日来的奔波显出了威力，昨晚那一觉没有睡够，回家之后没多久就哈欠连天，本想睡一小会儿，结果一个多时辰以后也没醒过来。

倦侯不在的时候，崔小君经常来书房，与丫鬟一块儿将屋子收拾得一尘不染，有时也会坐在椅子上看书，因此走到书桌旁，一眼就看出了上面的变化：倦侯又翻出了《国史》，已经看了十几页。

崔小君笑了笑，坐在椅子上，拿起书继续看下去，屋子里很安静，她能清晰地听到倦侯的呼吸声，她不是很喜欢这一类的书籍，今天却看得津津有味，甚至给自己倒了一杯酒，拿在手中慢慢转动，偶尔呷一小口。

不知过去多久，丫鬟突然跑进来，向夫人做手势，表示事情很急。

崔小君放下酒与书，看了一眼还在熟睡中的倦侯，走出书房，将房门轻轻关好。

"太后有旨，请夫人即刻进宫，轿子已经等在外面了。"

"太后……"崔小君一愣，想叫醒倦侯商量一下，可她之前进过几次皇宫，每次都是待一小会儿就出来，以为这一回也是如此，犹豫片刻，没有打扰正在熟睡中的丈夫，与丫鬟一道匆匆走向前院。

半路上遇到了孟娥，她已经换上女装，与府中的丫鬟一样，上前道："我陪夫人进宫吧。"

"那当然再好不过。"崔小君让自己的丫鬟留下，"等倦侯醒来，告诉他，我很快就会回来。"

皇宫来了十多名太监与宫女，还有一队宿卫，排场比从前要大一些，崔小君认得其中一名女官，没有多问，与孟娥上轿，前往皇宫。

天黑之后，韩孺子终于醒来，倍感振奋，失去的力量与精气神似乎都回来了。

他一眼就看到了桌上的书与残酒："来人。"

丫鬟推门进来："倦侯，您醒啦。"

韩孺子不认得她："你是……"

"奴婢叫绿竹，是夫人身边的丫鬟。"

"哦。"韩孺子离家时，崔小君身边的侍女还是从前的宫女，不知为什么换人了，他并不在意，问道，"夫人来过了？"

"嗯，来过，不让我们唤醒倦侯。"

想到妻子刚才就在身边，韩孺子露出微笑："她现在去哪儿了？"

"奉旨进宫，刚离开……"

"什么？"韩孺子一惊，连声音都变了。

丫鬟绿竹笑道："倦侯不必担心，夫人经常进宫，从不在里面过夜，顶多两个时辰也就出来了。"

"夫人经常进宫？"韩孺子更惊讶了，他在崔小君的信中从未见她提及过此事。

"是啊，之前都是我陪夫人进宫的，今天换了人，是倦侯带回来的那个……"

"孟娥。"

"对，是孟娥姐姐送夫人进宫的。"

韩孺子稍觉放心："夫人进宫见谁？"

"不是崔太妃，就是王美人。"

韩孺子的心又放下一点，微笑道："我知道了，你下去吧，夫人若是回来，马上来通知我，不管我在做什么。"

"是。"

丫鬟退下，韩孺子却不知道该做什么，白天的时候，他与那个不知真假的"淳于枭"谈得不多，许多问题没有说清楚，现在反而没了头绪。

他在椅子上坐了一会儿，隐约觉得那上面还有夫人留下的余温，拿起书看了看，崔小君又翻了二十多页，显然在这里坐了很长时间，她在倦侯看过的那一页放了一枚竹制的书签。

"来……"韩孺子想起张有才不在身边，他的亲信大都留在了神雄关，于是起身，将半杯残酒一饮而尽，亲自去找来杜氏爷孙，有件事情他还一直没问。

"不要命什么时候为夫人做事的？还有，你们是怎么与望气者联系上的？"

杜穿云毕竟从小练功，体质极佳，虽然比韩孺子奔波的时间更长，恢复得却更快，昨晚睡了一觉，今天已经与平时无异，可他不愿意进书房，站在门口，随时都能推门出去。

杜摸天回道："不要命是一个月前主动找上门来的，他曾经帮过倦侯，所以夫人很信任他，望气者一直跟不要命联系。"

"不要命怎么称呼那位望气者？"

"皇甫先生。"

韩孺子"嗯"了一声，心想自己果然犯了错误，望气者是淳于枭的可能性更低了。

一名仆人匆匆跑进来，韩孺子心中一喜，以为夫人回来了，结果仆人只是说大门外有人求见，自称杨奉，是倦侯的熟人。

倦侯府里换了不少新人，不认得从前的总管了。

韩孺子立刻起身，跑出书房，亲自前去迎接。

杜穿云让到一边，对爷爷说："咱们欠杨太监的人情什么时候能还清啊。"

"他的人情早还清了，仔细算算，他还欠咱们呢。"

"咦，你不早说，那咱们留在倦侯府干吗呢？"

"唉，人情是山，翻完一座还有一座，咱们不欠杨奉，却欠倦侯和夫人。"

"不是吧，他们欠咱们还差不多。"杜穿云瞪大眼睛，怎么也想不到，自己做了这么多事情，居然还亏欠倦侯，就像是掷骰子，明明赢多输少，最后一算账，银子却少了几两。

杜摸天心情极佳，在孙子头上轻轻拍了一下："跟我行走江湖这么久，连这点道理都不懂吗？人情向来是一笔糊涂账，你欠我我欠你，最后就变成了交情，现在让你离开倦侯，你能做到吗？"

杜穿云挠挠头："这个……是有点舍不得，我还想着有朝一日跟着倦侯当将军呢。"

"你当将军？还是少害点人吧。"

杜穿云"嘿嘿"笑了几声："那杨奉又是怎么回事？人情债还清了，咱们跟他也没什么交情。"

杜摸天收起笑容："杨奉是个怪人，他了解江湖、利用江湖，却从不留恋，更不欠下人情债，对他，务必要小心应对。"

杜穿云深以为然地点点头："太监都是怪人……也不对，蔡兴海就跟杨奉完全不一样。"

韩孺子将杨奉带进来了，杜穿云立刻闭上嘴，记得爷爷的话，矜持地向杨奉点下头，神情要多严肃有多严肃，反而是杜摸天，抱拳致意。

杨奉根本没理杜穿云，只向杜摸天还礼。

韩孺子压抑不住心中的兴奋，大声道："杨公已经辞去北军长史之职，从今以后，他又是倦侯府总管了。"

杜摸天微笑道："恭喜倦侯又得一员大将。呃，你们聊，我们爷儿俩就不打扰了。"

韩孺子争位之意早已公开，不急于密谈，说道："你们二人是我的左膀右臂，我就不见外了，请两位留下，一起商议大事。"

杜摸天看向杨奉，杜穿云嚷道："太好了，终于让我参与大事了，别再让我跑腿啦，施展轻功很累的，可不是专门用来送信的。"

韩孺子笑着请三人入座，然后向杨奉问道："冠军侯怎么会放你走？"

"冠军侯用不着我了。"杨奉平淡地回道。

"你帮冠军侯做过不少事吧？"杜穿云问道，听说人情债已经还清，他对杨奉没有顾忌了。

"嗯，不少。"杨奉大方承认，"冠军侯刚回京的时候不宜露面，是我与宰相以及众臣联系，劝说他们支持冠军侯，望气者找上门来，也是我劝冠军侯接纳他，我做得好像太成功了，那名望气者现在深受冠军侯信任，完全能够替代我的位置。"

"嘿嘿，原来杨公在冠军侯那边没位置了，才回倦侯这边。"杜穿云有点瞧不起杨奉。

"我这里永远有一个位置留给杨公。"韩孺子却不这么觉得，他曾经骄傲地以为自己就能做成大事，现在却不这么想了，能重新得到杨奉相助，是他回京的第一场胜利，这场胜利来得如此轻松，连他也觉得自己运气很好。

杨奉不想浪费时间，直接道："冠军侯的儿子被接进皇宫，倦侯夫人也是这样吧？"

韩孺子终于明白，小君这次进宫非同寻常："这是望气者的安排？"

"应该是。还有，我刚得到消息，这次争位增加了一条规矩。"杨奉对倦侯夫人进宫不感兴趣，目光停在韩孺子脸上，"你必须得到至少一位一品大臣的推举，才有资格争夺帝位。"

第三章

定计

次日清晨，孟娥独自回府，带来确切的消息，倦侯夫人的确被留在了宫内，一同留宫的人还有东海王的母亲崔太妃，以及冠军侯的儿子——一名两三岁的小孩儿。

出乎意料的是，韩孺子的母亲王美人没有被当成"人质"，而是留在太后身边。

韩孺子在河边见过的垂钓望气者亲自出面，向三方保证，无论争位结果如何，各自的亲属都可以自由出宫，他尽量避免"扣押""人质""释放"这些词，但意思表达得很清楚：为了实践一种从无先例的选帝方式，必须保证每一方都能遵守规则。

望气者显然了解孟娥的真实身份，对她看得很严，整个晚上，她都没有机会离开皇帝去见任何人。

韩孺子感到愤怒与悔恨，送走孟娥，只剩他与杨奉两人时，他说："望气者真以为这样就能让大家遵守所谓的规则吗？争位失败者真想反抗的话，会在意宫里有多少人质？"

"望气者的意图还没有完全暴露，招数也肯定不只这些，猜测无用，还是先想想怎么玩这个游戏吧。"

"这是一场游戏。"韩孺子看向书桌上堆积的书籍，"史书上记载过这种事情吗？"

"公开的记载没有，楚朝肯定没有过。"杨奉起身，很快从书架上找出一本书，送到韩孺子面前，"如果追溯得久远一些，还是能看到一些蛛丝马迹的，上古时代，帝王继承由禅让改为世袭，可大臣的支持非常重要，驱旧迎新的事情发生过不少，尤其是那些明君，总是先要得到大臣的支持，才能施展拳脚。"

韩孺子拿起书，翻了两页，没有马上看："望气者不是真心要复古吧？"

"先别管望气者的真实目的是什么，笼络大臣在任何朝代都是必要的，倦侯从神雄关返京，心中想必有一个计划。"

"左察御史萧声前往神雄关时，我猜冠军侯与崔太傅很可能再度联手，于是安排一些人鼓动北军以冠军侯名义返京，消息一旦传来，或许能激起他们之间的猜忌，再度反目成仇。南、北军在外僵持，京城空虚，我原想……组织一股力量，冲进皇宫，夺取宝玺，强迫太后立我为帝。如果冠军侯与北军闹得不可开交，我希望能让北军更坚定地支持我，以做外援。还有夫人，她两次传信让我回京，我想她总有一些准备，但我还不知道是什么。"

"是我让夫人给倦侯传信的，她的计划就是我的计划。"

"你？"韩孺子很意外，他在边疆的时候，杨奉应该正"忠心耿耿"地辅佐冠军侯。

"我说过，我会辅佐最可能成为皇帝的人。"

"嗯，我记得。"

"请允许我实话实说，即便是现在，即便北军返京与南军对峙，倦侯再度称帝的机会也不多，但是我要修改之前说过的话，我辅佐的人，不仅要成为皇帝，还得能从谏如流，能听进去我的话、接受我的建议。"

杨奉的话从来就不怎么耐听，但很真实，韩孺子打消了心中的最后一点疑虑，笑道："杨公的建议是什么呢？"

"先按望气者的安排行事，争取大臣的支持总是有用的。"

"我该怎么做？当初我退位的时候……没有一位大臣站出来支持我。"

"倦侯在位的时候，可有人站出来反对你？"

"嗯……没有，叛逆的齐王算是一个，可他反对的主要是太后。"

"所以，轻易不要用支持与反对给大臣分类，倦侯更应该将大臣看成不相干的一群人，只有真正接触之后，再对每个人做出判断。带着先入之见，对倦侯并无好处，反而会让倦侯失去一些潜在的支持者。"

韩孺子笑道："我没有先入之见，愿意争取任何一位大臣的支持。"他想了想，又道，"杨公为冠军侯争取殷宰相的支持，就是为了加强他的'先入之见'吧？"

杨奉微微仰头："我提出过其他建议，冠军侯不愿接受。宰相殷无害曾经是钜太子的师父，钜太子遇害之时，他在武帝面前喊过冤，他对钜太子遗孤的支持，在外人看来理所应当，但这里面有两个问题，我提醒过冠军侯，他没有在意。"

"什么问题？"韩孺子突然有点走神，夫人崔小君留下的书签露出一小截，触动了他的心思，他急忙移开目光，认真听杨奉说话。

"第一，殷无害位极人臣，年事已高，再没有上升余地，无论立下多大功劳，也只能留给儿孙，他公开支持冠军侯，更多的是出于人情。"

"这的确是个问题。"看了那么多的《国史》，韩孺子明白一个道理：人情很有用，但是在利益相争的关键时刻，人情也最为脆弱。

"第二，当初给两位太子定罪的那些大臣还在，当今圣上并无实权，没有采取任何报复手段，但冠军侯不同，他登基之后，必然大权在握，而他不先与从前的仇人和解，会让这些大臣惶惶不可终日。"

韩孺子眼睛一亮："这些大臣就是我要争取的对象吗？"

杨奉摇摇头："暂时还不行，他们太害怕了，不敢支持你，甚至可能跑去向冠军侯告密，以保平安，只有等到你建立起势力，能与冠军侯、东海王分庭抗礼的时候，他们才可能站在你这一边。"

"最难的还是开始。"

"没错，不过我有安排，只是需要倦侯亲力亲为。"

"我休息得够多了。"韩孺子当然不会坐在侯府里等待。

"倦侯还记得自己曾在国子监读书吧？"

"记得，杨公想让我去太学，可宗正府只肯同意我去国子监，在那里我只点过卯，没真正读过书。"

"这不重要，倦侯的名字毕竟列在其中，有不少同窗，他们就是倦侯首先要争取的一批人。"

"他们都是学生，连官职都没有吧？"

"国子监的学生想当官，得熬许多年。"

"他们现在对我能有什么帮助？"韩孺子没太明白杨奉这一招的用意。

"解释起来比较复杂，过两天我会与倦侯一道去拜访同窗，到时候再慢慢说吧。"

韩孺子点点头，他眼前就有一道难关，确实不急于考虑太远的事情："望气者制定新规则，要求争位者必须有一品大臣的推举，好像是专门针对我的。冠军侯有殷宰相，东海王有崔太傅，我连普通大臣的支持都没有。"

"嗯，朝中一品大臣总共只有十几位，想让望气者挑不出毛病，只能找正一品大臣，数量更少，只有五位，宰相、大都督、太傅、太师、太保，殷宰相与崔太傅各为其主，还剩下三位……"

"崔太傅会支持东海王？"韩孺子问。要说人情冷暖，崔太傅就是证明，他是东海王的亲舅舅，可是一旦发现更有价值的目标，立刻就将外甥抛弃。

"会，就算现在有所犹豫，等他知道北军返京的消息，也会支持东海王。"

韩孺子无意中帮了东海王一个大忙。

"那就只剩三位一品大臣了，太师、太保是谁？我好像没见过。"

"太师王寄、太保邓祝，都是武帝时的老臣，致仕多年，一个在江南，一个在燕地，离得远，久已不参与朝政。"

"那就只剩下兵马大都督韩星了。"

杨奉点头："韩星领兵在外，没有圣旨不得回京，他目前驻扎在函谷关，指挥楚军平定各郡县暴乱，他对倦侯似乎很欣赏。"

韩孺子回想片刻："起码他没有为难过我，我的请求他也都接受，就是因为他的任命，我才能守住神雄关和碎铁城。"

"明天咱们就出发去函谷关。"

虽然还没有取得任何大臣的支持，韩孺子却心安不少："争位之举毕竟罕见，能不能坚持下去很难说，咱们还需要其他计划吧？我相信冠军侯和东海王都有。"

"当然，东海王或许会与崔太傅和解，依托南军以自保。冠军侯如果足够聪明的话，也会与北军和解，或者拉拢宿卫军。如今宿卫八营已经大幅增员，中郎将上官盛是太后的侄子，他非常担心上官家未来的命运。我曾经代表冠军侯与他接触过，上官盛愿意支持冠军侯，但他的话不能全信。"

"这么说来，东海王的根基反而最稳了？我跟他聊过，他肯定会与崔太傅和好如初。"

"所以倦侯最后的对手肯定是东海王，眼下的对手则是冠军侯，我本来非常担心北军，所以冠军侯为泄私愤催促北军进攻匈奴人时，我没有特别反对。可倦侯做得更好，如果倦侯真能将北军拉拢过来，则大事无忧，最起码也要让北军分裂，不能专心支持冠军侯。至于宿卫八营和上官盛，交给我好了，我不敢保证他们会支持倦侯，至少能让他们置身事外。"

"东海王……东海王……"韩孺子想起自己其实曾经有机会杀死这名对手的，然后他笑着摇摇头，塞外是他拉拢人心的地方，轻易不能杀人，尤其不能杀死自己的弟弟，他没什么可后悔的。

两人一边分析大势，一边制订计划，心中越来越有数，中午连饭都没吃，午后不久，一位客人打断了两人的交谈。

崔家二公子崔腾来了，他之前奉命去向父亲求取一纸任命，一直没有返回神雄关，原来是跟随父亲回京了。

崔腾风风火火地跑进来，瞥了一眼杨奉，不认识，也不在意，抓住韩孺子的胳膊，嚷道："妹夫，你可太厉害了，居然将北军给弄回来了，快跟我逃跑吧，待会儿就有人来抓你啦！"

崔腾拽着韩孺子往外拖："我已经准备好了，马匹、干粮、金子，足够咱们出去躲几个月……"

"等等。"韩孺子一只脚抵在门槛上，全身用力，勉强抵消了崔腾的拉扯，"先把话说清楚。"

"你自己做的事情，让我说清楚？再不跑，可就来不及了。"崔腾又拽了两下，发现妹夫的力气不小，只好松手，质问道，"北军是不是你调来的？"

韩孺子当然不会承认："从头说，北军回京了？"

"对啊，还没到京城，正在路上，前锋军离白桥镇只有两三日路程，南军正要退后三百里，就听到了这个消息，我父亲快要气疯了，已经下令全军布阵，绝不让北军经过白桥镇，他还说要向朝廷参你一本，这回你逃不掉了。"

崔腾又伸过手来，韩孺子让开，退后两步："北军回京，崔太傅为何要参我一本？"

"因为是你将北军调回来的啊。"崔腾一脸的惊奇，不明白这有什么疑问。

"我若调回北军，干吗自己跑在前头？跟随北军一块儿回来岂不是更好？"

崔腾张口结舌，寻思了一会儿："也对，我本来还想带你兜个圈子，绕开南军，投奔北军的，那……北军干吗回京？是谁下的命令？"

"别急，后继的消息应该很快就会到。"

"妹夫不逃？"

韩孺子摇摇头。

"我怎么办？我从父亲那里偷出不少金子，他不会饶过我的。"

"你先留在我这里吧。"韩孺子神情一端，"崔腾，我派你去向南军求助，你怎么一直没回神雄关？"

崔腾脸色都变了，双手连摆："妹夫，不关我的事，我让父亲发兵，或者给我一纸任命，结果他给了我一脚，还让人打了我几棍，说我是个蠢货，把我留在军中不让走，直到昨天才没人看着我。"

韩孺子沉吟片刻："好吧，算你无功无过。"

崔腾长嘘一口气，对他来说，父亲的处罚不算什么，唯独妹夫的满意才重要："北军真不是你调回来的啊？我还以为你要做大事，所以马上跑来……"

"我当然要做大事，你没听说过诸子争位吗？"

"听说过，那是玩笑吧，谁会当真？从来都是皇帝选大臣，哪有大臣选皇帝的道理？"

"崔太傅也不当真吗？"韩孺子扭头看了一眼杨奉，杨奉坐在书架旁边，没有参与交谈。

"我父亲说了，别管京城怎么折腾，只要他还是南军大司马，崔家就没什么可担心的，他曾经犯过错误，今后再也不会交出官印，至于谁当皇帝，他都不在乎。也是由于这个原因，他才对北军返京之事特别愤怒，以为你要偷袭南军。"

韩孺子正要开口，曾府丞慌慌张张地跑来。他过了一段舒心日子，自从倦侯回来，他就预感到大事不妙，只是没料到事情来得这么快："倦……倦侯，来人……来人啦！"

"什么人？来有何事？"

府丞发了一会儿呆："是……是官差……等我去问问。"

府丞匆匆跑出去，崔腾指着他的背影大笑道："好一个糊涂蛋，连来人是谁都没问清楚就敢来通报。对了，我的马和金子还在外面呢，别让人偷走了。"

崔腾拔腿就往外跑，速度比府丞还快。

韩孺子转身道："冠军侯的底细，很快就能知道了。"

北军返京是对冠军侯的最大考验，他若是应对不当，极可能失去到手的巨大优势。

杨奉点点头："那是崔腾吧？"

"对。"

"他可信吗？"

韩孺子想了想："这个人不好说，今天跟我是朋友，明天一言不合就会反目成仇，但他不虚伪，不会演戏，这次跑来'救'我，应该是真心实意。"

"好，让他回南军。"

"嗯？"

"他留在这里对你毫无帮助，在南军或许能给你通风报信。"

"可他骗不过崔太傅……"

"何必要骗？北军返京，南军必然要留在怀陵县，崔宏很快就要主动传信给你了。"

韩孺子明白过来，又道："崔腾说大家都不将诸子争位当真……"

府丞又跑回来了，气喘吁吁地说："是兵部的公差。"

"找我有什么事？"韩孺子问。

府丞又是一呆，咽了咽口水："我再去问。"

府丞为吏多年，也算是经验丰富，还从来没这么丢三落四过。

崔腾双手提着包袱走来，包袱不大，却显得很沉重，与府丞擦肩而过时，他笑出了声，来到书房门前，将包袱扔在地上，长嘘一口气："金子真沉啊。妹夫，没事了，我帮你说清楚了，门外是兵部的几名小吏，接到消息说北军南归，跑来这里向你质问，我将你说过的话转述给他们，他们一个个全傻眼了，已经告辞，托我给妹夫道歉呢。"

"崔腾，你得回南军。"

"啊，为什么？我是逃出来的，回去之后父亲肯定又要揍我。"

"你妹妹昨天被叫到皇宫里，据说要很久之后才能出来，我需要……"

崔腾怒容满面："太后拿我妹妹当人质吗？这可不行，我明白了，我这就回去，拼着再挨一顿打，也得让父亲出面，将妹妹要出来！"

"如果我猜得没错，你这次回去不会挨打。"

崔腾深吸一口气，双手拎起包袱，艰难地向外走，在庭院中间又与府丞相遇，他实在累了，松手扔下包袱，大声道："先存在这里，有斤有两，以后得还给我！"

崔腾跑了，府丞看着脚边的包袱发了会儿愣，急忙跑到书房门前："兵部的人走了。"

"嗯，我知道了。"

"可是宫里又来了几个人，请倦侯去一趟。"

"去宫里？"

"去勤政殿。"府丞这回问清楚了。

"他们有圣旨？"

府丞摇头："他们说是宰相大人请倦侯去一趟。"

"好，让他们等一会儿。"

府丞实在跑不动了，一半是累的，一半是吓的，提着衣襟向外走去。

韩孺子回到书房里，坐在椅子上，向杨奉道："有什么提醒吗？"

杨奉想了一会儿："表现最激烈的大臣，有可能是冠军侯最坚定的支持者。"

韩孺子点点头，坐在那里看了会儿书，府丞又跑来三次，每次都是看一眼就走，没敢催促。

韩孺子出发的时候，天色将晚，门外的几名太监急得不行，立刻请倦侯上马，护送他前往勤政殿。

勤政殿里点上了蜡烛，几名重臣今晚别想准时休息了。

宰相殷无害、右巡御史申明志、礼部尚书元九鼎、吏部尚书冯举、兵部尚书蒋巨英等人都在，还有几位大臣，韩孺子看着也都眼熟，共是十人，正在讨论什么，看到倦侯进来，全都闭上嘴。

宝座上空无一人，听政阁前也没有太监、宫女把守，说明太后不在。

"诸位大人召我前来有什么事情？"韩孺子问道。

已经公开表示支持冠军侯的宰相殷无害，反应却一点也不激烈，笑着走来："一点小事，之前有些误解，现在弄清楚了。"

"离一清二楚还远着吧。"一名大臣厉声道。

殷无害停下脚步，略显茫然地看着这位同僚。

插言者是右巡御史申明志，他长着一张严峻的瘦脸，这时更显阴沉："倦侯想必已经听说，本应驻守在塞外的北军，突然无诏而归，宣称要为北军大司马讨说法，还说他们是在护送匈奴使者前来和谈。"

"听说过一些传言。"韩孺子有些意外，申明志一向是骨鲠谏臣的形象，在朝中很少拉帮结派，居然会归顺冠军侯。

"那倦侯有没有听说过这样的传言：说是有人挑拨北军将士作乱，却嫁祸给冠军侯？"

"有这种事？"韩孺子露出惊讶的神情，然后重重地叹了口气，"果然不出我所料。"

"你料到什么了？"申明志快步走来，比殷无害还靠前一点。

"左察御史萧声，他突然前往神雄关，却没有携带圣旨，言行古怪，当时我就觉得有异，可他有大都督府以及兵部的公文，我也没办法，只好离开。没想到他的野心如此之大，居然挑拨北军将士。我也有错，不应该轻易离开神雄关，以致北军落入奸人之手。"

殿中众臣一个个目瞪口呆，殷无害苦笑道："此事另有原因，肯定不是萧大人所为。"

"有殷宰相担保，萧大人应该没问题，是我猜错了，希望诸位大人不要放在心上，以后也不要对萧大人提起。"

申明志脸色越发阴沉："北军返京，与倦侯没有一点关系吗？"

"我是宗室子弟，又曾与北军共守碎铁城，要说关系，总该负一点责任，诸位大人需要我去劝说北军将士吗？他们或许能听我说几句。"

"我跟倦侯一块儿去。"冠军侯从殿外大步走进来，身穿全副盔甲，只是没有带兵刃，"也请诸位大人同去，北军返京的真相为何，很快就能水落石出。"

冠军侯走到韩孺子身边，冷冷地盯着他。

满仓是一座大城，城墙多达三层，由内向外，一层比一层矮，最外层只有一人多高，而且是土墙，可是与护城河配合，仍能极大地阻滞敌人的进攻，总之，这座城的防护远远超出一般城池。

顾名思义，满仓城里囤积着大量粮草。

为备不时之需，大楚在前朝遗留的基础上，修建了数座囤粮之城，分布在东南西北各处，满仓即是其中之一，位于京城以北二百多里的一小块平原上，城内密布着粮仓与草场，一旦天下有变，单凭城中的粮食，整个关中地区就能坚持十年之久。

　　自从太祖定鼎以来，大楚出现过几次危机，满仓也数度做好了开仓的准备，但都无疾而终，除了定期处理陈粮，并向各军供应少量粮草之外，从未大规模开仓，即使饥民遍地，也与满仓无关，它的职责是在动乱时期供养朝廷，赈灾自有其他措施。

　　满仓不在返京的必经之路上，往东偏了几十里，柴悦指挥北军南归的时候，第一目标不是京城，而是这座囤粮之城。

　　大军若真回到京城，柴悦也不知道该怎么办，总不能真与南军开战，所以他选择满仓，既解决了过冬的粮草问题，又能静观京城事变，等待镇北将军的下一步指示。

　　前锋军由督军蔡兴海率领，共三千人，直奔满仓城。

　　在城外，蔡兴海命令全军停在五六里之外，只带数十名士兵前去叫门，声称自己是北军粮草官，前来支取本月粮草，后方尽是运粮的劳力。

　　守城楚军还是比较谨慎的，今年不太平，到处都有饥民暴乱，过去的几个月里，满仓受到了三次攻击。军官出城，仔细检查了蔡兴海等人的文书，一切无误，全有北军大司马的印章，军官抱怨道：“光来取粮，就不能派点人支援我们吗？”

　　蔡兴海嘿嘿笑道：“谁不盼着躺在满仓城里睡大觉啊，可朝廷不发话，想来也没用。”

　　满仓城门大开，蔡兴海派人去内城交接文书，自己留在外城门下，等候“运粮”队伍到来。

　　三千北军疾驰而至，守城军官目瞪口呆。

　　不到半个时辰，蔡兴海已经占领满仓，客气地请城中官吏继续办公：“你们是主人，我们是客人，好比大雨倾盆，我们来屋檐下避避雨，你们在屋子里该干吗干吗，不用搭理我们，就当我们不存在。”

　　可这群客人有刀有枪，光是三千前锋军，数量就已超过城中的全部守军，官吏们不明所以，只好点头应允，躲在衙门里埋首办公，真的假装北军将士不存在，但是悄悄派人去向郡守以及京城通报情况。

　　北军陆续赶到，一半进驻城内，一半在几十里以外的官道附近扎营，进可攻，退可守，柴悦等主要将领都留在城外，韩孺子的部曲营则去守卫满仓。

　　大军扎营的第二天，南军使者到来，警告北军立刻退回神雄关以北，刘昆升早已准备好一封信，请使者带给南军大司马崔宏，他在信里声称北军疲惫，请南军去塞外换防。

第三天，消息说南军北上，占据各处要塞。

第四天，京城的书信雪片般飘来，有相关部司的质问，有各勋贵家族的询问，更多的是命令，有的直接命令北军，有的命令相熟的亲朋好友，要求他们尽忠职守，返回塞外，杀敌立功。

柴悦并不阻止信使，而是向众将暗示，京城已经被南军控制，所以大家众口一词，对北军的要求与崔宏一样！

第五天，北军大司马的使者到了，携带冠军侯的亲笔信，使者还向众将口头表示，京城正在选立新帝，冠军侯十拿九稳，北军不可在这种时候添乱。

在北军将士看来，这都是南军胁迫的结果，也有人觉得事情没这么简单，可塞北正是大雪纷飞的季节，粮草难以为继，谁也不愿意离开身后的大粮仓前去守卫一座孤城。

"匈奴人与镇北将军和谈，已经北上过冬，咱们去塞外干吗？"

"朝廷运转不畅，对塞外的支援一直不够，满仓有粮，每次只肯发送一点，北军若是再次出塞，还不得饿死在外面？"

北军将士此时就如同一名叛逆的少年，本来心中就有不满，觉得自己受到冤屈，受到各方的指责之后，不满情绪没有减弱，反而水涨船高。

尤其是还有柴悦和刘昆升在推波助澜，这两人一位是受全军将士敬仰的将军，一位是把持大司马印的北军都尉，很容易取得将士们的信任。

伴随大量书信来到北军营中的还有数不尽的传言，现在人人都知道诸子争位了，而且知道冠军侯与镇北将军都是参与者，他们很高兴，觉得无论谁当上皇帝，对北军都有好处。

韩孺子的信来得比其他人稍晚一些，不是一封，而是十几封，分别送给不同的人，有一些自认为与镇北将军不太熟悉的将领也接到了信，在此之后，他的信几乎每天都有。

信的内容都差不多，先回顾北军在碎铁城的艰苦战斗——大部分北军是后去的，但他们的确在最关键的时刻稳定了军心——接着表示理解北军南归的举动，最后声称他与冠军侯关系融洽，两人有可能一块儿来北军。

"冠军侯与镇北将军联手争位，一个当皇帝，另一个就当宰相，或者兵马大都督。"类似的传言马上传开，连几十里以外的满仓城都听说了，守城官吏再也不能视而不见，走出衙门，慰问北军将士，悄悄打探京城密闻。

冠军侯与镇北将军迟迟未到，北军占据满仓半个月之后，正好是元月初一，进入无为二年，深宫里的皇帝虽然快被人遗忘，朝廷也一直没有旨意颁布，各地还是按惯例庆祝新年。

困在北军营中的左察御史萧声就在这一天重获自由，立刻上路奔向京城，带着数百名随从与卫兵，还有他在北军营中的所见所闻。大部分北军将士不了解争位的真相，支持的目标仍是冠军侯，可是在萧声眼里，北军已然变质，完全投向了镇北将军，他得提醒冠军侯小心提防。

京城里，冠军侯虽然在勤政殿公开声称要与倦侯一块儿去与北军对质，却一直没有成行，等得越久，冠军侯越觉得北军暗藏陷阱，柴智已死，他在北军找不到值得信任的心腹之人，而且中途还得经过严阵以待的南军地盘，同样不安全。

韩孺子经常催促，但他并不着急，冠军侯当时没有立刻出发，他就知道此人色厉内荏，不足为惧。他受到耽搁，不能去函谷关见大将军韩星，只好等年后再说。

元月初一，韩孺子派人给宫中带去许多礼物，分别送给太后、母亲王美人与夫人崔小君，连东海王的母亲崔太妃也有一份。

除了崔小君，其他人都没有回礼。

冠军侯那边还在犹豫不决，一品大臣的推举也没有得到，韩孺子与杨奉却没有闲着，每天都在分析情况，开始拉拢国子监和太学的师生。

"如无意外，宰相致仕，继任者必是两位御史之一，左察御史主管京官，机会更大一些，可右巡御史申明志同时还是武帝指定的顾命大臣，机会不小，他支持冠军侯，那就是对宰相之位志在必得，与萧声必有一场好斗。"杨奉此前一直辅佐冠军侯，但是后期地位下降，许多事情都没有参与资格，只能依靠猜测。

"冠军侯若是登基，殷无害即是立下大功，他还会放弃宰相之位，致仕返乡吗？"韩孺子尤其猜不透殷无害的底细。

杨奉猜到了："这正是殷无害老奸巨猾之处，他的计划大概是这样：放出口风，声称冠军侯登基之后，自己心愿已了、年事已高，将会交出丞相之印，然后稍加暗示，让两位御史都觉得自己有可能接替丞相之位，于是争着为冠军侯做事，以立大功。"

韩孺子一点即透："殷无害什么都没做，只凭一份未来的许诺，就使得两位重臣全力支持冠军侯，事败，是萧声与申明志的责任；事成，首功归于殷无害，他根本不会交出丞相之印。"

"他会交的，但冠军侯不会同意。"杨奉对这种君臣之间的推让把戏见得多了。

"能对申明志和萧声挑拨离间吗？"

杨奉摇头："咱们还是得从头做起。"

杨奉列出一份名单，多达百人，都是国子监与太学的博士或弟子，有名满天下的大儒，也有默默无闻的年轻书生。

韩孺子先是派人去各家送拜帖，结果却不乐观，大多数人都有回帖，但是无一例外地拒绝倦侯来访或是应邀来倦侯府，理由千奇百怪，最简单的只有两个字："莫来。"

杨奉没有死心，一进入元月，就向各家送礼。

事情在元月初四发生了转机，此前一天，左察御史萧声返京，在朝中引起一阵不大不小的骚动，杨奉正到处打听萧声对冠军侯说了什么，一位有名的大儒不请自来，登门拜访倦侯。

郭丛曾经给皇帝讲过经典，与刘昆升一道将太祖宝剑送给大都督韩星，事后返乡避世，不肯领功，也不见任何人。

前些日子，郭丛悄悄回到京城，知道的人不多，在家里待了几天，他拜访的第一个人就是从前自己避而不见的倦侯。

这位讲经时极尽含糊其词之能事的大儒，此番拜访却是直截了当，互相见礼，进入书房之后，他说："为大楚江山着想，请倦侯退出帝位之争吧。"

第四章

读书人的立场

　　一年前离开京城的时候，郭丛打定主意要从此隐居乡间，两耳不闻天下事，可事情长了腿，会自己找上门来。

　　当韩孺子还在塞外遥望京城、对宫中发生的事情苦思冥想而不得要领之际，同样远离京城的郭丛，已经听说诸子争位的大致情况，迫不得已，与两名送信的学生上路，一个月前回到京城，未入旧宅，而是借住在朋友家中，闭门不出，只接待过寥寥几名拜访者。

　　饶是如此，这位垂垂老矣的大儒，对京城形势的了解仍远远多于一般的大臣。

　　郭丛身体不好，韩孺子命人搬来舒适的软椅给他坐，杨奉有自己专享的一张椅子，在书架旁边，离书桌后面的倦侯相对远些，能够不着痕迹地脱离交谈，也可以随时加入。

　　仆人退下之后，书房里只有他们三人，郭丛默认了杨奉的存在，开始劝说倦侯退出帝位之争。

　　韩孺子没料到郭丛的到访，更没料到他会向自己直白地提出这样的要求，想当初，为了让这位老师父在讲经时多说一点内容，还是皇帝的韩孺子费了多少精力啊。

　　他没有生气，微笑道："为了大楚江山？我有何德何能，参与争位竟然会影响到大楚江山的安危？"

　　郭丛呼吸粗重，让韩孺子想到了老将军房大业，但是有区别，后者粗重而有力，像是正被用力拉扯的风箱；前者粗重而绵软，总像是人生中的最后一次。

　　"大臣选择皇帝？不不，自古以来没有过这种事情，大楚绝不能开这个先例。"

　　韩孺子手边有一本史书，里面记载着上古时期的事迹，颇多荒诞不经，但是正如杨奉所说，里面有几段记载，换个角度想的话，很像是大臣在选帝王，经过写史者的粉饰修改之后，变得隐讳不清。

韩孺子没有向郭丛推荐这本史书，说道："请郭老先生相信，我也绝不想开这种先例，可形势如此……"

"形势可以改变。"一向儒雅到有些懦弱的郭丛，这时候却显出几分咄咄逼人，"如果争位的皇子只有一位，那就不是大臣选择皇帝了。"

韩孺子看了杨奉一眼，忍不住笑了，心中有很多疑惑，决定先提最古怪的一个："大臣选皇帝这种事虽然古怪，不合礼仪，但是对大臣很有好处，郭老先生为何反对呢？"

"问题就在这里，倦侯刚刚将'不合礼仪'四个字说得多轻松啊，可这不是蚁穴，这是溃堤，此前历朝历代莫不亡于此，大楚绝不能重蹈覆辙。就因为选帝对大臣有好处，我才反对，大臣一旦尝到甜头，将很难放弃，以后的皇帝都将由大臣选立，倦侯接受吗？"

"嗯……未尝不可。"韩孺子其实没想过那么远的事情。

"如果大臣们选出的皇帝不姓韩呢？"

"不至于吧。"

"大权在握，为何不用？选出异姓皇帝还不是最差的结果，大臣僭越帝权，自然就有人僭越臣位，以下犯上将会成为惯例，最终是人人都选自己当皇帝，天下大乱，四分五裂，大楚亡矣，中原也将从礼仪之邦沦落为豪强之地。"

郭丛真是一名腐儒，韩孺子有点厌倦这场交谈了，他好像又回到了从前，在凌云阁里听课听得昏昏欲睡，可他现在毕竟有选择了，于是打断老先生的礼仪之谈，说道："好吧，皇帝不可由大臣选择，可是为什么非得让我退出呢？郭师觉得我不配做皇帝？"

郭丛长叹一声，犹豫了一会儿，说："倦侯会是一位好皇帝，可时机不对，我劝倦侯退出，也是为了救你一命。眼下的形势很明显，冠军侯是前太子遗孤，已经取得多数大臣的支持，争议最小，也合礼仪，冠军侯天命所归，选帝之权不算落入群臣之手。"

"还有东海王呢。"韩孺子心生怒意，仍没有显露出来，他打算听郭丛说完，这毕竟代表着许多文臣的看法。

"见过倦侯之后，我就去见东海王，劝他也退出。"

"郭师觉得东海王会同意？"

"总得试一试，如果不行，我就去劝说崔太傅，他之前已经有意支持冠军侯，回心转意应该很容易，没有南军做靠山，东海王总该退出了吧。"

"我会考虑的。"韩孺子敷衍道。

郭丛当然能听出来，他又叹了口气："倦侯所倚仗者，无非是满仓城北军，人人都说北军效忠于倦侯，我却不这么认为，北军勋贵子弟众多，哪有父兄支持冠军侯，而弟侄转投他人的事情？传言必不可信，已经有人前去查看事实，一旦真相大白，倦侯更不会取得大臣的支持，何必冒天大之险争不可得之物呢？违时逆命，实不可取，莫不如急流勇退，安享富贵。"

这已经近于直接威胁了，却是一个十分有力的威胁。在柴悦等人的配合下，韩孺子的确夸大了北军对他的拥护，打算以此为基础，在朝内寻求大臣的支持，反过来再展示给数百里之外的北军。这是一个需要精细操作的游戏，一步走错，就可能导致北军与大臣同时抛弃韩孺子。

迄今为止，出错的都是冠军侯，韩孺子一直在受益。他打量对面的老先生，推测此人及其追随者的实力："郭师非支持冠军侯不可？"

"我不支持任何人，只是冠军侯称帝，带来的混乱最少。"郭丛顿了顿，"换成倦侯，我照样不会反对。"

韩孺子大笑，当初他当皇帝的时候，唯一为他说过话的人是名太监，而不是大臣或者儒生，他站起身："小子顽劣，没有郭师教导，何知礼仪之重？不过，总得给我一点时间考虑考虑吧。"

韩孺子没什么可考虑的，但是除非必要，他不想当面拒绝。

郭丛费力地站起身："倦侯尽管考虑，等北军那边传来消息，倦侯再做决定不迟。"

郭丛再次重叹，似乎想要说些什么，摇摇头，告辞离去。韩孺子亲自送到大门口，回到书房里，纳闷地向杨奉道："郭丛致仕多年，国子监里又没有几位大臣，诸子争位与他没有半点关系，他为何出头，跑来蹚浑水？难道真是为了所谓的礼仪？"

郭丛劝说韩孺子的时候，杨奉一直没有开口，也没有送行，这时露出微笑，好像刚刚打了一场胜仗："倦侯应该高兴，水面起澜，意味着水下有鱼，郭丛出面，则意味着大鱼。"

"你得好好跟我解释一下。"韩孺子彻底糊涂了。

杨奉站起身，走出几步，突然停下，说："勋贵讲祖上，武将讲军功，江湖人讲交情，商人讲利益，文臣讲仁义、讲礼仪。"

"嗯。"韩孺子还是没听明白。

"文臣从何而来？"

"文臣……从读书人而来。"

"没错，可读书人千千万万，成为文臣的能有几人？"

"不多，所以有科考、有荐举，从众多读书人之中选拔可用之才。"

"文臣会忘记读书人吗？"

"不会吧？不会，史书上记载得很清楚，开国时用武将，守国时用文臣，文臣上位之后，总是大力提升读书人的地位，前朝如此，本朝也不例外。"

"读书人反过来也会影响文臣。"

"那些落榜的书生能影响朝中大臣？"韩孺子不太相信。

"读书人不只是落榜的书生，还有拒绝参加科考的人，还有隐于朝中不愿当大官的人，读书人虽然无权无势，但是数量众多，口口相传，他们掌握着文臣的名声。"

韩孺子突然想起来，杨奉从前就是一名读书人，这名太监对从前的经历不愿意细说，可他对读书人显然非常了解。

"郭丛就是那个掌握名声的读书人？"

"别用'掌握'这个词，那有点过了，但是郭丛肯定很有影响力，否则的话，他也不会返京参与此事。"

"罗焕章呢？影响好像更大。"韩孺子想起了另一位讲经教师。

"罗焕章影响很大，但他拒绝科考，与朝廷毕竟隔着一层，跟郭丛还是比不了。"

韩孺子想了一会儿："可我还是不明白，读书人为什么要反对诸子争位，这能提升文臣的地位，自然也就是提升读书人的地位。"

无论如何，韩孺子不相信这仅仅是"礼仪"的问题。

"或许，郭丛这些读书人感觉到了威胁，觉得他们最终会失去对文臣的影响。"

"被谁威胁？"

杨奉没回答，陷入沉思，好像被什么难题困住了。

"望气者吗？"韩孺子自己给出回答，他很佩服望气者的本事，可是仍觉得杨奉有点过于高估这些人的实力了。

杨奉开口了，没有提起望气者："郭丛的老奸巨猾不亚于宰相殷无害，倦侯刚才应对得很好，永远不要当面得罪这种人。"

"恐怕这只是早晚的事。"

"不不，郭丛其实给倦侯带来了好消息。"

"好消息？"

"嗯，郭丛说得很清楚，他不支持任何人，只是因为冠军侯占据优势，他才希望倦侯与东海王退出。"杨奉顿了顿，"这说明郭丛根本不看好冠军侯，这也是读书人的立场。他还说，北军勋贵子弟众多，绝不会违逆父兄——这是在提醒倦侯，只有得到勋贵的支持，你才能击败冠军侯。"

韩孺子一呆，他可一点也没听出来郭丛的"善意"。

熬好的粥刚端出来，还没有放在架子上，队列就乱了，人人都往前挤，手中举着木条——这是领粥的凭证。维持秩序的官兵挥舞棍棒，不分青红皂白地一通乱打，队列没有恢复，只是增加了一片鬼哭狼嚎。

韩孺子勒住坐骑，停在路边，看着城门外的混乱场景。

商县不大，离京城也不远，快马加鞭，多半日就能到，是向东前往函谷关的必经之路。和许多地方一样，商县也有大量灾民、流民，每天一次的施粥，对许多人来说是性命攸关的一餐。

数十名随从停在倦侯身后，杜穿云怒声道："好一群官府爪牙，我去给他们一点教训。"

杜摸天伸出马鞭拦住孙子："少惹事，你打了官差一跑了之，这些百姓怎么办？今后你每天来施粥？"

杜穿云哑口无言，可是又看不得老弱妇孺受欺负，只得对前边说："倦侯，快走吧，停在这儿干吗？"

"嗯。"韩孺子没有动。

城门外的众公差早已看到这队人马，知道是从京城来的权贵，但不认得身份，公差头儿比较谨慎，悄悄命令手下的人收敛起，自己走来，抱拳笑道："大人是从京城来的？有何公干？"

韩孺子指着领粥的队伍："这里有多少灾民？每日需米多少？"

公差头儿一愣，摸不透对方的底细，不敢得罪，茫然道："灾民……五百多人，需米……我不太清楚，这个得问县老爷。敢问大人怎么称呼？我去给您通报一声。"

"不必。"韩孺子拍马进城。

他是应约而来。

郭丛登门拜访之后不久，韩孺子接到一封信，大将军韩星邀他来商县会面。此前，杨奉以倦侯的名义给大将军写过数封信，这是第一次接到回信，是个好兆头。

与崔太傅一样，韩星也玩了一个小花招，在京畿以外与倦侯见面，不算回京，他选择的时间也很微妙，正月十五，元宵佳节，也是冠军侯迎娶新妇的日子。冠军侯急于修复与崔太傅的关系，将成亲的日子提前了。

县城的街道两边张灯结彩，行人却不是很多，韩孺子来到县衙前，派人去通报。

出来迎接倦侯的人既不是韩星，也不是商县县令，而是一位郡守。

商县以东直至函谷关，皆属弘农郡，郡守卓如鹤是位驸马，夫人是武帝之女、桓帝之妹、韩孺子的姑姑。

卓如鹤四十岁左右年纪，白面微须，出身于书香世家，韩孺子听说过此人的名字，想必也在泰安殿里见过面，只是没什么印象了。

卓郡守彬彬有礼，亲自将倦侯迎入衙门后厅，本县县令没资格露面，也不想参与这种事，在前面大堂上照常办公。

两人不熟，客套话自然比较多，一杯茶喝过，仆人续水之后，韩孺子说道："卓驸马是与大将军一块儿来的？"

卓如鹤笑道："本官巡视各县灾情，大将军正在路上，很快就会到。"

韩孺子弄不清卓如鹤的用意，于是闲聊道："我在城门外看到施粥，灾民有五百多人，不算太多吧。"

"唉，这只是一小部分而已，有些进山为盗，有些前往他郡，有些留在乡下，初冬的时候乱民最多，有七八千人，四处流动，求取粮食，求不到就抢，还好各县守卫得当，没出什么大乱子。"

"本郡遇到什么天灾？"

"要说天灾，去年的雨水比往年少一些，倒也不是特别严重，入秋之后却有阴雨，毁掉一些收成。"

"既然如此，粮食因何不足？"

卓如鹤笑了笑，似乎不太愿意回答，拿起茶杯抿了一小口，说："天灾虽弱，人祸不断。"

"都有哪些人祸？"韩孺子已经不是闲聊天了，打算问个明白。

"前年齐王作乱，朝廷大军东征，天下骚动，弘农郡地处要冲，军队来往、粮草转运皆从此过，地方都要接待，消耗不少。去年大军北上与匈奴人作战，全国征收秋粮以供应边疆，中间还有过一次地震，民力疲竭，粮价飞涨。"

韩孺子还是没明白："武帝时几乎每年都有战争，没听说对民间影响如此之大。"

"武帝之前，唯有烈帝好武，规模不大，成、安、和三帝皆以休养生息为要务，有数十年储积可供使用，武帝在位四十余年，备战十年，才与匈奴人一战，饶是如此，大楚的家底也几乎消耗一空。如今突逢战乱，事前准备不足，各地只好加重赋敛。"

"据我所知，满仓粮草充足，各郡县官仓也都有粮，为何不肯开仓赈灾？"

卓如鹤又笑了笑，没有直接回答，而是说道："倦侯总督神雄关军务，也曾为粮草发愁吧？"

"粮草不足，比匈奴人的威胁还要大。"

"倦侯向诸县征集粮草的时候，是不是希望立刻得到满足、送来的越多越好？"

"当然。"

"这也是朝廷的想法，一纸令下，哪个郡县准备得又好又快，郡守、县令立功；准备得迟，或者数额不足，则是重罪。所以，一旦预料到会有征发，各地都要提前准备，以应对不时之需。"

韩孺子终于明白了："先是齐王叛乱，后有匈奴人侵边，大家都以为这会是一场持续数年的战争，因此要多多囤粮，以应对朝廷日后的征收。"

"正是如此。"

"官府强行征粮，以致各地暴民作乱，朝廷派军平乱，又是一场不知何时才能结束的战争，于是各地更要囤粮，仓中有粮也不敢发放，怕的是明年、后年无粮可用。"

卓如鹤点头："还有一点，朝廷不稳，乱象已成，官民皆有自守之心，人人都想为自己储备一点粮食，如此一来，粮价大贵，大楚似乎有粮，又似乎没粮。"

"满仓粮草足够供应边疆大军，为什么朝廷不肯拿出来使用，非得让我从神雄关周边征发呢？"

满仓在神雄关三百里以外，不属于镇北将军的总督范围，但韩孺子还是多次请粮，满仓却只肯按惯例每月供应少量粮草，甚至比不上周边的一个小县。

"满仓是帝王之仓，非大楚之仓、非楚军之仓，更非百姓之仓，只有……天子也感到饿的时候，才会动用。"

"没有百姓就没有楚军，没有楚军就没有大楚，没有大楚——又何来的天子？"

卓如鹤起身，向倦侯拱手行礼："倦侯睿智。"

一名仆人进来，卓如鹤道："大将军到了，请倦侯稍候，我去迎接。"

韩孺子独自坐在厅内，还是没明白卓如鹤到底想说什么，这种时候，他觉得自己尤其需要杨奉。

杨奉留在倦侯府内，没有跟来。

没多久，韩星进来了，独自一人，没有随从，卓如鹤也没有跟来。

韩星是宗室长辈，韩孺子起身相迎，韩星笑道："想不到马邑城一别，竟在一座小县衙内重逢，唉，整整一年，我唯一正确的决定就是让镇北将军去守碎铁城，换一个人，只怕后果不堪设想。"

"若没有大将军的支持，我与数千楚军早已经埋骨碎铁城了。"

韩星让镇北将军总督碎铁城、神雄关及周边十县军务的那项任命至关重要，没有它，韩孺子想要服众，会更加困难。

韩星笑着点头，坐到椅子上，示意韩孺子也坐下，然后从袖子里取出一封公函，放在桌上，推给韩孺子："镇北将军应该需要这个。"

这是一封调遣令，命镇北将军回京向兵部、大都督府报告边疆军情。大将军韩星自己不能无故回京，但是可以将麾下的将军送回京城。

韩孺子起身致谢，他的确需要这纸调令，否则的话，他在京城的身份终究是个麻烦，全因为宫内不肯批复奏章，才暂时无事。

可这不是韩孺子来此与大将军相会的真正原因："我写的信，大将军都收到了吧？"

那些信是杨奉写的，韩孺子都看过，加盖的也是他本人的印章。

韩星点头："我真是老了，居然还能碰到这种事情，诸子争位——谁出的主意？"

"据说是一些望气者，他们说服了太后。"

"唉，世事难料，就在十几年前，谁敢稍微表露出一点对帝位的关心，哪怕是私下里表露，哪怕只是问一声皇帝安否，都有可能惹怒武帝，落得个家破人亡的结局，现在倒好，皇帝还在宫里呢，'争位'这种说法竟然能够堂而皇之地四处传扬，谁也不觉得这是大罪。"

"大楚需要另一位'武帝'。"

韩星探过身来："不是大楚，是韩氏，女主专权，宗室衰落，这才几年工夫啊。等咱们死后，有何面目去见太祖？"

韩星在朝中向来沉默寡言，以清静无为著称，居然说出这样一番话，韩孺子很是惊讶："大将军反对诸子争位？"

"争位可以，但不能由一群江湖术士做主，太后真是疯了。"

"大将军的意思是……"

韩星笑了笑："宗室需要团结，冠军侯忘了自己的姓氏，一心依靠大臣，可还有倦侯，还有……其他人，韩氏枝繁叶茂，哪怕只有一小部分子弟齐心协力，也能保住大楚江山。"

韩孺子隐约猜到了什么，这可不是他与杨奉的期望。

韩星拍了两下手掌，从外面又走进来一人。

东海王向韩孺子拱手笑道："兄长，你会原谅我吧？"

东海王求亲成功，很快就将迎娶谭家的女儿，相比于冠军侯与崔家的联姻，这桩婚事不是很受关注，东海王与谭家人聊过几次，得到不少承诺，许下更多的承诺，颇有些帮助，但他觉得远远不够。

冠军侯已经取得多半大臣的公开支持，谭家对朝堂的影响相当广泛，却不能立竿见影，许多大臣固然亏欠谭家，但是在选帝这种大事上，谁也不会轻易用来还人情。

仅仅依靠谭家，不等群臣被说服，冠军侯早已经登基了。

东海王仍要与谭家联姻，但也要制订一个见效更快的计划。

"韩氏子孙都被齐王之乱给吓坏了，京城出这么大的事情，竟然没几个人敢挺身而出。"东海王走进厅内，背负双手，叹了口气，"咱们两个是桓帝之子，若不联手拯救宗室，韩氏真要完蛋了。"

韩孺子看向大将军韩星。

韩星道："碎铁城发生的事情我都听说了，东海王做得不对。"

东海王脸上一红，若是从前，他当场就会发怒，才不管韩星地位有多高、辈分有多老，现在却只能讪笑两声，不敢发作，还得承认错误："老实说，我胆子小，近不得战场，一看到漫山遍野的匈奴人，心就怯了，聪明才智也没了，可是只要远离战场，我就能恢复正常，认识到自己的错误，也看到了你和柴悦的正确。"

"京城就是战场。"韩孺子说。

东海王笑道："战场和战场不一样，京城这种，我不怕，反而——就让我自夸一句吧——如鱼得水，你需要我的帮助。"

"帮助我什么？"

"帮助你联络宗室子弟和勋贵家族。"

"我能帮你什么？"

东海王看了一眼韩星，含笑不语。

韩星在椅子上挪了挪身体："宗室子弟众多，却缺少一位首领。冠军侯不行，因为前太子之死，他对宗室似有怨恨，而且，对于宗室来说，最好的选择就是承认武帝生前所做的一切决定，包括几次改立太子。所以，唯有桓帝才是正统，除此之外再无旁人，也唯有倦侯与东海王才有资格成为宗室之主。"

韩星对两人各看了一眼："东海王年幼一些，危急时刻沉不住气，难堪大任，那就只剩下倦侯。"

东海王脸色又是一红，这回他没有辩解。

韩星继续道："宫变之时，倦侯几乎凭一己之力击败逆贼，在碎铁城又成功挡住了匈奴人。"

"那是因为匈奴人想要和谈。"

"倦侯不必过谦，若非你守住了碎铁城，匈奴人很可能已经长驱直入，根本不会选择和谈。"

韩孺子笑了笑，不再谦虚。

韩星坐在椅子上，仍是一副老态龙钟的样子，却有几分大权在握的威严，不再是那个唯唯诺诺的宗室老臣："倦侯大概会问，为什么太后废帝之时，宗室没有人站出来说不。"

"我确有此惑。"韩孺子这时候假装糊涂就是虚伪了。

"形势所迫，倦侯，你在宫里的时候，看到太后被一群江湖人所胁迫，以为太后很容易对付，可是在宫外，我们所看到的太后一点也不软弱。借助平定齐王之乱，太后讨好了大臣，提拔了一大批刑史，将宗室打击得遍体鳞伤，她唯一的失误就是太相信上官皇太妃，以致身边出现漏洞。但她的根基已经奠定，宗室自保尚难，更不用说保护倦侯。东海王说得对，宗室子弟，包括我在内，都被吓坏了。"

韩孺子想了一会儿："又是什么原因，使得宗室不再害怕了呢？"

"绝路。"韩星双手按着扶手，东海王急忙上前，帮助大将军坐直，韩星继续道，"太后要的是傀儡，所以她最忌惮宗室，即使神志不清，她也宁可将权力转交给大臣和一批江湖术士，而不是还给韩氏子孙。"

"太后为什么会……变疯？"韩孺子对这件事一直很好奇，杨奉知道的内情却不多。

"据说是因为当今天子得了怪病，太后心中惶恐，以为自己受到鬼魂的报复，所以……原因不重要，可太后的疯狂之举，一下子将宗室逼到了绝路。诸子争位？这种事情若是开了头，大臣们将成为大楚的真正主人，韩氏所能提供的只是一个个傀儡而已。冠军侯以为自己能在称帝之后夺回所有权力，可我不看好他，冠军侯缺少倦侯的魄力，他现在与大臣妥协，以后会一直妥协下去，直到将太祖留给子孙的江山丢得一干二净。"

老实人发怒往往有令人震惊的效果，韩星就是如此，他又一次按住扶手，不用东海王的搀扶，自己站了起来："诸子争位绝不可行，宁可烽火连天，也绝不能允许大臣把持朝政。"

大将军韩星与大儒郭丛，分别代表两个团体，本该是泾渭分明，反对诸子争位的理由居然有几分相似。

韩孺子沉默不语，他来寻找大将军韩星的支持，结果对方却比他更加激进，他反而要让自己冷静下来。

"宗室子弟都这么想？"他问。

"我可以保证，只需倦侯振臂一呼，至少有五位诸侯王和十几位宗室列侯会响应，不算东海王。"韩星说道。他这段时间带兵平定内乱，有机会见到京城以外的许多宗室子弟。

东海王不再脸红，上前补充道："朝中大臣想操控帝位之争，咱们就来个一锅端，连大臣和冠军侯一块儿除掉，让他们知道大楚江山到底归谁所有。"

韩孺子盯着东海王："你还想让我将帝位禅让给你？"

禅让是东海王之前提出的一个条件，那次联手以失败告终，韩孺子却不会忘记东海王的野心。

"呵呵，时移事易，我哪还有那么大的野心？只有一个小小的愿望，以后你若是觉得我还有些功劳，就将齐国并入东海国，我不跟你争帝位，总可以多一点享受吧。"

"我得好好考虑一下。"韩孺子说，在与杨奉商量之前，他不会加入任何人的阴谋。

"你在担心什么？"东海王有点急迫。

韩星倒觉得倦侯的反应很正常，笑道："应该如此，事前谨慎，临阵方有真勇，我一个老头子，说得再多也是空口无凭，倦侯尽管回京，自会有人登门拜访，到时候你就会知道宗室对你的支持绝非空话，也不是只有我与东海王两人。"

"京城现在是冠军侯的地盘，消息一旦泄露，倦侯和我会不会有危险啊？"东海王问道。

"事关宗室存亡，没人会泄露消息，心怀二意的人，我也不会找。即便事有万一，冠军侯与大臣也不会动杀机，他们一定要将诸子争位进行下去，没有竞争者，争位就成了笑话。"

韩孺子很想将郭丛的计划说出来，那位大儒的想法就是劝退竞争者，令争位名存实亡，话未出口他就放弃了，换个角度看，能得到宗室的支持毕竟是件好事，犯不着告诉他们一切。

"我还是需要大将军的举荐，至少能够迷惑冠军侯与大臣。"

"当然，现在就要吗？这种东西可没有人写过，有格式吗？"

"先不着急。"韩孺子道，所谓诸子争位只是一个说法，许多细节还没有敲定，他来见大将军也只是想得到一个承诺，"有大将军的这句话就够了，我会随时与大将军保持联系，您一直在函谷关吧？"

"今后的几个月都在，如果换了地方，一定会让倦侯最先知道。"

韩孺子起身，打算告辞，临了想起一件事："天下流民众多，放任则威胁大楚江山，收拢或是一股强大的力量。如今南、北军在京北对峙，宿卫八营掌控皇宫京城，大将军何不趁机收编流民，既能壮大力量，又能显示宗室对百姓的关怀，一举两得。"

"此计大妙，我很快就会着手此事。"韩星笑道。

东海王与韩孺子一块儿回京，他不怕被人看到："咱们是亲兄弟，谁能说什么？"

出了商县县城，领粥的灾民已经散去，东海王与韩孺子并驾齐驱，对他说："你多余给韩星出主意，他答应得好，才不会多管闲事，收编什么流民。"

"即使大有好处，他也不做？"

东海王哈哈大笑："这就是为什么你需要我的原因，你对韩星这种人太不了解了，他们一辈子都在坐享其成，最怕的就是麻烦，收编流民就需要更多的粮草，需要协调朝廷以及各地官吏，数不尽的麻烦。所以，即使有韩星和宗室的支持，咱们兄弟二人还是得自己努力，只有咱们成功了，他们才会死心塌地地效忠。"

回到京城时，天已经黑了，一行人在城外的驿站过夜，将要休息的时候，韩孺子又问东海王："林坤山怎么没跟你来？"

"嘿，你以为我还会再相信望气者吗？"东海王眨眨眼睛，告辞离去。

次日一早，韩孺子与东海王分开进城，一回到倦侯府，韩孺子就找来杨奉，将昨天会面的经过说了一遍。

杨奉似乎一点也不意外："走着看吧，看看到底有多少宗室子弟敢于得罪冠军侯和朝中大臣。"

杨奉也有新消息，冠军侯成亲之后，诸子争位终于被提上日程，三天之后，所有参与争位的皇子皇孙将齐聚宫中，听取争位规则。

"或许这一次我能见到真正的淳于枭了。"杨奉说。

韩孺子突然有一种感觉，杨奉对淳于枭的兴趣比对诸子争位似乎更大一些，韩孺子没有询问，即使对杨奉，他也要有所保留。

第五章

第四名争位者

韩孺子穿好衣服，等待出发，觉得有些无聊，向杨奉问道："有些事情明明好处很多，为什么就是没人愿意做呢？"

杨奉站在书架前，转过身，手里端着一杯酒："因为坏处总是跟着好处一块儿出现，先说说是什么事情吧。"

"天下流民众多，我建议大将军收编流民，以官粮养民，既能平内乱，又能壮大实力，可东海王对我说，大将军怕麻烦，只是表面赞同，绝不会真这么做。"

"东海王说得没错，大将军不会收编流民，但他不是怕麻烦，是怕猜忌。"

"猜忌？"

"民心是天下重器，好比一口宝刀，刀的主人可以随意把玩，小孩子也可以碰一下，顶多受到训斥。其他人触碰，免不了会受到猜忌，如果是普通人，大家可能笑话他不自量力；如果是位练过武功的高手——哪怕只是多看两眼，也免不了被大家认为是别有用心。"

"民心是重器，大将军是宗室重臣，地位越高，反而越不敢做事，更不敢'触碰'民心？"

杨奉点点头。

"嘿，大楚风雨飘摇，韩氏危在旦夕，他敢召集宗室子弟反抗冠军侯，却不敢收编流民？"

"反抗冠军侯是在暗中进行，收编流民却要公开。还以刀喻，大将军造出一口宝刀，但他希望别人用这口刀去杀人，而不是他自己。"

"他找到东海王，东海王又找到我。"韩孺子冷笑一声，这个道理他早就看明白了，"等我挥刀'杀人'，他们再将刀收回去。"

"不管怎样，先把刀拿到手再说。"杨奉平淡地说，大将军的支持是必要的，即便他别有用心，倦侯也得接受，起码暂时接受。

府丞进来，微带颤声地说："倦侯，宫里来人……"

"知道了，我马上出去。"

府丞告退，默默地祈祷自己不要受到牵连。

韩孺子站起身，从书桌上拿起一枚竹制书签，放在袖子里，与杨奉一前一后走出书房。杜穿云迎上来："真的不需要护送吗？"

"进宫是不能带护卫的。"韩孺子说。

"这倒是一个将你们这些人一网打尽的好机会。"杜穿云说话直，所谓的"这些人"是指有心争夺帝位的几位韩氏子孙。

韩孺子笑了笑，脚步未停。

外面停着两顶轿子，韩孺子更喜欢骑马，但轿子也不错，可以坐在里面独自思考。

数名太监和十几名皇宫宿卫护轿，一路前往皇宫，流民还没有影响到京城，街上行人众多，到处残留着新年的装饰，只是热情不再，露出宿醉之后的倦怠。

聚会地点并不在皇宫内城，而是勤政殿附近一排值宿房中的一间，议政大臣们有时候入夜之后不能出宫，就住在这里。

房间不大，空空荡荡的，不仅没有床铺，连桌椅板凳也没有，来者只能站立，这倒解决了一个不大不小的麻烦，没有尊卑贵贱，所有人都不用排位了。

东海王已经到了，虽然声称自己不信任望气者，但他带来的"军师"还是林坤山。东海王冲韩孺子点下头，没说什么，林坤山却走上前来，恭恭敬敬地拱手行礼，小声道："林某在碎铁城不辞而别，万望恕罪。"

"顺势而为，何罪之有？"韩孺子微笑道。林坤山笑着退回到东海王身边。

冠军侯很快赶到，也是只带一个人，一进屋就向韩孺子和东海王拱手致意，笑容满面地打招呼，丝毫没有敌意——这是胜券在握者才有的大度。

韩孺子正常还礼，东海王却假装看不见，他实在没法忘记冠军侯与崔太傅曾经联手想要除掉他。

冠军侯的军师也是一名望气者，杨奉事前向韩孺子介绍过。此人名叫鹿从心，与其他望气者一样，从面容上看不出具体年纪，三十以上任何一个岁数都有可能，唯一的区别是神情比较严肃，不像林坤山等人那么随和。

"客人都到了，主人在哪儿呢？"东海王嚷道。

房门打开，又进来两个人，一个是七八岁的小孩，一个是须发皓白的老者。

孩子脸蛋胖嘟嘟的，不跟任何人打招呼，一进屋就到处乱跑，最后站在角落里，抬头看着满屋子的大人。

老者向众人拱手，笑道："来迟一步，诸位海涵。"

"你是谁？"东海王惊讶地问。

"在下袁子凡，与林先生、鹿先生皆是淳于师门下弟子。"

又是一名望气者，韩孺子、东海王和冠军侯全都看向角落里的陌生孩子。

望气者袁子凡走到孩子身边，介绍道："这位是武帝幼子，受封为英王，讳锳。"

三人全都愣住了，英王韩锳，这个小孩子居然是他们的叔叔。

韩锳靠墙站立，不说话，但是神情也不太怕人。

"他也要争夺帝位？"冠军侯忍不住开口了。

"武帝之子，应该有资格吧。"袁子凡笑道。

"武帝的儿子一大堆，难道都能争位？"东海王愤怒不已，桓帝的正统地位已被打破，没想到又被踩上一脚。

"应该都能吧，不过据我所知，武帝诸子当中，只有英王对争位感兴趣。"

"这个……这个……"东海王狠狠地瞪了林坤山一眼，怪他事先保密，林坤山一脸无奈，表示自己也不知道，东海王终于想出反对理由，"当今天子是武帝之孙，继位者只能是平辈或者晚辈，哪有选长辈的道理？以后太庙里怎么排位置？"

长辈韩锳打定了主意不说话，噘着嘴唇往外吐泡泡。袁子凡护在他的侧前方，笑道："长辈继位，前朝有过先例，至于太庙牌位的摆放，那是很久以后的事情了，总有办法解决。"

东海王与林坤山、冠军侯与鹿从心分别低头小声商议，韩孺子与杨奉互视一眼，都没有开口。

片刻之后，冠军侯道："争位本来就是非常之举，英王想要参与，也无不可。淳于师呢？怎么还没现身？"

"还有朝中大臣呢？一位也不到吗？"东海王问。

房门再次打开，进来的正是那位钓鱼翁。

"大臣要避嫌，就不参加此次聚会了。"钓鱼翁笑道。

"皇甫先生。"冠军侯显然认得此人，态度很客气。

"淳于枭不来吗？"东海王道。

"淳于枭是在下用过的一个名字，真名皇甫益。"

东海王打量对方几眼："别蒙人，我见过淳于枭，跟你长得不一样，起码没有胡子。"

宫变之前，崔家曾经接待过一位淳于枭及其弟子步蘅如，东海王可不会忘记，那个淳于枭自称去势，曾向儒生罗焕章宣称要当没有子孙拖累的皇帝。

皇甫益笑道："淳于枭只是一个名字，谁用都可以。"

"可是能当'恩师'的淳于枭只有一个吧。"东海王说。

林坤山、鹿从心、袁子凡三人站在不同位置，这时同时向皇甫益鞠躬："弟子拜见恩师。"

韩孺子看向身边的杨奉，杨奉面无表情，似乎仍不认可这位"淳于枭"。

"之前那位淳于枭呢？跑哪儿去了？"东海王还不死心。

"他也是我的弟子之一，更常用的名字是林乾风，非常遗憾，前年他被官府抓捕，历经折磨，死于狱中，当时用的名字是张可鸿。"

齐王造反失败，官府四处抓捕望气者，宫变之后，更是撒下天罗地网，许多人只是以算命为生，就被当成望气者抓起来，活着出狱的人寥寥无几。

一年之后，望气者却成为宫中贵客，令太后对他们言听计从。

东海王眼珠转了转，叹息道："可惜，我对那位淳于枭印象挺好，林先生别误会，就算他还活着，我也选你当军师。"

林坤山只是微笑。

东海王大概是嫌气氛不免紧张，向杨奉笑道："杨奉，当初你抓过不少望气者吧？"

"我很少抓活的，大都是就地处决。"杨奉冷冷地说，"可惜，时间太短，我没能清除干净。"

杨奉离开皇宫之后，就失去了追捕望气者的权力与人力，也就是在那之后，望气者又逐渐重出江湖。

屋子里的四名望气者没有生气，或者微笑，或者不动声色，皇甫益道："天地万物莫不借势而为，势既已去，万物凋落，杨公所借之势已去，莫要遗憾。"

杨奉没再吱声，目光移开，打算只听不说。

东海王小声嘀咕道："当着太监说'去势'，嘿嘿……"

皇甫益开口道："人已到齐……"

"等等。"韩孺子打断望气者，左右看了看，"人还没齐吧，当今天子呢？太后呢？没有他们，咱们站在这里说什么都是无用。"

"没错。"东海王附和道，"总不能你们几位望气者决定谁能继位吧？"

皇甫益笑道："是我的错。"说罢，举手拍了两下。

房门再次打开，一队宫女鱼贯而入，并排站在中间，共是六人，全都捧着托盘，每只托盘上摆着两枚印玺。

"陛下有恙，太后正悉心照料，因此不能前来，特派出十二枚皇帝印玺以表明心意，诸位觉得可否？"

四名争位者走过来察看，英王个子矮小，让袁子凡抱着自己，伸手想摸印玺，被袁子凡阻止。

皇帝印玺共有十二枚，用途各不相同，韩孺子只认得一枚，最重要的一枚，可以用来颁布圣旨的那一枚。

他看到了，宝玺就在一名宫女的托盘上。

他再次看向杨奉，觉得真正的淳于枭必是这四名望气者之一。

六名宫女退到一边，手里捧着的十二枚皇帝印玺形态各异，颜色也都稍有区别，像是十二位缩小了的先帝牌位，冷冷地监督着一切，要看看韩氏子孙究竟能折腾出什么新花样。

望气者皇甫益——自称也曾用过淳于枭这个名字——站在屋子中间，其他人或自觉或不自觉地围成圈子，倾听他说话。

皇甫益缓慢地原地转圈，以显示不偏不倚。

他说："诸子争位，由大臣选立新帝，听上去十分稀奇，似乎是前所未有的怪事，可是请诸位听我唠叨几句：上古之时，天下为公，尧、舜、禹三代禅让，表面上是前帝指定后帝，其实真正的决定者是大臣，丹朱为尧之长子，未能取得大臣拥护，而失去帝位，舜终其一生为民操劳，始终接受大臣的监督……"

皇甫益说了许多，韩孺子瞥了一眼杨奉，就是在这名太监的指引下，他仔细看了一遍史书中的上古记载，意思与望气者所言相差不多，只是史书将禅让归功于帝王本人的高风亮节，在皇甫益的层层剖析之下，真正起作用的是大臣，唯有取得大臣的支持，禅让才能起作用。

杨奉对望气者了解之准确，令韩孺子吃惊，甚至有一点恐惧。

"但是。"皇甫益话锋一转，"禅让毕竟是上古之事，失传已久，千年以降，帝位皆是父子相传，天下以为定式。大楚定鼎百余年来，帝位传承不绝，可是自从武帝驾崩，弃群臣而升天，帝位乖乱，以致臣民无措，天下汹汹，不知所从，大楚由此倾危。在下稍通阴阳，幸得陛下、太后召见，上观天象、下察地理，以为乱象有因……"

皇甫益接下来的话比较晦涩，各种怪词滔滔不绝，总之只想说明一件事，帝位传承的规矩该改一改了，没必要全改，大楚江山归韩氏所有，已为天下所公认，所以皇帝无论如何仍要在宗室之内产生，却不一定是父子相传，可以稍稍"复古"，由大臣选择。

就这样，在皇甫益的一番讲解之后，诸子争位、群臣选帝这件事，由标新立异变成复古之举。

众人听得比较认真，韩孺子也是如此，倒不是被说得心服口服，而是想通过这些话弄清楚望气者的真正目的是什么。

皇甫益没有露出任何破绽，他将一切功劳与想法都推给太后与病重的皇帝，望气者顶多给予一点建议。

最后，他终于说到了重点："宗室子弟众多，不可能都参加争位，本来应该由宗正府做出选择，可这是第一次，宗正府没有经验，不敢接手，只好由韩氏子孙自荐，也就是四位到此的原因。"

皇甫益继续原地转圈，向四名争位者挨个点头。

"今天并非争位的起始，只是一次沟通与说明，我相信四位皇子、皇孙都已得到一品大臣的推荐，但是尚需一点凭证。倒也简单，十日之内，请诸位拿到一品大臣的官印，交到勤政殿，让几位大臣看一眼，确认无误之后，原物归还，除此之外，再不需要一纸一字。"

东海王忍不住开口了："要官印，还不如让本人进京，官印离身，可是重罪。"

东海王瞧了一眼韩孺子，没有指出这是一位夺印的天才。

皇甫益笑道："无妨，四位可亲自捧印前来勤政殿，验过之后就可带走，绝不在他人手中停留。"他顿了一下，"为了这次选帝，宫内已经两个多月没有批复任何奏章，断然没有突然问罪的道理。"

东海王还是觉得不踏实，追问道："比如……太师，我只需要拿到太师印，不需要领职的官印？"

"不需要。"皇甫益道。

正一品大臣只有五位，其中太傅、太师、太保位居三公，地位最高，却没有实权，只是虚衔，有印无府，命令不了朝廷中的任何人，如果兼领他职，才有实权，对于崔宏来说，太傅之印并不重要，真正有意义的是南军大司马印。

皇甫益声称只需太傅之印，东海王稍稍满意，不那么疑神疑鬼了，虽然他的真正计划是与宗室子弟一块儿"造反"，但是对选帝之事也不能马虎。

"接下来，有半年时间，诸位可以争取大臣的支持。"

"半年？这么久？"冠军侯发问了，他已经取得大量支持，恨不得立刻就宣布结果，不愿多等。

"为公平起见，"皇甫益答道，神情稍显严肃，"这是大楚第一次由大臣选帝，必须无懈可击，让任何人都挑不出毛病来。"

"我没意见，一年也行。"冠军侯耸下肩，想不出半年之内会有什么事情能让大臣改变主意。

"如果半年之内发生意外呢？"韩孺子问道。

能影响选帝的意外只有一个，大家都明白他的意思，皇甫益的神情更加严肃："万一陛下有事，太后暂时听政，一如从前。如果太后也有事，则由勤政殿群臣执政，一旦选出新帝，立即归还政柄。"

年幼的英王可能根本没听懂这些人在说什么，站得久了，有些疲惫，扯扯望气者袁子凡的衣角，袁子凡回以微笑，示意他再等一会儿。

韩孺子、东海王、冠军侯互相看了一眼，在这一刻，他们都是韩氏子孙，站在同一立场上，听出了这一规则的危险之处——大楚朝廷有可能在一段时间内完全由大臣把持，帝权本已削弱，经此一事，只怕更难夺回来了，即使是冠军侯，也想在称帝之后大权在握，将争位与选帝彻底废除。

"古时曾有大臣短暂执政，被称为'共和'，还政之后，迎来的是一次复兴。"皇甫益又用上"复古"这一招，然后微笑道，"何况这种事情不会出现，太后身体很好，诸位无须忧心。"

武帝的三名皇孙都不开口了，等着皇甫益继续讲解规则，一直没开口的英王却说话了，声音稚嫩，还有一丝不耐烦，语气有点冲："要是半年之后我被大臣选中，现在的皇帝还活着，那该怎么办？"

韩孺子等人都看向这位"小叔叔"，怀疑问题是袁子凡教他提出来的。

这的确是一个问题，皇帝虽然病重，毕竟还有复原的可能，新帝选出，而当今皇帝仍在，将会非常尴尬。

皇甫益笑道："太后对这种状况已有考虑，若是圣上万幸大愈，当然要继续为帝，至于被选出者，将被立为皇储，位比太子。"

"即使当今圣上有了子孙……"冠军侯最为在意。

"也不能改立皇储。争位选帝并非权宜之计，也将是万世之法。"皇甫益说道。

四位皇子、皇孙没有一个人愿意将这当成"万世之法"，但是在望气者面前，谁也不会提出质疑。

皇甫益继续道："大楚朝臣众多，不可能所有人都参与选帝，需要划定一个范围，太后以为：人数太多，反而无益，正五品以上的官员才有此权，闲官无事，对朝政缺少了解，品级再高，也不得选帝，必须是掌印的实封之官，才可参与大事。"

"那可没剩下多少人。"东海王说。

"三百七十六人，比一年之数稍多，等诸位将官印送到勤政殿时，将会得到一份名单。"

"的确不该给闲官选帝之权。"冠军侯严肃地说，与之前的朝代一样，大楚的闲官日积月累，越来越多，早已超过掌印之官的数量，绝大多数出身于宗室以及勋贵之家。

东海王和韩孺子点头表示同意，这项规则对他们有利，将会使宗室子弟更支持他们，而不是冠军侯。

皇甫益又说了一些无关紧要的规则，最后道："选帝登基之前，必须先写好三道赦令，第一道赦免争位者，封王，允许他们归国，并给予赏赐；第二道赦免群臣；第三道大赦天下。"

大赦天下是新帝登基的惯例，前两道则是保证选帝各方的安全，几人都表示同意，年幼的英王开始打哈欠，靠在袁子凡的腿上，一脸困意。

"就要说完了。"皇甫益向英王笑道，"光是立下规则不行，还得有监督规则的执法者，有请宿卫中郎将上官大人。"

房门打开，中郎将上官盛迈步进来。

韩孺子记得这个人，上官盛曾在他面前与群臣争论，是个情绪激动、胆子很大的年轻人，现在的他却是一脸木然，站在门口，目光从每个人脸上扫过，说道："宿卫八营监督选帝，不用我多说，诸位也该明白，争取大臣支持的时候，怎么说都行，就是不能动武，动武者一旦被查实，以军法处置。"

"我要是被人陷害呢？"东海王问。

上官盛冷冷地说："东海王请相信，宿卫八营必能查个水落石出，绝不冤枉一人。"

"既然有你的保证，我就相信吧。"

上官盛继续道："还有，从今日起，直到选帝完成，这间屋子里的任何人不得离城半步，否则的话，按军法以逃兵处置。"

"呵呵，撵我我都不走。"东海王指着墙边的六名宫女，"她们也算在内？"

上官盛脸色微红："她们不算……而且她们是宫中侍女，出宫都不行，何况离城？"

上官盛威严地再次扫视众人，见无人开口，退出房间。

"为方便联络，这间屋子将专用。"皇甫益指着脚下，"诸位都将得到一份凭证，只要宫门未关，随时可以来这里找我，或者留信、留话，我会一字不差地带给太后。"

皇甫益退后几步，面对四位皇子、皇孙躬身道："大楚新帝，必在诸位之中产生。"

韩孺子左右看了看，想知道"诸位"都包括哪些人。

东海王成亲了，搬出崔家，住进了早就为他准备好的东海王府，那是一座大宅子，但是跟崔宅比不了，人也不多，他对前来祝贺的韩孺子说："崔家以为我离不开他们，我要让他们看看，我一个人照样能活得好好的。"

话里透着一股酸意，配上火辣辣的酒，东海王胃里翻江倒海。

前来祝贺的人不多，东海王的这桩婚事准备仓促，又值非常时期，许多人都装糊涂，不肯到场，宴席因此显得很冷清，数十位宾客大都来自衰落已久的勋贵家族，分散坐在十几张桌子旁，拘谨地守着一大桌子美酒佳肴，不敢乱动，场面与冠军侯几天前的那场热闹婚礼天差地别。

即便如此，东海王也不肯邀请地位低下的宾客与自己同席，他这一桌只有韩孺子相陪。

"崔家在给新妇准备礼物呢，忙得没工夫搭理我。"东海王望着冷清的大厅，又喝下一杯酒，他早将仆人撵走了，自斟自饮。

他说的"新妇"不是自己的妻子，而是嫁给冠军侯的崔家女儿："嘿嘿，你知道吗，崔家那么得意，可淑君连列侯夫人的名分还没得到呢，她现在……只算是平民女子，哈哈。"

宫里不肯批复奏章，礼部和宗正府积压了大量册封文书，不只冠军侯的妻子，东海王刚娶的谭家女儿，一时半会儿也得不到"王妃"的称号。

"冠军侯肯定早有预谋，我刚知道，冠军侯被封侯一年多了，一直没给前妻申请册封，他那时就觉得谭家的女儿配不上他。"东海王打了个酒嗝，眼睛略有些发红，"这小子野心勃勃啊，就算他能称帝，崔家最后也是竹篮打水一场空。"

几名宾客结伴走过来辞行，东海王不耐烦地挥挥手，连句客套话都不想多说。

韩孺子轻轻转动手中的酒杯，一直没有喝，问道："崔太傅还是会借你官印吧？"

东海王点点头："明天就送来，这是崔家的传统，多方押注，哪怕只有一点胜算，也不放弃，崔宏这边借我官印，那边早就向冠军侯解释好了。崔家说是给新妇准备礼物，最后还不是都送到冠军侯手里？嘿，崔家讨好新主子就是这么直接。"

东海王有点喝多了，韩孺子不知道怎么劝慰，于是敷衍地"嗯"了两声，他已经派杜穿云给大将军韩星写信，也是明后天就该有回信了。

后宅突然传来一阵欢笑声，听上去都是女子，人数还不少。

东海王的脸色更难看了，等笑声消失，他说："给谭家女儿贺喜的女客倒是不少，她们的父亲、丈夫、兄弟却没时间来，哈哈，世态炎凉不过如此！来，喝一大杯！"

东海王一饮而尽，望向前方，也不知道在看什么，剩下的客人开始悄悄溜走，袖子里藏些食物，喜宴虽然冷清，菜肴却是不错的。

"全都滚蛋吧！别留在这里碍眼！"东海王喊道，将最后几名客人也吓跑了。

偌大的厅里只剩下兄弟二人，数名仆人在门口探头探脑，见主人神情不善，都没敢进来。

东海王趴在桌子上，斜眼看着韩孺子，用自以为压低了的声音说："什么狗屁争位、选帝，通通见鬼去吧，联络好了宗室子弟，把冠军侯、望气者，还有那些大臣，杀得一个不剩，你当皇帝，我帮你……我帮你……"

东海王睡着了，韩孺子拿起酒杯喝了一口，这样也好，不用告辞了。

东海王和韩星的计划根本行不通，虽然宗室子弟为官者不少，但大都是闲官，缺少实权，连选帝的资格都没有，唯有几位诸侯王与韩星手里掌握着一些军队，可是太分散，韩星号称大将军，在函谷关直接指挥的军队不超过两万人，对京城大势影响甚微。

韩孺子与杨奉另有计划。

韩孺子正要起身离开，外面传来环佩与脚步声响，数名侍女拥着一名贵妇不请自入。

贵妇二十几岁年纪，相貌很美，也很严厉，好像她才是王府的主人，四处看了看，走到主桌前。

韩孺子站起身，不认得此女，也不知道该不该打招呼、怎么打招呼，他学过礼仪，可现在不守礼仪的恰恰是这名贵妇。

"扶东海王去洞房。"贵妇命令道。

几名侍女领命，半搀半托，带东海王离开，韩孺子更觉得不宜久留，微点下头，迈步要走，那名贵妇却已坐在对面，说："坐。"

韩孺子看了一眼贵妇身后仅剩的一名侍女，没有得到任何暗示，他慢慢坐下，隐约猜到此女的身份。

"我姓崔，是小君的大姐。"

"原来是平恩侯夫人，失礼了，我是……"

"我都说我是小君的大姐了，还能不知道你是谁？"平恩侯夫人颇有几分泼辣气，打量韩孺子几眼，"小君跟你提过我吧？"

韩孺子点点头，小君的这位大姐出自崔宏的第一位夫人，性格暴躁，在家中不受宠爱，早早就嫁给了平恩侯苗爽。平恩侯家道已然中落，能娶到崔家的女儿完全是意外之喜，没想到结亲之日也是断交之时，两家来往很少，小君长大之后就没怎么见过这个姐姐。

"东海王还跟小时候一样没出息，大喜的日子，居然喝得烂醉如泥，不就是客人来得少点嘛，大丈夫不能忍一时之气，还做什么大事？"

韩孺子赞同她的话，所以只是笑笑，没有开口。

"我是来见你们两个的，既然他醉了，有你也一样。"

"平恩侯夫人找我们有事？"韩孺子的第一反应是对方要借钱，勋贵之家也不都是富人，每年的大量仪式消耗了他们的大部分财产，如果家中无人当官，又没有别的收入，日子过得也很紧巴。上一代平恩侯就没有官职，苗爽更是一事无成。

平恩侯夫人没有立刻回答，盯着韩孺子看了一会儿，身后唯一的侍女屈身行礼，居然也走了。

"我为大将军传话。"

韩孺子大吃一惊。

"用不着这么意外，平恩侯与驸马卓如鹤是世交，我与公主相识多年，她信任我，我也愿意为她做事。"

"原来如此。"韩孺子还是很意外，韩星说过，京城会有人与他联系，但他怎么也想不到联系者会是一名女子，而且是小君的姐姐。

"京城人多嘴杂，男人要谨慎一些，只好让女眷出面。"看到韩孺子脸上的惊讶之色迟迟不消，平恩侯夫人笑了，"亏你也是韩氏子孙，当过皇帝的人，见识如此浅陋，从来没听说过女眷执掌半个朝廷吗？"

韩孺子摇摇头，要说太后的强势，他知道，至于别的女眷，他毫不了解。

平恩侯夫人冷笑不止："你还真是一心主外的好丈夫，你的夫人、我的妹妹崔小君，过去的多半年里在京城的女眷圈子里纵横往来，在崔府内宅里结交了多少贵妇，为你争得了多少利益，你居然一无所知？"

韩孺子更是吃惊，半晌才道："小君……从来没对我说过这些事情。"

"也不怪你，你一直在边疆打仗，小君自然不会拿这些事情烦你，你刚回京，她就被接入宫中，唉……"

"你能进宫见小君？"韩孺子眼睛一亮。

平恩侯夫人冷冷地不说话。

韩孺子起身，拱手道："求姐姐帮我，阴差阳错，我回京之后，与小君一面未见就已分离。"

"看来你对小君还有几分情意，她总算没有为你白白忙碌一场，好吧，我帮你这个忙，你有什么信物啊、情话啊要带给她吗？"

韩孺子刚才是一时兴起，马上又变得谨慎了，缓缓坐下："我还没想好。"

"呵呵，你在怀疑我，别乱猜了，妹夫，我做这些事是有目的的。"

韩孺子看向她。

"平恩侯是县侯，只能传承三代，若是立功，可以多延续几代，第三代平恩侯上过战场，为儿孙保住了侯位。第四代、第五代，也就是我的公公和丈夫，都是无能之辈，眼看着侯位就将终结，我的儿子只能领个闲职了此一生，瞧他的样子，跟苗家人一脉相承，长大之后也是一个做不了大事的人，我的孙子将沦落为平民，只能凭自己的努力往上爬，唉！"

崔家人性格各异，却有一点相同，心高气傲，平恩侯夫人指望不上丈夫，只好自己出面，甘冒奇险，也要为儿孙争取到侯位。

"实话实说，讨好冠军侯我没有资格，拍他马屁的人太多了，别人又都没有前途，所以我选择你和东海王。公主相信我，大将军韩星也相信我，你有什么疑惑，现在就说，咱们别浪费时间猜来猜去。"

"我相信你，我的确没想好给小君带点什么……以后我该怎么跟你联系？"

"找东海王，他的夫人是谭家女儿，冠军侯是个蠢货，不知道谭家的潜力有多深厚，谭家低调行事，他就以为谭家无能。说多了，总之东海王娶了一位好妻子，她能随时联系到我。不过你最好还是找一位信任的女眷，来往更方便些，也不惹人注意。"

"好。"韩孺子心中立刻就有了人选。

"闲聊了半天，正事还没说到呢。我来见你，只说两件事：第一，宗室对冠军侯和太后非常不满，大家不吱声，并不意味着不想反抗；第二，别把朝中大臣对冠军侯的支持太当回事，他们一个个全都心怀鬼胎，死心塌地支持冠军侯称帝的人没有几个。"

平恩侯夫人停顿一会儿，问道："你有信心了？"

韩孺子点点头，其实他是有一些失望的，大将军韩星许诺过的来自宗室子弟的支持，原来只是一群女眷，唯一令他高兴的是，能与宫中的小君还有母亲取得联系了。

如果他想做点什么，必须先保证这两人的安全。

第六章

虚能生实

孟娥换上了宫装，韩孺子赞道："还是这身衣裳更适合你。"

孟娥冷淡地说："你觉得我是天生的宫女？"

韩孺子笑了笑："不不，你误解了，我只是……只是不喜欢盔甲。"他急忙转移话题，"平恩侯夫人是小君的姐姐，同父异母。你去见她，带些礼物，就当是两家亲戚正常来往。"

"嗯，然后呢？"

"然后听平恩侯夫人怎么说。不少宗室子弟和勋贵家族反对冠军侯，但他们不好亲自出面，要通过女眷互相试探、传递消息，这就是你的任务。"

孟娥双眼微微眯起，似乎不是特别喜欢这项任务："就这些？"

"平恩侯夫人会想办法将你带入皇宫，如果有机会见到小君，将这个交给她。"韩孺子从袖子里取出一枚竹制书签。

孟娥接在手里，看了一眼，收好。

"如果能见到我母亲，那就更好，可能需要小君的介绍，我母亲才会相信你。"

"总之我的任务就是来回传话？"

"对，就是这样。"

孟娥沉默了一会儿。

"有什么疑问尽管说出来，我现在正需要各种建议。"韩孺子鼓励道。

"听上去，这些女眷背后的丈夫、父亲都是胆小鬼，他们能成什么大事？没准会抢着告密。"

韩孺子笑了，若论武功，他是学生，孟娥是严厉的老师，督促他每天都要抽出一点时间练习内功，说到人情世故以及权力之争，他师从杨奉，一通百通，足以给孟娥指点。

"嗯，让我想想该怎么说……比如有人约你打架，他身后有一百个人，你是独自一人，或者有十个人跟随吧，你会打这一架吗？"

"当然不会。"

"迫不得已的话，你会认输吗？"

孟娥想了想："那就只能认输，总比被人杀死好。"

"瞧，你看见一百人就有了退却或者认输的打算，却没有想过，那一百人里到底有多少人是被叫来充数的，真打起来，又有多少人能使出全力。"

孟娥又沉默了，想的时间比较长一些："这不就是虚张声势、狐假虎威吗？"

"不只如此，对方那一百人，看到你们只有十来个人，他们会害怕、会退却吗？"

"不，以多欺少，他们肯定信心十足……我明白了，你是说虚张声势有时候也会变成真正的实力？"

韩孺子点头。

孟娥思考的时间更长一些，她不是反应慢，而是对什么事情都要反复想几遍："你是怎么明白这个道理的？杨奉教你的？"

"杨奉教了一些，最重要的师父是它们。"韩孺子拍拍桌上的一摞书籍，"太祖争夺天下的时候，一段时间内总是只选择一个敌人，对于其他势力，尽其所能拉拢，不求对方出兵出粮，只要表面上的支持就行，就是靠着这些表面上的帮手，太祖由一介布衣迅速成为逐鹿天下者之一。"

孟娥这回没有想太久："当初的齐国就是在这件事情上犯了错误：同时疏远楚、赵两国，以为能够坐山观虎斗，结果两虎罢斗，暂时联手，反而先将齐国消灭。楚、赵并非真心联手，但是仗着人多势众，人人奋勇，齐国号称三霸之一，却没有还手之力，因为从楚、赵合力进攻的时候，齐国就已经认输了。"

齐国号称强国，在楚、赵的进攻之下，只坚持了三个月就国破家亡，后代子孙只能用高深武功交换楚帝的帮助，以求复国。

"就是这个意思。"韩孺子抚摩史书封皮，感慨道，"没人懂得比史书更多，我也只能学到一点皮毛。如果一步步积聚实力，当初的太祖永远也没资格争夺天下，现在的我更不可能，大楚虽然内忧外患不断，但是不难解决，新皇帝登基，无须雄才大略，只需保证朝廷正常运作，就能让天下恢复太平，我顶多能当另一个齐王。"

韩孺子所说的齐王是前年叛逆的那一位，他在一个不适当的时机起兵造反，结果响应者寥寥，最后兵败身亡。

两人都不吱声，各自想着不同的齐国。

好一会儿之后，韩孺子说："实不相瞒，除了身边的几个人，我所掌握的力量都是狐假虎威和虚张声势，只要各股力量彼此间并不知情，尤其是我的敌人不知情，我就能化虚为实。所以，我需要宗室和勋贵的支持，现在是女眷，等她们相信我真掌握着北军之后，她们背后的男人就会站出来公开支持我，多到一定程度就会影响大臣，当大臣开始动摇的时候……"

韩孺子没往下说，即使对孟娥，也得有所保留。

孟娥没有追问："这是你的主意，还是杨奉的？"

"其实这是你的主意，是你对我说，以一敌多的时候，要藏在暗处，东刺一剑，西掷一镖，迷惑敌人，让敌人以为你才是人多势众的一方，因而受惊逃跑。"

"可你不在暗处。"

"孟娥，有时候明就是暗，目的是一样的，都在迷惑敌人。"

孟娥看上去有些困惑，大概是觉得今天问得太多，得花时间理解，她没有再问下去，只是说："我该带什么礼物去见平恩侯夫人？"

"去找账房何逸，他知道该送什么。"

孟娥告辞退下，韩孺子翻了一会儿书，等杨奉回来，他的确从孟娥那里领悟到一些道理，但道理只是道理，具体的计划以及实施，他仍然需要杨奉的帮助。

直到傍晚时分杨奉才回来，先听倦侯讲述东海王的婚事，听完之后说道："东海王这是打定主意要让你当出头鸟了。"

韩孺子也觉得东海王当时的大醉半真半假，可他不在意："平恩侯夫人出面与我联系，说明宗室和勋贵对我还不是特别相信，我应该想办法让北军做点什么。"

"等你拿到韩星的大都督印之后，让北军将那些勋贵子弟放回京城。"

"可他们并不支持我，很多人还反对我，而且他们对北军将士比较了解……"

"没关系，我听说那些勋贵子弟很怕你？"

韩孺子点点头。

"这就够了，让冠军侯去怀疑他们吧。"

"好。"韩孺子开始想如何与柴悦联系，以及如何让那些勋贵子弟带回对他有利的消息，"郭丛那边怎么样？"

杨奉一整天都在与郭丛等几名儒生商谈："他们还是希望倦侯和东海王能够退出争位，不过多了一位武帝幼子，让他们很头疼，英王明显受到望气者掌控，书生们插不上手。郭丛做了一些让步，同意为倦侯介绍一些儒生，或许还有几位大臣，好让倦侯明白人心所向，从而知难而退。"

韩孺子笑道："我真搞不明白这些读书人，支持冠军侯无异于认同望气者，他们不明白其中的利害吗？就这么心甘情愿地被玩弄于股掌之间？"

杨奉神情变得严肃："天下的势力林林总总，如果让我说哪一股最为强大，我只选读书人，以及从读书人当中产生的文臣。"

韩孺子又一次想起，这名太监从前是读书人："他们的力量在哪儿呢？我到现在也没看出来，太后能控制他们，望气者能摆布他们，像萧声、申明志这样争权夺势的大臣，还能发出一点声音，其他人简直就像不存在一样，我一直觉得殷无害是位不合格的宰相。"

杨奉轻笑一声："那是因为你从来没有真正处理过朝政与天下大事，慢慢你会明白的，与郭丛的接触是个契机。"

韩孺子只好选择相信杨奉，可他有一个疑问："既然读书人的势力最为强大，杨公……当初为什么放弃读书人的身份呢？"

杨奉脸上的笑容渐渐消失，也像孟娥一样，寻思了一会儿才回道："我不是放弃，而是被放逐出来的。"

杨奉必然经历过许多事情，他不愿多说，韩孺子也没有再问："我什么时候去见郭丛？"

"也是等你拿到韩星的官印之后。"

第二天中午，韩星的回信到了，他随身只有大将军印，没有大都督印，但他写了一纸命令，并且派回来一名亲信，陪同韩孺子前往兵马大都督府，一番交涉之后，韩孺子拿到了官印，过程非常顺利。

天色已晚，韩孺子决定等一晚再去勤政殿，并与大都督府的官吏约定，次日天黑之前将官印完整归还。

孟娥也回来了，没带来特别有价值的消息，想进宫还得等一段时间，她在平恩侯府中见到十几位贵妇，她们没提供支持，却提出一大堆要求，都想给丈夫或者儿子加官晋爵。

孟娥多听少说，记性却好，当场将这些要求背了一遍，人名、爵位、官职等几乎一字不差，贵妇们都很满意。

次日一早，韩孺子前往勤政殿，他有一枚玉制凭证，可以进入第一道宫门。

很巧，东海王也在这天上午来送官印，新婚的他显得无精打采，在宫门前见到韩孺子，冲他点点头，进入宫城前往勤政殿的路上，他压低声音说："你知道谁在支持英王吗？"

一品大臣总共只有五人，三人已有支持对象，只剩下两名闲官，韩孺子道："不是太师王寄，就是太保邓祝吧。"

东海王撇下嘴："我听说英王要让咱们大吃一惊呢。"

"听谁说？"韩孺子最关心的是这件事，如果东海王还有隐藏的消息来源，他们的联手就更虚假了。

东海王不太愿意回答，走出几步才说："谭家女儿昨晚告诉我的。"

勤政殿内的大臣只有六人，宰相殷无害、左察御史萧声、右巡御史申明志、吏部尚书冯举、礼部尚书元九鼎、兵部尚书蒋巨英，韩孺子都见过，还有一名太监，是陌生面孔，看服饰应该是新任中司监。

随从不能进殿，韩孺子与东海王亲自携带官印，捧在手里，让六名大臣查看。

整个过程非常简短，可以说是草草了事，大臣们甚至没有凑到前来，只是远远地看了一眼，殷无害问了一句："没问题吧？"其他人同时点头。

萧声的神情稍稍严厉一些，但也没有开口，站在勤政殿里，他又恢复了重臣的气度，无论心里想什么，都不会轻易显露出来。

太监将两名拜访者送出勤政殿，站在台阶下。东海王疑惑地说："这就结束了？"

"这才刚刚开始吧。"

四名争位者还有半年时间去争取大臣的支持。

"我的意思是说看官印就这么简单？当初何必设置这一步呢？多余。"东海王还是不解。

两人在宫门外分手，东海王上马说道："下午别出门，我去找你。"

韩孺子带着随从去往兵马大都督府，正式交还官印，接印的官吏仔仔细细地检查了一遍，确保那上面的坑坑洼洼都是旧有的。

离开大都督府回家的路上，杜穿云长嘘一口气，然后有点失望地说："还以为会碰上点事，能打一架呢。"

"你想碰上什么事？"韩孺子笑着问道。

杜穿云拍马上前，与倦侯并驾："盗印、夺印这种事呗，昨天晚上我一夜没睡，跟爷爷巡查侯府，连只老鼠都没看到。我以为白天会有点事吧，结果还是这么平静。唉，没意思，记得你刚刚出宫那几天吗？那才叫有意思。"

韩孺子大笑，事后再看，大难不死固然有趣，但是作为当事者，他希望未来能够波澜不惊，哪怕因此无聊至极。

"等得越久，出手越狠。"韩孺子说。

"谁出手？咱们，还是别人？"

韩孺子笑而不语，因为他拿不准，杨奉也无法预测，只是建议倦侯静观其变、笼络人心，等他真能将各股势力整合成为真正的力量时，再做打算。

对韩孺子来说，一切的确才刚刚开始，对东海王、英王以及望气者来说，莫不如此，只有冠军侯是个例外，他离帝位一步之遥，恨不得立刻合身扑上去。

"去醉仙楼吃饭吧。"韩孺子说。

杜穿云欢呼一声，当前带路。一行七八人径直来到小春坊醉仙楼，时值正午，吃饭的人不少，杜穿云只在多半年前偶尔来过这里，却显得很熟，与掌柜、伙计们热情地打招呼，好像是常客，再加上人多，酒楼不敢怠慢。

一行人被带到楼上雅间，韩孺子让随从们不必客气，反正没有别的客人，大家共围一桌吃饭。

这些随从并非府里的仆人，而是杜氏爷孙找来的保镖，都是江湖人，不拘小节，倦侯放得开，他们更放得开，但是仍记得自己的职责，礼节可以不守，酒却不能乱喝。

杜穿云馋得直咽口水，甚至要来一碗醋，暂时压服肚子里的酒虫，虽然爷爷杜摸天留在府内没有跟来，但他还是不敢喝酒。

除了没有酒，这顿饭吃得很开心，菜肴没的说，倦侯也很随和，众人说些江湖趣事，频频大笑。

不要命就在这里当厨子，韩孺子想请他过来，杜穿云却摇头："不要命是个怪人，千万别在他掌勺的时候去打扰他。"

快要吃饱的时候，雅间外面传来一阵嘈杂，像是一群人在要酒要菜，蛮横无理，夹杂着许多骂人话，不像是普通客人。

嘈杂声越来越响，杜穿云也不征求倦侯的同意，起身蹿出雅间，吵了几句，又回来了，外面的嘈杂还是没有消失。

"真是有人来闹事，还不是一天两天了，听掌柜说，这伙人隔三岔五来一次，有多半年了。"

"别管闲事，醉仙楼自己有办法。"一名随从说。

"嘿嘿，这还真不算是闲事，闹事者当中有咱们的熟人。"杜穿云卖了一个关子，伸手端来一盘剩鱼，将鱼尾吃得干干净净。

不久之后，有人来雅间拜见，果然是韩孺子认识的人，是曾经保护过他的铁头胡三儿，一名又高又壮的黑大汉。

胡三儿抱拳行礼，将杜穿云挤开，坐在倦侯身边："不好意思啊，打扰倦侯吃饭了，早知道你在，我们就改在明天来了。"

韩孺子笑道："胡三哥，好久不见，你们这是在做什么？来醉仙楼要账吗？"

"的确是要账，可欠债的并非醉仙楼，而是不要命。"

"不要命？欠多少，我替他还。"

杜穿云站在一边"嘿嘿"地笑，胡三儿却不吱声。

"胡三哥，你是不相信我吗？"

胡三儿在桌面上轻轻一拍："既然赶上了，我就有话直说了。"

"胡三哥请说。"

胡三儿向其他人看了一眼，那些保镖大都向他点头，显然互相认识。

"倦侯还记得三柳巷的匡裁衣吗？"

韩孺子当然记得，匡裁衣曾在倦侯府劝说闹事者退却，后来在河边被不要命两刀杀死，不要命当时声称匡裁衣是江湖人当中的内奸。

胡三儿继续道："不要命说匡裁衣曾经在醉仙楼内与两名朝廷鹰犬勾结，为'广华群虎'做事，可他一直不肯拿出证据，我们是匡裁衣的朋友，当然不能让事情不明不白地过去。"

杜穿云与一名随从挤坐在一起，笑道："铁头，你什么时候跟匡裁衣成朋友了？"

"朋友的朋友，不行吗？"胡三儿怒道，瞪了杜穿云一眼，随即缓和神情，向倦侯道，"这件事跟倦侯无关，只是正好赶上了，我过来跟你说一声。"

"不要命因为我而杀死匡裁衣。"韩孺子没办法置身事外，不要命杀死匡裁衣，完全是为他解围。

胡三儿摇头："倦侯不是江湖人，而且当时许多人都看到了，不要命突然出手杀人，倦侯事前根本不知情，更没有下令，对吧？"

韩孺子勉强点头。

胡三儿起身："我听说倦侯正在做大事，别浪费时间搭理我们这些江湖莽夫了。"

杜穿云笑道："匡裁衣死了半年多，你们就只是来醉仙楼吃吃喝喝吗？怎么没找不要命打一架？"

"关你屁事，回家问你爷爷去。"胡三儿大步走出雅间，他与杜氏爷孙很熟，嘴上凶狠，交情却不浅。

杜穿云更不在意，脸上仍然笑呵呵的："倦侯不用担心，这帮家伙害怕不要命，不敢跟他动手，再来白吃白喝几顿，估计也就消停了。"

不要命一直没有露面。

韩孺子离开的时候看到了那群闹事者，包括胡三儿在内，总共十一人，围着一张桌子边吃边聊，偶尔大喝几声，引得周围的食客侧目而视，伙计们倒是坦然，正常上酒上菜，只当他们是一群暴躁些的客人。

回到倦侯府，韩孺子请来了杜摸天。

杜摸天早知道这件事，笑着说："倦侯不必挂念，这就是江湖中的一起小恩怨，匡裁衣有一帮朋友，不要命人缘差些，可也有几位交情过硬的兄弟，大家你认识我、我认识你，早晚能将事情说开。江湖自有江湖的解决办法，倦侯放心就是。"

韩孺子还是觉得有些古怪，但他的确没精力插手这件事。

将近黄昏，东海王急匆匆地跑来，曾府丞跟在后面，根本来不及替他通报。

东海王闯进书房，直接问道："听说了吗？"

"听说什么？"韩孺子放下书，杨奉和孟娥在外面都没回来，他没接到特别的消息。

曾府丞苦笑着向倦侯行礼，退出房间。

"英王下午去勤政殿交官印了，你想不到他找的荐举者是谁。"

"是谁？"

"太后！"东海王打量韩孺子，"你不意外？"

"还有什么事情能比争位、选帝更让人意外？再说英王的年纪与性格，正是太后欣赏的那一种。"

"可太后不是已经……疯了吗？"东海王找了一把椅子坐下，怒气冲冲。

"据说太后时好时坏，这大概是她清醒时做出的安排。"

东海王"哼"了一声，没说什么。

"太后算一品大臣吗？"韩孺子问。

"太后是一品，也有印，但是谁也不能称她是'大臣'，也不能说她是'闲官'，这是一个漏洞，望气者故意留下的。"东海王死死盯着韩孺子，"会不会是这样：咱们跟冠军侯斗得你死我活、两败俱伤的时候，太后突然出手，一下子将威胁都给解决了，她根本就是在装疯！"

"我永远都防着太后，不管她是真疯还是假疯。"

"我应该尽快与母亲联系上，她在宫里，肯定知道些什么……"东海王站起身，也不告辞，向外面走去，与杨奉撞个正着。

"你知道……"

"我知道。"

东海王犹豫了一下，走了出去，他不屑于向韩孺子的军师求教。

"太后要出手了？"韩孺子问。

"应该不会，先别管太后，明天我带你去见郭丛。"

杨奉关注的事情总是跟别人不一样，太后、冠军侯、望气者……这些看上去近在眼前的威胁，他似乎都不放在心上，只想"讨好"那些读书人。

"我今天去醉仙楼，看到有人在找不要命的麻烦。"

不要命是杨奉介绍给倦侯的，与杜氏爷孙相比，这名厨子更像是杨奉的"心腹"。

"他自己能解决。"杨奉比杜摸天更不在乎，"给北军送信吧，那些勋贵子弟可以回家了。"

一行人在巷子入口下马，随从们留在原地，杨奉引着倦侯走进巷子深处。

巷子不宽，雪地上密布脚印，却没有马蹄印与车辙，在一座破旧的门前，杨奉拿门环敲了两下，随后退到台阶下方，默默等候，韩孺子站在他身边，感觉自己像是来拜访一位隐士。

等了好一会儿，大门终于被轻轻推开，一名十来岁的童子走出来，向两人分别行礼："两位请至后庐稍候。"

韩孺子突然注意到一件有意思的事情，江湖人的抱拳施礼看上去比较随意，双手几乎紧挨着下巴，双肘低垂贴在身边，既像是谦逊，又像是提防，随时都能从客客气气改为拳脚相向。读书人的礼节就复杂多了，即便只是一个孩子，也做得有模有样：双手合拢，离胸膛差不多半尺远，两臂尽力展开，像是雏鸟的翅膀。

摆好姿势之后，江湖人动手、动嘴不动头，目光要留着观察对方的反应，读书人却正好相反，手不动、嘴不动，唯有头和腰稍稍弯曲，直身之后才开口说话。

读书人的礼节或许有些刻板，但正是这些僵硬的姿态，表明他们没有威胁，绝对无意动武。

韩孺子和杨奉被引到后院，这里真有一座庐舍，进去之后有席而无桌椅，韩孺子想起自己在皇宫里听课的经历，心想复古还真是一件挺累的事情。

席上铺着几块小小的薄褥，韩孺子跪坐在客席，杨奉比他稍后一些，以示主仆之别，门户半敞，与寒风一块儿涌进来的还有清脆的读书声，像是来自一群孩子。

"这里是私塾？"

"嗯。"杨奉应道。

韩孺子并不意外郭丛的朋友是位教书先生，只是没想到此人教的是一群孩子。

接下来的时间里，两人默默地等候，韩孺子无聊地琢磨着江湖人与读书人的区别，纳闷杨奉究竟更倾向于哪一种人。

书童又来了几次，送来炉、炭、壶、水、茶、杯、勺等各类茶具，差不多有十五六种，但他没有煮茶，而是客气地道歉，请客人多等一会儿。

等到寒风将庐内、庐外变得一样冷的时候，郭丛来了，给皇帝讲经时尚且要坐在凳子上的他，这时却老老实实地跪坐在对面，打过招呼之后，亲自动手煮茶，动作稍慢，步骤却一丝不苟。

杨奉膝行向前，稍稍侧身，辅助郭丛煮茶，主客分明，却又配合无间，好像他们天天在一块儿煮茶似的。

这是读书人之间的交往手段，如江湖人的切口，韩孺子看不懂。

杨奉将一杯煮好的茶送到倦侯手中，韩孺子品了一口，长长地"嗯"了一声，笑道："我明白为什么要开着门了，非得身处寒冬之中，才能品出热茶的妙处。"

"哈哈。"郭丛大笑，在这里他不再摆出那副衰朽不堪的腐儒形象，反而有几分神采飞扬，"所谓岁寒方知松柏，贫贱乃得至交，倦侯品茶，别有一番味道。"

韩孺子笑了笑，双手捧着茶杯，小口喝水，微觉香甜，说不出更多道道来。

杨奉只侍奉倦侯，自己并不喝茶。

郭丛喝了一口，似乎想品评一番，犹豫之后还是放弃了，有一搭没一搭地闲聊。

过去大概两刻钟，外面的读书声消失，不久之后，主人终于现身。

这是一名三十多岁的中年男子，身材瘦弱，宽袍大袖，与普通人心目中的读书人形象完全一致，只是肤色比较黑，风度因此稍减。

韩孺子听杨奉介绍过，此人姓瞿，名子晰，年纪虽然不大，却是有名的儒生，武帝末年的进士，现任国子监博士。

杨奉没说的是，这位瞿子晰对教诲儿童比对大人更感兴趣。

瞿子晰在门口向倦侯行以大礼，为自己的晚到致歉，与郭丛互相谦让一番之后，他坐在了下首。

书童将门窗完全打开，韩孺子这才注意到，院子的角落里有两株梅花树，顶着满头红艳，令人眼前一亮，鼻子里似有微香浮动，然后他想起那茶水的味道与梅香确有几分相似。

赞扬茶水的最佳时机已经过去，韩孺子也不是为此而来的，静待对方说话。

客套结束了，瞿子晰上身挺直，一手托杯，一手扶杯，轻轻抿了一口茶水，好像那是世间独一无二的美酒，然后慢慢放下茶杯，沉默片刻，开始"讲课"。

他的确是在用讲课的语气说话，好像只是换了一间课堂，面前仍是一群等他教诲的学生，神情虽然庄严，说出的话却不生涩。

"倦侯相信读书能让一个人变得更聪明吗？"

"相信。"韩孺子从史书中获益良多，只恨读书太晚、太少。

"倦侯相信读书能让一个人变得更善良、更仁慈吗？"

"这个……未必吧。"

"嗯，读书人当中不乏无耻与凶恶之徒，所以读书能让一个人更聪明，但是却未必能让一个人更善良、更仁慈。"

韩孺子不知道该说什么。

瞿子晰也不指望回答，自顾往下说："有此两人，同为凶恶之徒，一人愚钝，一人聪明，倦侯以为哪一人更具威胁？"

韩孺子已经明白这位中年书生想说什么，他在史书上看到过类似的说法，某某皇帝"智足以拒谏、言足以饰非"，因此比普通昏君为恶更甚，可称为暴君。在瞿子晰等读书人看来，倦侯、东海王与冠军侯都不是合格的皇帝，相比之下，不那么聪明的冠军侯反而是最好的选择。

韩孺子笑道："有两位教书先生，同为平庸之辈，一人极严，非要求学生按自己的方法读书；一人极宽，任凭学生自己读书。瞿先生以为哪一位先生教出的学生更可能出类拔萃？"

瞿子晰大笑数声，神情不那么庄严了，与郭丛一样，多了几分神采飞扬。

他也明白倦侯的回答是什么意思。读书人就是教书先生，自以为看透了学生的一切，其实目光短浅，如果宽松一些，或许会有学生脱颖而出，如果过于严厉，庸师之下反而难有高徒。瞿子晰、郭丛等人干涉选帝，无异于平庸而又严厉的教书先生。

韩孺子绝不承认自己将是昏君、暴君。

瞿子晰也不承认他们是平庸的教书先生，说道："有两块田地，一块贫瘠，但是位置安全，年年必有产出；一块肥沃，但是地处浅下，常遭水患，一年丰收，却有三年颗粒无收。倦侯以为哪块更好？"

肥田指的是武帝，这位皇帝英明神武，但也耗尽了大楚的民力，读书人不喜欢这么快再出一位类似的皇帝，宁愿要一位平庸君王而休养生息。

韩孺子当然不肯服输："有此两船，一船小而新，绝无问题，一船大而旧，或有漏洞，若是小风小浪，自然要用小船，可若是洪水滔天，只有一次机会乘船逃至高地，这时候是乘小船还是大船？"

小船看似安全，但是装的人少，还容易在巨浪中倾覆，大船破旧，但是载的人多，或许能抵住巨浪，若是只有一次机会，大船当然是更好的选择。

韩孺子与瞿子晰针锋相对，郭丛与杨奉旁听，为杯中添茶，送到两名争论者面前，郭丛为缓和气氛，笑道："不如两船同用。"

他这句话不合时宜，韩孺子冷冷地看了他一眼，瞿子晰也没有好脸色，上下打量郭丛两眼，对他似乎有些失望。

四人当中数郭丛年龄最大、声望最高，这时却羞红了脸，比韩孺子之前没有品出茶水的妙处尴尬百倍，双手按席，俯首认错。

瞿子晰说道："最近这些年虽说不上风调雨顺，却也没有大灾大难，且多是人为，无须大船，只需小船，即可平安驶过。"

大楚外有匈奴窥视，内有流民作乱，但这些都不是前所未有的大难，朝廷无所作为，才使得形势越来越严重，只需要一位不作不闹、不争不抢的平庸皇帝，就能解决这些问题，让一切恢复正常。

"风起于青萍之末，当其未盛之时，能有几人识得？"韩孺子不想再用比喻了，直接说道，"宫内混乱，太后玩智弄权，引入江湖术士以驭群臣，君等想要平庸之帝，最后得到的只怕会是泥胎木偶，人祸何以斩断？"

"我们自有办法让太后交权、让江湖术士再回江湖。"瞿子晰说道，但是没有详细解释，这是他们的秘密。

"匈奴人分裂已久，西匈奴本已安居蛮荒之地，突然东迁，一战而收服东匈奴，足以显示其势未衰、其兵正强，却惶惶如丧家之犬，乃是因为身后还有更强大的敌人。此股强敌发誓要与楚人一战，巨浪虽远，至则摧屋拔树，诸君可有应对之法？"

瞿子晰摇头笑道："大楚虽有病在身，不惧北方蛮夷，倦侯无中生有一股强敌，正是我等所惧之智。"

韩孺子正色道："读书之人何以忘史？大楚定鼎一百二十多年，击溃匈奴不过是几十年的事情，往前三十年，与匈奴人僵持不下，再往前三十年，甚至不得不向匈奴求和纳贡，现在的大楚更像哪一时期？"

如今的大楚肯定比不上武帝的鼎盛时期，这一点谁也不会否认。

瞿子晰沉默了一会儿，说道："空口无凭。"

韩孺子道："远方强敌，西域必有所觉，礼部主宾司或有所闻，数日之内，将有匈奴使者进京，他们知道的更多。"

瞿子晰微微一笑，端起茶杯，表示送客。

在巷子里，韩孺子问道："我应对得还好吗？"

"非常好。"杨奉说。

"可我觉得并没有说服这两人。"

"没必要，让他们知道倦侯是什么样的人就行了。"

"可他最不想要的就是我这样的人吧。算了，我只希望你告诉我一件事：这些读书人真能扭转乾坤吗？"

杨奉又卖起了关子："眼前无利，谁人趋之若鹜？千年以来，读书人越来越多，绝非无缘无故。倦侯再有些耐心，很快就能看到读书人的实力了。"

第七章

受到鞭策的东海王

东海王一大早跑来，命仆人给自己盛粥，坐在韩孺子对面一块儿吃早餐，好像他昨晚就住在这里似的。

"什么时候开始？"放下空碗，东海王问道。

"嗯？"

"争位啊。"东海王挥手将仆人撵走。

韩孺子却不愿在厅内交谈，起身出屋前往书房，东海王跟在他身边，说道："真不公平啊，你我的至亲之人被软禁在皇宫里，冠军侯却只交出一个儿子，那是谭家人所生，冠军侯根本不在乎啊，不公平，咱们是不是应该提出来？"

"向谁提？"

"太后啊，还有望气者。"

"你身边就有一位望气者。"

"林坤山？他就会呵呵地傻笑，让人以为他成竹在胸，什么都知道，最后却证明那只是傻笑。天天看着他那副样子，我都能当望气者了。嗯……呵呵……"东海王模仿林坤山的笑声，颇有几分神似。

韩孺子跟着笑了几声。

书房里收拾得干干净净，韩孺子坐在椅子上，拿起一本书，随手翻阅，东海王东瞅瞅西看看："这里就是你的中军帐了？"

"中军帐？"

"对啊，运筹帷幄、出谋划策、排兵布阵……都在这里进行。"东海王兴奋地说。

"你想多了，这里就是一间书房。"韩孺子低头看书。

东海王几步走来，双手按在书桌上："你怎么不着急啊？"

"争位吗？还有半年时间呢，有什么可着急的？"

"不对不对，真要是按望气者的规则争位，咱们必输无疑——你必输无疑，你得提前动手，不能坐等冠军侯将朝中大臣全都拉拢过去。你有什么计划？"

"我的计划……我派人天天去平恩侯府上……"

"那没用。"东海王急切地打断韩孺子，"你派的人是那个宫女吧，我可记得她，出手真狠，居然跟你出宫了。"东海王想了一会儿，继续道，"一群女眷而已，能聊出什么来？咱们还是要有自己的计划。"

"我以为大将军韩星已经有计划了。"

东海王一愣，皱眉道："我的哥哥，韩星能有什么计划？他敢将官印借给你，已经算是胆大包天了，就这样，他私下里肯定还得派人向冠军侯解释、表露忠心。"

"既然如此，他何必帮我呢？"

"两边下注呗，但是咱们可以充分利用这一点，来一次突然袭击，除掉冠军侯和英王、废除太后，号令群臣，不从者杀。"

"突然袭击……怎么突然袭击？咱们手里无兵、无权。"

"嘿嘿，你在套我的话吗？先说说你自己的计划吧，前两天你和杨奉是不是去拜见郭丛了？"

"是啊。"那是一次公开拜访，双方都没有刻意隐瞒。

"结果怎样？"

"没什么结果，谈了一会儿我就告辞了。"

"郭丛没留你们吃饭吧？"

"没有，只喝了几杯茶。"

"那就是没谈成。"东海王拽过来一把椅子，"这肯定是杨奉的主意，以为能通过一群读书人改变大臣的看法，这完全是异想天开，读书人是用来歌功颂德、用来保持朝廷稳定的，想夺天下，只能通过武力。"

东海王握紧拳头，在桌面上砸了一下。

"咱们缺少的就是武力啊。整座京城都在宿卫八营的掌握之中，大将军韩星兵力分散，南、北军不敢踏入京畿半步，而且都是远水不解近渴……"

"所以我才来问你有什么计划啊，干等是等不来奇迹发生的。"

韩孺子笑道："你怎么突然变得这么着急了？"

"我的性子一直这么急。"东海王重重地叹了口气，"我觉得你不相信我，所以才急，咱们的联手如果只是一句空话，那还有什么意义呢？"

韩孺子静静地看着东海王。

东海王站起身，诚恳地说："经过这么多事情，你以为我还会跟你争帝位吗？你各方面都比我强。"东海王再次重叹一声，"老实说，我不服气，但是不能不接受现实，咱们毕竟是亲兄弟，你当皇帝和冠军侯当皇帝，对我来说差别可太大了。"

"好吧，我和杨奉的确有一个计划，可我想先听听你的计划。"

东海王慢慢坐下，突然站起身，快步走到门口，开门看了两眼，回来重新坐好："谭家人脉很广。"

"嗯，我有耳闻。"

"许多人亏欠谭家的人情，甚至愿意用命来偿还，要我说，这是一群傻子，但这是很有用的一群傻子。"

"你是说江湖人？"韩孺子眉头微皱，他身边的保镖几乎都是江湖人，可也仅此而已，他绝不会依靠江湖人夺取帝位。

"不只是江湖人，还有朝中的大臣、军中的将士、各部司的官吏，尤其是——"东海王故弄玄虚地停顿了一下，"刑部和大理寺的官吏。"

韩孺子心中一动："你是说'广华群虎'？"

广华阁是太后与一批刑吏定期会面的地方，这些刑吏在追捕齐王党羽时立下过不小的功劳，地位最高者有十余人，被称为"广华群虎"，手下爪牙众多，出手狠辣，所抓之人必被定罪，一度曾达到人人闻之色变的地步。

东海王点点头："谭家出豪侠，最爱救人，跟当年的俊阳侯差不多，但是手段不一样，俊阳侯一遇事就进宫求皇帝，成与不成天下皆知，名声大噪，真救下来的其实没有几个人。谭家行事低调，常对求上门的人说'犯法就是犯法，谭家救不出来'，但是谭家会找法司官吏、找监狱看守，叮嘱他们对犯人好一点，别让犯人受太多苦，审讯之后，有罪就是有罪，无罪之人则能全身而退。"

韩孺子点点头："谭家还真是会做人。"

"对啊，这么多年来，谭家救活不少人，没有他们，许多无辜者在真相大白之前就得死在监狱里，不死也得被扒层皮。总之，谭家攒下不少人情，与各法司也一直维持着良好的关系，尤其是那些普通的小吏。你知道，尚书总是换来换去，今年在刑部，明年可能就会换到吏部，刑吏却很少更换，只能在刑部、大理寺一级级往上升。"

"我明白你的意思了，总之，谭家与'广华群虎'关系密切，可以直达太后？"

"到不了，'广华群虎'在太后面前全是小老鼠，除了接受命令，一句多余的话也不敢多说，而且他们最近很少见到太后了，在广华阁议事之后，将记录交给太监，由太监转交给太后。"

"太后会批复？"

东海王点点头。

韩孺子终于感兴趣了："勤政殿里近两个月的奏章全都留中不发，'广华群虎'却能得到太后的批复？"

"不是全部，是偶尔，所以大家都说太后的疯病时好时坏，而且她只批复，不盖印。"

"接着说你的计划。"

韩孺子表现出兴趣，东海王更兴奋了，毫无必要地压低声音："'广华群虎'那些人现在很紧张，冠军侯拉拢的是大臣，与他们无关，而且他们抓捕齐王党羽的时候，得罪过不少大臣，因此担心冠军侯登基之后，会拿他们开刀。"

韩孺子能理解这些人的恐惧："他们打算怎么办？"

"他们还没有明确的打算，但我有一个计划：望气者全是戴罪之身，官府只是抓得没那么紧了，朝廷可没颁布过赦令，'广华群虎'现在是心惊胆战，不敢出手，只要给他们一点承诺——"

"他们能将望气者全抓起来？"

"不仅如此，冠军侯、英王、上官盛与望气者关系密切，都能抓起来，甚至——"东海王胡乱做出一个动作。

"你能说服'广华群虎'？"

"谭家能，这就是为什么母亲让我与谭家联姻，她看中的不是谭家，而是'广华群虎'！"东海王说起母亲时，满脸的崇拜，"当然，事情没有那么简单，对'广华群虎'得一个个谈、一个个试探，但我觉得成功的可能性很高，关键是你得参与，有未来的皇帝做出承诺，这些刑吏才敢与冠军侯和大臣们对抗。"

韩孺子想了一会儿，伏在书案上，也压低声音说："我已经给柴悦写信，让他将勋贵子弟都放回来。"

东海王皱眉道："这有什么用？勋贵家族又不会因此支持你，那些家伙回京一撺掇，没准你的仇人……咱们的仇人更多了。"

因为东海王的胡乱指挥，一百多名勋贵子弟死在碎铁城外，他知道自己的仇人少不了。

"柴悦不仅会放回勋贵子弟，还有我的一些部曲士兵，他们本来都是京南渔民，脱下盔甲，分批回京，足以骗过南军。"

东海王笑了："这么说来，你与郭丛联系，其实是障眼法？"

韩孺子点点头："会有三四百人潜回京城，数量不多，但是愿意为我赴汤蹈火，上官盛虽是中郎将，宿卫八营当中愿意为他卖命的将士未必能有多少。"

东海王在桌上轻轻一拍："咱们两人的计划完全可以合而为一啊，'广华群虎'加上你的数百名死士，只要计划得当，足以掌控京城。"

"但是也需要宗室的支持，大将军等人若能在咱们成事之后立刻宣布效忠，则万事无忧。"

东海王频频点头，起身道："这才叫联手，以后我天天来找你，咱们制订一个更详细的计划，少则一个月，多则三个月，入夏之前你就又能当皇帝啦！"

韩孺子笑而不语。

"我去跟谭家人谈，必须取得他们的全力支持才行。"东海王急匆匆地跑了。

韩孺子继续看书，下午杨奉回来之后，韩孺子提起了东海王的到访，但是没有细说两人的"计划"。

"东海王不可信。"杨奉只做了一句评判。

傍晚，孟娥回来，她仍以侍女的身份与韩孺子同住一室，两人早已习惯，她将白天拜访平恩侯夫人的经过说了一遍，没什么大事，只是又见了几位勋贵女眷。

"你们谈起过东海王的新婚夫人了吗？"

孟娥想了想："谈起过，大家都说谭家的这位女儿是个厉害人物，在家里抵得上一个男人。"

韩孺子终于明白在背后"鞭策"东海王的人是谁了。

好几个计划摆在眼前，韩孺子可以慢慢做出选择了，对他来说，最困难的事情是弄清东海王、谭家、韩星、郭丛以及杨奉这些人隐藏的"私心"是什么。

京城并非只有争夺帝位这一件事情在发生，官吏还得照常升堂办公，百姓还得照常养家糊口，整个冬季里，婴儿照常出生，老弱之人照常死去。

正月中旬，衡阳公主薨于家中，死因众说纷纭，或称其饭后大怒而亡，也有人说她是因为太高兴大笑而亡。

衡阳公主是武帝的妹妹，围绕着柴家建立了一股强大的势力，她的死亡，对于朝堂来说，是一件大事。

二月初，柴府发表，公主身份高贵，遗体不会葬于柴家祖坟，而是要入住皇家陵墓，死后与父兄相聚。

葬礼隆重而盛大，持续了整整一天，路上的彩棚从城内绵延至城外，引来观者无数，堪比正月十五赏灯时的热闹，京中达官贵人都来送葬，倦侯韩孺子也不能例外。

这种人情往来由不得韩孺子本人做主，礼部以及宗正府自动做出安排，虽然宫里没有批复，增加了一些麻烦，但是该有的礼节不能省略，既然没有圣旨，那就一切照旧。

倦侯府出钱、出力，也在送葬途中搭建了彩棚，韩孺子本不想亲自送丧，因为衡阳公主恨他入骨，有一种传言说，衡阳公主死前无论是大喜还是大怒，都与倦侯有一点关系。

杨奉劝他还是去露面意思一下，以示和解，想当皇帝的人要尽量减少私人恩怨，即使化解不了，也要让外人觉得错不在倦侯。

韩孺子不用参与整个出殡过程，只需在送丧队伍经过时，在倦侯府彩棚里露一面就行，连轿子都不用下。

柴家的孝子贤孙不少，被关在碎铁城的只是一少部分，留在京城里的还有许多，队伍浩浩荡荡，无论心里怎么想，表面上的礼仪不能破坏，倦侯既然出面，衡阳侯与长子就得过来拜谢。

同为列侯，韩孺子位比诸侯王，可以坐在轿子里向衡阳侯父子还礼，轿帘卷起，韩孺子只需露面，其他事情都由杨奉处理。

衡阳侯年纪不小，能活得比公主更长，对他来说实在是一场来之不易的胜利，在他的脸上，哀容恰到好处，与杨奉交头接耳好一会儿，谈完之后显得十分激动，带着儿子向倦侯磕头谢恩。

这一幕被送丧队伍以及围观人群看得清清楚楚，于是很快就有消息传开：倦侯已经下令释放碎铁城里的囚犯，那些被困的"柴家人"很快就能返回京城。

这是杨奉的主意，他的想法很简单："君子报仇十年不晚，帝王报仇，任何时候都不晚，即使不能化解柴家的仇恨，也要减少一点外界的猜疑。"

韩孺子同意了，他不在乎柴家，虽然柴家人总是心怀鬼胎，但他从来就没将他们当成对手。

人群跟着送丧队伍走了，却有数人逆流而至，前来拜见倦侯，递上拜帖，与倦侯互相行礼致意，再跟杨奉说几句话，告辞离去，但这些人的身份有点特殊，无一例外，都有子侄被关在碎铁城，如今得到释放。

眼看再没有人来了，韩孺子正要下令起轿回府，杨奉又领来一位拜访者。

国子监博士瞿子晰不知什么时候到的，他与柴家并无交往，官职低微，连送丧的资格都没有，此行是专门来见倦侯的。

韩孺子想下轿相见，杨奉示意他不必。

瞿子晰走到轿前，倒也不客套，直接道："西域的确有一些传言，而且过去几年，从西方来的贡使越来越少，去年只剩三家，匈奴使者我也见了，倦侯所言皆有佐证。"

上次"交锋"时，韩孺子声称大楚面临西方的巨大威胁，需要一位能够力挽狂澜的新皇帝，瞿子晰果然去打听了，但是看法却与倦侯不同："极西之地并非礼仪之邦，改朝换代乃是常有之事，所谓进攻大楚不过是一时狂言，无须当真。"

"能将西匈奴人逼得东迁，这样的改朝换代也是常有之事？"韩孺子一见到瞿子晰就打起十二分精神，不想在言语上落于下风。

瞿子晰今天前来却不是争论的，微笑道："倒是有一件事，不在极西之地，就在大楚境内，不在数年、十几年之后，近在眼前，迫在眉睫，倦侯若能解决，则天下人受惠，读书人也愿拜倒谢恩。"

韩孺子看了一眼杨奉，笑道："瞿先生请说。"

瞿子晰咳了一声："比年天灾人祸不断，以致民不聊生，纷纷背井离乡流窜江湖，或为流民，或为盗贼。只因朝廷迟迟没有颁旨，官府虽有余粮，却不肯开仓赈济，无异于见火不救。倦侯若能让天下郡县开仓放粮，比挡住匈奴人更是大功一件。"

韩孺子目瞪口呆，他与弘农郡守卓如鹤谈过，官府不肯开仓赈济灾民，一是没有圣旨，二是要囤粮以备朝廷征用，原因很复杂，除非是太后与皇帝恢复执政、亲自传旨，否则这种有粮又没粮的困局根本无法解决。

读书人不支持倦侯争夺帝位，却向他提出"皇帝"级别的要求。

瞿子晰今天的确不是来争辩的，也不等倦侯给出回答，拱手告辞，飘然而去。

回到倦侯府，韩孺子问杨奉："瞿子晰这是什么意思？"

"这是一次考验，倦侯曾自称是肥田、大船，现在该是证明的时候了。"

"他不嫌我过于'聪明'了？"韩孺子对读书人的印象不是很好。

"倦侯应该高兴，这说明你说服了瞿子晰，他也认为大楚需要一位中兴之帝，而不是平庸之辈。"

"可他提出的条件是不可能完成的，除非我先当上皇帝。"

"总得试试，倦侯，读书人的支持非常重要。"

韩孺子想了一会儿："好，那就试试，我这么做是因为相信你。杨公，我很看重读书人，但是我真看不出他们现在有什么用处。"

"慢慢来，用处终会显示出来的。"

杨奉那种胸有成竹却只肯露出一枝一叶的态度，能让人怒火冲天，韩孺子只好回以苦笑，杨奉的某些手段与望气者如出一辙，只希望这位太监的心里真藏着一根竹子，而不是像望气者那样故弄玄虚、"顺势而为"。

"该怎么办，杨公有主意吗？"

"这得倦侯想主意，我来跑腿。"

韩孺子越发哭笑不得，正是夺取帝位的重要时刻，杨奉却将他引到荒郊野外，总说山后会有大路，他却一直没看到，只能辛苦跋涉，一路攀登不可知的山峰。

"如果我让瞿子晰帮忙，他会同意吗？"

"只要是力所能及的事情，我可以劝他们同意。"

急智这时候没用，韩孺子想了一会儿，说："不行，我或许能让几个郡县开仓放粮，却没办法让所有地方从命。让我再想想。"

杨奉告辞，白天他很少留在府内，常在外面奔波。

午饭之后，东海王又来了，他就像领了倦侯府的官职一样，每日必到，府丞和门吏甚至不再通报，任他出入。

"衡阳公主死得太是时候了。"东海王很高兴，上午他也去送丧了，"没有这个老家伙，柴家不足为惧，我看到了，衡阳侯父子去拜见你，出来的时候面带喜色，他们不敢再惹你。"

"算是好事吧。"韩孺子心里其实很清楚，所有宗室与勋贵的想法都一样：两边下注、隔岸观火，只要皇帝还没有登基，他们就不会真心效忠于谁。

"有一名书生也去拜见你了，干吗的？"东海王非要了解韩孺子的一举一动不可。

韩孺子也不隐瞒，将瞿子晰的要求说了一遍，最后道："你说过京城是你的'战场'，帮我想个办法吧。"

"原来那就是瞿子晰，他这明明是本末倒置，你还没当皇帝呢，却让你做皇帝的事。"

"我也是这么说的，但杨奉觉得很有必要争取读书人的支持，这位瞿子晰，还有郭丛，据称是读书人的领袖，名声很大。"

"这倒是没错，尤其是瞿子晰，官儿不大，却最爱品评人物，几句话能让一个人声名鹊起，也能让他臭名远扬，要我说这就是朝廷里的蛀虫，关进大牢，每天打他几十板子，看看谁还敢猖狂？"

韩孺子笑道："这也是当皇帝以后才能做的事情，不管怎样，瞿子晰和郭丛对读书人有影响，而读书人对朝中官员有影响，值得争取。"

"别太高估读书人的本事，他们对大臣的影响，很可能比谭家人还要弱。"东海王低头想了一会儿，"你有没有想过，杨奉故意将你引入歧途？"

"为什么？"

"为了冠军侯啊！"

韩孺子摇头："在冠军侯眼里，我还没有那么重要吧。"

东海王耸下肩，他也想不出办法："你当初劝韩星收编流民入伍都没成功，现在想让各地官府开仓放粮，更不可能了，我劝你还是放弃吧，或者应付一下就得了。你的部曲回来多少人了？"

"不到必要的时候，我不会联系他们，所以不知道有多少人，按照计划，他们要到三月中旬以后才能全部到齐。"

"也对，京城人多眼杂，你就算见只苍蝇，也有人告密。"

"'广华群虎'怎么样了？"

"谭家已经说服两虎，正在想办法安排他们与咱们两人见面，估计几天内就能办妥，这是秘密会面，别告诉别人，尤其是杨奉，事后跟他说一声就行了。"

"嗯。"韩孺子起身，凑近东海王看了一眼，"你的眼角好像有伤。"

东海王脸色一变，支支吾吾地说："哪儿来的伤……可能是撞在哪儿了，我都没有感觉……"

正尴尬着，府丞来报，辟远侯张印求见倦侯。

辟远侯的嫡孙张养浩，是极少数被关在碎铁城没有获得释放的人之一，张印看来是为孙子求情来了，他也是第一位登门拜访的勋贵与大臣。

辟远侯张印出身于行伍世家，辈辈都有将军，为大楚立过汗马功劳，儿子死在了战场上，如今只剩下一个孙子张养浩，一点也不让他省心。

张印性格孤僻，不善结交，没什么朋友，遇到事情时也找不到人帮忙，想来想去，只能亲自出面，来向倦侯求情。

可张养浩的罪名不小，与逼迫柴悦自杀的那些柴家人不同，张养浩三人公开在中军帐内作乱，众目睽睽，如果将他们释放，军法就变成了儿戏，另外两人的家人其实已经奔走多日，得到的回答都是"再等等"。

四位皇子、皇孙正在争夺帝位，如果冠军侯登基，张养浩等人没准无罪，反而有功，这是三家一直在等的主要原因。

听说辟远侯求见，东海王咬牙切齿："看见别人家的儿孙回京，老家伙着急了。张养浩屡屡作恶，可不能就这么饶恕，张家没什么势力，用不着讨好。"

韩孺子请进辟远侯，想听听这位老将军怎么为孙子求情。

辟远侯个子不高，身材瘦削，面带病容，穿着一袭长袍，从头到脚没有半点将军的风度，进到书房之后，神情拘谨地匆匆行礼，脸色微红，好像从来没见过官老爷的平民百姓。

韩孺子有点同情辟远侯，可他已经做好拒绝的打算，张养浩犯下的罪太重、太明显，任谁也不能赦免。

韩孺子命人看座，辟远侯坐下，含混不清地说话，韩孺子努力听了半天，才明白对方不是来求情的，而且也明白了辟远侯为何性格孤僻：他的舌头明显有问题，发音不清，为了纠正，说话时有意放慢速度、加重语气，结果更显滑稽。

坐在一边的东海王忍不住总想笑。

韩孺子抬手示意辟远侯稍停，起身来到东海王面前："你该回家了。"

"啊？我不急。"

"你不急，家里的人急，再不回去报告今天的情况，只怕……"韩孺子仔细打量东海王眼角的那块瘀青。

东海王的脸一下子红得比辟远侯更明显，小声道："谭家人爱练武……你懂什么？我……我……她伤得更严重。"

话是这么说，东海王还是起身跑掉了，在门口转身，指指辟远侯的背影，冲韩孺子摇摇头。

书房里只剩下两个人，韩孺子靠着书桌站立，向辟远侯说道："张将军曾经去过西域？"

辟远侯点头，他刚才说了半天都是西域的事情，东海王听得无趣，才肯离开："我当过……西域都护将军，五……五年，了解那边的情况。"

"你还想去西域？"

辟远侯点头，大概是有话没说出来，脸憋得更红，过了一会儿才恢复正常，起身道："有地图吗？"

韩孺子摇头，辟远侯指指桌面，表示自己要在上面摆一幅地图，韩孺子让开，辟远侯上前，就用桌上的书、笔、纸、墨等物摆放地图，边摆边想，极为在意细节。

足足一刻钟之后，地图成形，韩孺子觉得完全没必要如此细致，可是对辟远侯来说，地图能节省不少语言。

他指着两本摞在一起的书，韩孺子开口道："这是京城。"

辟远侯两只手同时从"京城"出发，向左侧缓缓移动，曲曲折折，经过许多"城池"，逐渐分开，韩孺子说："这是前往西域的两条道路，在玉门关分为一南一北。"

辟远侯的手指移动得更快一些，"南方"的手指停在一摞书上，"北方"的手指绕了一点圈子，也停在同一个地方，然后费力地说道："昆仑山。由西方进攻大楚，有两处必争之地，玉门关、昆仑山，昆仑山……更好守一些。"

韩孺子指着北方的空地："也可以像匈奴人一样，由草原东进，然后南攻大楚。"

"北方……没有问题。"

韩孺子笑道："大楚与匈奴争战多年，北方守卫森严，若有新的敌人从北方南下，就当是另一股匈奴人好了，守卫薄弱的是玉门关和昆仑山。"

辟远侯点头，西域诸国大都孱弱，对大楚不构成威胁。

韩孺子看了一会儿，将"昆仑山"推倒："这中间可能有一些误会，张将军不知从哪里听说我对西域感兴趣，没错，我的确得到消息，说西方兴起一股强敌，但他们很可能自己就消亡了，用不着大楚立刻做出防范。而且，我也做不了什么，向西域派驻将军是朝廷的事，我没有这个权力，张将军找错人了。"

辟远侯收回手臂，酝酿片刻，说道："玉门关，太近，昆仑山，有山口而无城池，我不要大楚一兵一卒，只从西域各国……征发劳力，三年……三年可筑一城。若无强敌，则内慑西域；若有强敌，则可坚守，以待……以待楚军之援。"

韩孺子又看了一会儿："还是那句话，我没有权力向西域派驻将军，宫中不肯批复奏章，只怕几个月之内，任何人都没法向西域派兵。"

辟远侯摇摇头："派新人不行，派老人行，派将军不行，派……文官行。"

"嗯？"韩孺子没明白辟远侯的意思。

辟远侯说话困难，好一会儿才解释清楚，向西域派驻武将，需要兵部、大都督府和礼部主宾司的共同许可，过程复杂，而且必须有皇帝的旨意，各部、司才能放行，向西域派驻中低级的文官却不用这么麻烦，只需礼部和吏部任命即可，如果被任命者曾在西域任职，那就更简单了，只需礼部主宾司的一纸调令，相关文书可以事后送交吏部备案，如果吏部有异议，可以再将此人追回。

此事有几个小麻烦：辟远侯爵位在身，世代为将，前往西域担任文吏，相当于连贬几级，但他自己愿意，也就不算问题。礼部向来以墨守成规见长，想说服主宾司发出调令，难度不小，辟远侯自愿请命的话，会容易一些。最大的麻烦是事后处理，如果倦侯称帝，万事大吉；如果冠军侯称帝，再有多嘴的人告状，辟远侯搭上的不只是爵位，很可能还有一家人的性命。

他来找倦侯，其实是一种表态，表示相信并支持倦侯最终会成为皇帝，辟远侯没有别的门路，也没有更多本事，听说倦侯对西域感兴趣，只好用这种迂回的方式来为孙子求情。

韩孺子明白对方的用意，说道："我会考虑。"

辟远侯从来不是纠缠不休的人，倦侯肯听他说完，他已经非常感激，告辞离开。

韩孺子坐回到桌后的椅子上，盯着"地图"看了好一会儿，慢慢地，他的思绪离开辟远侯和西域，开始思考另一个问题。

他心中生出一个有趣的想法，于是走出书房，叫仆人去请曾府丞。

曾府丞每次来见倦侯都很尴尬，不敢无礼，也不敢表现得太谄媚，就怕被人误认为自己是倦侯亲信。

韩孺子请他坐下，他只是点头，站在门口不敢乱动。

韩孺子问道："假如府丞之位空缺，宗正府重新委派的话会很困难吗？"

曾府丞眼睛一亮，脱口道："倦侯要换人吗？太好……太遗憾了。"

韩孺子笑道："曾府丞做得好好的，干吗要换人？我只是对宗正府任命官吏的过程感兴趣。"

曾府丞大失所望，想了想，回道："一点儿也不困难，宗正府一大批人排队等着升迁，府丞品级虽然不高，但怎么也是朝廷命官……"

"可现在情况特殊，宫里不肯批复奏章。"

曾府丞笑道："倦侯想多了，府丞才是多大的官儿？用不着奏章，只要此人是宗正府吏员，七品以下随意任用，五品以下要报吏部，很少被驳回，三品以下还要报给宰相府，更往上的官员才需要专门的奏章。大楚官吏众多，如果都由宫里决定，圣上可忙不过来。"

韩孺子表达谢意，曾府丞告辞，一点也不明白倦侯用意何在，但还是老实记录，准备明天一早送交宗正府。

杨奉回来了，看到倦侯与府丞谈话，没有参与，韩孺子也没再找他，打算想清楚了再说。

孟娥跟随几位贵妇进宫去了，要明天才能回来，韩孺子默默地练功、默默地思考，自然睡去，次日一早就去书房，派仆人请来杨奉。

"其实官府是有办法开仓放粮的。"韩孺子说。

"倦侯想到了？"

"从前我有一个误解，以为天下的大事小情都把持在太后与皇帝手中，直到昨天我才突然明白过来：皇帝管不了那么多事情，整个朝廷的运转自有一套规矩，当皇帝偷懒的时候，这套规矩保证朝廷不会崩溃，还能维持一段时间。"

"抓大放小，不只是皇帝，各级官吏都是如此，可开仓放粮是大事，除了皇帝，没人敢做主。"

"所以，想要各地开仓放粮，就得大事化小。"

杨奉微微一愣，然后露出笑容："这算是一个办法，但一点也不容易做到。"

"如果我想见一些官员，瞿子晰他们能帮忙引见吗？"

"可以。"

韩孺子眉头微皱："这就是瞿子晰的计划吗？找个理由让我与官员见面？"

"这是倦侯的计划，瞿子晰会帮忙，他的计划就是旁观。"

"希望读书人最后不要让我失望。"韩孺子喃喃道，可他首先不能让读书人失望。

第八章

两虎

　　孟娥回来了，在皇宫里没有见到倦侯的夫人与母亲。

　　平恩侯夫人夸大了自己的能力，她所谓的进宫只是一次例行公事，由于太后有病在身，命妇们要轮流进宫探视、侍候，以尽臣子之责，但也仅此而已，太后并不真的需要这些人，她们在皇宫里住了一夜，第二天就被送了出来。

　　史官会一本正经地记下命妇们的忠诚，而不管真正发生过什么。

　　韩孺子已经猜到这样的结果，他多看了孟娥两眼，忍不住说道："你的模样……变化真大。"

　　孟娥化过妆，平添几分艳丽，与平时的她极为不同。

　　"宫里有人认识我，总得稍微遮掩一下。"

　　韩孺子笑了笑，并未多说什么，孟娥却转身走了，好像有点生气。

　　从这天下午开始，韩孺子突然忙碌起来，先是跟杨奉参加城里一家诗社的聚会，在这里见到不少文人雅士，其中包括户部的一位官员。

　　各郡县存粮多少都要上报给户部，说起开仓放粮，这位官员毫不犹豫地摇头："粮食是国家根本，重中之重，绝不可轻举妄动，想大事化小？不可能，必须有圣旨，户部才能下令各地开仓。"

　　韩孺子提出许多假设，户部官员毫不留情地加以否决："郡守与县令手里的确有一点权力，可以要求本地富人放粮，官府也可以施粥，但这都是正常年景时的手段，如今流民众多，各地报上来的数字就有三十多万，实际情况只会更糟，小打小闹地放粮，解决不了问题。"

　　"我在史书上看到过，曾有官员开仓放粮，事后再向朝廷上报，以取得许可。"

　　户部官员笑着摇头："倦侯说的是钦差，地方官可没有人敢做这种事。钦差本身就有便宜之权，可以开仓，即便如此，回京之后也会受到处罚，贬级是最轻的了，何况朝廷现在根本派不出钦差。还有一个问题，钦差顶多在某地开仓，如今流民遍布天下，听说开仓放粮，必然大量涌来，后果不堪设想。"

事情的确比韩孺子预料的更复杂，户部官员劝道："倦侯的爱民之心可以理解，但是的确没办法，好在春季将至，等野菜长出来，百姓们忍一忍也就熬过去了。"

韩孺子只能笑着点头，没有争论，他在书上看到过，春季恰恰是最难熬的季节，挨饿的农夫会将种粮吃光，到了春天无粮可种，流民将会再度暴增，所谓吃野菜度过饥馑，只是文人的想象而已。

韩孺子没有放弃希望，他要约见更多官员，瞿子晰和郭丛都在，愿意帮忙，甚至给他出主意，列了一份名单。

傍晚，东海王派人将韩孺子请去，名义上是饮宴，实际上是与"广华群虎"中的两位刑吏会面。

这两人一个是刑部某司主事，一个是京兆尹手下的司法参军，品级都不够格参与选帝，一度却都威风凛凛，他们可以绕过上司，直接与太后议事，但凡抓捕、告密、刑讯、供状等事，文书正本交给太后，副本才在本部司衙门留存。

但是好日子已经结束了，他们仍去广华阁议事，却不再敢大张旗鼓地抓人，都在担心万一太后失势，自己会遭到报复。

"京城内外的江湖术士不只是几名公开亮相的望气者。"司法参军连丹臣是名五十多岁的老吏，温文尔雅，像是一位书生，"据我得到的消息，望气者至少有十五人，还有其他的算命人、讲书者、行走郎中、杂耍艺人，等等，总数不下五百人，七成以上是最近几个月从外地来京城的。"

刑部主事张镜比较年轻，三十来岁，目光灵动，好像时刻都在揣摩对方的心思，与连丹臣一样，对"江湖术士"的限定很宽泛："还有上万流民，撵走一些，还剩下两三千人，全都藏了起来，里面很可能藏着江洋大盗，我已查到几处据点，就是没法抓人。"

"抓人也要圣旨吗？"韩孺子对官府的运作方式越来越感兴趣。

两名刑吏互视一眼，连丹臣说："如果只是抓几个人，没有问题，可那样会打草惊蛇，而且……"

一直旁听的东海王替他说下去："望气者眼下是太后、冠军侯身边的红人，一句话传来，衙门就得放人。"

"不用圣旨？"

"放个人而已，要什么圣旨？"

张镜补充道："刑部大牢里的犯人轻易放不得，但是可以报病故，偷偷放人，不能太多，而且此人还得隐姓埋名。"

即使朝廷一切正常的时候，各级府衙也有办法绕过皇帝的许可，自行其是。

两名刑吏来见倦侯，不是为了诉苦与清谈，连丹臣首先道："倦侯今天下午去参加诗社了？"

韩孺子点头，以他的身份，在京城想要保密实在太难了。

连丹臣犹豫不决，东海王鼓励道："连大人无须避讳，有什么话尽管说就是。"

"倦侯、东海王得加快行事了，冠军侯这些天来接连宴请群臣，据说他们准备发起一次联名上奏，只等当今圣上驾崩，就要求太后立刻选出新帝。"

冠军侯也不想干等六个月，尤其是在胜券在握的情况下，他更心急。

"宫里的皇帝随时都可能一命呜呼。"东海王稍稍压低声音，"林坤山曾经不小心向我泄露过，说望气者能够决定皇帝什么时候……"

东海王做了一个手势，林坤山当时说的没有这么直白，但东海王觉得就是这么回事。

迄今为止，韩孺子与东海王还没有得到一位大臣的公开支持，就连崔太傅和大将军韩星也是首鼠两端，不忘与冠军侯暗通款曲。

"放心，我一点也不比冠军侯慢。"韩孺子镇定地说。

两名刑吏露出喜色，东海王也满意地点点头，他请来韩孺子，就是为了给"广华群虎"树立信心，这个目的看来是达到了。

韩孺子问道："英王那边怎么样？"

东海王一愣："英王？谁关心他啊。"

"英王是太后选择的争位者，不可轻敌。"韩孺子很关心这位小竞争者。

连丹臣正色道："倦侯说得没错，英王那边的确没什么举动，既未拉拢大臣，也不结交勋贵，可我听说，选择英王参与争位，乃是望气者的主意，以便在万一的情况下，冠军侯还能有一位竞争者。"

"万一？什么万一？难道……难道还有人想杀死我们两人不成？"东海王紧张地说。

连丹臣摇头："那倒不会，太后曾经亲自下令，要求宿卫八营维持京城安定，还让我们暗中保护倦侯、东海王、英王、冠军侯四人，若有异常，务必追查到底，请倦侯、东海王放心，保护你们的人没有一千也有八百，绝不会出问题。"

张镜补充道："所谓万一，是指有人离开京城，失去争位资格。"

"谁会那么傻啊？"东海王笑道，看了一眼韩孺子，收起笑容。

韩孺子道："我们会小心防范，也请两位大人多多帮忙，代我们向广华阁群英说一声：大楚的根基是部司之吏而不是科举之官，官员数量既少，且升贬不定，主管之官往往三五年一变，部司之吏却终生只任一事，累功升迁，不离本衙门。两位一直都是刑吏吧？"

连丹臣与张镜频频点头，倦侯的话简直说到他们心坎儿里去了。

"太后与望气者只许五品以上的大臣选帝，说明他们目光浅显，只见到地上的草木，不见地下的根基。我与东海王则保证，若得成功，必将重用天下之吏，以保大楚江山安泰。"

两名刑吏离椅，跪倒在倦侯面前，磕头如捣蒜。

这只是第一次会面，还不到制订详细计划的时候，东海王派人送走连丹臣和张镜，向韩孺子笑道："你什么时候变得这么伶牙俐齿了？那两个家伙走的时候，激动得眼泪都快流出来了。"

"多看书。"韩孺子说。

"我怎么不记得哪本书上说过吏比官更重要？我读过的书只比你多，不比你少啊。"

"就在《国史》之中：太祖定鼎，两三年间天下就已恢复稳定，靠的是什么？肯定不是太祖麾下的那些武将，他们会打仗，不会治国，也不是前朝大臣，他们所剩无几，不是被杀，就是沦落为民，更不是科举之官，要到二三十年以后，科举才大行其道，选出的官员充盈朝廷上下。是前朝遗留的小吏，他们像对待前朝一样，辅佐大楚皇帝和官员治理天下，勤勤恳恳，至今未变。"

东海王张口结舌了好一会儿："嘿，你看书的方法跟我不一样啊。不过这也说明吏不忠诚，根本不在乎谁当皇帝，反正最终谁都需要他们。"

"没错。"

东海王愣了一下："你的意思是说……不能依赖'广华群虎'？"

"嗯，'广华群虎'知道的事情太多，掌握的权力太大，冠军侯没理由不拉拢他们，他们也没理由非要与冠军侯为敌。"

"可大臣们不喜欢'广华群虎'，他们之间有仇恨……"

"仇恨可以化解，何况大臣的仇恨只会针对几个人，不会针对所有刑吏。"

东海王本来挺高兴，被韩孺子几句话说得大失所望，长叹一声，正要开口，外面响起敲门声，一名丫鬟说："殿下，王妃求见。"

东海王的妻子还没有得到册封，但是府内已经称她为"王妃"。东海王先是一怔，随后面红耳赤，小声道："她来做什么？这个……这个……她怎么能见别的男人？"

"别的男人"也感到意外，但是很想见见这位谭家的女儿有多凶悍。

东海王王妃谭氏比夫君年长两岁，个子稍高一些，貌美如花，举止端庄得体，进屋之后向倦侯行礼，口称"臣妾谭氏"，将倦侯当成君王看待。

东海王面红耳赤地站在一边，觉得自己与韩孺子还没有熟到可以让妻子现身的地步，可是不敢吱声，一想到自己挨打之形已被看破，更觉羞愧。

韩孺子对这位凶悍到敢打东海王的谭家女儿很好奇，见过之后却也觉得有些尴尬，不知该说些什么。

"臣妾偶然听到倦侯与东海王交谈，颇受鼓舞，然意犹未尽，冒昧求见，以献一二浅见，万望倦侯恕罪，不以臣妾无礼。"

"有我在这里就够了。"东海王生硬地说，马上又补充道，"要是与谭家有关，还是由你来说吧。"

韩孺子拱手道："请王妃赐教。"

东海王警惕地左瞧右看，努力捕捉两人最细微的神情变化。

谭氏并不在意夫君的监督，说道："倦侯说部司之吏是朝廷根基，没错，东海王说小吏不忠，也没错，由此得出结论说刑吏不值得依赖，却有一点错误。"

"错在哪儿？"东海王问道，配合得恰到好处。

韩孺子也点头，表示感兴趣。

"宗室子弟都想当皇帝吗？"谭氏问道。

"没有几个。"东海王抢着回答，"其实就我们兄弟二人和冠军侯，英王都不算，他是被人利用的小孩子。"

"勋贵子弟全都贪图安逸、不思进取吗？"

"碎铁城内，不少勋贵子弟与普通将士一道坚守在城墙上，英勇奋战，我亲眼所见。"东海王说。

谭氏向倦侯微微躬身，相信自己表达清楚了：人人各有品性，不能一概而论。

韩孺子当然明白，问道："谭家凭什么能笼络住'广华群虎'？"

东海王曾经说过谭家与京城刑吏关系密切，但是仅凭这一点无法让韩孺子信服。

"凭私交。"谭氏的回答与东海王差不多，稍作停顿，她做出更详细的解释，"连丹臣虽是刑吏，却非常清廉，从不接受犯人亲属的贿赂，为此得罪不少人，只有谭家敬重他，一直为他开脱，接济连丹臣及其家人至少已有二十年。"

东海王插口道："是暗中接济，连丹臣几年前才知情，感恩戴德……你接着说。"

东海王称谭氏为"你"，生硬之中显出一丝敬畏。

"张镜出身贫寒，十三岁时想要学吏却求告无门，是谭家资助他七年，直到他二十岁时领取俸禄为止。谭家帮助过的刑吏不只这两位，'广华群虎'当中有七人受过我家的恩惠。"

"我相信这些刑吏也都回报过谭家吧？"韩孺子问。

谭氏微笑道：“帮过一些小忙，可谭家不拿从前的恩惠提出要求，每次请他们帮忙，必有回报，即便这一次，谭家也没有提出任何要求，是连丹臣等人主动找上门来，希望能向倦侯效力。”

“我？”韩孺子觉得不可思议，在此之前，他根本不认识任何一位刑吏。

“太后曾经称赞过倦侯。”谭氏说。

“太后称赞他？”东海王更觉得不可思议，“我怎么没听你说起过？”

谭氏不理自己的丈夫，继续道：“那还是在去年，倦侯随军前往边疆效力，太后有一次在广华阁说起执政之难，感叹宗室衰微，无人可用，唯倦侯可为依托。”

“太后……只说倦侯一个人？”东海王问道。

谭氏严厉地扫了东海王一眼：“当然，以太后的眼光，怎么会看得上你？”

“随便问问而已。”东海王小声嘀咕，又问道，“太后这么看重韩孺子，怎么不让他继续当皇帝？”

谭氏更严厉地看向夫君，东海王脸一红：“太后想要继续掌权，要的是傀儡，不是真皇帝。”

谭氏向倦侯道：“‘广华群虎’是太后的心腹之臣，对太后极为崇敬，太后虽然只是称赞了一句，他们却一直记在心里。若没有此次争位、选帝，他们也不会有所作为，可一旦有机会，他们觉得太后的眼光不会错。”

韩孺子沉默不语，对谭氏的话半信半疑，良久之后方道：“谭家又为何参与进来？据说谭家人不愿做官。”

东海王想说话，张嘴又闭上，让妻子回答。

“谭家也是被逼无奈，谭家无人做官，本意是远离朝堂，以免授人以拉帮结派的口实，可谭家这些年来帮助过的人太多，其中一些当了官，还是大官，朝臣之间的斗争免不了会波及谭家，尤其是最近几年，朝争越来越严重，已经有人放出话来，要效仿武帝铲除豪侠的先例，将谭家除尽。”

“朝争？谁和谁争？”韩孺子还以为大臣们都很团结呢。

“倦侯不知道吗？朝中大臣分为数派，最重要的有两家，一派是进士出身的文臣，以宰相殷无害为首；另一派是世家子孙，以大都督韩星为首，两派争斗多年，不分胜负，武帝压制世家扶植文臣，桓帝反其道而行之，但是没来得及实施。太后听政以来，表面上对两派一视同仁，提拔了一大批两派都不重视的刑吏，经过齐王之乱，大家才明白，原来太后是站在文臣一边的，刑吏抓捕的谋逆者大都是世家一派的大臣。”

东海王补充道：“所以咱们拿到的五品以上大臣的名单上，进士派占据了一多半，宗室和勋贵出身者只有一百余位。"

早就有人对韩孺子说过，太后在讨好大臣，可他还是觉得困惑："崔太傅也是勋贵，可是不少文臣支持他。"

"当然，所谓分派只是大概言之，文臣与文臣有争斗，世家与世家也有矛盾，比如两位御史都是进士出身，彼此却看不顺眼，同时又都与宰相不合，平时各找靠山，与世家联姻，可是到了文臣与世家决一死战的时候，这三人又都站在文臣一边。"

韩孺子有点听糊涂了："如你所言，刑吏打击世家，维护文臣的利益，可现在文臣支持冠军侯，刑吏为何害怕冠军侯称帝呢？"

"因为刑吏大都没有进士功名，他们只是太后的爪牙，文臣虽然得到保护，但是也失去不少权力，'广华群虎'越过上司直接向太后提交奏章，令大臣们非常不满。而且冠军侯与太后有隙，称帝之后第一件事就是要除掉这些爪牙。"

东海王笑道："我就知道母亲让我与谭家联姻是有理由的，你怎么知道得这么多？"

谭氏冷冷地说："谭家不想争权夺势，可是为了自保，不得不参与朝堂之争，出手之前，总得先将对手的情况打探清楚。"

东海王"嘿嘿"地笑。

韩孺子没笑，朝堂的复杂远远超出他的想象，他有点明白父亲桓帝为什么抱怨大臣不可靠，祖父武帝又为何在宝座之上喃喃自语"朕乃孤家寡人"了。

"谭家的产业很多吧？"韩孺子问。

谭氏微微一愣："有一些，不算少。"

"分布得也很广吧？"

"谭家的产业主要在京城和北疆，但是与各地的商人都有联系，倦侯需要钱吗？"

东海王猜到了韩孺子的目的，大声向妻子道："别上当，他想让谭家开仓放粮、赈济流民！"

谭氏又是一愣："谭家一直在施粥，只要倦侯开口，就算倾家荡产也可以，就怕谭家的产业没那么多，救不得天下的所有流民。"

韩孺子微笑道："当然不能让谭家担负所有流民的温饱，我只是想，如果官府肯开仓放粮，谭家愿意配合吗？"

"义不容辞，而且会以倦侯的名义……"

"不不，千万不要提我的名字，而且也不急，总得先让各地官府开仓放粮再说。"

"好，我会与父亲商量，让谭家先算账，看看各地能动用多少粮食，然后只等倦侯一句话。"

"感激不尽。"韩孺子拱手行礼。

谭氏还礼："仁者心即是帝王心，倦侯心怀天下，帝位非君莫属。"

韩孺子没再客气："那就还按照原计划进行，谭家联络刑吏，我提供一批死士，只待宫中有变，尽快行动，抓捕望气者与冠军侯。"

东海王发现自己受到了忽视，急忙道："关键是上官盛，谁得宿卫八营谁就能掌控京城。"

韩孺子告辞，对谭氏很是敬佩。

东海王也敬佩自己的妻子，可是对她今天的现身有点不满。"你对韩孺子说得太多了吧，有必要吗？"只剩夫妻二人时，东海王问道。

"必须取得倦侯的信任，这比什么都重要。"谭氏冷冷地说。

"太后称赞韩孺子的话是真的？"

谭氏点点头，东海王的神情一下子阴沉下来："难道咱们真要老老实实地帮助他称帝？"

谭氏看向夫君，打量片刻，说道："崔太妃向谭家求亲的时候，许诺给我的是大楚皇后，不是东海王王妃，如今我嫁给了你，你有什么可担心的？"

东海王露出笑容。

韩孺子回到府中时已经很晚了，还是命仆人去请杨奉。

杨奉没睡，很快就来到书房。

韩孺子详细说了一遍自己在东海王府中的经历，最后问道："为什么你从来没对我说过朝中的这些派别与争斗？"

杨奉安静地听完："倦侯不记得了吗？我对你说过，太多的消息比没有消息更糟糕，现在你知道了大臣之间存在明争暗斗，这对你有什么好处吗？"

韩孺子哑口无言，的确，这些信息对他眼下争夺帝位并无直接帮助，同时他还反应过来，谭氏说了那么多朝堂秘事，却没怎么提起谭家的事情。

"我想到一个办法，或许能让各地官府全都开仓放粮。"韩孺子转移话题，他这一天还是有所收获的，而且收获不小。

接连三天，韩孺子与杨奉每天都去拜访深巷中的学堂，见的人一天比一天多，有国子监与太学的弟子、尚未授官的进士、各部司的官员……虽然都不是大官，对朝政却都十分了解，而且热心于救助百姓。

韩孺子只想弄清一件事：正常情况下，官府该如何赈灾？

慢慢地，朝廷运作的方式在他眼里越来越清晰了：地方上出现灾情，官员要迅速收集情况，根据轻重程度上报给相关部司以及宰相府。如果灾情比较轻微，地方官当时就可以解决，只需将解决办法与成本上报；灾情稍重一些，地方官不能做主，但要给出解决方案，由上司决定可用否；灾情十分严重，地方官就只能请罪，然后等朝廷的命令。

其实办法总是那些，开仓、借粮、劝农、抑商、减租、免租，等等，可是非得由皇帝许可，才能显出皇恩浩荡与大权在握。

自去年秋天以来，各地的灾情文书早已送达户部与宰相府，那时宫里还在正常批复奏章，因此能做的事情各地都做了，只是杯水车薪，等到灾情需要大规模放粮的时候，宫里已经不出圣旨了。

韩孺子想要大事化小，困难重重。

第三天，韩孺子从东海王手里拿到了谭家的初步估算，他们能在几十个县里直接放粮，还能联络三百多个县的富商参与赈灾，差不多占受灾地方的六成，但是接受能力有限，不超过十万人，只能坚持一两个月，而据户部统计，天下流民几达五十万。

这天下午，韩孺子终于见到一位地位比较高的官员——户部侍郎刘择芹，他是有资格选帝的大臣之一，敢于来见倦侯，是要冒很大风险的，一见面他就说："我不是来支持倦侯的，只想为百姓做一点事。"

"我也不是来寻求支持的。"韩孺子笑道。

刘择芹身为户部官员，对灾情最为了解，但是没有带来好消息："必须有圣旨，其实相关文书早已拟好，只等圣旨出宫，就能分送各地，立刻执行。"

韩孺子对圣旨不抱希望，问道："有没有可能将文书直接下发呢？"

刘择芹用力摇头："就算户部胆子大，可是由谁来送呢？驿站归兵部管理，没有兵部关文，一份文书也送不出去，就算到了地方，没有抄送的圣旨，官员们也不敢执行，各地刺使肯定会上书询问详情……总之不可行，寸步难行。"

韩孺子这些天来一直在听，终于说出自己的想法："我曾经带兵从马邑城前往碎铁城，一路上由各县供应粮草，这也需要圣旨吗？"

刘择芹寻思了一会儿："其实是需要的，只不过早就颁布了，是圣旨给予大将军总督边疆军务的权力，大将军因此才能向郡县下达命令。"

"大将军平定内乱时也得到过圣旨吧。"

"当然，否则的话，大将军离开边疆就是重罪了。"

"如此说来，大将军其实是可以征粮的。"

刘择芹又寻思了一会儿，回答时不那么自信了："应该可以，但是只能用来养军，不能用来赈济灾民啊。"

"俘虏呢？"

"俘虏？"

"平乱就会有战斗，有战斗就会有俘虏，各地在供应军队的同时，应不应该养俘虏呢？"

"这个……我觉得应该可以，但是俘虏太多的话，地方官还是得上报朝廷，驻军也要上报兵部与大都督府。"

"可俘虏不能挨饿，地方官是先养俘虏后上报，还是先上报再养俘虏？"

刘择芹想了好一会儿："只能暂养俘虏，等候朝廷命令，可是……"

"可是没有圣旨，朝廷对这些上报不能承认，也不能否决，地方上就得一直'暂养'俘虏。"

刘择芹盯着倦侯，终于相信他真想做点什么："问题是大将军同意吗？就算他同意，各地军队又怎么可能将流民全抓为俘虏？"

"可以招安，也可以收编入军。"韩孺子说，俘虏只是一个称呼而已。

"还是那个问题，大将军会同意吗？这个责任不小，等朝廷恢复正常，他需要解释的事情可不少。"

"大将军那边由我来解决，我只希望各地的文书到来时，户部不会驳回。"

"户部是有权力驳回的，不过……眼下情况特殊，多一事不如少一事，可是不只户部，兵部、大都督府、宰相府、御史台，等等，都会接到文书，有一家衙门不同意，地方官员就得停止供养'俘虏'。"

老先生郭丛咳了一声，插言道："赈济灾民，事关大楚国运，不能只让倦侯一人出力，诸君读书多年，空谈仁义，如今也该实践一下了，右巡御史申大人曾是我的学生，我可以找他谈一谈，赈灾无关帝位之争。"

一名年轻的书生开口道："倦侯赈灾之名一旦传扬出去，再说无关帝位之争，只怕也没人相信吧？"

韩孺子早想到此节，说道："谭家放粮，只用谭家的名义；地方收编流民，一切归功于大将军，我的名声绝不出此庐。"

瞿子晰年纪不大，在读书人当中地位却最高，赈灾之题最初也是他提出来的，这时道："郭先生说得没错，空谈仁义这么多年，也该咱们实践一回了，纵不能让各部官员支持赈灾，也绝不能让他们坏事。"

十几名书生称是，纷纷出言献策，利用同窗、同年、同乡以及师生关系，读书人能与朝中几乎所有官员取得联系。

杨奉走到倦侯身边，小声问："倦侯与我都不能离京，大将军不能返京，怎么劝说他？"

"我想派孟娥去。"

杨奉微微一愣，他认得孟娥，知道那是一位只擅长武功的女子，口才比不上普通人，让她劝说大将军，实在是强人所难。

"大将军的一个女儿是汶阳侯夫人，与平恩侯夫人交情不错，汶阳侯现在大将军麾下任职，还有几位命妇，其夫都在军中，夫妻分离多日，急盼一聚，商县离京城很近……"

杨奉已经明白了，韩孺子是要先礼后兵，大将军韩星如愿配合，再好不过；如果拒绝，就只能让孟娥出面了："她一个人不行，我再给你介绍几个合适的帮手。"

瞿子晰走过来，拱手道："倦侯想必已有妙计劝服大将军，可是也需有人代为传话，瞿某不才，请缨前往。"

"瞿先生肯亲自出马，再好不过。"韩孺子大喜。

众人商议妥当，各自散去，回到倦侯府，韩孺子向杨奉问道："读书人里也出说客，与那些望气者有什么区别呢？一个讲仁义，一个讲天命吗？"

"天命无常，仁义有道，望气者的顺势而为，其实是见机行事，不执一端。读书人或许固执，或许迂腐，也不乏见利忘义之徒，但是毕竟有所坚持，不肯随波逐流。如果只是争权夺势，望气者可能更有用；如果意在治国平天下，倦侯需要一大批读书人，即使他们可能不讨你喜欢。"

韩孺子笑了笑，以他现在的处境，更多的还是争权夺势，可是受杨奉影响，他一点也不相信望气者。

孟娥回来复命，几名贵妇很愿意与夫君会面，也愿意带上孟娥，对于劝说大将军"招安"流民，她们却不太热心，只是表面上答应试一试。

第二天，杨奉找来三名女子，粗手大脚，看样子都是练过武功的人，换上侍女的服装之后，她们将与孟娥一块儿前往商县。

又过去三天，孟娥等人与数名贵妇离开京城。

东海王也给韩星写了一封信，可他并不觉得赈济灾民是当务之急："新皇帝登基，大赦天下、开仓放粮、普天同庆，多好，现在赈灾，名声都归给了太后和大将军，人家还不情不愿的，唉，浪费啊。一群读书人而已，值得费这么大心思拉拢吗？"

韩孺子也在等着读书人能带来"奇迹"。

国子监与太学的师生利用重重关系劝说朝中官员不要阻止赈灾，结果不错，大多数人都表示不会多管闲事，只有一个人例外。

“左察御史萧声已经放出话来，他会尽一切所能阻止赈灾。”郭丛来见倦侯，额头上渗出细汗，他的确老了，跑几步路就已气喘吁吁，“这是他与倦侯之间的私人恩怨。”

这的确是一个大麻烦，萧声在神雄关受辱，绝不肯与倦侯和解。

读书人向韩孺子显露出自己的一点力量。

萧声放话的第二天，十几份奏章分别送到御史台，弹劾对象正是御史台两名御史之一的萧声，理由多样，从能力到品行都被贬得一无是处。

萧声大怒，可是没等他反击，更多的弹劾奏章涌向御史台，宰相府和吏部也接到不少。

由于太后和皇帝不肯批复奏章，这些弹劾不会产生实际效果，但是对萧声的名声却是一大打击，在僵持了整整三天之后，经过若干次的对抗与谈判之后，萧声屈服了，身为言官，他比一般的官员更为重视名声。

“萧声提出了条件，只要所有的来往文书里不提‘倦侯’两字，他就不会干涉。”郭丛代为传话，整个过程中，韩孺子与萧声没见过面。

韩孺子并不在意，他只关心大将军韩星那边的消息。

商县离京城很近，只有不到一日的路程，去探望夫君的贵妇们却一直没有回来，也没有消息传来。

第九章

丢印

大将军韩星找了许多理由推托送上门来的麻烦，先是声称官印不在身边，然后又说调兵之事太复杂，他一个人决定不了，最后不得不透露真实想法。

"这是让我拿身家性命支持倦侯啊，这种把戏骗得了谁？冠军侯称帝，必然拿我开刀，就算是倦侯登基，也会忌惮我的权力，功高震主这种事情，我是明白的。"

作为一名武将，韩星已经达到顶级，再没有提升的余地，与宰相殷无害一样，他希望平平安安地度过晚年，远离大风大浪。

"可是，父亲，您已经荐举倦侯，早就被认为是倦侯这边的人，大部分宗室子弟也是因此才决定暗中支持倦侯的啊。"韩星只有一个女儿，备受宠爱，嫁人之后生了两个儿子，一个随夫姓，一个改姓韩，名义上过继给韩星的一个侄子，其实是要传承他家的香火。

韩星唯有苦笑，面对女儿，他没法再隐瞒下去："其实这是冠军侯的主意，与其将倦侯逼得无路可走，以致冒险起兵造反，不如给他一次参与选帝的机会，留在京城里更好对付……"

韩女目瞪口呆："父亲，我还以为……我可是真心在帮倦侯，还有你的女婿……"

韩星无奈地说："你们一家不用担心，有我在，冠军侯登基之后不会为难你们。"

"还有其他人，宗室、勋贵……平恩侯夫人……"

韩星长叹一声："当初钜太子被杀的时候，宗室没有为他求情，反而纷纷指责他忤逆不孝，冠军侯一直记在心里……"

"那是十几年前的事情，而且……而且想杀钜太子的是武帝，没人敢反抗武帝。"

"没办法，皇帝登基总是要除掉一些人，为钜太子报仇大概只是借口而已，冠军侯想通过倦侯找出哪些宗室子弟对他不满，为父没有别的本事，只能保你们一家的安全。先在这里住几天，等京城安稳了你再回去。"

韩女面色苍白："好几位侯夫人跟我一块儿来的，我该怎么对她们说？"

"将责任都推到我身上好了，总之开仓放粮之事必不可行，这是冠军侯登基之后要向天下显示皇恩的大事，怎么可能提前进行？倦侯太年轻，那些读书人想得也太简单。"

冠军侯要几个月以后才能登基，在这期间灾民的生活无人关心，大将军父女也不关心，他们只想在惊涛骇浪之中自保。

韩女告退，既震惊，又感到一点踏实，起码父亲已经为她的一家人安排好了退路。

夜色正深，小小的商县里也没有什么深宅大院，韩女叫上正在寒风中瑟瑟发抖的丫鬟，去往自己的房间，她得想一些合适的托词以应对平恩侯夫人等人的追问。

"你干吗抖成这样？"韩女不满地问，虽然外面很冷，但是丫鬟抖得太厉害，未免有失体面。

丫鬟颤声道："夫人……院子里有鬼……"

"呸，是你心里有鬼，再敢胡说八道，撕烂你的嘴。"

丫鬟再不敢吱声，努力控制身体，不去想刚刚见到的"鬼影"，心想自己身贱人轻，鬼也看不上吧。

"鬼"的确看不上一名丫鬟。

离京足足五天了，偷听到韩氏父女的交谈之后，孟娥觉得自己可以行动了。

大将军韩星所住之处守卫森严，但那是对外，女眷居住的内宅里，没有士兵巡视。

就因为卫兵众多，韩星心里很踏实，连房门都没有闩。

等了半个时辰之后，孟娥轻轻推门进入大将军的卧室，绢帕一扫，大将军鼾声消失，觉轻的他，睡了多年来第一个深沉的好觉，片刻之后，服侍他的贴身随从也沉沉睡去。

韩星声称官印不在商县，孟娥可不这么认为，韩孺子派她出来时说过，南、北军对峙，大将军的权力此时最重，绝不会让官印离身。

孟娥先在韩星床上搜了一会儿，没有发现印匣，又到随从的床上搜索，还是没有，站在地上想了一会儿，伸手去摸随从脑下的枕头，上面有缝隙，它不只是枕头，还是长方形的盒子。

迷药能让人酣睡，但是动作太大的话，还是会惊醒对方，孟娥将随从放在一边的外衣卷成一团，极快地推开枕头，将衣服垫在随从脑下。

随从翻了个身，嗫嗫几句，继续酣睡。

孟娥拿起枕头，轻轻摸了一遍，这果然是一只上锁的木盒。

孟娥夹着木盒，直接去韩星那边寻找钥匙，她猜得没错，钥匙就挂在大将军的脖子上。

她屏住呼吸，轻轻拿起钥匙，在黑暗中摸索着，慢慢对准匙孔，"咔嗒"一声，盒子打开了。

接下来的事情很简单，木盒里还有一只匣子，没有锁，里面装着一枚印，孟娥取出，将另一枚大小差不多的印放进去，随后将一切恢复原样。

假印与真印差别甚大，只要看一眼就能认出来，孟娥此举只是为了骗一时。

次日一早，国子监博士瞿子晰来向大将军辞行，他已经竭尽所能劝说，从倦侯的信任、百姓的生存、朝廷的稳定一直说到天下的期待，大将军每样都认可，就是不肯配合。

在韩女的劝说下，一块儿来商县的几名贵妇也不再催促丈夫，他们对开仓放粮实在不怎么关心，觉得这对倦侯争位也没有多大帮助。

当天中午，韩星终于发现官印被调包，既惊且怒，立刻派兵去追早晨离开的瞿子晰，关闭城门、围住宅院，搜查所有客人，不分男女。

为了安抚同伴，韩女第一个宽衣自查，然后才是其他贵妇以及侍女，孟娥与三名五大三粗的侍女被搜查得最为彻底，平恩侯夫人一边道歉一边劝说，可是什么东西也没搜出来，孟娥表示理解，但是发誓说自己没偷走任何东西。

众人借住在县衙后院，连县令及其家眷也被搜过一遍，闹得人人胆战心惊，结果还是什么都没找到。

一向好脾气的韩星真的愤怒了，穿上全套盔甲，手持宝剑，坐在县衙大堂之上，两边排列着大批卫兵，就等瞿子晰被带回来，那样一名文士，跑不快。

天黑前，瞿子晰被一群士兵推进大堂，他也很愤怒，面对韩星立而不跪："大将军好威风，这就是你的待客之道？"

韩星冷着脸："瞿先生还是反省一下自己的为客之道吧。"

两名卫兵上前，将瞿子晰全身上下搜了一遍，又有人带进包袱，打开之后扔了一地。瞿子晰大笑："原来是怀疑我偷了东西，瞿某总算读过几年书，没想到在大将军眼里竟然是一名窃贼，此名不除，瞿某何以为人？"

瞿子晰颇有读书人的倔脾气，推开卫兵，就在大堂之上宽衣解带，脱得干干净净，嘴里大声背诵《论语》与《孟子》中的片段，以示坦荡无愧。

韩星的锐气没了，开始后悔自己的鲁莽，他知道瞿子晰在读书人中的地位，也知道这帮读书人一旦被惹恼会有多难缠，想当年武帝滥杀无辜的时候，宗室噤若寒蝉，大臣俯首听命，只有翰林院、国子监和太学的一群书生敢于上书指责武帝，挨打、免职、下狱全都不能让他们改变主意，参与者反而越来越多，到了最后，武帝虽然没有因此改过，却也将读书人全部释放，一个没杀，算是一次破天荒的退让。

韩星离座，亲自为瞿子晰披上外袍，将追人的士兵狠狠地训斥了一番，然后把瞿子晰请入后宅，再次道歉。

瞿子晰也不多说，只是反复强调自己声名受损，回京之后一定要向朝廷讨个说法，坚持到半夜才勉强原谅大将军，被送回原来的房间休息。

韩星睡不着了，那名随从是他的心腹之人，即便如此，也挨了一天的拷问，早已遍体鳞伤，还是一点线索也供不出来。

后半夜，韩星迎来一位他最不想见到的客人。

一名望气者就在商县，替冠军侯传话，同时也在监视大将军，经过一整天的观察，望气者疑惑重重："大将军印真的丢了，还是……虚张声势？这个时候忠诚比什么都重要，冠军侯相信大将军，也希望大将军以忠心回报冠军侯。"

韩星焦头烂额，赌咒发誓说官印真的被盗，自己忠于冠军侯，无论如何也要将官印追回来："光有官印没用，没有我，大将军幕府不会制定军令，明天一早我就回函谷关，亲自坐镇，绝不给人以可乘之机。"

"大将军亲自坐镇，冠军侯应该放心了，只是官印丢失，毕竟是个麻烦。"

"到底该怎么做，才能让冠军侯相信我？"韩星被逼到绝路，就差跪下磕头求饶了。

"盗印显然是倦侯指使手下人所为，大将军不肯下狠手，才会陷入困境，如今多等一天，官印就离得更远一些，大将军得当机立断了。"

韩星呆若木鸡，按照原计划，选帝结束之后，倦侯承认失败，大将军则做出表率，承认冠军侯为帝，各方皆大欢喜，如今他却要提前与倦侯决裂，一世英名付诸流水，可官印不追回来，总是一个大大的隐患。

韩星暗自埋怨倦侯坏事，也恼怒冠军侯与望气者的步步紧逼，可是没有办法，他只能选择实力更强的一方。

"好吧。"韩星走到门口，向一名卫兵说道，"去将倦侯府的四名侍女叫来。"

孟娥等四人受到大将军传唤，平恩侯夫人不得不跟来，她得对这四人负责，而且还想弄清楚风向的变化，她已经察觉到大将军韩星对倦侯的支持三心二意，为保险起见，将韩星的女儿也一块儿拉上。

韩星不想在自己的卧室里拷问侍女，也不想在大堂之上被太多人注意，在后院找了一间无人居住的空屋子，数十名卫兵在外面把守。望气者提醒大将军那四名侍女很可能会武功，韩星选派十名强壮的卫兵进屋，既是保护者，也是行刑者。

孟娥等人来到，韩星看到女儿和平恩侯夫人，不由得眉头微皱，但是没有逐客，他不打算立刻动手，如果能劝说侍女承认盗印并交出来，自然最好不过。

在韩星眼里，这只是四名极为普通的侍女。

在望气者眼里，她们不过是普通的江湖人，会点武功，仅此而已。

孟娥等人向大将军行礼，韩女与平恩侯夫人站在卫兵身后，无意为侍女求情，只想看看大将军如何选择。

韩星目光扫过四女："你们是倦侯的人吧？"

"是。"孟娥代为回答。

"倦侯只怕是有些误解，听说他在神雄关夺过官印，非常成功，可他忽略了一件事，神雄关当时无主，将士惶骇不安，愿意听从任何楚将的命令。函谷关不同，那里驻军数万，将校俱全，别说一枚大将军印，就算将我本人挟持，也未必能让众将士听令。"

韩星一边说一边打量四女，稍稍停顿了一会儿："我知道，这是里应外合，你们盗走大将军印，交给外面的人，那人带着印去函谷关，可是没用，那人一亮出大将军印，立刻就会被活捉，如何处决，就等我的一句话。"

韩星叹了口气："一直以来，我都很照顾倦侯，在军中给予他不少特权，倦侯在神雄关争取支持的时候，我任命他总督军务，我不明白，他为什么要用这种方式回报我？"

孟娥看了一眼大将军身后的望气者："我不太会说话，只想知道这人是不是冠军侯派来的？"

望气者露出微笑，沉默不语。

韩星没有回头，神情渐渐冰冷："识时务者为俊杰，想当初冠军侯的确想除掉倦侯，谁让他是桓帝之子、曾经当过皇帝呢？倦侯只需死守神雄关与碎铁城，让冠军侯知道他已有一定势力，自然就能躲过一劫，可倦侯非要潜回京城。冠军侯要当天命所归的皇帝，不希望看到朝中发生混乱与反对，所以他容忍了倦侯，甚至默许我荐举倦侯。可倦侯若是因此以为自己真有机会夺取帝位，那就太可笑了，他的确可以为自己争得更大的名声，让冠军侯登基之后封他为王，可是这中间有一条界线。"

韩星用手在腹部和胸前各比画了一下："一无所有的倦侯和威胁太大的倦侯，都面临着极大的危险，只在这两者中间才是安全的，你们明白吗？"

孟娥等人点点头，另外三女受她影响，也不爱说话。

"倦侯拉拢读书人，甚至拉拢几名大臣，都是可以的，那只会令冠军侯的胜利实至名归，可是盗取大将军印——"韩星严肃地摇摇头，"他过界了，你们都过界了。"

孟娥开口道："倦侯只是想借助大将军的权势开仓放粮。"

这算是对盗印的间接承认，韩星笑了一声："没人知道倦侯真正想做什么，连你们也不知道，用大将军印他能做许多事情，起码能制造许多麻烦，给别人，也给他自己。冠军侯同意倦侯留在京城，最重要的理由就是能随时监督他的所作所为，可倦侯非要让人猜不透，这就不对了，冠军侯不能接受这种事，我也不能。"

"听上去冠军侯已经掌控一切。"

韩星点头："倦侯以为北军会支持他吗？不不，那只是好感，并非支持，冠军侯登基之后，就算命令北军将士放下兵器，全体下跪受缚，他们也不会反抗。倦侯争来争去，所得到的不过是一些名声，名声有好处，但是不能让他成为皇帝。"

韩星成功地说服了一个人，不是四名侍女中的任何一位，而是一直在旁听的平恩侯夫人，一旦确认大将军对倦侯的支持并不真诚，她也要及时改变态度。

平恩侯夫人知道孟娥才是倦侯的亲信，上前一步劝道："大将军说得很清楚了，也很宽宏大量，孟姑娘，如果你知道大将军印的下落，还是说出来吧，这也是为倦侯着想。"

孟娥低头想了一会儿，抬头道："你说的都是真话？"

韩星心中稍宽，以他大将军的身份，肯对几名侍女说这么多话，已经算是非常客气了："如果冠军侯不是胜券在握，我又何必押上自己的一世英名呢？"

"冠军侯怨恨宗室子弟背叛钜太子呢，不是真的？"

"是真的，那又怎样？皇帝本来就不可能喜欢每一个人，可也不会无缘无故地杀死所有惹怒他的人，就连武帝也不会，冠军侯已经掌握宗室与勋贵的立场，知道该提防谁，也知道该奖赏谁，对他来说，这已经不是大问题了。"

平恩侯夫人身子一颤，退后两步，紧紧抓住韩女的胳膊，她因为大将军而支持倦侯，待会儿也要通过大将军向冠军侯表露忠心。

"说吧。"韩星命令道。

孟娥又想了一会儿："我不太会说话……找回官印对倦侯真有好处？"

"只有好处，没有坏处，我会当这件事不存在，冠军侯也不会追究。"韩星转身看了一眼望气者，望气者开口道："冠军侯绝非睚眦必报之人，只要不影响选帝，只要倦侯还在可控范围内，他还是会原谅倦侯，也会原谅那些曾经三心二意之人。"

平恩侯夫人觉得最后一句话是说给自己听的，激动万分，将韩女的胳膊抓得更紧了。

"好吧，我知道官印的下落，但我只告诉大将军一个人。"

韩星没有多想，迈步就要上前，望气者却很谨慎，立刻上前拦住大将军，他对这四名侍女不太了解，只知道孟娥曾在宫中当过侍卫，身手应该不会太差："有什么话当众说就好。"

"可是这件事会牵涉到大将军身边的人……"孟娥欲言又止。

韩星与望气者同时看向韩女，大将军的女儿急忙甩开平恩侯夫人的掌握，大声道："与我无关，真的，父亲，我不可能……"

韩星挥手，表示信任女儿，对其他人，他的信任就没有这么牢固了。

望气者与韩星对视一眼，上前道："对我说吧。"

孟娥还在犹豫，韩星道："对他说无妨，无论牵涉到谁，都不必隐瞒。"

屋子里的十名卫兵有点紧张，虽然都觉得自己是清白的，但是相处已久，不希望看到同伴惹上麻烦。

孟娥走向望气者，望气者问道："她身上没有兵器吧？"

平恩侯夫人马上道："没有，我搜过。"

望气者放心了，孟娥走到他身边，凑在耳边说了几句。

"什么？"望气者没听清。

孟娥又凑近一些，说了几个字，望气者扭头看向大将军，面露惊讶，韩星一呆，心想不管这名侍女说些什么，自己都有办法辩解，只要找回官印就好。

望气者似乎想说什么，却没有开口，就那么一直盯着大将军。

孟娥退后，与另外三名侍女站在一起。

韩星被盯得发毛："方先生……方先生……"

一名卫兵最先发现不对，大声道："他在流血，刺客！有刺客！"

十名卫兵同时拔刀，护在大将军身前，平恩侯夫人与韩女吓得瘫倒在地上，发不出声音。

望气者的心口不知被什么刺了一下，鲜血浸湿衣裳，越来越明显。

刺客毫无疑问是孟娥，十名卫兵持刀相向，只待大将军一声令下，三名侍女挽起袖子，守在孟娥身前。

韩星愣了好一会儿，终于清醒过来，指着侍女："你……你……"

孟娥平静地道："我不太会说话，大将军不如将瞿先生请来，让他说吧。"

韩星怒火中烧，哪听得进去劝告："杀死这四个贱婢，我去向冠军侯解释。"

卫兵持刀向前，韩星的女儿突然醒悟，颤声道："父亲，等等。"

"还等什么？她们盗走了官印，如今又当着我的面杀死方先生，冠军侯肯定以为……"

韩女就为这件事着急，强撑着站起身："方先生是冠军侯心腹，这四人只是奴婢，杀死她们也不能求得原谅，反而会让冠军侯更添怀疑。"

韩星一惊，急忙示意卫兵止步，寻思了一会儿："去叫瞿子晰来。"

一名卫兵领命而去，韩星越想越惊，问道："是倦侯让你这么做的？"

孟娥不肯开口。

韩星又问道："你用什么杀死……"

"簪子。"孟娥说，她有一枚特制的簪子，外表是金制，里面藏着一根钢针。

韩星犹疑不定，退后两步："倦侯……有什么打算？像你这样的手下很多吗？"

孟娥又不开口了。

没一会儿，瞿子晰来了，虽然没睡多久，但依然穿戴整齐，不露倦容，以为又要与大将军争执，结果刚一进屋，正好望气者的尸体倒下，把他吓了一跳。

"倦侯的手下杀死了冠军侯的心腹之人。"韩星道。

"我从前是太后身边的侍卫。"孟娥补充道，"我不太会说话，请瞿先生向大将军说说吧。"

眼前发生的事情太古怪、太惊悚，瞿子晰却马上领悟到其中的契机，咳了一声，对劝说大将军支持倦侯开仓放粮，有了十足把握。

"大将军以为倦侯无根无基，支持者甚少，大错特错……"

商县那边太久没有消息传来，韩孺子有点担心了："让孟娥肩负如此重大的责任，我是不是过于鲁莽了？"

杨奉这两天没怎么出门，坐在书架旁边，抬头问道："倦侯怎么对她说的？"

"如果大将军只是迟疑不决，那就做点事情坚定他的信心，比如留张神秘字条什么的；如果大将军已经投向冠军侯，那他身边必有冠军侯的心腹之人，我让孟娥……杀掉这个人，以此离间大将军与冠军侯。"

杨奉露出微笑。

"杨公觉得我的计划很幼稚吗？"韩孺子问，他自己并不这么认为，所以声音略显严厉。

杨奉笑着摇摇头："有人腰缠万贯，走在街上却与普通人无异；有人勉强维持温饱，却能让人以为他挥金如土。帝王要让自己的权力延伸到十步以外，得做后一种人，倦侯深得其中精髓。"

要不是对杨奉的理念十分了解，韩孺子会以为这些话是在嘲讽，笑了一声，喃喃道："除了虚张声势，我还有什么选择呢？"

"虚张声势是帝王之术，掌握此术的人不止倦侯一个。"

韩孺子微微一愣，正想细问，外面传来脚步声，很快房门被推开，两个人冲进来，跪在地上向倦侯磕头，呜咽着叫喊"主人"。

张有才和泥鳅回来了，他们一直留在满仓城，作为镇北将军的亲信安抚众将士的情绪，直到大部分勋贵子弟离开之后，才动身返回京城。

韩孺子安慰一番，让两人下去休息，然后对杨奉说："四百七十多名部曲士兵，应该都回京了，只有泥鳅能联络到他们。"顿了一下，他继续道，"这不是虚张声势。"

"倦侯确信这些人不会走漏风声，而且会追随你赴汤蹈火？"

韩孺子想了一会儿："我不敢保证他们会守口如瓶，但他们会为我赴汤蹈火。"

杨奉对这些部曲士兵不熟悉，韩孺子解释道："我不只养活这些部曲士兵，还在接济他们留在拐子湖的家眷，小君……夫人一直在替我做这件事，她进宫之后，账房何逸负责每月拨银送粮，这应该够了吧？"

杨奉不了解部曲，却了解江湖与官场，他想了一会儿："只要倦侯一直在上升，忠诚不会是人问题，关键是如何利用这四五百人'虚张'出千军万马的气势。"

韩孺子对杨奉的第一句话更感兴趣："一直上升？等我当上皇帝——如果的话——就没办法再上升了吧？"

杨奉盯着倦侯看了一会儿："倦侯从太祖的经历当中学得许多手段，从今以后，应该多看看武帝的实录了。"

韩孺子正在争夺帝位，经历稍有相似之处的太祖当然更吸引他，而武帝是他的祖父，曾经有过一次见面，留下的印象既深刻又模糊，比陌生人更难把握："武帝实录还没有整理出来吧。"

"嗯，也对，等你当上皇帝，就能看到了。"杨奉很少预测未来，但是不经意间说出的某句话里，却透露出强大的信心。

韩孺子受到感染："杨公，你刚才说'虚张声势'的人不止我一个，是说冠军侯吗？"

"尤其是冠军侯。"杨奉曾当过将近一年的北军长史，韩孺子身边的人没谁比他更了解冠军侯。

韩孺子深感意外，几乎得到所有大臣支持的冠军侯，怎么会比他更"虚张声势"？

"冠军侯最大的软肋不是虚张声势，我说过，这是帝王之术，有野心的皇子皇孙都应该掌握，他的问题是不知道自己在虚张声势，骗人骗到连自己都相信了。"

韩孺子笑了一声，他可没有杨奉这么镇定的心态，在他看来，冠军侯仍然占据不可动摇的强大优势。

又有人不经通报跑了进来，东海王每天必至，今天来得算是晚了，一进屋就气喘吁吁地说："听说了吗？听说了吗？"

扭头看见杨奉，东海王闭上嘴，喘了两口气："你没出门？"

杨奉"嗯"了一声，没有解释自己为什么留下，东海王也不问，转向韩孺子："户部接到第一份公文了，说是大将军传令，要求各地多备粮草……"

韩孺子拍案而起，兴奋地大叫两声，将东海王吓了一跳，连杨奉也侧目而视。

"成功了！"韩孺子高高悬起的一颗心总算落下，他没法掩饰心中的激动，绕过书案，来回走了几圈才冷静下来，向东海王笑道，"你继续说。"

"没了，只要没有衙门明确提出反对，各地开仓放粮势在必行，你的目的达到了，读书人也高兴了，可这有什么用？唯一的效果就是惹怒了冠军侯，我听说他真的非常、非常生气，他本来想在登基之后借助赈灾来笼络人心的，却被你抢了先。"

"不会有太多人知道这与我有关，天下百姓只会感谢朝廷、感谢大将军。"

"反正冠军侯的风头被夺走了，他只怨你。"

兴奋过后，韩孺子感到困惑："大将军同意接收流民，为什么瞿先生他们没有给我传信？"

"大概是害怕事前走漏风声，会受到冠军侯的阻挠吧。"东海王猜道。

只要还没有圣旨颁布，这次开仓放粮随时都可能中途夭折，韩孺子问道："有部司衙门提出反对吗？"

"第一份公文今天才到户部，没有圣旨，任何一个衙门都没办法向所有郡县下达命令，只能接到文书之后，挨个做出回应，或者不做回应。"东海王对各大部司的运作颇为了解，而且有"广华群虎"相助，他的消息也很灵通，"听说户部官员都被叫到衙门里，正在商议对策，冠军侯那边也在……"

府丞跑来通报，他已经习惯了种种意外，可这一次还是显得惊慌失措：一大群官员同时前来拜访倦侯，气势汹汹，仅仅是余威，就足以将一名小吏吓得两腿发软。

来的人不少，左察御史萧声、右巡御史申明志、吏部尚书冯举、兵部尚书蒋巨英……一共十几名大臣，大步走进书房，毫不客气地训斥倦侯，有说他破坏选帝规则的，有说他动摇大楚根基的，有说他自寻死路的，或威逼，或利诱，总之都是要求他立刻写信给大将军，停止所谓的招安与捉拿俘虏。

对这些大臣的激烈反应，韩孺子很意外，却无惧意，反而越发镇定，坐在书案后面，微微扬头，看着他们一个个唾沫星横飞。

东海王替韩孺子辩解了几句，很快就败下阵来，对方人太多，他一个人孤掌难鸣，韩孺子与杨奉都不肯帮忙。

这次兴师问罪持续了小半个时辰，大臣们离去的时候，府丞、府尉瘫倒在门口，以为即将大难临头，受他们的影响，府里的奴仆个个不知所措，张有才、杜穿云等人闻讯跑到书房，结果却看倦侯、东海王、杨奉三人互相庆祝。

韩孺子笑着向张有才说："去，让厨房准备酒菜。"

张有才应了一声，叫其他人一块儿离开，边走边挠头："我好长时间不在府里，错过什么了？仆人哭，主人笑，这到底是怎么回事？"

杜穿云舔舔嘴唇："管他怎么回事，又有好酒喝了。"

书房里，东海王满脸惊讶："真是想不到，冠军侯竟会出此昏招，他逼着这群大臣来此闹事到底是图什么？希望看到大臣表露忠心？可是有人来，有人没来，殷无害就没露面，岂不更加露怯？他不会真以为大臣们叫嚷一番就能改变一切吧？"

韩孺子也不理解，冠军侯的反应完全出乎他的意料，不是更暴烈，而是更软弱，那些大臣表面上气势汹汹，其实都心虚得很，离开的时候，甚至有人偷偷向倦侯拱手。

他有点理解杨奉之前所说的话了："冠军侯开始怀疑大臣对他的支持了。东海王，让'广华群虎'多做打探，任何一个部司想要驳回任何一份公文，哪怕只是一个小县，也要提前告诉我。"

"放心吧，这么看来，开仓放粮对冠军侯还真是一次不小的打击，让他乱了阵脚——读书人真够阴险的。"东海王告辞，比来时信心更足。

"东海王什么时候会亮出真实面目？"韩孺子问道。

杨奉想也不想地说："一个是冠军侯大势已去的时候，一个是你即将大获全胜的时候。东海王自己做决定，很可能会选前者，他的性子有点急，如果有聪明人辅佐，更好的选择是多等一阵。"

韩孺子马上想到了谭氏，还有东海王的母亲，她在进宫之前为儿子选了一位得力的妻子。

户部接到的第一份公文扰乱了朝廷，大臣和东海王离开不久，郭丛登门了，与第一次拜访的态度截然不同，这一回他是主动来帮忙的。

"大楚有数十处郡、上千座县，其中六七成有流民，是否愿意开仓放粮，全在郡守与县令的一念之间，尤其是郡守的选择，影响极大。倦侯已经实现诺言，我们这些书生不能只看热闹，已经有四十多人离京上路，携带大量书信前去劝说相识的郡守与县令，或许能助倦侯一臂之力。"

韩孺子起身，一躬到地，向郭丛致谢。

郭丛走后，韩孺子说："读书人开始显示他们的实力了。"

杨奉道："不只如此，此时人人以为开仓放粮是大将军的功劳，等这些读书人走过一遭，倦侯的所作所为就将天下皆知，最早支持倦侯的官员或许就在这些郡守当中。"

杨奉终于辅佐倦侯取得了第一个胜利，对他来说，真正残酷的争斗才刚刚开始："冠军侯不会就此认输，也不会只派大臣叫嚷，倦侯准备接招吧，胜了这一战，你的对手很可能会减少一位。"

第十章

势变

冠军侯没有认输，在经历最初的无谓愤怒之后，他逐渐冷静下来，开始指使大臣们做出切切实实的反击。

第一个行动的大臣是兵部尚书蒋巨英，虽然大将军韩星品级更高，但也没权力独断专行，重大的军令必须及时上报给兵部，再由兵部转交给皇帝，在这个过程中，如果军令有错，兵部可以退回，要求改正，在错误十分明显的情况下，兵部还可以直接否决此道命令。

所谓的错误，通常是字句不通、语义含糊、犯了避讳，等等，改正即可，在极罕见的情况下，军令中的某句话会出现明显的歧义，这个时候，兵部就可以暂时否决此令，无须上报皇帝。

兵部的官员们聚在一起，反复阅读大将军派人送来的军令，到了倒背如流的程度，却连笔画错误都挑不出来，熬了整整一个晚上之后，兵部还是要否决军令，理由很简单：印章不清，有可能是伪造的。

这是个荒唐的理由，除非大将军本人亲自携印回京，谁也无法证明印章为真，兵部实在无法可想，才撕破脸皮做出这种事。

与此同时，兵部还要向各地驻军直接发文，禁止将领们执行军令。

天还没亮，东海王就跑来敲门，有"广华群虎"相助，他的消息十分灵通。

韩孺子只有差不多一个时辰的时间阻止兵部，这是他与冠军侯之间的短兵相接，比的是手疾眼快。

兵部尚书蒋巨英与崔家沾亲，东海王已经派人与他联系，蒋巨英只回了一句话："职责所在，不论私情。"

杨奉立刻去找郭丛，京城一大批功名在身的读书人早已摩拳擦掌，就等着有人露头，兵部算是首当其冲。

半个时辰之后，兵部被一群赤手空拳的书生包围，他们堵住门口，不许任何人出门，高呼蒋巨英的名字，让他出来对质，解释一下为何要阻止各地赈济灾民。

兵部离皇宫正南门只有百步之遥，成队的宿卫士兵来回巡视，却没有加以干涉。

蒋巨英派人冲了两次，可是这些书生不是翰林院的学士，就是国子监与太学的弟子，差人们不敢真的动手，数量上又不占优势，两次硬冲都以失败告终。

书生越聚越多，天光大亮之后，又来了一批老先生，其中一位白发苍苍，是被弟子们搀来的，双手颤抖着，当众念出一份"绝交书"，断绝与蒋巨英的师生关系。

事情越闹越大，连周围的其他各部衙门也受到牵连，只好大门紧闭，干脆不办公了，以免书生们冲进来——其间来过几队士兵，试图驱赶闹事的读书人，没能成功，自己反而被驱逐了——宿卫八营不允许有人携带兵器接近皇宫。

韩孺子没有闲着，天亮不久，他与东海王一块儿去见英王。

英王身边的望气者名叫袁子凡，两人一块儿接见到访者。

韩孺子带来一份请愿书，希望各部司衙门以苍生为念，不要阻止各地开仓放粮，并许诺今后绝不会追究失职之罪，韩孺子与东海王已经签字盖印，来请英王加入。

英王还没怎么睡醒，坐在椅子上不停地打哈欠，要笔要印，想将两位侄儿打发走，袁子凡笑着阻止英王，然后与到访者唇枪舌剑地争辩一番。

"虽是皇子皇孙，却无实权官职，又在争位选帝时期，何敢干涉朝政？"

"朝政拥滞，正是宗室子弟效命之时，争位选帝，英王既是参与者之一，正该趁机扬名，为何置身事外？"

"扬名的是倦侯与东海王，与英王何干？"

"所谓顺势而为，我们两人造势，英王借势，我们已经留下空白，英王是长辈，印章在前，我们不争。"

"既然对大家都有好处，为何不先去找冠军侯？"

"我们正有此意，先见英王，乃是表尊长之意，英王若有兴趣，我二人愿奉英王为首，一道去见冠军侯。"

"英王年幼，不会参与此事。"

"既能参与争位选帝，何出'年幼'之言？"

……

韩孺子与东海王以二敌一，渐渐占据上风，袁子凡身为望气者，擅长的是因势利导，原以为能够轻松击败两名年轻人，没想到左支右绌，即将败下阵来，脸色不由得忽青忽红。

韩孺子压制袁子凡，东海王转攻英王，小声劝他自己做主："你是武帝之子，今后想当皇帝，现在就得练习一言九鼎，什么事情都得自己拿主意……"

"英王，别听他乱说。"袁子凡一边应对倦侯，一边还要注意英王，更加慌乱，心中后悔，早知如此，就该拒见这两人。

英王却已被说服，跳到地上，大声道："一起去见冠军侯，问问他凭什么藏着酒肉粮食不肯拿出来！"

"对，非得让他解释清楚。"东海王卖力撺掇，也不管英王的理解有多少错误。

袁子凡毕竟只是一名望气者，不能直接干涉英王的决定，仆人们早已准备好，立刻送上笔墨印章，英王大笔一挥，歪歪扭扭地写下自己的名字，比韩孺子的字迹还要潦草。

然后叔侄三人出府，一块儿前往冠军侯府。

出门之前，韩孺子向袁子凡拱手道："顺势而为，势既已成，袁先生为何不顺。"

袁子凡大笑，也跟着出发，半路上遇见了林坤山，他到处找东海王，已经跑了好几处地方，一见面就苦笑道："东海王为何撇下我一个人出行？"

"我看你睡得正香，没忍心打扰你，来吧，一块儿去见冠军侯。"

队伍逐渐扩大，消息不知怎么传扬出去，许多意想不到的人加入进来，大将军与读书人的举动，显然给宗室和勋贵发出了明确的信号，不少世家派人支援倦侯、东海王与英王，但是比较谨慎，家长没有出面，派出的都是年轻子弟，许多人曾是倦侯麾下的勋贵营士兵，回京没有多久。

名义上这支队伍的核心是英王，他走在最前头，不认得路，全由两边的倦侯和东海王指引，小家伙很少出门，因此非常开心，又蹦又跳，时不时高喊一声："冠军侯交粮！"

世家子弟们明白谁才是真正的主导者，加入之后都向倦侯致意，有人甚至以军礼相见，仍当他是镇北将军。

王侯府邸离得都不算远，韩孺子一行人来到冠军侯府前时，队伍已经扩充到百余人，后面还跟着众多仆人，以及数量更庞大的百姓，这可是天子脚下难得一见的奇闻，谁都想看看热闹。

韩孺子和东海王故意放慢速度，中间几次停下，向新来者介绍英王，将小孩子哄得更加开心。

他们在给冠军侯反应的时间。

杨奉对冠军侯的评价是少谋多断，常常因考虑不周而犯错误，事后则归罪于别人。因此，对冠军侯不能搞突然袭击，一惊之下，他有可能做出两败俱伤的决定，给他一点时间，让身边人多劝劝，一旦怒气消失，冠军侯又会走向另一个极端：将烂摊子甩给手下，自己只管指责。

将近午时，一行人来到冠军侯府门前，将半条街都给堵住了，与兵部门前的读书人遥相呼应，很难说哪一方的声势更大一些，不过侯府门前的人比较客气，没有振臂高呼，没有横冲直撞，一大堆拜帖送到门吏手中，请他交给冠军侯。

冠军侯新婚不久，侯府门上的灯笼、喜联等物还在，上百人站在外面，就像是来贺喜的客人，只是手中没有拎着礼物。

正如杨奉所料，冠军侯早已得到消息，在经历暴怒、诅咒与一连串的混乱命令之后，他又一次冷静下来，随之而生的还有胆怯，冠军侯终于发现，整个朝廷并非如他希望的那样坚定地支持他称帝，大多数人其实仍在观望，冠军侯暂时占优，大臣们表现得忠贞不贰；冠军侯稍一失势，他们立刻露出骑墙之态。

一直将钜太子挂在嘴上的宰相殷无害，几天前就声称得病，闭门不出。左察御史萧声和右巡御史申明志为争夺宰相之位，在冠军侯面前最为活跃，又是监察之官，没有圣旨的情况，他们的权力最大，却也不肯出面阻止放粮，反而劝冠军侯暂忍一时。

兵部尚书蒋巨英独木难支，冠军侯也招架不住了。

为了颜面，冠军侯拒绝接见倦侯等人，望气者鹿从心只好独自出府，他比袁子凡更识时务，没有与来客争执，反而笑脸相迎，声称冠军侯要务在身，不能出来相见，但是与倦侯、东海王、英王的意见完全一致，以为放粮事大，越早越好，谁也不能阻止，兵部所为，令天下人寒心。

尚不知情的兵部尚书蒋巨英，就这样遭到出卖，成为众矢之的。

鹿从心将请愿书带进府内，请冠军侯签名盖印，位置与英王并列，高于倦侯、东海王，随后出府将请愿书交还。

事实上，人人都清楚，由于皇宫不肯批复奏章，这份请愿书根本无处可送，任何一个衙门都不会接受，它只是一种表态。

队伍转而前往兵部，走出几条街之后，英王认出道路，撒腿跑得飞快，对他来说，这是难忘的美好的一天。

消息总是比双腿跑得更快，衙门里的蒋巨英终于听说了冠军侯的屈服，大吃一惊，反应倒快，立刻命令手下官员出门，向众人保证，兵部绝不会反驳或是否决大将军的命令，一切都是谣言，他自己则在随从的帮助下，翻墙逃跑，回到家中真的大病一场，很长时间没再出门。

韩孺子又获得一场胜利，可是如同对峙已久的两军，一旦交锋，战斗就将持续不断，直到一方战败退出，韩孺子远未取得最后的胜利。

杨奉觉得时机已到，建议倦侯开始拉拢大臣，第一个目标就是对倦侯怨恨最深的左察御史萧声。

韩孺子在柴家见到了左察御史萧声。

萧声的一个侄子是柴家的女婿，就是他居中引荐，促成了这次会面。衡阳公主薨了，自家子弟被放回京，柴家没理由再与倦侯为敌，为了表示感谢，愿意提供帮助，但是真正的柴姓人一个也没现身。

京城正处于最为混乱的时期，人人都急着表态，所有的表态却都不那么真诚，脚踩两只以至数只船可以是公开的选择，谁也不以为耻，相反还要彼此介绍经验与门路，务必让自家的脚根站得更稳一些。

在这种情况下，韩孺子与萧声的会面注定尴尬。

两人并非单独会面，都带来随从，韩孺子这边是杨奉，萧声带来的是望气者鹿从心。

在韩孺子见过的所有望气者当中，就数这个鹿从心最为少言寡语，阴沉得不像是江湖术士，倒像是一位身怀绝世武功的落寞侠客，不过杨奉早已打探清楚，鹿从心不会武功，他的沉默只是望气之术的一种流派。

萧声用实际行动表明自己能成为朝廷高官并非侥幸，身着便装而来，对倦侯笑脸相迎，客气地拱手致意，落座之后，不卑不亢地向倦侯表示祝贺，祝贺他最近这段时间里取得的一场又一场胜利，韩孺子也感谢对方的配合，没在开仓放粮这件事上横加干涉。

客气维持了一盏茶的工夫，萧声是不会首先挑明态度的，这里是他所熟悉的京城，不会再犯神雄关那边的急躁错误。

"不妨明说吧，萧大人，我需要你的支持。"韩孺子先出招。

萧声微笑着抿了一口茶水，放下茶杯，说道："既然如此，我也不妨明说，倦侯的确做得不错，如果你早有今日的名声，太后当初也没办法将你废黜，可惜，时过境迁。别的我不多说，倦侯的废帝身份是个大麻烦，废帝再立这种事太罕见，本朝更是从未有过，而且将你重新立为皇帝，意味着整个朝廷之前都犯了不可饶恕的错误，到时候该怎么向天下人解释？"

韩孺子早已料到会有此一问，也早想好了回答："皇帝被废，自然是有奸人从中作梗，蒙骗了朝廷，也蒙骗了整个天下。"

萧声眉毛一扬："敢问奸人为谁？居然能有这么大的本事？"

"总能找出来一个，不多，只有一位。"韩孺子不肯说出姓名。

萧声"呵呵"一笑，也不追问，想了一会儿，摇了摇头："倦侯以为这一次登基就能掌权吗？"

"不能吗？"

"南、北两军滞留京外，宿卫八营每天都在扩充，新帝凭什么掌权？"

韩孺子看了一眼望气者鹿从心，问道："萧大人是觉得我不能掌权，还是以为无论谁登基都不能掌权？"

"我当然不会专门针对倦侯。"

"那大臣们支持谁又有什么区别呢？"

"当然有。"萧声变得严肃起来，"身为大臣，我们只有一个目的，希望朝廷稳定、天下安泰，新帝必须是一位能忍耐的人。太后不可能千秋万岁，上官家也不会一直把持宿卫八营，新帝终有亲自临政的一天，但是在这之前，新帝得安于现状。倦侯与东海王能做到与太后平静相处吗？尤其是倦侯？"

太后弃桓帝之子不选，改立前太子遗孤称帝，仅此一点，仇怨就已根深蒂固，起码在外人看来，兄弟二人无论谁登基，都不可能放过太后。

韩孺子笑道："我说'能'，你们也不会相信。"

萧声同样笑着摇摇头："倦侯自己也不信吧，你刚刚说过，会将'废帝之罪'归咎于太后一人。"

"必须有人为当初的废帝之举负责，但我说的不是太后。"

萧声脸上的笑容一下子消失，发现自己犯了一个简单的错误，倦侯只说要有人负责，他自然而然地想到太后，却没有听倦侯亲口说出来。如果对方是位老谋深算的家伙，萧声会装糊涂到底，可是面对十几岁的少年，他总是不由自主地轻敌。

萧声冷冷地盯着倦侯，过了一会儿才问："不是太后又是谁呢？"

"一个多余的人。"

萧声接受了教训，一声不吭，也不追问，韩孺子补充道："宰相殷无害，他是群官之长，还是先帝指定的顾命大臣之首，可他辜负了武帝与桓帝的嘱托，宫中废帝，他一言不发，另立前太子遗孤，他俯首称臣，全忘了当初废除太子的是武帝。"

萧声面露惊讶，这是真正的惊讶，不是假装出来的："你说的这些事情，全体大臣都做了，不只是宰相一人。"

"既然是宰相，就要负起最大的责任，如果当初他肯站出来，废立之事还会那么轻而易举吗？"

萧声沉吟不语，太后能够在极短的时间内掌握实权，与宰相殷无害的纵容与无为态度确有直接关系。

"大楚内忧外患不断，正如萧大人所言，新帝登基之后，离亲自临政还需要一段时间，如此一来，天下重任皆在宰相一人身上，他若继续'无为而治'，大楚将病入膏肓。"

"倦侯既然愿意与太后平静相处，又哪来的权力撤换宰相呢？"

"我若重新称帝，太后也需要给天下一个解释吧，这是明摆着的事情，我自有办法劝服太后。"

萧声再度陷入沉默。

韩孺子向望气者鹿从心笑道："阁下有何高见？"

鹿从心站在萧声身边，摇摇头，拒绝开口。

萧声站起身，说道："倦侯……善用奇招，在下佩服，可是治国之道以守正为根基，所以——我还是不能支持倦侯，这句话必须当面说清，以免生出误会，这也是我来见倦侯的最重要原因。"

韩孺子也站起身，拱手道："萧大人刚正不阿，不愧为大楚的中流砥柱，我也很佩服，请萧大人相信，我对任何人都没有私怨，即便是对宰相的看法，也是不得已而为之，我对殷大人同样没有怨恨。"

萧声告辞，倦侯在这次会面中所说的话，虽然不可相信，但是的确对他有所触动。

望气者鹿从心跟在后面，经过倦侯身边时，停下脚步，终于开口道："我们知道谁是凶手。"

韩孺子微微一愣："凶手？"

"她不在京城之内，也不是受保护的目标，我只是通知倦侯一声：你再也见不到她了。"

韩孺子笑了笑："那我会很伤心的。"

鹿从心也走了。

韩孺子从柴家告辞，回到家中，向杨奉问道："萧声会动心吗？"

"那不重要，他会将倦侯的话向外宣扬，逼迫殷无害做出反应，显出他真正的立场，还有右巡御史申明志，也会受到影响。"

两位御史按惯例是宰相的继位人选，宰相之位的任何变动，都会在两人的心中引起涟漪，殷无害虽已承诺冠军侯称帝之后会致仕，但这种老滑头的话，大臣们不会完全相信。

冠军侯感激殷无害，而倦侯要拿宰相问罪，在哪位皇帝的治下宰相之位会空缺出来，一目了然。

这是杨奉制订的计划，迄今为止，大臣们的立场还很一致，必须想办法砸出一个缺口。至于一定要通过萧声传话，杨奉也有考虑：萧声与倦侯不和，他的话众臣可信可不信，必要的时候，倦侯还可以否认得一干二净。

杨奉就像是经验丰富的猎人，为了追捕猎物无所不用其极，陷阱、弓箭、网罟、毒药、刀剑……能用的都用上，没有半点犹豫与慈悲。

韩孺子敬佩他，偶尔也会从心里生出一股寒意，但是现在，杨奉就是他的左膀右臂，不可或缺。

"大将军那边为什么还没有来信？"韩孺子问，京城已经闹得沸沸扬扬，就连冠军侯也相信韩星彻底站在了倦侯这边，偏偏是韩星本人，一直没有来信，瞿子晰、孟娥也一直没有回京。

"他在观望，如果开仓放粮之事畅通无阻，韩星将不得不选择倦侯，如果事情不成，他还有机会争取冠军侯的原谅。"

韩孺子叹了口气："朝中大臣都是这种老滑头，我若称帝……"

"倦侯若称帝，必须感谢这些老滑头，而且要重用他们。"

"为什么？让他们继续和稀泥？"韩孺子有点不甘心。

"倦侯看过许多史书了，见过完全一样的皇帝吗？"

韩孺子摇摇头。

"新皇帝登基，有几个人能完全不违背先帝的意旨？"

韩孺子想了一会儿，又摇摇头，表面上所有新皇帝都会赞颂老皇帝的功劳与伟大，声称一切不变，可是暗地里，每个人都有所改动，桓帝改变了武帝的策略，太后也没有遵守桓帝的遗志……

"所以，如果大臣们全都忠心耿耿，朝廷就不存在了，他们要么坚守前帝的朝政，与当今皇帝格格不入；要么附和当今皇帝的主意，对前帝不忠不孝。纯粹的忠心耿耿是不可能的，也没有用处，皇帝与皇帝不同，就像是两辆不同辙的车，必须有和稀泥的人，新车才能在旧路上行驶得顺利一些。"

韩孺子觉得杨奉的话有些道理，但是很难接受，他从来没有得到过大臣的支持，因此对大臣也就没办法真心接受。

"现在说这些还太早。"杨奉说，他得帮助倦侯解决眼前的战斗，"鹿从心并非无缘无故地挑衅，他想诱使你离开京城，失去争位资格。冠军侯开始重视你，也开始后悔当初把你拉进来了，所以接下来他要想尽办法把你推出去，小心，不可鲁莽行事。"

韩孺子点点头："但是我得派人通知孟娥。"

"那样的话，倦侯就上当了。"

通知孟娥，即意味着倦侯重视这名女侍卫；不通知，望气者也不会轻易放过这名杀死同伴的凶手。

韩孺子这才明白，望气者给他出了一道难题。

春天突然就到了，冰雪消融，屋檐上的水珠滴答不断，好像连房顶都要化了。

如此明显的变化，韩孺子却几乎没有注意到，他太忙了，事情一件接一件，客人一拨接一拨。

东海王天一亮就到，日落之后才会离开，为韩孺子介绍、接待宾客，甘心当一名"师爷"，杨奉反而很少露面，只在晚上与倦侯交谈一会儿。

最常来的人是那些勋贵子弟，开始两天还遮遮掩掩，很快就变得光明正大，他们来闲聊、来传话，替自家的父兄向倦侯表示敬意，也替某些大臣说明情况。

进士出身的大臣与勋贵彼此瞧不起，中间却没有截然分明的鸿沟，联姻、攀亲这种事时有发生，既有明争暗斗，有时候也需要互相扶持，就像是捆在绳索两端的野兽，争夺食物时爪牙相向，捕猎时却又必须紧密配合。

韩孺子逐渐明白真正的皇帝有多难当了。

因为碎铁城一战，东海王在勋贵家族当中的名声极差，他不给韩孺子增添麻烦，主动去与各家和解，派人去慰问，与到访的勋贵子弟互诉衷肠……他毕竟是东海王，就算一无是处，也没有几个人真愿意把他当成敌人，于是他得到了原谅，比韩孺子得到柴家的原谅还要顺利。

无为二年的春天，风向变了，倦侯越来越有争位者的气势，所有人都在等宰相殷无害做出反应。

杨奉的计谋使得一直装病在家的殷无害站在了风口浪尖上，大臣们之所以与倦侯只是暗通款曲，而不是登门拜访，等的就是宰相。

殷无害不吱声，也不出门，好像宰相府的大门真能挡住满城风雨似的，可这种状态坚持不了多久，沉默也是一种态度，会被视为对冠军侯信心不足，甚至是背叛。

韩孺子只需等待，在此期间，他要做一件事，希望能够不露痕迹地帮到孟娥。

一天下午，"广华群虎"里的两员大将——连丹臣与张镜前来拜见倦侯，这是他们第一次公开到访，算是一种表态，他们带来的礼物是同僚的敬意，虽然没有选帝资格，但是众多刑吏愿意站在倦侯一边。

宾主相谈甚欢，韩孺子趁机打听一件小事："身为主刑之官，两位经常要与江湖人打交道吧？"

"少不了。"刑部司主事张镜已经自动调整身份，脸上露出谄媚之意，不多，但是足以衬托对方的尊贵地位，"江湖中尽是亡命之徒，也有不少英雄豪杰，想抓亡命之徒，就得借助……"

张镜急忙闭嘴，突然想起来，在一位有可能当皇帝的人眼里，"英雄豪杰"不是好词，他泄露得太多了。

韩孺子却没有在意，问道："三柳巷匡裁衣，你们听说过吗？"

张镜看向连丹臣，连丹臣是京兆尹手下的司法参军，对京城街巷更为熟悉，马上道："听说过，匡裁衣在小春坊一带有些名气，去年为仇家所杀。"

匡裁衣就死在韩孺子面前，连丹臣不会不知道，但他年纪大些，行事谨慎，绝不提起无关细节。

"匡裁衣曾经暗中为你们做事吧？"

连丹臣一愣，没有马上回答，一边的东海王笑道："连丹臣，在太后面前，你也是这种搪塞态度吗？"

连丹臣急忙道："不敢，我只是一时……没错，匡裁衣曾经与我的手下联系过，说是……但是他什么都没做成，就被杀死了。"话一说完，连丹臣心里微惊，身为太后手下的爪牙，不可避免地曾与倦侯为敌，他以为自己这就要遭到报复。

韩孺子笑道："我有一个请求，连大人能帮忙吗？"

"倦侯尽管吩咐。"连丹臣起身道，发现倦侯并非追查往事，心中稍安。

"让你的人放出风去，承认匡裁衣曾向他投诚。"

不只是连丹臣，东海王与张镜也都是一愣。

"就这些？"连丹臣问。

韩孺子点头："尤其是要让小春坊的人知道这件事，除此之外，没有别的要求了。"

连丹臣连连称是，心中再松一口气。

两名刑吏告辞，东海王马上问道："这又是什么招数？殷无害与江湖人有勾结吗？"

"与宰相无关，我只是在帮一位朋友的忙。"

"朋友？听听你说话的语气，好像你也是江湖人似的。皇帝没有朋友，更不欠人情，倒是天下人都亏欠皇帝，而且匡裁衣是为官府做事……"

"不是什么大事。"韩孺子不想再谈。

连丹臣做事麻利，第二天傍晚，一名厨子拎着食盒登门拜访，说是倦侯预订的酒食，门吏通报之后，放厨子进府。

人人都以为倦侯离帝位越来越近，不要命的态度却没有丝毫变化，放下食盒，立而不跪，冷冷地问道："倦侯这是什么意思？"

东海王已经走了，书房里没有外人，韩孺子微笑道："你曾经帮过我，我当

120

然也要帮你。"

不要命杀死匡裁衣是为倦侯解围，韩孺子曾在醉仙楼里见过一群江湖人去找麻烦，要为匡裁衣报仇，现在轮到韩孺子为不要命解围了。

"我帮的不是你，是杨奉，你干吗多管闲事呢？"

某些胆大的江湖人，不接受朝廷所制定的尊卑制度，这是他们最为官府所忌惮的地方，韩孺子不在意，起码目前不在意："以后多来往，就不算闲事了。"

不要命盯着倦侯："不行，除了杨奉，老子不欠人情……"

"你跟杨公是怎么认识的？"韩孺子好奇地问。

不要命冷笑几声："倦侯不必拐弯抹角，你想让我做什么，开口就是，看在杨奉的面子上，我未必就会拒绝，干吗要来这一套呢？"

韩孺子收起笑容："因为我也不想亏欠人情，阁下对我帮助甚大，我做的这点小事远远弥补不了，但这是个开始。"

"别，咱们还是赶快结束的好，我再帮你一个忙，然后断绝往来，你当你的倦侯和皇帝，我当我的厨子，无论谁亏欠谁，都在杨奉身上，行吗？"

"嗯……好。"

"说吧。我真不明白，你以为用这种小手段就能收买我，让我给你当忠仆？"

"忠仆我有，我需要的是阁下的身手与判断。"韩孺子停顿片刻，"我有一名侍卫，在大将军韩星那边杀死了一名望气者，一直没有回来。望气者声称要报仇，我若是不闻不问，这名侍卫孤立无援，我若是大张旗鼓地提供帮助，望气者就有理由借助冠军侯的力量发起反击。"

"你想用江湖手段解决此事？"

韩孺子点头，他就是这个意思，现在还不是跟冠军侯撕破脸的时候："我希望阁下做的事很简单，去提醒这名侍卫，必要的话……"

"我明白了。"不要命转身就走。

"我还没说是谁。"

不要命止步道："江湖中没有隐士，倦侯，望气者这回可轻敌了，你的侍卫有点来历，大概不需要我的帮助，不过我还是去看看吧。"

不要命走了，食盒留在地上。

守在外面的张有才进来："这人是醉仙楼的厨子吗？我还以为是乔装打扮的皇子皇孙呢。"

张有才打开食盒，从里面捧出一只烧鸡，闻了闻："这人的厨技可配不上他的蛮横。"

"拿去吃吧。"韩孺子笑道，坐在那里想，孟娥其实也很神秘，她自称是齐王陈伦的后代，可她从来没说过在哪儿学的武功，更没说过除了哥哥孟彻之外，还有没有其他帮手。

杨奉回来了，一进书房就说道："冠军侯要向北军动手。"

"嗯？"韩孺子早已习惯杨奉突然闯进来，一点也不意外，"冠军侯要……他要利用北军逼我出京？"

杨奉点头。

韩孺子与冠军侯势同水火，北军却是两人的共同根基，关于北军到底支持谁，或者说支持谁更多一些，传言众多，连北军将士自己都说不清，就是利用这些传言，韩孺子和冠军侯各自扩展了自己的势力。

北军一旦明确表态，其中一方必遭重创，若支持倦侯，冠军侯根基动摇，反之，韩孺子遭受的将是致命一击，北军对他比对冠军侯更重要。

"冠军侯想怎么做？他自己也不能离京。"

"据说他任命了一位新的北军长史。"

从前的北军长史是杨奉，他离开冠军侯之后，这个职位空缺出来。

"没有圣旨，他能任命官员吗？"韩孺子问。

"这不是正式任命，而是临时兼任，可以事后追认。"

"新任长史是谁？"

"吴修。"

韩孺子微微一愣，他见过吴修，此人是当今皇帝的舅舅，曾经守卫神雄关，听说皇帝病重，丢下官印潜回京城，惹出许多麻烦："他投向冠军侯了？"

"看来是这样，柴悦能对付得了吗？"

吴修是皇帝的舅舅，长史又是北军文吏之首，对柴悦来说，这的确是一根难啃的硬骨头。

"我应该请大将军给柴悦升职。"韩孺子道。

"不行，大将军虽然配合倦侯开仓放粮，但是一直没有书信送来，说明他还在观望，这种时候不能求他做任何事情。"

"那怎么办？柴悦在北军连军职都没有，全靠北军都尉刘昆升的支持，可刘昆升不是特别可靠。"

杨奉不自觉地用手指轻轻敲打桌面："或许有个人能帮忙，还能借机再敲打一下殷无害。"

第十一章

哪里好玩

东海王跟往常一样来倦侯府"坐堂"，门吏和仆人早已习惯，不阻挡，也不通报，任他自由进出，背后都说他这段时间里"家教甚好"。

的确，在谭氏的督促下，东海王对帮助韩孺子争位一事极为上心，不辞辛劳地出谋划策，将自己的资源全献出来，比本人争位还要热情。

韩孺子不打算浪费这份得之不易的热情。

"你跟崔家的联系还多吗？"韩孺子问。

东海王脱下沾有泥浆的靴子，命随从拿出去清理，盘腿坐在韩孺子平时睡觉用的椅榻上："还行吧，我太忙，没工夫搭理他们，王妃倒是常去。"东海王冷笑一声，"崔家现在可得意了，你和冠军侯都是崔家的女婿，谁当皇帝他们家都会出皇后，崔家没人来拍你的马屁吗？"

"没有。"韩孺子也觉得奇怪，京城的勋贵家族几乎都想方设法与倦侯建立联系，唯独崔家不动声色，连二公子崔腾也不露面了，不是改了主意，就是被父亲看得紧。

"别急，你做好准备吧，崔家人真来的时候，千万别客气，想要什么，狮子大张口就是，放心，你吞不下崔家。"

韩孺子笑了笑。

"你问崔家干吗？"东海王问。

"我希望你帮我一个忙。"

东海王沉默了一会儿："我已经搬出崔府，只是维持着表面上的亲属关系，崔宏给我荐举，其实事前得到过冠军侯的许可——他们觉得我根本不是威胁。"

"崔太傅与冠军侯结盟只是纯粹的利益关系，跟你毕竟有多年的亲情存在。"

东海王冷笑不止，最后道："亲情……好吧，亲情还剩那么一点，不用白不用，你想让我跟崔宏说什么？"

"我得到消息，冠军侯委任吴修为北军长史。"

"我也听说了，吴修明天就出发，我还听说，是吴修主动投靠冠军侯的，他前两天进宫探望皇帝，第二天夜里去见冠军侯，不久之后获得任命，你说这是不是意味着什么？"

小皇帝随时都可能驾崩，可除非得到确切消息，韩孺子不愿猜测："不管怎样，吴修是个麻烦，他是皇舅，又有冠军侯的亲自任命，此去北军，对柴悦是个威胁。"

"你想让崔宏干吗？他是南军大司马，与北军一直是对头，平时都说不上话，现在更不行。"

"我不要崔太傅说话，我要他出兵。"

东海王一愣，随后一拍大腿："真阴险——是杨奉的主意吧？"

韩孺子没有回答，东海王笑道："这个主意好，吴修地位虽高，却是个胆小鬼，大伇在即，哪怕只是一个兆头，也能将他吓得魂飞魄散，北军将士到时候不支持柴悦还支持谁？不过……柴悦值得信任吗？你们认识可没多久。"

"有些人只见过一面也值得信任。"

东海王讪笑两声："我不能出城，但是可以写信给崔宏。"

"你能说服他？"

"那还不容易，京城这边斗得如火如荼，南、北军再不弄点动静出来，只怕会被遗忘得一干二净，又不是让崔宏真打，只是让他显示一下南军还在，他肯定愿意，我有把握。"

仆人将清理干净的靴子送进来，为主人穿好，东海王走到桌前，当场写了一封信，交给另一名随从，命他立刻出城去见南军大司马。

完事之后，东海王问道："还有什么？兵来将挡，水来土掩，冠军侯出招，咱们接招，这才有意思，可是咱们也不能只是防守，也得进攻啊。"

"你有什么想法？"

"有一个人，早晚得争取一下，不如早点动手。"

"上官盛？"

"就是他，掌管宿卫八营几万士兵的中郎将上官盛，对太后来说，宿卫八营比'广华群虎'重要百倍，拿下上官盛，比争取到满朝文武的坚持还有意义。"

"可咱们最终的计划是挟持上官盛……我明白了。"韩孺子笑道，越是敌人越要接近，就像现在的他和东海王，"不太容易吧，上官盛只忠于太后，而且这个人与太后的哥哥上官虚不同，敢作敢为。"

"总得做做样子，宿卫八营摆在那里，不去拉拢一下，反而让人怀疑，我听说冠军侯一直在想方设法接近上官盛呢。"

"嗯，你说得对。"韩孺子也拿起笔，写了一封信，给东海王看。

"呵呵，刘昆升肯定想不到自己会突然变得这么重要，可他只当过几天中郎将，又没有什么背景，对宿卫八营……算了，反正也只是意思一下。"

刘昆升从前是一名宫门郎，立功之后升任为中郎将，不久又被调为北军都尉，韩孺子请他居间介绍，也是理所应当。

韩孺子叫来张有才，将信封好，命他找人送往北军。

"宿卫八营里本来有不少勋贵子弟，可惜都被撵回了家，要不然倒是一股助力，他们都挺支持你的。"东海王深感遗憾。

可勋贵子弟毕竟对宿卫八营比较熟悉，韩孺子与东海王各自又写了几封信，分别送给不同的人，有的是直接提出要求，有的是请来相见，要当面谈一谈，总而言之，希望能够安排一次倦侯与上官盛的会面。

两人在书房里吃午饭，饭后见了两位早就约好的拜访者，没什么大事，只是闲聊，与勋贵家族的交往就是这样，至少要经过两次以上的闲聊，才能谈到正经事。

拜访者离开不久，侯府来了一位不速之客。

经过多日的磨炼，府丞已经镇定许多，没再像从前那样慌慌张张，进屋之后正常通报："英王求见倦侯。"

"谁？"韩孺子和东海王异口同声地问。

"英王。"

韩孺子和东海王互相看了一眼，不明白这个小叔叔来干吗。

英王只带着两名随从，望气者袁子凡没有跟来。

"这是你的书房吗？书真不少。"英王走进屋，背着手东瞧西看，是个不太懂礼貌的孩子，武帝驾崩之时，他才出生不久，虽然得到了封号，却没有得到最好的教导。

英王年纪虽小，辈分却摆在那里，韩孺子和东海王都站起身，微笑点头。

"你们到外面等着。"英王向随从下令，坐到杨奉常坐的那把椅子上，双脚离地晃来晃去，问道，"你们怎么不去找我玩啊？"

韩孺子和东海王又是一愣，东海王笑道："你喜欢跟我们玩？"

"是啊，上回去冠军侯家玩得多有意思，什么时候再去？"

东海王哈哈大笑，韩孺子目瞪口呆，忍不住问道："袁子凡呢？怎么没跟你一块儿来？"

"他管得太多，我偷跑出来的。"英王跳下椅子，来到书案前，"你们在练写字吗？我也会。"英王拿起笔，歪歪扭扭地写下"镁"字，得意地看了两眼，扔下笔，"今天去哪儿玩？"

"今天……"韩孺子正想办法打发这个小叔叔，东海王上前一步，向英王笑道："玩的地方有的是，不过现在是聊天的时间。"

"嗯，我喜欢聊天，府里的人都不愿意聊天，袁子凡刚到的时候经常聊，现在也不了，总往外跑，却不让我出门。"

"袁子凡往哪儿跑？"东海王向韩孺子使个眼色，表示这是一个难得的机会，或许能够打探出特别的消息来。

英王摇摇头，他不知道袁子凡去哪儿了，也不关心。

韩孺子退后，看着英王，不由自主地想起自己的童年，同样的缺少教导，不过他有母亲陪伴，知道在外人面前隐藏心思，英王更像是没有好好读书的东海王。

"英王，你知道咱们在做什么吗？"东海王继续问道，脸上带笑。

"聊天啊。"

"我不是说现在，是从前，记得吗？咱们曾经在一间屋子里，听一个老头儿讲解规则。"

"哦，你说选帝，当然记得，以后我当了皇帝，封你们做大官。"英王很豪爽。

"感谢至极，可是……倦侯也想当皇帝啊。"东海王侧身，指着站在身后的韩孺子，"皇帝只有一个，该选谁呢？"

英王拿起桌上的镇纸，手里摆弄着："我是武帝之子，当然是我当皇帝。"

东海王笑容更盛："当初是谁跟你说你一定能当皇帝的？"

"袁子凡。"英王扔下镇纸，无聊地打了个哈欠。

"你又不认识他，为什么相信他的话？"

英王看向东海王："谁说不认识？我从小就认识他，不过他那时候不叫袁子凡，我也不知道他为什么要改名……"英王双手捂嘴，"我不该对你们说这些，这是秘密。"

韩孺子与东海王都吃了一惊，轮流发问，英王却再不肯透露半个字了，反而一个劲儿地要求出去玩。

东海王对韩孺子说："怎么样，带他出去逛逛吧？"

韩孺子明白他的用意，三人无缘无故地共同亮相，会让许多人产生误解，以为英王投向了倦侯，事后再多的解释也没用。

下午过半，去不了太远的地方，韩孺子说："咱们去东市吧，那里热闹。"

英王欢呼一声，笑道："我就知道来找你们没有错。"

东海王问："你知道我在这里？"

"我去你家了，他们说你在倦侯府。"

东海王前头带路，韩孺子与英王走在后面，刚出房门，韩孺子突然问："袁子凡从前是太监吧？"

英王笑着说："咦，你从前也认识他吗？"

韩孺子笑而不语，他是猜的，英王没怎么出过门，认识的人十有八九来自宫里，袁子凡显然对容貌做了一些伪装。

"咱们不去东市了，去探望宰相吧，他得病好几天了。"韩孺子说。

"宰相那里好玩吗？"英王问。

"好玩得很。"韩孺子说。殷无害想要置身事外，那就将麻烦送到他面前。

杜穿云骑马带着英王，一路小跑，英王坐在前面，兴奋至极，嘴里不停地喊"驾"，缰绳却握在杜穿云手中。

这是英王第一次骑马，一般的速度就足够让他感到快乐了。

东海王与韩孺子骑马跟在后面，"平民百姓的生活也不错，我差不多快要习惯了。"东海王说。

没有前呼后拥的仪仗，没有慌张让路、束手站立的百姓，东海王觉得这就是平民的生活了，说是习惯，却不由自主地叹了口气："这也表明咱们的性命现在不重要，所谓的尊严更是一文不值……瞧，那个家伙居然在瞪我！"

东海王用马鞭指着街上的一名行人，那人的确看着东海王的方向，过了一会儿突然笑着挥手，原来是看到东海王身后的熟人。

东海王更不满了："他居然不认得我！我的衣裳、帽子，哪一样不明显啊？有时候还真得需要仪仗，非得招摇过市，这些家伙才能睁眼看一看……"

东海王一路唠叨，韩孺子只是听着，没有附和。

他们走得不快，有人跑在前面去给宰相府送上三人的拜帖，因此，他们刚到巷子口，宰相府就有一大批人迎了出来。

东海王满意地点点头："这才像话，宰相就是比百姓懂规矩啊。"

为了表示尊重，来客下马，英王还想再骑一会儿，被杜穿云抱下来，看到人多，小孩子的注意力很快就转移了。英王是长辈，韩孺子与东海王乐于奉他为尊，护着他前行，众多的奴仆纷纷让路，甚至跪下磕头，等三人走过去，才起身跟在后面。

英王拍手笑道："宰相家果然好玩，他们都是来迎接我的吗？"

"当然，你是武帝之子嘛。"东海王说，看着满巷的人群，他眼里露出几分嫉妒，"怪不得大臣们都想当宰相，瞧瞧这里的架势，跟崔府鼎盛时期不相上下，诸侯王都没法比，不对，留在京城的诸侯王比不了，就国的诸侯王据说排场更大一些……"

韩孺子也在心里暗自感叹，自己这个皇子皇孙算是白当了十几年，除了在做皇帝时见过几次大阵势，大多数时候都比宰相府寒酸多了。

宰相府光是迎出大门的吏仆就有上百人，与倦侯府全部人口几乎一样多。

殷无害没法拒绝这三位的到访，也没法遮掩，干脆来个大张旗鼓。

宰相府大门外，殷家的两个儿子、五个孙子以及一大批有官职或爵位的亲属，早已恭候多时，见到三位皇室子孙，立刻迎上来，齐整整地行以大礼，就算是礼部尚书亲自监督，也挑不出毛病来。

一同进府时，东海王越过英王的头顶，小声对韩孺子说："老家伙这是早有准备啊。"

殷无害为官多年，能在武帝最为残暴的晚年时期升为宰相，实属不易，应对突发意外的本事还是有的。

在客厅里，殷家长子亲自奉茶，感谢三人来看望父亲，然后一一介绍族中亲人，按品级大小，或拱手行礼，或下跪磕头，该有的礼仪一样也不能省。

殷家在拖延时间，韩孺子和东海王都察觉到了，却没法拒绝，两人正在心中乱猜原因，外面有人进来通报：冠军侯亲自到访，也是来探望宰相病情的。

韩孺子与东海王互视一眼，不得不佩服这位老滑头的急智，四名争位的皇室子孙同时到访，使得外人无从猜测宰相的真实立场，他又能处于超然物外的地位了。

冠军侯显然是得到消息之后匆匆赶来的，脸色微显潮红，一进来就向韩孺子等人拱手，笑语寒暄，好像他们早已约好了在此会面。

英王更高兴了，他就喜欢人多，越多越好，尤其是大家都把他当成贵客，围着他、讨好他。

"冠军侯，你家放粮了吗？"英王还记得上次的事情，在他的记忆里，放粮与冠军侯是一回事。

"放了放了，一粒米都没留。"冠军侯笑道。

"哦，那就好，你要是缺粮的话，可以找我要。"英王认真地说。

冠军侯身边的望气者鹿从心没有跟来，四人在厅里聊了一会儿，殷家长子将客人请入后宅，为此一个劲儿地道歉："贵客临门，家父身体欠安，不能亲自迎接，实乃不大敬……"

身后跟着的仆从越来越少，几道门之后，只剩下殷家长子为四位皇室子孙引路，欢声笑语消失了，一家亲的气氛更是无影无踪，英王不明所以，左瞧右望，以为是宰相府里的环境不好。

一名大概是侍妾的女子打开房门，英王毫不犹豫地第一个进去，韩孺子与冠军侯客气一番，还是冠军侯走在前面，东海王排在最后，脸上挂着笑容，若在从前，他绝不接受这种安排，现在却只能忍受。

宰相殷无害已经穿好朝服，在两名侍女的搀扶下，颤颤巍巍地行以大礼，为自己的失礼而致歉。

又是一场漫长的寒暄与客套，韩孺子不得不承认这次突然袭击彻底失败了，殷无害还是岿然不动，冠军侯的优势也没有因此减少。

英王开始打哈欠，宰相不仅老而无趣，屋子里还充满了令人窒息的药味，他一点也不喜欢，于是频频看向东海王，希望他能带自己离开。

掌灯时分，殷家长子和几名侍妾退下，宰相殷无害坐在软榻上，给四名拜访者上了一"课"。

"我老啦，早已不堪重任，心里只有一个想法，希望能够看到大楚江山稳固、国泰民安，到时候我也能归印还乡，耕几亩田、栽几垄花草，含饴弄孙，享受几年天伦之乐，然后去见武帝、桓帝，向他们俯首请罪，说一声'罪相无能，尸位素餐，惹来无数天怒人怨，与人间皇帝无关'。"

殷无害长叹一声，潸然泪下："我知道，外面传言四起，说什么的都有，好像我殷无害手掌乾坤，能够偷天换日似的，可我只是大楚宰相。宰相之职仿佛湖池，河水暴涨，则分流之；河水下降，则还流之。宰相无他，为皇帝分忧而已，偶尔接过重任，也是战战兢兢如履薄冰，只待时机到来，立刻交还重任，对一名宰相来说，这就是最高荣誉。"

英王再也忍受不住，打了一个大大的哈欠，对东海王说："咱们走吧，他快要死了。"

殷无害大笑，随即咳了两声："老朽无趣，英王殿下海涵。"

韩孺子不甘心，可也没有别的办法，只得起身告辞，请宰相安心养病。

英王早盼着这句话，拉着东海王就往外走，韩孺子与冠军侯随后。

"倦侯真会用人啊。"冠军侯出门之后笑道。

"英王？他是自己找来的。"

"不不，我是说杨奉，想不到他为倦侯留了这么多招数，看来是我无能，杨奉从一开始就不愿在我这里物尽其用。"

韩孺子笑了笑，杨奉没那么忠心，他其实是在比较之后，才决定再次辅佐倦侯，如果能在冠军侯那里得到重用，这名野心颇大的太监，绝不会选择弱势者。

冠军侯不这么认为，他觉得一切早已注定，杨奉对自己从来就没有过真心。

英王与东海王已经跑出大门，殷家人远远跟在后面，不敢靠近，冠军侯还是不能忘怀杨奉，说："无论如何，韩氏子孙不能互相残杀，倦侯尽管出招就是，只要不违反规则，我都能接受，日后还会封你为王，你好像比较擅长作战，我就将你封在北疆为王，为大楚阻挡匈奴人。杨奉不姓韩，只是一名太监，请倦侯转告杨奉，普天之下，并无二心者的立足之地。"

韩孺子笑道："冠军侯差矣，刚刚还说杨奉将奇招妙计都留给了我，正说明杨奉忠贞不贰，一心辅佐于我，何来'二心'之说？"

冠军侯脸色一寒，韩孺子扬长而去，心中感叹，冠军侯好对付，大臣才是麻烦，他们宁愿辅佐平庸的冠军侯，也不想重立废帝，废帝表现越出色，大臣的畏惧反而越重。

光是笼络萧声还不够，韩孺子必须表现出更多的宽宏大量，以示群臣废帝再次登基之后，绝不会采取任何报复措施。关键是如何让大臣们相信，韩孺子决定今晚要与杨奉好好谈一谈这个问题。

大门外发生小小的骚乱，英王跳上马，在杜穿云的保护下，冲出人群，疾驰而去，数人跑在后面，乞求英王停下，又慌忙找马、上马，紧追不舍。

东海王笑着说："袁子凡刚赶到。"然后压低声音，"他还真是那个……"

街面上叫喊的声音当中，有一个属于袁子凡，果然比其他人尖细一些。

韩孺子心中一动，没说什么，与东海王上马，向殷家人告辞，走出巷子之后，韩孺子对东海王说："有没有这种可能，袁子凡根本不是望气者？"

"嗯？什么意思？"

"顺势而为，这是望气者的最常用招数，可能只有极少的真正望气者，其他人，像袁子凡、鹿从心这几位，都是身份特殊，于是被拉拢过去，然后才获得望气者的名头……"

"我明白了，你说的有点道理……袁子凡、鹿从心明明没什么辩才，林坤山稍好一些……"

前方突然传来一连串的惨叫。

入夜不久，街上行人还很多，惨叫声很快传开，行人纷纷向出事的地方拥去。

韩孺子与东海王策马快行，东海王挥鞭打出一条通道。

街心上，一匹马倒在地上，身下压着两个人。

袁子凡和几名仆人先赶到，正站在旁边，个个呆若木鸡，袁子凡扭头看向倦侯和东海王，突然说："这就是你们做的好事！"

被马压住的两个人一动不动，有人提来灯笼，照亮街面，众人看到鲜血正缓缓从两人身下流出，与融化的雪水混成一片。

一马二人躺在泥泞的街道上，围上来的人越来越多，议论纷纷，提灯人大声道："快将马抬开，看看还有没有救！"

韩孺子心中大惊，跳下马跑过去，单腿跪在地上查看，杜穿云和英王脸色苍

130

白，生死不明，马身微动，还没有死透。

众人上前抬马，韩孺子起身，正要帮忙，被人拽了出来。

东海王小声道："这不是你应该做的事情。"

"现在还讲究这个？"韩孺子难忍愤怒。

"找出凶手比救人更重要。"东海王说，向另外几名随从招手，命他们上前参与救人。

韩孺子一下子冷静下来，这明显是一次暗杀，英王不会骑马也就算了，杜穿云却是从小行走江湖，常年在马背上颠簸，绝不至于马失前蹄。

刺客很可能还在附近，目标也不只是英王与杜穿云。

韩孺子向四周望去，突然看到一人骑马逃跑："袁子凡！他要跑！"

"追！"东海王翻身上马。

韩孺子也上马，回头望了一眼，马已经被抬起一些，张有才正拼命往外拖动杜穿云，英王的随从也在全力救主，这里并不需要他。

东海王已经追出一段距离，韩孺子正要策马，心中突然一动，又掉转马头，大声喊道："张有才！我们去追刺客，你留在这里！"

"是，主人……"张有才正处于慌乱之中，听到倦侯的声音，随口应了一句。

韩孺子去追东海王和袁子凡，脑子却在飞快地转动，这确定无疑是一场暗杀，目标十有八九是英王，他和东海王却将因此陷入困境……

迎面来了一群人，挡住去路，韩孺子不得不勒住缰绳。

冠军侯从宰相府晚走了一会儿，正好迎上倦侯，诧异地说："倦侯这是要去哪儿？东海王刚跑过去……"

"袁子凡……鹿从心呢？怎么没跟着你？"

韩孺子语气急躁，冠军侯面露不悦，冷淡地回道："倦侯不也没带着杨奉，我为什么要让鹿从心时刻跟随？"

"鹿从心跑了。"韩孺子肯定地说。

"你说什么？"

"英王在前面遭到暗杀，肯定是望气者所为，袁子凡跑了，其他望气者不会留下。"韩孺子说。

"不可能！"冠军侯大惊，立刻向身边人示意，一名骑马的随从去前方查看情况。

东海王和袁子凡的身影已经消失，韩孺子无处可追，也要掉转马头，最后对冠军侯说："派人去找鹿从心。"

韩孺子骑马往回跑，回忆不久之前袁子凡质问他与东海王的场景，隐约又觉得这名望气者之所以逃跑，只是因为恐惧。

马尸已经被搬开，杜穿云和英王被抬到最近的店铺里，张有才手上沾着血，在店门前莫名其妙地转圈。

韩孺子跳下马，其他随从跑来，护着他挤过围观的人群，韩孺子一把抓住张有才的胳膊，厉声道："去找杜摸天！"

张有才终于清醒过来，找到旁边的马，第一次没跳上去，牵马的仆人帮忙，他才安稳上马，立刻回府去找人。

韩孺子又让一名随从去找杨奉，虽然杜摸天和杨奉很可能都在府里，但眼下张有才只能做一件事。

店铺里本来挤着不少人，突然都往外跑，像是见了鬼，有人小声道："是名皇子，衣服上有龙……"

一开始大家都忙着救人，没有注意服饰，现在才发现异常，无不吓了一跳，听到提醒，许多人又注意到身边还有一个人，衣服上也绣着几条龙。

人群像潮水一样退却，只剩韩孺子和一名随从留在原地。

韩孺子忍不住想，东海王说得对，诸侯王应该有仪仗，他现在就很需要。

韩孺子走进店铺，这是一家布店，掌柜提着灯笼，正与两名伙计靠边站立，瑟瑟发抖，他们只是好心救人，怎么也没料到其中一人竟然是皇室子孙，在他们的印象里，就算是一些没名的小官也是前呼后拥，没有独骑在街上乱逛的。

杜穿云和英王被平放在地上，身上沾满了血。

韩孺子不懂医术，救不了人，于是强迫自己挪开目光，向提灯的掌柜问道："你都看到了？"

掌柜早吓得魂飞魄散，韩孺子又问了一遍，掌柜才茫然地抬起头。

"你看到是谁动手了？"

杜穿云和英王向右手倒下，布店离得最近，掌柜又是第一个提灯过来的人，韩孺子猜测他一定看到了什么。

掌柜"扑通"跪下，放下灯笼，痛哭流涕地说："饶命，大人饶命……"他也看到了来者衣服上绣的龙。

韩孺子告诫自己必须保持镇定，走到掌柜面前，弯腰拿起灯笼，照亮掌柜的脸，说道："别害怕，我不是来抓你的，只是询问情况。"

掌柜抬起头，眯眼看着来者，寻思了好一会儿："门口有几名少年……"

门外闯进来一群人，有人喊道："怎么回事？谁死了？"

来的是一群差人，看到英王和倦侯的服饰，全都吓了一跳，这才相信门外的传言是真的，呆若木鸡，不敢动，也不敢说话。

倦侯府的一名随从进来，对倦侯低声说："冠军侯在外面，请倦侯出去一趟。"

韩孺子对几名差人说："守在这里，什么都别动。"

差人们马上点头。

韩孺子对跪在地上的掌柜说："好好想一想，待会儿我来找你。"将灯笼交给随从，走出店铺。

外面的人群退得更远，但是舍不得离开，仍在观望，小声地互相议论、猜测。

冠军侯在一群人的簇拥下站在街对面，韩孺子大步走过去，经过马尸的时候瞄了一眼，突然发现地面上的血很可能大部分是这匹马流出来的。

"究竟怎么回事？"冠军侯小声问。

"有刺客。"韩孺子也小声回答。

冠军侯皱起眉头："这种时候刺杀英王……你是怎么想的？"

韩孺子冷冷地说："英王不是我的对头，刺杀他对我没有任何好处。"

"对我也没有好处。"冠军侯马上道，随后眉头皱得更紧，"英王就是太后弄来充数的，谁会对他下手？东海王刚才往哪儿跑？"

"我说过了，他去追袁子凡……"

"不对。"冠军侯斩钉截铁地说，"你没发现吗，英王之死对你、对我都有不利影响，反而是东海王不会受到猜疑，能够坐收渔翁之利。"

冠军侯的猜测不无道理，他与倦侯在争位中占据上风，东海王则完全沦为倦侯的辅佐者，形势一旦剧变，他反而可以置身事外。

韩孺子对东海王从未有过完全信任，但是不想在冠军侯面前表露出来，于是冷淡地说："你怎么知道英王一定死了？"

"是你说……我……英王没死吗？"冠军侯眼神稍显慌乱。

"我不知道。"韩孺子一直没有仔细查看。

又有一批差人骑马赶来，人数更多，将围观百姓驱走，但是只有少数人走进布店，很快将里面先到的差人撵了出来，没有多久，众差人的头目出店，走到倦侯和冠军侯面前。

韩孺子认得此人，这是"广华群虎"之一、京兆尹手下司法参军连丹臣，他向两侯行礼，说道："此地不宜逗留，请倦侯和冠军侯速速回府。"

"他们怎么样？"韩孺子问。

连丹臣没有回答。

冠军侯不想留在这里了，他也认得连丹臣，说道："连参军到了就好，英王没有……他还活着吧？"

连丹臣点下头，没有多做解释。

133

冠军侯长出一口气："祖宗保佑，千万不要出事。"

冠军侯上马，但是倦侯还留在原地没动。

韩孺子不能就这么离开，好在他等的人很快就到了。

杨奉和杜摸天一块儿赶到，杜摸天想进店看望孙子，被差人拦住，韩孺子开口解释，连丹臣命差人让开。

杨奉没有进店，直接来到倦侯身前，先向冠军侯拱手行礼，然后对倦侯说："回府吧。"

"杜穿云……"

"倦侯留在这里也帮不上忙。"

韩孺子点点头，对连丹臣说："店掌柜可能看到了刺客。"

连丹臣道："倦侯放心，我一定会查个水落石出。"

随从牵来马匹，韩孺子上马，与杨奉一道回府，他们与冠军侯曾有一段同路，分道扬镳时，谁也没有开口告辞。

倦侯府里十分安静，大家都知道外面出了事，因此都早早回房休息。

张有才坐在书房里，还在发抖。

韩孺子让他去休息，自己点燃蜡烛，坐在书案后面，也是半晌才回过神来，对杨奉说："英王来的时候，就坐在那里。"

杨奉低头看了一眼自己所坐的椅子，平静地说："告诉我经过。"

韩孺子从英王到访讲起，尽可能不遗漏任何细节，最后道："连丹臣说英王和杜穿云没有死。"

杨奉对那两人的生死却不怎么关心，想了一会儿，说："倦侯休息吧，我去打探消息，明天一早我来见你。"

"不，我就留在书房，有什么消息随时告诉我，尤其是……他们的生死。"

杨奉"嗯"了一声，起身走到门口，止步道："倦侯既然不想休息，那就想一想，英王遇刺，谁获益最多？"

韩孺子感到一股难以遏制的愤怒，人命关天，杨奉居然还给他布置题目，可他点点头，那股怒气来得猛，去得也快。

杨奉又道："不要命回来了。"

"是吗？"韩孺子随口应道。

"孟娥早已离开函谷关，很可能已经返回京城。"

杨奉走了，韩孺子一愣，孟娥回京，为什么不来见自己？

东海王跑了，孟娥回来了，韩孺子感到身上一阵阵发冷，"谁会获益？谁会获益？"他一遍遍地自问，突然明白最大的获益者是谁了。

134

第十二章

嫌疑与好处

东海王气喘吁吁地跑进来，给自己倒了一杯冷茶，一口气喝下去，皱皱眉头，返回门口，大声命令随从去要酒，然后转身说："真是倒霉啊，你能想到会发生这种事吗？"

韩孺子独自坐在书案后面，一声不吭。

东海王找地方坐下，看样子是累坏了，瘫在椅子上不愿动弹。很快，府里的仆人送来酒菜，酒是热的，菜是凉的，东海王赶走仆人，自斟自饮，三杯之后，他的精力恢复许多。

"你怎么不说话？"东海王问。

"你追上袁子凡了？"

"没有，他跑得快，比我认路。"

"你胆子真大，敢独自去追望气者，那些刺客很可能是他的同伴。"

"我还以为你们都跟在后面呢，谁想到……咦，我听出来了，你在怀疑我？"东海王警惕起来。

"如果是你派人刺杀英王……"

"不是我！"东海王愤怒地说。

"让我说完，每个人都有可能，我只是做一种假设。"

东海王还是愤怒地盯着韩孺子，但是没有再插话。

韩孺子继续道："刺杀英王对你有什么好处呢？争位局面变得混乱，我与冠军侯深受其害，你却可以浑水摸鱼。"

东海王冷笑不止："啊，我真是聪明啊，冒着巨大的风险刺杀英王，就是为了浑水摸鱼，可你想过没有，咱们都是桓帝之子，你若争位失败，大臣们宁可另选他人，也绝不会选我当皇帝……"

"这只是假设，要等事情更清晰以后，才知道对你的真正好处是什么。"

东海王又喝了一杯酒，怒道："假设是吧，好啊，那就假设是你派人刺杀了英王，你又能得到什么好处？"

"如果能将刺杀嫌疑引向冠军侯，对我来说就是最大的好处。"

东海王一愣，怒气稍平："冠军侯有嫌疑吗？"

"还不知道，但他接连被我打败，愤怒之余，什么都有可能做出来，他知道英王去宰相府，也知道离府之后的必经之路，而且他想刺杀的未必只是英王。"

"没错！冠军侯以为英王必定跟咱们两人在一起，英王跑在前面，刺客们被迫提前动手……"东海王颤抖一下，脸色也变了，"你们居然让我一个人去追袁子凡！"

"我说了，这只是假设。"韩孺子平静地说。

"好，咱们继续假设下去。"东海王想了一会儿，突然笑了，"其实不用什么假设，按你的想法，一点嫌疑没有的人最可疑，因为别人的声望都会因此受损，甚至失去争位资格，他却能坐收渔翁之利。"

韩孺子点点头。

"你不相信有人的运气就是好？"

韩孺子摇摇头，这种时候，只有最无知的人才会相信运气。

东海王沉默了一会儿："还有太后和崔宏，还有你的部曲士兵，都有刺杀英王的可能。"

"部曲士兵？"

"我相信刺杀英王不是你的主意，但你的部曲士兵不是已经返京了吗？他们对你很忠诚，却不够聪明，没准以为这是在帮你。"

"那他们应该去刺杀冠军侯。"

东海王"嗯"了一声，将这个假设排除："崔宏其实很有嫌疑，争位的四个人当中，二人与崔家关系密切，只有英王是个例外……不对，英王的势力最弱，崔宏完全没必要除掉他……"

"或许崔太傅希望看到京城陷入混乱。"

"嗯，那对他的确大有好处，但是英王遇刺这件事说小不小、说大不大，还不至于将南军招来，除非以后越闹越大……英王死了吗？"

"还不知道，我也在等消息。"

"我应该出去打听一下，谭家消息比较灵通。"东海王站起身，没有马上离开，"说来说去，获益最多的人其实是太后！"

"嗯。"韩孺子不置可否。

"英王不是普通人，遇刺之后由谁查案？首先是'广华群虎'，那都是太后的人，还有宿卫八营……"东海王的脸色又变了。

"太后已经疯了。"韩孺子提醒道。

"如果她根本没病，是在装疯呢？想争位的人都被困在了京城，利用遇刺事件宿卫八营可以公开掌权……这么说来，'广华群虎'也可能是在欺骗谭家……"

东海王跑了。

韩孺子仍然没动，整个京城就像是一座池塘，英王遇刺搅动了池水，沉渣泛起，大鱼、小鱼都扑了过来，互相追逐厮咬，分不清谁是早有谋划的敌人、谁是趁火打劫的投机者。

后半夜，杨奉回来了。

"英王和杜穿云中了毒镖，好在抢救及时，应该没问题。"

韩孺子稍稍松了口气，马上又生出不祥之兆："毒镖？"

"嗯，江湖人爱用的玩意儿，杜穿云很警觉，抱着英王躲了一下，所以没有击中要害。"

"刺客呢？"

"还在追查，掌柜说店铺门前曾经有六七名少年逗留，出事之后全都消失了，连丹臣正在找这几个人。"

"那些望气者呢？"韩孺子又问道。

"袁子凡和鹿从心失踪了，皇甫益在宫里，情况未知，林坤山，还在东海王府里。"

"林坤山没逃？"韩孺子很吃惊。

"嗯。"

韩孺子糊涂了，看着杨奉，过了一会儿问道："上官盛出面没有？"

"还没有，连丹臣有三天时间查案，没有结果的话，上官盛才会插手。"

"他还真沉得住气。杨公还有什么事情要告诉我吗？"

"倦侯应该休息了，明天很可能会有人上门向倦侯问话。"

韩孺子点点头："是太后吧？"

杨奉沉默了一会儿："倦侯何出此言？"

"英王是太后荐举的，却没有得到多少支持，现在想来，英王唯一的作用大概就是以争位者的身份遭到刺杀，给上官盛直接插手争位提供理由。英王遇刺，我怀疑太后，冠军侯也会，天下人却不会，他们只看到太后支持的人受到伤害，以为幕后凶手就是我们这几人。"

"不是吗？"杨奉反问。

韩孺子盯着杨奉看了好一会儿，垂下目光："这件事情大概永远也调查不清楚了，对吧？"

"休息吧，倦侯，你想得太多了。"

杨奉走后，韩孺子和衣躺下，就在书房里休息，他以为自己会睡不着，结果一闭眼就进入了梦乡。

次日一早被推醒的时候，韩孺子很不情愿，在那一刻，连当皇帝都不重要了，他只想继续熟睡。

但他还是坐起来，迅速清醒。

张有才不像昨晚那么慌张，脸上甚至露出微笑："主人怎么没脱衣服就睡了？我拿来新衣服了，主人换一身吧。"

韩孺子像木偶一样听从摆布，换过衣服、洗脸漱口之后，他更清醒一些，说道："昨天你被吓坏了吧？"

"还好，就是……太突然了，我还以为……"

"以为什么？"

"以为有人要杀主人和东海王。"张有才小声道。

韩孺子笑了笑，张有才是宫里的太监，即使怀疑太后也不敢说出来。

"杜穿云应该没事。"

"我听说了，这个家伙，早晚死在自己手里。"

"你不关心他吗？你们是朋友。"

"朋友？"张有才显出几分愤怒，"有些话我不该说……"

"在我面前，你没有不该说的话。"

张有才脸色微红："我刚回来的第二天，杜穿云说是给我接风洗尘，结果他把我和泥鳅带到……带到那种地方去。"

"哪种地方？"韩孺子没听明白。

"烟花之地。"

韩孺子一愣，随即大笑，他相信杜穿云能做出这种事。

"他说：'吃不到猪肉也该看看猪跑，太监就不能去青楼吗？太监还有娶老婆、抱养小孩儿的呢。'主人听听，这都是什么话？"张有才气哼哼地说。

韩孺子笑着摇头，没有为杜穿云辩解，他很清楚，张有才在用恼怒压制关心，这两人仍是最好的朋友。

张有才一边收拾屋子，一边继续抱怨："就算我不在乎，还有泥鳅呢，他才多大啊，杜穿云竟然把他也带去了。好吧，那儿的酒菜的确不错，陪酒的人尽会说好听的，可是这也太过分了。主人，不管你怎么想，我得说，杜穿云好酒、好色，早晚毁在这两件爱好上……"

日上三竿，东海王没像往常一样跑来，司法参军连丹臣登门拜访。

杨奉亲自将连丹臣引入书房，同来的刑吏有好几位，都留在前院，由府丞招待。

连丹臣一进来就跪下磕头，表示歉意。

韩孺子请他起身，客套了几句，连丹臣拿出笔纸，开始向倦侯询问昨晚的详细情况。

韩孺子没什么可隐瞒的，从头到尾说了一遍。

"英王是突然拜访，事先没打招呼？"

"没有。"

"也就是说，知道英王出府的人没有几个。"

"我们去拜见宰相的时候，宰相府出来很多人迎接，消息大概就是这么传出去的。"

"嗯，那也不够策划一起刺杀，那些人准备得很充分，绝非临时起意。"连丹臣没有继续分析下去，恭恭敬敬地送上笔录，请倦侯和杨奉分别签字、盖印。

连丹臣将东西收好，却没有告辞之意，杨奉识趣地走出书房，等在门外。

"倦侯身边有一位从前的宫中侍卫吧？"

"嗯。"

"她叫孟娥？"

"对。怎么了？"

"请倦侯小心。"连丹臣躬身行礼，告退离去。

韩孺子明白过来，刺杀英王的手法与暗器，必定与孟氏兄妹非常相似。

这天下午，韩孺子得到确切消息，宫里的望气者皇甫益也失踪了，时间比英王遇刺稍晚一些，自称要去找一位驱鬼道士为太后治病，出宫之后就再没有现身。

四名望气者，只剩下林坤山一个人。

韩孺子接到东海王的信，立刻前去王府拜访，一进大门，东海王就迎上来："我坚持不了多久，林坤山很快就得交给连丹臣，我想你应该先见一见他。"

林坤山被"关"在一间小屋子里，五名奴仆守在外面，防止他逃跑。

林坤山并不害怕，反而觉得很无辜，见到倦侯之后一脸苦笑："无妄之灾，这真是无妄之灾。"

东海王喝道："收起你那一套吧，林坤山，跑得慢是你倒霉。"

"我根本没想跑啊，东海王，对您，我可是忠心……"

"千万别再说了，我现在一听到'忠心'两个字就想吐。"东海王做了一个吐的动作，"望气者不是顺势而为吗？什么时候学会雇用刺客了？"

"我与英王遇刺之事毫无关系。"林坤山肯定地说。

东海王还要再做驳斥，韩孺子打断他，问道："你跟其他望气者也毫无关系吗？"

林坤山笑而不语。

东海王厉声道："问你话呢，非得让连丹臣给你上刑吗？'广华群虎'可不是白叫的。"

"按照争位规则，没人能对我上刑，只能向我问话。"

东海王一愣，这才想起林坤山也受到与他一样的制约与保护："你……"

"我想与倦侯单独谈一谈。"

"我才是你的主人！"

"不跟倦侯谈，我就只能与连丹臣谈，东海王更信任谁呢？"

东海王当然不能说更信任外人，重重地"哼"了一声，转身要走，小声对韩孺子说："过后你会告诉我一切吧？"

韩孺子点点头。

房门关上，林坤山走到倦侯面前，抱拳拱手，深鞠一躬。

"这是何意？"韩孺子问道。

"为碎铁城不辞而别正式向倦侯道歉。"

"既无所求，便无所失，我从来没有怪罪于你。"韩孺子如果有一点失望的话，也是针对东海王，与望气者无关。

林坤山笑了一下："倦侯刚才提了一个很有意思的问题，倦侯为什么想知道我与其他望气者是否有关？"

韩孺子没有开口，他可不想在得到答案之前先回答对方的疑问。

"皇甫益、袁子凡、鹿从心，名字很像，但他们都不是望气者。"林坤山主动回答。

"你为什么当时不肯揭露？"

"因为他们的势力很大，揭穿他们无异于逆势而为，我不做这种事，我想看看他们到底想做什么，却没料到他们这么早就动手。"

离半年之期还有四个多月英王就遭到刺杀，如果真是那几名假望气者所为，的确太早了一些。

"势力？什么势力？"

林坤山摇头："我不知道，望气者策划多年，才能在个别王府中登堂入室，这几位却能轻松进出皇宫，我们自愧不如，至于他们属于什么势力，我没有任何证据。"

林坤山有猜测，他不想说，韩孺子也不想问，他突然醒悟，林坤山又在使用望气者的老招数：不动声色地蛊惑别人做事，将他们引到望气者所指定的道路上，那或许是陷阱，或许是死路一条。

"其他望气者呢？那些跟你一样的真正望气者。"

林坤山笑着摇头。

外面响起敲门声，东海王道："连丹臣必须将人带走了，他要向京兆尹复命。"

"进来吧，我没什么可问的了。"

房门打开，林坤山向倦侯笑道："我们只是江湖术士。"

几名差人走进来，客气地点头，林坤山没有反抗，顺从地跟着他们走出房间，连丹臣进来，向倦侯拱手，他只是过来致意，马上就得离开。

韩孺子抓紧时间问道："望气者都抓了？"

韩孺子记得，"广华群虎"早已掌握京城内外众多望气者的行踪，如今出了这么大的事情，应该不用再观望了。

连丹臣稍一犹豫，还是答道："光是昨天夜里，就已经抓了三百多人，不只是望气者，还有其他江湖人，但是袁子凡等人仍无下落。"

韩孺子点点头，连丹臣退出，东海王走进来，看着众人离去，扭头对韩孺子说："怎么样？"

"他说袁子凡等人不是真正的望气者。"

"就这个？不用他说咱们也猜得出来啊，英王已经说了，袁子凡从前是名太监，那他现在肯定也还是太监。"

东海王走到门口望了几眼，关上门，说："这肯定是太后的诡计了，'广华群虎'要么参与了，要么猜到了真相，我能感觉到这些家伙态度的变化，他们本来有求于你和我，自从昨晚出事之后，他们对谭家就有点推三阻四，问什么都只是透露一点，不像从前那么言无不尽。"

韩孺子寻思了一会儿："让谭家多在江湖上打听消息。"

"你想打听什么消息？"

"任何异常。"韩孺子也不知道自己想了解什么。

回到倦侯府，天已经快要黑了，张有才迎上来小声说："京兆尹府不肯放杜穿云回来，说他是重要证人，杜老爷子也被留下了。"

"嗯，我知道了。"

看到主人不慌不忙的样子，张有才既有点意外，又感到踏实。

书房里，杨奉不知独自坐了多久，见到倦侯也只是点下头，没有起身。

韩孺子坐到书案后面的椅子上，也不吱声。

两人就这么默默地坐了一会儿，韩孺子先开口："你早就知道那几个人不是真正的望气者吧？"

杨奉追查望气者多年，如果有谁能一眼认出真假，除了望气者本人，必然就是他。

"嗯，我知道。"

"可你没有提醒我。"

"有些事情倦侯不需要太早知道。"

"太早还是太晚由你判断？"

书房里还没有掌灯，杨奉看向昏暗中的倦侯，清晰地感受到了那里的怒意，他想起从前的学生，因此对这股怒意并不陌生。

"总得有人做出判断，只能是我。"

"你没出过错？"

"我犯过许多错误，否则的话，我也不会是现在这个样子。可还是得由我来做判断，因为这是一副重担，我扛得最久，已经习惯了，其他人要么拈轻怕重，要么力量不足，要么没有长性，往往半途而废。"

韩孺子沉默了很久，直到张有才敲门进屋，送来茶点、燃起油灯并退出之后，他才开口，语气已经平静如初，他不想再埋怨了，杨奉就像是一座宝藏，能挖掘到什么程度是他的本事，与"宝藏"本身无关。

"太后果然有一个计划。"

"看来是这样。"

"你事先不知道吗？"

"自从离开皇宫，太后从未联系过我，对太后，我也只能猜测。"

韩孺子思忖良久："太后为什么非得选在这个时候动手？"

"我也觉得奇怪。"

什么都没问出来，韩孺子决定更换方式："皇甫益他们虽然是假的，却吸引来不少真正的望气者，将他们一网打尽想必也是太后的目的之一。"

"这正是我觉得奇怪的地方，真正的望气者虽然来了不少，但是最重要的那一个，好像还没有露面，太后这个时候动手，太早了一些。"

最重要的望气者是淳于枭，总是神龙见首不见尾。

"或许抓捕望气者只是太后的次要目的，她的主要目的已经达到，不想再等了。"

"有这个可能。"

"太后的主要目的是利用这次事件，让上官盛掌权，扩大宿卫八营的势力，与此同时除掉对帝位怀有觊觎之心的宗室子弟，她会怎么做？栽赃嫁祸，将我们几个杀死，或者囚禁起来？我应该逃出京城吗？"

杨奉没有回答，他知道，自己的"学生"已经在思考，很快就会想出答案。

"不对，太后不会让我们逃出京城，那会引发大乱，但她也没有必要杀死我们，那同样会引起混乱，对她来说，最好的结局是……"韩孺子想了一会儿，"当今皇帝根本没有得病，很快就能'恢复'，继续充当听话的傀儡。"

韩孺子如释重负，一切都说得通了，皇帝的舅舅吴修无意中成为关键人物，冠军侯、倦侯、东海王等人都是通过他的行为，猜到宫中有变，没有想过吴修本人也会上当受骗。

几天前，吴修曾经进宫探望皇帝，出宫之后就去投靠冠军侯，更让众人觉得皇帝剩日无多，结果太后出手了。

韩孺子的心又变得沉重起来，太后的阴谋正变成阳谋，韩孺子等人根本无从反抗，大臣的经验的确更丰富一些，只有少数人直接参与争位，大多数人都是口头上表示支持冠军侯，实际上保持观望态度，跟宰相殷无害一样，反而躲过一劫。

韩孺子不停地用手指敲打桌面，杨奉仍是他重要的帮手，但他不再需要杨奉的指引与分析，他要自己做出判断与决定。

"太后不会立刻宣布自己和皇帝'病愈'，所以我还有些时间。首先，我得与冠军侯和解，再斗下去，只会两败俱伤，和解之后，我们起码还有北军、南军。"

韩孺子的手指敲得更快了："袁子凡等人如果回宫，必然被杀。如果逃走，只能藏身于江湖之中，得找出来至少一个，以作为证据。"

韩孺子住手："还得找出孟娥，太后信任的人不多，孟氏兄妹能算两个。"

杨奉站起身，拱手道："我这就去联系冠军侯，安排一次会面。很多人都在寻找假望气者，我也派出人了，或许能比别人早一步。至于孟娥，除非她来找倦侯，否则倦侯很难找到她。"

韩孺子"嗯"了一声，对他来说，这是"孤家寡人"的一刻，杨奉不再是"师父"，而是执行命令的重要助手。

形势虽然极为不利，韩孺子仍然斗志旺盛，只是将对手从冠军侯暂时变为太后。

冠军侯拒绝在这种敏感的时刻会见倦侯，韩孺子早料到会是如此，可还是有点惊讶：大难临头，冠军侯居然还是如此固执。

杨奉马上调整战术，在后半夜联系了左察御史萧声和右巡御史申明志。

冠军侯常会出昏招，必须有一个头脑清醒的人劝说他，宰相殷无害本是最佳人选，但这个老狐狸嗅到了危险，闭门不出，谁求见都没用，杨奉退而求其次，选择两位御史大人代为传话。

　　萧声与申明志已经完全卷入选帝之争，身后没有退路，纵然察觉到前方有危险，也只能硬着头皮冲进去。

　　这两人也是竞争对手，都盯着宰相之位，但他们的反应比冠军侯快多了，杨奉只是居中稍作调停，两人立刻决定尽弃前嫌——起码暂时和好——同时去劝说冠军侯。

　　天亮之前，冠军侯终于同意与倦侯见面，地点选在了柴府的一所小跨院里。

　　韩孺子赶到柴家的时候，天刚刚亮，杨奉亲自去院里察看一番，出来表示没有问题，与十余名随从守在外面，韩孺子独自进院。

　　单独会面是冠军侯的要求，随着势态变差，他对杨奉的恨意越来越明显，不愿意让这名太监在场。

　　冠军侯已经到了，坐在主位上，没有点灯，看到倦侯进来，连招呼都不打，直接冷冷地说："杨奉一定很得意，他曾经提醒过我，说一定要保住北军，一定要防备宫里再生变数。"

　　杨奉曾经真心实意地辅佐过冠军侯，直到对方无可劝说的时候，他才转归旧主，现在，他又将劝说的任务交给了倦侯。

　　韩孺子真不愿意承担这项任务，可是他与冠军侯之间只能有一个人意气用事，冠军侯既然抢先，韩孺子只好选择以理服人的角色。

　　他坐在对面，与冠军侯隔桌相视，很快就适应了屋内的阴暗："杨奉对我什么都没说，连句提醒都没有。"

　　冠军侯微微一愣，随后露出一丝妒意："他觉得你很聪明，用不着提醒。"

　　韩孺子摇摇头："在杨奉眼里，没有任何人配得上'聪明'这两个字，他是在利用我。"

　　冠军侯神情变化，少了倨傲与嫉妒，多了一点惊讶与同情："原来你也有同样的感觉，可我一直没弄明白，杨奉的目的究竟是什么？我问他，他不肯说。"

　　"我也不知道。"韩孺子说，寻找共同话题是劝说的第一步，他与冠军侯的共同话题就是杨奉，就像是两名入行不久的伙计，在背后一块儿嘲笑严厉的掌柜，能够极大地增进感情，"也不关心，他就是一名太监，手段很多，值得一用。"

　　"没错，就是这个道理，我已经将杨奉用完了，他对我再没有任何帮助，所以我撵走了他，恰逢倦侯急需用人，就将杨奉接了过去。"冠军侯笑了一声，心情舒畅不少。

"北军也是同样的道理。"韩孺子及时转移话题，贬低杨奉毕竟不能带来实际的好处，"必须物尽其用之后，才能丢弃。"

冠军侯收起笑容，沉默了一会儿，说道："你知道我为什么厌恶北军吗？"

"不知。"

冠军侯又沉默一会儿，脸色越来越阴沉，就连逐渐明亮的阳光都无法将其中和："我父亲曾经掌管北军，那时候北军还是武帝的精锐，不像现在的名声这么差。父亲为北军倾注大量心血，可是当他受到武帝猜疑的时候，北军将士与朝中大臣一样，没有一个站出来为太子说话。"

冠军侯放在桌面上的手握紧了拳头："太子府被抄家的时候，我还小，但是已经记事了。那一天很乱，官吏们都很客气，仍将我当成皇孙对待，直到……"冠军侯咬牙切齿，等了一会儿继续道，"一群北军将士闯进府中，将我拎出府，扔在槛车上。就是拎，一名特别高大的军官，虎背熊腰，就这么拎着我的脖子，好像我是一条狗。我在大牢里住了六个月，得到武帝的赦免才出来，在牢里，我每天晚上睡觉都能梦见那名军官，每次都会吓醒……"

冠军侯的拳头越握越紧，脸色憋得微红，就在这一刻，年近二十的他，比韩孺子更像未经世事的少年。

"他大概是奉命行事。"

"嘿，他接到的命令无非是带我出府，谁会命令他拎我的脖子？他是故意的，欺辱皇孙一定让他很得意。"

"你找到他了？"韩孺子问。冠军侯接管北军一年多，找个人应该不困难。

冠军侯冷笑一声："北军打仗的本事差，将士之间的义气却很重，我暗示过几次，那些将吏不是推托说不知情，就是说当年的文书都已经上交兵部与大都督府，无法查询。只有……只有柴智愿意帮忙，但他调入北军比较晚，不了解当年的事情。"

韩孺子难以相信自己的耳朵，他有点同情冠军侯的遭遇，可是仅仅因为小时候被人拎过脖子，就要对整支军队进行报复，还是太过分了。

在冠军侯眼里，这很正常。

"等你当了皇帝，想查什么都有人替你做。"韩孺子说。

"我当皇帝？"冠军侯语带讥讽，"你不想争了吗？"

"想，但是要公平竞争，而且绝不当别人的棋子。"

冠军侯沉吟良久，问道："英王真不是你派人刺杀的？"

"我为什么要这么做？"

"有一种说法，倦侯与太后关系很僵，直白地说，倦侯憎恨太后，而英王是

145

太后荐举的争位者，所以……"

对睚眦必报的冠军侯来说，这个"说法"再合理不过。

韩孺子想了一会儿："好吧，就算是我派人刺杀英王，结果是我惹祸了，英王没死，还引来'广华群虎'与宿卫八营，不幸的是，这场大祸也会影响到冠军侯。"

冠军侯大笑："不是倦侯，肯定不是，你没有那个……算了，不提也罢。英王遇刺，的确是个大麻烦，除非找到凶手，宿卫八营很快就将全城抓人，抓什么人，全凭上官盛一句话。倦侯打算怎么办？"

这算是同意联手的表示，韩孺子道："首先，请冠军侯联络吴家，弄清楚皇帝的病情。"

皇帝有三位舅舅，一个被派去北军，还有两位留在京城。

"倦侯怀疑皇帝病情有假？"

"还是查实一下比较好。"

"嗯，这没有问题。"

"然后得让北军与南军和解，共同驻守白桥镇，兵临京畿，给宿卫八营施加压力，让上官盛不敢轻举妄动。"

"嗯，我想我可以说服南军崔太傅，至于北军，需要咱们两人共同安抚。"

这正是韩孺子来见冠军侯的主要目的："我希望冠军侯能给柴悦一纸任命。"

冠军侯在这种事情上可不傻，立刻警惕起来："为什么非得是柴悦？"

"北军众将当中，我比较信任柴悦，而冠军侯信任柴家，柴悦的母亲和弟弟都住在柴府，如此一来，柴悦就该是咱们两人共同信任之人。由冠军侯任命柴悦，将会向世人显示，你我二人是真正的联手，能够消除许多怀疑。"韩孺子原计划慢慢将冠军侯的注意力引向柴悦，但是一番交谈之后，他觉得还是直接提出来比较好。

"倦侯这是在要求我将整个北军让给你，虽然我不喜欢北军，但也不能轻易送人当礼物。"

"冠军侯误会了，北军大司马仍是你，都尉、长史、左右将军等职位都不需要变动，柴悦只是需要一个正式的身份。"

柴悦并不属于北军，他是大将军韩星麾下的散从将军，此后的职务都是韩孺子便宜授权，严格来说有点名不正言不顺。

冠军侯盯着倦侯看了好一会儿，终于做出决定："好吧，那就让柴悦当军正，反正那本来就是柴家的职位。"

"全由冠军侯决定。"这项任命正合韩孺子的心意，但他丝毫没有表露出来，"接下来的事情就是查找真正的凶手，只凭'广华群虎'肯定不行，咱们得自己想办法。"

"嗯，我已经派人去查了，所有人，两天之内，不等上官盛插手，就能水落石出。"

"那自然再好不过。"

冠军侯笑了一声："那样的话，咱们用不着联手，我也用不着任命柴悦了吧？"

"当然，这都由冠军侯决定。"

冠军侯站起身，居高临下地说："老实说，我不太信任你，这与你本人的诚意无关，而是因为杨奉，有他在你身边，我不得不保持警惕。"顿了顿，他又道，"但我分得出轻重缓急，如果'广华群虎'抓不到真凶，而上官盛开始插手的话，我才会同意与你联手，并且任命柴悦当北军军正。"

韩孺子没有起身，耐心地说："只要冠军侯不觉得太晚。"

冠军侯微微眯眼："中午之前我会给你回话。"

韩孺子没有催促，也没有继续劝说，他有感觉，冠军侯其实已经被说服，今天就能向北军发出任命，表面上的犹豫只是想显示一切由自己做主。

韩孺子无意破坏冠军侯的这一感觉。

冠军侯先走，韩孺子坐了一会儿才出门，向杨奉点点头，一块儿回倦侯府。

在路上，杨奉说："我已经约好了连丹臣，倦侯得将杜穿云接出来。"

杜穿云行走江湖多年，很可能对刺客知道一些什么，而他绝不会轻易透露给刑吏。

韩孺子深吸一口气，觉得自己又回到了战场上。

第十三章

外面的威胁

韩孺子正在前往京兆尹府的路上，一人骑马跑来，向杨奉耳语数句，马上离开，杨奉告诉倦侯："冠军侯任命柴悦为军正，信使已经出发。"

韩孺子心中大安，他在冠军侯面前费了那么多的口舌，最重要的目的就是这一项，虽然冠军侯的任命最终仍需要朝廷的许可，但是对北军将士来说，柴悦终于成为真正的"自己人"。

杨奉又补充一句："两位御史大人请倦侯放心，任命将会畅通无阻。"

韩孺子微感惊讶，随后明白过来，形势转变对他们的影响也很大，萧声与申明志在向倦侯邀功，希望促成这次联手。

刚到京兆尹府门口，东海王追上来，有些气恼地问："怎么不叫上我？"

韩孺子笑道："因为我知道，不用叫，你也会赶来。"

东海王跳下马，躲开杨奉，靠近韩孺子，小声道："需要我帮什么忙？"

韩孺子想了想："你还得给崔太傅写信，之前希望他进攻北军，现在则要他与北军合作。"

"整个大楚朝廷比任何时候都要敌我难分。"东海王生出感慨，然后道，"没问题，我想我能说服崔宏。"

衙门里，司法参军连丹臣早已等候在大堂外面，直接将倦侯带到内刑司，京兆尹本人避而不见。

杜氏爷孙并非犯人，但是被看守得十分严，十几名衙役守在门外，不许任何外人靠近。

连丹臣带着倦侯进门，说："事情比较麻烦，倦侯可以带走杜老爷子，小杜……还得在这里留几天。"

内刑司是连丹臣平时办公的地方，靠墙加设一张小床，杜穿云躺在上面，似乎在睡觉，杜摸天坐在床边，这时站起身，先向倦侯拱手，然后向连丹臣道："我孙子已经将知道的事情都告诉你了，还要关多久？"

连丹臣苦笑道："杜老爷子何必用'关'字？你们都是我的客人，只是……只是牵涉的事情太大，我做不得主啊。"

连丹臣一直以来都非常客气，杜摸天说不出什么，转向倦侯，拱手道："谢谢倦侯前来探望，穿云算是捡回来一条命，可是还没有完全复原，不能起来给倦侯行礼，倦侯莫怪。"

"无妨，我就是想看一下，没事就好。"韩孺子又对连丹臣说，"究竟谁能做主？"

"麻烦就在这里，谁也做不得主，除非抓到刺客，否则的话，后天我得将小杜转交给宿卫营……"连丹臣的为难就在这里。

"广华群虎"表面上已经投靠倦侯与东海王，对倦侯的随从自然十分客气，等"客人"到了上官盛手里，刑吏就管不着了。

"可是你们将英王放走了。"杜摸天说。

"英王……毕竟是英王。"连丹臣还是只能苦笑。"广华群虎"的权力与胆量来自太后，一旦太后那边含糊其词，他们也就不知所措。

韩孺子道："我能单独跟他们谈谈吗？"

"当然，我就在门外候命，随叫随到。"连丹臣退出房间。

韩孺子刚要开口，对面的杜摸天却向他摆摆手，嘴里说道："倦侯，这不公平，穿云是受害者，凭什么不能离开？"

"请杜老爷子谅解，英王遇刺，满朝震动，杜穿云恰好就在英王身边，他看到的每个人、每件事，都可能很重要。他看到什么了？"

杜摸天摇摇头："穿云当时骑马跑得比较快，发现偷袭的时候，只来得及稍躲一下，然后就看到人影晃动，很快就晕了过去。"

杜摸天上前两步，抓住倦侯的右手，激动地说："穿云是我唯一的孙子，我不能离开他，他在哪儿我在哪儿，倦侯如果有办法，就将我们都带出去；如果没有，那就各安天命吧。"

"杜老爷子放心，我一定会想办法将你们接回倦侯府。"

两人又聊了几句，杜摸天松开手，韩孺子叫进连丹臣，感谢他对杜氏爷孙的照顾，告辞离去。

半路上，连丹臣小声问："杜老爷子说什么了？"

内刑司隔壁显然有人监听谈话，连丹臣此问不过是掩人耳目，韩孺子佯装不知，叹道："他说杜穿云什么都没注意到，事情发生得实在太突然，刺客隐藏得也很深。"

"嗯，我相信杜穿云，只怕到了宿卫营那边……"

"所以得尽快找出刺客，连大人这边有什么进展？"

"又抓了不少人，但是没用，不是嘴太硬，就是与英王遇刺之事无关，都是一些江湖恩怨。"

"连大人若是找到线索，请务必及时通知我一声。"

"那是当然，倦侯放心，若是抓到刺客，您一定最先知道。"

两人在衙门口客气地告别。

东海王从衙门里借来笔纸，已经写成一封信，拿来给韩孺子看，随口问道："怎么样？"

韩孺子摇摇头，扫了一眼信的内容，还给东海王："很好，这就送给崔太傅吧。"

东海王叫来随从去送信，自己仍跟着韩孺子，一直到倦侯府里，韩孺子才有机会与杨奉低声交谈。

"找胡三儿。"韩孺子小声说，杜摸天在抓住他的手时，确切无疑地写了"胡三"两个字。

杨奉点下头，正常送倦侯回书房，也不向东海王打招呼，自行离去。

东海王看着杨奉的背影消失，转身向韩孺子严肃地说："你在做什么？"

"弄清形势，寻找刺客。"

东海王关上门，走到书案前："太后已经出手，咱们不能再等了，必须反击。"

"怎么反击？"

"咱们不是已经制订计划了吗？"

韩孺子摇头："没有'广华群虎'的全力配合，咱们的计划无法成功，可连丹臣这些人现在还值得信任吗？"

"所以反击才要趁早啊，再等下去，所有人都得投向太后。"

韩孺子还是摇头："不行，时机不好。"

"怎么办？就这样等下去？"

"太后所倚仗者，无非是上官盛与宿卫八营，只要南、北军还在京城附近，咱们就没有全输。"

"所以你是真心与冠军侯联手了？"

"大难临头的时候，保存实力最重要，联手当然要真心，否则的话，拿什么对抗太后？"韩孺子盯着东海王的眼睛。

东海王避开，叹了口气："你说得有道理，我只担心一件事，整个朝廷都是墙头草，太后一旦宣布皇帝病愈，自己的身体也没问题，可以重新临政，不仅大臣会老老实实地磕头请安，南、北军只怕也会倒戈，起码崔宏一定会。"

"即便如此，也不能着急，必须等一个更好的时机。"

"好吧，听你的，反正我是准备好了，你有四五百名部曲，谭家也能提供同等数量的死士，连丹臣或许不值得信任，'广华群虎'里还是有人愿意死心塌地地帮助谭家的。"

"嗯，我不会拖太久。"

东海王找地方坐下，沉默了一会儿，再度开口："你有没有想过将刺杀英王的罪责引向冠军侯？"

"想过。"韩孺子头也不抬地说，"但是没有办法。"

"只要有刺客指认……"

"不行。"韩孺子直接拒绝。

"你就不怕冠军侯先向你栽赃？"

"如果冠军侯这么做了，那他就是愚蠢至极。"韩孺子看向东海王，"太后最想看到的就是咱们惊慌失措、互相栽赃陷害，这样一来，她就能脱身而出，不受怀疑。"

"也对，咱们不能上当。"东海王泄了气。

午时将至，东海王正要命人开饭，府丞进来通报，辟远侯张印带着一名客人前来求见。

"辟远侯真是幼稚得可笑，他真想去西域立功，为孙子赎罪？"

韩孺子却很尊重这位口讷的老将军，而且还有点意外，在这种时候还肯主动来见倦侯，辟远侯胆子不小。

辟远侯张印似乎根本不了解朝廷的风向，认准了一件事就要做下去，虽然倦侯并未同意送他去西域筑城，辟远侯却已着手准备，包括向"敌人"了解更多情况。

他今天带来的客人是一名匈奴使者。

匈奴使者来京城很久了，除了礼部的几名小吏，一直没有见到朝中大员，更不用说面见皇帝与太后，辟远侯是唯一登门拜访的客人，也是以私人身份。

"金纯忠！"东海王看见来者之后吃了一惊，"你还敢进城，不怕柴家把你撕碎了？"

"我现在是匈奴使者。"金纯忠说，衡阳公主已死，他不用太害怕。

"整个匈奴都是丧家之犬，一名使者有什么了不起的？"东海王面露鄙夷，也不与客人见礼，走到另一边坐下。

辟远侯上前向倦侯道："西域必须……早做准备，匈奴人……匈奴人……"

金纯忠向辟远侯示意他可以代说，辟远侯点头同意。

金纯忠先向倦侯躬身行礼，起身道："我们出发的时候，大单于指示说，如果入春之后和谈还是没有进展，就不用谈了，既然大楚不愿联手，那匈奴人只有一个选择：南下牧马，借助楚人的城池抵挡西边的强敌。"

韩孺子尚未开口，东海王腾地站起，怒道："无耻叛徒，你敢威胁大楚？"

金纯忠愕然道："如果两国开战，我宁愿留在大楚这边，我只是想通过倦侯提醒边疆早做准备。"

东海王冷冷地打量金纯忠，一脸的不信任。

"的确应该提醒朝廷，这比英王遇刺更重要！"韩孺子心中一动，如果处理得当，他或许能将内忧外患一块儿解决。

辟远侯与金纯忠怀着希望而来，告辞离去的时候得到的却是一肚子疑惑。

书房里的东海王更加疑惑，走到书案前，小心地说："我大概明白你的意思，让匈奴使者宣扬北方的威胁，从而迫使太后临政，可是这有什么用处呢？太后一旦临政，上官家的权势就更大了。"

"对啊，那为什么太后还不肯临政呢？"

"因为……因为她需要一个好借口，而匈奴使者恰好提供了这个借口。"

"没有别的原因了吗？"韩孺子不自觉地用上了杨奉的口吻，那是一种询问与试探的语气，如同博学的教师引导新入门的弟子、经验丰富的猎人训练第一次进山的学徒。

东海王很不高兴，可还是做了思考："嗯……当然，这几个月来，皇宫里一道奏章也没有批复，留下无数祸患，太后不能说康复就康复，那样的话，就是在告诉天下人她在装病，意味着她曾经视天下灾民为无物。所以太后肯定已经制订了完美的复出计划，被你一搅和，计划可能会出现混乱。"

韩孺子笑道："其实我想的没有那么复杂，只是想试探一下太后，看看她到底能忍到什么程度。"

"当心引火烧身。"

"火已经烧到身上了。"

东海王盯着韩孺子，对这位兄长，他蔑视过、陷害过、敬佩过、害怕过，不知不觉间已经对他十分了解："如果太后就是不肯复出，而匈奴人真的要打过来，你怎么办？"

韩孺子没有回答。

东海王后退一步，满脸惊诧："你想离京，带领北军重回边疆，对不对？"

"总得有人保护大楚江山和百姓。"

"离开京城就等于告诉天下人，你再也不想当皇帝了。选帝对咱们来说是一场骗局，对满朝文武以及平民百姓来说，这却是一场真实的竞争，你一走，冠军侯再无对手……"

"很抱歉，如果这是在比谁对大楚江山更不在意，我认输。"

东海王的眼睛越瞪越大："可你这样做正中太后下怀，她不用提前复出，可以等到最佳时机，你所保护的大楚江山，最后可能会落入上官氏手中。"

韩孺子想了一会儿："最好的结局是我夺得帝位，然后与匈奴人或是和谈，或是决战，如果不能，我宁愿永远留在边疆。"

"还有一种可能。"东海王马上说道，连眼睛都在发亮，"你夺得北军和边疆各城，再与匈奴人结盟，挥师南下……"

韩孺子笑着摇头："那不可能，我或许会与匈奴人和谈，但是绝不会借助匈奴人的力量夺取帝位，北军将士也不会同意。"

"你一走，帝位就是冠军侯的了。"

"未必，太后需要的是傀儡，我若离京，太后与冠军侯必有一场好战。"韩孺子停顿片刻，"你打算怎么办？"

"我？"

"你可以跟我一块儿离京，咱们想办法夺取崔太傅的南军，共同驻守边疆，一东一西，互为倚靠，进可攻退可守。"

东海王勉强挤出笑容："在碎铁城你也看到了，我可没有守卫边疆的本事。"

"你也可以留在京城，等太后与冠军侯两败俱伤之际，你或许还有机会夺取帝位，只是你的处境会比较危险。"

东海王的笑容更加尴尬："我早就不想当皇帝……"

"如果我不得不离京，我希望你当皇帝，北军在我的掌控之下，也会全力支持你。"韩孺子说得很真诚，对他来说，东海王肯定是比冠军侯和英王更好的选择，"我在边疆也需要你的支持。"

东海王脸上的神情变幻不定，一向自以为必当皇帝的他，突然忸怩起来，良久方道："你说的是真心话？"

"我只是在做最差的准备，如果能逼着太后露出破绽，我还是会留在京城，那样的话，就是你辅佐我。"

"当……当然，你比我更适合当皇帝……我若是夺得帝位，也可以禅让给你。"

"哈哈，帝位不是儿戏，无论谁当上大楚的新皇帝，都不能再折腾了。"

"我会封你为王，将北疆都给你，将小君表妹送过去……这只是假设，你还没到必须离开京城的地步，仍有很大的希望夺得帝位，放心，我会全力支持你，谭家也会。"

东海王一开始有点语无伦次，很快恢复正常。

"我会全力争取帝位，但也要做好最坏的准备。"韩孺子站起身，右手按在书案上，盯着对面的东海王，"那就这么说定了？"

"嗯。"东海王郑重地点头，"说定了。"

"只有咱们两人是桓帝正统，你我不死，帝位就不该落入他人之手。"

"没错，就是这个道理。"

接下来的时间里，东海王坐立不安，告辞得比平时要早，韩孺子猜测他要回家与谭氏好好商量一下。

韩孺子给柴悦、房大业、蔡兴海等分别写信，交给府中仆人，让他次日一早就出发送信。信里没有特殊内容，只是问候安否，然后咨询了一些北疆的情况。

天已经黑了，杨奉还没有回来。

韩孺子面临着千头万绪，结果一时间却无事可做，干脆坐在椅榻上默默运功，让张有才守在外面，杨奉一回来就叫醒他。

二更过后，杨奉终于回府。

想找铁头胡三儿可不容易，京城内外正在大肆抓捕江湖人物，尤其是那些外来者，胡三儿并非京城人氏，自然也在抓捕名单上，好在不是重要人物，他又比较警觉，一发现势头不对就躲了起来。

杨奉费了不少周折才找到他，两人密谈了一会儿，可胡三儿对刺客毫无所知，完全不明白杜摸天为何提起自己。

杨奉没有放弃，帮助胡三儿抽丝剥茧：杜摸天不在刺杀现场，推荐胡三儿的肯定不是他，而是大难不死的杜穿云，可又没有提供更多说明，意味着杜穿云发现的线索很可能就在胡三儿的记忆中，那或许是一个人，或许是一件物……

胡三儿终于想起来一件事情。

他与杜穿云有一个共同爱好，就是赌博，经常在同一家赌坊见面，那是一家很有名的私家赌坊，藏身于南城小巷之中，尤其受外来江湖人物喜爱。

十多天前，杜穿云与胡三儿在赌坊遇见两名新客人，那两人年纪都不大，也就十六七岁，自称姓关，不肯说名字，出手豪阔，一来就加入赌局，显然是多日没碰骰子，心痒难耐。

杜穿云与胡三儿假装不认识，一块儿动手脚，赢了那两名少年不少银子。

少年很不服气，约好次日再来，赌把大的，杜穿云与胡三儿也做好准备，结果等了好几天，这两名少年也没露面，去其他赌坊打听，都说没见过同样相貌的客人。

杜穿云大失所望，跟胡三儿抱怨过好几次，觉得错失了一次赢大钱的机会，而且还很纳闷，一般人越输钱越上瘾，两名少年居然能忍住不来，不是意志坚强，就是被家里大人看住了。

杜穿云跟常住赌坊的胡三儿约定，只要两名少年再出现，任何时候都要通知他，非得赢把大的。

胡三儿想起这件事，是因为杨奉告诉他，刺杀现场的店铺门口有几名少年非常可疑。他记得很清楚，赌钱的那两名少年听口音是南方人，脚步轻盈，身手应该不错，以胡三儿的经验，猜测少年极有可能出身于盗匪团伙。

一般来说，独行的盗贼行事比较谨慎，来到某地之后，要么深居简出，要么去拜见当地的江湖头面人物，获得保护之后才敢四处走动，占山为王的强盗却是豪横惯了，来到天子脚下也改不了脾气，哪儿都敢去。

胡三儿就知道这些，听说杜穿云还活着，他很高兴，承诺帮着打听赌钱少年的下落。

杨奉自己也找了一些人帮忙，直到他回府时，还没有任何消息传来。

韩孺子很是疑惑："江洋大盗吗？他们怎么会跑来京城刺杀英王？太后怎么会与这样的人联系上？"

杨奉道："是有可能的，宫变之后，太后对江湖人比较忌惮，'广华群虎'抓了不少人，自然也需要许多江湖人当内奸。"

"可是江洋大盗……"韩孺子还是觉得难以置信。

"另有一种可能，将刺客带进京城的人是孟彻。"

"孟彻？"

"孟氏兄妹来自海外岛屿，孟家与不少强盗大豪都有联系。"

韩孺子沉默不语，一想到孟娥会背叛自己，就觉得难以接受，突然想起一件事："冠军侯身边的望气者是假冒的，他派往大将军韩星身边的那一位也不会例外，可孟娥杀死了假望气者，鹿从心威胁说要向孟娥复仇……"

"照此推测，孟娥想必是得罪了太后，追杀她的人或许就是孟彻。"

"他们是亲兄妹！"

"为了实现野心而甘愿进宫为奴的人，兄妹之情又算得了什么呢？"杨奉并不了解孟氏兄妹的真实身份，但是很敏锐地察觉到这两人野心不小。

韩孺子既震惊又欣慰，起码孟娥并没有背叛他，接着，他由"兄妹之情"想到了"兄弟之情"。

"我对东海王说，必要的时候我可能会离开京城去守卫北疆，然后支持他称帝。"

面对如此重大的决定，杨奉却连想都没想，直接问道："东海王相信你吗？"

韩孺子轻叹一声："他相信我，王妃可能不会，我猜他们会派人来试探。"

"嗯。"杨奉没有再问下去，倦侯已经成熟，不需要他在细枝末节上的教导，"就算找到刺客，也未必能改变什么，咱们还是得想办法对付上官盛和宿卫八营。"

韩孺子点点头，他在想，最后时刻，自己能否做到像孟彻一样决绝。

留给"广华群虎"捉拿刺客的时间只剩下一天，除了满城搜捕江湖人，他们似乎没有别的办法，成果倒是非常丰硕，监狱都快要装满了，倦侯府中有十余位保镖从前是江湖人，现在连大门都不敢出。

韩孺子也不出门，留在家中等候消息，全是杨奉一人在外面奔波。

日上三竿，东海王姗姗来迟，经过妻子的教导，他不像昨天那么激动不安了，热情地打招呼，安稳地坐下，随手翻了几本书，对韩孺子说："明天上官盛就要露面，顶多十天，宿卫八营就能掌控整座京城，咱们都知道，所谓追查刺客只是一个借口，上官盛的手肯定越伸越长，直到进入南、北军的大营里。"

"想必如此，不解决南、北军的威胁，太后不会心安。"

"所以咱们得有一个最终计划，不能就这么等着。"

韩孺子沉默一会儿，抬臂招手，东海王马上起身走过来，韩孺子小声道："先让南、北军都来白桥镇驻守，给太后和上官盛一点压力。"

"这个没问题，已经在进行了，五天之内，南、北军就会像亲兄弟一样共同驻扎在白桥镇。"

"等时机一到，我希望南、北军能发生一点冲突。"

"啊？让那帮家伙发生冲突很容易，可是时间不好掌控，南、北军就是那等着分家产的亲兄弟，随时都可能打起来。"

"所以我需要你帮忙。北军只会派一小部分将士前往白桥镇，带队的将领应该是蔡兴海，他会听我的安排，平时隐忍，在关键时刻惹怒南军。但是你得让崔太傅克制一点，不要以多欺少，将蔡兴海率领的北军一下子全都消灭，要让事态一点点发展，直到引起朝廷的注意。"

"我明白了，南、北军僵持不下，太后与上官盛想要夺权，或许会派出宿卫八营，一旦城里守卫空虚……"

韩孺子点头，他与东海王联手，能支配一千多名死士，足够发起一场夺政宫变。

东海王想了一会儿："如果太后和上官盛不上当呢？"

"那我就得想办法逃出京城。"

"就这么定了，最多半个月，咱们就可以动手。宿卫八营也不是铁板一块儿，我已经联络了一些人，最后的时候，他们也能帮上忙。"

"不到动手之际，不要泄露消息。"

"那是当然，我会犯这种错误吗？那些人都以为咱们还在争位选帝呢，就算帮忙，我也会找别的借口，等他们反应过来，你已经在泰安殿登基了。大臣们就有这点好处，只要宝座上有一位皇帝，不管是谁，他们都会老老实实地磕头。"

"还有，得想办法与宫里联系上……"

"我的母亲也在宫里，我绝不让太后伤害到她们。事实上，王妃已经联系到宫里的一些人，据说太后现在'疯'得更严重了，天天躲在太祖衣冠室里忏悔，总是认错人，以为思帝还活着呢。哼，装得倒是挺像，宫里的人一点都不怀疑。"

两人开始商议计划的细节，都觉得只要上官盛上当出城，宫变还是很有可能成功的，这与崔家上一次搞出的宫变不同，他们一旦攻占皇宫之后，不用避开大臣，反而可以指望他们的支持。

东海王的一名随从跑来，在门外求见，东海王出门与他交谈一会儿，回来之后笑道："那帮读书人又闹事了。"

"嗯？"

"是你安排的吧，国子监和太学的一帮弟子正在皇宫正门前请愿呢，希望皇帝即刻降旨，他们要投笔从戎，去北疆与匈奴人一战。"

可这的确不是韩孺子安排的，他根本没找郭丛等人帮忙："这么说，金纯忠他们已经将消息传开了。"

"匈奴人的动向总能在朝野引起争议，就看太后如何应对吧。"

越来越多的消息传来，匈奴使者声称再不进行和谈，大单于就将率兵南下，在大楚臣民听来，怎么都像是挑衅与威胁，自从武帝击溃匈奴人之后，楚人早已不习惯看到如此蛮横的行为，听到传言，无不愤怒异常。

连年的灾害、无为的朝廷、贪婪的官吏……楚人早已憋着一肚子火气，出乎意料地被匈奴人的"威胁"给点燃了。

越来越多的读书人加入宫门请愿，普通百姓的仇恨更直接一些，成群结队地走出城门，来到城外的驿馆，要将匈奴使者打死。

事态的严重程度远远超出了韩孺子的预想，东海王却以为这一切都是他安排好的，每得到一次消息，扭头就向韩孺子祝贺："了不起，你又成功了，原来你掌握着这么多的力量，事前也不告诉我一声。哈哈，看太后还怎么装疯？"

宫门请愿一直没有得到回应，也没人出来驱散，城外的驿馆却是危险重重，驿丞亲自出面，向百姓求情，以为两国交战不斩来使，劝退了一部分人，却架不住来的人越来越多。

黄昏时分，辟远侯张印又来求见倦侯，这回他带来一小队人，全是装成楚民的匈奴使者。

驿丞知道自己阻挡不了多久，可是又不能让匈奴使者死在驿馆里，于是自己在前门劝说百姓，暗地里请辟远侯将匈奴使者从后门带走。

辟远侯没什么亲戚与朋友，也不敢留在自家，于是送到倦侯府。

十余名匈奴使者个个神色慌张，金纯忠也吓坏了，没想到自己传出的消息会惹出这么大的事端。

东海王还没有走，强烈建议韩孺子不要收留这些人："你是点火的人，怎么能将火往自家引呢？给他们找一家客店，瞒得住最好，瞒不住，看他们自己的造化吧，不管结果如何，对你都没有影响，就算以后你想与匈奴人和谈，大单于也不会在乎这几条性命。"

韩孺子还是将他们留下了。

他是少数坚定的和谈派，不愿横生枝节，倒不是为了应对远在天边的敌人，而是因为见过太多的内患，知道大楚经不起再来一次大规模战争。

辟远侯松了口气，为了表示自己并非胆小之辈，他也留在了倦侯府，与匈奴使者一同住在后宅的一座小院里。

天黑了，东海王刚走不久，郭丛与数名国子监博士登门拜访，这一回他们不是来表示支持的，而是质问倦侯对匈奴人的立场。

正如杨奉所说，读书人与望气者最大的不同是他们有所坚持，其中一条就是礼仪之邦绝不能向化外蛮夷低头。

韩孺子指天发誓，自己绝不向匈奴人让出一寸土地："大楚的每一块儿土地、每一座城池，对我来说都是碎铁城，只要我在，就不会退让，麾下有百万大军我守，只剩一个人，我还是会留在城墙之上。"

郭丛等人满意了，韩孺子趁机说道："大楚乃是上国，兵来将挡，水来土掩，匈奴人想开战，很好，边疆之外自有广大的战场。匈奴使者就在我的府中，我不仅收留他们，还要带领军队将他们送回塞外，让他们通知单于，楚军前来应战。"

打动郭丛等人的不只是这番表态，还有倦侯在碎铁城的表现，他已经证明自己是寸土不让的镇北将军，所说的话自然更值得相信。

韩孺子没有提起和谈与西域的威胁，这些事情，行伍出身的辟远侯能够理解，苦读圣贤书的郭丛等人却很难接受。

几人告辞，郭丛晚走一步，悄悄对倦侯说："瞿先生来信了，他已出关，正在游说关东各地的郡守，向他们力荐倦侯。"

韩孺子拱手致谢，郭丛又道："鱼跃龙门，只在一争，万望倦侯坚持不懈，勿令天下人失望。"

郭丛曾经劝说倦侯退出争位，但是当他觉得倦侯值得辅佐的时候，又是最坚定的一位。

将近子夜时分，杨奉回来了，他奔波了一天，没有找到更多的线索："京城数得出的豪侠我都托人问过了，最近几个月里，谁也没有接待过少年强盗。我不能再隐瞒消息，中午时通知了连丹臣，他向监牢里的犯人询问，也没有得到线索。"

杨奉很累，神情却依然紧绷绷的，坐在椅子上寻思片刻："我想咱们犯了一个错误。"

"杨公请说。"

"光盯着刺客是没用的，咱们得找到那几名望气者。"

"那些假冒的望气者？他们是太后的人，不是躲在太后的羽翼之下，就是已经被杀灭口，到哪儿去找？"

杨奉摇摇头："倦侯对我说过，英王遇刺，袁子凡表现得非常吃惊，倦侯觉得那也是假装的吗？"

"嗯……我觉得袁子凡是真的吃惊。"

"所以袁子凡或许对刺杀真的不知情，看到英王遇刺，他非常害怕，不会向太后求助，更可能逃之夭夭。"

"杨公说的有道理，能找到他吗？"

杨奉疲惫地叹息一声："先让上官盛找一遍吧，他忽略的地方，就是我要关注之处。如果上官盛先找到人，咱们就得另想办法。"

"咱们最初制定的办法？"

杨奉点头，正要开口，外面突然响起敲窗的声音，不是敲门，而是敲窗，声音不大，刚刚能让屋子里的人听到。

韩孺子与杨奉互视一眼，都没有开口询问，杨奉起身，开门察看，看到外面的人他显然一愣，退后两步，扶着门，请来者进屋。

孟娥的哥哥孟彻走进来，站在韩孺子面前，张开双臂，表示自己没带兵器，然后说："我来替太后传话。"

第十四章

出城

孟彻来得十分突然，站在那里左瞧右看，似乎在找什么人。

"太后别来无恙？"韩孺子没有起身，不知为什么，他对孟彻的到访并不觉得特别意外。

孟彻看了一眼门口的杨奉，迈出两步，说道："太后希望倦侯立刻离开京城。"

韩孺子没吱声，他在等待解释。

孟彻却与妹妹一样，是个不爱说话的人，从怀里取出一封信，轻轻放在书案之上。

韩孺子等了一会儿才伸手拿信，打开之后心中一震，他认得母亲的笔迹，信的内容很简单，劝儿子离开京城，放弃帝位之争，宁为边疆守将，平安度过一生，不要在京城丢掉性命。

随信一块儿送来的还有一枚竹制书签。

韩孺子放下信，良久未语。

孟彻问道："我该怎么回复太后？"

"我需要更多理由。"

"你若是足够聪明的话，自己能想出理由；若是不够聪明，再多的理由你也不会接受。"

韩孺子忍不住笑了一声，看向杨奉："孟教师的这句话颇有杨公的韵味。"

杨奉"嗯"了一声，开口道："太后打算什么时候动手？"

"明日午时。"孟彻回道。

杨奉没有问太后想做什么，沉吟片刻："我们不会就这样离开京城。"

孟彻摇头："不是'你们'，只是倦侯，你得留下，做你该做的事情。"

杨奉思考的时间更长一些："给我们一点时间。"

"半个时辰之后我会再来。"孟彻说走就走。

杨奉关上门，韩孺子仍然望着门口的方向，惊讶地说："太后为什么要让我离开京城？她若有后招，完全可以将我一起除掉；若是没有，我何必离开？她以为我一定会输吗？"

太后此举充满了诸多不合理，韩孺子越想越糊涂。

杨奉似乎很了解太后的用意："对倦侯来说，这的确是一次选择。"

"选择什么？"

"是离开京城保得平安，还是留在京城冒死争夺帝位。"

韩孺子想了一会儿，倒不是他真在思考，只是给杨奉一点尊重："这不是选择，只是太后的计谋。如果有什么选择，也在杨公手里。一直以来，咱们只是配合，你做你的，我做我的，各取所需。可现在不行了，太后即将动手，东海王也在跃跃欲试，冠军侯更不会坐以待毙，这种时候我对身边人的要求也得高一点：要么随我赤膊上阵，要么站在一边，再不要说什么辅佐我、帮助我一类的话。"

杨奉并没有全心全意地辅佐倦侯，他在暗中忙着什么事情，韩孺子早有感觉，但是没有捅破，现在，他觉得没必要客气了。

杨奉坐回自己的位置上："我一直在找淳于枭的下落。"

"嗯。"

"我与太后没有联系过，但是宫里一些人愿意向我传递信息，所以我知道的事情更多一些。皇帝当初的确生病了，非常突然，太后也的确失常了一段时间，她以为自己受到诅咒，身边的所有皇帝都出过意外。"

"那是吴修悄悄回京的时候？"

杨奉点点头，皇舅没那么好骗，他返回京城是因为皇帝生病的消息确切无疑："后来有人指出，皇帝并不是简单的生病，很可能是中毒。"

"中毒？"韩孺子真的吃惊了。

"我得到的消息是这么说的，总之太后的病情开始好转，一直找人为皇帝解毒，为此甚至引入许多江湖术士，大概就在那段时间里，她制订了报复计划。"

"报复谁？下毒者？那肯定是宫里的人。"

"想必如此，可是主使者必然在宫外。"

韩孺子沉默了一会儿，渐渐想明白许多事情："所以太后将崔太妃召进皇宫，这是她第一个怀疑的目标，接下来是冠军侯，第二个受到怀疑的人，可太后觉得不够，于是编造出所谓的争位选帝，把我和东海王都给引回来。按太后的想法，下毒的主使者必定也会参与争夺帝位。"

"嗯，这很可能是她的一部分想法。"

"太后让我离开京城，意味着她不再怀疑我了，原因呢？"

杨奉指了指书案上的信，唯一能改变太后想法的人大概只有王美人了。

韩孺子的手指滑过书信，几乎能感觉到母亲留下的气息："太后的计划很宏大，寻找下毒的主使者只是附加的一部分吧。"

"太后的目标永远都是掌握权力，她依赖过大臣和刑吏，都不够安稳，所以她要打造一支属于上官家的军队。"

"不对，如果那样的话，太后动手太早了，宿卫八营尚未成熟，南、北军的实力也没有削弱，大将军韩星仍在函谷关领军，我要是太后的话，一定会先挑起南、北军之间的战斗，再剥夺韩星的大将军印，然后才会……"韩孺子闭上嘴。

杨奉道："太后是被迫提前动手，她的计划被打乱了。"

"派人刺杀英王的不是太后。"韩孺子喃喃道，"或许是冠军侯情急时的鲁莽之举，也可能是东海王……是东海王，只有谭家能请来江洋大盗当刺客，而且还能隐藏得踪影全无，可也因此漏出破绽，太后认准了刺杀者和下毒者只能是崔家，所以明天中午她要向崔家动手！"

"我的猜测与倦侯一样。"杨奉道。

"可这还是不能解释太后为什么让我离开京城，这算什么？网开一面吗？"

"倦侯的母亲显然说服了太后，至于用的是什么手段，我就猜不出来了。"

韩孺子也猜不出来，只知道狂风暴雨即将到来，他有机会躲到安全的地方去，也可以选择闯进风雨之中，争夺里面的至宝。

"太后让我离开，却要求杨公留下，'做你该做的事情'，那是什么？"韩孺子最关心的问题还是杨奉本人。

"我了解太后，太后也了解我，我一直对她说，存在一群神秘的人，下至江湖，上达朝堂，他们的手能伸到几乎所有地方，却从来不肯露面，望气者只是一小部分，他们背后还有更强大的一群人。"

韩孺子听过这套说辞，杨奉显然对所有可能的掌权者都说过类似的话。

"你仍然……相信？"韩孺子忍不住问道。

杨奉点头："我从未放弃追捕淳于枭，他就在京城，我能感觉到，他不会远离这样一场好戏。"

杨奉抬头四顾，仿佛猎犬嗅到了猎物的微弱气息，有那么一刻，他显出一丝令韩孺子不安的疯意。

"太后已经认准下毒的主使者是崔家，但她没有完全忽略我的推测，她让我留下，那就是要重新给我追查望气者的一切权力。"

韩孺子没问杨奉查到了什么线索，杨奉是个聪明人，但他有自己的偏执，谁也无法劝说，韩孺子不想参与进去。

两人就这么默默地坐着，韩孺子不说自己是去是留，杨奉也不说自己是要继续追查那个"神秘组织"，还是要全心全意辅佐倦侯。

孟彻悄无声息地进屋，问道："怎么样？"

"我只需要离开京城，太后没有别的要求？"韩孺子问。

"我接到的旨意就是这样，倦侯如果愿意离开，我会护送你出城，我妹妹在城外接应，送你前往北军。"

韩孺子眉毛一挑，这是他多日来第一次听说孟娥的下落："太后原谅她了？"

"嗯。"孟彻没有多做解释。

"到了北军也没用，我很难劝说他们返回边疆，到了边疆也很难养活这样一支军队。"

"我有两封圣旨，出城之后才能交给你。"

"圣旨？真是难得，什么内容？"

孟彻不做回答。

韩孺子想了一会儿："我得带两个人一块儿走。"

"可以。"孟彻答道。

韩孺子转向杨奉："麻烦杨公将张有才和泥鳅叫来。"

杨奉"嗯"了一声，出门叫人。

孟彻道："离开之后就不要再回来，你和我妹妹都一样，太后的宽宏大量只有这一次。"

韩孺子没吱声，心里在想太后、东海王、冠军侯各会出什么招。

张有才和泥鳅很快就到了，泥鳅睡眼惺忪，不住地打哈欠，张有才却显得很精神。

"牵三匹马来，跟我出趟门。"韩孺子道。

"是，主人。"张有才应道，惊讶地瞥了一眼孟彻，认得这是宫中的侍卫、孟娥的哥哥，但他什么也没问，与泥鳅一道去备马。

府里没什么可带的，韩孺子安静地等候，杨奉与孟彻也都不说话。

他们从偏门出府，没有惊扰其他人，杨奉送到门口，拱手道："恕我不能远送，我得去见一个人。"

韩孺子拱手道："杨公留步。"

倦侯府离北城门不远，一行人到达时天还没有亮，不到开城门的时候，今天却是特例，数名太监守在城门口，看见孟彻之后，立刻下令推开一条能让马匹过去的缝隙。

张有才越来越惊，还是没有多问。

孟彻只送到这里，将两封信函交给倦侯，说道："出城意味着什么，倦侯明白吧？"

所谓的争位选帝只是一场骗局，但是对于许多不知情的人来说，它是真实的，倦侯出城，就等于向这些人宣布放弃帝位。

韩孺子笑了笑，对孟彻他没什么可说的，甚至没做停留，骑马出了城门，张有才与泥鳅跟在后面，惊讶至极。

城门关闭，再过一会儿，它才会正常打开。

孟彻走了，那几名太监却留下来，接下来的几天，他们将接管城门。

孟娥守在护城河对岸的路边，独自一人骑着马。

韩孺子继续前行，孟娥跟上，谁也没有说话。

拐过一道弯，脱离城墙的视线之后，韩孺子勒马掉头，对泥鳅说："去找人吧，从今天算起，第三天夜里二更会合。"

"是。"泥鳅拍马离开。

满脸困惑的张有才露出喜色。

韩孺子看着孟娥："你在宫里见到我母亲了？"

母亲的信里有一枚竹制书签，是他交给孟娥的，本来是要送给宫里的崔小君，让她放心，兜了一圈又回到韩孺子手中。

孟娥点头。

"她怎么说？"

"她让倦侯看圣旨。"

韩孺子取出信函，打开之后看了一遍，那果然是加盖宝玺的圣旨，一张任命韩孺子为北军大司马，一张免除崔宏的职务。太后不仅要倦侯去守卫边疆，还希望他夺取南军。

韩孺子收起圣旨，说道："我已出京，不用再遵守任何规则了。"

东海王暴跳如雷："他怎么敢？他承诺过的，承诺过的……"

一边的谭氏冷冷地说："承诺能有什么用？"

东海王不知哪来的勇气，向谭氏恨恨地说："都是你，之前还说韩孺子表态离京是在假装，让我一点点试探，现在可好，他真的跑了，咱们一点准备也没有……还是商量一下对策吧。"

谭氏的神情稍一严厉，东海王便泄了气。

"先弄清事实，倦侯真的离城了？"

东海王怒气未消，点点头："这回是宫里的消息，有人看到韩孺子出城，带着两名随从。"

"不会认错？"

"韩孺子骑马，没有遮掩面目，肯定是他，错不了。"东海王忍不住又发出抱怨，"早就跟你说过，韩孺子跟我不一样，他从小就没被当成皇帝培养，那点野心维持不了多久，到了生死关头，肯定会退缩。我不一样，我才是真正的皇帝，前面是匈奴人，我会转身，前面是皇帝的宝座，打死我也要冲过去。"

谭氏平淡地说："那就冲吧，谭家会陪着你一块儿冲。"

东海王有点感动，上前握住谭氏的手："很快你就是大楚皇后了。"

谭氏抽回手掌："倦侯本是阻挡刀剑的盾牌、冲在前方的猎犬，他被撵出京城，意味着太后就要出手了。"

"怎么办？"东海王心里其实有主意，但是更想听听妻子的决定。

"你去一趟南城。"

"啊？"

"神农坊百草巷有一家德润药铺，你去那里。"

"去那里做什么？"

"躲避太后，你想当皇帝，得先保住性命。"

"你跟我一块儿去。"

"太后的目标是你，不是我，我为何要躲？我留在这里迷惑太后。"

"可是……"

"谭家人自会去见你，向你通报计划进展，记住你自己的话，'宝座在前，你会不顾一切地往前冲'。"

东海王觉得自己好像没说过"不顾一切"，可还是郑重点头："放心吧，为了当皇帝……为了让你当皇后，我绝不会像韩孺子一样退缩。"

谭氏露出一丝若有若无的微笑，开始安排离府计划。

这时天刚亮不久，消息说上官盛正前往京兆尹府，要从连丹臣那里接手案件，同一时刻，东海王与王妃乘轿前往谭府，带着大批仆从，显得惊慌失措。

东海王其实只在轿子里坐了一会儿，其间探头出来骂走了两名手慢的仆人，在门厅里换人抬轿的时候，他下轿，独自返回内宅，换上已经准备好的普通衣裳，不带任何随从，从后门离家。

这是他第一次独自出门，不免有些慌张，总觉得身后有人跟踪，频频回望，街上每个人面目都那么狰狞，像是围攻碎铁城的匈奴人，那是东海王印象中最可怕的记忆。

走出几条街之后，让东海王感到恼火的不再是行人，而是他自己的两条腿，平时的他，不是骑马就是乘轿，就算是逃跑时也没像现在这样，全靠步行前进。

他感到累，更感到慢，南城似乎远在天边。

午时过后，东海王终于到了南城神农坊，没有发现跟踪者，街上的行人也越看越正常，或是悠然自得，或是忙忙碌碌，上官盛正在布局，朝廷即将发生巨变，普通百姓却一无所知，东海王暗自发誓，他绝不能沦落至此。

神农坊里挤满了药材铺，行人更多，有来买药的，有来看病的，摩肩接踵，大都愁眉苦脸，又是咳嗽，又是吐痰，东海王不得不四处躲避。

在神农坊绕了小半圈，东海王才找到百草巷里的德润药铺，这是一间老店，额匾、幌子都很破旧，进出的顾客却不少，显然声誉很高。

东海王正犹豫着进去之后该找谁，附近突然走来几个人，二话不说，架起他就走，东海王大吃一惊，正要尖叫，突然看到认识的面孔，记得那是谭家的某个仆人，却想不起名字："你是……"

那人点点头，示意东海王不用担心。

共是五个人，簇拥着东海王进入旁边的一间小药铺，里面没有客人，只有一名掌柜在低头算账，对闯进者不闻不问。

在后间的药材库里，东海王坐在一张粗木凳子上，四人退出，只有熟面孔留下，向东海王跪下："请东海王在此暂歇，我会保护您的安全。"

"你是……"

"我叫谭雕，是王妃的堂弟。"

"哦。"东海王总算想起来了，这不是谭家的仆人，而是自己的亲戚，当初迎亲时见过一面，"你……我要在这里待多久？"

"天黑之后转移。"谭雕起身回道。

"外面的情况怎么样？"

"城门封闭三日，宿卫营将要逐户搜查。"

"啊，那我怎么办？这里藏不住吧。"东海王左右看了看，屋子里堆满了各种各样的药材，弥漫着刺鼻的怪味。

谭雕笑道："东海王勿忧，宿卫营搜查的是刺客，不是您，就算他们想找您，谭家也能保得住。"

"那就好。"东海王心中稍安，咳了两声，恢复威严，"谭冶什么时候来见我？"

谭冶是王妃的哥哥，谭氏曾经说过，家中大事都由他做主。

"大哥正在安排一些事情，等东海王安顿好，他就会到。"

东海王点点头，突然感到肚子饿："这里除了药材，还有别的东西能吃吗？"

谭雕笑着退出，很快送来食物，有米有肉，味道一般，用来充饥却足够了。

整个下午，东海王被困在狭窄的库房里，除了药材，再无他人陪伴，连谭雕也不来了，只好独自来回踱步，一遍遍发誓必须当上皇帝。

夜色渐黑，库房里没有灯，东海王越发害怕，心生重重疑虑：自己为什么要相信谭家？或者说母亲为什么会相信谭家？从前可没听说过母亲与谭家有过往来。

门开了，东海王吓了一跳，听到谭雕的声音，才松了口气。

"随我来。"谭雕说。

铺子里的掌柜已经不见，柜台上放着几个药包，谭雕说："请东海王捧着它们。"

"为什么？"

"掩护。"

东海王不太情愿地捧起药包。

门外还有一名郎中打扮的中年人，向谭雕点下头，走在前面，谭雕与东海王随后。

街上空空荡荡，两边的店铺却都敞开门户，里面的人大都在闲聊，似乎在等什么。

东海王很快就明白是怎么回事了。

神农坊大门外聚集着一群官兵，东海王一眼就认出他们都是宿卫士兵，急忙低头，这些人名义上是在搜索刺客，谁知道还接受了什么密令？

郎中上前，与守门军官说了几句，军官打量郎中身后的两人，挥手让他们通过。

过关如此简单，东海王觉得自己浪费了许多紧张情绪。

坊外的大街上同样没有行人，虽说已经入夜，这样的寂静也显得有些诡异，谭雕小声说："京城宵禁，入夜之后普通人不准上街，这位刘太医去给平恩侯看病，才能出坊。"

东海王恍然，明白了两件事：第一，谭家真有办法；第二，平恩侯肯定是自己的支持者。

拐来拐去，东海王完全迷失了方向，在一条漆黑的巷子里，蹿出来一名男子，又将他吓了一跳，那名男子是来接替他的，拿过药包，跟着郎中继续前行，去给平恩侯看病，谭雕叮嘱一句"在这儿等着"，也跟着走了。

东海王一个人站在巷子里，心惊胆战，甚至开始怀疑谭家如此大费周章地隐藏自己，到底有什么意义，太后总不至于立刻就对争位者下狠手。

黑暗中传来脚步声，然后一只手掌握住了东海王的胳膊，一个声音说：

167

"走吧。"

东海王明知这是谭家的人，身体还是不由自主地抖了一下。

这段路不长，很快进入一户人家，院子不大，四周的房屋却很齐全，显然不是普通人家。

在一间屋子里，东海王看清了护送者的容貌，松了口气："谭冶，是你。"

谭冶三十七八岁的样子，长脸鹰鼻，颇有豪侠气度，点下头，说："这里已经被搜过了，东海王不会再受打扰。"

东海王来不及打量屋子里的陈设，急切地问："准备得怎么样了？"

"一切妥当，大后天夜里宵禁取消，就是动手之时。"

"再将计划对我说一遍。"

"刑部司主事张镜效忠东海王，大后天晚上，他会去向上官盛'告密'，将他引入陷阱，宿卫骁骑营将军宁肃将挟持上官盛以令八营。"

"好。"东海王知道宁肃是自己的坚定支持者。

"与此同时，三妹会去冠军侯府拿取一些私人物品，趁机刺杀冠军侯，这是她的私人恩怨，与谭家和东海王都没有关系。"

东海王心头一颤，谭家人极要面子，"三妹"就是冠军侯休掉的夫人，为了洗刷羞辱，甚至敢于刺杀前夫，东海王提醒自己今后一定要小心对待谭氏，面对谭冶的神情也客气了几分。

"刺杀英王比较简单，还是那些人。"

"不会再出错了吧？"东海王有点不满，上次的刺杀竟然没有杀死英王，实在不应该。

"再出错，他们提头来见。"

"嗯。"东海王示意谭冶继续说。

"倦侯也不能留。"

"咦，原计划……"东海王吃了一惊。

"原计划要改变，倦侯提前离京，终究是个麻烦，他一旦掌握北军，对东海王登基将会造成极大的威胁，起码是个后患。"

东海王沉吟片刻："我若是封他为王……不行，读书人喜欢他，大臣们暗地里其实也喜欢他，你已经派人了？"

谭冶点头。

"做大事者必须无情。"东海王喃喃道，再没有提出反对。

"这几件事做好之后，只要宿卫八营旁观，我们就能护驾进宫，您立刻登基，贬黜太后，召回南军，一日之内，大功告成。太后怀疑东海王，但她绝对想不到您已经准备得如此充分。"

"是谭家准备得充分。"东海王笑道，心里却在琢磨着登基之后如何铲除谭家的势力。

冠军侯患得患失，一会儿觉得成功在即，一会儿又觉得大难临头，放眼望去，既看不透未来的走势，也找不到可以依赖的忠臣。

新婚不久的妻子在一边低声抽泣，冠军侯冷笑道："崔家真是舍得本钱啊，把亲生女儿送到火坑里。"

"夫君何出此言？"崔氏更加悲伤，明知这是讥讽，还是忍不住询问。

"崔宏眼看我陷入险境，却不肯发一兵一卒前来相助，我是外人，不算什么，可是你呢？他一点也不放在心上吗？娶你之前，我真应该好好打听一下你在家里的地位。"

崔氏大哭，委屈得无以复加。

冠军侯听得心烦，怒道："哭有什么用？眼泪能化成士兵吗？再说你有什么可害怕的？你是崔家的女儿，等我死了，崔家自会再给你找一个好人家，没准就是倦侯，你还有机会当皇妃。"

崔氏在家里年纪最小，平时备受宠爱，从来没听过这么重的话，心都碎了，哭道："如果真有万一，我追随夫君去黄泉，绝不苟活。"

"嘿。"冠军侯冷笑一声，他现在对任何人都不相信。

门外有人咳嗽，冠军侯大步走出房间，对夫人不屑一顾。

一名老仆低声道："两位御史大人到了。"

"居然还有人肯登门，真是个大惊喜，我该怎么做？张灯结彩地欢迎吗？"

老仆尴尬不已，垂首说道："萧大人、申大人乃是朝中重臣，他们到来……"

"连你也能出谋划策了，不如说说我该怎么才能当上皇帝？"

老仆立刻跪下："冠军侯恕罪，是我一时糊涂……"

"带我去见他们。"贬斥一名老仆，宣泄不掉冠军侯心中的紧张情绪。

左察御史主管京官，右巡御史负责外地官员，本来井水不犯河水，却因为都有机会接任宰相之职，天然就是对头，萧声与申明志也不例外，明争暗斗了多年，可是到了危急关头，两人还是立刻尽弃前嫌，联手自保。

冠军侯总算没有糊涂到底，对两位肯上门的大臣比较客气，笑脸相迎，好像他仍然胜券在握。

两名御史可没有这么镇定，宾主落座之后，萧声道："倦侯离京了……"

"什么？"冠军侯大吃一惊，手一抖，茶水洒在身上，旁边的仆人急忙上前擦拭，冠军侯放下茶杯，挥手命厅内的仆人全都退下，心中困惑不已，不明白这个消息是喜是忧，"什么意思？倦侯退出争位了？"

"看来是这样。"萧声也很意外，他甚至准备好了在必要的时候投向倦侯，没想到倦侯说走就走，在京城折腾了半天，却在最后一刻退却，好比将要比武的勇士，在场外耀武扬威了半天，对手一进场，他立刻逃之夭夭，令观众大失所望。

冠军侯呆呆地说不出话来。

申明志更老成一些，说道："事情恐怕没有这么简单。"

"申大人怎么想？"冠军侯的语气更加客气。

"我得到确切消息，倦侯是被宫里太监送出城的，这意味着倦侯得到了太后的命令。"

"也就是说，太后其实没疯。"冠军侯喃喃道。

萧声与申明志互相看了一眼，在这种时候才想到太后是装疯，冠军侯的反应确实太慢了一些，可是两人已经没有更好的选择。

"争位是假的、选帝是假的、崔宏的支持是假的……大臣呢？宰相府里已经三天没传来消息，两位大人……"

萧声先开口："殷宰相随风摇摆，我们对冠军侯忠心耿耿，您是钜太子唯一的后人，最有资格继承帝位，我们也都曾经辅佐过钜太子，绝无他想。"

钜太子被杀的时候，可没听说这两位御史站出来护主，冠军侯忍住心中的讥讽，说道："英王遇刺、倦侯离京，就剩下我和东海王了，东海王没什么本事，不用惧他，关键还是太后，上官盛的宿卫八营正在掌控全城，我该怎么办？咱们该怎么办？"

萧声与申明志当然不是来求助的，他们带来一个计划，互相看了一眼，还是萧声开口："事态还没到不可挽回的地步。"

"哦？"冠军侯探身过来，在向崔太傅求助遭到婉拒之后，这是他听到的唯一好消息。

萧声继续道："太后是个聪明人，很短的时间里就将大臣分而治之，掌握了朝堂大权，可她聪明过头，反而给自己埋下了极大的祸患。"

"此话怎讲？"冠军侯立刻将萧声当成自己新的左膀右臂。

"这得从头说起。"

"我不急。"

"桓帝在位四年，思帝登基不满一年，太后参政满打满算也才六年多，为什么能够掌控大权？"

"为什么？"冠军侯配合发问，心里却有一些不满，他现在没心情听陈年旧事。

"根子在武帝。"

冠军侯不吱声了，说起武帝他的心情极为复杂，那既是他的祖父、大楚最为强大的皇帝，亲手创建了一个鼎盛时代，也是杀死钜太子的暴君。

"武帝先是压服了宗室与勋贵的势力，防止任何人觊觎帝位。"因为涉及钜太子之死，萧声对这段往事一语带过，"等到武帝立桓帝为太子的时候，突然发现太子身边没有可信之人，于是在最后几年里，又着力打击大臣。"

冠军侯对"没有可信之人"几个字深有体会，尤其是满朝文武，即使在最支持冠军侯的时候，也显得矜持与冷漠，令冠军侯感到愤怒，现在则感到绝望。

萧声想起了往事，长叹一声："详细情况我就不多说了，武帝驾崩之前将宰相以下的官员几乎换了个遍，殷无害和韩星能够得到重用，就是因为软弱无能，不会凌驾于皇帝之上。"

提起殷无害，冠军侯冷笑一声："我明白萧大人的意思，可这跟太后有什么关系？"

"经过武帝的调整，满朝文武都养成一个习惯，绝不参与宫内斗争，武帝以为这样一来，桓帝可以无为守成。可桓帝登基之后，性子发生变化，他不想守成，希望像武帝一样有所作为，却找不出锐意进取的大臣。"

萧声与申明志再次互视，同时轻叹一声，他们两人也不想"锐意进取"。

"桓帝曾想撤换大臣，却没来得及完成，然后就是思帝登基，太后临政。冠军侯应该明白，经过武帝无情的训诫和桓帝差一点出手的打压，大臣……我们这些人做事是多么的小心谨慎。"

冠军侯突然醒悟，萧声并非无缘无故地讲述往事，他在用一种迂回的方式辩解，辩解当初全体大臣为何没有站出来为钜太子申冤。

冠军侯被说服了，他理解那种胆战心惊的感觉，每次宫中有变，他在家里都会吓得睡不着觉，就怕自己某一天会步父亲的后尘。

"太后利用了大臣的谨慎。"冠军侯替萧声说下去，"太后扶植刑吏、抓捕与齐王有关联的宗室子弟，但是尽量不动大臣，这几年来，宫中接连生变，朝廷却少有变动，所以你们也就心满意足，看着太后折腾。"

两名御史脸色微红，萧声道："宰相失位，满朝文武群龙无首，我们也是……"

"我不怪你们，换成我在朝中为臣也是一样。"冠军侯安抚道，"你说太后聪明过头是什么意思？"

"太后的折腾让大臣看到了真相。在此之前，大臣谨慎行事是因为我们互相忌惮，实不相瞒，就在不久之前，我还怀疑申大人别有用心。"

申明志微微一笑："我也以为萧大人是崔家的附庸。"

两人心照不宣地互视，彼此仍然存有怀疑，但是暂时不想表露出来。

"可是太后一次又一次的阴谋诡计让我们明白一件事，原来大家都不会多管闲事：没人反对太后，可也没人真的支持太后，对倦侯、对当今皇帝，大家的态度都是如此。"

"这是好事？"冠军侯冷冷地问。

"对倦侯来说，这是好事。"萧声肯定地说，在神雄关，他一时轻敌，败给了倦侯，在京城，准备充分的他却能轻松"击败"对手，"冠军侯应该这么想，太后其实势单力薄，无人反对只是假象，真相是无人支持。冠军侯只需极少的助力，就能扭转乾坤。"

"极少的助力"自然是指两位忠心的御史大人。

"可上官盛掌管着宿卫八营……"

"如果有官印就能掌控数万将士，当初的上官虚就不会失去南军……"萧声及时打住，因为冠军侯也正在失去北军，"太后这回过于急躁了，宿卫八营还有一半是旧人，上官盛没来得及替换或是笼络住他们，这，就是冠军侯的机会。"

冠军侯的信心倍增："这些旧人会效忠于我？"

萧声不得不强忍心中的鄙视，笑道："这些人随波逐流，效忠于谁都有可能，只要冠军侯去争取……"

"来不及吧。"

"来得及。"极少说话的申明志开口道，"京城格局混乱，有一个漏洞尚未被太后和上官盛注意到：韩星驻扎在函谷关，大都督府空虚，只要占领那里，取得里面的调兵虎符，就能号令宿卫八营。"

冠军侯一惊："只有虎符，没有兵部公文和宫中圣旨，能让宿卫八营听命吗？"

"即使不能让他们听从冠军侯的命令，也能制造混乱，只有让上官盛的地位更加不稳，冠军侯才有机会冲入内宫，抢夺宝玺。"

冠军侯还以为两位御史大人带来了万无一失的计划，没想到竟然是一次大冒险，比他最大胆的想象还要夸张。

申明志还要劝说，萧声使个眼色，说道："让冠军侯考虑一下，我们去联络其他大臣，或许还有人肯出手相助，天黑之前我们再来。"

冠军侯茫然地点点头。

出了侯府，申明志对萧声说："只怕冠军侯没这个胆量。"

"推也得把他推上去，咱们还是不够谨慎，出头太早了。"萧声叹道，心中暗自佩服殷无害，老家伙现在可以高枕无忧，坐山观虎斗了。

　　"你去试探兵部的动向，我去打听东海王和倦侯的消息，或许还有转机。"申明志道。萧声没有别的办法，点头应允。

　　侯府内，冠军侯仍处于震惊状态，犹豫不决，老仆走进来，轻声道："小侯爷的生母来了，被夫人请到了后宅。"

　　冠军侯"嗯"了一声，对两任妻子的见面毫不在意。

第十五章

宫中的小君

冠军侯的儿子在宫女的扶持下蹒跚学步，嘴里时不时蹦出简单的词汇，逗得周围几个人欢笑不已。

崔小君也是观众之一，脸上的笑容一直没有消失，觉得这个小东西是天下最可爱的生物。

一个熟悉的声音在她耳边说："今日的天真无邪，要不了多久就会变成吵闹顽皮，最后又是一个野心勃勃的韩氏子孙，你看着他们长大，却怎么也不明白变化是怎么发生的。"

六名宫女躬身后退，另一名宫女抱起小孩儿，也退到一边。

崔太妃露出逗弄小孩儿的笑容，她也喜欢这个小东西，只是看得更远一些。

她的到来破坏了屋子里的气氛，崔小君低声道："姑母，去我那里吧。"

崔小君带头出屋，崔太妃向宫女们说："你们没带过小孩儿吗？把这里的桌椅都搬出去。"

崔小君的房间就在隔壁，她屏退了宫女，亲自为姑母奉茶，站在一边，恭敬地执了侄之礼。

崔太妃端坐，抿了口茶，说道："易变的又何止是孩子？普通人三十年河东，三十年河西，像咱们，三年就够了，没准明天坐着的就是你，我却要在下面向你磕头。"

"姑母言重了。"

"重，但是真实。"崔太妃放下茶杯，向前探身，伸手轻轻抚摩一下侄女的脸颊，"崔家这么多子孙，数你的脾气最好，也最聪明，等你母仪天下，还会是现在这个样子吗？"

崔小君脸色微红，本想反驳，话到嘴边又改了主意，说道："姑母若是成为太后，也会变化吗？"

崔太妃笑着收回手臂："我不会变，因为我早就准备好了成为太后。我错过了皇后，不会再与太后失之交臂。"

"恭喜姑母，您总能心想事成。"

"你不嫉妒？"

"只要能与倦侯厮守终生，我不在乎身份。"

崔太妃先是笑，随后长叹一声："世间难得有情郎，皇家更难，这里多的是薄幸之徒，小君确信自己找到了吗？"

崔小君目光微垂："姑母不能因为自己的经历，就将天下人都看透了。"

"哈哈，好一个'看透'。说来说去，年轻人总是不肯接受老人的指引，非得自己跌跌撞撞地走过来才行，想当初，我的想法与你何尝不是一样？等到一切成空，唯有踩在身上的那只脚是真实的，我才明白自己有多傻。你还年轻，可以再天真几年。"

"姑母来找我有什么事吗？"崔小君厌倦了崔太妃的冷嘲热讽，可她们住在同一个院里，很难躲开。

崔太妃似乎没听出话中的逐客之意，又端起茶杯抿了一口，盯着侄女，不放过任何蛛丝马迹，然后说："倦侯离京了。"

崔小君先是一惊，紧接着长嘘一口气："他放弃争位了……"她终于不用时刻悬念了，自从听说英王遇刺的消息，她的心就没有一刻安宁过，即便是隔壁的可爱小孩儿，也不能让她完全忘掉忧惧。

没多久，崔小君又感到奇怪，姑母的眼神有点不对劲儿，好像还隐瞒着什么事情："姑母，倦侯他……"

"你不知道。"

"不知道什么？"崔小君愕然。

崔太妃脸上重新显露笑容："倦侯这一招明显是以退为进，他瞒得了别人，瞒不了我，看样子，你也是被瞒的人之一。"

"倦侯离京，就意味着退出争位，再也得不到宿卫八营的保护，哪来的以退为进？而且……而且我们已经很久没有联系了。"

"嘿，你以为皇宫里人人都是太后的心腹吗？倦侯若想与你联系，总能找到人帮忙，他要是连这个本事都没有，千里迢迢跑回京城争夺帝位，就是天下最愚蠢的举动。至于以退为进，这是明摆着的事情，倦侯已经取得一批人的支持，尤其是那些读书人，他们押上的可不只是仁义道德，还有自己的身家性命，就算倦侯本人想退出，他们也不会同意。"

崔小君的心又悬了起来，表面上却不动声色："姑母是专门来告诉我这些事情的？"

"我不愿看到你蒙在鼓里一无所知，万一倦侯真的绝处逢生呢？崔家的皇后总得提前做好准备。"

崔小君一点也不笨，当然明白姑母的用意："无论姑母如何试探，我对不知道的事情就是不知道，帮不到您。"

崔太妃却不放弃："你帮不到我，有一个人却能帮到你。"

崔小君不肯接话。

"你可以不相信我，但是有一句话，你一定要记在心里：王美人绝非寻常之辈，不要被她的谦逊柔和所欺骗，那是一个极有心机的女人。太后已经上当了，将她留在身边当侍女，表面上是一种羞辱，实际上受损的是太后，不知不觉间，太后正受到王美人的影响。"

崔小君还是不吱声。

崔太妃站起身："不为我着想，也不为崔家着想，你总得为自己、为倦侯着想，王美人工于心计，但她从前毕竟只是一名侍女，出身贫寒人家，没见过多少世面，对她来说，争权是一场豪赌，赢了，她是太后，输了，反正她也一无所有。这种人很聪明，也很危险，她不给自己安排退路，因为她没有可退之处。如果只是害死自己，倒也没什么，最可怕的是，她会连累别人。"

"倦侯是她的亲生骨肉……"

"也是她手中唯一的赌注。"崔太妃笑了笑，"你每天早、晚两次拜见婆婆，今晚何不多留一会儿？"

崔太妃离去，知道自己已经说服侄女，至于事后再怎么从侄女嘴里挖出真相，就是另一回事了，她一点也不担心。

崔小君毕竟年轻，斗不过老谋深算的长辈，明知姑母别有用心，她还是心动了，崔太妃抓住了她的软肋，一想到王美人的计划会影响到倦侯的生死存亡，崔小君再也没法处之泰然。

王美人平时贴身服侍太后，但她在寝宫的厢房里有自己的住处，独占一间，这是她与普通宫女的最大区别。

崔小君早、晚各请安一次，每次都要在庭院里先向太后的房间行礼，然后再去厢房见王美人。

偶尔太后也会出房相见，每次的神情都不一样，有时冷淡，有时仇恨，有时却欣喜异常，会向崔小君打听皇帝的饮食起居，这比仇恨的神情更让崔小君毛骨悚然，她非常清楚，太后嘴里的"皇帝"是指死去的思帝。

今天傍晚，太后也出来了，神情比任何时候都要自然，没有半点疯意。

崔小君跪在蒲团上，一动不动。

太后像看陌生人一样盯着崔小君，半晌之后才冷冷地说："韩孺子与你通信了吗？"

"回禀太后，自从臣妾入宫之后，并未与倦侯有过只言片语的联系。"

"嗯，等等看吧，韩孺子若是带兵前往边疆，老老实实为大楚抵抗匈奴，你和王美人很快就能出宫与他团聚，韩孺子若是玩什么花样，你们婆媳今晚就彼此告别吧。"

崔小君一直就比较害怕太后，此时更是惊恐。

太后回屋，太监们守在门口。

崔小君又跪了一会儿，才在宫女的帮助下起身，去厢房拜见婆婆王美人。

每次见到儿媳，王美人都很高兴，她为桓帝生过儿子，却一直地位低微，甚至要给太后当侍女，她却从未露出受辱的样子，反而兢兢业业，服侍太后时比普通宫女还要用心。

"太后吓唬你了？"王美人笑着问道。

崔小君勉强笑了一下。

宫女们退下，只剩婆媳二人，王美人道："别在意，太后现在疑心很重，对谁都是一副冷面孔。"

崔小君忍不住小声问道："有传言说太后是……是……"

"装疯？"王美人笑着摇摇头，"没人能装得这么像，又这么久。如果我的儿子年纪轻轻发生意外，自己选中的后继者又总是一波三折，我也会疯掉。"

"可是太后刚才的样子不像是……有疯病。"

"太后真疯了，但是并不意味着她不会好转，也不意味着她失去了全部理智。即使是疯掉的太后，也会紧紧握住手中的权力，可能更紧一些。"

崔小君感到一阵寒意，寻思了一会儿，说："倦侯已经离京，婆母大人听说了吗？"

"嗯，是我劝太后将倦侯送出京城的。"

崔小君心中一紧："婆母大人不希望倦侯争夺帝位了？"

"倦侯根基太浅，拿什么争夺帝位？太后也不是真心选帝，她在为思帝报仇。"

"思帝？"

"糊涂的时候，太后以为思帝还活着，清醒一点的时候，她却相信思帝是被害死的，只有将京城搅成一潭浑水，凶手才可能冒出来，这就是她的计划。思帝出事的时候，倦侯与我还住在宫外的小院里，没有任何势力，所以太后不怀疑倦侯，愿意放他出京。代价是倦侯得去守卫边疆，替她抵挡外患。"

"太后说，如果倦侯真去边疆，她会将婆母大人与我也送过去。"

"希望如此吧，以后谁是太后还不一定呢。"

崔小君吃惊地看向王美人。

王美人笑道："我说的不是自己，是崔太妃。太后最怀疑的人是崔家，崔家最憎恨的人也是太后，这是他们之间的战斗，倦侯、你我最好置身事外，虽然你也是崔家人。"

"嫁给倦侯，我就是倦侯的人。"

王美人起身，走到儿媳身边，轻声道："那就让咱们一块儿祈祷倦侯一帆风顺吧，还要祈祷太后能够取得胜利，形势对她不是太有利，她还没有完全准备好，希望崔家一直犹豫下去，不会再出奇招。"

崔小君离开时心情舒展许多，相信婆婆没有欺骗自己。

王美人坐在屋子里却是心事重重，希望儿媳能将"太后还没有准备好"的消息带给崔太妃，促使她尽快动手，否则的话，太后不久之后就将胜券在握，任何人都没有机会了。

她还希望儿子能明白自己的用意，趁着最乱的时候返回京城，夺取帝位。

这一回，她与韩孺子必须赢。

太傅崔宏人不在京城，消息却极为灵通，倦侯出京不久，他就得到通知，派出大批士兵封锁整个白桥镇周边，务必要截住目标，不敢再像上次一样，让倦侯悄悄渡河。

他必须弄清倦侯与太后的真实意图。

当士兵进来通报说倦侯求见的时候，崔太傅一点也不意外，反而觉得这个女婿总算识一点时务了。

可是等倦侯走进房间，崔宏愣住了，继而感到愤怒。的确，他与女婿见面不多，但也不至于认错，眼前这人虽然穿着皇室的服饰，却分明是一名少年太监。

崔宏按住了刀柄，他不需要亲自动手，这是一个示意，两边的十余名卫兵心领神会，都将腰刀拔出半截。

小太监吓坏了，抬起双臂，大声道："我叫张有才，是倦侯的贴身随从，奉命来见崔太傅。"

崔宏的脸色还是那么阴沉，张有才语速更快地补充道："倦侯让我扮成他的样子，说这样见太傅更快一些，他还说……还说……"

"说什么？"崔宏终于开口。

张有才看了看身边的握刀卫兵，慢慢从怀里取出一封信函："倦侯还说，看完这个东西，太傅就不会生气了。"

一名卫兵拿过信函，送到崔宏身前的桌案上，崔宏松开刀柄，拆开信函查看，卫兵们仍然保持着拔刀的姿势，大司马只需哼一声，他们立刻就将这名胆大妄为的太监砍成肉泥。

只扫了一眼，崔宏脸色微变，随后仔细看了一遍，收起信函，坐在那里死死盯着小太监："倦侯还说什么了？"

张有才"嗯嗯"了两声，不肯回答，倦侯交代得很清楚，等崔太傅看过信函之后，怒气肯定会消退，张有才可以小小地矜持一下。

崔太傅看上去还很恼怒，张有才的矜持自然也就显得很勉强，更像是紧要关头得了遗忘症。

崔宏挥下手，卫兵们收刀入鞘，鱼贯而出。

张有才重重地松了口气，他的胆子并不小，可从前身边不是有倦侯就是有杜穿云，最不济也有一个泥鳅，独自一人面对手握兵权的太傅，他没办法保持镇定。

崔宏仍在盯视，张有才这才想起自己还有问题没回答："哦，是这样……哦嗯，倦侯说，'暴雨将至，请崔太傅尽快找妥避雨之处，别再犹豫不决了'。"

崔宏放声大笑，张有才吓了一跳，双膝一软，差点儿跪下，可是想到自己穿着倦侯的衣裳，强行忍住，只是身体发颤，声音也发颤："倦侯……倦侯就是这么说的。"

崔宏止住笑声，冷冷地问："倦侯人呢？"

"回……回城了。"

"既然出来了，为何又回去？"

"倦侯说，出城就不用再遵守争位的任何规则，他回去不是争夺帝位，而是……而是恢复帝位。"

崔宏冷笑不止，突然拿起惊堂木在案上重重一拍，卫兵们立刻从外面进来，将张有才团团围住。

张有才抖得连牙齿都在打架，眼前的情景与倦侯事前预测的可不太一样。

"押下去，严加看管。"

卫兵们架着张有才退出。

一名儒生打扮的老人走进房间，未经通报，与崔太傅显然很熟，走到书案前，问道："倦侯送来什么消息？"

崔宏将信函推到书案对面，老者拿起，很快看完，笑了一声："太后果然是装疯，居然还想罢免你的南军大司马之职。"

"不能让营中将士看到这份圣旨。"崔宏很清楚，正是军心不稳的时候，任何一件意外都可能引发难以想象的混乱，何况是几个月来的第一份圣旨。

"倦侯到底是什么意思？讨好你吗？"

"肯定是太后给倦侯这份圣旨，想利用他来对付我，倦侯不愿为他人作嫁衣，所以将圣旨给了我，这是想利用我对付太后。嘿，据说他已经回京，不用再遵守争位的任何规则……"崔宏突然醒悟，这才是倦侯传给他的真正消息。

"原来倦侯希望太傅率领南军前往京城。"老者也明白了，"他是怎么想的，以为崔太傅会支持他吗？"

"倦侯怎么想的不重要，我的确应该前往京城，无论东海王与冠军侯谁胜谁负，都需要我的帮助。"

"太傅不觉得倦侯能胜？"

崔宏打量老者几眼："他在故弄玄虚而已，凭什么胜出？"

老者笑笑："太傅应该前往京城，但是要小心北军。"

"无妨，我只带六万人前往京城，足以压制宿卫八营，剩下的四万人留守，北军只过来几千人，大部分仍留在满仓城，等他们得知消息南下，需要五六天时间，届时京城大事已毕，北军不敢造次。"

京城形势瞬息万变，南、北军之间的关系也随之起伏不定，前段时间还在对峙，几天前却化敌为友，共守白桥镇，数千北军已经到达，被安排在镇外驻守。

老者拿起圣旨又看了一遍，放到桌上，说："此物不宜久留。"

崔宏当然明白这个道理，收起信函，打算待会儿烧掉："我妹妹到底怎么得罪太后了，太后真是将崔家当成死敌啊，步步紧逼。倦侯算是帮了我一个忙，看在小君的分上，日后给他一个王号吧。"

老者笑而不语，崔宏有些不满地说："俊阳侯，我接受你的投奔，是看重你的经验，希望听到建议，你总是笑，是将自己当成望气者了？有什么想法都说出来吧。"

俊阳侯花缤一年多以前参加宫变，中途逃离，凭着自己的侠名，在江湖中如鱼得水，一直没有被抓到，一个月前，他来投奔太傅崔宏，留在南军营中。

崔宏看重俊阳侯的不只是经验，还有他的名声与提供的奇人异士。

"我觉得太傅不用再犹豫了，夺取帝位的必然是东海王，宫里有崔太妃，城内有谭家和我引荐的一批豪杰，城外有太傅的南军，凭此三者，帝位已是囊中之物。"

崔宏叹了口气："冠军侯没希望了？"

"外强中干，到手的北军给弄丢了，本来有大臣支持，冠军侯却没有充分利用，反而被一无所有的倦侯所击败，再无转机可能。倦侯回京也只是增加一些小波折而已，他没有稳定的支持者，只凭一群读书人，成不了大事。"

崔宏点点头，紧接着沉下脸色："你一直说我妹妹在宫里会有举动，却不肯告诉我真实情况，现在该说了吧。南军一旦跨过白桥，我头上可就多了一项无旨回京的罪名。"

俊阳侯也觉得时候差不多了："我在江湖上的这段时间，结识了不少奇人异士，介绍了几位给谭家，给崔太妃也送去两位，崔太妃很看重他们，将一位送给东海王当随从，可惜死在了碎铁城，另一位以侍女的身份被带进皇宫。"

崔宏越听越惊："这是……这是很久以前的事情。"

俊阳侯点头："崔太妃很重视与花家的友谊，即使我与犬子沦落江湖，联系也从未中断。"

崔宏愕然，没想到妹妹背着自己居然做出这么大胆的事情："进宫的那位奇人……"

"她就是崔太妃手中最锋利的尖刀，可以刺向任何人。"

崔宏脸色大变，渐渐缓和："我妹妹为何不找我帮忙？里应外合，胜算更大。"

"我这不是替崔太妃开口求助了嘛。"

崔宏再不能犹疑了，如果只是东海王与谭家瞎折腾，他还想观望一阵，如果妹妹参与进来，而且手握"尖刀"，他必须尽快表明立场。

"好，南军过桥。"

崔宏说做就做，半个时辰之后，他已经率领数千精锐过桥，剩余将士陆续动身，明天天亮之前，六万大军都将踏入返京之路。

白桥镇忙碌了一个晚上，马蹄声几乎就没有中断过，家家关门闭户，没有人敢出门，直到天亮之后，才有人大着胆子出来察看。

十万南军不可能长时间驻扎在同一个地方，营地分散，六万人过河，剩下的人善后，要花几天时间才能向白桥镇聚集，如今这里只有两三千驻军，防备镇外的北军，对镇子里看管得不严，传言满天飞，都说皇帝与太后遇害，太傅率军回京平乱。

韩孺子与孟娥在午时左右过桥进镇，他只是打算回京城，还没有成行。

两人穿着普通百姓的衣裳，像是一对赶路的夫妻，若在平时，他们会被南军士兵叫住严加盘查，如今却没有人在意他们的身份，倒是有人见他们从京城的方向而来，上前询问情况。

韩孺子顺着问话者的意思，也编造出不少谣言。

两人前往镇内唯一的客店投宿，声称被大军吓着了，要在这里休息一下。

店内的客人不多，没过多久，晁化前来拜见，他此时的身份是一名马贩子，因为马匹被南、北军征用，留在这里等着结账。

见面不久，晁化告辞，出店前往镇外的北军营地，以要账的名义求见督军蔡兴海。

北军人数众多，没多少人认得倦侯私人部曲的头目，尤其是他穿着商贩的服装，更不像将士了。

蔡兴海认得他。

入夜不久，晁化再度拜访，这回带来两个人。

大帐里，蔡兴海与数名知情的将领迎接走进来的倦侯，韩孺子出示另一张圣旨，表明自己已被正式任命为北军大司马。

圣旨传递一圈，看过上面的宝玺之印，蔡兴海等人着甲下跪，承认新的北军大司马。

韩孺子说："太后安然无恙，圣旨就是明证，崔太傅率军返京，狼子野心昭然若揭，所谓平乱全是谣言。奉旨平乱的不是南军，而是北军。蔡督军，即刻派人去传诏满仓北军。诸将传令下去，半个时辰之后全军进入白桥镇，向剩余的南军将士晓谕圣旨，降者得赦，不降者斩之。"

故弄玄虚只是手段，韩孺子明白，真到了决战的时候，手里必须掌握最真实的力量。

父亲率军过桥之后，崔腾给卫兵下达的第一条命令就是不要打扰他睡觉，反正有哥哥崔胜在白桥镇掌军，用不着他出面。

可觉不能一直睡下去，一个晚上就腻了，天亮之后，崔腾叫进来卫兵，一块儿喝酒、赌博，总算找到一点乐趣。

崔二公子的酒品、赌品都一般，几名卫兵对此早有体会，因此尽量让着他，想方设法地灌酒。这一招成功了，天还没黑，崔腾昏昏睡去，卫兵们叹着气，将桌面上的散碎银两收走，崔二公子赌品不好，却不在乎钱，事后从来不追问银子去哪儿了。

等到外面鼓声如雷，崔腾猛地跳起来，原地跑了两圈，嘴里叫喊"卫兵"，自己套上靴子，冲出房间，一下子呆住了，整个白桥镇已经乱成一团，士兵们像没头苍蝇似的乱跑，鼓声来自镇外，混杂着叫喊声、马蹄声，好像有几万人在同时进攻。

崔腾的酒劲还没过去，脚步踉跄，向前摔倒，顺势抓住一名卫兵的胳膊："怎么回事？匈奴人打来了？"

卫兵茫然地摇头："不是匈奴人，是北军，说是北军大司马来了，要咱们投降。"

"冠军侯来了？"崔腾很惊讶。

卫兵不知该怎么回答。

白桥镇不大，外面的北军已经冲到镇子边缘，正与守军对峙、碰撞，还没有发生直接战斗，只是喊声比较响亮。

"找我哥哥！"崔腾只能想出这个办法，拔腿就跑，几名卫兵紧随其后，他们的职责不只是保护崔二公子，还得哄他开心、监视他的去向。

大公子崔胜奉父命留守白桥镇，这时正召集众将领商议对策。

"北军怎么说翻脸就翻脸？冠军侯不是在京城争位吗？怎么跑到这儿来了？"崔胜也是不知所措。

好在有留下来辅佐他的老将，事情虽然紧急，他却已经弄清了大概事实："北军大司马不是冠军侯，是倦侯，据说他得到了皇帝的任命……"

"倦侯？莫名其妙，他不是……北军有多少人？咱们多少人？能守住吗？"崔胜发出一连串疑问，身为主帅，他一点主见也没有，对麾下将士的数量都不了解。

"北军很可能得到了支援，人数只怕不少于一万，南军有四万人……"

"咱们占优，肯定能赢。"崔胜松了口气。

"南军四万人分驻不同营地，白桥镇只有三千人。"

"啊？"崔胜脸色骤变，三千对一万，那可是一点胜算也没有，"赶快过桥去追我父亲吧，还来得及吗？"

"将军勿忧，南军三千人虽然不多，足以抵挡一阵，我已经派人去各营调兵，最快的一个时辰就能赶到，天亮之前，能够聚集到至少一万人，坚持得越久，对南军越有利。"

"有道理，你做得很好，派人去通知我父亲了吗？"

"派了。"

"好好，你立了一功。"

"守住白桥镇乃主帅之功，末将奉命行事而已。"老将不只会打仗，也深谙为官之道。

崔胜笑逐颜开："嗯，守住，一定要守住。"

外面的叫喊声突然更加响亮，崔胜脸色一变："怎么回事？"

老将军也不明白，正要派人出去查看情况，一名军官惊慌失措地跑进来："不……不好了，北军进镇，已经占领白桥。"

白桥一失，连过河追赶南军主力的通道都没了，崔胜差点从椅子上掉下来，拍案而起，冲着老将军大怒道："你不是都安排好了吗？白桥怎么会失守？"

老将军面红耳赤："我……我……末将出去看看……"

外面传来一个更响亮的声音，比南、北两军的叫声还响："投降啦！投降啦！崔将军有令，南军投降！全体投降！恭迎北军大司马！"

这回轮到崔胜面红耳赤了，他认得这个声音，分明是自己的弟弟崔腾，不由得恼羞成怒："谁把他放出来的？"

崔胜带头冲出去，其他将领跟随在后，都觉得事情要糟，如果只是北军偷袭还好说，主帅的亲弟弟明目张胆地鼓动投降，那就难办了。

白桥镇就一条主街，崔胜眼睁睁看着大批北军骑兵正驰往白桥，离他只有几十步远，还有一些北军分成若干队，在镇子纵横驰骋，将南军分割包围。

崔胜目瞪口呆，身后的老将军说："崔将军，白桥镇已经失守，赶快转移吧。"

"没有白桥，怎么过河？"崔胜就像昆虫一样，能看到的唯一光源就是父亲率领的南军主力。河倒是不宽，可刚刚化冻，有水有冰，他肯定过不去。

"不是过河，去其他营地，还来得及调兵遣将，夺回白桥镇。"

崔胜这才反应过来："快走！"

崔胜身边只有十五六人，护着他寻找马匹，准备从镇子边缘绕行，去往另一处军营。

崔二公子骑马蹿了出来，挡住前路，兴高采烈地喊道："大哥，你要去哪儿？妹夫不在这边。"

一看到弟弟，崔胜怒从心头起，大步迎上去："吃里爬外的浑蛋，丢了白桥镇，看你怎么去见父亲！"

"倦侯是自家人，把白桥镇交给他，怎么算是丢？再说你是主帅，要说去见父亲承担责任，也是你吧。"

崔胜眼都红了，拔刀去追弟弟，可他只有两条腿，崔腾却是骑马，掉头就跑，几步之后又停下来，转身道："大哥，你不是来真的吧？伤着我，就算父亲不说什么，母亲和老君……"

崔胜快步赶上，崔腾急忙又跑。

眼看着兄弟二人离主街越来越近，十几名将领与卫兵面面相觑，全都看向老将军。

老将军左右为难，正确的做法是抛下主帅，自己去其他营地调兵，或许还有机会夺回镇子，可那样一来，他却要担负弃帅之罪，就算将崔胜救出来，事后也很难解释清楚。

"唉，崔将军在此……咱们同甘共苦吧。"老将军带头，一行人去追赶崔家兄弟。

等到崔胜反应过来，前后左右都已经是北军士兵，北军忙着占领白桥，还没有注意到他，崔胜原地转了一圈，心中惊恐再度占据上风，向追上来的老将军道："怎么跑到这里来了？你还有办法吗？"

老将军无奈地说："既然是倦侯率兵偷袭南军，那就去质问他为何背信弃义。"

"对，质问他……不会惹怒他吧？他在碎铁城的时候，对手下可是冷酷无情。"

"呃……崔将军的妹妹是倦侯夫人，倦侯不看僧面看佛面，总该顾及几分亲情。"

"北军大司马驾到！"崔腾的叫声传来。

崔胜抬头望去，只见一群骑兵举着火把，簇拥着一人正向自己驰来，咳了两声，尽量保持镇定，琢磨着待会儿如何质问。

老将军看着北军来来往往，很快估摸出准确数字，原来还是驻扎在外面的那几千人，并无奇兵支援，心中大为后悔，他若是再坚定一些，只凭镇子里的三千南军，也不至于将要害之地拱手让出。

老将军看了一眼身边的主帅崔胜，暗自叹了口气，终于认输。

韩孺子准备了完整的进攻计划，一路从正面佯攻，一路从侧翼直扑白桥，结果崔腾的几嗓子让他的计划没了用武之地。

京城的传闻已经让南军将士心慌意乱了一整天，北军突然反目，更令众人一头雾水，士气低落，崔二公子人人认得，他一喊投降，三千将士立刻放下兵器，倒是免去一场惨斗。

崔腾骑马跑在倦侯身边，一个劲儿地解释："妹夫，不是我不给你通风报信，实在是父亲看得太紧，他把我当成犯人，派六名卫兵日夜看守……不管怎么说，我没实现诺言，是我的错，可我劝降南军，能将功补过吧？"

"嗯，记你一功。"韩孺子表面上冷淡，似乎不将崔腾当回事，其实是小心应对，过于冷漠，崔腾会发怒，什么事情都能做得出来，过于亲近，崔腾又会没上没下，韩孺子选择了微妙的中间态度，才能勉强驯服崔二公子的驴脾气。

崔腾欢呼一声："我一看北军的进攻架势，就觉得像你的风格，没想到你真当上北军大司马了，接下来做什么？去打匈奴人？上次我错过了，这回我一定跟上。不对，咱们去京城，那边正热闹……"

韩孺子没理他，骑马来到崔胜等人面前。

蔡兴海上前："北军大司马在此，尔等行礼。"

周围的南军士兵都已成为俘虏，北军正式占据了整座白桥镇，崔胜面如死灰，想好的质问忘得干干净净，犹豫一会儿才说："北军大司马是冠军侯，不是……不是……"

"陛下与太后亲传圣旨，封倦侯为北军大司马。"蔡兴海道。

"不对，太后与皇帝遇难，我父亲率领南军前去平乱，怎么会有圣旨？"

蔡兴海正要开口，韩孺子拍马上前，俯视站在地上的崔胜，说："太傅手里有一份圣旨，我怎么会没有？崔胜，别耽搁我的时间。"

崔胜脸色更白，崔宏接到一份免职圣旨，崔胜是极少数知情者之一，他开始相信倦侯真有圣旨了，心中慌乱，双腿不由自主地弯曲，最终跪在地上，他一跪，其他将领不再犹豫，也都跪下投降。

韩孺子没什么特别感受，旁边的崔腾却是热血澎湃，看着倦侯，心里突然冒出一个疯狂的想法：妹夫应该当皇帝。

第十六章

真中有假

白桥镇地处要冲，却无险可守，韩孺子夺下了镇子，还得想办法守住它。

南军俘虏被聚集在一起，蔡兴海当众宣读圣旨，然后所有的将官、军吏被叫出来，轮流上前"欣赏"几个月来朝廷所发出的第一份圣旨，没几个能辨出真假，但是数名负责文书往来的军吏却都点头，认为圣旨肯定是真的。

俘虏没有被绳捆索挷，但是士兵与军官被分开看管。

接下来，十余名高级将领被带到一间屋子里，韩孺子亲自出面说服他们。

"太后与皇帝的确得过重病，但是早已康复，他们知道有人意欲作乱，因此传出密旨，命我为北军大司马，挥军南下，大将军韩星也已经调集各地军队从函谷关出发，两路大军将与宿卫八营里应外合，平定内乱。"韩孺子严肃地说，连自己都不觉得这是在撒谎。

众将领面面相觑，尤其是崔胜，他知道事情没这么简单，却不敢开口反驳，也拿不出明确的证据。

"我夺取白桥镇实乃迫不得已，南军是大楚的精兵强将，肯定不会参与叛乱吧？"韩孺子问道。

众人急忙摇头。

"你们有何疑问，尽管发问就是，我可以代表太后与陛下给予回答。"

没人吱声，崔腾站出来，大声道："我来问。"

韩孺子做出请便的手势，心里希望崔二公子别乱问，他们两个事前可没商量好。

崔腾张口结舌，想了半天，冒出一句："妹夫，咱们干脆杀进京城，立你当皇帝吧，反正你本来就是皇帝。"

"大胆！"韩孺子的担心成为现实，他是要当皇帝，现在却不是公之于众的时候，"拖下去，严加看管。"

几名北军士兵走过来，将崔腾往外推。

"咦，妹夫，不同意你就说，干吗翻脸啊？我这都是为你好……"崔腾被带出去，远远还传来叫声，他发怒了，开始痛骂士兵。

韩孺子对其他人说："我知道你们在想什么，我就直接回答吧。作乱者是冠军侯，他在争位中失利，不肯认输，想要引兵作乱，因此编造太后与陛下遇害的谎言，欺骗南军进京。崔太傅上当了，他以为自己是在率军平乱，其实是无旨返京，犯下重罪，可是南军无罪，你们更加无罪。"

屋子里静悄悄的，没人反驳，也没人赞同。

韩孺子扫了蔡兴海一眼，进攻之前，蔡兴海曾提出建议，杀死一批南军将领以树军威，韩孺子没有同意，他此刻孤军深入，北军主力要几天之后才能到达，无端惹怒南军将士，只会令自己更加孤立。

可这些人若是继续沉默以对，他将不得不接受蔡兴海的建议。

"南军将士不是崔太傅的私人部曲，你们是大楚的军队，如今朝廷有难，你们做出选择吧。"韩孺子不想多费口舌，虽然他不在意撒谎，但谎言还是越少越好。

等了一会儿，终于有人开口，那是一名年轻的将官，胆子大一些："倦侯离京，不打算争位了？"

"平乱比争位更重要，太后与陛下既然传旨于我，我义不容辞。"

有人开始，就有人追随，另一名将官开口问道："我们算什么？俘虏，还是囚犯？"

"我说过，南军无罪，我要求……"韩孺子摇摇头，"我命令你们接受我的指挥，与我一同平乱。"

"可是南军大司马不在……倦侯说大司马上当，为什么不去劝说他，反而来夺镇？"一名老将军开口了，除了崔胜，他的官职最高，说话分量也最重。

韩孺子转向崔胜："这件事你来解释吧。"

"啊？解释什么？"崔胜神情慌乱。

"崔胜，瞒得了一时，瞒不了一世，崔家未来的生死存亡此刻都掌握在你的手中，崔太傅做了错事，还有得挽回，若是一意孤行下去，罪不可赦，整个崔家都会受到牵连。"

对陌生的南军将领，韩孺子信心不足，对崔胜，他却是十拿九稳。

果然，只是稍加恐吓，崔胜就已吓得魂飞魄散，犹豫片刻，问道："大将军……真从函谷关发兵了？"

"不只是大将军，北军主力早已受命秘密出发，不日即至。"韩孺子只能继续圆谎。

188

南军将领们都信了，因为只有这样才能解释倦侯为何敢带着三千北军攻占白桥镇，崔胜更是没有一点怀疑，全身都在发抖，转向其他人，颤声道："宫里传出一道圣旨，免去……免去了我父亲的南军大司马之职……"

众将哗然，老将军问道："新任大司马是谁？"

"还没有任命。"韩孺子这回没有说谎，"但我受命平乱，总督京北军务，因此命令你们服从指挥。这不是请求，也不是谈判，而是圣旨，接受者随我返京平乱、建功立业、受封得赏，不接受者，即是谋逆之罪。"

众将又是一惊，他们看过圣旨，那上面没说平乱的事情，可此时谁也想不了太多，倦侯的所作所为，都在表明他的确是在奉旨行事。

"我父亲……我们崔家……"崔胜乱了方寸。

"崔太傅受冠军侯蛊惑，只是无旨返京，还没有犯下大错，若是能悬崖勒马，尚可保住性命，至于崔家，就要看你的了。"

"我？"崔胜虽是崔家长子，却没有准备好接过如此重大的职责。

韩孺子让崔胜自己去想，目光转向那名老将军，知道他才是关键人物。

老将军叹息一声："南军是朝廷的军队，我们拿的是国家俸禄，既然倦侯有圣旨，我愿从命。"

老将军心里是有一点怀疑的，可还是跪下了，最在乎的不是圣旨，而是真实站在面前的倦侯，与反复无常的崔太傅和懦弱无能的崔胜相比，倦侯显然更知道自己在做什么。

其他人都跟着跪下，他们想得不多，以为自己是在接受圣旨。

崔胜也跪下，终于想出自己该怎么做："倦侯……大司马，请允许我即刻返京，去劝说父亲回心转意。"

韩孺子露出微笑表示鼓励："甚好，若能劝说崔太傅弃暗投明，你将立下大功。"

崔胜也笑了，门口的蔡兴海向韩孺子使眼色，示意他不可放走崔胜。

韩孺子眨下眼，表示自己明白，继续道："不过在此之前，你先要去晓谕白桥以北的南军将士，告诉他们这里发生了什么，要求各营将领即刻前来听命。"

"是是，我这就去。"

崔胜急于立功，马上就要出发，韩孺子思忖再三，决定跟他一块儿去，白桥镇暂时安全，蔡兴海率领的北军足以看住少量南军，外面的各营南军才是大麻烦，只要有一座营地不肯服从命令，他建立起来的优势都可能转眼消逝。

蔡兴海等人坚持不同意倦侯出去冒险，可韩孺子固执己见，他很清楚，此时若不冒险，以后连冒险的机会都没有了。

蔡兴海留守白桥镇，韩孺子与崔胜带领五百军士出镇，这五百人一半是北军，一半是南军。

出发之前，韩孺子亲自去见被关押的崔腾，既不道歉，也不斥责，甚至不提释放，只是冷淡地说："跟我来。"

崔腾喜出望外："妹夫亲自来放我啊，怎么好意思。我反思了，刚才是我不对，不该当着大家的面说出那种话，以后等你想听的时候，给我一个暗示……咱们去哪儿？"

一行人出发的时候，四更刚过，夜色正浓，刚出镇不远，就撞上了一队南军，他们是接到消息赶来支援的，没想到事态已经发生天翻地覆的变化。

崔胜与老将军亲自迎上前去传令，由他们两人出面，比韩孺子劝说众将要容易多了，带队将领驰到倦侯马前，下马跪拜。

韩孺子也不多做解释，命令这队南军掉转方向，与自己一块儿前往各处营地。

如此一来，队伍中的南军占据了绝对优势，韩孺子毫无惧色，也不戒备，甚至允许南军将士接近自己，众人越发相信倦侯是奉旨行事，有些人连圣旨的内容都想出来了，好像亲眼见过一样。

南军营地分散在三十余里范围内，共有二十几座，越往北，营内的将士越多，最北面的营地位于一座军寨之中，易守难攻，是南军警戒北军的前沿阵地。

崔宏率军返京的时候，以为倦侯已经潜回京城，他所忌惮的一是京城的宿卫八营，二是满仓城的北军主力，因此自己带走六万人，军寨内的一万人也没有调动，对白桥镇没怎么在意，以为长子崔胜能够守住，镇外的少量北军绝不敢轻举妄动，怎么也没料到倦侯会出现在这里。

韩孺子一路北上，天亮时已经连收十余营南军，身后的将士增加到六千人，他与二百多名北军成了点缀，可他一点不怕，率军急行，各营只有老弱病残与劳役者留下，其他人一律上马跟随。

日上三竿，韩孺子身后的队伍已经达到两万多人，只是伸得很长，首尾相隔十余里，好几座营地的将领愿意服从命令，只是还没来得及整队出营。

军寨前，崔胜和老将军照例前去劝降，之前都很顺利，偏偏这时出了问题，寨中的一万南军拒绝服从命令，甚至不肯打开寨门。

韩孺子午时之前必须收服这支军队，这样才来得及转身返回白桥镇。

如果一切正常，出发已有两日的崔太傅应该已经得到消息，并派军反扑了。

韩孺子要在一天之内连打两场硬仗。

迎风寨不大，建在一座山坡上，背靠悬崖，本来容纳不下一万士兵，崔宏特意扩建了寨子，守寨者是南军左将军赵蒙利，崔宏一手提拔上来的老部下，对太傅像狗一样忠诚。

"赵三叔在战场上替我父亲挡过箭，有一条胳膊废了，想让他交出寨子，难。除非我父亲下令，否则的话，就算是皇帝站在这儿也叫不开门。"崔腾以手遮目，向山上观望，"赵三叔年纪大，身体也不好，要是突然暴毙，问题就解决了。"

对韩孺子来说，速度就是一切，身后的南军正处于模棱两可的模糊状态，一旦停下来思考，很难说会做出怎样的事情，还有后方的白桥镇，如果他不能迅速带回大量士兵，蔡兴海那点人绝挡不住闻讯反扑的崔太傅。

崔胜刚从山上下来，苦着脸说："没办法，老头子比牛还固执，牵着不动、打着不走，要不然咱们先回白桥镇，等我说服父亲，赵蒙利自然举寨归附。"

韩孺子转身望去，南军绵延不绝，一眼望不到头，这些人正忙着赶路，一旦停下来，就将有机会观察倦侯，仔细分析那些虚虚实实的传言……

势如破竹，不能在最后一刻停下，韩孺子对崔胜说："我要去见赵将军，你给我带路。"又对崔腾、晁化和白桥镇老将说，"你们三人留下，等我的命令。"

崔腾更愿意上山："赵三叔跟我熟，我给倦侯带路。"

"不行，你不是南军将领。"韩孺子执意将崔腾留在山下，因为除了晁化带来的少量北军，崔家二公子是他唯一可以相信的人了。

韩孺子没有别的选择，他现在不只是走钢丝，更像是站在浪尖上，极其小心地保持平衡，即便如此，脚下的海浪稍有变动，还是能将他摔得粉身碎骨。

崔胜前边带路，韩孺子骑马跟随，身边只带一名卫兵。

孟娥穿着北军士兵的服装，一直与倦侯寸步不离。

寨门之上，南军左将军赵蒙利看到了去而复返的崔胜，不等对方开口，他先大声道："胜将军，多说无益，你还是回白桥镇吧，告诉倦侯，我就是崔太傅的一条走狗，主人不发话，狗是不会让开的。"

崔胜"嘿嘿"笑了两声，指着身边的人说："倦侯就在这里，赵三叔，您亲自跟他说吧。"

韩孺子穿着普通将领的盔甲，赵蒙利没看出特别，定睛观瞧一会儿："我已经说完了，倦侯听到了吧。"

韩孺子点头，抬高声音说："赵老将军自诩忠犬，好，请问一声，忠犬见到主人遇难，是飞奔过去救主，还是留在原地假装尽忠职守？赵老将军若是不相信我，就该将我生擒活捉；若是相信我，就与我一块儿发兵前往白桥镇。"

赵蒙利"嘿"了一声，没有回答。

韩孺子张开双臂："我就在这里，赵老将军若是真在意崔太傅的安危，请打开寨门，让我进去，咱们当面谈一谈。"

赵蒙利向山下望了一眼，南军正在集结，但是没有排列阵形，一时半会儿无法发起冲锋，再看寨门之下，只有崔胜、倦侯与一名卫兵。

"开门。"赵蒙利终于下令。

寨门缓缓打开，韩孺子骑马要进去，崔胜在旁边劝道："倦侯，别怪我没提醒你，赵蒙利行伍出身，没读过书，不懂尊卑贵贱的礼仪，发起火来，除了父亲，谁也拦不住他，真会杀人的。"

韩孺子微笑道："犬性再烈，也是条狗，有什么可怕？"

韩孺子心里其实是有一点害怕的，所以他看了一眼孟娥，才策马进入迎风寨。

崔胜惊讶地看着倦侯，怎么也想不到这就是当初那个温文尔雅的少年，于是跟上去，他倒不怕赵蒙利，只要不乱管闲事，自己的命总能保住。

赵蒙利已经从门楼上走下来，带着一群将官与卫兵站在主路上，像是在迎接倦侯，可是全都扶刀握枪，立而不跪。

寨门在身后缓缓关闭，韩孺子骑马一直驰到赵蒙利面前十步之内才停下，俯视这位老将军。

赵蒙利看上去比崔太傅的年纪大得多，却被叫作"三叔"，想必是自谦，年轻时的膀大腰圆还残余几分，脸上有三四处疤痕，右臂无力地下垂，腰刀直接插在绦带右侧，左手握刀，看上去早已熟练掌握左手拔刀的动作。

韩孺子扫了两眼，看出这是一位治军极严的将军，发生这么大的事情，寨内却丝毫不乱，没人闲逛，也没人交头接耳，赵蒙利身边的数十名将官与卫兵的动作整齐划一，不是握刀就是持枪，盯着倦侯的同时，也用余光注意赵将军的一举一动。

他们是被"忠犬"管住的一群狗。

韩孺子从马上跳下来，大步来到赵蒙利面前："我是新任北军大司马，圣旨……"

"跟圣旨无关。"赵蒙利一副天塌了都不在乎的架势，"我只听从崔太傅的命令，你有他的手书吗？"

"没有，而且我知道崔太傅不会再有手书送来。"

赵蒙利用阴鸷的目光盯着倦侯，在等这名少年出招。

韩孺子迎视对手的目光，从中看到了深深的蔑视与无情，崔胜说得没错，赵蒙利敢杀人，皇亲国戚以及圣旨对他没有任何影响。

崔太傅曾经只凭一己之力就夺回南军，自有一套用人之术，忠于他的将士大都被带往京城，只剩下一个赵蒙利，仍然极难对付。

韩孺子不能保持沉默，他得说下去。

"崔太傅带领六万南军前往京城，以为能够轻松击败宿卫八营，他错了，大错特错。当今圣上与太后都已痊愈，我身上的圣旨就是证据，为了保护陛下与太后，宿卫八营会誓死守城，只凭六万南军，一年也攻不进去。"

韩孺子顿了顿，继续道："大将军韩星已在函谷关集结十万大军，正在前往京城护驾，六万南军将入罗网。"

站在一边的崔胜不停点头，他早已将倦侯说过的话信以为真。

"不仅如此，十万北军此时此刻也正在南下……"

北军号称十万，其实只有八万余人，韩孺子随口一说，不算夸大，对面的赵蒙利却冷笑一声："倦侯真会说啊。"

"你不相信？"

"倦侯以为南军驻守在这里是摆设吗？我派出的斥候远至满仓，每日两次回来通报消息，北军一举一动尽在我的掌握之中，他们根本没动过地方。"

"此时此刻。"韩孺子寸步不让，脸也不红，反而上前一步，"你的斥候正拼命往回赶呢。"

"那就等斥候回来再说。"赵蒙利不为所动，他的个子不算高，整个人却极有气势，那是一种在杀戮中培养出来的冷漠，对所谓的威胁根本没放在心上，北军出发也好，没出发也罢，他好像都不在乎。

韩孺子遇上硬骨头了，比他预料的还要难以对付，于是快速地瞥了一眼其他将领，给赵蒙利当手下肯定不容易，他们根本没有注意听倦侯说什么，全都紧握兵器，只等一声命令。

"我跟你一块儿等。"韩孺子故作轻松，"寨子里有一万南军，外面有三万南军正在赶来，把我留下，四万南军都归你所有，南下可以救主，北上足以号令十万北军。"

赵蒙利的眼神第一次有所变化，握刀的手稍稍放松，寻思了一会儿，问道："如果你说的一切都是真的——我很怀疑——你打算救太傅？"

"崔太傅的女儿是我的夫人。"韩孺子缓缓地说。

"太傅的女婿不止一个。"赵蒙利回道。

"当然，可崔太傅只支持能够获胜的那个女婿，就是我，而我也需要他，有南军相助，我能兵不血刃地重返京城。所以我能挽救崔太傅，他也愿意被我挽救，我们之间心照不宣。"

赵蒙利是崔太傅的心腹之人，多少明白太傅的心思，对韩孺子的话有了三四分相信，左手松开刀柄："那倦侯就留下吧，如果形势真像你说的那样……"

"那就来不及了！"崔胜急切地插言，他是彻底被倦侯说服了，越听越惊，"我父亲一旦与宿卫营交战，就会担上谋逆之罪，那……那可是……"

赵蒙利冷冷地说："胜将军，你应该相信自己的老子，形势若有变化，太傅一眼就能看出来，是打是和、是进是退，他自有分寸，咱们没别的本事，替他守好家就行。"

赵蒙利又打量几眼韩孺子："倦侯若是崔家的好女婿，也该相信太傅的眼光。"

"当然，所以我愿意留在寨子里，跟你一块儿等候消息。"韩孺子已经没有别的选择。

赵蒙利挥下左手，将领们松开刀柄，卫兵们竖起长枪，算是表示消除敌意。

"请。"赵蒙利侧身。

"请。"韩孺子说道。

两人一左一右，踩着石阶向最高处的大堂走去。

刚走到大堂门口，后面突然传来喊声："斥候回寨！"

韩孺子的心咯噔一下，赵蒙利止步转身，望着寨门口飞奔而来的斥候，觉得自己应该向太傅的女婿说点什么："倦侯别在意，我就是个大老粗，只会打仗，别的都不懂，如果……"

韩孺子不住点头，突然双手紧紧抱住赵蒙利健康的左臂。

赵蒙利一愣，分不清这是表示亲昵，还是有别的意思，只觉得倦侯年纪轻轻，手劲却出乎意料地大，猛然觉得不对，正要用力甩开，就觉得脖子上一痛，被什么东西刺中了。

孟娥知道倦侯想做什么，没有拔刀，手臂一扬，亮出匕首，正中赵蒙利的后颈。

这一击准确无误，就算是江湖高手挨了这一下也该气绝身亡，赵蒙利却没有，大吼一声，左臂将倦侯整个人举起，转身砸向偷袭者。

孟娥快速拔刀瞬间刺中赵蒙利的咽喉。

崔太傅的"忠犬"终于倒下，韩孺子也跟着摔倒，双手仍不肯松开。

孟娥用脚轻轻踢了一下，韩孺子这才反应过来，急忙站起身，只见前后左右全是刀枪，最近者相距只有几尺，这些人之所以还没有动手，是因为太惊讶，而且左将军没有下令——赵蒙利治军太严，他不发话，没人敢动。

韩孺子的目光越过刀枪，望着那名因为惊讶而停在半路上的斥候，拍拍身上的灰尘，抬起一只脚，踩在尸体的头上，说：

"大楚将士站右边，赵氏走狗站左边。"

没人站在左边，事实上，在开始的一段时间里，气氛压抑而紧张，根本没有人动，寨子里其他地方的士兵，发现这边有意外，未得命令也不敢过来察看。

赵蒙利不只是他们的将军，还是严父与头狼，用刀剑与皮鞭驯服众将士多年，突然间，他倒下了，刀剑与皮鞭却没有立刻随之消失，仍然悬在每个人的头顶。

韩孺子没想那么多，他自己一步步走到绝境中，除了继续前行，再没有别的退路。他缓缓拔出自己的刀，然后用刀轻轻拨开近在眼前的几杆枪，前行两步，侧身让开，露出身后的尸体，盯着一名将官的眼睛，说："你是大楚将士，还是赵氏走狗？"

那人全身颤抖，说不出话来。

"我是大楚将士！"崔胜在人群外面喊了一声，倦侯动手时，别人都往前冲，就他一个人后退，对他来说，选择很容易做出，早已站在右侧，"倦侯有圣旨，他是奉旨接收南军，赵蒙利死有余辜！"

崔胜急于在倦侯面前立功，伸手指着那名停在半路上的斥候："你说，北军是不是正在南下？"

斥候刚从马背上跳下来，就看到赵将军被杀，吓得呆住了，听到问话，越发惊恐："啊？北军……北军……是，有北军……"

韩孺子迎着刀枪缓步前行，挡在前方的将官与卫兵纷纷让开，却没有收起兵器。

等到人群让出一条通道，分站左右，韩孺子止步转身，冷冷地看向左手的七八人。

在这几个人看来，已经有人站在了右边，选择当"大楚将士"，而自己却是"赵氏走狗"，他们扭头看了一眼倒在地上的赵将军，确信他再也站不起来以后，全都跑向右侧，顺手扔掉了手中的兵器。

韩孺子悬着的心终于放下一点。

赵蒙利有一张虎皮椅，走到哪儿都带着，此刻就摆在议事厅里，除此之外，整座厅里再没有其他坐具，在他面前，其他人无论是将是兵，都没有坐的资格，如果来的是上司，他自会提前安排。

韩孺子坐在了虎皮椅上，既不觉得舒服，也没感到威风，死物就是死物，无论这只老虎生前多么凶残狂暴，现在也不过是一块毯子，某些地方已经脱毛，甚至出现了虫眼。

赵蒙利也是一头死去的老虎，余威仍在，却也跟虎皮一样，只是一种象征。

不久之前还在他面前噤若寒蝉的部下，这时严格遵守惯例，不等新主人下令，就用刀砍下了赵蒙利的头颅，传示全寨，宣布迎风寨由倦侯奉旨接管。

没人站出来反驳，更没人试图报仇。

崔胜与一群将领携带头颅出寨，向外面的南军将士展示，并召集各营将吏进寨拜见倦侯。

韩孺子坐在虎皮椅上，孟娥守在身边，对面十几步以外，跪着瑟瑟发抖的斥候。

趁着还有一点时间，韩孺子要先解决一个可大可小的破绽。

"说吧，你带回什么消息？"

"北军……北军……"

"北军怎么了？"

"我们……抓到一名北军奸细。"

原来如此，韩孺子追问道："是来打探军情的？"

斥候摇头，等了一会儿才从嘴里挤出几句话："是从白桥镇过来的，要去满仓送信，被我们……抓住了。"

这是昨天晚上蔡兴海派出的信使，在大道上畅通无阻，进入南、北军交会地界，却被暗藏的哨兵拦下了。这是一次误抓，两军交接不当，哨兵一看到北军服饰就动手，也不管他是从哪边来的。

韩孺子一愣，他还指望北军尽快南下支援呢，没想到信使居然被抓。他不能发怒，也不能说出真相："此人是去迎接北军将士的，立刻释放。"

"是是。"斥候满头汗珠，起身要走。

韩孺子对军中事务比较熟悉，喝道："这就走了？没有军令，你凭什么放人？"

斥候被吓糊涂了，马下又跪下："是是。"

"将寨中所有军吏都叫进来。"

在赵蒙利麾下，与披甲戴盔的将士相比，手持笔纸的文吏待遇更差，一个个灰头土脸，跟囚徒差不多，数量也少，主簿以下只有十余人，却要为一支万人军队处理文书。

他们对新主人毕恭毕敬，心里很可能还有一点暗喜，迅速写下释放令，官印就在赵蒙利怀中，韩孺子进厅之前就已拿到。

盖印之后，韩孺子将军令交给身边的孟娥："让晁化和所有北军带着斥候去传令，放人之后不要停留，直接去满仓，看到信使被释放，你再回来。"

孟娥微一扬眉，她的职责是贴身保护倦侯，尤其是现在，深陷南军营寨，她一走，倦侯将完全孤立无援。

韩孺子嘴角微动，示意孟娥不必担心，他已有把握控制这里的南军。

孟娥领命离开，晁化与二百多名北军将士出发去放人、送信，数量足够多，南军哨兵即使再有误会，也不敢阻挡。

军吏们发现倦侯不像赵蒙利那样不可接近，开始大胆出主意，韩孺子大都接受，不久之后，盖有左将军印章的军令像雪片般发出，被送往迎风寨与白桥镇之间的数十座军营，内容很简单，申明南军幕府已经移至倦侯手中，即日起，一切文书都要送到倦侯所在之处。

将士与士兵是看得见的军队，文书则是一张张不那么显眼的网，能够以柔克刚，慢慢将军队收拢。

半个时辰过去，韩孺子觉得差不多了，召见早已在外面等候多时的将领。

一百多名将领鱼贯而入，其中一些人刚刚赶到，几个时辰之前他们还在帐中酣睡，突然就被叫醒，说有圣旨传来，还没明白是怎么回事，就带着营中将士上马，一路疾驰，甚至不知道自己跟随的是谁，途中听到无数传言，这还是第一次见到倦侯。

赵蒙利的头颅产生极大的威慑力，即使心怀二意的将领也都老老实实地进寨，想看看这位敢对太傅心腹下手的倦侯是什么样子，更想看看传说中的圣旨。

圣旨才是关键，北军毕竟是朝廷的军队，无论崔太傅与太后如何明争暗斗，十万将士总记着"大楚"两个字，像赵蒙利那样只忠于崔太傅本人的将领属于少数，人都被崔宏带在身边。

宫里将近半年没发出任何旨意，人人都明白这第一道圣旨具有的重大意义。

韩孺子将半真半假的"谎言"又说了一遍，这回更简洁，但也更逼真，前往京城护驾的军队数量精确到了千人，冠军侯的失败已成事实，崔宏更是走投无路，只剩一线生机……

韩孺子适时拿出圣旨，举在手中向众人展示，但是没给任何人查看，从今以后，这份圣旨只会留在他自己身上。

白桥镇的南军将领们传阅过圣旨，经过几个时辰的奔波与恐慌，大部分人已经忘了圣旨上的内容，只记得上面的宝玺之印，还有倦侯信誓旦旦的言辞，很自然地将这两部分记忆合二为一，于是也信誓旦旦地向其他将领保证，圣旨的确就是要让倦侯接管南军、率师救驾。

崔氏兄弟比谁都急，抢着去劝说父亲尽早投降。

韩孺子选择了崔胜，崔家大公子更受父亲信任。

"请转告太傅，他若想要回白桥镇，可以，十万北军与四万南军在迎风寨与他决战。"

"决战？不不？绝不会有决战，父亲是聪明人，我一说他就明白，倦侯、妹夫……千万不要动怒，咱们是一家人，有事好商量……"

崔胜急匆匆告辞，只带两名卫兵，马不停蹄地返回白桥镇，脑子里装满了倦侯灌输给他的想法。

韩孺子不能立刻去增援白桥镇，还有南军正在陆续赶到，他得巩固到手的胜利，让这四万人死心塌地地支持自己才行。

由于出发得太急，最终赶到迎风寨的南军其实只有三万余人，还有近万人出于种种原因留在了原地。

韩孺子觉得这样就够了，敞开迎风寨大门，在山下建立营地，容纳新来的将士，其间，他提升了若干将领的职务，然后带着全体将领巡视山上山下的各处营地，一座也不落，总之要让士兵们都看到他，看到倦侯得到众多将领的支持。

崔腾亲自举着南军左将军的旗帜，跟在倦侯身边，一脸严肃，显出前所未有的认真。

直到后半夜，韩孺子终于闲了下来。

白桥镇传来消息，崔太傅尚未带兵反扑，这让他稍稍放心一些。

韩孺子困极了，却不敢睡觉，一个人坐在议事厅的虎皮椅上，心事重重，他还没有取得最终胜利，从现在开始，接下来的每一步都会更加艰难。

崔太傅没那么好骗，他的选择将对以后的形势产生不可估量的重大影响，还有城内的上官盛和太后，他们不会轻易认输，如果事态发展到必须开战，韩孺子胜算极低——无论是刚刚到手的四万南军，还是对他印象极佳的北军，都不太可能为他公开与朝廷对抗。

卫兵进来，远远地站在门口，恭敬地说："禀告大司马，您的亲随回来了。"

韩孺子点下头。

不久之后，孟娥进来，走到十步开外停下："北军要三四天才能到。"

"嗯。"韩孺子并不意外，就是这三四天将决定他是胜是负、是生是死。

孟娥犹豫了一会儿，上前两步："我能问你一件事吗？"

"当然。"韩孺子露出一丝微笑，看到孟娥之后他稍感心安，十步之内的安全总算有了一点保障，他可以专心思考十步以外的事情了。

"你的实力明明比别人都差，却敢于争夺帝位，我很纳闷，你的信心到底是从哪儿来的？"

韩孺子的笑容更多了些："你以为有了实力才能争夺帝位？"

"当然，人人……大多数人都这么认为吧。"

"你们都错了，帝位就是实力，你不可能有了'实力'再去争夺'实力'，如果非要等到实力足够才去争，那太祖永远也不可能建立大楚。历朝历代，皇帝总是实力最强的那一个，可他仍然可能被害死、被罢黜、被推翻，为什么？"

孟娥摇摇头。

"他拥有实力却不会用，好比天下无双的宝剑，只能挂在墙上欣赏，而不能握在手中劈刺，自然会给他人以可乘之机。"

韩孺子动了动身子："我曾经握过皇帝之剑，却将它丢掉了，现在我要再拿回来。孟娥，我已学会如何运剑。"

第十七章

太傅安心

天亮不久，韩孺子正一路疾驰收服各营南军，崔宏得到消息说白桥镇失守。

六万南军在离京城三十里的一处高地上扎营，崔宏无意攻打京城，只想给整个朝廷施加强大的压力，尤其是要让太后和上官盛不敢轻举妄动，更要让新皇帝明白南军的重要性，因此营地极为广大，一座连着一座，东西绵延十几里，为此铲平了一座树林。

外人远远望去，会以为南军不仅带来十万将士，还得到不少增援。

住在城外的百姓惊恐万状，纷纷举家内迁，希望进城避难，可城门早已关闭，不会为他们打开，百姓只好又返回家中，紧闭门户，烧香拜神。

崔宏派兵封堵了京北的一切通道，然后在中军帐里安心等待，朝廷会派人出来谈判，他本来一点也不着急，结果后方传来的消息将他的这份"安心"击得粉碎。

第一次听到消息，崔宏根本不相信，区区几千名北军，与满仓主力相隔数百里，进攻白桥镇无异于自寻死路，他一度以为是儿子崔胜治军不严引发了南军内乱，被误解为北军进攻。

很快，崔宏得到更多消息，而他更不能相信了，明明已经返京的倦侯居然出现在白桥镇，手中还有宫中圣旨！

崔宏扣押所有信使，另派他人去打探消息，然后将张有才叫来。

张有才算是俘虏，可待遇不差，身上没有绳索，独占一顶帐篷，还有四名卫兵给他送水送饭，他不由得想，被人侍候的感觉真是不错。

张有才一进中军帐，崔宏就拍响书案，两边的卫兵同时喝了一声，横枪刺来，枪尖紧贴着他的衣裳。

张有才没料到会是这种架势，扑通跪下了，脸色苍白："太傅饶命。"他只是一名太监，在太傅面前磕头求饶很正常，何况太傅还是倦侯的岳父。

"好大胆的奴才，说，倦侯究竟在哪儿？"崔宏喝问。

张有才茫然回道："应该……是在城里吧。"

"你看到倦侯进城了？"

张有才摇头。

"亲耳听到倦侯说要回城？"

张有才点头。

"那为什么有传言说倦侯出现在白桥镇？"

"主人在白桥镇？"张有才真的很意外，想了一会儿，恍然大悟，"主人说要回京城，可没说什么时候回去，可能过两天……"

崔宏大怒，又重重地拍了一下书案，将张有才吓得匍匐在地，连求饶的话都说不出来，只在心里念叨："主人，张有才为您尽忠了……"

崔宏挥手，示意卫兵将张有才拖出去，这只是一名无知的小太监，杀之无益。

卫兵也都退下，崔宏看向花缤。

"这个消息绝不能传到京城。"花缤说。

崔宏恼怒未消，生硬地说："当然，白桥镇的信使都被关起来了，去往京城的通道也都被封堵，可是能瞒多久？营地里有六万将士，消息早晚会传开，你能让他们都闭嘴？"

花缤笑道："不需要隐瞒多久，数日之内京城大事就能平定，东海王称帝，太傅权倾朝野，白桥镇之乱传檄可定，不费一兵一卒。"

崔宏皱起眉头："崔胜这个笨蛋，连一个小小的白桥镇都守不住。倦侯……唉，咱们两人的岁数加在一起是他的好几倍，怎么就被他给戏耍了呢？居然中了他的声东击西之计。"

"倦侯……有点本事。"花缤曾与倦侯有过一次交锋，印象很深，"可惜他不是东海王，没有崔家这样的靠山，手里的一切都是虚的，只能四处投机取巧，终究是竹篮打水一场空，不足为惧。"

"瞧你说得这么容易，想个办法吧，总不能让他就这么占据白桥镇，一天也不行。"

"太傅不能派兵回去，那会扰乱军心，让消息泄露得更快。"

崔宏冷冷地"哼"了一声，他当然明白这个道理，所以才让花缤想主意。

"白桥镇以北有数十座南军营地，只需几处做出反应，也能夺回白桥镇。最不济，迎风寨的赵蒙利总能击败倦侯。"

崔宏相信自己的这条忠犬，可他不想再次大意："咱们已经因为轻敌丢掉了白桥镇，就不要再小瞧倦侯了吧，假如倦侯连迎风寨也拿下，满仓北军长驱南归，又该怎么办？"

花缤笑着摇头，不相信这种假设，看太傅神情不善，他还是回道："倦侯就算手段通天，也不可能一夜之间就让白桥镇南军效忠于他，我可以派出刺客，将他了结，他一死，威胁自然消除。"

崔宏这才稍显满意地"嗯"了一声，目光却没有挪开："别等了，你在云梦泽占山为王的时候收罗了不少奇人异士，赶快拿出来用吧。"

"我在云梦泽只是寄人篱下，可不是占山为王。"花缤急忙辩解，他还想重回朝廷，绝不想顶着"占山为王"的名声，"我的人大都在城里，身边只有三人，不过这三人武功高强……"

"带倦侯的人头回来，想要什么都有，带不回来，就别再提什么高手低手。"

白桥镇失守，崔宏心中的愤怒与意外一样多，对花缤也就不那么客气了。

花缤即便还是俊阳侯的时候，也得罪不起崔家，这时更不敢："白桥镇没有多远，三日之内，顶多五日，必带人头回来，太傅专心应对京城就是，不必担心倦侯。"

花缤退下，崔宏心中的恼怒却没有减少，恨不得当天就拿到倦侯的人头，至于女儿小君的感受，他连想都没想过。

这天中午，韩孺子在迎风寨内杀死了赵蒙利，崔宏迎来了朝廷派出的大臣。

左察御史萧声与崔家的关系一直不错，因此自告奋勇出城谈判，但他想做的第一件事不是劝说崔太傅退兵，而是弄清南军到底支持谁。

"京城已经闹翻天。"萧声将副使以及随从都留在外面，独自进帐，此举极不合规矩，但他无所谓了，"太傅回来得正及时，朝廷需要太傅的这一道雷霆。"

崔家失势的时候，萧声另投冠军侯，崔宏对他心存不满，表面上却不动声色，叹息道："我也是被逼无奈，不忍看到朝廷混乱下去，只怕世人不明白我一片拳拳之心，倒以为我有异心。"

萧声正色道："做大事者不计一时之得失，世人纵有误解，早晚也会烟消云散。"

萧声竭尽所能地吹捧，崔宏尽情享受，直到有些听腻，才说道："咱们还是说正事吧。"

萧声也觉得差不多了："简单地说吧，朝廷已经名存实亡，大臣全都闭门不出，没人上朝，主事者现在是上官盛。"

"上官盛有勇无谋，比太后的兄长上官虚强不了多少，他怎么说的？"

"上官盛命令太傅立刻退兵至白桥镇，然后独自进城领罪。"

崔宏冷哼一声："萧大人自己的想法呢？"

"一碗水难端平，一边是亲外甥，一边是好女婿，整个京城都想知道，太傅究竟更喜欢哪一个？"

"萧大人说的是哪位女婿？"崔宏故意装糊涂。

"当然是冠军侯。"萧声微微一愣，"倦侯离京，已经退出争位，朝廷的事情与他再无关系。"

崔宏"嗯"了一声，知道消息还没有泄露，他早已做好安排，帐外的朝廷使者受到严密看管，不得与任何人交谈。

"身为长辈，自然喜欢有出息的晚辈，可我久不在京城，消息闭塞，不知我的外甥和女婿哪一位更出色一些？"

花缤一直劝说崔宏支持东海王，但是崔宏很谨慎，知道这个外甥记仇，因此不到最后时刻不想表明真实态度。

问题又回到萧声这里，他笑了笑："各有所长。"

"愿闻其详。"

"东海王很聪明，借助倦侯冲锋陷阵，开拓出一片领地。冠军侯嘛，颇受大臣支持，虽然吃了两回败仗，阵地仍然稳固。"

两人你来我往，互相试探，最后还是萧声更着急一些，说道："实不相瞒，冠军侯有个计划，他只想知道一件事，如果计划成功，他能不能得到太傅的支持？"

"当然，他毕竟是我的女婿，再说我是朝廷的太傅，没资格挑选皇帝，只是希望朝廷能够尽快做出决定，不要令天下人无所依靠。"

"有太傅的这句话就够了。"

萧声满意地告辞，要将好消息带给冠军侯，至于上官盛，他自有一套说辞用来回答。

崔宏越发心安，通过花缤，他向东海王表示支持，借助萧声，又取得了冠军侯的信任，无论结果如何，崔家无忧，他的地位也更加稳固。

只有一件事情，倦侯夺取白桥镇令崔太傅如芒在背，不得安宁，天黑时，他得到消息，倦侯居然收服了白桥镇周围的数万南军，赵蒙利那边情况不明。

崔宏愤怒不已，又有一点恐惧，叫来花缤："你的人出发了？"

"这时候应该快到白桥镇了，听说倦侯去了迎风寨，他们三人会连夜行进，后半夜就能动手，一切顺利的话，明天夜里就能带回消息，还有人头。"

"只凭三个人真能闯入军营摘取人头？"

"守卫森严的军营不行，倦侯新收南军，漏洞必然不少，绝挡不住我派出的这三人。"

"东海王和谭家也会在今晚动手吧？"

"没错，天亮就能有结果。"

崔宏真的安心了，只需一个晚上，他就能重回权力巅峰，放眼整个朝廷，再没有人比他的位置更稳当："好，花侯请去休息吧，就等明早的消息。"

花缤告退，崔宏叫来一名心腹将领，让他看守花缤的帐篷，如果冠军侯胜出，支持东海王的花缤自然不能再留着。

崔宏睡不着，秉烛夜坐。

同一时刻，城内的数股力量也在蠢蠢欲动，北上的刺客与南下的崔胜，还都在路上策马狂奔。

事到临头，冠军侯心生怯意，于是，他想出一个"好主意"。

"你们去找英王，打着他的旗号占领大都督府，我在家里坐镇，随机应变。"冠军侯觉得这是一条妙计，既能顺利实施计划，又能保证自己的安全。

两位御史目瞪口呆，他们冒着身败名裂、抄家灭族的风险辅佐冠军侯，甚至自愿去冲锋陷阵，没想到对方居然临阵退缩。

萧声耐心解释道："如今城内一片混乱，人心惶惶，不知归属，唯有抢先借势立威，方能收服人心，一举获胜。放眼天下，有势可借者无非冠军侯您与东海王，您若是不肯露面，我们占领大都督府有何意义呢？"

"势若在我，为什么大臣们不肯站出来支持我、帮助我？"冠军侯恨恨地质问，他曾经以为自己是人心所向，却在危急时刻看出人情冷暖。

"这个……形势不明，群臣观望也是可以理解的，只要冠军侯……"

"不用说了，我明白，我跟你们去。"冠军侯神情威严，想了一会儿，又道，"但是把英王也带上，他的'势'虽然不多，可是有一点算一点，就说他已经放弃争位，转而支持我称帝了。"

两位御史不愿横生枝节，可也不能过于违逆冠军侯，互相看了一眼，同时道："好。"

冠军侯自有一批追随者，将近百人，大部分是家奴，还有十几位是冒险的将士和勋贵子弟。

萧声和申明志提供了主力，两人拉拢到兵部的一位侍郎，通过种种手段征集到二百多名士兵，其中的大部分人根本不知道今晚的行动是一场政变，还以为是御史大人要查案。

入夜前，两位御史告辞，不久之后，冠军侯从后门离府，在追随者的护送下与萧、申两位大人会合，一同带领三百多人前往英王府。

英王正在卧床休息，与大多数孩子一样，度过心有余悸的养伤阶段之后，他又心痒难耐，想出去玩乐，因此，当府中仆人惊慌失措地跑进来，声称冠军侯上门要人时，他一点也不害怕，反而欢呼一声，从床上一跃而起。

他的伤势还没有完全复原，让一名仆人背着自己主动迎出府来，远远就向冠军侯叫道："我来了，你可真好，还想着我，去哪儿玩？"

"好地方。"冠军侯笑道。

英王府的一批仆人也跟了上来，队伍更加庞大，径直前往大都督府。

南军攻来，京城宵禁，刚入夜，街上就变得空空荡荡，这样一支队伍不可能不惹人注意，冠军侯和两位御史都以为，只要他们的行动足够迅速，即使被人发现，问题也不大。

与其他部司不同，大都督府不在皇城正门，而是位于东城，紧挨着太庙，名头虽大，却没有多少实权，主要职责就是收藏各类兵符，只在兵部来文的时候，才能交出相应的兵符，仅此而已。

大都督府没有森严的守卫，也没有众多的差人，当外面响起咚咚的敲门声，声称兵部来人时，府内的轮值官吏并未察觉到异常，南军在城外虎视眈眈，兵部现在才派人来领兵符，这名官吏已经觉得行动太慢了。

官吏整理衣裳，打开便门，正要开口询问，外面的人一拥而入。

攻占大都督府轻而易举，冠军侯兴奋了，觉得这是一个好兆头，大事必能成功，英王也兴奋了，趴在仆人背上，像骑马一样喊着"驾驾"。

可挫折很快就到来，冠军侯占领了大都督府，却拿不到兵符。

兵符被存放在一座仓库里，共有三道锁，众人搜来搜去，只在府吏身上找到一把钥匙，其他两把在哪儿，在谁身上，府吏打死不说，他只认一样东西——兵部公文，公文上还必须有宝玺之印。

大都督府里的其他人，则是一无所知，就知道磕头求饶。

冠军侯由兴奋变成愤怒，很快又生出恐惧，兵符是他最大的希望，必须先有兵符，才能号令宿卫八营，才能夺取帝位。

冠军侯拔出佩剑，指着府吏："睁开你的狗眼，看看我是谁。"

跪在地上的府吏抬头瞥了一眼："您是冠军侯。"

"我是皇帝！马上就要登基，你一个小吏，胆敢阻挡我？"

"不敢。"府吏磕头。

"交出兵符。"

"请冠军侯先出示兵部……"

冠军侯大怒，一剑就要刺过去，被身边的随从拉住。

众人轮番上阵，谁也不能让府吏屈服，仓库门前，数名士兵用刀枪劈刺，却只在厚厚的大门上留下几个小小的坑洼。

时间一点点过去，冠军侯越来越愤怒，萧声和申明志却越来越紧张，亲自去大门口察看，就怕宿卫骑士已经将他们包围。

一直没人来，外面的大街上寂静无声，整个京城似乎都在放纵这群不法之徒。

萧声和申明志以为这是不祥之兆。

申明志毕竟老到些，找出花名册，查到府吏的姓名与住址，递到府吏面前，说："阁下尽忠职守，令人钦佩。可也不要太固执，阁下的家离此不远，好，来人去一趟，把他的家人杀一半、活捉一半。"

一群士兵应命，他们已经明白今晚的行动不同寻常，可是有上司带领，他们只能硬着头皮服从，还想着万一成功，自己能平步青云呢。

到了这种时候，府吏只能选择屈服。

另外两把钥匙本该由不同的官吏保管，但是大都督韩星不在，朝廷半年没有颁旨，大都督府也懈怠了，只留一名官吏值守，其他钥匙就藏在他的床底下。

库门打开，士兵们捧着一匣匣的兵符出来，庭院里瞬间鸦雀无声，人人都看过来，以为匣子里装着的不只是兵符，还是打开皇宫大门的"钥匙"。

冠军侯忍不住大笑，虽然这只是第一步，他却觉得自己离宝座只有咫尺之遥，接下来的事情再简单不过，只需以兵符命令宿卫八营。

萧声和申明志很清楚，夺取兵符其实是最容易的一步，冠军侯与兵符加在一起能产生多大的威力，谁也无法预料，接下来的每一步都充满危险。

冠军侯仍在大笑，英王在他身边拍掌应和，两位御史不敢打断。

大概是笑得过头了，冠军侯咳嗽起来，随从想要帮忙，冠军侯摆手，表示没事，可是咳嗽没有停止，反而越来越剧烈，最后甚至口吐白沫。

众人吓坏了，两名随从急忙上前，扶住冠军侯。

咳嗽总算停止，冠军侯的脸色变得通红，他迷惑地看向两位御史："我的心、我的肚子……怎么回事？你们不觉得难受吗？"

众人摇头。

冠军侯努力挺直身体，他绝不能在这个时候倒下，一定要坚持到登基之后……

人群里有一个声音说："冠军侯是不是……中毒了？"

这个声音很轻、很低，进入冠军侯耳中却如雷鸣一般响亮，"我没有！"冠军侯吼道，目光扫视，到处寻找说话者。

他又呕吐了一次，黏液当中似有血迹。

这真是中毒。

冠军侯眼前一黑，人群消失了，宝座越来越远："是她，肯定是她！"冠军侯想起了自己的最后一顿饭，"好狠……"

冠军侯没有立刻死亡，口吐白沫、全身抽搐，偶尔清醒，就只说"好狠"两个字，折腾了一个多时辰才咽气。

萧声和申明志没有等这么久，冠军侯刚倒在随从怀里，两人就明白，今晚的行动失败了，冠军侯已没有价值，他们必须尽一切努力挽回局势，保住自己的身家性命。

在官场上明争暗斗多年的两人心有灵犀，萧声走到惊恐的英王身边，从仆人背上将英王接过来，抱在怀中，安慰道："英王莫怕，这里有我和申大人。"

申明志叫来那名兵部侍郎，让他去挑选兵符，拣出与宿卫八营以及南、北军相关的若干枚，匣子留下，只要兵符，装在一个袋子里，由申明志亲自保管。

剩下的兵符送回库内，钥匙则还给府吏。

两位御史带着英王与兵符离开，士兵们跟随其后，很快，冠军侯的追随者也都匆匆跑掉，只剩下几名随从，抱着主人号哭不止，还有大都督府的十几个人，呆呆地站在周围，不知该如何收场。

"怎么办？"萧声将英王交给了一名士兵，向申明志问道，这个时候他承认自己不如对方冷静，他已经预感到大难临头，脖子后头嗖嗖冒冷气。

"太后和上官盛不会原谅咱们。"申明志心中已有决定，还是多想了一会儿，"去见东海王。"

萧声点头："崔太傅那边呢？"

"嘿，你以为崔太傅真心支持冠军侯吗？他若在这里，跑向东海王只会比咱们更快。"

萧声再不犹豫，带头向东海王王府的方向走去，走过两条街之后，他问："申大人，你觉不觉得……太安静了。"

申明志早察觉到异样，回头望去，队伍只剩下一百多人，其他人都逃走了。

"看来今晚忙碌的人不只是你和我。"申明志此刻也陷入云里雾里，将手中的袋子握紧，低声道，"看好英王。"

"我要回家，我困了。"英王在士兵背上喊道，看见冠军侯呕吐之后，他的玩兴消失得无影无踪，只想回家躺在舒适的床上。

萧声正要好言相劝，黑夜中突然传来一阵马蹄声，兵部侍郎急忙命令士兵们都凑过来，保护两位大人。

"是左察御史大人和右巡御史大人吗？"对面驶来一队人马，有人大声发问。

"阁下是哪位？"萧声问道。

对面沉默了一会儿："倦侯府总管杨奉。"

萧声知道杨奉是谁，不由得一愣："发生什么事了？"

对面又沉默了一会儿："据说宫中生变，具体还不清楚。"

"你现在为谁做事？"萧声又问道。

对面没有回答，杨奉等人策马跑了过来。

东海王行动得比冠军侯稍晚一些，一群士兵在大都督府翻箱倒柜的时候，东海王刚准备出发，临行前他向望气者林坤山说："怎么样，给我算一卦吧？"

林坤山笑而摇头："望气者不是卦师。"

"那就给我望一下。"

林坤山认真地向东海王头顶看了一会儿，举手轻轻晃了两下，好像在搅动某种看不见的水流。

东海王笑道："不错，挺能唬人，等你再回江湖的时候，靠这个能维持生活。"

林坤山放下手臂，也笑道："东海王头上的气略显缠绕，要不要我替你清理一下？"

东海王抬手挡住头顶："就让它保持原来的样子，当是新式的头盔吧。哈哈。"

东海王大笑着出屋，看着五名谭家人："怎么样？"

谭冶是东海王王妃的哥哥，虽然上面还有父亲，谭家大事却由他做主，上前一步说道："冠军侯那边没问题，发作得可能稍晚一些，但他绝对熬不过今天晚上。宫里的情况有谭雕盯着，很快就能传来消息。"

东海王深吸一口气："看住这个望气者，别让他跑了，望气者专会蛊惑人心，等我登基之后，绝不能留这种人在世上。"

"放心，他跑不掉。"

东海王比较满意："已经春天了，晚上还是有点冷啊。"

谭冶挥下手，一人去往厢房，很快捧出一件厚厚的披风，谭冶上前，亲自给妹夫披上、系好，东海王笑了笑，拽住披风的两边，裹住大部分身体，可还是感觉有点冷。

"韩孺子没回京吧？"

"确切消息……"

"不不，我不要什么确切消息，有人看到他吗？"

谭冶犹豫了一会儿，摇摇头："有人看到倦侯出城，然后……他就消失了，我的人确信他没有再进城，可花侯爷送来信息说倦侯就在城里，我觉得他可能出错了。"

"瞧，这正是韩孺子擅长的招数。"东海王两眼放光，"不管是在城里，还是在城外，他都不会认输，必然在策划什么……"

东海王想不出头绪，只好故作轻松地说："花缤这个老滑头还敢回来，胆子不小啊。"

谭冶转身指向三名劲装男子："这三位英雄好汉都是花侯爷介绍来的……"

"嗯嗯。"东海王敷衍地点点头，突然想起一个人，"杨奉呢？他这几天在忙什么？都说他放弃了韩孺子，我可不太相信。"

"杨奉在醉仙楼纠集了几名江湖人，到处打听望气者的下落。"谭冶看了一眼林坤山的屋子，"他对帝位之争大概真不感兴趣了，但我仍然派人监视着他的动向。"

"别大意，杨奉跟望气者是一路货色，等我登基，这些人都不能留。"只有畅想登基之后的快意恩仇，东海王才能让自己兴奋起来。

"当然。"谭冶顺着东海王，一句也不反驳。

敲门声响起，三长两短，谭冶走到门口："如何？"

"已成。"外面答道。

谭冶转身道："出发吧，东海王。"

东海王站在原地几次深呼吸，随后两手甩开披风，迈开大步向外走去，谭冶开门，另外四人跟随。

从外面又进来几个人，负责看守林坤山。

谭雕带来数十人，都有马匹，东海王上马，由谭氏兄弟带路，向北城驰去，一路上不停有人加入，用江湖切口交谈，东海王听不懂，却心安不少，这起码说明谭家的准备十分充分，比两年前的宫变好多了。

但是东海王对江湖人充满了不信任，必须看到另一股力量，才能完全心安。

因为宵禁，街上没有行人，也没有巡逻的士兵，谭家安排得妥妥当当，他们行进的路线上毫无阻碍。

一行人先来到王府，东海王已经没有必要再隐藏行迹。

在自家门口，东海王看到大批公差，"广华群虎"来了七位，张镜与连丹臣都在其中，两人一块儿上前，扶东海王下马。

"你们怎么都在这儿？"东海王纳闷地问，他还以为刑吏正在进攻宿卫营里的上官盛。

"上官盛进宫了，等他出来我们才能动手。"

"进宫？怎么没人告诉我？"东海王不满地看向谭家兄弟，他现在可承受不起任何意外。

谭冶、谭雕一脸茫然，刑部司主事张镜道："刚刚发生的事情，宫里可能发生了什么事情。"

东海王又看向谭家兄弟："怎么回事？不是说好宫里、宫外同时动手吗？怎么错开了？"

兄弟二人仍然不明所以，还是张镜回道："是王妃临时改变了计划，让我们再等一等。"

东海王眉头一皱："你们等在外面，我去见王妃。"

谭氏就坐在前厅里，周围点着数十根蜡烛，亮如白昼，两边站着七八名侍女，正在听她安排事宜。

"王妃……"东海王看到谭氏的第一眼气势就降下去一多半，语气缓和，脸上也露出笑容，"这两天可辛苦你了，宿卫营上门找麻烦了？"

谭氏挥手，命侍女退下，冷淡地说："来过几次，没什么大不了的。"

东海王走到妻子面前，笑道："听说你改变了计划？"

"嗯，宫里情况有变。"

"怎么？母亲没成功？"东海王大惊失色。

"我得到两个截然不同的消息，一个说成功，一个说没成功，我必须进宫查看真相。"

"你要进宫？那可是……非常危险。"

"嘿，比谭家支持你更危险吗？我待会儿就出发，有人能带我进宫。"

"我怎么办？一直等着吗？"

"到四更，如果我还没有派人送出消息，你就不用等了，从北门进宫，那里有人接应。还有，冠军侯已经不再是威胁，萧声和申明志夺取了大都督府的兵符，这两人你一定要争取过来。"

"为什么？他们……"

"你还不是皇帝。"谭氏严厉起来，"现在就算是你最讨厌的人登门投靠，你也得笑脸相迎，明白吗？"

"好吧，他们两个会来？"

"未必，你得派人去找他们，还有英王，今晚都要拉拢过来。"

"连那个小孩儿也要拉拢？"

谭氏冷冷地看着丈夫："冠军侯中毒而亡，难道等你登基之后不想给天下人一个交代吗？"

"聪明！"东海王赞道，"为什么我一到你面前，就变笨了呢？"

谭氏站起身："想当皇帝，就得经历九死一生，这里留给你坐镇，无论如何不可退缩，宁可破釜沉舟、两败俱伤，也不能再退一步，明白吗？"

"我就是死，也要死在冲向皇帝宝座的路上。"

谭氏点点头，以示赞许，迈步向厅外走去。

东海王望着妻子的背影，以为她会转过身来说点什么，结果他失望了，只好自己喊道："等等。"

谭氏止步，没有转身。

"韩孺子！"东海王喊出这个名字，不知为什么，总是觉得不安。

谭氏猜到了丈夫的心思，头也不回地说："倦侯更在乎王美人，还是你的表妹崔小君？"

"两个都很在乎。"

"好。"谭氏再不多说，走出大厅，守在外面的侍女跟上，簇拥着王妃离去。

东海王心中的那根刺终于拔了出来，有妻子和母亲在宫里接应，自己在外面拥有谭家和"广华群虎"的势力，大事必成，或许就在天亮之前，韩孺子本事再大，也不再是威胁。

谭家兄弟和七名刑吏走进大厅，他们是东海王今晚的参谋。

"宿卫八营一直没有动作吗？"东海王问，他隐藏了三天，必须尽快掌握全部信息。

张镜上前道："宿卫营大都去守卫城墙了，我们联系到不少将领，他们保证，只要没有圣旨传出，今晚只观望不出营。"

"嘿，'只观望不出营'，这不是大臣们的招数嘛。宰相殷无害呢？"

"宰相府大门紧闭，殷无害抱病在家，这几天没见过任何外人。"

"两位御史和英王呢？他们害死了冠军侯，不能再让他们在城里乱跑。"

"派人去找他们了，很快就能回来。"

东海王没什么可问的了，又不想显得无所事事，对谭家兄弟说："韩孺子有一批私人部曲藏在城里，找出来了吗？"

"找到了一百四十一人。"谭雕回道，"都是京南的渔民，拿过几天刀枪而已，不足为惧，我派人监视着他们，什么时候动手清除，全听东海王一句话。"

"不急，等我……"东海王已经有了几分登基的感觉，一百四十一人，比韩孺子声称的人数要少，但这没什么，韩孺子向来擅长虚张声势，之前不夸张一点反而不正常。

东海王等了一会儿，又想起一件事："还得多派人去大臣们家里送信，告诉他们睁大眼睛、竖起耳朵，天亮以后，别让我一个人在同玄殿里坐太久。"

张镜笑道："东海王多虑了，到时候群臣蜂拥而至，抢先都来不及，谁敢落后？"

"不该再称'东海王'。"司法参军连丹臣决定抢先一步，恭敬地鞠躬，叫了一声，"陛下。"

厅内众人纷纷行礼，口称"陛下"。

东海王笑着摆手，嘴里说"太急了"，心里却很受用。

三更过后，一名公差匆匆跑进来，向东海王和张镜分别磕头，然后说："两位御史大人和英王都被杨奉半路接走了。"

"杨奉？"东海王吃了一惊，"谭冶、谭雕，你们不是派人监视他了吗？杨奉怎么还能出来乱跑？"

谭家兄弟也很意外，正好有一名谭家人跑来，来不及行礼，直接道："醉仙楼发生火并，杨奉带人逃走了。"

东海王跳了起来："怎么会这样？"突然觉得不对，"醉仙楼火并发生在先，为什么你这么晚才送来消息？"

那名谭家人脸一红："咱们派去的人全军覆没，我去查看情况时……"

东海王转向谭家兄弟，冷冷地说："韩孺子就在城内，绝对没错。"

似乎是为了证明东海王的判断，又有一名刑吏跑进来，也没心思行礼，大声道："柴家……柴家人造反，说是要让倦侯恢复帝位！"

东海王呆住了，他终究还是没有甩掉自己的兄长与噩梦。

第十八章

南门

衡阳公主死后，柴家失去了主心骨，但是作为一个团体，"柴家人"没有消散，经常聚在一起，商量一件事：到底谁能当皇帝？柴家又该如何稳固自己的地位？

众人一致得出几个结论：

冠军侯与柴家关系最好，但是眼看着失势，前途只怕不妙，可以继续观察，提供一些小小的帮助，与此同时也得准备后路，不能只支持他一个人。

倦侯、东海王与柴家都有仇，衡阳公主若是还活着，事情会很难办，如今她已升天，再大的仇怨也能想办法化解，但是这两人谁更值得支持，尚有争议。

英王不予考虑。

柴家亲友众多，触角遍及朝中勋贵与大臣，消息灵通而驳杂，无数谣言就像食材和香料一样被统统扔进柴家的大锅里，经过一番熬煮之后，形成一道带着浓郁香味的新谣言。

最新的谣言就是倦侯已经潜回京城，还要继续争夺帝位。

柴家人为此惊疑不定，猜不透这到底会对京城的形势产生怎样的影响。

听说冠军侯和东海王准备"做大事"，柴家还是分别派人相助，冠军侯身边的几名勋贵追随者、东海王王府内外的数名刑吏，都来自柴家，随时通风报信。

冠军侯中毒的消息最先传来，聚集在柴家彻夜不眠、借酒浇愁的数十人大吃一惊，怎么也想不到冠军侯败得如此惨烈与容易，谁也不肯承认自己曾经对这位太子遗孤寄予厚望，至于是谁下毒并不重要，也没人关心。

萧币是左察御史萧声的侄儿，曾在碎铁城带着一群人试图逼柴悦自尽，被关了一段时间才被放回京城，这时抓起酒杯，喝了一大口，摇摇晃晃地站起身，看向整座大厅。

五张桌子摆在厅里，七八十人挤挤挨挨地坐在一起，喝了将近一天的酒，兴致已过，只剩满腹愁肠与惶惑。

放眼望去，萧币看不到首领，衡阳侯从来就不是这群人的首脑，他的几个儿子当中，只有柴智有些本事，却已死在了碎铁城，其他子孙不值一提，非柴姓的亲戚不少，却都没有主见，萧币连自己的哥哥都看不上，在酒劲儿的驱使下，他决定挺身而出。

"嘿！"萧币叫了一声，吸引大家的注意，"你们都……听我说，冠军侯死了，他为什么死？因为他……他不重视柴家，也不叫上咱们，自己就去夺帝位，结果……死了。"

"对，说得没错。"众人举杯欢呼，可是谁也喝不下去，酒水洒了一地。

"还有东海王和倦侯。"萧币受到鼓舞，突然抬高声音，"我就问你们一件事，谁更有可能原谅柴家？倦侯，还是东海王？"

"东海王害死了柴智，可咱们没找他报仇啊。"有人说。

不等萧币开口，同桌的另一人反驳道："东海王未必这么认为，他回京之后，柴家一直没去探望过，他肯定以为自己遭到了柴家的记恨。"

萧币用更高的声音压过此人："东海王是怎么报复仇人的，我可看到了，张养浩他们现在还被关在碎铁城呢。"

在勋贵营，东海王和崔腾没少欺负张养浩等人，众多勋贵子弟全都看在眼里，关押张养浩是倦侯的决定，这时也算在东海王头上。

"那就只剩下倦侯了，可柴家三番五次找他报仇，他能原谅吗？"另一人说道。

"有柴悦啊。"萧币几乎是喊出了这个名字，一点也不觉得他和柴悦之间有仇，"他毕竟是衡阳侯的儿子，也是倦侯的亲信，有什么仇化不开？"

"对对。"柴家人兴奋了，他们惯常忽略柴家的这名庶子，又都与萧币一样，不觉得自己曾经亏待过他，反而觉得柴悦理所当然地会站在柴家一边。

"支持倦侯。""怎么支持？""倦侯人在哪儿呢？"

萧币也不知道，他的决断力到此为止，酒劲儿也有点下去了，脑子里昏昏沉沉，一屁股坐下，呆呆地看着桌上的残羹剩饭。

大厅里一片沉静。

柴府的一名管家跑进来，在主人耳边说了几句，衡阳侯脸色一变，起身说话，声音微微发颤："刚刚得到的消息，圣上……圣上可能驾崩了。"

醒着的一半人腾地全站了起来，桌翻椅倒，响声惊醒了另一半昏睡者。

"怎么回事？"

"驾崩。"

"谁驾崩？"

“还能有谁？”

“谁继位了？”

“肯定不是东海王，他还在王府里按兵不动。”

“那就是倦侯了？”

“是他，只能是他。”

柴家人已经分不清想象与事实，很快，人人都以为倦侯已经或即将称帝，也不知是谁喊了一声：“去拥立倦侯啊！”

厅里的人蜂拥而出，生怕比别人慢了一步。

没过多久，厅内空空荡荡，只剩衡阳侯和管家两个人，目瞪口呆，不知所措，管家喃喃道：“只是可能驾崩，而且……而且……”

衡阳侯茫然地说：“天哪，柴家要被灭族了。”

七八十位柴家人，叫上各自的仆人，二百多人冲出柴府，直奔皇城。

谣言总是跑得更快一些，柴家的众多亲友，以及更多毫无关系的人，从四面八方汇入进来，一些大臣放弃观望姿态，本人不露面，也要派子侄出来相助。

快到皇城南门的时候，柴家人的队伍已经增加到四五百人，一路叫喊，谁也不知道要做什么，都以为大事已定，他们只需捧场。

一群书生拦住了这些人。

京城的读书人已经在南门外聚集了好几天，向朝廷请愿立刻出兵抗击匈奴，其间被宿卫营抓走一些，结果招来更多的人，上官盛有别的事情要忙，干脆对他们置之不理。

在青石板上跪了几天，读书人早已疲惫不堪，在他们中间同样谣言四起，一会儿说倦侯即将称帝，登基之后的第一件事就是接受他们的请愿；一会儿又说太后震怒，很快就要让宿卫骑兵血溅南门。

柴家人的谣言先行一步到达，与读书人的谣言融合，倦侯称帝更显得证据确凿。

但读书人毕竟是读书人，即使在头脑最糊涂的时候，心里也存着礼仪。

“倦侯曾经出过京城，也就意味着他放弃了争位。”一名读书人大声道。

街上的人群一下子安静下来，不明白自己之前为什么会忽略如此显而易见的事实。

读书人马上补充道：“可倦侯根本不需要争位，他是桓帝长子，本来就是皇帝，为奸臣所误，被迫退位。继位皇帝是镛太子遗孤，镛太子被武帝所废，武帝之命不可改，镛太子遗孤称帝不合大统，乃是伪号。当今圣上仍是倦侯，他回京是要拨乱反正，不是争夺帝位！”

众人豁然开朗，倦侯被废之时无人吭声，现在却都义愤填膺：

"对啊，倦侯本来就是皇帝。"

"为什么要让倦侯退位？天理何在？"

……

皇宫南门外的聚集者很快就超过了千人，附近的各大部司大门紧闭，没有一个人敢出来管闲事。

皇宫城墙之上，宿卫士兵严阵以待，但也没有下来驱散人群。

第三股人群稍后赶到。

萧声和申明志已经无路可走，带着兵符，不知该投奔哪一方，杨奉给他们指了一条明路："只有倦侯是大势所趋，也只有倦侯能理解两位大人的苦衷。"

"真的？"萧声和申明志曾经与倦侯发生过冲突，心中很是忐忑。

"倦侯连柴家都能原谅。"

韩孺子为衡阳公主送过葬，曾在柴府与冠军侯会面，这些事情都被视为倦侯与柴家和解的象征。

萧声只剩一个问题："倦侯真的潜回城内了？"

杨奉微微一笑："两位大人觉得我在深夜里跑来跑去为的是谁？"

萧声与申明志都是老奸巨猾之人，若在平时，绝不会轻易相信杨奉的话，现在，他们愿意接受任何人的任何劝说，只要那是一条路。

杨奉将他们也带到了皇宫南门外。

看到这么多人在为倦侯呐喊，萧声与申明志再不犹豫，跑到最前方，举着兵符，命令宿卫士兵开门。

宿卫军当然不会因为兵符而从命，但是多少受到一些影响，在城墙之上更加犹豫不决。

杨奉下马，在人群中走来走去，时不时与熟人点头，有读书人，也有柴家人，然后他挤出人群，重新上马，带着不要命等人离开南门，绕行东门。

谁也没注意到，杨奉将英王带走了。

看到人群，英王兴奋了一会儿，可他太困，在不要命怀里睡着了。

东门很冷清，无人聚集，一队宿卫士兵守在门外，远远就将来者拦下。

杨奉下马，迎向一名太监，向此人耳语数句，太监借助火把，望了一眼英王，点点头，命令士兵让开，杨奉只带不要命和英王步行进宫，其他人留在外面。

时间已近四更，王府里，东海王仍未得到谭氏的消息，只听到一个又一个噩耗，似乎越来越多的人转而支持倦侯，而倦侯现在何处，根本就没人知道。

"不可退缩，不可退缩，这回我绝不能再退。"东海王再一次幻想自己登基之后的场景，终于鼓起勇气，向谭家兄弟和众刑吏说："不等了，出发去皇宫北门，那里有人接应。"

俊阳侯花缤派出的三名刺客马不停蹄，终于在三更过后到达迎风寨，他们身穿南军士兵的盔甲，一路上虽受到几次盘查，但全都蒙混过关。

白桥镇到迎风寨之间的南军正处于极度混乱之中，蔡兴海率领的少量北军无力弹压，更阻挡不住崔太傅可能的反扑，所以干脆收拢自保，放弃对白桥的守卫，以免引起不必要的冲突，倒是给这三名刺客创造了方便。

迎风寨山下布满了临时营地，同样守卫松懈，好多人整夜不睡，四处打探情况。刺客下马，大大方方地进入一座营地，稍事休息，观察了一下周围的形势，步行上山进入寨子里。

山上的军纪稍好一些，可是仍然有人在营房之间来来往往，也不隐藏，甚至就在屋外聚堆交头接耳。

三名刺客互相看了一眼，都对这次刺杀充满信心，分头在营地里兜了小半圈，很快就打听到了倦侯的下落。

倦侯整个晚上都在议事厅内，一直没有出来，身边也没有多少卫兵。

刺客会合，信心更足了，甚至觉得连刺杀都是多余的，崔太傅只需派出一名将军，一路驰来，就能收服南军将士，活捉倦侯更是不在话下。

可他们不是将士，对收服南军不感兴趣，也没想过要找人帮忙，只希望尽快完成任务，带着倦侯的人头回去见花侯爷和崔太傅。

"倦侯身边有一名卫兵，要小心对待。"一名刺客说，他已探听明白，亲手杀死赵将军的并非倦侯本人，而是一名其貌不扬的卫兵，他判断此人身手不凡。

三人很快做好分工，一人在外面望风，两人进厅行刺，其中一人专门对付卫兵，另一人只管刺杀倦侯并割取人头，如果中途不小心撞见其他人，就自称是从白桥镇来的信使。

又观察了一会儿，三人向议事厅接近，没有刻意隐藏行迹，碰见了几名士兵，这些人违反军纪夜里闲逛，自然不会拦阻询问其他人的来历。

议事厅门口没有卫兵，更显倦侯戒备不严、孤立无援。

一名刺客轻轻推门，里面闩上了，这并没有出乎他的意料，抬手敲门，大声道："白桥镇来信！白桥镇来信！"

过了一会儿，门内传来问话："南军还是北军？"

三人都是南军打扮，但刺客回道："北军，蔡……将军派我们来的。"他不记得蔡兴海的名字与官职，因此笼统地叫他"将军"。

里面有人抬起门闩。

三名刺客稍稍让开，手握刀柄，防止有人开门时突然袭击。

门开了，走出来的不是倦侯，也没有突然袭击，而是三名刺客认识的人。

崔腾站在门口，他可不认得刺客，迷惑地说："你们是北军？"

一名刺客反应快："我们是替北军蔡将军送信……"

身后突然响起严厉的质问："哪儿来的北军士兵？"

三名刺客转身，看到五名南军士兵站在道边的一根火把下方，正警惕地望着他们。营地里总有人走来走去，刺客没有特别注意这些人。

不等刺客开口，崔腾严厉地斥道："你们算什么东西？敢在我面前放肆？你们的上司呢？让他来见我！"

崔腾自以为高人一等，可他一直被软禁在白桥镇，又没有将领的服饰，迎风寨里的士兵大都不认识这个人，听到呵斥，反而更怒。

"我们不敢放肆，只想问明白一件事：他们是北军士兵，为何穿我南军的盔甲？白桥镇发生什么事？北军是不是对南军动手了？"几名士兵没有退缩，反而上前几步。

附近的士兵听到争吵声，立刻跑来，说话间就已达到十五六人。

崔腾有点紧张："你……你糊涂啦，你问的这是一件事吗？是好几件事。"随即低声道，"快进来。"

三名刺客没想到会在这个节骨眼出现意外，怎么说都不对，只好点头，迈步跟着崔腾进门。

外面的南军士兵愤怒了。

赵蒙利治军极严，麾下将士有恨他的、怕他的，自然也有喜欢他甚至崇敬他的人，昨天的事情发生得太突然，将官们胆小，不敢报仇，士兵们却越想越不对，倦侯只是一个人，头衔是北军大司马，就算身上有圣旨，凭什么毫无理由地杀死南军左将军？

整个夜里，寨中的南军士兵都在讨论这个问题，虽然一直没人出头制订成形的计划，可他们心中的不满越来越多，三名"北军士兵"的到来，终于将这股不满激发出来。

"把话说清楚！""北军到底做了什么？""你们哪儿来的南军盔甲？"十几名士兵一边质问，一边冲向议事厅，叫的声音比较响亮，寨中还有许多没睡的南军士兵，听到叫声从各个方向跑来，越聚越多。

崔腾嘴上不肯服气，命令外面的人不许多管闲事，却不停地冲三名"北军士兵"招手，让他们快点进来。

刺客无奈，只好先进屋再说。

"等天亮我再收拾……"崔腾急忙关上门，手忙脚乱地准备上闩。

三名刺客趁机观察周围的情况，厅内很暗，只在靠近门口的地方摆放两盏油灯，远远地能望见主位前方站着一个人，那名高手卫兵却不见踪影。

"不用关门。"韩孺子开口道。

崔腾吃了一惊，捧着门闩说："妹夫，这可不是开玩笑。"

"让他们进来吧。"韩孺子仍不改变主意。

崔腾一愣神的工夫，外面的士兵已经冲到门口，用力撞门，崔腾急忙让到一边，士兵冲进议事厅，也看到了暗影中的倦侯，纷纷止步，向两边扩散，不敢再往前跑。

三名刺客也没敢上前，倒不是害怕倦侯，而是忌惮那名看不见的卫兵。

涌进来的南军士兵越来越多，等到三名刺客反应过来的时候，他们已经被团团围住，崔腾跑到倦侯身边，小声问："你能对付得了？"

韩孺子没理他，等进来的士兵大致稳定之后，他说："出来一个人说话。"

五六十名南军士兵站在门口，外面还有更多人，却没有人站出来。

韩孺子等了一会儿，又说道："恕你无罪。"

终于有一名南军士兵被推出来，虽然他们真正不满的事情是赵蒙利被杀，却不敢当面提出来，仍然指着那三名"北军士兵"说："我们……我们就是想知道白桥镇发生了什么事情，这三个人明明是北军士兵，为何穿我南军的盔甲？"

"嗯。"韩孺子转身回到虎皮椅边坐下，"问吧。"

崔腾吃了一惊，门口的南军士兵吃了一惊，三名刺客更是大吃一惊。

大厅里安静了一会儿，带头的南军士兵慢慢转身，面对三名"北军士兵"，硬着头皮发问："你们从白桥镇北军营地来的？"

三名刺客尴尬不已，只好点头，一人说："对。"

"白桥镇发生什么了？"

"没……什么，一切正常，我们奉蔡将军之命来通报倦侯。"

"既然一切正常，你们为何要穿南军盔甲？"

北军盔甲以黑色为主，南军服饰多有赤红，区别非常明显，三名刺客一句话说错，陷入了困境，想说明真相，又觉得南军士兵未必会支持自己，脸上不免变颜变色，更加引起怀疑。

"说，快说！"

刀枪加身，就算是绝世高手也逃不出包围。

一名刺客急中生智："我们是南军士兵，受命替北军通报消息，因此自称北军，蔡将军说这样可以少点麻烦。"

南军士兵的疑惑却没有减少："之前怎么不说清楚？你们是哪个营的？将军是谁？"

"十七营，将军是杜坤。"这三名刺客跟着花缤在南军营地里待了很久，总算记得几位营将的姓名。

韩孺子招手叫来崔腾，对他耳语几句，崔腾大步走到门口，上下打量三名刺客，突然道："你们说谎，杜坤率十七营随我父亲返京，怎么会留下三个人？"

迎风寨里的士兵不清楚白桥镇那边的调动情况，三名刺客毕竟是江湖人，就算跟着大军行进，也分不清哪营是哪营，被崔腾这一喝问，心中立刻慌乱。

一名刺客再也忍受不住，猛地拔刀出鞘，大喝道："我们是崔太傅手下，来杀倦侯，南军将士听我……"

崔腾后退几步，也大喝道："我是崔太傅亲儿子，从来没见过这几个人，他们鬼鬼祟祟，既非南军也不是北军，肯定是冠军侯派来的刺客，挑拨南、北军的关系……"

普通士兵拔刀就是要战斗，要依靠前后左右的同伴保护自己，江湖人却是单打独斗惯了，拔刀亮势，先求自保，一下子就显出与士兵的不同。

崔腾的话还没说完，众多南军士兵已经动手，他们对江湖人的不信任比对北军士兵更甚。

"我们是崔太傅……"三名刺客气急败坏地大吼，却根本制止不住疯狂的南军士兵。

高手就是高手，身被数创仍能发起反击，刺中数名士兵，可高手毕竟也是人，面对众多刀枪，同样无能为力。

三具血淋淋的尸体倒下，杀红眼的南军士兵没有收起刀枪，而是一块儿看向阴影里的倦侯。

崔腾脸色更加苍白，慢慢后退，不敢再提自己是崔家二公子。

韩孺子站起身，走向众多士兵，对崔腾的无声劝阻视而不见，对染血的刀枪同样视若无睹。

但他拒绝与任何一名士兵对视，目光一直盯着那三具尸体，走到近前，离最近的长枪只有几步远，说："瞧，这就是京城混乱的证据，冠军侯派出刺客，意味着他对皇帝和太后也要动手了。"

说这些话时，韩孺子当然无从知道冠军侯已经毒发身亡。

"朝廷的安危、大楚的存亡，如今都握在诸位手中，随我平乱，可建不世之功，赏金封地不在话下。"

韩孺子抬起头，迎向众人的目光，"纵然在边疆征战一生，你们能有几次这样的机会？"

士兵们互相看了看，带头者说："我们……我们只是……"

"你们是来救我的，我明白，如今刺客已死，我会记得你们的功劳，冠军侯则会记得你们的罪过。"

士兵们一个接一个放下刀枪，随后又都恭恭敬敬地退出议事厅。

崔腾用近乎崇拜的目光看着倦侯："妹夫，你的胆子也太大了。"

"真想杀我的人，不用寻找借口。"韩孺子自有判断之法。

"现在怎么办？"

"我必须尽快回到京城。"韩孺子看向崔腾，"需要你给我带路。"

皇宫里门户众多，在进入两道门之后，不要命被拦住了，第三道门前，英王被带走，他睡得正熟，不知道抱着自己的人已经更换。

只剩杨奉一个人，在数名太监的带领下继续深入，他们互相认识，路上却装作陌生人，一句也不交谈。

巷子里站满了人，有太后的仪仗，还有大量侍卫，他们显然接到过命令，让出一条通道，带路者停下，示意杨奉自己往前走。

院子里的人比较少，看到杨奉，都露出几分惊讶神色，崔太妃扭过脸去，假装不认识这名太监，崔小君恭敬地向他行礼，但是没有开口，王美人微微一笑，也没有开口。

"杨公请进，太后等您多时了。"一名宫女说。

太祖衣冠室按规矩要远离灯烛，室内一名太监双手捧着一盏灯站在角落里，兢兢业业地盯着火苗，好像他一挪开目光，整间屋子就会陷入火海似的。

太后跪在蒲团上，面朝太祖衣冠，侄子上官盛站在她的身后，等了一会儿转过身，走到杨奉面前："你不该来。"

杨奉微一点头，没有接话，他不是来跟上官盛争吵的。

上官盛盯着他看了很久，最后走出衣冠室。

太后没有起身，也没有转身，说道："你的消息还是那么灵通。"

"从前在宫里服侍太后的时候，多少认识几个人。"

"嗯，'多少认识几个人'，大臣们都跟你一样，宫里就没有秘密了。"

"帝王如日月高悬，众生景仰，本来就没有什么秘密。"

"呵呵，杨公没变，还是那么喜欢传授帝王之术。"

"那也只是在帝王面前。"

身为太监多年，杨奉还是很会吹捧人的。

太后沉默了一会儿："有一件事我想请教。"

"太后请说。"

"帝王的权力到底在哪儿？"

"嗯……我不太明白。"

"聪明如杨公，也有听不懂的话？"太后站起身，转向杨奉，上下打量了两眼，"我一直在巩固宫里的权力，可是我发现，权力越稳固，也会越生涩，运转不畅，像是几十年没动过的旧车，看上去完整无缺，可是推之不动、拖之不走，到了最后，我甚至觉得皇帝其实可有可无。"

杨奉伏地而跪。

"我不要你磕头，要你回答问题。"太后的声音稍显严厉，站在角落里的太监微微颤抖了一下，灯光随之一晃。

"未得太后宽赦，我不敢胡乱说话。"

太后冷笑一声："无论你说什么，即便是大逆不道，我也赦你无罪。"

杨奉这才站起身："名不正则言不顺。"

"我以太后临政，天下人对此不满吗？可是曾经有一位名正言顺的皇帝，好像也没有什么人支持他。"

"这正是天下人的聪明之所在。"

"聪明？我觉得更像是懦弱。"

"一回事，有时候，懦弱就是聪明。"

太后大笑，突然扭头看向角落里的捧灯太监："你很聪明吗？"

太监一脸惊慌，不敢乱动，也不知该如何回答，又不能不回答："我……我……"

太后收起笑容，对杨奉说："我明白了，至刚易折，懦弱却显得无害，想在帝王眼皮子底下生存，一定得做出懦弱的样子，这就是武帝留给后代子孙的遗产，他以为这样一来，皇帝的位置就会……很稳固。"

杨奉点点头，太后既然已经明白，他就让太后自己说下去。

"可懦弱者也有自己的手段，他们不反对，可也不支持，他们不惹事，但也不做事。我最初停止批复奏章，就是想看看大臣们到底能无为到什么程度，事实证明，他们比我能忍。嘿，这半年来，唯一做事的人居然是……"

太后的神情微微一变，突然明白杨奉的用意就是要将话题引向倦侯，可杨奉总共没说几句话，太后找不出明显的破绽："知彼知己，百战不殆，杨公追捕望气者多日，看来已经深谙望气者蛊惑之术。"

"不敢当，略有小成而已。"

太后转身看向太祖衣冠，她几乎每天都要来这里瞻仰，怎么也看不够："乱世出英雄，太祖手下没有懦弱者。我在想，要不要重来一次……"

"天下大势仍在韩氏手中。"

太后长叹一声，问道："如果我立英王为帝，会是什么结果？"

"天下人皆会沉默，太后的权力更加稳固，大臣们更加懦弱，最后的结果就是人人置身事外，则大楚倾危，覆巢之下无有完卵。"

"我唯一的儿子死了。"太后喃喃道，"我究竟为谁守护大楚江山？"

"为天下人、为上官氏。"杨奉答道。

太后再次大笑，笑声里满是悲意，因此显出几分疯狂，笑声渐歇："妹妹很幸运，她认准了杀死思帝的人就是我，所以不顾一切地向我复仇。"

角落里的太监瑟瑟发抖，他不应该站在这里，更不应该听这些对话，他希望自己真能像木头人一样视而不见、听而不闻。

"可杀死思帝的人不是我。"太后的声音变得冰冷，充满杀机，"是另有他人，一只肮脏的手，就藏在皇宫里。"

太后原地转了一圈，抬头看着房顶："像蛇一样，躲在阴暗之处，乘人不备，吐出几滴毒液，自以为神不知鬼不觉。"

太后收回目光，看向杨奉："于是我用一个绝佳的诱饵吸引这条蛇，终于让它露出破绽。"

杨奉神情一变，他虽然略微猜到一点事实，可是听到太后承认，还是让他感到震惊，并且明白了一件事，太后的疯病并没有痊愈，而是与她整个人融为一体。

"太后不该这么做，皇帝毕竟是皇帝……"

"即使是名不正言不顺的皇帝？"太后露出狡黠的一笑，似乎抓到了杨奉话中的漏洞，"皇帝遭到两次暗害，第一次手段与暗害思帝的一样，可我已经找到解毒之药，救了皇帝一命。我知道，毒蛇还会再次出洞，所以我等待，耐心等待，就在刚才，那条毒蛇果然又来了，这一回，我抓住了它的尾巴。"

"匈奴大兵压境，南军……"

"这些都不重要！"太后厉声道，灯光摇晃不定，"如果皇宫里都不安全，帝王又有何意义？说什么普天之下、率土之滨？当皇帝，就要先从自己身边开始。"

杨奉无言以对，他懂得适可而止的道理，在这一点上，他与大臣们一样"懦弱"。

太后的声音缓和下来："你总说望气者的手能够伸到宫里。"

"望气者只是手上的一根指头。"杨奉纠正道。

"你还相信自己的判断没错？"

“确信无疑。”

“但你错了，我抓住了毒蛇的尾巴，拎起来一看，还是老熟人，我早就怀疑她，若不是受杨公影响，我甚至早就对她下手了，现在好了，证据确凿，我不用再犹豫了。”

“太后三思。”

“与杨公一样，我也确信无疑。”

“既然如此……太后还有什么吩咐？”

“大楚虽然不如复仇重要，但也不能弃之不顾。”太后扫了捧灯太监一眼，太监吓得傻了，竟然没有反应过来，直到太后目光稍显严厉，他才醒悟，急忙向屋外走去，半路上被杨奉拦住，交出灯，匆匆推门而出，像是从兽窟里逃出生天。

“我的仇人都聚齐了，崔家，还有他们的走狗、爪牙。”

“崔太傅尚在城外。”

“我派人给几名南军将领许下诺言，谁能杀死崔宏，谁就是南军大司马，没有意外的话，他们应该已经动手了。并非每个人都像你说的那样懦弱，抛出一点奖励，还是有人会扑上来。”

“太后要我做什么？”

太后望着门口，轻轻叹了口气：“我可能犯了一个巨大的错误……我刚才说过，希望像太祖一样重来一次。”

“嗯。”杨奉感到不安，过去一段时间里，他不在太后身边，对许多事情只有耳闻，预估不足。

“我曾经……有点糊涂，将上官盛当成了思帝，对他说过许多话，我不记得内容了，但是很可能包括‘重来一次’的想法。”

“上官盛记住了？”

“我觉得他好像当真了，甚至以为……上官氏可以代替韩氏。”太后垂下目光，她不可能认错，顶多表现出一点犹豫，“但我需要他，没有他，我的复仇计划无法进行。”

“崔氏一灭，上官盛大权在握，谁还是他的对手？”

太后微微一笑：“别再伪装了，你和王美人一样，心里只想着一个人，自以为能够不动声色地说服我。其实没必要弄得这么复杂，说服我的不是你们两人，而是韩孺子自己，他算是乱世中的第一位英雄，起码有个英雄的样子。如果他去了边疆，就算我看错了人，如果他能及时带着北军返回京城，你把这个东西交给他。”

太后从袖子里取出一件小小的东西，递给杨奉。

杨奉呆呆地看了一会儿，双膝跪下，放下手中油灯，伸出双手接过宝玺。

皇帝印玺共有十二枚，最重要的就是这枚宝玺。

"收好，若是落入他人之手，你就是大楚的罪人。"太后将重任交了出去，顿觉一身轻松，她向门口走去，在杨奉身边止步，轻叹一声，"我只当思帝的罪人，因为我没保护好他。"

杨奉以额触地，没有开口。

"如果你还怀疑望气者，就把他们都杀光吧。"太后补充一句，推门走出衣冠室。

上官盛上前道："太后，北门来人了。"

"好，那就迎客吧。"太后转向崔太妃，"入宫这么久，我还没好好款待过你呢。"

第十九章

无眠之夜

太后回到寝宫，舒舒服服地坐好，王美人在一边服侍，两边站立着八名侍卫以及四名女官，崔太妃坐在对面的一张小凳上，身边没有侍女，独自一人，双腿并拢，位置比太后矮了两头，气势差得更多，像是在主人的监督下准备干活儿的小丫鬟。

崔太妃愿意忍耐，反正她已经忍了这么多年。

"听。"太后抬手放在耳边，"北边打起来了，有意思，皇城拥有天下最坚固的城墙，可是据我所知，这里从来没发生过战斗，今天是第一次。上回的宫变不算，那只是几名江湖人的胡闹。崔太妃，这一次你总算长了点记性，知道多找点人。"

崔太妃轻轻一笑："宫城再坚固，保护的也是皇帝，如果皇帝不在，再厚的城墙又有何用？"

"哎，我很好奇，你哪儿来的自信，以为自己的儿子一定能当皇帝？就凭你姓崔吗？"

崔太妃笑而不语，该做的事情她都做了，用不着口舌之争，只需静静等待。

谭家和刑吏的力量加在一起，东海王率领的队伍达到了近千人，六成人拥有马匹，很快赶到北门。

与事前的计划一样，北门为这支队伍敞开，众人蜂拥而入，高喊着"诛杀逆臣上官盛""为陛下报仇"，东海王早已提醒众人，绝不可提起太后，尽一切可能减少宫里的抵抗。

队伍连闯两道门户，却在第三道门前受阻，东海王认得大致路径，知道这里与太后和皇帝的寝宫都不是很远，于是下令硬攻。

场面有些混乱，毕竟这不是一支正规军队，冲锋与叫喊时的气势都很足，一遇到障碍不免有些手足无措。

谭家人立了一功，他们迅速搭起三道人梯，准备将几名身手矫健的江湖人送过墙去，从里面开门。

宫里就在这时开始了反击。

数十支箭从黑暗中射来，刚刚爬到墙头的几个人应声而倒，墙下也有不少人中箭受伤。

场面更加混乱，大多数人甚至找不到箭矢来自何方，只是破口大骂，要对方出来光明正大地决战。

宫里的回应是一轮轮箭雨，每次几十支，数量不多，却是有条不紊，没完没了。

东海王一直跟在后方，离危险比较远，可是比任何人都要着急，冲着谭冶大叫："内应怎么没有了？只开两道门有什么用？"

谭冶也急了，在人群中看了一圈，找到开门的一名太监："老夏，怎么回事？谁负责开这道门？"

"储……储安。"太监老夏也摸不着头脑。

"先后撤，别在这里给人家当靶子，等我派人悄悄翻墙，去消灭那些弓箭卫兵。"谭冶提出建议。

东海王点点头，第一个掉转马头，顺来路退却。

撤退比进攻更加混乱，好在这些人很讲义气，将伤亡者全都带走了。

谭冶、谭雕兄弟二人尽职尽责，召集到数十名江湖高手，也都是谭家的亲信，让他们熄掉火把，悄悄翻墙过去，要么打开第三道门户，要么找到弓箭手，将他们清除掉。

安排妥当之后，两人寻找东海王，队伍越来越混乱，必须有东海王压阵，才能让那些刑吏及差人安下心来。

东海王却已跑到皇宫北大门，他对危险有敏锐的嗅觉，感到形势不对劲儿：第三道门没有按计划打开，绝非偶然，从宫里射出的箭更不是来自临时拼凑的军队。

皇帝一死，太后不应该惊慌失措吗？宿卫八营的大部分将领不是承诺今晚不会多管闲事吗？东海王越想越不安，跑得也越来越快，偶一回头，只见花缤送来的三名所谓高手紧紧跟在身后，心中稍安，却又觉得自己现在最需要的不是高手，而是能攻能守的士兵。

最坏的预想实现了，皇宫北门紧闭，上了锁，钥匙却不知在谁手里。

"没人看守这里吗？"东海王恼怒地问，他是进宫当皇帝的，可没办法关注到每一个细节。

"我去查看情况。"一名高手说。

皇宫外围的墙比里面高多了，高手又等来一些人，这才搭人梯爬到墙头，望了一眼，很快回到东海王马前，困惑地说："是一群侍卫。"

寝宫里，听到外面的叫喊声渐渐远去，太后道："看来祖宗建的宫墙还是有些用处的。"

崔太妃终于按捺不住，站起身："负隅顽抗，有何用处？宫墙只能保你一时，上官家辛苦扩充的宿卫八营，根本不会效忠于你。"

太后笑而不语。

崔太妃上前几步，侍卫们想要阻拦，见太后没有示意，又都住手，崔太妃道："何苦呢，无论谁当皇帝，你都是太后，我不跟你争，我只想看到东海王成为皇帝。"

"还是那句话，你哪来的自信呢？"太后问。

崔太妃沉默片刻："因为桓帝向我许诺过。"

"哦？什么时候？我怎么记得桓帝进宫之后，很少见你呢。"太后露出微笑，好像在听一个拙劣的谎言。

崔太妃大笑："你还以为桓帝只喜欢你一个人？桓帝还是太子的时候，就向我许诺过，我的儿子以后一定会继承帝位。"

"而你相信桓帝的每一句话？"太后反问，"桓帝当太子的时候，天天担心会被武帝废掉，甚至杀掉，当然要争取你们崔家的支持，他说好听的话，无非是哄你开心。"

"那不重要，皇帝一言九鼎，当太子时说过的话也得算数，起码王美人没得到过这样的承诺，对吧？"

站在太后身边的王美人脸色微微一红，自从怀上孩子之后，她就没见过桓帝几次，更没有机会单独相处，当然听不到任何哄人开心的"承诺"。

崔太妃向太后冷笑道："你的儿子当皇帝也就算了，可是思帝驾崩，为什么不让东海王继位？我们母子不服，崔家也不服。"

太后盯着崔太妃看了一会儿，柔声问道："那你为什么要害死我的儿子呢？"

崔太妃一愣："思帝？人人都知道他是被你……跟我有什么关系？"

"妹妹将我害苦了，弄得大家都以为我为了夺权，杀害了亲生儿子，可这怎么可能？我要的是权力，没有思帝，我的权力就成了空中楼阁，事实也是如此，虽然我又立了两名新皇帝，可朝中大臣从来没有全心全意支持过我，他们敷衍、观察、等待，我的话都像是扔进水中的石子儿，徒有声响而已，我不得不用一批刑吏为我做事，就连他们也不忠诚，最后还是被崔家拉拢过去。"

崔太妃听了一会儿，北边的叫喊声完全消失了，她正色道："我可以相信你作为母亲不会杀死自己的亲生儿子，可也不能将罪名赖在我头上。"顿了顿，崔太妃补充道，"你也应该相信，当初若是我在幕后策划，绝不会让帝位落在王美人的儿子手中。"

太后笑了一声，对一名女官说："把人带进来。"

女官走到门口传令，两名侍卫很快押进来一名宫女。

宫女身上有伤，双手被缚在背后，面对太后昂首不拜，只向崔太妃行礼。

"这是你的人吧？"太后的声音中没有愤怒，反而带着一丝慵懒，似乎对这个无眠的夜晚感到厌倦，"前半夜她去给皇帝下毒，太医查过了，用的毒药与去年一样，与更早以前思帝中的毒也一样。"

"哼，太医连人都救不了，说的话值得相信？"

一名侍卫得到太后的示意，上前一步，说："江湖上擅长用毒的门派不多，大都来自南方，如果我没猜错，此人来自鬼山门。鬼山门与云梦泽大盗的关系向来不错，据说俊阳侯逃出京城之后一直寄居于云梦泽，想必是他将鬼山门弟子带进京城的。"

"有错吗？"太后问。

崔太妃双唇紧闭，等了好一会儿才向自己的侍女问道："你之前来过京城吗？"

"没有。"侍女答道，她一直坚持不开口，只在崔太妃面前才肯回答问题。

"那就是凑巧了，你和暗害思帝的人雇用了同一门派的刺客？"太后仍然不生气，挥下手，侍卫出去，又带进来一个人。

谭氏也不向太后下跪，只向婆婆崔太妃点下头。

又是那名侍卫开口："谭家的生意遍布天下，为了保证自家的货物通行无阻，与黑白两道的关系向来不错。崔太妃十几年前就与谭家往来甚密，通过谭家请过一名术士，对太后与思帝下蛊，可惜没有效果。"

十几年前，太后还是东海王王妃，但侍卫仍然用现在的称呼。

"我记得我和思帝大病了一场，算在你头上应该没错吧？"太后说。

崔太妃不开口。

侍卫继续道："鬼山门的两名弟子四年前就已进京，由谭家安排住处，恰好在思帝中毒的那个月，两人离京。"

崔太妃仍然不语，她的侍女问道："你究竟是什么人？"

侍卫看了一眼太后，答道："我叫孟彻，你可能没听过我的名字，但你应该听说过东海义士岛。"

侍女脸色微变，也闭上了嘴。

太后微笑道："江湖多奇士，可是没有权贵帮忙，他们永远也接近不了皇帝。崔太妃，你有你的奇士，我也有我的，咱们算是打个平手。"

"欲加之罪。"崔太妃仍不肯承认毒害了思帝，但也不想再纠缠下去，"没有宿卫八营，宫墙能替你阻挡多久？"

"谁说我没有宿卫八营？"

"宿卫将领大都同意按兵不动，就算有一两营肯听上官盛的命令，也无济于事。"

"如果我没记错，各营将领承诺的是'今晚'按兵不动，你瞧，天就要亮了，他们没有违背诺言，马上就要来保卫皇宫了。"

崔太妃神色大变，她终于明白自己上当了，太后有意引诱崔家发起宫变，为的是一网打尽。

"啊，城外还有一支南军。孟彻，有消息了吗？"太后问。

孟彻回道："尚无明确消息，但是守城士兵通报说，三十里外的南军营地火光冲天，想必不是为了照明。"

太后笑吟吟地看着崔太妃，复仇，就要细嚼慢咽。

东海王惊惧交加，更多的感觉是愤怒，他这么相信母亲和谭家，结果他们的计划居然如此不周密！

近千人被困在皇宫北部的一块儿狭长地域内，前往太后和皇帝寝宫的第三道门难以突破，其他方向也都是死路。

谭冶、谭雕派出去翻墙的数十位江湖高手很快铩羽而归，他们只弄清一件事，躲在暗处射箭的人不是士兵，而是一群宫中侍卫，身手都不差，人数也不少，他们打不过。

众人慌乱之下从附近抓到不少太监、宫女和宿卫士兵，可是一点用没有，这些人对整件事全不知情，只会一个劲儿求饶。

东海王将谭家兄弟骂了几遍，想找"广华群虎"问罪，遍寻不着，只剩一大群公差像没头苍蝇似的跟着他跑来跑去。

东海王突然想起韩孺子，觉得要是他在这里，或许能想出办法，可韩孺子跑了，连声招呼都不打，东海王想到这里，不由得更加愤怒。

天边泛白，刑部司主事张镜终于现身，提着衣角徒步跑来，像是蹚水过河的逃难者。

东海王拍马迎上去，举起马鞭就要抽过去："混账东西……"

"东海王休怒，找到内应了。"张镜气喘吁吁地说。

东海王及时住手："怎么才露面？"

"不是原计划的内应，是另一位，东海王请随我来。"

东海王转身看了一眼，确认三名高手护卫和谭家兄弟都跟在后面，这才催促张镜快走。

张镜没有前往第三道门，而是拐入一条小巷，看样子是向西去，谭家兄弟将一路上遇到的同伴都召集过来，很快凑集到了数百人。

在一道小门前，东海王看到了多名刑吏，心中恼怒，脸上却是笑呵呵的："内应在哪儿？"

刑吏们指着门："在里面。"

东海王跳下马，再次转身，看到三名护卫寸步不离，这才迈步走到门前，犹豫着问："是哪位？"

门里传来一个声音："我只跟东海王说话。"

"我就是。"

"让其他人先退下。"

东海王十分惊讶，在他所知的一切计划当中，都没有提及宫里还藏着自己人，他看向刑吏，又看向谭家兄弟，可所有人都跟他一样困惑，尤其是"广华群虎"，他们本来是想抛弃东海王逃走，结果在这里撞见一名"内应"，必须见到东海王才肯开门。

东海王犹豫不决，从身后突然响起一个声音："宿卫军到北门啦，正在撞门，好像要冲进来……"

东海王已经非常确信宿卫八营绝不会站在自己这一边，只得痛下决心："你们都退下……别走太远。"

三名护卫最后离开，向东海王点头，表示他们会留在附近，随叫随到。

"阁下究竟是哪位？我认识吗？"

里面的声音说："我是袁子凡，东海王还记得我吧？"

东海王吃了一惊："怎么是你？你……你不是……太后的人吗？"东海王急忙后退两步。

袁子凡透过门缝看到了东海王的举动，急忙道："东海王莫怕，我现在正被太后追杀呢。"

"那你还在宫中……哦。"东海王明白了，袁子凡倒是有勇能谋，他本来就是太监，装成望气者，英王遇刺，他也就失去了用处，为了躲避太后的追杀，他又偷偷潜回宫中，在太后眼皮底下藏身。

"皇甫益和鹿从心已被灭口，只剩我一个……"

东海王心中还有不少疑惑，可这不是问话的时候，马上道："无须多言，我已经明白了，开门吧，事成之后，你就是新任中司监，至于太后，不再是问题了。"

"东海王知人。"

一阵锁响，小门打开，袁子凡站在门口，穿着宫中仆役的服装，额下无须，实打实的一名太监，东海王差点儿没认出来。

"请随我来。"袁子凡恭敬地说。

东海王虽急，还保留着一丝谨慎："去哪里？"

"同玄殿，在那里或许可以绕到太后寝宫。"

"还说什么，快走吧。"东海王大喜，转身招手，让众人跟上，然后对袁子凡说，"你本事不小啊，竟然还能混进宫。"

"唉，其实是皇甫益察觉到太后有灭口之心，所以提前做了一些安排，可事发突然，他和鹿从心都没来得及……"

刺杀英王是东海王这边策划的计谋，三名假望气者毫无准备，只有袁子凡当时在现场，反应最快，算是逃过一劫，可躲在宫中毕竟不是长久之计，每日里担惊受怕，因此一有机会就想拼一拼。

门户很小，马匹不易通过，东海王也不在意，步行跟随袁子凡，问道："宫里门户众多，你都能打开？"

"我在宫里有几位朋友，也愿意投靠东海王。太后总以为宫里藏着刺客，大肆抓捕，手段十分狠毒，人人都想自保。"

东海王的信心又膨胀起来，小声自语："原来拉拢宫里的人这么容易，韩孺子当初有人相助，也没什么了不起嘛。"

东海王和袁子凡带路，其他人跟随在后，还有数百人没跟上来，东海王不管不顾，当他们是吸引宿卫八营的诱饵。

一路上拐来拐去，每到一处门户都有人开门放行，东海王十分小心，要求大部分人通过之后，立刻将门锁上，免得宿卫军追上来，若是撞见宫人，就强迫他们加入队伍。

袁子凡只能找他认识的人开门，因此不走正路，兜了半个圈子，从西边绕行至同玄殿前的庭院。

这时天已大亮，朝廷虽已瘫痪多日，规矩却还在，无论发生什么意外，许多人都要尽忠职守，该干吗干吗，比如同玄殿前的仪卫，定时换岗，风雨无阻。

同玄殿是皇宫主殿，皇帝在这里登基、出席重大活动以及正式朝见群臣，今天不是指定的大日子，空荡荡的庭院里只有数十名仪卫士兵，个个高大雄壮，但他们不用上战场，也不用学习战斗技巧，只要能一动不动地站上几个时辰，就算是对朝廷尽忠。

因此，看到数百人突然冲进庭院，最大胆、最好奇的仪卫也只是扭头看了一眼，随后挺直腰板，握着华丽的长戟，面对一群来历不明的闯入者，既不阻止，也不喝问，假装一切正常。

东海王当这些人不存在，反倒是他身后的那些人心存畏惧，一下子全都停住了，就连刑吏和公差也不例外，正常情况下，他们永远没机会出现在这里。

"跟上！"东海王大声道，他懂得时间的宝贵，除非活捉太后与上官盛，否则他一刻也不能安心。

袁子凡与几名太监带路，匆匆向东边跑去。

东海王扭头看向巍峨的同玄殿，突然冒出一个想法。

"等等。"东海王改主意了，他曾经若干次接近皇帝的宝座，却都失之交臂，谁知道这一次能不能成功？还有没有下一次机会？

他掉转方向朝大殿跑去，袁子凡等人错愕地跟在后面，到了台阶前，他们停住，不敢僭越一步。

东海王独自跑上丹墀，失望地看到殿门紧闭，找人开门是来不及了，撞门更是不可能，他转身走到丹墀边上，顺着一级级台阶，俯视庭院里的众人，有太监、公差和江湖人，还有如同柱子一般的仪卫。

这不是东海王想象中的登基场景。

可他不想再等了，虽然得到了袁子凡的意外相助，但是东海王心里仍然没底，太后显然早有准备，无论他怎么折腾，都很难有好结果。

"当今圣上昨晚遇害！"东海王大声说，只有在这一刻，他的心中毫无畏惧，"冠军侯被英王毒杀，倦侯离京，放弃了争位，四人当中只剩我一个！"

东海王希望看到一些崇敬和肃穆，可他给大家的准备时间太少了，丹墀下方，众人的目光中尽是困惑与惊骇，他们进宫的目的就是拥立东海王，可是跑了一圈，连敌人的面都没见着，突然要立皇帝，任谁都很难适应。

"我是桓帝之子！"东海王坚持不懈，"天命所归，今日就在同玄殿前继承大楚皇帝之位！"

庭院里一片安静，连仪卫们也忍不住扭头望向丹墀之上的小小身影，既感到荒谬，又觉得惊恐。

袁子凡等一些太监的反应更快一些，同时跪下，高喊："吾皇万岁！"

谭冶、谭雕带着一批人随后跪下，共呼"万岁"，虽然这次登基过于仓促而突兀，可这毕竟就是他们的目标，早一点实现也可以接受。

刑吏和公差们又等了一会儿才跪下，大部分人只张嘴，没有发出声音，他们支持东海王称帝，可是很清楚儿戏一般的"登基"根本不会得到承认。

东海王很满意，就有两个小小的遗憾，一是喊声不够整齐，没有山呼之势；二是数十名仪卫甘当看客，没有跟随大家一块儿下跪。

东海王快步走下来，回头看了一眼同玄殿，叹了口气，对袁子凡和谭家兄弟说："不去太后寝宫了，立刻出城。"

"啊？"几人还跪在地上，不明白"皇帝"这是怎么了。

"太后已有准备，就凭咱们这些人，斗不过宿卫八营，不如去打开城门，将南军放进来，有我舅舅相助，大势方可挽回。"

"可城门在宿卫八营的掌握之中……"谭冶提醒道。

东海王比任何时候都要清醒："太后和上官盛自以为将咱们包围，肯定从城门调来了大部分宿卫军，咱们多找些人去攻打城门，肯定能成功。"

高呼"万岁"时犹豫不决的刑吏，这时却最先起身支持，司法参军连丹臣道："往北走会被拦截，去西门，那里也能迎入南军。"

众人跑过宽阔的庭院，一路奔行，很快到了南门附近，这里有宿卫士兵把守，可是数量不多，与那些仪卫一样，对同玄殿前发生的事情困惑不已，被众多江湖人一冲，纷纷放下兵器，退到一边。

有太监认得掌门军官，冲上去二话不说，搜出钥匙打开一道偏门。

南门外，大批人正席地休息，静等宫中事态发展，被冲出来的人群吓了一大跳。

东海王看到不少读书人，立刻明白过来，大声道："跟我走，打开城门迎接倦侯！"

崔胜为了挽救父亲，也算是拼了命，途中只休息一次，终于在后半夜赶到京城外面的南军大营，差不多在同一时刻，三名刺客正在迎风寨里逡巡，东海王则带着一支临时拼凑的队伍前往皇宫北门。

崔宏对长子的安全到来十分意外，担心他的出现会扰乱军心，于是带他去卫兵的帐篷里交谈。

崔胜将自己的所见所闻都说了一遍，对倦侯的每一句话都信以为真，最后道："父亲，还来得及，倦侯再怎么说也是崔家的女婿，不会害咱们……"

崔宏冷着脸，抬手在儿子脸上重重扇了一巴掌，崔胜呼痛，急忙躲在一边，再不敢多说一个字。

崔宏甚至没心情向儿子解释，家门不幸，几个儿子都不像样，崔太傅只能独力支撑，希望孙子辈成长之后能出现一位合格的继承人。

他想了一会儿，自言自语道："城里很快就能出结果，无论谁当皇帝，倦侯都将陷入绝境……"

崔胜捂着脸，壮起胆子问道："父亲，倦侯也是您的女婿，您又那么宠爱小君妹妹，为什么……为什么不愿意支持倦侯呢？多留一条路也好啊，我看他……还是挺有本事的，当皇帝没问题。"

崔宏转身看向儿子，真想再扇他一个巴掌，想了想，还是缓和语气说道："你觉得倦侯有能力当皇帝？"

"韩氏子孙当中数他最有能力，比东海王和冠军侯都像皇帝。"

"既然如此，太后当初为什么要废掉他？"

崔胜愣了一会儿："太后恰恰是忌惮倦侯的能力，她想要的是傀儡。"

"崔家的想法跟太后有什么不同吗？"

崔胜彻底愣住了，半晌无语。

崔宏无奈地叹息一声，心想这或许也是自己的问题，太少与儿子交流，可有些事情就是这样，大家心知肚明，谁也不会说出口，就算是父子之间也不能说。

今天是个例外，长子明显被倦侯折服，若不及时将他从坑里拽出来，崔胜就是另一个崔腾，明明是崔家人，却要为外人着想。

"倦侯聪明过人、善谋敢断，颇有武帝遗风，当初我将小君送进宫的时候，可没想到倦侯会是这样一个人。"

"武帝不好吗？大家都说武帝时的大楚最为强盛。"崔胜小心地问。

"可是给武帝当大臣并不容易，天天提着脑袋上朝，崔家能坚持下来，一多半靠的是运气，武帝若是再多活几年，肯定会对崔家下手。"回想往事，崔宏仍然心有余悸。

崔胜那时还是孩子，在父亲的庇护下无忧无虑，全然体会不到武帝对群臣的压迫，不过刚刚被父亲打了一巴掌的他，倒是能理解大臣们对武帝既崇敬又恐惧的心情。

崔宏从回忆中醒过神来："别将我看得太自私，不只是我，大臣们都不希望再出现一位武帝，不仅是为自保，也是为大楚江山着想。武帝之前，有数位皇帝积累家业，武帝基本上挥霍一空，才能开疆扩土，建立一代盛世。大楚如今是家道中落，非得休养生息数十年才有财力再养一位武帝。倦侯生不逢时，我只能这么说。"

崔胜无言以对，觉得父亲过于武断，可又想不出反驳的话来，寻思了一会儿，只好说："我不懂那么多，可我跟崔二不一样，我听父亲的，您怎么安排，我就怎么做。"

听话大概是长子唯一的优点了，虽然有时候也会被外人利用，但崔宏总能及时将他拽回身边，不像次子崔腾，认准了倦侯，怎么劝说都听不进去。

"天亮之后，宫里会确立新皇帝，不管是谁，我必须立刻进城拜见，有许多事情需要我解决，腾不出手来处理后方，你只能再跑一趟。"

"我？"崔胜不只是敬佩倦侯，还有点怕他。

"我会分你一万士兵，多派老将随行，你也不用战斗，一路上宣布我的命令，要求南军士兵归队，到了迎风寨，只围不攻。"

"南军……会听我的吗？"

崔宏目光一冷："你的胆子若是再大一点，一个人就能召回南军，我分一万人给你，谁敢不从？"

崔胜不敢再问。

"迎风寨……如果花缤推荐的三个人能成功，万事大吉；如果不成……崔胜，到了迎风寨，只围不攻。"

"是，父亲。"崔胜不明白父亲为何将同样的话又说一遍。

"我是说倦侯如果还活着的话，只围不攻，但也不接受投降，明白吗？"

"明……白。"崔胜更糊涂了，仍不敢多问。

崔宏也不想解释，反正他会直接向麾下老将下令，不给儿子太多指挥权力，以免临阵坏事。

崔宏正想着如何分兵、如何应对城里的变化，帐外突然响起卫兵的急迫声音："大司马，中军帐着火了！"

崔宏几步走到门口，抬眼望去，只见不远处的中军帐，以及旁边自己的寝帐，都已燃起大火。

一名卫兵道："我去找人灭火。"

"等等。"崔宏极为警觉，看到火光中有人影晃动，却不扑火，也不呼救，转身对儿子说，"跟我走。"

崔胜走出帐篷，大惊失色："这……这……怎么会失火？"

崔宏甚至不要马匹，带着儿子和数十名卫兵徒步行走，他明白这是怎么回事，军中有人要暗害自己，长子崔胜虽然无用，却无意中救了自己一命。

崔胜全然不知自己立了这么大的功劳，随着父亲越走越惊，忍不住又想起倦侯的话，觉得正被验证。

哗变的将士没找到崔太傅，开始叫喊"大司马"，崔宏全不理睬，只顾前行。

营里的人都被惊醒了，纷纷出帐观望，但是未得命令不敢乱动。

崔宏低着头，不想被人认出。

迎面跑来一队巡营士兵，军官喝道："停下，何人敢在营中乱闯？那边的火是怎么回事？”

崔宏上前，低声道：“是我，全都下马。”

军官借着火把，认出乱闯者居然是大司马本人，吓了一跳，急忙下马：“卑职不知……”

崔宏一把推开军官，想要上马，第一次没上去。崔胜上前，托着父亲的一只脚，将他送上马背。

站在营帐门口的士兵也认出了崔太傅，向他指指点点。

崔宏朝寝帐的方向望去，火势越来越猛，他若是在里面休息，必死无疑，心惊不已，参与哗变的将士似乎不少，一批人正向他这里跑来。

在这座营地里，除了儿子，崔宏已经没法相信任何人：“崔胜，挡住追兵，事后去你二叔营里找我。”

“是，父亲。”崔胜早已手足无措，可是对父亲的命令，他从来不会违背。

“二叔”是崔胜的堂叔，名叫崔挺，现任南军右将军，营地离中军比较远，但他是崔宏最信任的人之一。

崔宏将卫兵都留给儿子，独自骑马向营外驰去。

崔胜夺过一柄刀，眼看着追兵越来越近，数量似乎不少，心中惊恐不已，一咬牙，向附近的帐篷喊道：“我是崔太傅之子、南军中护军崔胜，命令你们……”

追兵已至，双方斗在一起。

崔宏没走正门，而是跑向通往隔壁营地的小门，守门士兵正向着火处遥望，突然见到大司马独自出现，一时间呆若木鸡，崔宏连声下令，他们才立刻打开营门。

南军军纪较严，士兵不敢乱动，隔壁营地里只有数名将官跑来察看情况，正撞上大司马。

崔宏已是惊弓之鸟，不敢倚仗这些人，也不说中军哗变，只是严厉地命令他们立刻带兵前去救火，说罢自己先跑了。

将官们莫名其妙，可大司马的命令不敢不听，马上传令，要去中军救火，全然不知那边已经真刀真枪地打了起来。

崔宏一路疾驰，每到一处营地，都命令将士们前去救火，偶尔他也会回头张望，火势没有变小，反而更大了，这意味着哗变者没有被消灭，很可能说服了更多的人加入。

崔宏顾不上担心长子的安危，只管狂奔，天亮不久，终于看到了右军营地。

右将军崔挺是唯一敢自己做出决定的人，看到中军起火，立刻召集全体将士，但也比较谨慎，先派人去打探消息，迟迟不得要领，这才率兵前往中军，刚刚出营就遇上了崔宏。

见到堂弟，崔宏松了口气，可还是放慢速度，观察了一小会儿，确认对方没有恶意之后，才迎上去，也不多说，立刻接管右军，然后分批向中军派送，沿途命令所有将士放下兵器，不从命者杀。

右军不断送来消息，局势逐渐得到控制，真正的哗变者没有崔宏想象的那么多，只有寥寥数百人，引起的混乱却极广泛，许多士兵根本不知道为什么就打了起来，一旦得到命令，大都顺从地放下兵器。

天光大亮之后，传来一条噩耗：大司马的长子不幸死于乱军之中。

崔太傅直到这时才感到悲痛，亲自带着剩余的右军出发，要为自己的儿子报仇。

更多消息很快传来，哗变者喊的是奉旨诛杀大司马，一开始崔宏以为这又是倦侯使计，可是消息却说，失败的哗变者正向京城方向逃亡。

崔宏终于醒悟，在背后策划这一切的不是北边的倦侯，而是城里的太后。

这意味着太后其实准备充分，东海王和冠军侯都不可能成功。

"倦侯……"崔宏突然发现，如果倦侯被刺客所杀，崔家就真的完蛋了。

第二十章

燃烧的军营

不管是谁派来的三名刺客，都意味着京城的帝位之争即将见分晓，所以有人觉得没必要再让倦侯继续活下去。

韩孺子因此决定立刻返京，他没时间等待北军主力到来，也没时间稳固自己在南军中的地位。

天亮时，韩孺子点齐迎风寨三千名士兵，立刻出发。

为了保证行军的速度，韩孺子只能带这些人，人数再多一些，就只能等到午后出发，至于山下的南军，经历过昨天的急行军之后，尚未得到恢复，急缺帐篷与粮草，许多人连兵器和盔甲都不全，无法再次上路，只能让他们陆续返回本营，整顿之后再出发。

在白桥镇，韩孺子稍作停留，命令蔡兴海做准备，一个时辰之后率领镇内的南、北军士兵前往京城。

事实上，韩孺子给南军各营都下达了类似的命令，只是出发时间不同，如果他们能够严格遵守的话，他在京城每隔一个时辰就能迎来一支军队。

崔腾一直很好奇倦侯要让自己做什么，从白桥镇出发之后，韩孺子透露了自己的计划："我不是南军将领，也不是去跟你父亲打仗的，所以这支军队归你指挥，你要带着这三千人进入南军大营，当然，我也就跟着进去了。"

"呵呵，这叫不请自来。妹夫，别说我没有提醒你，父亲看到你肯定会特别生气，我甚至怀疑那三名刺客就是他派来的。"

"刺客的事情不用追问，你想帮我，就在进入南军大营之后公开宣布我的到来，知道的人越多越好。"

"你想悄悄进营，进去之后却要大肆宣扬，这个……我怎么听不懂啊？"

"悄悄进营是让南军没有防备，以免他们以为我是来打仗的，进营之后大肆宣扬——是让你父亲不得不保护我。"

不管怎样，朝中最憎恨倦侯的人，也只能派遣刺客暗杀，不敢直接动手，所以韩孺子既要悄悄进营，也要大肆宣扬。

崔腾还是没太听明白，但他有一个优点，听不懂就置之脑后，不费心思猜想。

孟娥昨晚藏在暗处保护倦侯，这时又出现在他的身边，很注意听他的每一句话。

白桥镇离京城不是很远，韩孺子与三千南军入夜之后望见了南军大营的灯火，已是人困马乏，都想赶快进营休息，崔腾一马当先："我带你们进营！挺顺利，一路上没什么人阻拦。"

韩孺子却觉得这是一个大问题，南军向来以军纪严明著称，六万南军驻扎于此，居然没有派兵在路上设卡，甚至没有斥候和哨兵的身影，实在是一桩怪事，尤其是白桥镇失守，崔太傅更应该加强后方的防御才对。

离营地越来越近，连崔腾也觉得怪异了："怎么没人出来欢迎我？"

终于，南军大营展现在众人面前，原来他们之前看到的不是灯火，而是一处处燃烧的火焰，营地里一片狼藉，看不到活人。

崔腾面无血色，陆续赶到的南军也都目瞪口呆。

"妹夫，这是怎么回事？"

韩孺子掉转马头，看向三千将士，抬高声音说："咱们来晚一步，京城显然已经开战，不知谁胜谁负，咱们远道而来，必须随机应变。"他停顿片刻，"前方陷阱无数，我需要你们一丝不差地执行我的命令，或可免于大难，如果有人不愿意，请离队，我不勉强。"

这三千南军全都来自迎风寨，对倦侯又敬又怕，眼见南军营地毁于大火，京城局势难以预料，全是他们解决不了的巨大难题，正如迷路的人迫切需要一位引路者，他们此刻也最依赖倦侯。

"听倦侯指挥！""只听倦侯……"众将士七嘴八舌地回道。

韩孺子的第一道命令是让所有人排成进攻阵势，派出多名斥候，前往不同方向探查，尤其是京城那边的情况。

崔腾自告奋勇，带着十几名士兵朝京城疾驰，韩孺子带领剩下的人缓速行军，从这时起，队伍不能再乱了。

韩孺子向两边望去，绵延数十里的南军营地似乎都已被烧毁，可是目光所及，火光的范围内却没有一具尸体。

去往侧翼的斥候很快返回，带来消息说南军营地的确都已付之一炬，奇怪的是，除了中军的位置，其他营地里没有打斗的痕迹，那些帐篷似乎是南军将士自己放火烧掉的。

韩孺子望向京城，夜色中什么也看不到，相隔二十多里，也听不到声音，他的心中越发惊疑不定，如果是南军自己放火烧营，那崔太傅是要拼死一战了。南军的军纪果然还是很严，发生这么大的事情，竟然没有一个人离队。

崔太傅若是夺下京城，韩孺子此去无异于自投罗网，对方用不着再派刺客，以朝廷的名义就能将他囚禁或者杀死。

又有一批斥候返回，前方有一些民宅，显然遭到过南军的破坏，一见到南军士兵，居民无不四散奔逃，远远地放声咒骂。

南军是京城守卫军，竟然被城外的百姓视为仇敌，众人更加惊惧不安，也更加依赖倦侯。

韩孺子稍稍加快速度，很快就见到了被火烧过的民宅，居民已经扑灭了大部分明火，烟味还没有散去，滚滚飘来，令人窒息。

百姓再愤怒，也不敢靠近正在行进的大股骑兵，或有咒骂，也都淹没在马蹄声中，只有一些尖锐的哭泣声仍能钻进耳朵里，在黑夜中倍显诡异。

将近半夜，韩孺子能够望见京城的大火了。

正好来到一处荒地，韩孺子下令全军停驻，在这里等待前方斥候的消息。

没过多久，最前方的斥候回来了，崔腾却不见踪影。

"南军与宿卫军正在交战，据说南军已从西门攻入京城，二公子让我们回来复命，他去西门找大司马。"一名斥候说。

韩孺子已经猜到这样的结果，可是听说之后还是大惊，太后与崔太傅都是隐忍之人，惯用阴谋诡计，争夺军队也是用来造势、借势，从未显示出立刻就要决战的架势，肯定是发生了什么意外，使得双方不得不孤注一掷。

而南军竟然只用一天就攻破了京城西门，也是一件出人意料的怪事。

南军主力正在城内与宿卫军决战的消息很快传播开来，韩孺子带来的三千人无不兴奋，都想去支援南军。

韩孺子经常冒险，这时候却明白谨慎最重要，他之前的冒险大都是乘人不备的偷袭，如今城内则是两虎相争，每一方都处于张牙舞爪的状态，贸然撞上去不会有好结果。

"今晚就在这里扎营。"韩孺子下令，然后派出更多斥候，但是不允许他们进城。

说是扎营，这支队伍却没有携带帐篷等必需之物，只是下马，放松马匹的肚带，喂一些豆料，自己也吃一点干粮。

韩孺子取下鞍鞯，放在路边，坐下之后闭目养神。

事实上，他控制不住这三千名南军将士，只能顺其自然。

没过多久，三名南军将领走来，站在倦侯面前。

韩孺子睁开双眼，问道："有事？"

三人点头，一人说道："倦侯曾经说过，要来搭救崔大司马，我们因此才愿意追随您，可是……南军正与宿卫军决战，倦侯为何按兵不动？"

"崔太傅带兵多少？"

"大概是六万人。"将官答道。

"宿卫军有多少？"

将官摇摇头，表示不太了解。

"三万以上，最多不过五万，一半以上是新人，训练不足半年。"韩孺子站起身，"可宿卫军自有其优势，他们一直驻守在城内，占据各处要害，熟悉街道，拥有地利，附近的县里还有两三万散军，很可能正在赶往京城。崔太傅全军进城，是想速战速决，可万一战斗今晚结束不了呢？咱们这三千人投进去无益，留在外面却可能成为一支奇兵。即使崔太傅就在这里，也会做出跟我一样的选择。"

三名将官被说得哑口无言，道歉之后又去劝说其他将士。

韩孺子坐下，继续闭目养神。

斥候回来了，确认崔太傅的确已经率军由西门进城，战斗正在进行，城墙挡住了嘶喊，北边听不到。

他们还带回一名受伤的南军士兵，此人了解的事情更多一些。

先是中军将领作乱，意图谋杀崔太傅，结果却杀死了崔家的长子崔胜，太傅大怒，率领右军平乱，杀死不少将士，然后焚烧营地，发动全军抬尸问罪，那时候还没说要进攻京城，只是想迫使城里交出逃亡的一批南军将士。

恰好东海王占据了西门，派人来请南军，崔太傅改变了主意，掉转方向进攻西门，宿卫军也从城内赶到，双方在城门内外展开大战，最终宿卫军败退，南军入城，接下来的事情他就不知道了。

太后、冠军侯等人的情况全都不明。

韩孺子恨不得插翅飞入京城，起码救出皇宫里的母亲和妻子，可他仍然下令不动，他的人太少，只能等待，等到形势稍稍明了了之后，再做决定。

蔡兴海赶到，带来五六千人，其中一半是北军，还带来一些帐篷，虽然不多，但是能够搭建真正的营地了。

有了北军将士的保护，孟娥自告奋勇去城里打探情况，也不征求同意，只说了一句："我去城里看看，午时之前回来。"

韩孺子留不住她，他也的确迫切地需要了解城内的形势，只好看着孟娥消失在夜色中。

天亮之前，又赶到一队南军，韩孺子身边的将士已经达到万余人，可他仍然下令休息，不准任何人出营，甚至连斥候都不派了。

太阳升起一半，崔腾骑马回来，浑身是汗，气喘吁吁，一见到倦侯就大喊道："疯了，全都疯了，城里竟然有三个皇帝！"

韩孺子必须尽快建立起一处牢固的营地，否则的话，城里任何一支军队冲出来，他都抵挡不住。

这是一个不小的难题，军队为了保证快速行进，携带的物资少得可怜，只能就地取材，砍伐周围的灌木，而且他们所处的位置是一片低凹的荒地，有经验的将军一致认为此地乃是最差的驻营之处，必须前进或者后退一段距离。

韩孺子选择前进数里，地势稍高一些，离京城更近，只有十余里，一旦开战，留给他们准备的时间很短，只能随时处于战备状态，长久下去，战士和马匹都受不了。

南军将士倒是不太在乎，他们急于进城参战，离得越近越好。

韩孺子用各种借口拖延，最重要的一条就是城外还有宿卫八营的援兵，南军若是全都进城，很容易腹背受敌。这一点他倒是没有说谎，斥候在这天中午送回消息，京城各个方向都在调动军队，显然是要支援宿卫军。

这是韩孺子一生中最为动荡不安的上午，城里的战斗、四处赶来的军队、自家营中的将士……任何一股势力只要下定决心，都能置他于死地，他就像一只小羊，周围尽是狮虎与狼群，他们还没有下嘴的唯一理由，是要先击败别的猛兽。

韩孺子不想当小羊，他身边有三千北军将士，数量虽少，此刻却愿意坚定地站在他这一边——冠军侯遭到毒杀的消息已经传出来，这些北军再也不用摇摆不定。

在他背后，还有一支正在赶来的北军，他们将奠定胜局，唯一的问题是来不来得及。

在城里，也有一批人支持倦侯。

天亮不久，韩孺子刚刚改换扎营地点，后续的南军仍然每隔一个时辰左右到来一批，崔宏派来了信使。

崔宏没有亲自前来，韩孺子松了口气，他这点影响力，无法与南军大司马本人抗衡，庆幸的是崔宏没有这个胆量。

信使是南军的一名将军，带着数百名卫兵，想要直冲营地，被蔡兴海率领的北军将士拦下，只许他一个人进营拜见倦侯。

信使站在倦侯面前，正式宣布："南军已经夺下整个京城，东海王登基称帝，大司马委托我给倦侯带话：'识时务者为俊杰，倦侯应立刻交出南军，只身进京拜见新帝，封王建国，不在话下。'"

韩孺子笑道："崔太傅是我岳父，东海王与我同为桓帝之子，我当然要识他们的'时务'，不过……我只有一个小小的要求，只要大臣们愿意承认新帝，然后出城向我传旨，我立刻膝行进京，伏地请罪。"

信使发出一通威胁，韩孺子全都笑纳，只坚持一条，必须有大臣和圣旨，他才肯交出南军并承认新皇帝。

他有意拖延了一段时间，直到一名北军士兵进帐点头示意，他才客气地请信使离开。

上官盛的信使来了，是宫里的一名太监，带着一百余名宿卫士兵，他们从北门出来，距离更近一些，但是出发得晚，落在了南军信使后面。

两拨信使在营地门口相遇，互相怒视、观察。

太监的态度比南军信使要客气一些："崔宏这是在造反，他只占领了西城的一小块地方，被堵在那里寸步难行，很快就会被撵出京城。倦侯应该听说了，各地援军正在加速赶来，倦侯这支军队是朝廷之援还是朝廷之敌，全在您的一念之间。请倦侯速做决定，再晚一会儿，崔宏败退，您就没机会做出选择了。"

韩孺子仍然笑脸相迎："我是韩氏子孙，无论如何不可能与朝廷为敌，公公既是为朝廷传话，可带来圣旨？"

太监脸色微红，咳了一声："陛下不幸驾崩，宫中已立英王为新帝，又有崔宏作乱，诸事仓促，难以颁布圣旨，可也正因如此，这才是倦侯的机遇。"

韩孺子本来只是试探，如果对方拿出圣旨，他自会再找其他借口，可太监的神情表明，在宫中立英王为新帝的上官盛，竟然拿不出一份圣旨，这可有点蹊跷。

韩孺子虚与委蛇，最后还是归结为一点："抱歉，我得看到圣旨。"

太监没有发出威胁，但是离开的时候显得很不满。

南军将士赶到的越来越多，三千北军越发显得渺小，韩孺子可以轻松对待崔宏和上官盛的信使，对自家营中的南军却要十分小心。结果他发现，南军将士数量越多，进城参战的意愿反而越低。

韩孺子放纵城内双方的消息在军营里传播，尽量让大部分人明白一件事：京城之战远未结束，这时候参战要冒极大的风险。

南军蠢蠢欲动，但是一直没动，好几次险些发生哗变，蔡兴海等人紧张万分，兵甲不敢离身，韩孺子却稳坐帐中，不召见南军将士，也不出去与他们见面。

在诸多传言之中还有一条：城里的一些人不承认英王和东海王为新帝，他们宣称倦侯一直就是皇帝，现在也是。

倦侯就是崔腾所说的三位"皇帝"之一。

可是倦侯的追随者一直没有出城，他们显然是被困在了什么地方，本来许诺说中午返回的孟娥也食言了，直到夜色降临也没有现身。

韩孺子度日如年。

倦侯率领的南军迟迟不动，也不表态，数量却越来越多，韩孺子知道军心极度不稳，城里的人却不知道，天黑不久，崔宏和上官盛先后派来第二拨信使。

上官盛的信使这回先到，只有两名太监和两名宿卫营将军，态度十分客气，送上一道"圣旨"，英王以大人的语气赞扬了倦侯的诸多功劳，然后指出毒杀冠军侯的罪人正是东海王，如此一来，四名争位者只剩英王一人，他继承帝位实至名归，接下来就是要求倦侯立刻进京平乱，至少也要宣布立场。

韩孺子仔细读完，将"圣旨"交还，笑道："我知道朝廷混乱，可也不该犯这种错误，这不是圣旨，印玺不对。"

皇帝有十二枚印玺，只有宝玺能够印在圣旨上面，其他印玺的用途就小多了，或祭天，或祭祖，或祈雨……有两枚纯粹就是摆设，为的是凑够十二之数。

四人被当场拆穿，全都面红耳赤，一名宿卫营将军请其他三人退出帐篷，单独留下，看了看两边的十名卫兵。

韩孺子没有屏退任何卫兵，他现在绝不会单独接见陌生人。

宿卫营将军上前两步，低声道："实不相瞒，宿卫军与南军此刻正处于胶着状态，崔宏的确占据了西城，军队数量也更多一些，可宿卫军保住了皇宫，北城与东城都在我们手中，倦侯应该明白这意味着什么。"

"意味着什么？"韩孺子故意装糊涂。

宿卫营将军等了一会儿，开口道："大臣和勋贵都在宿卫军的掌握之中，还有……宫里的人。"

"将军不妨明说。"

"王美人和倦侯夫人都在宫中。"

韩孺子早料到上官盛会用这一招，心中虽怒，脸上却是大笑："上官盛也算出身贵戚之家，怎么如此没见识？崔太妃也在宫中，东海王可曾因此投降？"

宿卫营将军尴尬不已，咳了两声："倦侯误会了，上官将军并无威胁之意，王美人和倦侯夫人在宫中绝不会受到半点伤害。我得回去复命了，倦侯要我怎么说？"

韩孺子想了想："既然你们掌握了大臣，派一位大臣出来跟我谈吧。"

上官盛的信使告辞，没多久，崔宏的第二位信使到了，而且是一位货真价实的大臣。

右巡御史申明志已经一天一夜没休息了，其间经历的跌宕起伏，比他多半生的官场生涯还要剧烈，以致面容憔悴，可是仍能维持几分尊严，他带来崔宏的最后通牒："天亮前，崔太傅希望看到南军全都进城，否则的话，他要亲自率军出城，先平内患，再定大势。"

"南军将士肯定很高兴见到崔太傅。"韩孺子此刻最不怕的就是威胁。

"倦侯想必是听说了城里有人拥你为帝。"除了崔腾，申明志是第一个提及此事的人。

"谣言四起，不足为信。"

"我就是来消灭谣言的，能与倦侯单独谈谈吗？"

韩孺子认识申明志，对他的戒备没有那么重，想了一会儿，命令卫兵退下，申明志也示意跟来的同伴出去。

只剩两个人时，申明志跪下，磕了一个头。

韩孺子很意外，急忙起身："申御史这是何意？"

申明志没有起身，说道："谣言是真的，城里确有一批人支持倦侯，而且数量不少，我冒着危险出城，就是为了告诉倦侯，请坚持，东海王、英王皆不得民心，您才是大楚需要的皇帝，也请您给我们一点信心。"

韩孺子更加意外，申明志先是支持冠军侯，这时却表面上支持东海王，而暗地里向倦侯通风报信，实在——韩孺子说不清这种举动是什么意思。

"十万北军已在路上，顶多三天就能赶到京城。"韩孺子给了申明志一点"信心"。

申明志大喜："杨公说倦侯不会无故出城，必能带回强援，果然没错。"

"杨奉人呢？"韩孺子心中一动。

"据说他进宫了，眼下不知去向。"

"嗯，你回去吧，请大家耐心等待，告诉崔太傅——他想出城，我欢迎，他想让我进城，让东海王来吧，我们兄弟可以开诚布公地谈一谈。"

申明志起身退出帐篷，回去向崔宏复命。

韩孺子坐在帐篷里沉思默想，知道未来几天将很难度过，北军仓促动身，三天之内未必能到。

蔡兴海掀帘进来，一脸惊慌："倦侯，南军……一大群南军将领闯营，要立刻见您，面色不善，要不要将他们抓起来？"

"请他们进来。"韩孺子说，他不能总是躲避，该面对的总得面对。

外面的喧哗声已经来到帐篷外面。

小小的帐篷里挤满了人，一半是北军卫兵，一半是南军将领，彼此怒视，却又隐忍不发，一具具高大的身材遮蔽了烛光，使得整个帐篷昏暗而危险，像是一片丛林，里面潜伏着毒蛇猛兽。

蜡烛放置在帐篷中间的一张高凳上，正好照亮走出来说话的人。

第一个走出来的是名南军将领，向倦侯抱拳拱手，直截了当地说："城内大战正酣，数万南军进城，可一举定胜负，崔大司马几次派人来请兵，倦侯为何迟迟不肯下令？我等疑惑，请倦侯解释。"

韩孺子等了一会儿开口回道："南军并非崔太傅的私人部曲，而是朝廷的军队……"

将领开口道："那是当然，如果皇帝还活着，我们当然听从朝廷的命令，可是传言说皇帝已经驾崩，城里数人自立为帝，朝廷早已名存实亡，大家各为其主，我们也得选择一位主人了。"

"东海王？崔太傅？"韩孺子提出两个选择，见对方不回答，继续道，"崔太傅曾一度失去南军，在他夺印的时候，诸位可曾相助？太后的兄长上官虚担任过一段时间的南军大司马，诸位可曾服从？"

将领一愣："只要是南军大司马的命令，我们就得服从，至于夺印，也轮不到我们相助，左、右将军才是大司马的亲信。"

南军将领纷纷点头表示赞同，崔太傅当年夺回南军的时候，左将军赵蒙利、右将军崔挺出力最多，其他将领顺其自然而已。

韩孺子又问道："崔太傅事后没有报复任何人？"

将领向同伴们看了一眼，回道："是有几个人被免职，都是上官虚提拔的亲信，与我们无关，大司马当然不会报复我们，还给了许多赏赐。"

韩孺子习惯称"崔太傅"，南军将士只叫"大司马"。

"所以旁观不仅没让你们受到报复，还给你们带来不少好处？"

南军众将领都是一愣，带头者说道："这个……情况不一样吧……"

"诸位当中有谁是东海王或者崔太傅的亲信吗？"韩孺子目光扫过，虽然烛光昏暗，还是能看到大多数人的眼睛，"如果有的话，请即刻带兵进城，我绝不阻拦。"

没人开口，崔太傅的亲信基本都带在身边，后方只留下一个赵蒙利，帐篷里的众人谁也不敢自称是亲信。

韩孺子继续道："大家也看到了，城里有两个皇帝，分别派出信使，白天来了一次，晚上又来了一次，可他们只是来劝说我进城相助，却没有给出明确的好处。诸位，我不隐瞒，如今的朝廷的确名存实亡，咱们来晚一步，身份很是尴尬：帮助强势一方，事成之后得不到多少感谢；帮助弱势一方，又有兵败身亡的危险。我之所以按兵不动，就是在等他们开出更有利的条件。"

韩孺子长长地"嗯"了一声，道："诸位也希望混乱结束之后，能够加官晋爵、得钱得地吧？"

南军诸将互相看看，虽然没有直接回答，但是的确都同意倦侯的话。

"起码等到一个承诺。"韩孺子站起身，"不为诸位每人争取到官升三级，不让营中将士每人得到百两、千两的赏金，我绝不松口。"

有人发出了笑声。

带头将领再开口时，语气缓和了许多："可是城中战斗一旦结束，就没人开条件了吧？"

"诸位都是久经沙场的老将，应该明白攻城有多难，崔太傅已经进城，整整一天却没有击败宿卫军，那就是遇上难以攻克的障碍。皇城也是城，而且是一座固若金汤的城池，没有十天半月，绝攻不下来。城里的信使只会来得越来越频繁，给出的条件也会越来越好。"

诸将互相议论了一会儿，带头将领说："如果英王一方开出的条件更好，难道我们真要帮助他吗？那可是……背叛南军。"

"南军是朝廷的军队。"韩孺子再次重复这句话，"你们拿的是国家俸禄，我不只看谁的条件更好，还要看哪一方更可能取得胜利，胜利者即是朝廷，服从朝廷的旨意理所应当，何来背叛之说？"

将领们被说动了，带头者犹豫片刻，小心地问："如果胜利的是倦侯呢？"

韩孺子微微一笑："那诸位就是开出条件的人，而不是接受条件的人了。"

带头将领莫名地傻笑一声，扭头看向北军卫兵："大家都说北军主力三日可到，是真的吗？"

"最多三日。"韩孺子坦然地说。事实上他还没有接到任何消息。

南军将领告退，怎么想都觉得自己正处于一个极其有利的位置上，倦侯说得没错，暂时按兵不动乃是最好的选择。

韩孺子与南军将领不熟，只能诱之以利，对北军卫兵，他只说一句："你们都是我的亲信。"

北军卫兵离开的时候，比南军将领更加满意。

蔡兴海留下，他不只是亲信，还是心腹之人，有资格与倦侯讨论真相。

"倦侯有没有想过，崔太傅天亮之后真会带兵攻营，外面的南军很可能望风而降，三千北军可坚持不了多久。"

韩孺子笑了两声："崔太傅多谋少断，欠缺的恰恰是胆量，他遭到刺杀，一怒之下进攻京城，却迟迟没有占领全城，说明他将六万南军全都集中在一起，这不是为了攻坚，而是害怕再遭到背叛。"

韩孺子盯着蜡烛看了一会儿："崔太傅对身边的将士尚有疑虑，何况是城外的南军？这些南军在我夺取白桥镇的时候没有反抗，在我杀死赵蒙利的时候没有复仇，肯定会令崔太傅疑心更重。他不敢来，东海王也不敢来。"

蔡兴海被说服了："恕卑职冒昧地说一句，当皇帝也得有胆量，唯独倦侯有这个胆量。"

韩孺子没有否认："我更担心上官盛，此人性格暴烈，可能意气用事，在他眼里，南军自然要帮南军，他若是想趁机分头击破，派兵从北门直接杀出来，倒是一个大麻烦。"

韩孺子的军营离北门太近，宿卫军一旦冲出来，他只有极短的时间做出反应。

蔡兴海道："三千北军虽然数量不多，但是愿为倦侯赴汤蹈火，大不了我们辛苦一些，时时防备，怎么也能挡上一阵，给倦侯争取一点时间。"

"也不要太过劳累，在路上多备鹿角栅，别让城里的军队一下子冲过来就行。"

蔡兴海想出一个主意："前方五六里有一大片民房，倒是一块儿天然障碍，在那里设置鹿角栅，事半功倍。"

韩孺子摇摇头："这不是进攻敌城，尽量不要惊扰京城百姓。"

蔡兴海深感羞愧，红着脸告退。

韩孺子虽然表面上很镇定，但心中其实惴惴不安，可他实在太疲惫了，只好躺下睡觉。

他做了许多梦，一会儿是北军赶到，一会儿是城里有军队冲出来，一会儿又是东海王在哈哈大笑……

他突然醒来，以为天该亮了，结果帐篷里一片漆黑，蜡烛早就熄灭，也不知是什么时候了。

韩孺子起身走出帐篷，站在门口仰望天空，子夜应该刚过去不久，空中繁星点点，再向远处望去，军营里也有火光点点，一片安静，大部分人都在踏实睡觉。

这是好事，表明南军将士不再急于进城参战。这也是坏事，心安理得的军队，最容易遭到偷袭。

韩孺子心想，自己若是上官盛的话，就该在这个时候发起进攻，不仅能击溃北门外的军队，还能惊吓到城里的南军。

"带我去见蔡督军。"韩孺子对门口的卫兵说。

蔡兴海没睡，北军营地位于最前沿，正对着官道，他在指挥士兵们彻夜建造更多鹿角栅。

"先暂停吧，如果敌人进攻，咱们得留点劲儿打仗。"韩孺子让蔡兴海撤回将士，然后传令下去，各营熄灭所有火把，只在中军营里保留数十支。

从京城的方向望过来，四万余人的营地里似乎只剩下几百人。

上官盛虽然鲁莽，但毕竟是名将军，一处假冒的陷阱，或许能吓住他。

韩孺子还没有真正掌握南军，绝不想在此时开战。

时间一点点过去，韩孺子没回帐篷，命蔡兴海去休息，由他监督前方。

官道上突然有马蹄声响，不是偷袭者，是一名北军斥候，举着火把，在鹿角栅中绕来绕去，很快来到倦侯面前，通报说崔太傅又派信使来了，这回只有一个人，不是将军，也不是大臣。

信使被带过来，远远地看见倦侯，立刻跳下马，双手抱拳，呵呵笑道："倦侯别来无恙。"

望气者林坤山代表的不是崔太傅，而是东海王。

韩孺子屏退卫兵，就在鹿角栅后面与林坤山交谈。

"东海王说，他没有忘记约定，只要倦侯公开宣布要恢复帝位，东海王立刻就会去除帝号，奉倦侯为主。"

韩孺子摇摇头，微笑道："这可不是望气者的水平，直接说你自己准备好的话吧。"

"受人之托，总得先传到。嗯……"林坤山望了一眼漆黑的军营，"我没破坏倦侯的什么计划吧？"

"无妨，我的计划没那么容易被破坏。"

"呵呵，是我想多了。是这样，城内虽然僵持不下，但是大势正在倒向倦侯，我们这些望气者，自然要顺势而为。"

韩孺子不开口。

"皇帝宝玺和太祖宝剑，倦侯感兴趣吗？"

韩孺子脸色一变。

第二十一章

大势如水

林坤山被关在小院里，正计算着自己还能活多久，一群人将他拖出去，匆匆带到东海王面前，强迫他跪下，并口称"陛下"。

东海王躲在重重卫兵中间，看到林坤山，只问了一句："宫里到底有没有你的人？"

林坤山曾向东海王暗示过，望气者能够掌控宫中的某些事务，东海王仍然记得，如今战斗胶着，南军迟迟攻不破皇城，他又将这件事想起来了。

林坤山跪在地上，抬头仰望"皇帝"，茫然地摇摇头，像是被皇威所折服，激动得说不出话来。

东海王一脚将望气者踢开，没再搭理他，也没有杀他，直到韩孺子提出要求，非让东海王亲自去谈判，他又把林坤山叫来。

东海王绝不会去军营里见韩孺子，在他看来，那就是自投罗网，他得找个人代替自己去："望气者不是最擅长游说吗？你去见韩孺子，劝说他与我联手，我愿意将皇帝之位让给他。"

林坤山接受任务，只有一个要求，他要独自出城，不带任何卫兵，或是监视者。他顺利见到了倦侯，一句话就将东海王的意思传达完毕，然后提起了皇帝宝玺和太祖宝剑。

蔡兴海没睡多久，又出来监督路口，韩孺子带着林坤山去帐篷里问话，身边留着两名卫兵。

韩孺子没有急着开口，坐了一会儿，才对站在对面的林坤山说："那两样东西在你手里？"

"当然不在。"

"那你就是来戏耍我了？"

林坤山干笑两声："我哪有这个胆量？不知倦侯注意到没有，上官盛在宫中立英王为帝，可他却一直没有颁布圣旨，这可有点奇怪，对吧？"

韩孺子沉默以对。

"城内的战斗已经到了无所不用其极的地步，上官盛不发圣旨，只有一个理由，他发不出来：宫里不缺笔墨纸砚，不缺皇帝太监，缺的只有一样——宝玺。"

"这都是你的猜测之辞，林坤山，我现在需要的恰恰不是猜测。"

林坤山想了一会儿，开口时不再说自己的猜测："我可以进宫寻找宝玺的下落，还有太祖宝剑，这柄剑对别人没有多大用处，对倦侯却有一点意义吧？"

"你怎么进宫？又怎么寻找宝玺？"韩孺子相信，上官盛肯定已经将宫里搜了个遍。

"我自有办法。"林坤山发现倦侯有点感兴趣，又开始故弄玄虚了，"我只想知道，倦侯是否想要这两件东西？"

韩孺子紧闭双唇，他很清楚，林坤山"只想知道"的事情绝不是这个。

"物极必反，大楚乱了这么久，也该稳定下来了。战斗只进行了两天，城里已是一片惨状，缺水少粮，尤其是没有蔬菜，许多人家的房屋被士兵占据，甚至被毁掉，皇宫以西直到西市，几乎成为空地。倦侯有把握让这一切结束吗？"

韩孺子站起身："大家都有把握，关键是你选择相信哪一位的把握，还有你想从中得到什么？"

林坤山大笑："倦侯，我选择倦侯，至于想从中得到什么……望气者还是太脆弱，经受不住大风大浪，希望倦侯恢复帝位之后，能够赦免我们头上的罪名，望气者从此只行江湖，不入庙堂。"

望气者被认为是齐王叛乱的唆使者，虽然也能公开露面，但是顶着这样的罪名，终归是个麻烦，官府说抓就抓，不用通报朝廷。

可林坤山的要求如此之低，韩孺子反而难以置信，也不说破，道："把这两样东西带来，我给你们无罪之身。"

"这是帝王之诺吗？"

"是。"

林坤山告辞，临走时发出几句感慨："望气者也会走眼，在普通人身上犯错也就算了，看错倦侯却是不可原谅……"

林坤山走后不久，蔡兴海求见："京城北门出来一批探子，观察之后又回去了，宿卫军再没派人出来。"

韩孺子"嗯"了一声，心思却不在这上面，盯着蔡兴海，心中左右衡量。

蔡兴海不明所以，低头看看自己身上的甲衣，好像没什么毛病。

"蔡大哥……"

蔡兴海扑通跪下了："请倦侯收回这个称呼，我可担当不起。"

韩孺子笑了一下："蔡督军请起。"

蔡兴海这才起身："倦侯有什么吩咐？"

"我有一项很重要的任务要交给你。"韩孺子实在找不到其他帮手，蔡兴海是身边唯一可信之人。

蔡兴海面露喜色，"倦侯说吧，是攻打北门，还是堵住西门，北军人数虽少，但使用得当，也能收到奇效。"

韩孺子摇头，在他身后有一支正在赶来的大军，没必要追求"奇效"："都不是，我要你进趟城，独自一人。"

"进城？"蔡兴海没明白。

"南军与宿卫军在城里对峙，对城外暂时没有威胁。有一批人支持我，大都是读书人，手无寸铁，被困在城里出不来，我担心他们会受到伤害，需要有人去保护他们。"

"我愿意去，可是……"蔡兴海拍拍肚子，他不怕死，怕耽误倦侯的大事。

"泥鳅他们应该都在南城，能有几百人，你去升荣客栈，找到泥鳅，就能找到他们。"

"升荣老店？我知道在哪儿，没问题，等天亮就出发，从南军那儿借一套衣裳，混进城很容易。"

韩孺子想再交代一番，又不想给蔡兴海施加更多压力："自保为重。如果见到杨奉，听他的命令。"

韩孺子相信杨奉必然掌握着什么，如今的当务之急就是与杨奉取得联系，但他没有对蔡兴海特意强调这一点，倒不是怀疑胖太监的忠诚，而是不愿让对方过于冒险。

天很快就亮了，宿卫军没有偷袭，崔太傅也没有亲率大军来进攻。

蔡兴海身穿南军盔甲出发的时候，望气者林坤山刚刚绕过京城西北角，一队南军前来接应，将他带回西城。

西城变成了一座大军营，百姓都被撵走，一些房屋被推倒，木石、泥土用来封堵街道与城墙。

东海王就住在西门以内，万一有变，上马就能出城。

屋子的原主是一名商人，地上堆积着铜钱和散碎金银，他本来是要带着这些东西逃走的，结果还没来得及装起来，人就被架出去扔在了街上。

东海王对这点钱不在意，崔太傅更看不上，甚至没有派人收拾一下。

一看到林坤山进来，东海王离开椅子，问道："怎么样？韩孺子相信你吗？"

林坤山摇摇头："倦侯不相信我，但他自以为安全，总是没错的。"

"我就知道他会上当。"东海王转向坐在一边的崔宏，"舅舅，该做决定了。"

"此事还需从长计议。"崔宏神色暗淡，他最初只想抬尸问罪，弄清城内究竟发生了什么，没想到东海王竟然占据了西门，他一时脑热，受邀率军进城，甚至烧掉了后方的大营，原以为能一举得胜，没想到竟然陷入僵持状态。

僵持得越久，对南军越不利，即使城外没有倦侯虎视眈眈，各地陆续赶来的援兵也会将南军压垮。

"没时间计议了。"东海王压抑心中的恼怒，"想当初，楚、赵、齐三国争夺天下，楚赵鏖战，齐国旁观，贪图渔翁之利，太祖和当时的赵王是怎么做的？"

崔宏不语，东海王抬高声音："太祖和赵王暂时罢手，南北夹攻，击破齐国，若是没有这一战，太祖定鼎天下要推迟三五年。韩孺子自以为能够坐山观虎斗，来一次双虎齐出，看他还能不能坐得住？"

东海王觉得这是一条妙计，所以显得十分兴奋。

崔宏又考虑了一会儿："当初楚、赵争锋，各退百里，然后才同时出兵，夹攻孤齐，不用太担心对方的偷袭。可南军与宿卫军在城内对峙，谁也不可能退出城外，万一我派兵去攻打倦侯，而上官盛举兵攻我，被夹攻的就不是倦侯，而是南军了。"

上官盛肯定也会有同样的忧虑，彼此怀疑的双方，不可能同心协力。

"可是这样耗下去，我和英王谁也当不上皇帝。"东海王有点心急，"韩孺子背后还有一支北军哪，北军一到，咱们与宿卫军就算联手也打不过啊。"

林坤山上前道："让我去劝说上官盛吧，形势逼人，双方都得各让一步。"

崔宏寻思了好一会儿："那就麻烦林先生走一趟，如果要夹攻倦侯，最迟明日午时就得各自出兵，倦侯声称北军三日可到，我担心到得会更早一些。"

崔太傅写了封短信，派将官带林先生去找两位御史大人，通过萧声与申明志想办法进宫与上官盛谈判。

只剩下舅甥二人时，东海王没那么自信了："林坤山能说服上官盛吧？"

"只要他想，林坤山还是有这个本事的。"崔太傅比较看好望气者，"花缤的手下可用吗？上一次他派了三名所谓的高手去刺杀倦侯，可没成功。"

"放心吧，我见识过那几个人的身手，没问题，今晚爬进皇宫，等上官盛派兵出城，他们夺钥匙打开宫门，谭家人前驱，数千南军随后，必能夺下皇宫。到时候外推韩孺子，内擒英王，帝位就是我一个人的，嗯，也是崔家的。"

舅甥二人相视而笑。

"有你母亲的消息吗？"崔宏问。

东海王神情一冷："担心也没用，所以我当她已被太后所谋害，谁也不能阻止我夺取皇宫。"

虽然这是自己的外甥，崔宏仍然在想，今后与新皇帝打交道时，得小心行事。

蔡兴海混进西门，正在想办法前往南城时，林坤山已经获准进宫。

林坤山向倦侯提起了宝玺，却没有透露东海王的真实计划，自愿为崔太傅当说客，却没有指出宝玺很可能已经丢失。

对他来说，大势如水，怎么流都行，只要拿到宝玺，望气者就能立于不败之地。

上官盛有一百个理由感到愤怒，却找不到一个人让他宣泄怒火，林坤山和萧声正好在这个时候送上门来。

没有朝拜的群臣，同玄殿显得太空旷、太阴森，上官盛不喜欢那里，所以选择小许多的勤政殿当作接见之所。

英王坐在宝座上打盹，上官盛站在正中间宽大的桌子边上，左手扶着剑柄，这是他赋予自己的一项特权，可以在勤政殿里携带兵器。

林坤山和萧声在宿卫士兵的带领下进入勤政殿，一看到上官盛的架势，就知道这不是一场平等的谈判。

要说趋炎附势，左察御史经验更丰富一些，可要说心无挂碍，望气者更胜一筹，萧声一路上都在寻思如何面对英王和上官盛，林坤山却连想都不想，一见上官盛神情不善，马上急行两步，跪在地上，向远处的宝座行叩首之礼，大声道："草民林坤山拜见陛下。"

英王被这一声惊醒，急忙挺直身体："咦，我好像认得你。"

"草民林坤山，曾与东海王一块儿听宣争位规则。"

"哦，我就说嘛。东海王怎么没来？他说要带我出去玩，好几天没露面了。"

"东海王也一直惦记着陛下，听说陛下龙体欠安，东海王不好过来打扰，派我过来探望。"林坤山怎么说都行，一点也不觉得自己是在撒谎，对称谓更是见风使舵。

萧声一下子尴尬了，站了一会儿，也跟着跪下，嘴里哼哼唧唧，还是没法说出"陛下"两个字。

英王倒不在乎，拍拍自己的瘦小胸膛，咳了两声，急迫地说："瞧，我已经好了，还当上了皇帝，让东海王进宫，我封他……上官将军，什么官比王更大？"

上官盛也很尴尬，说道："陛下忘了吗？东海王是坏人，是陛下的敌人，要夺陛下的宝座。"

英王双手按在宝座上："对，你说过，东海王和崔宏作乱，包围皇宫，不让我……不让朕出去，快把他抓来，我要问个清楚，凭什么抢我……抢朕的宝座！"

上官盛使个眼色，站在宝座旁边的一名太监躬身上前，在英王耳边说了几句，英王点点头，由太监抱着，被送到阁间里休息。

林坤山和萧声这才起身，都觉得自在多了。

上官盛压下去的怒火又蹿起来，在桌上重重一拍，厉声道："四名争位者当中，倦侯出城、东海王毒杀冠军侯，只有英王无辜，由他继承帝位，顺理成章！"

萧声被迫进宫，不负责谈判之事，所以低头不语。林坤山叹息道："唉，好好的一场争位选帝，续上古之后，开万世之先，若能成功，该是一件多好的事情啊。"

上官盛重重地"哼"了一声，虽然瞧不起望气者的谄媚，心里却很受用。

"不过说到谁最有资格称帝，只怕是众说纷纭，一时之间争论不出结果，何不……"

"确立正统，乃是朝廷头等大事，一点也不能马虎，更不能耽误，英王称帝，谁有意见？萧御史，你说呢？"

萧声最头痛、最害怕的就是这个问题，低着头、拧着眉，长长地"呃"了一声，像是要发表长篇大论，又像是要打一个酝酿已久的喷嚏，半天也没吐出一个字。

上官盛大怒，他最恨的不是东海王、崔太傅，也不是望气者，而是大臣，英王称帝两三天了，居然没有一名大臣进宫参拜，全都托病在家，要不是忙着与南军交战，上官盛早就派士兵将这些"病重"的大臣一个个拖进宫来了。

"萧御史，你是朝廷重臣，身负监察之责，眼见朝廷动荡、群魔乱舞，就一点也不关心吗？"

"这个……我只是送林先生进宫，其他事情……"萧声后悔自己参与得太深，要不然此时此刻也能像其他大臣一样，躲在家中静观其变了。

林坤山上前几步，隔着宽大的桌子对上官盛笑道："没错，国不可一日无君，谁当皇帝不仅是朝廷的头等大事，也是整个天下的头等大事，上官将军想要讨论……"

"这不是讨论。"上官盛冷冷地纠正，"这是事实，接不接受，就看你是不是大楚的忠臣。"

"我是草民，也是忠臣。"林坤山脸上的笑容一点不变，"不过讲述事实也需要时间，等到倦侯进京，讲述事实的人就是他了。"

上官盛眉头一皱："倦侯？他凭什么进京，他已经出城，意味着退出争位。"

上官盛一门心思只认可争位的结果，别的事情全都视若无睹。

"倦侯眼里另有一种事实，他觉得自己从前是皇帝，退位乃是被迫为之，算不得数，所以他要恢复帝位，而不是争取帝位。"

上官盛在桌上又是重重一拍："倦侯无德，退位理所应当，天下人所共见，他怎么敢说出'恢复帝位'这种大逆不道、无耻至极的话来？"

"只凭倦侯一个人，他当然不敢说，可是若带着十万北军、四万南军进京，他怎么说都行。"

上官盛怒不可遏，但是不再盯着萧声，转向北方，大声道："我就不信天道无眼，倦侯若敢带兵进京……"

林坤山插口道："上官将军要请他进宫讲'事实'吗？"

这话颇有调侃意味，上官盛神情骤冷："你说什么？"

"我的意思是，与其让倦侯进城来讲'事实'，不如出城给他一个'事实'。"

上官盛冷笑："让我出城，给东海王和崔宏腾地方吗？"

"崔太傅愿意出兵四万，城内只留一万人，上官将军也在城内留一万人，剩下的能派多少是多少。"林坤山随口给出数字，好像这都是崔太傅安排好的。

上官盛就是这么以为的："崔宏明明带来六万人，还有一万人哪儿去了？"

"伤病者，留在城外，本来就没有进城。"林坤山答道。

"只留一万人在城里……你是让我派出九万人出城作战吗？"上官盛随随便便就将宿卫军变成了十万人。

林坤山也不戳穿，笑道："想要一举剿灭倦侯，就得以雷霆之势出击，派出多少人都不嫌多。"

"我怎么知道崔宏不是在骗我出兵，然后他趁机进攻？"

"互派将领监督，谁也不能在城里超过一万将士。"

上官盛思忖良久，突然冷笑一声："东海王和崔宏担心倦侯有北军相助，是因为他们孤立无援，坚持不了多久。我有什么可怕的？整个天下都支持当今圣上，赶来救驾的义军将会越来越多，今天就有一支军队到来，正驻扎在东门外。"

援兵宁可留在城外也不肯进城，已经表明了观望态度，林坤山仍不戳穿假相，笑道："能提前轻松解决的小问题，何必养成大麻烦呢？何况京城乃是天子脚下，越早荡清越有助于提升陛下的声望。"

上官盛冷淡地说："崔宏还真是看不上自己的女婿啊，毒杀一个，现在又要杀死另一个，他若是肯向当今圣上俯首称臣，什么问题都解决了。"

林坤山笑而不语，让上官盛自己去思考崔宏会不会屈服。

上官盛深吸一口气："可以考虑。"

"临事不决，必受其害，倦侯声称北军三日可到，很可能会提前，明天若是不能将其剿灭，后日必成大患。"

上官盛受到催促，疑心陡生："成为谁的大患？"

林坤山知道自己受到了怀疑，笑了两声，瞥了一眼身边的萧声，说道："萧大人好像有些疲倦，是不是要休息一下？"

"啊？我……我的确有点累了。"

上官盛将萧声叫来，就是想训斥一顿，被望气者将目光引到倦侯身上之后，痛骂大臣的心情也就淡了："萧御史可以出宫，请萧御史回去之后好好想一想，自己配不配得上左察御史之职？"

萧声面红耳赤地告退，发现除了东海王，自己已是别无选择。

勤政殿里，林坤山收起笑容，直接问道："上官将军找到宝玺了吗？"

上官盛脸色巨变："你怎么知道……"

"我当然知道，如今三方争帝，谁有宝玺谁就能发布圣旨，不管另外两方承不承认，大臣们却会承认。"

"哼，大臣有什么用？全都躲在家里当看客，等我腾出手来，要一个一个地收拾。"

"大臣眼下用处不大，可是争帝之战僵持下去呢？倦侯被灭，还有东海王。我不太懂打仗的事，但是听人说过，大军交战，三天之内比的是将士强弱多寡，五天之内比的是士气与谋略，超过五天，决定胜负的只有粮草。京城富户众多，藏粮想必不少，可以就地取食，就算能坚持十天吧，十天之后就得调运粮草。没有圣旨、没有大臣的配合，调粮、征粮千难万难，除非去抢，这可不像帝王之师会做的事情。"

上官盛一下子被说动了，恨恨地道："宝玺本应该在我手中，可是太后……太后……"上官盛终究不敢说太后的不是，"我猜宝玺被杨奉藏起来了，他不肯交出来。"

"杨奉还在宫中？"

"嗯。"

"给我半天时间，子夜之前，我让他交出宝玺。"

上官盛再次警惕："我为什么要相信你？"

"因为皇宫在上官将军的掌握之中，我顶多找不到宝玺，但凡有一点线索，还能逃出去不成？"

"你不是来谈判的？"上官盛疑惑地问。

"我是来谈判的，倦侯不灭，数日之内帝位必然归他所有，到时候宝玺也就没用了，上官将军应该立刻派人去与崔太傅接洽，商谈合攻倦侯之事，动手越早越好。我留在宫中当人质，顺便为上官将军找回宝玺。"

上官盛本应找人商量一下，可他现在不相信太后，只能自己做决定，想了好一会儿，说："那就先灭倦侯，明日清晨可以出兵。今晚子夜之前，你给我找回宝玺。"

一提起宝玺，上官盛果然减少了对进攻倦侯的怀疑。林坤山笑着点头："让我去见杨奉吧，若能劝服他，将是望气者的一大荣幸。"

杨奉是所有望气者的敌人，因他被抓或被杀的江湖术士有数百人，直接死于他手的望气者就有七八人。

"打败你会是我一生中最大的荣耀。"林坤山笑吟吟地说，"顺势而为，从前你的势太强，我们没法动手，派刺客？那不是我们的风格，淳于恩师说过，'势者无形，观者有形'，只要耐心等待，总能等到自己所需的大势，即使它只能维持很短的时间，只要紧紧抓住，就能实现之前看似不可能的目标。"

杨奉靠柱而坐，身上缠着绳索，身上明显带伤，目光冷漠，对望气者不理不睬。

相对于谋士，上官盛更相信直接的武力，怀疑杨奉得到宝玺之后，立刻对他加以严刑拷打，甚至亲自动手，结果一点线索也没问出来。

杨奉没有被关进监狱，而是被缚在太祖衣冠室外面的一根柱子上，上官盛怀疑杨奉就是在这里得到宝玺的，已经搜了个底朝天，还是一无所获。

林坤山坐在台阶上，扭头就能与杨奉平视，轻松地吐出一口气："你的失势只有几天，一旦倦侯进京，杨公就是天下最有权势的太监，不过——"林坤山笑着摇摇头，"你得保证自己能活到那个时候。"

杨奉盯着自己的脚尖："淳于枭派你来的？在我见过的望气者当中，你的水平顶多算是二流。"

"这就是势的重要。"林坤山对杨奉的贬低毫不在意，甚至还有一点兴奋，庭院里没有别人，他可以畅所欲言，"腰缠万贯的时候，官老爷见你也要客气三分，等到一贫如洗，挑夫商贩也能呵斥你几句。林某固然不是一流的望气者，可杨公更不是从前的自由身了。"

林坤山无端地长叹一声："气势流转不休，人生境遇就是这么不可捉摸。好比上官盛，伯父上官虚若是再强势一些，也轮不到他今日独掌宿卫兵权；好比崔宏，他若是将眼光放得更长远一些，本应左右逢源，也不至于只剩下东海王这一条路可走；还好比倦侯，势之起伏，在他身上最明显不过，就在明天，若有北军及时相助，他是英明神武的皇帝；若无，他是狼子野心却遭天谴的废帝。此时此刻，谁能看破倦侯明天的命运？"

杨奉静静地听着："这就是望气者扰乱天下的目的？让'气势流传不休'？"

"何为因？何为果？杨公的想法还是太死板了一些，我们看到大势将变，上前轻轻推了一下，势越多变，我们推得越多；我们推得越多，势越多变。顺势而为，也是与势沉浮。"

杨奉沉默片刻："我终于知道平时的自己是多么令人讨厌了。"

林坤山微微一愣，随后反应过来，杨奉是在讥讽他好为人师、喋喋不休。

"哈哈，请杨公原谅我一时得意忘形。"林坤山稍稍侧身，靠近杨奉，"上官盛怀疑你将宝玺藏在衣冠室里，可他已经搜过了，没有找到，那就只剩一种可能，杨公已经将宝玺转交给宫中的某人。"

"还有一种可能，宝玺根本就没碰过我的手，太后为何要将这么重要的东西交给我？"

"太后的心思已经不能用'势'来解释了，但我相信，她的确将宝玺给了你。"

"继续说。"

"杨公显然是要将宝玺送给倦侯，以我望气者的眼光来看，杨公做决定太早了一些。"

"嗯，接着说。"

"我能理解杨公的用意，不建奇功，怎得重赏？为此受点苦也很值得。不过奉上宝玺也看时机，时机不同，功劳也不同。北军一至，倦侯以势压人夺得帝位，宝玺不过是锦上添花，带来的功劳还不如杨公眼下所受的捆缚之苦。可要是现在，明日天亮之前，将宝玺送给倦侯，倦侯能用它号令群臣、瓦解南军与宿卫军，这份功劳可就大了。"

"嗯，再说。"

"为杨公着想，宝玺必须尽早送到倦侯手中……"

"真巧，你在为我着想，我却在替望气者着想。"

"呵呵，是很巧。望气者的想法很简单，希望洗去罪名……"

"不行，换一种说法。"杨奉严厉地说，不知不觉又露出好为人师的严厉。

林坤山脸色微微一红："望气者顺势而为，倦侯的大势最为明显，所以……"

杨奉摇头："再换一种。"

"奉送宝玺乃是大功一件，望气者不想看到杨公独专……"

"稍好一些，但是不够，还得再换。"杨奉仍不满意，非要将林坤山的全部想法逼问出来不可，甚至可能逼问出一些原本不存在的想法，被缚在柱子上的他，反而更像是审问犯人的刑吏。

林坤山挠头，站起身，在院子里来回踱步，突然止住，脸上露出一丝微笑：“我想到了，杨公的确聪明，你不当望气者，真是可惜。”

杨奉冷脸不语。

“我要将宝玺送给倦侯，助他恢复帝位，同时也要选择一个恰当时机，将这个消息通报给崔宏和上官盛，劝他们尽早逃离京城，各奔东西。嗯，上官家本是东海国人氏，那里与齐国接壤，上官盛若能合并两国，向外扩展一点，足以自守。东海王在东海国没有根基，崔太傅可以带他去江南，那里盗匪众多，通过花家，也能凭江自保……”

林坤山有点兴奋：“如此一来，三分天下，气势运转更加快速，望气者如鱼得水——可杨公能从中得到什么好处呢？”

“仔细想。”杨奉就是不肯主动透露心中的想法。

林坤山再次陷入沉思，突然笑了一声：“我是来劝说杨公交出宝玺的，怎么反了过来，变成杨公劝说我了？”

杨奉身体不能动，稍扬下头，示意林坤山别分神。

“杨公觉得倦侯即使有北军相助，也未必能夺得帝位？不对，北军势众，肯定能……啊，所以上官盛与崔宏到时候必须联合，不管现在打得如何激烈，只要北军出现，双方只能联合。然后是一场大战，倦侯即使胜利，也会是惨胜，城内城外会死许多人，走投无路的宿卫军与南军很可能在城里大开杀戒，宫人、大臣、读书人——杨公好像很在乎读书人？”

杨奉不屑于回答这种问题。

林坤山笑了几声：“总而言之，杨公希望倦侯能得到一个比较完整的京城和朝廷，为此宁可三分天下，让倦侯慢慢收拾另外两股势力，对吗？”

“你能想到这里，已经足够了，再多的事情你也理解不了。”杨奉平淡地说。

林坤山大笑：“没错，只要能够互相理解就行，没必要挖得太深。怎么样，杨公愿意告诉我宝玺在哪儿，让我把它带给倦侯吗？”

杨奉认真地思考了一会儿，一字一顿地说：“不愿意。”

林坤山脸色微变，干笑道：“杨公引我说了这么多话，只是为了消遣吗？”

“反正坐在这里也是无聊，顺便看看你的聪明才智有多少。”

“杨公可还满意？”林坤山脸上的笑容越来越僵硬。

“嗯……”杨奉仔细打量了一会儿，“可做走狗，不可做谋士，我建议你重回师门，再学十年。”

林坤山大笑，这是望气者的惯用招数，用笑声掩饰尴尬，用笑声让对方捉摸不透，用笑声争取思考时间。

这一招对杨奉无效，他闭上眼睛，看样子是要小睡一会儿。

林坤山盯着杨奉看了一会儿，转身走出院子，脸上没有笑容，他又败了，这与宝玺无关，而是身为一名望气者，竟然被杨奉灌输了一些想法，这些想法合情合理，以至于他不能不想，也不能驱逐。

"还不如杀死他……"林坤山推门的一刹那，冒出这个最简单的想法，一只脚迈过门槛，他又改了主意，赌徒就算抢劫，也要选择不相关者，不能正掷骰子期间突然改为抢劫对面的赌友，那样的人品，不配被称为"赌徒"。

望气者与杨奉之间进行的就是一场赌博，杨奉暂时领先，望气者却没有认输，林坤山跺下脚，想出一个主意。

上官盛正在布置明天一早的进攻，安排得差不多了，命令众将退出，才对早就等在一边的望气者说："拿到了？"

"天还没黑呢。"林坤山笑道，他承诺的时间是子夜，还有几个时辰，与杨奉交手之后，他急需在别人身上重建信心，脸上的笑容因此倍显真诚。

"倦侯必须除掉，越早越好。"上官盛头也不抬地说，好像这是他最先想出的主意。

望气者最喜欢这种人，上前几步，走到上官盛对面，笑道："若是拿到宝玺，能除掉的就不只是倦侯了。"

上官盛冷冷地说："在我面前不要玩弄望气者那一套，有话直说。"

"是是，我现在不是望气者，只是一名想要立功的草民。"林坤山停顿片刻，"杨奉将宝玺交给了宫里的某人。"

"谁？"

"他不肯说。"

"嘿。"

"但我有办法找出来。"

上官盛终于认真地看向望气者。

"请上官将军放出风去，说明天一早就要合攻倦侯。"

"这是事实……不怕泄密吗？"上官盛皱眉道。

"倦侯就算知道也没有办法，他如今骑虎难下，若是撤退，不仅手下的南军会溃散，北军也可能对他失去信心。"

"那放风给谁听呢？"

"给宫里的人，让偷藏宝玺的人明白，事不宜迟，今晚必须将宝玺送到倦侯手中，然后……"

"然后我将守卫放松一点，今晚谁偷偷出宫，谁就拿着宝玺。"

"妙计，上官将军大事必成。"林坤山赞道。

"你真的效忠于我？"上官盛问。

"顺势而为，大势尽在上官将军这边，我还有什么选择呢？只能、必须、不得不效忠上官将军。"

上官盛冷冷地"哼"了一声。

与杨奉交手就像是攀爬高山，虽然没有登顶，过后再爬小山，却变得十分轻松，光凭这一点，林坤山就觉得应该留他一命。

林坤山相信，今晚这一计足以打败杨奉，只要一次胜利，望气者就可以毫不在意地杀死这名太监了。

城里出奇地安静，没有进攻、没有侦察、没有信使，那两支僵持不下的军队，似乎完全忘记了城外还有将近四万将士。

随着时间一点点推移，前方斥候在高塔之上望见城内军队调动频繁，韩孺子听到消息之后越发焦躁不安，午时过后不久，崔腾带来确切消息。

崔二公子从城里跑回来，连盔甲都没穿，冲进帐篷大声道："妹夫，快跑吧，城里已经传遍了，南军和宿卫军要合伙发起进攻，就在明天早晨，现在跑还来得及。"

他站在门口，一只手举着马鞭，另一只手向韩孺子召唤，一脸急迫的样子。

"崔太傅肯放你出城？"韩孺子问。

"父亲没空管我，他现在焦头烂额，光想着怎么打败上官盛和你，一点亲情也不顾了。妹夫，你不该留在这里，父亲这回动真格的，肯定会杀你。"

"他派出三名刺客的时候，不是来真的？"韩孺子微笑道，一旦知晓对方的计划，他反而没那么紧张了。

"刺客好对付，南军和宿卫军联手，你可打不过。"崔腾一点也不客气，"别在这里等死，咱们去找北军。"

韩孺子想了一会儿，摇摇头，"我不能走。"

"为什么？反正有十万北军兜底儿，回头再战就是了。"崔腾惊讶地说。

韩孺子当然不能走，因为他的存在，城内的两支军队才不敢轻举妄动，他一走，南军与宿卫军必然展开一场大战，胜者为帝，占领整个京城和朝廷，一旨传出，即便没有宝玺，也能号令天下。

一旦大势已定，北军肯不肯为他作战，谁也无法预料，就算北军完全忠于他，接下来也是一场硬仗，而且是一场不义之战，支持他的人会越来越少。

"因为……一走了之会显得我太胆小。"韩孺子将原因简化为这样一句话。

崔腾放下马鞭，认真地点点头："没错，我就佩服你的胆量，怎么办？要不……咱们干脆率军冲进城，大家一通乱打，凭勇气获胜，就算死了，也能流芳千古。"

崔腾眼睛都亮了，真心觉得这是一个好主意。

韩孺子笑道："咱们若是死了，不会流芳千古，只会遗臭万年，被认为是不自量力的傻瓜。"

"当傻瓜我不在乎，遗臭万年……有点不美。妹夫，你说怎么办？"

韩孺子长出一口气，想来想去，他身边还真没有可用之人，他的亲信不是远在北军，就是被困在城内。

"你真愿意帮我？"

"当然。"

"我若胜了，崔太傅和东海王都是罪人。"

崔腾一愣，他还从来没仔细想过战后的事情，琢磨了半天，道："你会杀我父亲和东海王吗？"

"只要他们肯投降，我自会宽宏大量。"韩孺子说。

崔腾咧嘴笑道："这就得了，我父亲和东海王若是获胜，肯定会杀你，而你获胜不会杀他们，所以我帮你，这样一家人还是一家人。"

韩孺子有点不忍心骗他，可在这场战争中，最无用处的就是真话。

"我要你带领五百北军即刻出发，前去迎接北军主力，明早返回。"

"北军离得这么近了？"崔腾大喜。

韩孺子"嗯"了一声，对崔腾来说，解释越多他越糊涂，所以韩孺子干脆只下命令，拿起笔纸，写了一封短信，放入函中，以蜡油封口："带上这封信，到白桥镇拆开，记住，必须在白桥镇，不能早，也不能晚。"

"锦囊妙计吗？"崔腾激动得声音都颤抖了，几步跑来，小心翼翼地拿起信放入怀中，隔着衣服轻轻抚摩，"信里到底写了什么……我不问，白桥镇，记住了。我这就出发，夜里能到白桥镇，接到北军主力，然后返回，明天早晨——时间可能有点紧。"

"尽快就好，但是一定要到白桥镇。"

"明白。"

韩孺子叫来北军将领，让他们立刻调派五百将士跟随崔腾前往白桥镇，而且多给马匹，每人两匹，确保马不停蹄地前进。

不到半个时辰，崔腾带兵出发，头脑简单的他，也没多问，忙碌了一阵就深信北军主力离京城已经不远，他的情绪感染了许多人，等五百军士离营北上，整个营地里的将士都以为北军明早就能赶到。

事实上，北军主力还没有任何消息，韩孺子给崔腾的信是让他在白桥镇带回一批北军旗帜，以虚张声势。

蔡兴海率领的北军在白桥镇外有一处营地，当初走得匆忙，很多东西留在了营中，其中就包括一些旗帜，如果时间来得及，韩孺子还要求崔腾找些黑布，临时伪造一批。

韩孺子实在无招可用，没有援兵，只好创造一支援兵，希望明早能够吓住城里的两支军队，给自己再争取一点时间。

对城外的南军，这一招的确很有效，他们不管时间是否合理，都以为倦侯多日前就做好准备，北军因此早已上路。

韩孺子召见南军将领，没有隐瞒即将到来的危险，甚至声称城内的进攻很可能提前，对崔腾前去迎接的"北军"却只字不提，让将领们自己去猜，也给自己留些余地——明天北军主力没有现身，谁也不能说他撒谎。

"明早这一战，守住营地就是胜利。"韩孺子有意含糊其词，"可咱们的地势不好，诸位有何高见。"

南军将领无不盼望着战后得到重赏，又以为北军明天必至，因此抢着出主意。

"不如后退一段距离，十里外有一处高地，倒是易守难攻。"

"只有一个晚上，来不及建营，而且咱们退后，留给城内两军腾挪的地方就大了，更利于他们联手。万一咱们撤退的时候，他们出来追赶，这一战更难打。"

"那就把附近的民房拆掉，还来得及建一圈矮墙，多少能挡一阵。"

"那得提防火攻。"

"不如以攻代守。"

"对面就是城墙，咱们连云梯都没有，攻哪儿？"

"咱们得坚持多久？一个时辰？半天？还是一整天？"

……

众说纷纭，最后众将都看向倦侯，等他做出决定，韩孺子认真听取了每一个人的意见，想到一个主意，崔腾也曾提出过，被他否决，现在想来却有几分道理："以攻代守……"

"京城守卫森严，我军缺少器械，攻城就是自寻死路。"一名将领再度提醒。

韩孺子想的却不是攻城："诸位以为城里的南军和宿卫军会齐心协力吗？"

众将互视，一人开口道："那不可能，别说两军各为其主，正在争夺帝位，就是在平时，我们南军也瞧不起宿卫军，他们都是花架子，比北军还不如。"

众将发出笑声，想起倦侯就是北军大司马，又急忙止笑。

韩孺子并不在意，自己也笑了，随后正色道："如此说来，城内南军与宿卫军的联合只是权宜之计。"

众将没有开口，这是明摆着的事实，不需要回答。

"既然是权宜之计，咱们为何不能与城内南军联合进攻宿卫军呢？大家都是南军，同属一脉。"

众将面面相觑，谁也不傻，都知道倦侯有称帝之意，只是北军主力未到，他不肯公开承认，众人支持倦侯，也是为了日后能有拥立之功，可也正因如此，崔太傅绝不可能与倦侯联合。

"谁去谈？崔大司马和东海王会同意吗？"一名将领问道。

"不用谈，只要让宿卫军相信有这样一个联合就行了。"

一些将领明白了倦侯的计策，另一些人还在莫名其妙，韩孺子道："我要在城里的军队出击之前发起一次进攻，直扑北门，宿卫军一旦心生怀疑，很可能闭门不出，宿卫军不动，城内南军大概也不会动。"

所有人都明白了，初想起来此计有些突兀，细想起来，却很可能成功，三支军队互相猜疑，任何一点异动都可能被放大。

众将开始称赞这是妙计，韩孺子将功劳归于那位提出"以攻代守"的将领，然后将具体安排交给众将处理，这次进攻的时机选择很重要，必须恰到好处，不能太早，也不能太晚，还得及时撤回来，以免损失惨重。

营里虽然有将近四万名将士，可是来得匆忙，除了随身携带的兵甲与粮草，几乎什么都缺，众将官与军吏努力安排，最后也只能聚集五千人马发起进攻，好在这不是一场求胜的战斗，五千人足矣。

一切准备妥当，已是二更天，五千将士上马就能出营冲向京城，其他士兵则准备守营，要及时挪开道上的鹿角栅，还得及时摆回去，一场虚假冲锋，牵动的是整个营地。

韩孺子再无他法，只能等待，至于明天之后该怎么办，只好走一步算一步。

这是一个鬼鬼祟祟的夜晚。

差不多在同一时刻，花缤手下的几名高手由水路悄悄潜入皇宫，他们的任务很简单，也很艰巨，要夺取钥匙，打开一座宫门，放谭家的队伍和南军进宫。

上官盛则安排宿卫军有意放松守卫，打算引蛇出洞，找到那枚丢失的宝玺。

在受到忽略的南城，蔡兴海已经与泥鳅等人会合，要与监视他们的谭家人展开一场激战，还要想办法救出那些被南军控制的倦侯支持者。

人人都对己方的计划充满信心。

第二十二章

逃宫

林坤山与一群宿卫将士站在院子里，只要外面发出信号，他们就一拥而出，拦截出宫者。

上官盛以方便将士出行的名义开放了东边的一座宫门，守卫不严，想要混出皇宫的人，很可能会试一试，出宫之后有一条巷子是必经之路，林坤山等人就守在巷子出口的一座院子里。

二更多了，外面传来拍手声，十来名宿卫士兵推门而出，林坤山没动，坐在唯一的凳子上，面带微笑，静静等待。

没多久，出宫者被带进来，那是一名三十多岁的太监，吓得浑身发抖，几乎是被拖进院的。

"你叫什么名字？"林坤山语气和蔼。

"蒋……蒋添福，增添的添。"

"嗯，好名字，你为什么要出宫？"

"家里……有人生病。"

"太监也有家？"林坤山有点意外。

太监拼命点头，向周围的宿卫士兵投去求助的目光，没人搭理，他只好说道："只要太后或者陛下允许，太监也能成家，我是太后允许的。"

林坤山笑了一声，很想问问太监的家人都是哪儿来的，可他还有更重要的事情："交出来吧。"

太监一愣，又看了看周围的士兵，似乎觉得人太多，有点不好意思，犹豫了一会儿才伸手入怀，摸摸索索地掏出一个小小的包裹，十分不舍地送过来。

林坤山脸上带笑，可是一接过包裹就觉得重量不对劲儿，宝玺是玉制的，不应该这么沉，他的笑容减少了几分，迅速打开包裹。

里面是三块小金砖。

"这是什么？"林坤山收起笑容。

"这是……送给大人的一点孝敬。"太监老老实实地说，他不认得望气者，只好笼统地称为"大人"。

林坤山翻手将金砖扔在地上："宝玺在哪儿？"

太监一脸困惑，他当然知道宝玺是什么，可是绝对想不到它能与自己发生联系，因此一头雾水："应该……应该在掌玺令那里吧。"

"搜身，从头到脚地搜。"林坤山下令，见惯了大人物，他实在没法对一名普通太监"顺势而为"，更愿意采取简单粗暴的手段。

两名士兵架起太监的双臂，另一人仔细地搜，很快就搜出另一包黄金和珠宝，就是没有宝玺。

"你为什么要悄悄出宫？"林坤山严厉地问。

"家里有人……"

"你撒谎，什么病需要你带这么多金子出去？"

"真是家人有病，病得很重。"

"砍掉他一只手。"林坤山命令道。

一名士兵拔出刀，太监蒋添福扑通跪下："大人饶命，我说实话。"

林坤山摆手制止士兵："快说。"

"宫中……传言。"蒋添福再次偷瞄周围的士兵，颤声道，"宫中传言，宿卫军一旦战败，就要捕杀宫人，绝不将我们留给……别的皇帝。大家都很害怕，我也很害怕，所以……所以想出宫躲一阵……"

"大家？"林坤山突然感到不安。

"对对，想要出宫避难的人不止我一个，很快……"

蒋添福话未说完，外面的拍手声响成一片，一名士兵破门而入，急切地说："几十人……不，几百人……"

林坤山大惊，起身大步走到院门口，向外面的街面望去。

夜色中，说不清多少人正在狂奔，有太监和宫女，恍惚间似乎还有少量士兵，嘴里也不发出声音，只是拼命地跑，好像身后有猛兽追赶。

林坤山目瞪口呆，眼看人群就要从身边经过，才急忙喊道："拦住！拦住他们！一个也不能逃掉！"

宿卫士兵冲出院子，可他们的人数太少了，只有五十余人，面对的却是数百名舍命狂奔者，宿卫士兵连队形还没列好，双方就已经冲在了一起。

许多人被刀鞘和枪柄击倒，更多的人却冲过封锁线，逃入附近的大街小巷，再想追回来千难万难。

林坤山站在门口呆若木鸡，他还是上当了，杨奉竟然猜到了这一招，所以让

268

一大群人掩护藏玺者外逃，至于杨奉是如何与宫人联系的，林坤山完全摸不着头脑，也不感兴趣，他只悔恨一件事，自己为什么以为藏玺者会独自出宫？

因为宝玺太重要了，他以为杨奉绝不敢将如此贵重之物托付给多人，只能是一个人，却没有料到杨奉用来鼓动众人逃宫的说法，根本与宝玺无关。

林坤山回过神来，双手提起衣角，贴着墙壁，向巷子外面悄悄走去，刚走出几步，就被士兵拦住："林先生，人都抓住了，跟我们一块儿去向上官将军复命吧。"

这可不是"都抓住"，人逃走了一多半，可士兵们不想承担这个责任，他们就这点人，事前准备得不充分，这都要怪出谋划策的望气者。

在士兵的押送下，林坤山脸色苍白地向皇宫走去，频频回望，心里琢磨着怎样才能"顺势"摆脱丢玺之罪。

"三分天下"的想法又在他脑子里冒出来。

宿卫军集中在北城，南军占据西城，由于担心麾下将领背叛，双方都不敢分散兵力，东、南城因此遭到放弃，几乎没有士兵驻守，居民躲过战乱，可也不敢大意，大白天也没几个人敢上街，夜里更是全躲在家里。

成功逃宫的众人分散在大街小巷里，或回自家，或投奔亲友，很快消失得无影无踪，只有一名小太监拼命向南奔跑，可是速度很快就降了下来，显然是体力不支。

小太监不敢停，实在跑不动，就只能快步前行，到了南城，小太监遇到了更严重的问题——不认路。

小太监只知道要去南城，可是越往南走，街巷越是狭小复杂，黑夜里，连辨认方向都很难，更不用说寻找一家不知名的小客栈，只知道尽量向京城东南角行进。

前方站着三个人，小太监跑近了才发现，吓得尖叫一声，急忙转身，身后也站着两人。

"咦，这不像是太监，倒像是……是个女人。"

小太监不只尖叫声像女子，发抖的样子也像："你们……是谁？"一开口，更证明了身份。

"别管我们是谁。"面前的男子说道，发现这只是一名不会武功的女子，他的语气轻松许多，"你是从宫里逃出来的？"

"不是。"

"那你怎么会有太监的衣裳？"

"是。"

"到底是不是？"

"是。"女子稍微冷静下来，"不止我一个，很多人都逃出来了，据说宿卫军要屠杀宫人。"

"从哪个门出来的？"

"东青门。"她没必要撒谎。

几名拦路男子互相看了一眼，一人道："这算怎么回事？一群宫女都能闯出来，咱们还派人去宫里偷什么钥匙啊？"

"当着外人别乱说话。"另一人提醒道。

"其他人呢？"男子问道。

"在东城躲起来了。"宫女回道。

"你怎么跑到南城来了？"

听说这里是南城，宫女稍稍安心："我……我的亲戚住在南城，我是来投奔的。"

几名男子点点头，似乎接受了这种说辞，侧身让路，宫女身后的一名男子却赶上前："等等，先搜下身，没准她带着皇家的宝物呢。"

"别乱来，老吴，咱们有任务在身，欺负女人算什么英雄……"

"去去，我不是英雄，我就是……你们瞧她吓得这个样子，身上肯定有宝物，你们不搜，我来搜，宝物是我一个人的，没你们的份儿。"

另一名男子还想劝说，却被同伴笑着架走了。

只剩一名男子，站在宫女面前，笑着问："你叫什么名字啊？"

"我……我给你钱，你放过我吧。"宫女慌张地从怀里掏出一块银锭。

男子接在手里，举过头顶，借着月光瞥了一眼，还是看不清，但是觉得重量应该没错，这样一来，他更不能放宫女过去了："别急，你不经常出宫吧？"

"嗯。"宫女警惕地后退一步。

"宫里除了太监就是皇帝，没有别的男人吧？"

宫女又退一步："也有侍卫。"

"宫女能见到侍卫？"

"能。"

"呵呵，我觉得你在撒谎，你见不到侍卫，而且你身上还有更多宝物，嘿，你本人就是一件宝物，老子行走江湖这么多年，还没碰过……哎哟！"

男子捂着左脸，右手拔刀，转身怒喝："谁？胖子，是你吗？给我出来。"

没人现身，他的同伴都已经走远。

黑暗中又一枚石子射来，正中男子脑门，力量不小，一下子砸出包来，男子仓皇后退，"真有侍卫……"男子转身就跑，要去寻找帮手。

宫女呆立原地，不明白这是怎么回事。

一道身影悄悄靠近，低声说："佟青娥，跟我走。"

宫女吓了一跳，"你怎么知道我的名字？"

那人道："我是孟娥，咱们见过面。"

"啊，是你，太好了，我有东西要交给你，是杨公……"

"待会儿再说，先跟我走。"孟娥在前面引路。

佟青娥紧紧跟随，心中大安："这么巧，竟然在这里遇见你。"

"我负责在这一带监视谭家人，待会儿要跟他们打一架。"

"打架？我带来的东西更重要。"

孟娥止步，佟青娥上前，贴耳说了两个字，孟娥眉毛一挑："架还是要打，东西更要送出去，交给我吧。"

佟青娥将一件小包裹塞到孟娥手中，大大地松了口气："接下来的事情就看你的了。"

孟娥带着佟青娥拐弯抹角，没有去往客栈，而是停在一间民房前，轻轻敲门，里面立刻有人开门。

屋子里挤满了人，佟青娥在人群中看到了熟悉的面孔，不由得大喜："蔡大哥！"

蔡兴海一惊，正要开口，孟娥走上前，将手中的东西亮了一下。

蔡兴海大惊，虽然之前没机会亲眼得见，可他还是能认出孟娥手里的印玺绝非寻常之物。

他看了一眼门口的佟青娥，对屋内众人说："计划有变，咱们得送一件东西出城给倦侯，就算死，也得成功。"

宫女佟青娥的南城之行引发一连串的重大变化，即使是在尘埃落定之后，她也不知道那晚的许多事情都是自己的"功劳"。

首先是宫里的上官盛，听说一大群宫人逃亡，他非常愤怒，甚至比失去宝玺还要愤怒，在他看来，这是不可饶恕的背叛，屠杀宫人本来只是传言，他现在却开始认真考虑了——他认为留在宫里的太监和宫女也不尽可信。

然后是蔡兴海和孟娥，原本计划全力保护倦侯的支持者，见到宝玺之后马上改变目标，无论如何也要将宝玺送出城去，他们打算从守卫相对薄弱的东城门冲出去，然后由孟娥带着宝玺，绕城去与倦侯会合。

最后是崔太傅和东海王，两人还没听说宝玺的事情，却被一件意外的消息打动了。

在南城拦截孟娥的那些江湖人，将一群太监和宫女逃亡出宫的消息层层上报，很快到了东海王这里，他兴致勃勃地来找舅舅："皇宫东部守卫松懈，看来是天助我也。"

崔宏没那么自信："不管怎样，先派兵出城合攻倦侯，然后再做打算。"

东海王依赖舅舅的南军，不敢催得太紧，可是有些疑问他不得不说："崔二连大表哥的杀身之仇都不管不顾，跑出城去投奔韩孺子，舅舅为何……不肯拦阻？"

崔宏刚刚安排好合攻倦侯的事宜，他显得很疲倦，随口道："崔腾就是这个脾气，我管不了他，就让他自寻死路去吧，崔胜给我留了一个孙子，有他就够了。"

"舅舅真是狠心哪。"东海王告退，心里却很别扭，以为崔宏仍在脚踩两只船，他得另找一个备用的靠山。

花缤失去了崔太傅的信任，他推荐的三名刺客没能成功杀死倦侯，连人都不见了，南军部分将领作乱的时候，他也没有提供任何保护，等到南军与宿卫军开战，他彻底成为无用之人。

不满的东海王和失宠的花缤见面，很快就聊到了一起。

"江湖人不太可靠啊。"东海王盯着花缤，不客气地说，"一个个吹得挺响亮，不是上天入地，就是以一敌百、敌千，真到了用人之际，全都是废物，现在皇宫里还有好几百名江湖人被抓为俘虏，根本打不过宿卫军。"

"呵呵，各有所长，江湖人的武功可能没想象中的那么高，但是讲义气，承诺的事情宁死也要去做，当然，有时候可能会做不到。"

东海王冷笑一声，鉴于曾有一名江湖人在碎铁城外为保护他而死，他没有反驳花缤的话："这么说来，这次攻打皇宫还是未必能成。"

"谋事在人，成事在天。"

"嗯……花虎王怎么没来京城？我还挺想他的。"

"他年纪太小，又没别的本事，经不起京城的大风大浪。"花缤笑道。

"不来也好，无论这边事成事败，花家总算有人能安全地置身事外。"

花缤笑得有点儿勉强："崔太傅不也将崔腾送出了京城？"

崔腾是自己跑出去的，崔太傅没有拦阻就算是默认，东海王笑道："说的也是，人人都得准备一条后路，无可厚非，听说上官盛早早将自己的家人送到了关东。可是我没有退路，韩孺子也没有，我们只有一条路，无论如何都要当皇帝，死也要死在半路上。"

东海王想起了妻子谭氏，居然有点想念她，现在她和崔太妃一样，都在皇宫里生死不明。

花缤的笑容更加僵硬，没有接话。

东海王叹了口气："一个人若是有了退路，会变得更勇敢，还是更胆怯？"

花缤不能再装糊涂了："陛下担心我不肯尽心尽力吗？请陛下放心，我这把老骨头既然回到京城，就没打算完整地离开。"

花缤曾经逃过一次，而且是早有准备的逃亡，东海王不提往事，正色道："江湖人讲义气，这倒是真的，可城里的这些江湖人追随的是谁？不是我，不是我舅舅，是花侯爷和谭家。"

花缤脸色微变，终于明白东海王的用意，沉吟片刻，发现自己的确无路可选，说道："陛下若不嫌我老朽无能，我愿身先士卒，第一个冲进皇宫。"

东海王起身，拱手致谢："云梦泽来的英雄好汉，见到花侯爷冲锋在前，必定人人奋不顾身。"

花缤笑了两声，问道："谭家人呢？"

"谭家男子老少十五口，这回都要带头进宫。"

花缤无话可说。

"四更动手。"东海王扔下一句话，告辞离去。

在另一间屋子里，东海王找到了两位御史大人，一见面就问："你们承认我是皇帝吗？"

萧声和申明志相当于被软禁，逃不掉，也不敢逃，一听东海王的问话，急忙跪下："臣等忠贞不贰，陛下何出此言？"

"别害怕，我只是问，毕竟你们曾经支持过冠军侯，甚至愿意为他带兵闯入大都督府，你们为我做过什么呢？"

两人伏在地上不敢吱声。

"冠军侯死了，你们转而支持我，以后还想再转几次？"

"陛下已经登基，臣等绝无再转之理。"

"叫上你们的人，待会儿一块儿进攻皇宫，成了，你们两人就是左右宰相；不成，跟我去地下见桓帝、武帝。"

两人磕头领命，萧声说道："可那些读书人和柴家人不听我们的命令……"

"刀枪能让他们服从命令。"东海王冷冷地说，他已经站在悬崖边上，所有人都应该站在他身前，而不是身后，"攻打皇宫总要洒点鲜血，区别就是尽忠而洒血，还是被迫而洒血，对你们可能没有区别，对你们的家人却是天差地别。"

东海王对花缤还有一点商量的意思，对两位御史则是直接威胁。

离四更还有一段时间，东海王不想闲着，又去找柴家人，连哄带骗，承诺了一大堆官衔，换取他们的效忠。这份忠诚比两位御史更不可靠，但东海王的要求不高，只要这些人今晚能去皇宫冲锋陷阵就行。

最后，他去见那些读书人，在这里撞到了铜墙铁壁。

国子监和太学弟子们是这群读书人的主力，即使面对众多手持刀枪的士兵，也拒不承认东海王的帝位，聚在一起大声背诵先贤经典，甚至不肯与东海王对话。

东海王冷笑离去，下定决心要在事成之后清洗这些无用的书生。

四更未到，南城先发生了一场战斗，六七百人从不同地方冒出来，全都涌向同一家客栈，与客栈里的一批倦侯部曲里应外合，跟谭家安排的江湖人打了起来。

谭家手下寡不敌众，很快败退。

倦侯的部曲士兵其实只有二百多人，可他们混进京城之后，又从京南秘密招来许多亲友，数量翻了两番。

这个夜里，他们成为第一个行动的势力。

蔡兴海胆子奇大，带人攻打的不是东城门，而是皇宫，希望以此吸引宿卫军的力量，再由少数精锐力量护送孟娥出城。

与佟青娥一样，蔡兴海根本不了解此举所带来的影响。

七八百人的队伍气势倒也不小，浩浩荡荡地前往皇宫，一路上未遇任何阻挡，百姓都躲在家中，宿卫军已经得到消息，一时间弄不清虚实，不敢出宫平乱，全都守在皇城里待战。

花缤和谭家纠集的江湖力量，分成多股藏在东城，消息不畅，根本不知道外面突然出现的叫喊声是怎么回事，以为行动提前，于是许多人都从藏身之地跑出来，加入蔡兴海的队伍。

东海王进攻皇宫的计划就这么提前了。

战斗一旦开始，传来传去的就只有前后矛盾的谣言，东海王来不及弄清事实，立刻命令花缤、谭家男子以及两位御史亲自去攻城。

这样一来，南军与宿卫军合攻倦侯的计划就被打乱了，宿卫军主力已经移到北城门附近，上官盛立刻传令全军准备退回皇宫。

北城的消息传来，崔宏大怒，叫来东海王，也不当外甥是皇帝，怒斥道："你怎么能如此愚蠢？竟然这时候进攻皇宫？"

东海王面红耳赤："不是我下令，肯定……这帮江湖人都是亡命之徒，不服管束。"

"完了，全完了，南军只能与宿卫军决一死战，倦侯捡了大便宜，坐山观虎斗，大楚江山是他的了……"

"舅舅为什么不单独出兵呢？"

"出兵城外，城里怎么办？剩下一万南军怎么是宿卫军的对手？"

"反正已经这样，不如冒险，先派人去见上官盛，向他保证宫外的进攻与咱们无关，然后让他看到南军出城，是一块儿联手进攻倦侯，还是留在城内混战，让他选择。"

"让他选择？这是把性命交到他手里！"崔宏还是觉得提前进攻是外甥的鬼主意，却不明白这是为什么。

"把那些读书人送到皇宫去，他们不是支持倦侯嘛，就让他们去喊、去叫。"

崔宏明白过来："让上官盛以为进攻者是倦侯的人。"

"那些江湖人一时半会儿攻不进皇宫，上官盛一旦发现他们不足为惧，又都是倦侯的人，更愿意派兵出城了，对不对？"

崔宏寻思了一会儿，实在没有别的办法，叫进麾下的将领，按东海王的主意分派任务。

于是，进攻倦侯的计划也提前了。

大批南军出城，绕行至西南角时，宿卫军也从北门出城。

皇宫挡住了进攻，上官盛觉得还是倦侯的威胁更大一些，于是选择相信崔宏的说辞，也派兵出城。

北门刚刚打开，韩孺子派出了准备多时的五千骑兵。

城内城外的战斗都开始了。

同一时刻，孟娥在一群部曲士兵的帮助下冲出守卫空虚的东城门，而提前潜入皇宫的几位高手，正寻找机会打开一座宫门。

一开始，各方的计划都得到了实现。

韩孺子派出的五千骑兵冲向京城北门，对侧翼不做防备，好像要与崔太傅的南军共同发起进攻。

这一招的确迷惑了宿卫军，可韩孺子和他手下的将领们忽略了一个关键问题，再宽大的城门对数万士兵来说也是一条极为狭窄的通道，何况身后还有一条护城河拦路，宿卫军害怕了，可他们一时半会儿退不回去，城墙上督战的将官也不允许士兵回城，而是派人去宫里通知中郎将上官盛，请他拿主意。

从西城门绕行而来的南军则奋勇直前，从侧翼冲向几天前的同袍军队。崔太傅为了取得宿卫军的信任，事先下达过严令，对倦侯的南军绝不手软，要当叛徒一样处决。

崔宏也忽略了一个问题，北城外的地域非常狭小，宿卫军与倦侯的南军相隔只有十几里，双方排列阵形之后，距离更是缩短到七八里，倦侯的骑兵提前出发，很快就接近了宿卫军，正当带头的将领们犹豫着是不是要按原计划退却的时候，崔太傅的南军攻过来了。

宿卫军和倦侯的南军都发现了这支从侧翼攻来的大军，也都以为己方才是目标。

宿卫军本来就不信任崔太傅，早已做好防范准备，立刻分出一部分士兵改换阵形，迎战侧翼的进攻者。

倦侯的五千骑兵又遇到一个问题，当他们想要退却的时候，发现距离不够了。五千人马冲锋，可没办法掉转马头往回跑，只能兜圈子绕回去，而兜圈子需要很长一段距离。

韩孺子选择城外十几里的地方扎营，完全不合兵法，宿卫军与崔太傅的南军在没有取得互信的情况下仓促合兵，更是与兵法相悖。

各方之所以明知不合理还要出兵，乃是希望对方能够知难而退。

将士们的确知道"难"了，也想退却，可谁也退不了，宿卫军被护城河与狭窄的城门所堵，倦侯的骑兵缺少转向的距离，崔太傅的南军后军驱赶前军，也只能前进，没法分辨敌军，谁拦路就打谁。

各方将领为策划这场战斗费尽了心血，结果只在行军过程中按计划行事，三支军队刚一接触，就陷入混战。

天还黑着，更增加了各方的猜疑与失误。

韩孺子看不清前方的情况，但是清楚地听到了嘶喊声，一下子明白过来，他派出的五千骑兵回不来了，他没有别的选择，只能继续派出更多士兵，缺少马匹，就以步兵阵形前进。

战场逐渐扩大，离倦侯营地越来越近，韩孺子没有退却，成为唯一亲临战场的统帅。

城里的战斗发生得更早一些，进展却十分缓慢，蔡兴海的队伍无意真的攻打皇宫，只是以此吸引宿卫军的主力，为孟娥出城创造机会，完全没料到会有大批的江湖人和公差加入进来，其中还包括一些刚刚与他们打过架的谭家手下。

这是一支乌合之众，在皇城之外大喊大叫，从东门绕到南门，又从南门绕到东门，一会儿是倦侯的支持者，一会儿又高喊东海王称帝，守卫皇宫的士兵们摸不着头脑，进攻者自己也莫名其妙。

听说孟娥已经出城，蔡兴海打算撤退了，结果他在南门外看到了那群被赶来的读书人，想起倦侯的嘱托，只好再留一会儿，劝说读书人跟自己一块儿走，可是场面太混乱，他甚至找不到可以做主的人。

所有人都处于茫然失措之中，怀揣着下一刻就能大获全胜的希望，同时又心惊胆战地看着四周，提防角落里突然蹿出来的惨败。

皇宫里的上官盛去求见太后，她不只是大楚太后，还是他的姑母与训导者，甚至一度是他的"母亲"，向他传授帝王之术。

可太后拒绝见他，已经几天了，太后似乎心灰意冷，任凭上官盛折腾，不劝阻，也不支持。

"我会击败所有乱臣贼子，绝不让太后失望！"上官盛在寝宫门前大声道，转身离去。

勤政殿外，七八名回宫报信的士兵正焦急万分地等候上官盛，他们带来的消息各不相同，甚至有矛盾之处，可是都印证了一件事，城外的战斗相持不下，根本没有想象中的一战而胜。

上官盛进入殿内，召集众将，严肃地下达一道道命令，将领们也都严肃地接受，可是所有人包括上官盛都明白，这些命令根本传不到混战的军队中去。

等到殿内只剩几个人的时候，上官盛转身盯着林坤山。

林坤山很狼狈，他虽然还能站在上官盛身边，可身份并非谋士，而是一名戴罪的囚犯，就是因为他乱出主意，宝玺才极有可能被带出了皇宫，上官盛正是因此才不得不相信崔宏，联手出城进攻倦侯，他担心宝玺一旦到了倦侯手中，自己就将不战而败。

"带走宝玺的人肯定会将它送给倦侯？"上官盛又问了一次。

林坤山点头："这都是杨奉的计策，他只支持倦侯一个人。"

"嘿，杨奉。你要是有他一半聪明，宝玺此刻就该摆在我的面前。"

林坤山"嘿嘿"地干笑，知道这种时候越辩解越会惹怒对方，干脆不开口。

"宝玺被偷走了，而你想出的应对之策就是逃出京城？"

"这是长远之计。"林坤山小心地回道，"东海国和齐国处于山海之间，足以凭险自守……"

"呸！"上官盛上前两步，在望气者脸上狠狠啐了一口，林坤山没敢躲，甚至不敢抬手擦脸。

上官盛只是厌恶这个人，而不是厌恶他的主意，自言自语道："太后也说过，大楚应该重新开始，什么是重新开始？楚、赵、齐三国争锋才是重新开始……"他又看向林坤山，"当初齐国最先被灭，我为何要去那个不祥之地？"

林坤山这才在脸上擦了一下，笑道："齐国之灭，在人不在地，当初齐王若是肯与赵王联合，楚王才是最先被灭的一方。"

上官盛沉默了一会儿，冷笑一声，似乎对这个主意仍不当真，转向一名将领："宫中的叛徒抓得怎么样了？"

"已经抓捕了三百四十多人，还在继续追查。"将领回道，一群人逃出皇宫之后，宿卫军一直在宫中抓人。

"太慢了，抓够一千人，通通杀掉！"上官盛喝道，心中的怒火莫名地蹿起，"知情不报者，与叛逆者同罪，都必须死。"

将领面带惊慌，可还是领命告退，他不是望气者，也照样知道这个时候不要惹怒上官将军。

西城的临时军营里，东海王和崔宏也是心急如焚。

"不是联手进攻韩孺子吗？怎么会变成这个样子？"东海王气愤地质问，他得到消息，北门外已陷入混战，根本分不清谁在打谁。

崔宏也很愤怒，他算是带兵多年的老帅了，曾经平定过齐王之乱，却在这时出了昏招，可他已经失去对前线军队的控制，只能等待最后的结果，生硬地对外甥说："这都是你的主意。"

"我？哈！"东海王真想在舅舅面前发作一次，可他不敢，忍了又忍，说，"未必就是坏事，韩孺子兵力最少，最后战败的肯定是他，咱们只是付出的代价稍大一些，没关系，只要我的帝位得到承认……你打算什么时候派兵攻打皇宫？"

城里还有一万南军，东海王派出一大批乌合之众去攻打皇宫东门，真正指望的还是这批南军，希望他们趁机攻打皇宫西门。

东海王孤注一掷，如果可能，他会把舅舅崔宏也送上前线。

崔宏却不愿将赌本都押上去，摇摇头："不急，等城外胜负已定时再说。"

"占领皇宫，城外的胜负就不重要了。"东海王在同玄殿外"登基"，这是他的心头之痛，一心想要再来一次正式登基。

崔宏盯着东海王，不明白从小聪明的外甥，为何离帝位越近人却变得越蠢："如果是在几天前，占领皇宫或许就意味着大获全胜，现在没用了。上官盛占据皇宫，也拥立了一位皇帝，他太笨，没法让大臣们承认新帝。可他的愚蠢破坏了一切，皇宫、太后，甚至连宝玺，都不能用来扶立新皇帝了。你还不明白吗？如今唯一有用的就是军队。"

东海王被舅舅的一番话说得失魂落魄，发了一会儿呆，说："就算北门之战打败了韩孺子，甚至将他杀死，最后决定谁当皇帝的……还是北军？"

崔宏点头，严厉地说："你与其想着怎么攻占皇宫，不如想想如何拉拢北军。"

东海王不喜欢舅舅的教训口吻，却又觉得他说得没错，想了一会儿："柴悦，关键在柴悦身上，可以……把柴家人都杀死，让柴悦继承衡阳侯之位，对了，柴悦还有母亲和一个弟弟，把他们抓来当人质，恩威并施，他只能屈服。"

"请来，一定要恭恭敬敬地请来。"崔宏语气稍缓，外甥毕竟还是有点本事，崔宏对柴悦的了解没有这么多，更想不出如此阴狠的计策。

崔宏叫来一名将官，命他带一队士兵去"请"人，东海王详细介绍了衡阳侯府的位置，最后道："衡阳侯府在北城，你们别穿南军盔甲，尽量避开宿卫军。"

将官领命而去。

北门外的消息不断传来，混战还没有结束的迹象。

东海王急得如同热锅上的蚂蚁，不敢离开舅舅半步。

朝阳初升，城外仍无进展，城里的战斗却发生意想不到的转折，一名士兵冲进屋内，跑得太快，差点摔倒在地上，就势跪下，向受到惊吓的崔太傅和东海王磕了一个头，然后激动地说："皇宫……皇宫被攻破了！"

再早一些，东海王会为这个消息欣喜若狂，现在却只是呆呆地看着舅舅，不知所措。

同一时刻，韩孺子亲自加入战斗。

第二十三章

泥沼

朝阳初升，道路的尽头出现了一片黑色的旗帜，几名士兵兴奋地提醒倦侯：北军主力赶来支援了。

崔腾没有坏事，竟然及时赶回来了，韩孺子打心眼里感谢他，胜负尚未分出，先在心里给崔腾记下一大功。

营地后方是一片洼地，然后向上缓缓升起，那片黑色旗帜看着很近，其实还有一段距离，韩孺子却不能等了。

前方的战场离他只有两三里远，几乎近在眼前，夜色带来的混乱正在消散，宿卫军和崔太傅的南军即使隔阂未消，仍然逐渐占据优势，倦侯的南军从数量到斗志，都差了一截。

为了与崔太傅的南军相区别，倦侯的南军将士手臂上都缠着黑布，此刻正在步步后退，韩孺子不能埋怨这支军队，他们接受倦侯的指挥才几天而已，肯为他冲进战场，已经表现出极难得的忠诚。

韩孺子因此不能再置身于战场之外。

他不能再等，还因为他知道身后的那些黑色旗帜只是虚张声势，想要让战场中的各方相信这真是北军主力，首先他自己得相信，而且不能给众人太多的观察与考虑时间。

韩孺子下令营中的最后一批将士加入战斗，包括两千多名北军和同样数量的南军，总共不到五千人，由他亲自带队。

准备多时的鹿角栅没有用处，早已被推到道路两边。

韩孺子一只手握着缰绳，一只手举刀，身后紧紧跟着数十名举旗士兵，再后面是其他将士。他的目标很直接，就是要冲向北城门，至于目标能否实现，他不在乎，也不考虑。

一开始，他有些焦躁，不由自主地想要加快速度，甚至远远盯上了一名敌军将领的旗帜，想要冲过去拼杀，可是身后的士兵比年轻的倦侯更有经验，跑出不远之后，十几名旗兵超过倦侯，跑在了前面，有意压慢速度，离战场越来越近，超前的士兵也越来越多。

这不是倦侯的特殊待遇，南、北军都是经过严格训练的精锐军队，北军名声差一些，战力仍强于普通的楚军，保护主帅和军旗是他们最重要的训练内容之一。

韩孺子第一次参加如此大规模的战斗，对许多规矩都不懂，一度想要超过前方的士兵，却被手下旗兵团团围住，无法加速。

冲入战场之后，韩孺子明白这是为什么了，远远望去，战场尽在眼底，一旦身处其中，到处都是人和战马，不要说目标，连东南西北都很难分清，天黑时只能混战，天亮之后，大家都在寻找旗帜，经验越丰富的士兵，靠近得越快。

"北军已到！占领城门！"韩孺子一遍遍地叫喊，周围的士兵喊得更响一些。

除了旗帜，韩孺子什么也看不到，胯下的马匹完全是被裹挟着前进，快不得，也停不下来，传入耳中的声音越来越响亮，各种声音混合在一起，他只能听清"北军"两个字。

看不到敌人的韩孺子突然冒出一个念头，这一战肯定会名留青史，只是不知道史书上会如何记载，兵力与结果最好书写，鲜血与惨叫也易于描述，可这些混乱、焦躁与茫然，他在史书上从未读到过。

大楚历代皇帝当中，只有太祖曾经亲自经历过若干次败仗，而且是惨败，常常只身逃亡，可是在史书中，这些战败全都情有可原：太祖以自己为诱饵，吸引了赵国的主力军队，麾下的其他大将才能取得一次又一次胜利，逐渐收网，最终将连战连胜的赵王逼入绝境。

韩孺子一直就怀疑当初的太祖是否真的这么有远见……

韩孺子收回无用的思绪，前方的士兵被拦住了，其他方向的士兵也都回缩，无数马匹挤在一起，扬头嘶鸣，四蹄不安地踩踏，一步也迈不出去。

眼中所见仍然只是旗帜，韩孺子举着刀，却无处落刀，像是陷在了泥沼里，越是挣扎，陷落得越快。

来自右侧的压力突然增加，韩孺子扭头望去，透过己方旗帜的空隙，看到一个真正的凶神恶煞。

看服饰，那应该是一名宿卫军大将，人和马都很高大，在乱军之中颇为醒目，长着乱蓬蓬的胡子，看不清真实面目，浑身上下沾满了血迹，不知已经奋战多久，却丝毫没有疲意，在人群中横冲直撞。

他手中的兵器与一般将士不同，非刀非枪，而是一柄长斧，已经被鲜血染成了红色，依然锋利无比，要不然就是他的力气极大，长斧所过之处，人仰马翻。

"保护倦侯！"士兵们大叫着，前仆后继地冲过来阻挡持斧大将。

韩孺子曾经被匈奴人逼到绝路，当时的场景远远没有此时惊心动魄，那斧头好像近在眼前，下一刻就会砍到自己头上。

韩孺子反而不怕了，将手中的刀握得更紧，从胸腔里发出一声怒吼，他已用尽了全力，声音却淹没在周围的声音之中。

数十名士兵拼死阻挡，持斧大将被迫转向，很快消失在人海中。

韩孺子感到一阵失望。

己方士兵又将倦侯围住，可是仍然前进不得、后退不能。

韩孺子看不到战场的形势变化，也预料不到即将发生的事情。

最先望见北军旗帜的并非韩孺子手下的士兵，而是站在城墙上督战的宿卫军将领，众人无不大吃一惊，远方的旗帜密密麻麻，像一片移动的黑色洪水，意味着北军主力已到，至少八万人，有可能更多，他们的到来将彻底改变战场上的形势。

"北军不可能来得这么快。"

"据说倦侯早就调兵了，来得不算快。"

"快去通知上官将军。"

"宫里好像有一阵没传来命令了……"

宿卫军将领们议论纷纷，看到倦侯的旗帜进入战场，他们越发心惊不已，一个个找借口离开，最后连借口都不用了，拔腿就跑。

将领跑了，旗帜倒了，城墙上变得空空荡荡，城外的宿卫军将士还不知情，仍在坚持战斗。

崔太傅的南军没有全部参战，一批将领在场外的一块高地上观战，在卫兵的提醒下，他们也看到了远处的黑色旗帜。

南军将领没那么容易被吓着，派人去通知崔太傅，还派斥候去察看敌情，然后安排剩余的备用军队，打算与北军主力一战，他们的打算是趁北军远道而来，以逸待劳，一举破之。

要不是城墙上的宿卫军将领消失得无影无踪，南军将领的打算很可能会实现，可是发现友军竟有崩溃之象，南军将领们也开始害怕了。

斥候很快带来消息，据他们观察，那的确是北军主力。

北方的黑色旗帜越来越近，在官道上络绎不绝，很快就能杀到，而崔太傅的命令还没有到达，南军将领只能自作主张。

他们决定保存实力，主帅不在现场，这是最稳妥、最合理的选择，起码比临阵脱逃的宿卫军将领负责多了。

三方混战，数位主帅当中，却只有韩孺子亲自督战，所以也只有他真的敢于孤注一掷，一直坚持不退，甚至本人也加入战斗。

上官盛和东海王也想孤注一掷，但是"掷"出的是别人，自己仍在后方当"掷"者。

南军将领鸣金收兵，他们的"合理决定"对战场产生了致命一击。

宿卫军将领虽然逃走，可是悄无声息，一时半会儿没有被战场上的士兵发现，战斗仍在正常进行，南军的收兵之令却引起了几乎所有人的注意。

士兵们回头张望，这一望，引发了更大的混乱。

正在浴血奋战的宿卫军士兵发现督战的将领和旗帜竟然全没了，立刻斗志全消，他们没看到正在赶来的黑色旗帜，想当然地以为城里发生了大事，心里只剩下一个念头，逃得离战场越远越好。

宿卫军士兵没有往城里逃亡，而是向东西两边溃散。

南军士兵也慌了，他们听到了退兵的鸣金之声，也的确想要退却，却被更加急迫的宿卫军所阻拦，陷入进退不得的窘境。

被困在战场中间的韩孺子突然又能移动了，他听到了鸣金之声，当时没有明白它的含义，更没发现敌军正在退却，嘴里仍然高喊道："北军已到！占领城门！"

停顿的军队继续前进，而且越来越快，像是刺透坚冰的长矛，进入水下之后再无阻力。

直到驰过护城河、进入城门之后，韩孺子才吃惊地发现，他竟然真的冲进来了。

将近十万人缠斗在一起，想分开可不容易，城外仍是一片混乱，比一开始还要混乱。

韩孺子在城门内只犹豫了一小会儿，突然明白过来，这是一次千载难逢的机会，既然进城，就不能再出去。

他马上叫来最近的两名将领，一人带兵把守城门，不能再丢给敌军；另一人带兵登上城墙，尽快竖起倦侯和北军的旗帜，他自己则带着剩下的士兵直奔皇宫。

城外越混乱，城里越安静，上至将相，下到平民，全都老老实实地躲在家中，北城勋贵众多，尽是深宅大院，门户关闭得尤其紧密。

韩孺子骑马驰过熟悉的街道，身后只有两三千名将士跟随。

皇宫就在前方，北大门竟然敞开着，而且没有守卫，韩孺子的第一反应不是喜悦，而是一惊，加快速度驰入皇宫。

地上躺着数十具尸体，鲜血染红了一大片。

上官盛一个人坐在勤政殿里，备感孤独，他试图将这种孤独升华为某种更崇高的情绪，比如帝王的孤独，结果却是力不从心，他无法去除心中那一点恐惧，就是这一点杂质，令他的孤独沦为平庸。

因此，当士兵们将英王送进来的时候，他感到由衷的高兴，立刻从凳子上站起来。

英王一边揉眼睛，一边打哈欠，坐在宝座上，无精打采地说："干吗这么早叫我起床？"

"因为有人要夺陛下的帝位。"上官盛神情严肃。

英王又打了一个哈欠，"嗯"了一声，他的这种无所谓态度激怒了上官盛："陛下不在乎帝位吗？"

英王一惊，不是担心帝位，而是害怕上官盛的狰狞面目，眼圈一红，泪水涌出，嘴一扁，这就要放声大哭。

上官盛急忙跪下："陛下勿忧，只要有我在，陛下就永远是大楚皇帝。"

"好……啊。"英王没哭出声来，"你是忠臣……能让东海王和倦侯进宫吗？"

"想夺帝位的就是这两人。"上官盛早就说过这件事，可英王总是左耳进右耳出，从来没放在心上。

即使是现在，英王也不在意，眼泪未干，脸上露出笑容："他们两个啊，大概是闹着玩吧。"

上官盛站起身，走到宝座阶下，缓和语气说："陛下愿意去别的地方玩吗？"

"愿意！"英王一下子跳起来，睡意全无，"宫里真是无趣，谁家粮多，咱们去要粮。"在他的记忆中，最有趣的经历就是跟着一群人去冠军侯家里"要粮"。

"东海国。"

"东海国？是东海王的国吗？"英王立刻想到了这两者之间的联系。

"嗯，咱们去东海王的老家，抢他的粮和地，等他到的时候，吓他一跳。"

英王欢呼一声："去，这就去！"

"遵旨。"上官盛需要这一道口头"旨意"。

从这时起，他不再让英王离开自己。

接着，上官盛叫进来麾下的十几名重要将领，这些人都是他上任之后亲自提拔和录用的，理应忠于他："城外的战斗怎么样了？"

"还在进行，崔太傅的南军真要剿灭倦侯，用上了全力，我们估计等天亮之后，很快就能彻底击败倦侯。"

"天就要亮了。"上官盛喃喃道，突然问，"你们喜欢京城吗？"

众将茫然，谁也不敢回答这个问题。

"直到现在也没有大臣出来支持新帝。"上官盛冷冷地说。

一名将领开口道："等战事结束，新帝正式登基的时候，大臣们会抢着来跪拜。"

"嘿……"上官盛冷笑，"这一场战斗结束，还有下一场，还有更下一场，倦侯完蛋了，北军却在路上，你们觉得北军到达京城之后，会支持哪一方？"

"当然是支持……当今圣上。"

上官盛大笑，听出了谎言，也听出了谎言中的紧张与不自信："北军会支持南军，两军虽然互相竞争，可他们都不喜欢宿卫军，矛盾由来已久，由来已久……陛下刚刚降旨，要去巡狩东海国，你们即刻准备，等城外的战斗一结束，马上护驾出发。"

众将面面相觑，上官盛厉声道："还有什么疑问？"

没人敢反驳，这些人来自五湖四海，大都不是京城人氏，对"巡狩"东海国并无异议，只是觉得时机有些古怪，上官盛一怒，他们立刻软了下来，口中称是，就在中郎将和"皇帝"面前商议出城之事。

一名军官匆匆跑进来："上官将军，宫里的人……造反了。"

"嗯？谁造反？谁敢造反？"上官盛握住刀柄，勤政殿里，他是唯一带兵器的人。

"那些太监和宫女，他们打开了皇宫北门……"

"太监和宫女？不是都抓起来了吗？"

"抓起来一些，继续抓人的时候，他们……他们就造反了。"

上官盛大怒，突然又想到一件事："一群奴仆怎么能打开北门？守卫的将士呢？"

军官慌张地回道："不知是谁将钥匙偷走，打开了北门，而且……而且守门的将士好像有意放那些太监和宫女逃走……"

上官盛重重地拍了一下桌子，将众将和英王都吓了一跳："我就知道这些人不可靠。"

宿卫军经历过大扩展和大换血，可还是有一批旧人留下，主要职责正是守卫宫门。

第二名报信的军官到了，更加惊慌无措："外面的人从北门攻进来了……"

上官盛恼羞成怒，向将领们吼道："还等什么？那就是一群乌合之众，去拦住他们、杀死他们！"

"那些太监和宫女……"

"杀！全部杀死，一个不留，他们早有异心。还有守门的宿卫军，一律处决！"

上官盛怒不可遏，示意一名将官抱起英王，带头走出去："叫上你们的士兵，只要值得信任的人。"

宫里还有将近一万名宿卫军将士，后期招募进来的占七八成，众将马上执行命令，上官盛身后的跟随者越来越多。

他向皇宫深处走去，一路上只要遇见太监和宫女，也不管对方是跪下磕头，还是四处逃窜，全都下令杀死，很快，手下的士兵已经不需要他的命令，见人就杀。

上官盛需要一场杀戮，他相信，在宫里杀人越多，士兵们对他越忠诚。

到了太后寝宫门口，上官盛下令士兵们停止杀戮，但是其他地方，尤其是北门一带，不受限制。

太后拒绝接见自己的侄子，十余名太监守在门口，个个胆战心惊。

上官盛隔门大声说道："皇宫难保，陛下决定前往东海国巡狩，请太后即刻备驾。"

过了一会儿，门里有声音说："我不会离开皇宫，你走吧。"

"太后，咱们早晚还会回来。"

"我意已决。"太后的声音很冷淡。

上官盛心中的怒火又蹿升一大截，对面的太监们估计是感受到了，不约而同地跪下。

"太后，是您说过大楚需要一次重新开始，东海国就是重新开始的地方，那里是咱们上官氏的家乡。"

"你不应该把我的话当真。"

"太后……"

"你若当我是太后，不必多言；你若不当我是太后，何必多言？"

上官盛感到愤怒，还有一种受到欺骗的羞辱感，可他没有发作，反而慢慢跪下，磕了一个头，起身向外走去。

寝宫大门外排列着大批将士，英王吓坏了，趴在怀抱者的肩上，不敢抬头。

上官盛大声道："太后要留在宫里为先帝尽忠，可宫里的妖魔鬼怪太多，咱们离开之前，必须将他们清理干净！"

在此之前，宿卫军士兵只杀路上遇见的人，虽已杀红眼，真正丧命的人却不是很多，在上官盛下令之后，他们开始破门闯屋，屠杀宫人。

上官盛来到太后寝宫附近的一座院子："东海王的母亲和妻子、倦侯的妻子、冠军侯的儿子都住在这里，他们就是宫中妖魔鬼怪的头目，全部处死。"

一直很听话的将士们，没有马上执行命令，上官盛微微一愣，明白过来，这些人不敢动手，宿卫军离开京城，称帝者必是东海王和倦侯其中之一，杀死他们的家人，会惹来大麻烦。

上官盛亲自上前，院门紧闭，他抬手"咚咚"砸了两下，里面有人颤声道："除非太后驾临，否则此门不开。"

上官盛"哼"了一声，拔出刀，转身来到一名将领面前，冷冷地说："放火。"

将领稍一犹豫，马上点头，招来手下士兵，命他们去收集木柴，或者砍伐附近的树木。

木柴很快找来，一部分堆在门口点燃，另外一些分给在场的数十名将领，点成火把。

上官盛第一个动手，奋力将火把扔进院子里，然后监督众将，看着他们将火把一支支扔出去。

火势渐大，院子里响起惨叫声。

上官盛没有等着查看最后结果，他的时间不多，带领将士们一路前往北门，仍是见谁杀谁。中途拐到太祖衣冠室，想将杨奉杀掉，结果被绑在柱子上的太监已经不见踪影。

攻进北门的那群乌合之众已经被击散，留下一地尸体，剩下的人不是逃出皇宫，就是躲到别的地方去了。

宿卫军士兵在北门外备好马匹，上官盛上马，望向城墙，因为城门敞开，他能听到外面的厮杀声。

他打算多等一会儿，等宿卫军得胜返回之后，立刻由东城门出去。

上官盛又向西望去，突然间有点后悔与崔太傅联手，如果早做逃亡的打算，他应该将倦侯引入京城，与东海王对抗。

"林坤山！"

望气者被士兵推出来，笑呵呵地来到上官盛马前。

"你骗了我。"

"草民不敢，草民也没有这个本事。"

"你劝我东行，为何之前又劝我与崔太傅联手剿灭倦侯？让他们互争胜负，对我岂不是更有利？"

林坤山真是无路可走了，只能硬着头皮说道："倦侯诡计多端，这一次未必会被剿灭，只是削弱他的力量，让他与崔太傅更接近于势均力敌，如此一来，他们今后打得更凶，对上官将军也越有利。"

上官盛盯着望气者："倦侯死，你也死。"

"上官将军此番东行，正是用人之际，林某无能，可是……可是……能招来天下豪杰……"

林坤山正搜肠刮肚，救他一命的消息及时到来。

一名士兵骑马跑来，远远地就大声道："北军来了！北军来了！倦侯正冲向北城门。"

林坤山如释重负，上官盛面无表情地向身边将领下令："出发，带上他。"

数万宿卫军只剩下几千，上官盛没有时间召集更多士兵，他还想在城里再杀一些人，同样来不及。

上官盛驰出东城门的时候，韩孺子正好带兵进城，不久之后，他看到了宫里的惨状。

不顾舅舅崔宏的反对，东海王要来一千士兵，执意前往皇宫查看情况，半路上，他遇见一群逃亡者，看样子是谭家请来的江湖人。

"宫里发生什么事了？"东海王大声问。

有人认得他，跑过来回道："陷阱，又是陷阱，宫里全是宿卫军，他们正在杀人，什么人都杀，连宫里的太监和宫女也不放过……"

东海王脸色一变，他的母亲和妻子都在宫中。

回头看了一眼跟随在后的南军士兵，东海王放弃了闯宫救人的想法："皇后是自愿进宫的，母亲……母亲本可以逃走。"东海王自言自语道，没忘了给予谭氏"皇后"的身份。

东海王回到军营里找崔宏："上官盛疯了，城外的战斗还没分出胜负，他竟然在宫里大开杀戒，我母亲只怕……只怕……舅舅，除非你派出城里的全部南军，否则宫里的人就要被杀光了。"

崔宏坐在椅子上，周围没有灯光，身体隐藏在黑暗中，一动不动，也不开口，像是一具雕像，还像是一具……东海王惊惧交加，小心地前行两步，迎上舅舅的冷淡目光，稍稍放下心来："舅舅。"

"上官盛这是打算逃走了。"

"为什么？"东海王有点糊涂，可他知道舅舅猜得没错，上官盛屠杀宫人，必然是要舍弃皇宫。

"因为他太年轻、太缺少经验，势态稍显混乱，他就沉不住气，以为大势将去，逃得越早越好。"

"他比我和韩孺子大多了！"

"嘿，年纪再大，也是有勇无谋之辈，上官家的男人无能至极，太后本事再大也没用。"

"别管上官盛是什么人了，咱们怎么办？"东海王肚子里主意不少，哪一项都离不开舅舅的军队，所以还是得老实求助。

"怎么办？当然是按兵不动，上官盛如今就是一股穷寇，跑着跑着手下人就散了，当务之急还是击败倦侯，然后收编上官盛的残军，日后北军若肯俯首称臣，再好不过；若是不肯，南军独占京城，也有必胜之道。"

东海王觉得这是一个好主意，可是有句话他必须得说，以免事后被说成不孝："我母亲……"

崔宏盯着外甥，冷冷地说："你既然已经称帝，那崔太妃就是太后、谭家的女儿就是皇后，该怎么办，由你做主。"

东海王心里暗骂一声，崔宏老狐狸看样子是不打算承担半点责任，他想了一会儿，正色道："上官盛已经动手，这时候冲进皇宫也救不了人，只是徒增伤亡而已，就按舅舅的计划行事，按兵不动吧。可是不管怎样，以后一定要活捉上官盛，押回京城斩首示众！"

"嗯，你是皇帝，你说了算。"话是这么说，崔宏现在可没当外甥是皇帝，他叫进来外面的将领，向众人下令，要求城里的所有将士待命，时刻监视宿卫军的动向，上官盛一旦出逃，立刻接管全城各座城门，然后再去占领皇宫。

舅甥二人都看到了胜利的希望，他们不愿意去想，更不愿意去看一眼崔太妃和谭氏是否真的被杀。

第一批太监和宫女由东门逃亡之后不久，崔小君听说了宿卫军要屠杀宫人的传言，心中又怕又喜，怕的是自己难逃一死，喜的是上官盛发狂可能意味着城外的倦侯正取得胜利。

她必须找人商量一下。

崔太妃和王美人都被太后留在身边，崔小君唯一能找的人只有进宫不久的谭氏。

谭氏私自进宫，很快就被发现，没有受到惩罚，而是被送到崔太妃的住处，与崔小君在同一座院子里。

放谭氏进宫的人却没有这样的好运，被宿卫军抓起来之后，当场就被砍头，这也是屠杀传言的最初起源。

对于许多人来说，这都是一个不眠之夜，崔小君刚敲了一下，房门就被打开，谭氏没有丫鬟服侍，站在门口，冷冷地打量到访者。

崔小君也没带侍女，感受到对方的抗拒，后退一步，说："我是倦侯夫人，东海王是我表兄……"

"我知道你是谁。"

两人沉默了一会儿，崔小君说："你听说传言了？"

谭氏点点头。

"咱们不能留在这里坐以待毙，得想办法自保。"

谭氏仍然沉默。

"宿卫军会将咱们都杀掉。"崔小君提醒道。

"你以为自己又能当皇后了吧？"谭氏突然问。

崔小君一愣，倦侯若是恢复帝位，她当然还是皇后，可现在不是考虑这种事情的时候："上官盛可不在乎谁是皇后。"

"你说得没错。"谭氏好像突然改了主意，"你打算怎么办？"

"只有太后能保护咱们……"

"哈，太后？她才是要杀你我的人吧。"

"太后的全部怨恨都在……崔太妃一人身上，而且太后也是唯一能控制上官盛的人，向她求助，哪怕只是躲在太后寝宫的屋檐下面，或许也能保住性命。"

"既然如此，你一个人去就行了，为何来找我？"

崔小君一个人拿不定主意，本想听听谭氏的看法，没料到她会如此冷漠："我……我以为你会有更好的办法。"

谭氏个子比较高，前行一步迈过门槛，微微低头，将崔小君看得更清楚一些，然后说："我没有更好的办法，我跟你一块儿去向太后求助。"

崔小君只好点头："冠军侯的儿子也在这里，把他带上……"

看着崔小君匆匆走开的背影，谭氏有些惊讶，冠军侯的儿子是她的外甥，与崔家可没有半点关系。

崔小君抱着婴儿回来，身后跟着三名宫女，她们也已听说传言，一脸惊慌。

想去见太后没有那么容易，崔小君、谭氏、冠军侯之子都是被软禁的身份，院子的钥匙掌管在一名女官手中，她可以允许"囚犯"互相往来，却不能让任何一人随意走出院门，更不用说去见太后。

女官四十岁左右，也听说了传言，可多年的宫中生活告诉她，无动于衷就是最好的选择："除非有太后的懿旨，谁也不能出去；除非是太后下令，谁也不敢在宫里杀人；除非是太后……"

谭氏上前，抓住女官的右臂，轻松地扭到身后，对跟来的三名宫女说："搜身，找钥匙。"

女官在宫里见过横的、狠的、傲的，就是没见过谭氏这种说动手就动手，而且力气不小的女人，手腕被捏得太紧，疼得她叫了一声："哎哟……宫中门户皆有掌管……哎哟……擅抢门钥，乃是死罪……哎哟……"

三名宫女既紧张又兴奋，不认谭氏，只看崔小君。

崔小君也吃了一惊，很快点下头，示意宫女们听从谭氏的命令。

五名女子和一名婴儿出门，钥匙又还给了女官。

"你应该跟我们一块儿走。"崔小君好心地说。

女官摇头："我只听太后……"急忙关上院门，重新上锁，也不去通知别人，假装一切正常，心里怀着深深的恐惧。

一行人向附近的太后寝宫走去。

崔小君问："你学过武功？"

"嗯。"谭家人不分男女都练过武功，谭氏也不例外，虽然身手一般，用来对付普通的宫女或者东海王，却是绰绰有余。

寝宫大门紧闭，崔小君将婴儿交给一名宫女，上前敲门。

门里很快传出来问话："何人？"

"东海王王妃谭氏和倦侯夫人崔氏求见太后。"

"太后召见你们了？"

"没有，我们……"

"谁允许你们在宫里乱闯？"门内的声音变得严厉起来。

"求您跟太后说一声。"

"嗯……"门里的人突然不吱声了，好像受到了禁止，过了一会儿，门里换了一个声音，"小君，是你吗？"

"是我。"崔小君听出这像是王美人的声音，但是不敢确认。

"你们不能进来。"

崔小君一惊："可是宿卫军……"

"想办法逃走吧，太后这里也不安全，她要对崔太妃下手，不会让你们活着的。"

"可是……起码收下这个孩子吧，他没做过任何错事。"崔小君欲哭无泪。

"生在皇家就是他的错误。"

门里没声音了，崔小君心痛如绞，在她的记忆中，倦侯的母亲温柔可亲，不承想她会在最危险的时候将自己拒之门外。

"生在崔家则是你的错误。"一旁的谭氏说。

崔小君扭头看向谭氏，感到一阵愤怒。

"那是倦侯的母亲吧，真是一位有远见的母亲，嗯，她已经在思考儿子称帝之后的事情，替他排忧解难了：崔家先是支持冠军侯，现在又支持东海王，就是不肯支持倦侯，倦侯一旦称帝，必须解决崔家，可他的皇后却是崔家的女儿，难哪，你一死，难题就都解决了。"

"不，不是这样……"崔小君不愿承认。

谭氏也不争辩。

远处出现一片火把，还有兵器与盔甲相撞的声音。崔小君忍住悲痛："跟我走。"

三名宫女抱着婴儿跟上，谭氏原地站了一会儿，也迈步追上去。

"你要去哪儿？"谭氏问。

崔小君没有回答，她对皇宫比较熟悉，摸准了大致方向，一路快步前行，若在平时，早就有人出来拦截，今晚却是例外，偶尔望见手持火把的士兵，一行人就提前躲起来。

崔小君又一次敲响院门，对身边的谭氏说："只有这个人能救咱们。"

门里传来一个颤抖的声音："谁？"

"太后要见杨奉。"崔小君坦然地撒了一个谎。

第二十四章

宽赦

韩孺子冲进皇宫，到处都能看见尸体，有倒霉的太监和宫女，有不知来历的江湖人，还有一些公差，大都是后背中刀，显然是在逃跑过程中遭到杀害的。

韩孺子一心想着母亲与小君，骑马驰过一道敞开的门户之后，才突然反应过来，皇宫竟然无人把守，他不仅意外冲进了北城门，还意外地占领了皇宫。

他勒住缰绳，向跟随在身后的将士下达详细的命令：一部分人返回皇宫北门，确保前往城门的道路畅通，这条路不算太长，却是韩孺子的生命之路，城外的军队必须源源不断地赶进来，才能保住到手的胜利。

他又派出另一批军官，前往皇宫各个方向探路，所到之处，大声宣布倦侯驾临，肯出来拜见者，全都送往同玄殿前的庭院。

韩孺子向太后寝宫的方向疾驰，身后只跟着百余名士兵，他们每隔一会儿就齐声高喊："倦侯驾临！"

十几名太监和宫女半路上迎出来，跪在倦侯马前痛哭流涕，韩孺子对其中一名太监有些印象，于是命众人起身，询问王美人和倦侯夫人的下落。

这些人不知情，但是非常愿意帮忙，前方带路，很快找出更多的宫人，一名宫女知道倦侯夫人的住处，原来就在太后寝宫附近。

韩孺子远远看见了烟雾，心中大惊，一马当先，跑得更快。

整个院子都已烧毁，好在这是一座孤院，火势没有蔓延到其他地方，如今只剩下一些火苗和浓重的青烟。

韩孺子呆呆地站立一会儿，士兵和宫人上前扑灭明火，抬出六具尸体，都已烧得不成模样，隐约能看出都是女子。

没人能认出尸体的身份，韩孺子感到难以遏制的愤怒，跳下马，大步走向太后寝宫。

"开门。"韩孺子下令，顺手拔出刀。

两名士兵上前砸门，里面很快传出声音："何人？"

士兵们互相看了一眼，一人回道："倦侯驾临，立刻开门。"

门里一阵响动，两名士兵后退，韩孺子提着刀大步上前，士兵们紧护左右，闻讯现身的众多宫人却都惊恐地跪在地上，不敢动，也不敢相劝。

门开了，韩孺子一惊，三名女子站在门内，中间一人正是自己的母亲。韩孺子抛下刀，扑通跪下，惊喜交加地叫了一声"母亲"。

王美人脸上没有久别重逢的喜悦，平淡地说："起身，不要在别人面前下跪。"

韩孺子站起来，心中一块巨石落下："母亲没事就好，小君呢？也在这里吗？"

王美人没有回答，而是问道："你来这里做什么？"

"我……我来救……我来找母亲和小君。"

"孺子，这种时候你得明白轻重缓急，朝廷为重，妻母为轻；京城为急，宫中为缓。"

"是。"

"知道自己该做什么吗？"

"嗯……"韩孺子心中其实有一套计划，可是在母亲面前却变得有些不知所措。

"立刻去同玄殿召见群臣，请他们、求他们，接受他们的一切条件，就是不可用强，明白吗？"

"明白。"

"宽赦所有人，即便首恶之徒也不例外，他们要由太后定罪，不是你，明白吗？"

"明……白。"韩孺子答应得有些勉强，这与他的计划稍有不同。

王美人上前一步，招手让儿子低头，贴耳说道："当务之急是恢复你的身份，只要肯承认你是皇帝，任何人都可以原谅，起码暂时原谅，以后你有的是机会。至于不肯承认的人，让他们逃跑吧，如果落入你手，也要交给太后处置。不管外人怎么看、怎么想，太后仍是太后，你一定要向所有人证明这一点。"

上官盛屠杀宫人、逃出京城，太后都脱不了干系，在大多数人看来，太后已然一落千丈，能保住性命都算是幸运，王美人却要求儿子表现出更多的尊重。

韩孺子不是很理解，盯着母亲的眼睛看了一会儿，确信母亲没有受到胁迫，所说皆是真心话之后，他才点点头："是，母亲。"

"去吧，从现在起，你的一言一行都要符合皇帝的身份。"

"是。"韩孺子没有动，"我必须见小君一面。"

王美人目光中显出严厉，片刻之后又变得柔和，轻声道："她不在这里。"

韩孺子心一沉。

"别让你身后的人失望。"王美人说。

韩孺子转身看去，百余名南军、北军士兵正茫然地看着他，这些人都是第一次进入皇宫，手持兵器，不知礼仪，对下一步该做什么全无想法，只是盯着倦侯，等他的命令。

越来越多的太监和宫女正从藏身之地赶来，远远地跪下。

韩孺子向母亲深鞠一躬，在士兵的簇拥下走进太监和宫女群中，叫起来几名看服饰地位最高的人，命他们关闭各处宫门、收拾尸体，见到士兵，就让他们都去同玄殿会合，无事的宫人全跟在他身后。

笼罩在众人头上的茫然气氛消失了，内官纷纷领命，预感到皇宫即将恢复他们期盼已久的平静。

韩孺子步行，通过一处角门进入同玄殿前的庭院，身后的士兵已经增加到三百余名，宫人也有一百多名。

但他不是唯一赶到的人。

经过宿卫军的屠杀，同玄殿前的仪卫已经不见了，取而代之的是另一群士兵，接近千人，个个手持刀枪，当先站着两人，正是崔宏与东海王舅甥二人，他们没有骑马，算是对同玄殿的尊重。

他们从正南门进入，守在门口，没有深入，大都抬头仰望高耸的同玄殿，像是一群误入皇宫的游人。

韩孺子等人由东北角进入，两伙人很快发现了对方，隔着整个庭院互相观察。

韩孺子这一边的士兵数量少得多，他却只在原地犹豫了一小会儿，迈步前行，士兵们跟随其后，手里紧紧握着兵器，尤其是那些南军士兵，他们认出了大司马，不能不感到紧张与恐慌。

韩孺子没有直接走向崔宏，而是拐到了同玄殿台阶之下，在这里与对方遥遥相对。

双方沉默了一会儿，东海王最先开口，喊道："韩孺子，投降吧，你的兵少，不是对手。"

韩孺子向身边的士兵小声说了几句，士兵高声道："京城之乱，乃大楚之不幸，群臣无辜、众将士无辜、天下百姓无辜，南军大司马崔宏、东海王韩枢，上前听赦。"

东海王愕然道："韩孺子也疯了吗？舅舅，别听他胡说八道，派兵上前把他砍成肉泥，咱们就再也没有敌人了。"

崔宏"嗯"了一声，没有马上下令，他看到庭院周围的各道门里都有人跑来，数量不多，却络绎不绝，大都是士兵，有北军，也有南军，还有一些是宫人，他们无一例外都跑向人数不多的倦侯，而不是兵力占优的东海王。

崔宏身后有近千名士兵，宫外还有更多士兵待命，的确可以一拥而上，将倦侯杀死，可这不是一时半会儿就能做完的事情，总得花些时间，在此期间，谁知道倦侯还能得到多少支援、会发生什么变故？

"舅舅，你在想什么？咱们已经定好计划，机不可失、时不我待，错过这一次……永远也不会有下一次了。"

崔宏曾经当着东海王的面承诺过许多事情，可形势变化比他预料的更快：北军主力赶到、城外的宿卫军和南军溃散、倦侯冲进京城甚至进入皇宫一路来到同玄殿前，他与东海王却因为几次犹豫而耽误时机，晚到一步。

崔宏望着远处的女婿，又扭头看向外甥："等你真正称帝，要怎么处置倦侯和上官盛？"

"当然是杀死，难道还能留下后患？"东海王莫名其妙，不明白舅舅为何在这个时候发问，更不明白这有什么好问的，他要杀的人不只是倦侯和上官盛，还有更多人，那些得罪过他、在关键时刻不肯帮忙的人……

崔宏重重地呼出一口气，他从来没看好倦侯，而且忌惮这个女婿的能力，可是事到临头，他发现自己别无选择。

"放下兵器。"他向南军将士下令，"战斗结束了。"说罢自己先拔出佩刀扔在地上。

刀枪纷纷落地，东海王大惊失色："舅舅，你这是做什么？咱们明明占据……"

顺着崔宏的手指望去，东海王说不出话了，一队北军旗帜正通过西北角门进入庭院，意味着北军主力已到。

南军的优势只能维持这一小会儿。

东海王转身要走，崔宏一把抓住外甥的胳膊："去哪儿？"

"去哪儿都行，总之我不当阶下囚。"

"倦侯会宽赦你。"

"他在撒谎！"东海王又急又怒，"他在收买人心，等他当上皇帝……"

"大楚还有外患，真正的皇帝懂得妥协的重要。"

"我不……"东海王突然明白过来，"小君是皇后，崔腾为倦侯当走狗，你早有准备，根本不是真心支持我夺取帝位！"

崔宏不愿多做解释，松开外甥的胳膊，示意卫兵上前，将东海王拦住。

韩孺子站在台阶前，看到了南军将士放下兵器，看到了各道门里涌进来的各色人等：由西北门进来的北军旗帜，带头者居然真是柴悦；走正西门的则是宫人与大批读书人，蔡兴海与部曲士兵护着他们；还有从正东门进来的大臣，他们没等传召，自己来了，争夺帝位的整个过程中，这是他们第一次主动现身。

无人下令，身边的士兵却都自动退却，让到数步之外，韩孺子转身，顺着台阶一级级往上走，突然看到东北门里走出来的崔小君，她竟然与杨奉在一起，被一群侍卫打扮的人簇拥着。

韩孺子觉得小君看到了自己，于是露出一丝微笑。

他没有走到最上方的丹墀上，现在还不是时候，登上十几级台阶之后，他止步转身，没人跟上来，离他最近的人也在十步之外了。

"万岁！"庭院里突然响起呼声，将一切杂音淹没，将一切忠诚与背叛、信念与怀疑、熟悉与陌生也都淹没。

韩孺子望去，发现自己熟悉的面孔如此之少，值得信任的人更是寥寥无几。

他突然明白母亲为什么要让他宽赦所有人了。

从现在起，他终于要面对整个天下，而不只是一个个、一批批的敌人。

宰相府内一片压抑着的悲伤情绪，人人小心翼翼，踮着脚小步快跑，连呼吸都要加以控制，好像生怕自己的气息会伤到别人。

大楚宰相殷无害奄奄一息，再高超的神医、再贵重的补药，也没办法让这具衰朽的躯体重焕生机。

妻妾垂泪、儿孙号啕，殷无害听在耳中，觉得十分聒噪，轻轻晃动手指，将长子殷措唤来，轻声说了一句话。

殷措没听清，急忙向屋子里的家人摆手，让他们收住哭泣，然后贴到父亲嘴边，仔细倾听。

"红绡儿……"殷无害费力地说出一个名字。

殷措扭头看去，名叫红绡儿的年轻女子哭得最伤心，两只眼睛肿得像桃子一样："父亲请放心，我们自会奉养小姨娘，当成自己的母亲一样对待。"

红绡儿比殷无害的一个孙女还要小些，听到这句话，放声大哭，在其他人的严厉注视下，以手掩嘴，止住哭泣，脸憋得通红。

"回……回家……"殷无害又吐出几个字。

殷措微微一愣，以为父亲糊涂了："父亲，这就是咱们的家。"

殷无害缓缓摇头。

殷措还是没想明白，一名老仆轻声猜道："大人说的是江南老家吧？"

殷无害眨眼表示就是这个意思，殷措更糊涂了："父亲为官一生，为朝廷操劳多年，子孙皆在京城出生、长大……"

殷无害剧烈地咳嗽起来，目光越显愤怒，殷措不敢再做辩解，急忙道："回家，殷氏子孙全都回家，京城的房地通通卖掉。"

殷无害怒气消散，咳嗽也停止了，只是呼吸仍显沉重，他很想仔细解释一下殷家为何必须离京返乡，可是说话太难，众多儿孙当中，也未必有人真能理解他的话中之意，与其浪费时间，不如直接下令。

老宰相用枯瘦如柴的手掌紧紧抠住长子的一条手臂，殷措吃痛不过，料不到垂死的老人还有这么大的力气，发誓道："殷家子孙若有留京者，必被逐出本族，永世不得再入家门。"

殷无害满意了，松开手掌，仰面喘息，好像忘了屋子里还有一群人，良久，他突然声音清晰地问道："为什么还没人来？"

"我们都在，父亲想找谁？"殷措纳闷地问。

"宫里。"

"还……还没有，大概是不知道父亲病得这么重。"殷措撒个谎，其实是觉得宫里不可能派人来探视。

"大臣呢？"殷无害又问道。

殷家人互相看了看，殷措欲言又止，犹豫半晌才道："父亲，朝中发生那么大的事情，谁……谁还肯来啊？"

"一个也没有？"

殷措更加尴尬，宰相将死终归是一件大事，若在平时，上门慰问的大臣能在巷子里排成长队，如今却是门庭冷落，因为宫里又换了皇帝，人人都知道，这位皇帝不是特别欣赏老宰相，殷无害即使身体健康，也很可能被换掉。

"倒是有两位，都是中书省的小官儿，我给打发走了。"按殷府的一贯标准，只有三品以上的官员才值得通报一声，那两人都是中书舍人，六品小吏，没资格见宰相，殷措对他们也不熟，不记得他们与自家有过交往。

"请进来。"

"他们已经……回家啦。"

"你亲自去请。"

殷措觉得父亲越来越不正常，忍不住提醒道："父亲，您要见的是中书监或者中书令吧，我说的是中书舍人南直劲和赵若素……"

"就是他们，去请，立刻就去……"殷无害剧烈地咳嗽起来。

殷措无法，只得让家人好好照顾父亲，他亲自去请那两位中书舍人，路上遇到一位熟人，听说了一些事情，心惊不已，忍不住想，父亲若是这两天病故，倒是恰逢其时，再晚个四五天，可能会惹来大麻烦。

殷无害躺在床上，周围的抽泣声又一点点地冒出来，像是在试探猎物生死的兀鹫，殷无害越发烦躁，挥手让所有人都出去，只留下侍妾红绡儿，让她摩挲自己的胸膛，以为能从这具年轻的身体里吸取一点活力，可他还是感到厌烦，于是将侍妾也撵走，一个人静静地躺着。

他思考自己的一生、思考大楚的江山、思考朝廷的动向，最后想到了皇帝，喃喃道："会来的，宫里会来人的。"

中书省负责草拟圣旨，最高长官中书监也只是正四品，中书舍人员额不定，通常有十人，品级更低，只有正六品，如果能得到皇帝信任，这些人尚可说是位卑而权重，可这种信任自从武帝中年以来，中书省就没有得到过，省中的官吏不过是一群执笔者。

南直劲五十岁，赵若素三十来岁，一老一少，都在中书省任职多年，一直默默无闻，很少出现在皇帝面前，从未得到升迁，却也没有犯过错误。

宰相殷无害垂亡之际，想见的人不是同朝大员，不是宰相府的下属，偏偏是这两人，难怪长子殷措会觉得奇怪，事实上，南直劲和赵若素敢在群臣最为沉默的时候登门拜访，就已经是一件怪事，殷措当时却没有重视。

两人一请就到，更让殷措吃惊的事情发生了，在仆人送上茶水之后，父亲居然连他也撵出房去，要与两位中书舍人密谈。

殷无害倚在被垛上，客气地请客人喝茶，先为长子之前的怠慢道歉，然后问道："陛下打算何时登基？"

两位中书舍人互视一眼，虽然职务、品级都一样，南直劲的资历却更老一些，在宰相面前自然由他说话，先是站起身，在宰相的示意下又坐回椅子上，屁股只搭边角，恭敬地回道："陛下不打算登基。"

"嗯，也对，陛下这是恢复帝位，不用再度登基，但是要在太庙告祖吧？"

"三天之后，太后与群臣都要去太庙。"

"唉，可惜我动不了……外面的事情怎么样了？"

"上官盛在函谷关被大将军所拦截，很可能要打一仗，陛下却没有派兵追赶。朝廷基本稳定，陛下宽赦了所有人，崔太傅仍然掌管南军，东海王甚至受邀进宫住了一晚。宫里死伤数百人，职务多有调整，杨奉重任中常侍，另一名太监刘介获释，担任中掌玺。"

"刘介……我记得，他曾经在勤政殿里向陛下献玺，在监狱里熬了这么久，也该出来了，可他有玺可掌吗？"

南直劲摇摇头："宝玺尚无下落，陛下好像不是很着急，没有派人寻找。"

"遇事不急，能对敌人宽赦，嗯，陛下二度称帝，确实与第一次不一样。"

话题从这时起变得敏感，两名中书舍人又互视一眼，这回是年轻的赵若素开口："只怕这是一时之忍，陛下当初退位的时候，朝中无人反对，陛下此番重返至尊，依靠的也不是群臣。"

"你们担心陛下会秋后算账？"

"观陛下行事手段，确有此种可能。前天上午，是一片北军旗帜惊退了宿卫军，并且迫使崔太傅俯首称臣，可事实上，那只是一片旗帜，兵力不过数千，人人一旗，真正的大军直到今天才陆续赶到京城。"

"哈哈……"殷无害又咳嗽了几声，随后严肃地说，"武帝后继有人。"

"只怕大楚暂时承受不住一位新武帝。"

殷无害看向两名中书舍人，极少有人了解这两位小官儿的重要性，更没人了解宰相与这两人之间的密切关系，他们可以无话不说。

"伴君如伴虎。"殷无害感叹道，"皇帝不只是'虎'，更是孩童，他有爪牙，轻易就能伤人，心思却极单纯，就是要站在最高处，让众人敬仰他、效忠他、服从他、讨好他，最关键的是，所有孩童都需要父母、仆人替他安排一切。皇帝也一样，最勤勉的皇帝也做不到日理万机，一开始，他想抓住一切，聪明人会给他一切，不要争，更不要反对。等他发现自己抓不住一切，而且感到无趣而疲倦的时候，自会松手，到时候有人能接住就行了。"

"大人或有万一，该由谁接住这一切呢？"南直劲问道，这才是他与赵若素前来拜访宰相的最重要目的。

殷无害已经想了很久，这时又陷入沉思，好一会儿才开口道："我死之后，第一位宰相必然是陛下不得已选中的人，坚持不了多久。第二位必然是陛下真心欣赏之人，也当不了多久，少则半年，多则一年，大楚会有第三、第四位宰相，有能力为陛下分忧者必在其中，具体是哪一位，就要由你们自己判断了。"

两位中书舍人同时起身，拱手礼拜，赵若素还不满意，问道："无论怎样，陛下会在朝中选相，殷大人最看好哪一位？"

殷无害脸上浮现一丝微笑："我若说出此人的名字，会害了他，也会害了你们，哄孩子的第一要诀，就是要让孩子以为一切都是他自己的主意。不可说，不可说啊。"

殷无害闭上双眼，他已经交代完后事，对大楚，他再没有亏欠，至于皇帝，他从来不认为自己亏欠过任何一位。

两位中书舍人准备告辞，赵若素心里不踏实，又提了一个问题："陛下似乎真的相信以后会有强敌侵犯大楚，不仅要向西域派遣将军，还要与匈奴和谈。"

殷无害没有睁眼："陛下由军中复兴，必然重武轻文，所谓强敌，不过是提升武将的一个借口——由他去吧，但是一定要让陛下明白此举困难重重、危险重重……"

殷无害似乎还有话要说，却没有再开口，两位中书舍人悄悄退出，离开宰相府，他们的职务太低，此番拜访没有受到任何人的关注，连宰相长子殷措也很快将他们遗忘。

此时的韩孺子，甚至没有听说过这两人的名字。

次日下午，中常侍杨奉代表皇帝前来探望宰相，两人聊了一会儿，老宰相的气色看上去不错，说了许多忏悔与感激的话，前后矛盾，自己却没有注意到。

当天夜里，宰相殷无害咽下最后一口气。

韩孺子重登宝座之后，面临的第一件难题，就是在一群他不信任的大臣中选择一位新宰相。

重新回到皇宫，不再是任何人的傀儡，韩孺子最大的感受不是手握大权的酣畅得意，而是危机四伏时的如履薄冰。

他必须尽快建立起十步之内的安全。

部曲士兵被调进皇宫担任侍卫，由蔡兴海和晁化共管，原有的侍卫则一律留在外围待命，接受中常侍杨奉的指挥——部分侍卫包括孟娥的兄长孟彻，失踪不见，在他们现身之前，侍卫得不到皇帝的信任。

部分北军与南军负责守卫皇宫与京城各门，宿卫军则在城西建营，赦免并召集流散各处的将士回营，表面上这是临时安排，韩孺子对何时召回这支军队，其实没有任何安排。

这些事情进行得都很顺利，朝野上下都认为皇帝有权力这么做，各部司全力配合，即使"圣旨"上没有宝玺，也得到了承认。

逃亡的宫人全都回来了，由于不少内官死于宿卫军之手，韩孺子得以顺利地提拔他所信任的人：太监刘介获释，继续担任中掌玺，韩孺子甚至想封他为中司监，但是觉得不宜操之过急，因此先官复原职，一大批身份低贱的"苦命人"得到重用，填补内官空缺。

这项安排也没有遇到任何阻力，皇帝再度入宫，任用亲信本是常有之理，只能说刘介和那些"苦命人"当初眼光独到，选对了主人。

至于更大范围的调整，韩孺子并不着急。

重返皇宫的第五天，韩孺子得到宰相殷无害的死讯，对他来说，这是好事也是坏事，好处是他可立刻选择一位新宰相，坏处是他还没有特别合适的人选，而这件事必须尽快解决，后天上午，太后与百官将去太庙告祖，正式迎回皇帝，到时候，百官需要一位领头人。

告祖之前，同玄殿和勤政殿都不适合作为议政之所，韩孺子暂时也不想跟大臣们商量事情，他选择当初读书时所用的凌云阁，在那里与柴悦、房大业等人商议军情，或者单独召见一名名支持者，不用多说话，褒扬几句就行，双方心照不宣：皇帝自会奖赏忠臣，只是时机未到。

他不用在阁内席地而坐了，这里摆上了全套桌椅，更像是一间书房。

这天下午，韩孺子要见的人只有一个。

杨奉也很忙，人还没到，韩孺子的目光从地图上抬起，对站在门口的张有才说："你真不想当官吗？"

张有才被关在南军营中，崔太傅投降，他立刻被放出来，重回皇帝身边，却几次拒绝担任内官，这时仍然摇头："我不想当官，能服侍陛下，我就很开心了。"

韩孺子笑了笑，张有才很忠诚，但是年纪小、没有学识，的确不适合掌管一方。

"别只是服侍，也帮我参谋一下……"

张有才欲言又止，韩孺子笑道："又没说'朕'？"

张有才点头。

"别急，没有宝玺不也颁布圣旨了？不说'朕'我也一样是皇帝。"韩孺子无意时时刻刻保持皇帝的威严，他宁愿慢慢来，"现任中司监向我请罪，要为宫里发生的种种事情负责，我不认为这是他的责任，但他的确不适合掌管宫内事务，我想换一个人，你在宫里待的时间比我更长，可有推荐？"

向皇帝推荐人选，这是一项极大的权力，张有才却没注意到，皇帝让他想，他就认真地想了一会儿："杨奉啊。"

韩孺子摇头："杨奉并非宫中旧人，对管理皇宫也不感兴趣。"

"嗯，也对，杨奉连倦侯府那么点儿人都管不好……刘介呢，他是宫中老人，中掌玺离中司监只差一级。"

韩孺子笑着摇头，张有才推荐的人都是皇帝的亲信，在意的显然不是谁能管理好皇宫，而是谁值得皇帝信任："刘介当中掌玺就很好……"

楼下的太监上来通报说杨奉到了，主仆二人之间的"商议"到此结束，韩孺子与杨奉商量的才是正事。

张有才识趣地退下。

杨奉进来磕头，得到允许之后，坐在斜对面的一张椅子上，他辅佐的第二个学生成为真正的皇帝，他的脸上却没有喜色，更没有谄媚，仍像严厉的教师一样，带着一丝审视。

杨奉先开口，他有许多事情要向皇帝报告。

"宝玺还在孟娥手中，那晚出城之后，她很可能受到追杀，我得到的消息是，她一路向东，在函谷关附近消失。"

"她为什么不来找我？"

杨奉摇头，是他将宝玺委托给佟青娥送出皇宫的，没想到中间会发生意外。

"追杀孟娥的人是谁？她哥哥？"

"看来是这样，孟彻带走了十四名皇宫侍卫，行进路线与孟娥相同，而且都在函谷关失踪。"

韩孺子眉头微皱："孟彻究竟在为谁做事？"

"还不清楚，但肯定不是太后或者上官盛。"

韩孺子越发不解："那他拿到宝玺也没有用。"

杨奉解释不了，沉默片刻，见皇帝没有再问，他继续道："大将军韩星今日与上官盛交战，最迟明日午时就能传来消息。"

"嗯。"韩孺子对这件事倒不是特别在意，上官盛麾下只有数千名宿卫军，没有粮草、没有目标，更没有支援，韩星镇守函谷关，兵将数万，没有理由打不赢这一仗。

"京城的江湖人大都逃亡，许多本地豪杰也以探亲访友的名义离京，不再是威胁。"

"不是威胁？谭家随时能将他们召回来，云梦泽仍是他们的老巢，花缤也还是他们的首领。"

"不是目前最大的威胁。"杨奉改变说法，"这几次的事件都表明，江湖人不堪大用，让他们分散，然后由各地方官府剿灭就好，至于谭、花两家，也不值得陛下亲自出手。"

"总不能让他们逍遥法外吧？"

"交给刑部和京兆尹府处理。"

"那些刑吏和谭家……"韩孺子刚想说他们是"一丘之貉"，突然醒悟过来，"众刑吏人心惶惶，担心遭到我的报复，正好让他们去调查谭家，给他们一次表露忠心的机会，若是查出事来，可以消除谭、花两家的后患；若是查不出来，日后也能将他们一网打尽。"

"肯定能查出来，江湖情义没有那么牢固。"杨奉平淡地说，对结局不做他想。

韩孺子恢复帝位之后，第一道命令就是宽赦所有人，只有上官盛不肯投降，乃是自寻死路，至于谭家和花缤，之前的事情可以得到饶恕，以后却不能，有一群急于立功的刑吏天天盯着，两家早晚会落网。

谈起江湖人，韩孺子想到了几位旧相识："杜氏爷孙和不要命呢？我一直想召他们进宫，却找不到人。"

"他们也走了。杜摸天委托我给陛下说一声，危急时刻他和杜穿云没出上力，很抱歉。"

"可我不在乎……他们之前为我做的事情已经够多了。"

杨奉微微一笑，他能感受到"新"皇帝的那股急切心情，与初登基的思帝几乎一模一样："他们是江湖人，就让他们留在江湖吧。"

"不要命呢？还要继续当厨子？"

"嗯，但是不在京城。"

"我真是不明白，我无权无势的时候，他们拼命保我，如今大事已成，他们却离我远去，这是所谓的江湖规矩？"

"再等几年，如果他们还是不肯来见陛下，陛下颁布旨意表扬他们几句，恩情就算两清了。"

"又是名声？"

"江湖中还有人在乎名声，陛下应该感到高兴，否则的话，世上将只剩下逐利之徒。"

江湖毕竟不是韩孺子在意的领域，他点下头，将这件事放下，问道："望气者呢？有消息吗？"

在帝位之争中，江湖人没有创造奇迹，过于依赖他们的东海王一败涂地，连带着，望气者的力量也显得渺小了许多，除了杨奉，没人特别在意那群江湖术士。

京城之乱的那一晚，杨奉选择帮助韩孺子夺回帝位，这让他失去了一次将望气者一网打尽的机会。

"林坤山在上官盛手里，其他人——还会露头的，迟早而已。"

杨奉认准的事情谁也改变不了，韩孺子顺其自然，开始商议最重要的事情："关于宰相人选，殷无害怎么说？"

杨奉昨天探视了病重的宰相，按照惯例，询问殷无害对继任者的意见，如今宰相已亡，这个问题变得迫在眉睫："殷宰相一开始说相信陛下的选择，经我一再询问，他推荐了一个人。"

"谁？"

"瞿子晰。"

韩孺子一愣："瞿子晰只是国子监博士，而且人在关东……殷无害这是什么意思？"

"陛下的确看好瞿子晰吧？"

"嗯，但我没想过要让他现在就当宰相，总得慢慢观察一段时间，逐级给他升官。"

"我猜殷无害是想提醒陛下：选择宰相并不容易，即使陛下最看重的人，也不能一步登天。"

"所以他推荐瞿子晰，其实是告诉我不能任用此人？真是一只老狐狸。"韩孺子想了一会儿，问道，"我真不能将瞿子晰立刻任命为宰相吗？"

"能，但那会是一件大错。"

"真正的皇帝也不能这么做？"

"真正的皇帝尤其不能。"杨奉站起身，拱手行礼，然后道，"人的一生大致有两次成熟，第一次成熟知道能做什么，想的是快意恩仇、为所欲为；第二次成熟知道自己不能做什么，要的是举重若轻、无迹可寻。陛下想当真正的皇帝，务必先弄清自己不能做什么。"

韩孺子生出一股恼怒，但他没有发作，而是说："好吧，就让我看看自己不能做什么。"

第二十五章

意外消息

韩孺子睁开眼睛，看着熟悉的崔小君，蒙眬中，那是一张微微起伏的侧影，只有鼻尖稍显清晰，韩孺子伸出手臂，想要轻轻触碰一下，临到最后，他却笑了笑，悄悄下床，准备进行这一天的工作。

他有许多事情要做。

朝廷积累了大量奏章，必须一一批复，像是一座山，等着皇帝一个人铲平，由于还没有正式恢复帝位，手里也没有宝玺，韩孺子还不能正式批复奏章，但是可以提前审阅。

凌云阁几乎成了仓库，堆满了一箱箱、一摞摞的纸张，每一张都在相应的部司衙门里存留副本，有据可查，皇帝想偷懒藏起几张的话，很快就会被发现。

宰相府、勤政殿的职责之一就是帮助皇帝处理奏章，韩孺子希望能在朝廷恢复运转之前了解一下各地情况，因此一直没有恢复勤政殿议政，至于宰相府，更是瘫痪已久，起不到应有的作用。

韩孺子并非漫无目的地乱看，命令中书省将有关各地灾情的奏章集中在一起，他要优先查阅。

情况不是太好，韩孺子越看眉头皱得越紧。

外面天亮了，张有才熄灭蜡烛，等到皇帝放下一份奏章之后，轻声道："陛下，该用早膳了。"

韩孺子点点头，表示就在凌云阁里用餐，抬眼望向窗外，花园里已有几分春意，他不由得想起自己被迫读书时的场景，脸上露出一丝微笑，随后向张有才说："杜氏爷孙离开京城了，你听说了吗？"

"嗯，杜穿云请蔡大哥送给我一封信，说……说什么时候在宫里待得无聊，就去找他玩儿，只要在江湖中提起'杜穿云'三个字，没人不知道，肯定能找到他。"

韩孺子大笑，一听这就是杜穿云的狂妄口吻："可惜他们不肯留下，我正想重用他们呢。"

食物早已准备好，韩孺子去隔壁房间用膳，等他吃得差不多，张有才接着刚才的话说："杜氏爷孙，尤其是杜穿云，还真重用不得。"

韩孺子的思绪已经转到别的事情上，听到这句话，微微一怔："为什么？"

"他们爷儿俩都不守规矩，一次两次行，次次这样，陛下可就为难了，放过他们，其他人也不守规矩了，不放过他们——所以他们还是行走江湖更好。"

韩孺子怅然若失，这世上真有他想用而不能用的人，杨奉说得或许没错，皇帝必须了解哪些事情是自己不能做的，但不是就此放弃，而是绕过"不能"，用"能"来实现自己的目的。

一名太监匆匆跑上来，跪在地上，双手呈上一份文书，打断了皇帝的思绪："兵部加急。"

文书已被拆开，兵部显然已经看过，觉得十万火急，于是加盖印章，直接送到皇宫里，而不是按照正常程序逐级上交。

韩孺子看了一眼，脸色骤变："去勤政殿。"

皇帝虽然不来，勤政殿的议政大臣们却不能旷工，每天上午都要过来打声招呼，彼此说几句客气话，然后再回本衙办公。

殷无害一直病重，韩星和崔宏在外，勤政殿因此变得冷清，只剩下右巡御史申明志、吏部尚书冯举和礼部尚书元九鼎三人，元九鼎尤其尴尬，他是太后选入勤政殿的，如今太后失势，他的位置变得非常危险，不能不来勤政殿，又不敢表现得理所应当，每次都像被罚站一样守在门口，随便什么人一口气就能将他吹出去。

韩孺子在路上下达了几道命令，召集兵部尚书蒋巨英、南军大司马崔宏、北军将领柴悦和刘昆升，一同来勤政殿。

南、北军大营都在城外，将领们来得慢一些，兵部尚书离得近，比皇帝到得还早。

消息已经传开，大将军韩星兵败，函谷关已被上官盛夺去。

韩孺子想不明白这种事怎么会发生，韩星拥兵数万，又有城池之坚、地势之利，面对只有残兵数千人的上官盛，断无大败之理。

他一走进勤政殿，在场的四位大臣和中书省的数名吏员立刻跪下，韩孺子挥手示意他们起身，大步前行，没有坐在一边的宝座上，而是站在桌前，向蒋巨英道："给我一个解释。"

四位大臣面面相觑，皇帝所处的位置平时是属于宰相的，他站在那里可有点不同寻常，但是没人敢吱声，兵部尚书蒋巨英尤其不敢，他曾经受冠军侯指使，公开与当时的倦侯对抗，收获一场惨败。

冠军侯最后起事的时候，蒋巨英没有跟随，可身上毕竟有过污点，十分害怕，一听到皇帝的质问，立刻跪下："臣……"

"起来说话。"韩孺子道。

蒋巨英起身，什么都没做，却已是满头大汗，偷瞥了一眼右巡御史申明志，心中稍安："前线混乱，第一封信是商县送来的，有可能是失误，再等一等，会有更准确的消息……"

"嗯，可以等，但不能干等，不管什么原因，假设大将军兵败、函谷关失守，朝廷该如何应对？"

几名大臣你瞧我我瞧你，都希望对方先开口。

杨奉走进来，站在皇帝身后，他不是议政大臣，用不着通报。

蒋巨英是兵部尚书，只能先开口："依臣愚见，上官盛即便获胜，也是侥幸，无须朝廷大动干戈，假以时日，大将军定能反败为胜。"

申明志、冯举都支持兵部尚书的看法，礼部尚书元九鼎"嗯嗯"了几声，甚至不敢确定自己有资格站在这里，直到皇帝的目光看来，他才说："大将军……必能……反败为胜。"

韩孺子听得不太认真，他知道这些大臣的才智不在战事上，肯定拿不出好主意，他只是利用四人说话的工夫，回想自己看过的奏章。

北军军正柴悦和北军都尉刘昆升赶到，路上已经听闻函谷关兵败的消息，参拜之后，柴悦立刻道："函谷关必有异常，要么是消息有假，要么是大将军本人出了问题。"

在大臣们听来，"出了问题"另有含义，吏部尚书冯举吃惊地说："不至于吧，大将军乃宗室重臣，对朝廷向来忠心耿耿……"

柴悦解释道："我是说大将军有可能意外亡故，给了上官盛可乘之机。"

韩星年纪不小，的确有突然病故的可能，只是时机太巧了一些。

柴悦继续道："事不宜迟，朝廷应立刻派大将东行，还有机会召集败兵，夺回函谷关。"

韩孺子早有选择，就是柴悦本人，正要开口，身后的杨奉轻轻踢了一下皇帝的脚后跟。

韩孺子马上明白了杨奉的用意，柴悦只是皇帝心目中的"大将"，对于天下人来说，柴悦的职务、名声与威望都不够高，由他东行，很难聚集起韩星的旧部。

他收回嘴边的任命，说道："如果上官盛真的夺取函谷关并且固守，问题反而不大，再夺回来就是，朕只担心一件事：关东灾情严重，放粮赈灾太晚，执行又不得力，入春以来，流民必然增多，上官盛若与各地盗贼同流合污，才是大麻烦。"

韩孺子曾经想方设法让各地开仓放粮，可是这几天看到的奏章，表明他的努力只成功了一部分。

没有圣旨终究是个死结，各地官员对开仓态度不一，灾情越严重的地方，官员反而越不愿意开仓，害怕粮食不够，最终引发更大的混乱。

韩孺子早就想补发圣旨，可是没有宝玺的"圣旨"能让京城官吏承认，送到京外，效力就会减弱，信与不信又变成地方官员的自行选择了。

申明志建议将户部尚书、左察御史萧声也都叫来。

两人很快赶到，尤其是萧声，好像就等在大门外面，一叫就到，而且态度也比其他人积极得多。

事实表明，大臣都不笨，当他们努力思考的时候，还是能想出好主意的："当务之急是昭告天下：大楚拨乱反正，陛下重返至尊，朝廷稳定，军民同心。上官盛大逆不道、劫持宗室子弟，人人得而诛之，他无路可逃，必然兵散人亡。"

户部尚书到得稍晚一些，没提出什么意见，倒是佐证了皇帝的猜测，关东的形势不容乐观，流民数量的确在减少，但是极不稳定，这些人无地可种，一旦过了春耕季节，发现今年还是难有收成，很可能再度转为流民。

崔太傅来得最晚，路上几次改主意，最终还是来了，心里打定主意，如果皇帝又要派自己去平乱，无论如何也要拒绝，除非女儿崔小君生下一位太子，否则崔宏是不会感到安全的。

崔宏连理由都想好了，皇帝却没有派他出兵。

将近午时，崔太傅刚到不久，函谷关的消息接二连三地传来，直接送到勤政殿，兵部尚书拆封，当着皇帝的面读出来。

柴悦猜对了，大将军韩星的确发生了意外，却不是病故，他的身体一直不错，无病无灾。

韩星遭到了暗杀，时机恰到好处，正是两军即将开战的时候，楚军无主，因而大乱，给了上官盛以少胜多的机会，如今他已占据函谷关，下一步动向不明。

韩孺子忍不住转身看了一眼杨奉。

杨奉昨天刚得到消息，孟氏兄妹和十几名侍卫一路东奔，在函谷关附近消失不见。

韩星之死与函谷关失守，令刚刚稳定下来的局势一下子又变得紧张起来，韩孺子能够明显感觉到，宫廷与朝廷都不像前几天那么雷厉风行了，他发出的命令倒是无人违背或是反驳，但是得到的反馈明显变少、变慢，好像水下的诱饵被聪明的小鱼一点点吃掉，岸上的垂钓者却一无所觉。

韩孺子与大臣们商议了一整天，参与者逐渐增多，最后达到了三十多人，大家的意见倒是一致，都认为必须尽快消灭上官盛的势力，而且这一战并不难打，可是派谁去却成为纠缠不休的难题。

大臣们在一些细枝末节上争执不休，一位大臣推荐的人选，必然遭到至少两位大臣的反对，理由总是非常充分，或是威望不高，或是能力不足，或者身体不适……

韩孺子一开始还参与争论，后来干脆冷眼旁观，他明白，并非大臣们能力不足，也不是胆小怕事，恰恰相反，这些人经验丰富，一嗅到帝位变动的气息，立刻想方设法置身事外，互相帮助，既不能显得太消极，也绝不能显得太卖力，以免留下口实。

韩孺子心里很气愤，他对大臣的印象向来不好，如今变得更加恶劣。

明天是太庙告祖之日，无论怎样，韩孺子必须先正式恢复帝位，天黑之前议政结束，做出的唯一决定就是各军加强防备，等函谷关传来更详细的消息之后再做决定。

皇帝可以乘轿回宫，韩孺子将乘舆打发走，与杨奉一块儿步行，身前身后都是部曲士兵保护——这些人还没有明确的身份，既非侍卫，也非宿卫，但是最受皇帝信任。

"真想将他们全都换掉。"韩孺子愤意难平，"你也看到了，唯一肯出主意的人只有萧声！"

不等杨奉回答，韩孺子补充道："我明白，萧声也不是真心出力，他是害怕遭到报复——我是不是太早宽赦大臣了？应该给他们留下一点压力。"

杨奉一反常态，只是"嗯嗯"，一句回应也没有，跟勤政殿群臣倒是非常相似，韩孺子止步："杨公不认为大臣们有些过分吗？"

天色刚黑，前后灯笼离得都有点远，站在余光里的杨奉显得有些苍老，等他开口的时候，声音里却没有半点疲态："如果是陛下，会怎么做？"

"我……如果我是大臣的话？"

杨奉又"嗯"了一声。

"我会……"韩孺子想了一会儿，不由得叹息一声，他在心里愤怒了半天，却没想过一个问题：大臣的做法其实很正常，自从武帝晚年以来，宫中多事，接连几位皇帝骤兴骤灭，今天的掌权者，只因一时选择错误，明天就可能沦为阶下囚，如果他是大臣，也会在局势不稳的时候明哲保身。

申明志、萧声等人就是反面例子，他们因一时贪念参与了帝位之争，结果频频出错，没有捞到利益，反而陷入困境。

"一个人不能自私到以为别人不自私。"韩孺子轻笑一声，发现自己重当皇帝之后，比从前"自私"了许多。

可是不能过度自私的话，当皇帝又有什么意义呢？

韩孺子没向杨奉提出这个问题，变得心平气和，不再埋怨大臣，也没向杨奉讨教，他明白，这一次他又得自作决定。

连晚膳都没用，韩孺子直接去见母亲，同时也拜见太后。

这不是他当傀儡的时候了，即使太后不想见皇帝，她身边的人也不敢谢绝皇帝的到来，更不敢出面阻拦，而是恭恭敬敬地迎入。

太后坐在椅榻上，王美人仍像侍女一样站在旁边。

韩孺子入宫的第一天就想将母亲接走，王美人却严词拒绝，在她看来，服侍上官太后不仅是一种义务，还是荣耀。

在韩孺子心中，重新称帝的第一件大事就是将母亲也立为太后，两宫并立有过先例，即使皇帝不吱声，大臣也会主动提出来，礼部尚书元九鼎已经暗示过此事。

函谷关失守打乱了计划，所有事情都得延后。

韩孺子不用再像从前那样下跪，躬身行礼，客气地请安之后，他说："太后想必听说了吧，大将军韩星遇刺，上官盛占据了函谷关。"

太后看上去气色不错，只是少了几分严厉，好像很高兴交出权力："怪我管教无方，以致上官家出了这样的乱臣贼子，令陛下忧心，如果陛下是来问罪的，我也没什么可说。"

太后虽然失势，但她毕竟是个象征，韩孺子当然不会"问罪"，说道："太后言重了，上官盛自己作乱，与太后何干？朕来拜见太后，乃是请教平乱治国之道。"

王美人向儿子轻轻点头，表示赞许。

太后沉默片刻："陛下真心请教？"

"绝无半点虚假。"

太后又沉默了一会儿："给我说说函谷关的详情。"

韩孺子将事情大致说了一遍，太后提出的问题，也都一一回答。

"刺杀大将军绝不是上官盛能想出的主意，他的部下也没有能做这种事的刺客，上官盛要么得到了他人相助，要么是遭到了利用。"

太后说起侄子就是像是议论不相关的外人，没有半点"母子之情"——她已经替亲生儿子报仇，用不着再树立一个"儿子"。

韩孺子猜想也是如此，但他更关心另一个问题："上官盛占据了函谷关，接下来是留是走？"

"肯定会继续东行。"太后毫不犹豫地说。

"如果他身边的人不同意呢？比如说那些帮他刺杀大将军的人。"

"你还是不了解上官盛，他不是走狗，而是一头猛兽，你可以利用他捕杀猎物，但是不能让他停下来，就算刺客说得天花乱坠，上官盛还是会一路跑回东海国，他以为那里是他的家。"太后顿了顿，"是我给他出的主意，他已经认准了这条路。"

韩孺子不想追究这是谁的主意，拱手行礼，又问道："满朝文武，谁人可用？"

太后微微一笑："陛下也撞上那堵软墙了？"

"撞上了，还差点陷进去。"

"我曾经试过许多办法，可那堵墙撞不破、拆不掉，也绕不过去，你想过将他们全都撤换一遍吗？"

"想过。"

"千万不要这么做，因为我已经试过了，发现大错特错，而且那是一个陷阱。"

"怎么说？"韩孺子更感兴趣了，杨奉反对他这么做，给出的理由却很含糊，他需要更直接一些的理由，太后恰好最适合回答这个问题。

"因为皇帝是孤家寡人，总得依赖别人做事，皇帝可以选择亲信，可天下官吏千千万万，你的亲信能有多少？"

韩孺子没有回答，他的亲信甚至不够组建起议政团队。

"所以你还是得用大臣做事，换掉一批，上来的是另一批，很快也会变成一堵软墙，而且还不如上一批会做事，奏章送来得不及时、圣旨迟迟没有送到各地、租赋不足、户籍出错……一堆问题都会冒出来，说大不大，说小不小，最后皇帝只能将从前的老臣一个又一个请回来。皇帝还会发现，那些老臣原来从未销声匿迹，或者被派到皇帝注意不到的地方任职，或者就在家中闲居，准确地算到了自己何时能够官复原职。"

"问题究竟出在哪儿？"韩孺子问。

太后笑了笑，没有回答，她若找出问题在哪儿，如今站在她面前的皇帝就不是韩孺子了。

"难道满朝文武就没有一人可用吗？"

"有，但是可能不合陛下的心意。"

"为何？"

"恕我直言，陛下此时根基未稳，忠诚可靠者少，能用者多是势利之徒，陛下心里若是迈不过'忠诚'这道坎儿，能用谁呢？"

韩孺子谢过太后，告辞离去。

王美人将皇帝送到寝宫大门口，低声道："别急，帝位越稳，忠于陛下的人越多，肯做事的大臣自然也会多起来。"

"我不急，母亲。"韩孺子的确不像一开始那么急于做事了，由傀儡、废帝到重新称帝，他已经迈出一大步，至于掌握真正的权力，那是另一大步，必须稳妥迈出。

"无论如何也要将南军派出去，崔宏提出任何条件都可以接受。"

"是，母亲。"

王美人目光中露出怜爱之情，伸手轻轻抚摩一下儿子的脸颊："陛下不是最幸运的皇帝，却是最聪明的，大楚江山是陛下的，以后也会传给陛下的儿孙。"

韩孺子笑了笑，只有母亲会如此无条件地看好他，给予最多的称赞。

他当然不觉得自己是最聪明的皇帝，但他相信自己绝非最倒霉、最无能的那一个。

用完膳之后，韩孺子回到寝宫，很快看出皇后的神情有些不自然，似乎有话要说，但又不敢说。

"崔家派人给你送信了吧？"韩孺子笑着猜道，并不在意皇后要为家人说话。

崔小君脸上一红："是，父亲说……他年纪太大，受不得征战之苦。"

"可若是让他交出南军大司马之职，他肯定又不觉得年纪大了。"

崔小君脸色更红："陛下……陛下真要铲除崔家吗？"

韩孺子走到皇后面前，轻声道："就算为了你，我也不会这么做，我会给你父亲一次机会，让他主动请战，你不用为难，也不用插手，崔太傅会这么做的。"

次日天一亮，韩孺子在勤政殿召集群臣，宣布自己要御驾亲征。

为了太庙告祖、宣布皇帝回归，礼部和宗正府已经做好充分准备，告祖、祭天、拜地、召见群臣、大赦天下……整套程序要从早持续到晚，韩孺子砍掉一多半环节，只用了一个时辰就宣告礼毕，他又是大楚皇帝了。

右巡御史申明志被指定为群臣的带头人，这意味着他将继任宰相之职。

可皇帝想御驾亲征，却遇到不少阻力，在勤政殿里，数十名大臣轮番上阵，劝说皇帝三思而后行，理由非常充分：朝廷未稳，皇帝此时离京，会带来更大的不稳，即使顺利消灭上官盛，也是得不偿失。

大臣似乎非常在意皇帝的安危，有些人甚至痛哭流涕，纷纷请战，愿意代替皇帝去剿灭叛贼。

韩孺子在史书上见过类似的记载，而且不少，每次皇帝想要做点出格的事情，大臣都会全力反对，不只是出征，还有巡狩、修建新宫、改变旧法，等等，很难说大臣们的真实想法是什么，忠诚之余或许也有算计：既能表露对皇帝的关怀，又能建立名声，而且成本极低，只是磕头与痛哭。

只有武帝是个例外，在他中年之后，公开反对的声音越来越少，直至于无，桓帝登基之后，这种做法又恢复了，无论大臣们对皇帝多不在意，该劝的还是得劝。

韩孺子这回坐在了宝座上，倾听大臣们讲述御驾出征的诸多不妥之处。

又花费了一个多时辰，午时已过，有大臣的肚子开始咕咕叫，韩孺子宣布："朕意已决，众爱卿无须再劝。"

劝说又持续了一小会儿，终于停止，大臣们的行为将会被记载在史册中，后人不能指责他们不忠，这就够了。

但劝说并非浪费时间，韩孺子倾听了每一条反对理由，有一些的确是他事先没想到的，可以及时堵住漏洞。

他不打算再等群臣拿主意，直接下达圣旨，前后只用了不到一刻钟，群臣猝不及防，不等他们提出反对，"议政"已经结束了。

第一道旨意：以太后的名义发布懿旨，宣布大楚宝玺暂作改变，由另一枚皇帝印玺代替。但是那枚独一无二的宝玺还是得找回来，这不仅事关大楚朝廷的颜面，在许多人眼里还预示着当今皇帝的位置能否长久。

第二道旨意：右巡御史申明志守宰相之职，留卫京城，大事小情都要请示宫中的太后。这是一项临时任命，也是对申明志的考验，只有通过之后，才能由"守"变作"任"。

第三道旨意：中掌玺刘介升任中司监，中常侍杨奉接任中掌玺，但是在职责上做了一点改变，杨奉不仅掌管皇帝印玺，同时兼管太后之印。

不少大臣反应过来，这意味着皇帝离京之后，真正掌权的不是守宰相申明志，也不是太后，而是一名太监！

又有人想要磕头反对，韩孺子不给他们机会，立刻下达第四道旨意：南、北军各出五千人，他只带一万将士征讨上官盛。

大臣们一下子炸了锅，暂时忘记太监掌权之事，再度反对御驾亲征，上官盛虽说只有数千人马，却击败了大将军韩星的几万将士，皇帝只带一万人出征，实在过于儿戏。

人声沸腾，太监不得不敲响小铜锣，要求众人闭口。

皇帝不做解释，继续发布第五道旨意：左察御史萧声与弘农郡守卓如鹤共任钦差，巡行天下各郡，一个负责监察吏治，另一个负责督促赈灾，以半年为期。

这也是一项考验，如果萧声做得好，仍有可能继任宰相，令群臣纳闷的是弘农郡守卓如鹤，此人虽是武帝驸马，可是声名不显，连人都不在京城，居然会被皇帝选中，实在是怪事一件。

韩孺子在商县见过卓如鹤，对驸马那句"官府似乎有粮又似乎没粮"记忆深刻，因此决定派他去赈灾。

让流民返乡不是大楚最急迫的麻烦，却是最根本的问题，韩孺子自己腾不出手，只好选择一面之缘的卓如鹤代替。

殿中大臣正苦思冥想卓如鹤是怎么回事的时候，皇帝发布第六道旨意：任命辟远侯张印为宿卫中郎将，即刻率领宿卫军前往边疆备守，第一站就是碎铁城。

皇帝多做了一句解释："这是轮守，南军、北军去年守卫边疆，今年该轮到宿卫军了。"

对这道圣旨，大臣们倒是很支持，宿卫军惹下那么大的乱子，理应受到惩罚，皇帝既然非要亲征，宿卫军更不能留在京中。

张印本人不在殿中，有几位大臣明白了皇帝的另一层用意，辟远侯到了碎铁城就能释放自己的孙子张养浩，可是想名正言顺地带孙子返京，非得立一大功不可。

韩孺子不想立刻派张印去西域，他现在更担心匈奴人的入侵。委派张印守卫北疆有点冒险，这位口讷的老将军虽然立过不少军功，却极少有过独当一面的经历，韩孺子想趁机试探一下辟远侯的能力。

又有大臣想劝说皇帝多带兵马，并且取消太监杨奉的权力，韩孺子不给他们开口的机会，接连发布第七、第八道圣旨。

第七道圣旨很简单：命东海王携家眷就国，与皇帝一同出发。

大臣们对这道圣旨心中称赞，皇帝亲自征讨臣子，实在有失颜面，历朝历代都会找一个公开的借口，比如巡狩、封禅之类，当今皇帝的借口更完美一些，既能顺路剿灭上官盛，又将竞争者东海王送出了京城，一举两得。

第八道也是最后一道圣旨：准许宗室、勋贵、大臣子侄自愿参军，保护御驾亲征的皇帝。

大臣们被皇帝的几道圣旨弄得不知所措，正琢磨这最后一道圣旨是何含义时，皇帝宣布散朝，天黑之前，八道圣旨必须正式颁布，明日准备，后日出征。

守宰相申明志开始忙碌起来，他可不想在得到任命的第一天就惹皇帝不高兴，对他来说，尽快去掉"宰相"前面的那个"守"字，比什么都重要。

韩孺子在凌云阁用午膳，然后召见几位真正的亲信。

对杨奉他没什么可说的，反而要问一句："此次出征，杨公可有提醒？"

"绕远路、防刺客。"

韩孺子一笑，杨奉果然最了解他的心思，此次出征，剿灭上官盛尚在其次，取得南、北两军的认可，并且向天下各郡宣示皇帝的到来，才是最重要的目的，所以杨奉建议皇帝绕远路。

这也是韩孺子为何只带一万将士的原因，如今民生凋敝，太多人马只怕各地供养不起。

蔡兴海和晁化留在京城守卫皇宫，一个主内，一个主外，全都接受杨奉的节制。

北军都尉刘昆升同样留下，在城外执掌北军和一部分曾经支持倦侯的南军，只要不出大错，足以压制住崔太傅的南军。

跟随皇帝出征的将军只有柴悦和房大业。

柴悦还接到一项任务，在宿卫军当中寻找一位持斧将军，韩孺子率兵进攻北城门的时候，差点死在此人斧下。

一切安排妥当已是傍晚，申明志动作迅速，八道圣旨全都正式颁布，与此同时，大量奏章涌入宰相府，通过中书省送到皇宫里，一半仍是苦谏皇帝三思，另一半则是请战随征。

人人都明白，皇帝说是要大家"自愿"参军，可是不自愿者，前途就算毁了。

韩孺子准许了所有申请，在最后一批申请中，看到了崔宏和崔腾父子二人的名字。

崔宏的奏章很长，回顾了崔家对大楚的贡献，隐讳地反思了他曾经犯过的错误，苦劝陛下留在京城，自愿前去讨伐上官盛，最后，如果皇帝非要御驾亲征，崔家父子愿做马前卒。

已经很晚了，韩孺子仍去拜见母亲，太后早已休息，王美人却一直在等皇帝，没有请他进寝宫，就在大门口屏退众人，严肃地说："你知道御驾亲征有多危险吗？"

韩孺子点点头，他做出决定之前没跟任何人商量，猜到母亲不会特别赞同："必须如此，在京城牵扯太多，我要将崔太傅等人都带出京城，以军法行事，更快、更方便，而且能让南、北两军对我的支持更牢固一点，等我再回京城的时候，对付大臣也就更容易一些。"

王美人长叹一声，儿子说得没错，将隐患带出京城，的确比在京内更好解决，但也更加危险："路途艰险……"

"那也比困在原地无路可走强。"韩孺子微笑道，对未来并不是特别担心。

王美人沉吟片刻："陛下这是将一切赌注都押在杨奉身上啦。"

皇帝御驾亲征，杨奉将成为京城最有权力的人物，韩孺子制订计划时就是这么决定的："总得有几个可信之人，否则的话我真是孤家寡人了。"

王美人笑了笑，没再多说什么。

韩孺子回到自己的寝宫，皇后崔小君也没睡，一看到皇帝就露出微笑。

"你的父亲和二哥已经主动请战了，只要他们认真打仗，我保证会带着他们一块儿返京，你还有什么可担心的？"韩孺子一眼就看出皇后仍有心事。

崔小君勉强笑了笑："父亲托人找我三次，我也三次做出保证，我担心的不是这件事。"

"还有什么事情？放心吧，顶多一个月我就能打败上官盛，路上逛逛，三个月之内肯定能回来。"

看到皇帝自信的样子，崔小君的笑容自然多了，但很快收起笑容，指着桌上的一柄剑："认得吗？"

韩孺子早就注意到这柄剑："太祖宝剑？"

"嗯，听说你要御驾亲征，我觉得你应该带上它，讨些好运，可是……"

"太祖连战连败，让你担心了吗？可太祖最后还是胜利了。"韩孺子笑着走到桌前，拿起宝剑，抽出半截看了一眼，脸色骤变。

崔小君道："有人将太祖宝剑调包了。"

当头一盆冷水浇下，东海王猛地跳起来，大喊道："我拼命了！我真拼命了！是舅舅……是崔宏……"

眼前的陌生人并非王妃谭氏，东海王警惕而惊讶地问："你是谁？"随后左右看了看，这的确是自己的家，头昏脑涨、脚底虚浮，酒劲儿还没过去，外面的天刚刚有一点黑。

"请东海王殿下跟我走一趟。"

"我干吗跟你走？你究竟是谁？"

"陛下召你入宫。"

东海王心中一惊，脸色都白了："明天才出发，今天召我入宫干吗？"

陌生人面无表情："入宫就知道了。"

"诏书呢？旨意呢？你……你是侍卫，不是宫里的太监……"东海王越想越慌，忍不住就要开口求救，突然又想起，已经没人能救他了，王府从官吏到奴仆都换了一遍，除了王妃谭氏，他一个都不认识。

陌生的侍卫神情安静，一点也不着急，他能进府，就已经证明了自己的身份。

东海王也明白这个道理，稍稍平静一些："我去跟王妃说一声。"

"不用，王妃也要奉诏入宫，应该已经上轿了。"

"让我……洗把脸，换身衣裳。"东海王实在找不出别的理由了。

洗脸、换衣时，东海王心中涌出无数的计谋，没一条能成功，又出现无数的幻想，以为会有人突然跳出来搭救自己，直到一切准备好，也没有奇迹发生，仆人恭恭敬敬，不像隐藏的武功高手，角落、房顶干干净净，更不像会有人跳出来。

东海王突然明白，自己真的无依无靠了。

侍卫又催了一次，东海王只好出发，醉意全消，出府时一步一回头，他在这座王府里没住多久，此刻却留恋不已，真想就此倒下，打死也不出去。

大门外的侍卫更多，停着两顶轿子，东海王很想去跟谭氏说句话，却被侍卫客气地请上轿子。

东海王这一路上心潮起伏，身体一会儿虚脱，一会儿紧绷，下轿的时候，几乎连走路的力气都没有了。

他被送到宫中一座独立的小院里，下轿时只有他一个人，谭氏不知被送到哪里去了。

韩孺子又忙了一整天，直到二更天才抽出工夫来见东海王，一见面就问："你怎么了？没吃饭吗？还是刚练过武功？"

东海王不知哪里来的勇气，腾地站起来："要杀便杀、要剐……总之我不怕你，你的丑事早晚会暴露于天下，人人皆知……"

勇气用完了，东海王瘫坐在椅子上。

韩孺子笑道："我的丑事？"随即摇摇头，"我要杀你，必然光明正大地进行，绝不会悄悄召你入宫。"

东海王一愣，一想也对，对方已是皇帝，要么假手他人，要么栽以死罪，没必要玩弄其他手段，心中大为放松，差点哭出声来："你……陛下找我有什么事？"

"宫里发生一件怪事，我要找你商量。"

东海王又是一愣："不是我做的。"

"我还没说是什么。"

"无论什么事都与我无关，我现在比吃饱的狗还老实，你派去王府的那些人可以做证，除了喝酒、吃饭、睡觉，我什么都没做过，外人也不见。真的，愿赌服输，我知道争位失败的皇子皇孙该怎么做——在酒色中度过一生，酒我已经开始了，色……色再等等。"

韩孺子大笑："现在就沉湎于酒色，你还太年轻了一些，为何不帮我平定天下，做一番事业呢？"

东海王左右看了看，屋子里没有外人："有话就明说吧，陛下是皇帝，我是臣子，陛下就算让我自杀，我也不敢说个不字，用不着好言好语地拉拢我。"

韩孺子坐在另一边，拿起桌上的凉茶，自斟自饮一杯："太祖宝剑失踪了。"

"什么？"

"太祖宝剑。"

"衣冠室里的那一柄？"

"嗯。"

"怎么会⋯⋯陛下不是怀疑我吧？"

"那晚你曾经带人冲进皇宫。"

"可我没去过衣冠室，而且——我要太祖宝剑也没用啊，就算用来号召群臣，也该当时就亮出来，偷藏起来对我没有任何意义。"

韩孺子从一开始怀疑的就不是东海王："谭家人呢？"

"谭家人？这个我可不敢保证，当时特别混乱⋯⋯哦，所以你把王妃也召进宫，你⋯⋯你⋯⋯陛下是皇帝，王妃是陛下的弟媳，你可不能乱来。"

韩孺子苦笑道："你的脑子里到底在想什么？王妃那晚曾经跟皇后一块儿去过衣冠室。"

东海王想起来了，王妃跟他说过当晚的经历："杨奉，陛下应该问杨奉，他一直被绑在衣冠室外面的柱子上，若是有人进出，他不可能看不到。"

韩孺子早就问过，杨奉什么也没看到，韩孺子当然选择相信："关键是不知道宝剑什么时候被调包的，肯定不是杨奉被囚禁的那段时间。"

"嘿，皇帝不应该相信任何⋯⋯算我没说。"发现自己并无性命之忧，东海王安心许多，能够认真思考皇帝的问题了，"反过来想，太祖宝剑有什么用？那不过是老祖宗留下的一件遗物而已。"

"对绝大多数人没用，对我、对大将军韩星却有一点意义。"

"哦，对了，当初你曾让人带出太祖宝剑，韩星接剑之后平定宫乱⋯⋯原来他是这么被刺杀的。"东海王恍然大悟，忘了称呼"陛下"。

韩孺子了解东海王，知道对方的惊讶是真实的："原来我以为被利用的是宝玺，现在看来，太祖宝剑更有可能，刺客大概是带着宝剑去见大将军，大将军误以为那是我派去的人⋯⋯"

"明天出征，找到韩星的卫兵，就知道他是怎么死的了。"东海王还是有点紧张，觉得自己出的主意太简单，皇帝肯定已经想到，想了一会儿，又说道，"陛下怀疑谭家？"

"刺杀更像是江湖手段，谭家、花家都有可能，杨奉以为是望气者所为。"

东海王冷笑一声："林坤山？他若是有这种本事，我也不至于……"东海王暗暗发誓要管住自己的嘴，"好吧，我可以去跟王妃谈一谈，如果真有谭家人参与，她应该听说过。但是我得要一个保证。"

"对谭家，我没有保证，对王妃，我可再宽赦她一次。"

东海王盯着皇帝看了一会儿："好吧，我这就去吗？"

韩孺子点点头，他必须尽快查清真相。

东海王迈步向外走去，突然止步转身："我母亲……"

"崔太妃、镛太子遗孤、冠军侯会同时安葬，大概在十天之后。"

韩射——又名韩枡——短暂的皇帝生涯不被承认，在大楚历史上，他将一直被称为"镛太子遗孤"。

东海王忍住心中的悲愤："听说，她是被……毒死的？"

"我没问过。"韩孺子说，这是实话，既然还得尊崇太后，有些事情就不能问得太清楚，不过太后既然将思帝之死全都怪罪于崔太妃，用同样的方法毒杀仇人乃是必然之事。

东海王没再说什么，走出房间，外面自然有人带他去见王妃。

韩孺子独自坐在屋子里，皇宫里的房间全都出奇地相似，只是大小和摆设不同，偏偏各有独立的名称，宫、阁、馆、院不计其数，韩孺子根本记不住。

没多久，东海王回来了，脸色青红不定，好像被骂了一通。

"王妃说她没拿宝剑，当时皇后也在，她们救下杨奉之后就离开了，谁也没进衣冠室，不可能拿走任何东西。"

韩孺子从崔小君那里已经听说详情，对谭氏也无怀疑："谭家其他人呢？"

东海王嗫嚅了几句："王妃不知道，她说……她说……"

"说什么？"

东海王终于壮起胆子："她说陛下别只忙着平定天下、寻找太祖宝剑，有时间也该管管家事。"

"嗯？"韩孺子一怔，谭氏的胆量的确不小，可是说出来的话却有点莫名其妙。

"陛下还不知道？皇后没提起过吗？"

韩孺子的目光稍一严厉，东海王马上道："算我多嘴，王妃乱说的，我瞧她现在也有点不正常，说出的话未必可信……"

"明天你就要离开京城了，你这么喜欢皇宫，就在这里踏实地住一晚吧。"韩孺子没有追问，反而劝东海王好好休息。

在东海王听来，这更像是某种威胁，知道自己终究没法戏弄皇帝，脱口道：

"王美人……王太后想要除掉皇后。"

王美人还没有得到太后的称号，东海王先给她加上了。

韩孺子稍稍眯眼，东海王更害怕了："王妃说，那晚她和皇后一块儿去太后寝宫求助，守门的是王太后，她拒绝开门，还说有皇后在，陛下以后不好对崔家动手。要不是杨奉及时找来宫中的侍卫，皇后和王妃很可能真的死在宿卫军手中。听说拙心院被烧毁了，皇后一直住在那里，她算是万幸，逃过一劫。当然，王妃说得也未必准确，我没看到……"

"够了。"韩孺子站起身，"明天谭家所有人，不分男女老幼，都要跟随大军上路，跟你一块儿迁到东海国。"

东海王一惊："圣旨不是这么说的。"

"明天一早会有新的圣旨。"

"可是……怎么来得及？连点准备时间都没有。"

"谭家没什么好准备的，上路就是。"韩孺子不再解释，迈步走出去，他绝不会将可疑的人留在京城。

东海王目瞪口呆，虽说在他看来皇帝就该心狠手辣，可是眼看着变狠的人是韩孺子而不是自己，他还是有点接受不了。

韩孺子在侍卫的护送下前往寝宫，心中从未像现在这样犹豫不决。

他相信谭氏的话，却不知道该怎么跟母亲和皇后开口。

第二十六章

习惯

对于那晚与王美人发生的矛盾，崔小君只字未提，在她的讲述中，离开住处之后，立刻就去了太祖衣冠室，那里的太监还认得从前的皇后，为她开门，解开杨奉的绳索，一块儿逃走。

韩孺子同样不打算提起此事，他即将离开京城，前去"征服"属于自己的大楚江山，与其将母亲和皇后的矛盾公开，不如继续隐藏下去。

但也不能就这样一走了之。

次日天还没亮，皇帝、皇后早早起床，崔小君亲自为皇帝穿衣戴冠，一直保持沉默，最后只说了一句："出宫在外，不要睡得太晚。"

韩孺子笑了笑，在皇后额上轻轻吻了一下，走出房间，他已经决定，不让宫里的任何人送行。

外面有人等候，张有才、泥鳅将贴身服侍皇帝——泥鳅不想当太监，一直与部曲士兵们住在一起。还有另外十五名太监和三十名侍卫，都是杨奉亲自选定的，任务只有一个，保护皇帝十步之内的安全，这些人的头目是中司监刘介。

韩孺子先去太后寝宫，在大门外向太后和母亲告辞，然后直接去往太庙，进行了一次简单的祭祖仪式，礼毕之后乘轿前往北宫门。

中途，他先后召见了两个人。

一个是宫女佟青娥，她如今是秋信宫女官，掌管与皇后相关的事务，韩孺子多做了几句嘱咐，要她好好照顾皇后。

另一个是杨奉，两人该说的事情都已经说过，韩孺子在临行之前再次召见，是希望杨奉能够维持宫中的稳定："慈顺宫与秋信宫乃重中之重，万望杨公在意。"

韩孺子只能说这些。

杨奉似乎明白了什么，想了一会儿，点头回道："是，陛下。"

出了宫门，天色微亮，更多的人等在这里，包括一百名仪卫、两百名卫兵、四十多名各部司官员，这些官员大都是侍郎、主事一类的副官，围绕皇帝组成一个临时朝廷，每日都要与京中的衙门保持联系，提供最新消息，以备不时之需。

队伍出行，由北城门出城，然后掉转方向去往东方的函谷关。

城外等候的人更多，京中所有五品以上的大臣都来送行，还有一支万人军队，一半是以黑色为主的北军，另一半是大量采用红色的南军，皇帝本人的仪卫与卫兵则都是紫色、黄色，争奇斗艳，颇有气势。

祭旗仪式就在城门下举行，三匹纯色白马成为牺牲品，鲜血染在蚩尤旗上，这面黑、红两色的兵旗，与皇帝的龙旗一道成为军中最重要的标志。

天已经大亮，皇帝准备出发，就在这时，发生了一件小小的意外。

十几名大臣跪在护城河的桥上，痛哭流涕地拦驾，希望皇帝再度三思，不要轻易出征，上有太后、下有群臣，皇帝安危系于万民……

韩孺子在史书中读过类似的记载，可他已经在勤政殿里"说服"了群臣，还以为这种事不会发生在自己面前，而且连兵旗都祭过了，断无放弃亲征的可能，结果仍有大臣闹这一出。

队伍被拦住了，韩孺子招手让身后的刘介跟上来，低声问："怎么办？"

刘介在宫中为宦多年，见多识广，马上回道："陛下不用出面，我来处理。"

刘介跳下马，快步走到桥上，亲手扶起三位地位最高的大臣，说了几句，然后快步走回皇帝马前，点点头、躬躬身，一个字也没说，又跑回桥上，与大臣倒是真的开口交谈。

如是反复三次，大臣们终于让开，目送皇帝过桥。

韩孺子终于迎上此行随他亲征的大军，号称是一万人，加上随行人员差不多是一万三千人，由于一路上都由郡县接待，没有动用民夫，多出来的三千人都是皇帝身边的人，以及众多主动请战的宗室、勋贵与大臣亲属，还有他们的随从，数量与皇帝比不了，但是每人至少也有两名奴仆服侍。

将官数量极多，挂着将军头衔的人就有两百多，有资格在皇帝面前参议军政的人至少五十名。

还有二十名国子监博士与翰林院学士，都是获得推荐的顾问。

即使离开了皇宫与京城，韩孺子仍能感到有一张网罩着自己，大臣只是这张网最重要的一部分。

将近午时，韩孺子终于能够策马行进。

一万将士数量不多，可是皇帝亲征，仍要分为前、后、左、中、右五军，柴悦亲率前军，天刚亮就出发了，房大业指挥中军，是皇帝的最外一层保护，另外三军的将领都由兵部推荐。

太傅崔宏位高权重，留在皇帝身边，统管五军，为了凸显地位，加封大将军的头衔，不过所有人都明白，这是名升实贬，崔家已经失势，能否再度兴起，就要看皇帝的信任程度了。

大军出发不到两个时辰就停下，住进早已准备好的营地，这时天还亮着，他们甚至没有走出京畿地界。

韩孺子召见崔宏，他以为这次会面会有些尴尬，可崔宏不愧是见过世面的三朝老臣，进帐之后神态自若，规规矩矩地行臣子礼，既不以皇帝岳父的身份自傲，也不以曾经与皇帝为敌而惊慌失措。

"大将军，三日之内能赶到函谷关吗？"

"回陛下，兵无常势，以稳为上，函谷关情形不明，待前军传回消息之后，或加速，或慢行，或暂停，皆可随意选择。"

帐篷里只有数名侍卫与太监，韩孺子当他们不存在，坐在椅子上稍稍向前倾身，说："朕以为已经说得很清楚了，三日之内必须赶到函谷关，上官盛若是逃走，要紧追不放，若是据关固守，正好将其剿灭。"

崔宏频频点头："陛下说得有理，可陛下乃至尊之体，若有闪失，哪怕是一点闪失，臣等即成千古罪人，生，无颜返京；死，难见先帝。"

崔宏"扑通"跪下，恳切地说："臣虽愚钝，好歹带兵数十年，粗通兵法，纵然臣无能，麾下还有几十名老将，打过胜仗无数，绝不至于耽误陛下的大事。"

韩孺子不想一出京就与崔宏发生冲突："好吧，由大将军安排，前军若有消息，随时通知我，不分早晚。"

"是，陛下。"

崔宏告退，中司监刘介提醒皇帝，出征首日，皇帝得慰问全军，所谓慰问，不是像从前那样走出帐篷，而是轮流召见不同人等。

将领、官员、顾问、宗室、勋贵、大臣亲属，等等，都要派出两三名代表，来帐中拜见皇帝，感恩戴德，然后将皇帝的慰问"带给"其他人。

这一套程序下来，天就黑了，韩孺子这才明白，第一天为何停下的这么早。

用过晚膳，韩孺子留下刘介，要跟他聊聊。

"刘公很了解朝中的这些事吧？"

刘介曾在勤政殿里对太后与群臣怒目而视，在皇帝身边却总是躬身垂首，与普通太监无异。韩孺子一度以为这会是一位杨奉式的人物，很快就明白过来，杨奉独一无二，刘介只是一名忠心耿耿的太监。

"略知一二，我曾经服侍武帝一段时间，见过几次武帝与大臣打交道。"

韩孺子一下子兴趣大增："原来刘公服侍过武帝，跟我说说他的事情。"

刘介跪下磕了一个头，严肃地说："陛下不希望身边的人日后嘴巴不牢、胡说八道吧？”

韩孺子一愣，随后大笑，刘介的确是名耿直的太监，拒绝谈论先帝的行为。

“那就说说大臣，那些人跪在桥上拦驾，到底是什么意思？为名？为忠？为利？”

“那只是一种习惯，陛下。”刘介起身，对这种问题，他可以没有忌讳地回答，“习惯是个好东西，用来明哲保身，最好不过。”

“在桥上磕几个头、流几滴泪，就能明哲保身？”

刘介微微一笑：“陛下觉得他们奇怪、觉得他们迂腐，甚至觉得他们虚伪无能，但不会憎恨他们，甚至不会特别讨厌吧？”

韩孺子没吱声，他当然不会憎恨一群向自己下跪的大臣，至于讨厌，有一点，但不是很强烈。

思忖片刻，他问道：“其他大臣为何不参与拦驾？”

“各有所长，陛下以后会见到各种各样的‘习惯’。”

“我刚刚就已经见到不少。”韩孺子摇摇头，从崔宏直到大臣亲属，都在以“习惯”应对他。

“陛下至尊之体，不可口误。”刘介认真地提醒道。

韩孺子又是一愣，这才反应过来，他在亲信者面前，常常自称“我”，而不是“朕”，这也是一种习惯。

“朕明白。”韩孺子也认真地回道，他视刘介为第一个忠臣，对此人却不熟悉，正在互相了解的过程中，初步印象是，这名太监是块不肯随波逐流的顽石。

“大臣的习惯能改变吗？”

“习惯是皇帝养成的，只要陛下愿意，当然可以改变。可陛下要小心，改变这些习惯要花费很多时间与心血，陛下眼下有这个余暇吗？”

韩孺子点头，刘介说得没错，事有轻重缓急，改变朝廷的种种习惯，的确不是当务之急，可也不能就这么陷在里面：“既然暂时动不得，总可以绕过去吧？”

刘介沉默了一会儿：“我若说能，就是佞臣。我若是出主意，就是整个朝廷的公敌。所以我的回答是——不可以绕过去，这些习惯都是历代先帝一点点养成的，纵无别的好处，却十分有利于陛下的安全。”

韩孺子再度大笑，连忠心耿耿的刘介也有“习惯”。

他还是决定绕过去，因为这些“习惯”不是他养成的。

“传召东海王。”韩孺子要从这里开始。

东海王随叫随到，努力想要做出无所谓的样子，却怎么也掩饰不住心中的阴郁与愤懑。

"王妃又教训你了？"韩孺子问道。

东海王看了一眼帐篷里的两名侍卫和中司监刘介："陛下也太……雷厉风行了吧，一点准备时间都不给，谭家老少数十口，年纪最大的七八十岁，小的才三四岁，说上路就上路，连早饭都没吃，要多惨有多惨。"

韩孺子扭头问刘介："是这样吗？"

刘介躬身道："谭家共是四十七口，外加十名仆人，年纪最大者六十三岁，最小者八岁，身体康健，并无头疼脑热，今早卯时一刻传旨，辰时一刻出府，前后一个时辰，共携带金锭五十块、银锭……"

韩孺子抬手表示够了："据说谭家人人练武，所言果然不虚，加上谭家的财力，临时出趟远门不算难吧？"

东海王脸上青一阵红一阵，嗫嚅道："都是王妃说的……陛下召我何事？"

韩孺子使个眼色，刘介和两名侍卫躬身退出。

韩孺子站起身，围着东海王转了一圈，说道："你不服气吧？"

东海王脸色本来就差，这时更是神情骤变："你……你……陛下想除掉我就明说，君要臣死，那个……那个……用不着编造罪名，赐死就行，上吊、自戕、闷死……还是给我一点毒药吧，见血封喉的那种，反正……反正我母亲也是这么死的，我们母子……"

东海王说不下去了。韩孺子笑道："别急，我没那么快下手。"

"谢陛下……嗯？你还是要下手？"

"告诉我，谭家有什么动向，他们不会就这么束手待毙吧？"韩孺子端正颜色。

"我……我……陛下是要我出卖谭家吗？"

"我是要你救他们一命，我可不会再次宽赦谭家。"韩孺子冷冷地说，大赦的时候没法将谭家单独挑出来处罚，可他一直关注着"布衣谭"，相信他们不会就此变得老实。

"我……我真不知道，只是听到一两句闲谈，谭家好像在写信向什么人求助。"

"向谁？"

"这个我真不知道，他们也不拿我当谭家人啊。"东海王长叹一声，自从争位失败，他在谭家的地位就一落千丈。

韩孺子觉得再问不出什么了，退回到椅子上，无声地坐了一会儿，突然开口："要不——你逃跑吧。"

东海王吓得差点儿跳起来："你刚才还说不会太快动手，怎么现在就改了主意？"

"这支军队走得太慢，我想出营去与柴悦会合，总得有个合适的借口，好让我绕过那些墨守成规的'习惯'。"

"你是皇帝啊，下旨不就行了吗？谁敢不听？"

"每个人都听，事后又以安全为名，将我的旨意打个折扣。我不想在这个时候浪费时间跟他们争斗，所以……"

东海王盯着皇帝："我怎么知道陛下不是别有用心，或者假戏真做，真给我一个逃亡的罪名？"

"我若是真那么做了，你也没得选择。"韩孺子笑道，想取得东海王的信任是不可能的，也没有必要。

"我……我回去准备一下。"

"不能总让王妃替你拿主意，这件事要避着谭家，你留在这里，待会儿咱们就出发。"

东海王怎么想都觉得危险，却不敢反对："既然这样……好吧，我同意，反正我的命在你手里，可是有句话我得说在前头。"

"说。"

"陛下擅自离营，若是有人——比如那个谁——趁机作乱，陛下可不能埋怨我，更不能说是我策划的，因为主意都是你定的。"

韩孺子知道"那个谁"是谁："崔宏？没有你，他就没了旗帜，以他的谨慎，绝不会在这个时候作乱，恰恰相反，他还会立刻追上来，好表露忠心。"

"陛下真那么相信崔宏？他是我舅舅，可我一点也不相信他。"

"我有办法。"韩孺子眨了下眼睛。

东海王一愣，总觉得眼前的人哪里不太像皇帝，忍不住说道："这可不是开玩笑，陛下根基不稳，万一……发生万一，整个朝廷可没几个人想着陛下。"

"这就像打仗，朝廷一方人数众多，兵甲精良，可是没有马匹，行动缓慢，我方人数少得多，兵器也没那么好，可是骑着马，行动迅捷。如果是正面交锋，我方必败无疑，这时候就得骑马边打边跑，离得不能太近，也不能太远，让朝廷跟着我，而不是我跟着朝廷。"

东海王呆了一会儿："这是匈奴人的打法。"

"谁的打法不重要，重要的是能打赢。"

"事后陛下会为我洗刷罪名吧？"

"你的逃亡只是传言，最后我不追究，谁会提起？"

东海王认真地想了一会儿，决定找一位可靠的见证人："叫上崔腾。"

崔腾一叫就到，他之前在白桥镇遇上柴悦率领的少量北军与大量旗帜，对妹夫佩服得五体投地，完全没想到那只是一次巧合——柴悦当时来不及率领大军南下，于是用了这一招虚张声势，与倦侯不谋而合。

听说要溜出营地，崔腾二话不说表示同意，恨不得立刻出发。

是夜四更，皇帝突然带领一千精兵出营，随身只有三十名侍卫，连贴身服侍的太监都没带，寝帐里留下一堆未处理的奏章和写到一半的信件……

等到整个军营反应过来的时候，已是半个时辰以后，传言四起，都说东海王趁夜逃亡，皇帝亲自去追，临行前留下旨意，让大将军崔宏掌管全军。

崔宏大惊失色，但是在皇帝寝帐中看到了半封信，让他安心不少，信里隐约表明皇后已经有孕在身。

崔宏马上派人去追赶皇帝，随后整顿全军，留下后军与大量勋贵正常出发，他则率领主力军队即刻起程。

韩孺子终于又能不受束缚地疾驰了。

时值初春，积雪正在融化，路面稍稍变软，正是纵马驰骋的好时候。

天亮不久，这支千人军队到达商县，城外已经安排好了营地，如果正常行军，这里就是皇帝第二天的驻跸之处，离上一处营地只有数十里。

皇帝突然驾到，将营地中的官吏吓了一大跳，韩孺子也不多说，只问了几句模棱两可的话，让对方误以为他在追什么人，然后命令将士就地取食，换下疲弱的马匹，再度上路，匆忙赶来的县令等官员，只来得及听到马蹄声响。

这支千人军仍是一半北军、一半南军，都曾经跟随倦侯参加过北门之战，对皇帝唯命是从。

老将房大业没有跟来，他年纪太大，留在中军也是对崔宏的一个监督。

接下来的营地仍是三五十里一处，按这样的安排，要用十天才能赶到函谷关，崔宏的确是谨慎到了极点。

因为是皇帝御驾亲征，各地接命之后，早早就做好了准备，因此这一段路走得很轻松，可以快马加鞭、轻装前进，只在夜里休息了三个时辰，驻地官员整夜守在外面，都对皇帝的行为感到困惑，可是位卑职低，没资格面圣，更没资格问东问西。

东海王累坏了，随便选了一顶帐篷，进去倒下就睡，连饭都不吃。

崔腾精力更足一些，与营外的官员们聊了一会儿，他是皇后的兄长，又是皇帝带在身边的亲信，虽然没什么具体官职，却极受尊重，回营之后他很开心，对皇帝说："不错不错，这趟出来得太对了。"

韩孺子只睡了两个多时辰，先是崔宏派出的信使追上来，不止一个，而是接连三位，第一位以大将军的名义恳请皇帝留在原处等候大军，后两封署名的官员越来越多，连房大业都名列其中。

韩孺子知道信中会写什么，所以只是粗略扫了一眼，就给放到一边，相反地，他向信使仔细询问大军的情况与距离，确认崔宏率军就跟在身后，他更放心一些。

他在玩一个危险的游戏，可是只有这样才能速战速决。

天还没亮，前将军柴悦的信使也到了，看完信之后，韩孺子下令全军出发。

正如太后所预料，上官盛没有固守函谷关，放了一把火，率军逃跑。

柴悦已经率军进关，扑灭火焰，召集大将军韩星的残部，同时等候皇帝的旨意。

在最初的计划中，如果上官盛逃亡，柴悦应该在函谷关停留一段时间，直到召集到的士兵达到一万人之后再做打算。

又是一段马不停蹄的行程，当天下午，韩孺子到达了函谷关，比他自己计划得还要快一些。

上官盛逃得很匆忙，放的火并不充分，很快就被扑灭，柴悦召集到的韩星残部，加上自己带的人，已接近一万，他准备次日一早出发，赶上皇帝到来，他也吓了一跳。

在函谷关，韩孺子得到了坏消息，上官盛果然召集了一批流民，声称要去攻占洛阳，开仓放粮，救济天下。

"上官盛有高人指点。"韩孺子只能得出这样的结论。

"肯定不是林坤山，他没这个本事。"东海王说。

柴悦还找到了韩星的卫兵，他们提供的消息证实了韩孺子之前的猜测，的确有人送来一把剑，韩星见过之后，立刻召见此人，结果遭到刺杀，事后刺客和剑都消失了。

"洛阳城厚池深，上官盛攻不下来，他只需停留三天，大军就能将他合围。"柴悦对击败上官盛信心十足。

韩孺子却担心上官盛的计划没那么简单，命令柴悦不要再等，立刻率军出发，能带多少人就带多少人，剩下的留在函谷关，由皇帝整顿。

柴悦率领六千人连夜出发。

东海王一直留在皇帝身边，趁他闲下来的时候，期期艾艾地说："我说过我不知道，因为我也是才想起来，谭家人好像提起过洛阳，他们的求助对象，或许就在那里。"

函谷关历史悠久，历朝历代都有加固，经过种种天灾人祸的考验，屹立至今，上官盛乱军放的那把火，远算不上最严重的伤害，又得到了及时扑灭，只留下一道道焦黑的痕迹与经久不散的烟味。

韩孺子又一次星夜出发，穿城而过时忍不住想，如此坚固的一座城池，敌人就算拥有百倍的兵力优势也未必能一举攻克，何以主帅一亡，就轻易落入敌军之手？刺客不可能有这种威力，中间肯定还发生了什么。

他守在城门外观察了一会儿，韩星手下的将士虽然不如南、北军精悍，可也都是从边疆以及各地调派的正规士兵，绝非一打就散的乌合之众。

韩孺子已经询问过，可这些士兵也不明白当初为什么溃散，在所有人的记忆中，自己都是跟着别人跑的，找不出始作俑者。

由于马匹严重不足，韩孺子只能带走将近两千人，加上原有的士兵，共是三千人马，剩下的都留在城内，指派将官，布置的任务只有一项，等候大将军崔宏的到来。

根据后方送来的消息，顶多还有半天，崔宏就能赶到。

韩孺子追上前头部队，崔腾坐在马匹上打晃，东海王哈欠连天："陛下，这是要跑到什么时候啊？"

"直到击败上官盛。"韩孺子最后悔的一件事就是听说函谷关失守之后，没有立刻出兵，整整浪费了三天时间与大臣商议对策、做各种准备，以至于贻误战机。

他的敌人已不再是性格暴躁、有勇无谋的上官盛，而是另有其人，此人不仅在京城盗走了太祖宝剑，还为上官盛出谋划策。

越是隐藏的敌人，越要步步紧逼，好让对方露出真容，可柴悦的五千人马远远不够，而且他的威望不足，未必能取得洛阳守军的支援，韩孺子越想越不安，因此要连夜追赶。

前方突然出现一阵喧哗，很快结束，一名骑兵过来，向皇帝道："陛下，前方有人拦驾，声称要见陛下。"

"有名字吗？"韩孺子很意外，他一路急行的另一个目的就是为了躲避"拦驾"，没想到在关东，在这样一个深夜之中，还有人在路边阻拦。

骑兵想了一会儿："曲……瞿什么？他说话太快，我没听清。"

韩孺子带领卫兵让到路边，让大军继续前行，然后对送信骑兵说："带他过来。"

果然是瞿子晰，风尘仆仆，身边只带一名仆人，连马都没有，看样子步行了很长一段路，一看见皇帝，就推开押送的士兵，展开双臂，缓缓弯曲合拢，然后躬身行礼，却不肯下跪。

"臣国子监博士瞿子晰拜见陛下，吾皇万岁。"

崔腾看得不高兴了，怒道："平民百姓不知礼节也就算了，国子监博士怎么也敢见驾不跪？"

瞿子晰样子虽然有些狼狈，说话时仍不失名士风度，不紧不慢地道："陛下星夜行军，必有非常之事，臣以军礼相见，正合礼仪。"

崔腾被说得哑口无言，韩孺子跳下马，迎上前去，笑道："京城一别多日不见，朕要赶往洛阳平定上官盛之乱，瞿先生连夜赶路，又是为何？"

"正是来告诉陛下先不要关注洛阳，可惜路上坐骑遗失，臣双腿软弱，走得不快，还好在这里遇到陛下，没有耽误大事。"

"洛阳怎么了？"韩孺子吃了一惊，以为洛阳又有意外发生。

"洛阳还能坚持一阵，但陛下此时前去救城，于事无补，反而会助长后患。"

崔腾也跳下马，不耐烦地说："你这个人说话好不啰唆，到底怎么回事，直接说不就得了？非得让陛下开口询问吗？"

韩孺子挥手将崔腾撵开："瞿先生莫怪，他就是这么鲁莽。"

瞿子晰看着崔腾的身影走开，似乎有什么想法，最后却只是点点头，开始说正事："臣从洛阳而来，一路上见到不少流民与盗匪，都是听说消息之后前去围攻洛阳，以为能分一杯羹，可上官盛麾下的宿卫军却没有多少。依臣所见，围攻洛阳乃是惑敌之计，上官盛的真正目标是更往东一些的敖仓。"

与北方的满仓一样，敖仓也是一座专门储粮的城池，地处中央，位置比满仓更加重要。

韩孺子脸色微变，附近的崔腾忍不住又走过来："书生只会空谈，当兵的都知道，敖仓难守，必须先占洛阳，方可再据敖仓。上官盛就算真的攻下敖仓，那些粮草一时半会儿他也运不走，陛下驰援洛阳才是正道。"

瞿子晰摇头："非也，上官盛东逃之意不会改变，他占据敖仓并非抢夺粮草，很可能是要毁掉粮草。"

韩孺子再不犹豫，转身上马，命人给瞿子晰主仆送马，并传唤军中将领，一块儿在路边议事。

自己的主意没被接受，崔腾不太高兴，嘀咕道："辛苦攻占敖仓，就为毁掉里面的粮草？我才不信。"

旁边的东海王骑在马上冷笑。

"你相信？"崔腾抬头问道。

"当然。"

崔腾挠挠头，看了一眼远处的皇帝，向东海王笑道："崔家数你最聪明，快告诉我这究竟是怎么回事？"

东海王从小住在崔府，被当成一家人看待，这时再听起来却有几分刺耳，东海王矜持片刻，说："这不是明摆着的事情吗？皇帝最担心的不是上官盛和几千名宿卫军，而是流民，那可是几十万甚至上百万的麻烦，一招不慎，后患无穷。可安置流民就得用粮……"

"不是早就开仓放粮了吗？"崔腾插口道。

"那只是权宜之计，各地执行不一，上官盛还能召集大量流民进攻洛阳，就说明放粮放得不够。"

崔腾再次挠头："那上官盛更不应该毁粮了，用敖仓之粮笼络流民、壮大势力，岂不是更好？"

"笨蛋。"东海王对崔腾从来不客气，"你自己也说了，没有洛阳，单守敖仓很难，上官盛哪有时间放粮收买人心？他就是要毁粮，令大楚一时无粮可用，流民得不到救济，会越来越多，然后……"

"哦，我明白了，流民多，盗匪就多，盗匪多就得派兵剿灭，天下大乱，上官盛就安全了。"

"上官盛肯定是这么想的。"东海王瞧了一眼远处的皇帝，压低声音道，"这一招也就对他好用，换成我，才不管什么流民，直扑上官盛，首恶既除，流民自然老实，剩下几伙盗匪有什么可怕的？"

崔腾跳上马，靠近东海王，低声笑道："所以你当不了皇帝呢？你想的是逆贼，妹夫想的是天下。"

一向鲁钝的崔腾突然冒出这么一句话，东海王不由得一愣，随后恼羞成怒，哼哼几声，没敢发作。

韩孺子再度出发，这回稍稍加快了行军速度。

函谷关离洛阳不是特别远，韩孺子率兵五千，后半夜出发，清晨时休息一次，随后马不停蹄，于当天下午望见洛阳，身后的士兵只剩三千多人。

柴悦已经选好地方扎营，正在打探敌情，准备次日进攻，对皇帝的迅速到来，又一次感到惊讶。

"乱军有七八千人，分成三十多营，少则数百，多则上千，环绕宿卫军营地。"楚军营地建在一座小山上，柴悦登高指示。

韩孺子能望见雄伟的城墙和墙外大片的营地，远远看去，好像有四五万人，但是排列杂乱，毫无章法。

"城内什么情况？"韩孺子问，洛阳城似乎还很稳定。

柴悦眉头微皱："我派人向城里发出讯号，一直没得到回应，不知是什么原因。"

正是因此，柴悦才没有急于进攻，他只有五千人，若能得到城内驻军的帮助，胜算会更大一些。

城外的乱军倒是发起过一次进攻，被打退之后，没再过来挑战。

"乱军的兵甲、马匹如何？"韩孺子又问。

"马匹两三千，兵甲倒是充足，我得到消息说，乱军之中真正的流民不多，大部分是各地的盗匪，他们好像早就知道要进攻洛阳，几天前就赶来了，隐藏在附近的山中。"

"再乱下去，流民和盗匪就更分不清了。"韩孺子越发确信上官盛获得了高人指点，于是将瞿子晰的猜测告诉柴悦。

"上官盛的确不在洛阳城外。"柴悦回头看了一眼，瞿子晰没有跟来，柴悦低声道，"我听说过瞿子晰这个人，在读书人当中名声很高，为人孤傲，常常自诩为天下无双的谋士，会不会……就是他在帮助上官盛？"

韩孺子与瞿子晰交往不多，倒是有过一次唇枪舌剑的激烈交锋，想了想，摇头道："不会，瞿先生不是这种人。"

柴悦不再多说："既然如此，陛下有何打算？"

"我的士兵急行一天，没法再走远路，待会儿就由我率军冲破乱军营地，为你开路，你率本部五千人马直趋敖仓，无论如何不能让上官盛毁粮。如果上官盛布下陷阱——"韩孺子必须考虑到这种可能，"望你能多坚持一会儿，明天一早，我会率领洛阳守军，可能还有崔宏的大军，前去敖仓支援。"

柴悦大吃一惊："陛下怎可亲身犯险？若有万一，臣等死不足以赎罪，纵然保住敖仓又有何用？"

连柴悦都变得瞻前顾后，韩孺子有点理解大臣们的谨小慎微了，那些"习惯"有可能意味着他们真将宝座上的人当成皇帝看待了。

"等乱军营地升起炊烟时发起进攻，此战必胜。"韩孺子信心十足，虽然还不清楚上官盛身边的高人究竟是谁，但他相信，这位"高人"与望气者一样，更擅长故弄玄虚，却不懂得如何打仗。

第二十七章

洛阳城外

樊撞山早料到会有这一刻，交出兵器、解下盔甲，跟随侍卫走进帐篷，跪在地上："罪臣樊撞山叩见陛下。"

樊撞山身材极高，弯腰进帐，跪在地上比站着的人矮不了多少，虎背熊腰，一脸茂盛的络腮胡须，脑袋因此放大了将近一倍，那双眼睛最为平和的时候也像是在怒目而视。

帐篷里的四名侍卫小心地握着刀柄，双腿微弯，时刻备战，隐隐觉得人数太少，应该留下至少十人保护皇帝。

崔腾一脸惊愕，扭头对东海王小声说："远远看去他好像没这么高。"

东海王不吱声，他还是无法接受现在的身份，韩孺子找到的任何人才，他觉得都是自己的损失。

"樊撞山，材力勇士，积功累迁至宿卫虎贲营前锋将军，你是洛阳人氏？"韩孺子心里也在暗暗惊叹此人的高大。

"罪臣南阳人氏，离洛阳不算太远。"樊撞山则在纳闷皇帝的语气为何不像生气。

"你驻守过洛阳？"

"是，罪臣曾任洛阳城门尉。"樊撞山越来越弄不懂皇帝的用意，忍不住抬头看了一眼。

四名侍卫同时微微一蹲，将刀柄握得更紧，崔腾和东海王则同时往后微微一倾。

韩孺子也被那两道凶恶的目光吓了一跳，脚底不由自主地发虚，可他站稳了，没有变色，也没有乱动，平淡地问："你为何自称'罪臣'？"

樊撞山低下头："罪臣曾在京城北门外冲撞陛下，乃戴罪之身，因此自称'罪臣'。"

樊撞山曾在北门之战中独骑持斧冲锋，给韩孺子留下极深的印象，出征的时候特意调来身边，只是一直没来得及召见。

"你没有追随上官盛东逃，即已获得宽赦，何罪之有？"

东海王虽不情愿，还是得帮皇帝说话，开口道："北门之战几万人冲向陛下，全都获得宽赦，哪来的'戴罪之身'？你没什么害怕的。"

樊撞山脸色微红，俯首不语。

"平身。"韩孺子道。

樊撞山倒也老实，说起身就起身，差一点就顶到了帐篷，几个人只能抬头仰视，韩孺子退后两步，正色道："樊撞山，朕任命你为中军前锋将军，两刻钟之后，率军一千，冲破敌军，直抵洛阳城下，向城中守军宣布朕之旨意：洛阳守军无论老弱，全体出城迎战贼军，后出者抵罪，违逆者斩。"

樊撞山没料到自己居然会被委以重任，再次跪下："遵旨。"

韩孺子稍稍缓和语气："你的兵甲还在吧？"

樊撞山脸色又是一红："在，我这就去穿上。"

"望将军努力，入城之后，朕亲为将军执酒。"

樊撞山"砰砰"磕头，退出帐篷，迈的步子比平时更大。

四名侍卫松了口气。

崔腾"嘿嘿"笑道："上官盛肯定后悔死了，他好不容易找来这么一个大个儿，结果却归陛下所有。让我做什么？把宿卫军营地交给我吧，陛下也不用给我执酒，让我放开喝一顿就行。"

"你和东海王都留在我身边。"韩孺子可不会将这么重要的任务交给崔腾。

夜色初降，贼军各处营地炊烟袅袅，楚军营中也有炊烟升起，可是只生火不做饭，众将士提前以干粮果腹。

韩孺子将自己带来的三千人马分为三队，樊撞山领一千人充当前锋，另外两名将军各领一支，韩孺子本想自己指挥一支，可所有人都反对，这不是京城北门之战，没有危急到必须让皇帝亲上战场的地步。

樊撞山率兵出发，手里仍然提着标志性的长斧，胯下的坐骑也比普通马匹要高大一圈，他可不是那种指挥若定的将军，向来身先士卒，这回更是下定决心，要在皇帝面前将功赎罪。

第二支千人军随之出营，他们的任务是直冲宿卫叛军营地。

接着是柴悦的五千人马，表面上也要与宿卫叛军交战，其实是要冲过敌营，连夜前往敖仓，如果一切顺利，子夜之前就能到达，敖仓若能坚守，当然最好不过，若是已经失守，柴悦则要给上官盛施加压力，起码让对方来不及毁掉太多粮草。

最后是韩孺子的第三支千人军，其实只有八百多人，他们将在敌军大乱的时候冲入战场，制造更大的混乱。

皇帝身边留下一百人，柴悦几次陈情，希望皇帝小心为上，如果洛阳城内不肯出兵，皇帝要立刻掉头撤退，与后方的崔宏军会合。

韩孺子同意了，可他觉得十有八九用不着。

贼军人数虽多，却很混乱，少量宿卫叛军都用来控制众营，没人统领全局，对赶来支援的楚军全不在意，该吃饭就吃饭，韩孺子登高观望时，几乎看不到斥候的身影。

此战的另一个关键是洛阳城内的守军是否肯奉旨出战，据柴悦所知，城内至少有三千士兵，若能全军出城，则楚军胜算大大增加。

樊撞山的前锋军已经冲锋过半，贼军才做出反应，这是韩孺子看到的最后一幅场景，很快天就完全黑了，他只能看到不分敌我的火把，还有阵阵的叫喊声。

樊撞山守卫洛阳多年，认得路径，由他突破敌军前往洛阳城门再合适不过。

第二支千人军和柴悦的主力军出发，他们的进攻路径比较简单，对面的宿卫叛军营地就建在路边，他们沿着官道一路冲过去就行。

樊撞山的前锋军与贼军交战，韩孺子看不到，但是能听到。

叫喊声越来越响亮，贼军虽然缺少章法，却不是一打就散的乌合之众，敢与官兵对抗。

韩孺子估计柴悦的大军应该冲过宿卫叛军的营地，于是派出最后一支千人军。接下来，他就只能静观其变，等洛阳城守军的配合。

在他身边，只有三十名侍卫、七十名士兵，再就是东海王、崔腾和瞿子晰三人。

厮杀声似乎越来越近，东海王脸上变颜变色，小声道："洛阳城这么久还没有反应，陛下要小心了。"

韩孺子"嗯"了一声，扭头向瞿子晰问道："瞿先生到过洛阳，对河南尹熟悉吗？"

洛阳是河南郡郡治所在，城内的最高官吏是河南尹韩稠，也是宗室后人，韩孺子对他的了解不多。

瞿子晰面不改色，打仗的事情他不懂，也不参与，小心翼翼地抓住缰绳，似乎不太会骑马，听到皇帝发问，回道："河南尹韩稠是原河南王后人，算起来应该是陛下的叔父。和帝之时分削诸侯，河南王以为河南地处中央，不宜立王，自愿交出王位，和帝大悦，改封河南王为淮南王，立其次子为河南尹，并且准许其代代相袭。"

韩孺子在《国史》中看到过这段记载，没怎么在意，若不是瞿子晰提起，他也想不起来。

“原来如此，齐王叛乱时，韩稠好像还立过功吧？”

“嗯，河南尹配合崔太傅击败齐国叛军，陛下当时进封韩稠为洛阳侯，离河南王只差一步了。”

当时的封赏都由太后做主，韩孺子不记得此事，听出瞿子晰话中似有深意，但是前方正交战，他没有追问详细，只是将这件事记下。

“韩稠当初肯出兵参与平定齐乱，想必也会出城夹击贼军。”

瞿子晰未置可否，东海王也不开口，只有崔腾不知深浅，说道：“那可不一定，我可听说河南尹贪财好利，富甲天下，当初为了让他站在朝廷一边，可是给了不少钱的，至于洛阳侯的封号，他才不在乎，和帝定下的规矩，他们家永远不能再封王。”

远方战场上的叫喊声还在继续，听不出谁胜谁负，韩孺子正要开口再问几句，不远处突然响起哨兵的声音：“什么人？报上名来！”

三十名侍卫立刻围在皇帝身边。

过了一会儿，路边的荒地里响起一个兴奋的声音：“狗皇帝在这里！快来啊！杀了狗皇帝，大楚江山就是……”

兵器相撞，哨兵与来者打了起来。

东海王马上道：“陛下，快走！”右手举起马鞭，只要皇帝一动，他就跟着跑，绝不落后一步。

崔腾也急了：“皇帝妹夫，你先跑，我断后。”

韩孺子却没有动，听了一会儿，下令道：“王赫，带九人去支援。”

王赫是一名侍卫头目，应了一声“遵旨”，跳下马，一挥手，带属下九人向交锋处跑去，十余步之后纷纷拔刀出鞘。

东海王大惊：“陛……陛下，跟一群贼军较什么劲儿啊？”

“那不是贼军，只是几个亡命之徒，不用担心，侍卫对付得了。”韩孺子平静地说，遥望黑夜中的战场。

“陛下肯定？”东海王还是担心。

“咱们看不到贼军，贼军自然也看不到咱们，怎么可能派兵冲过来？这必然是逃散的盗匪，误打误撞跑来这里。”

“可那人认出你是皇帝了。”东海王连声音都抬高了。

“那只是召唤同伴的伎俩。”韩孺子身后有十几面旗帜，周围没人点火把，在黑夜中应该看不清，一般人更认不出旗帜的内容。

东海王目瞪口呆，慢慢放下马鞭，他一直就觉得韩孺子胆子大，可从前的韩孺子只是傀儡与废帝，性命握于他人之手，不得不冒险，现在已经是真正的皇帝，胆子居然还这么大，东海王感到难以置信。

没过多久，十名侍卫回来了，一个没少，王赫回道："七名盗匪，都已击杀。"

韩孺子点下头，什么也没说，仍然望向战场。

叫喊声在减弱，更多的是马蹄声，地面似乎在微微颤动。

一名骑兵快速跑来，兴奋地喊道："贼军退却！贼军退却！"

等骑兵靠近，韩孺子问道："城内出兵了吗？"

骑兵满脸血污，闻言稍稍一愣："好像没有，我没看见。"

瞿子晰开口道："陛下准备收服洛阳城吧。"

韩孺子正有此意，即使当了皇帝，权力也不会自动到手，他得"收服"大楚江山，就从洛阳开始。

城墙上的守军明明认出了从前的城门尉樊撞山，却拒绝立即出城相助，反而让他拿出证据："皇帝不可能只带这么点人来救洛阳城，樊将军，听说你在宿卫军混得不错，没跟着一块儿反叛吧？"

樊撞山怒不可遏："陛下就在城外，你们早该看到！"

城里看不到，自从被贼军包围，他们就没再派斥候出城，翘首盼望的是朝廷十万大军，而不是几千名来历不明的士兵。

樊撞山不善言辞，叫不出救兵，却不甘心就这么回去复命，怒吼一声，掉转马头，看哪里人多就往哪里冲，也不管身后的士兵跟上来多少，双手挥舞斧头，见人就砍。

宿卫叛军的营地聚集的人最多，双方正展开激烈的厮杀，叛军人数不多，只有数百人，却能调动几千名盗匪贼军联合自保，柴悦的大军已经冲过去，剩下的楚军人数太少，难以取得优势，逐渐陷入包围。

樊撞山就是这时候杀到的，实实在在的"杀到"，一柄长斧挡者立毙，马匹都不能幸免，连楚军将士也要远远避开，以免遭到误杀。

"挡我者死！"樊撞山越杀越怒，越怒越有力气。

与之前的京城北门之战一样，由于很快就进入混战，双方很少使用弓弩，皆以刀枪为主，正是樊撞山这种猛将的用武之地。

很快，他就冲进了敌群，被数十名贼军团团包围，纵无暗箭，明枪也一样难防，他砍中不少敌人，胯下的坐骑却也接连被刺中，哀鸣一声，歪身倒下。

樊撞山的一条腿被压住，好在后面的楚军及时跟上，击退了贼军，樊撞山推开死马，拿起长斧，继续往前冲，速度慢了一些，长斧舞得却更加用力。

如果说樊撞山一个人扭转战局，那是夸张的说法，但他起到的作用的确无人可以替代。

贼军以盗匪为主，最怕这种力大无比、打起来不要命的主儿，偏偏营地里到处都是起灶留下的火堆，火光晃动，将樊撞山衬托得更加高大，他的吼声更是传遍整个战场，如同发疯的野兽。

看到营地中间的宿卫叛军，樊撞山更怒，自己的名声与前途就是这些人败坏的，大踏步冲来，贼军士兵避让，再无人敢于阻拦。

叛军都认得樊撞山，远远看见他的身影就已胆战心寒，哪敢与他近身交锋，有几人想以弓弩射击，同伴却不配合，纷纷掉头向营外逃去。

宿卫叛军最先溃散，贼军群龙无首，也开始逃亡，而且速度比叛军更快、更狠，互相争夺马匹，自己打了起来。

宿卫叛军逃出营地，努力聚集众贼军，仍有回头再战的可能，就在这时，洛阳城里的守军终于出城了。

楚军在人数上仍然不占优势，但是贼军士气低落，逃亡心切，再不肯听宿卫叛军的命令。

战斗进入尾声，楚军毕竟人少，又是夜晚，无法将敌军包围，贼军中的各股盗匪打仗时互相谦让，逃跑时却各显神通，而且不择路径，见山进山，遇河跳河，反倒是那数百名宿卫叛军，被杀死不少，成功逃出者寥寥。

骑兵来向皇帝报信时，正是贼军开始溃散的那一刻，没看到洛阳守军出城，韩孺子来到战场，却见到一支军队横冲直撞，抢着收割人头、夺取贼军留下的财物。

一队楚军簇拥着樊撞山来到皇帝马前，樊撞山已如血人一般，手里的长斧不知何时换成了长枪，松手扔掉，双膝跪下："罪臣无能……"

韩孺子跳下马，上前扶起樊撞山，大声道："此战第一功，非樊将军莫属。"

众楚军高声欢呼，他们都看在眼里，对此毫无疑问。

樊撞山站起身，"呵呵"笑了两声，疑惑地看向洛阳守军："他们什么时候出来的？"

韩孺子不管洛阳守军，下令本部将士集合，列队驶向洛阳城。

城门大开，连守门的士兵都跑出去争抢战利品了，倒是"严格"执行了皇帝的命令：全军出城参战，不留一人。

没人迎接皇帝，樊撞山换乘一匹马，前头带路，直奔河南尹府邸。

与一般的地方官不同，河南尹不住在衙门里，另有一府宅子，从前是河南王府，如今是洛阳侯府，占地颇大，门庭比衙门还要宏伟，足以令京城里的各座王府失色。

东海王抬头观赏，不住点头。

已经有人提前通报，王府门前彩灯悬挂，亮若白昼，大批官员列队，就是没有河南尹韩稠本人。

樊撞山跳下马，凶神恶煞似的往那里一站，官员当中不少人认识他，这时却也吓了一大跳。

"还不跪见陛下？"樊撞山喝道。

有几个人跪下了，并非自己想跪，而是被这一声给吓得双腿发软，其他官员陆续跪下，却都犹犹豫豫，不肯磕头，反而抬头看向樊撞山身后的骑马少年。

韩孺子一身戎装，身边只有少数侍卫，没有最显眼的仪卫，也没有人人皆识的朝中重臣，身后的几十面旗帜对皇帝来说显得还是太寒酸。

难怪众人不太相信这就是皇帝。

崔腾也跳下马，来到一名官员面前："老宋，你不认得我了？"

老宋身为郡丞，在洛阳的职位仅低于河南尹，见过崔太傅的二公子，忙道："认得认得，崔二公子……"

崔腾抬腿踢了一脚："认得我却不认得皇帝？你想满门抄斩吗？"

踢得不重，宋郡丞全身却是一哆嗦，急忙叩首："微臣无知，不识龙颜，伏乞恕罪，伏乞恕罪……"

数十名官员一块儿磕头，可还是有人忍不住抬眼偷瞄。

崔腾正要教训这些不开眼的家伙，东海王也下马走过来，问道："洛阳没接到圣旨吗？"

宋郡丞连磕数头，回道："洛阳几个月没接到圣旨了，刚刚听闻朝廷更新，就被贼军所围，因此……因此不知陛下驾临。"

东海王转身道："倒也不怨他们无礼，原来真是不知情。"

韩孺子点下头，知道东海王这是在给双方找台阶下，洛阳是大城，离京城不算太远，函谷关也不是唯一的通道，此地官员没理由对朝中大事一无所知。

但他不想点破。

东海王道："河南尹韩稠呢？还不让他快出来接驾？"

"是是。"宋郡丞膝行后退，几步之后站起身，仓皇向府里跑去。

没多久，府里出来一群人，大部分人一出门就跪下，一个大胖子却冲到皇帝马前，趴在地上号啕大哭："真是陛下！真是陛下！大楚又有希望了，苍天有眼、祖宗有灵、百姓有福、宗室有救了……"

这就是河南尹韩稠，韩孺子与东海王的族叔。

韩孺子还是经验不足，没料到会有这样的场景，翻身下马，说道："朕之皇叔，可不必拘礼，平身。"

韩稠扭动着肥胖的身躯，像一只巨大的虫子爬到皇帝脚边，砰砰磕头："见驾不迎，臣之死罪，臣不敢求饶，请陛下赐罪。"

韩孺子只好弯腰搀扶，韩稠太胖，他一个人扶不起来，三名侍卫上前，一块儿用力，才让河南尹站了起来。

韩稠个子中等，就是胖，脸膛红通通的，眼眶里噙满了泪水，伸出双手想要触碰皇帝，却又不敢，半途收回，用充满崇敬与畏惧的语气说："陛下与武帝简直一模一样！"

朝中大臣基本都见过武帝，从来没人说过这种话。

可韩孺子不能反驳，只好回以微笑。

韩稠终于抑制不住冲动，抓住皇帝的一只手，捧在怀里，好像那是一件脆弱的无价之宝："陛下登基的时候我曾去朝拜，没想到这一别就是几年。"

韩稠转向东海王，笑中带泪："东海王，你说说，陛下是不是与武帝一模一样？"

东海王笑着"嗯"了一声。

韩孺子不能再让皇叔胡言乱语了："洛阳守军还在城外……"

"那是一群废物！"韩稠气愤异常，"只知道吃军饷，到了用人之际，一个个全都指望不上。如今陛下驾临，还要他们有何用？杀掉，通通杀掉。"

"那倒不必，朕要征用这支军队。"

"是是，陛下允许他们戴罪立功，真是太仁慈了。他们是陛下的军队，整个洛阳都是陛下的，连我也不例外，我虽然不会舞刀弄枪，可是能扛几袋粮食，实在不行也能给陛下当上马凳。"

韩稠说来就来，作势要跪下，让皇帝试试他这只上马凳合不合脚。

侍卫上前将他扶住。

韩孺子正要开口，韩稠转向众官员，大喝道："还跪着干吗？摆酒宴，为陛下接风洗尘，洛阳虽非京城，总有几样东西能拿得出手吧？"

众官慌忙行动，一部分去布置酒宴，一部分按级别簇拥在皇帝左右，亦步亦趋。

韩孺子还没明白怎么回事，已经被众人请进府内。

洛阳出兵缓慢，上菜却快，时值半夜，热腾腾的美酒佳肴仍如旋风般地送上来。

韩稠的激动兴奋难以遏制，几乎不给皇帝喘息的机会，很快叫出成群的子孙拜见皇帝，最后连妻妾、女儿、儿媳等女眷也都叫出来，一个个介绍，一点也不当皇帝是外人。

韩稠亲自劝酒，每次都要跪在地上，双手捧杯，举过头顶。

几杯酒下肚，看着跃跃欲试、排列等着献酒的众多洛阳官员，韩孺子知道自己不能再等了，以解手为借口，示意东海王和崔腾一块儿出去。

在厅外，韩孺子对崔腾说："你想立功是吧？"

"当然，要派我去敖仓吗？"崔腾十分高兴。

"不，我让你回去，把韩稠灌醉，让他暂时别来妨碍我。"

"就这个？"崔腾大为失望。

"此事若成，你的功劳只比樊将军低一等。"

"没问题，洛阳官员若是还有一人能站起身，就算我败。"崔腾斗志昂扬地返回厅内。

韩孺子对东海王说："跟我走。"

东海王向厅里望了一眼，恋恋不舍地说："让我过这样的生活就行啊。"

"别急，等天下太平的时候吧。"韩孺子找来瞿子晰，让他看住崔腾，自己带着东海王、侍卫出府，对他来说，战斗还没有结束。

洛阳地处中央，八方辐辏，商旅云集，是一座金钱堆出来的城市，河南尹好利成性，手下的官吏乃至普通士兵，自然乐于上行下效，连掩饰都不用。

城内数千守军已经"得胜"回营，正兴高采烈地上缴头颅，炫耀彼此手中的战利品，那些贼军是来抢夺财物的，没想到偷鸡不成蚀把米，连带在身上的金银财宝都给丢了。

韩孺子带领本部两千多人来到洛阳军营时，看到的就是这样一幕，他甚至找不到负责的将领，只有数名文吏在闷头记录军功，许多士兵就在他们眼前争抢头颅——反正是捡来的功劳，最后一刻在谁手里就算谁的。

城外的战斗颇为激烈，其实因此丧命的人并不多，大多数贼军一看势头不对，立刻就逃走了，这也导致洛阳守军争夺头颅时十分激烈，甚至大打出手。

皇帝身边的楚军个个义愤填膺，却都保持沉默。

韩孺子下令，让麾下将士在营外排成数行，这样每个人都能看到营中的丑态。

军营里的士兵发现了外面的军队，可是没有将领出面弹压，他们又不认识皇帝，还以为这是来借宿的友军，除了打量几眼，谁也没有特别在意，仍在争闹不休。

韩孺子转向自己的士兵，这里有他从京城带来的一千精兵，还有函谷关召集到的不到两千人，经过这一战，他们对皇帝的信任与忠诚全都大幅增加。

"看着，一支散漫的军队将是多么的不堪一击！"韩孺子大声说。

众将士在看，看着军营中丑陋的一幕，也看着皇帝本人。

韩孺子向身边的侍卫与卫兵招手，只带一百人冲进军营。

东海王没有跟进去，留在营外，感到一阵莫名其妙的放松，好像有一条无形的绳索突然被解开了。

他扭头看了一眼，不远处血迹未干的樊撞山正在粗重地喘息，手中握着找回来的长斧，与众多士兵一样，紧紧盯着闯入军营的皇帝。

东海王在心里叹息一声，绳索没了，身边却多出一张网，看似宽松，实际上更加严密，他已无路可逃，只能也向军营里看去，望着皇帝的旗帜，心想，用不了多久，整个天下都没有自己的立足之地了。

皇帝的旗帜比较多，又都是骑兵，营内的士兵多少有些忌惮，可是早已听说皇帝在府里与河南尹把酒言欢，按照惯例，没四五个时辰结束不了，因此谁也想不到皇帝会亲自驾临，只是让开通道，马上又开始争抢。

很快，皇帝和他的卫兵原路驰回，身后跟着一个人，双手被缚，脖子上套着绳索，由前面的骑兵牵引，一边在地上跑，一边怒骂不止："哪来的浑蛋，敢抓老子？知道我是谁吗？河南尹是我姨父，就算皇帝也不能动我！"

营里的士兵这才反应过来，对方是来闹事的，除了少数人还在争抢，大多数士兵都放下手中的东西，捡起刀枪，纷纷围上来，要拦路抢人。

侍卫拔刀、卫兵横枪，速度丝毫未减，直接回到了营地门口，与外面的同伴会合。

路不长，被抓者却已是气喘吁吁，使劲晃动双臂，扭头看了一眼跟上来的手下，心里有底，大声道："无耻之徒，偷袭军营，你们的将军是谁？樊撞山，是你吗？咱们到河南尹大人和皇帝面前说理去！"

樊撞山翻身下马，手持长斧来到皇帝身边，冷冷地说："陛下就在这儿，黄将军，有理你就说吧。"

黄将军大吃一惊，还是不肯相信，打量马上的少年几眼："不可能，皇帝在府里跟我姨父喝酒呢。"

东海王知道该自己出面了，拍马上前，来到黄将军面前，指着皇帝身后的一片旗帜："普通将士不认得也就算了，连你也不认得陛下的龙旗吗？"

黄将军其实没见过龙旗，但他知道，除了皇帝，没人有资格拥有这么多的金黄色旗帜。

他犹豫了，随后感到恐惧，突然说："你是东海王？我跟姨父进京时见过你。"

"我是东海王。"东海王并不记得这个人。

黄将军双膝一软，终于跪下，连东海王都承认的皇帝，绝对不会有假，一想到自己刚才的表现，不由得汗流浃背："陛下恕罪，卑职有眼无珠，我是真不知道……"

"你是这些士兵的主将？"韩孺子开口问道。

"是是，卑职忝任河南郡都尉，正要去府里迎接陛下，因为有事耽搁了一会儿。"黄将军不停磕头，他这个"将军"只是一个尊称，并无实际官衔，都尉就是河南郡最高军事长官，他之所以没去参加酒宴，是在等手下将士奉献财物，对他来说这比什么都重要。

"樊将军在城外是怎么传达朕的旨意的？"

黄将军只是磕头，一个字也不敢说。

樊撞山深吸一口气，随后将城外叫兵不应的怒气全吐出来，朗声道："洛阳守军全体出城迎战贼军，后出者抵罪，不出者斩！"

"我出城了，我出城了……"黄将军一个劲儿地辩解，怎么也想不到皇帝要来真的。

军营里的士兵鸦雀无声，这才反应过来，他们争来争去的不是功劳，而是罪过，有人发现自己手里竟然握着刀枪，急忙扔掉，其他人也都醒悟，哗啦啦响声一片，再也没人争抢头颅与财物。

樊撞山从皇帝那里得到示意，双手握斧，大步上前。

黄将军大叫道："不是我！是河南尹下令不准出城！"

韩孺子抬手，示意樊撞山暂缓动手，然后说道："洛阳全军有罪，身为主将，你就是死罪。朕乃大楚皇帝，你是大楚的将军，宁听文官之令而不服从圣旨，罪上加罪，不可赦。"

"陛下饶……"

樊撞山再次得到示意，双手举斧，狠狠地砍下去，斧子早已卷刃，可在他一身蛮力的操纵下，仍如砍瓜切菜一般利索，人头落地，斧头砸在地上，冒出一串火星。

人头滚动，营内的士兵无不膝行退却，没人想要这颗头颅。

东海王举起马鞭，第一个喊出"万岁"，营外的全体士兵立刻响应，连呼三声"万岁"，一声比一声响亮。

这才是他们想要的皇帝，即使不能及时论功行赏，也绝不会让他们的功劳被别人抢走。

等到呼声停歇，韩孺子向营内俯首的众人说："次将出列。"

一名将领爬着出来，只顾磕头，樊撞山两次命他报上名来，将领却根本说不出话。

"此人是副都尉郝铭。"樊撞山只好替他回答。

"郝铭，由你暂领河南郡都尉之职，一刻钟之内，带领全体洛阳军出城，前往敖仓助战，戴罪立功。"

郝铭全没想到自己还有机会取代河南尹的亲戚，嘴里终于挤出一个"是"字，连滚带爬地回到军中，命令所有士兵立刻找马，一时找不到兵器的就空手上马。

一刻钟之内让三千多人上马出营，洛阳军还从来没这么迅速过。

韩孺子也没闲着，命令樊撞山留下一千多名伤弱将士守卫洛阳，尤其是把守正门："在朕回来之前，不准任何人出入。"

樊撞山更想跟随皇帝一块儿去敖仓，可是不敢开口，韩孺子看出他的心思，补充道："叛军未灭，战事未平，洛阳乃天下重镇，一城失守，关东震动，有劳将军费心费力，为朕守住此城。"

樊撞山跪下接旨，再无二言。

说是一刻钟出城，三千洛阳军在城外又进行了一次整顿，直到天快亮时才出发前往敖仓，皇帝率领一千五百余人跟随在后。

洛阳多丘陵，道路起伏，一眼望不到头，东海王觉得自己的两条腿都要磨出血了，头脑昏沉，两眼难睁，再看身边的韩孺子，说不上是神采奕奕，却没有明显的倦容。

天亮不久，全军稍事休息，东海王忍不住说："陛下哪来这么充沛的精力？只有这些老兵能跟得上。"

韩孺子的这支军队是临时拼凑而成，一路行来，展现出来的素质参差不齐：南、北两军的将士接连几天急行军，休息颇少，中间还打过一仗，可皇帝不下马，他们也不下马，体力最强；函谷关士兵加入的晚，大部分留在了洛阳，剩下的一些也能跟得上；反倒是三千多名洛阳守军，昨晚忙着抢功，没来得及休息，突然出城急行，都露出明显的疲态，但在皇帝面前不敢流露出来。

"皇帝若懈怠，整个大楚都会懒惰下去。"韩孺子随口回了一句，他知道自己的精力从何而来，这都要感谢孟娥传授的内功，他一直勤练不辍，就连骑马行军的时候，也经常默默运行各种呼吸之法。

可就是孟娥，竟然带着宝玺不见了，让韩孺子百思不得其解。

韩孺子带领卫兵穿过队伍，督促洛阳军再次上路，甚至冲到最前方引领，对这支懒散已久的军队，必须时刻加以鞭策。

日上三竿，韩孺子率领将近五千人马望见了敖仓。

敖仓没有着火，韩孺子稍松口气，可城外的战斗正打得如火如荼，远远望去，楚军明显处于弱势，上官盛明明只带走六七千名宿卫叛军，可战场上替他作战的士兵却远远多于此数。

"陛下的好运能坚持多久？"东海王真担心皇帝又要不顾一切地参战。

第二十八章

不可再退

眼看着战场上的宿卫叛军个个如狼似虎，刚刚赶来的洛阳兵尽皆色变。

敖仓依河而建，一边是码头，用来接收关东各地运来的粮食，整座城地势稍低，楚军与叛军在城外激战，韩孺子带来的军队位置稍高一些，正好能够俯视整座战场。

两军交战，都会尽量抢占高地，敖仓城外的两支军队却弃高就低，显然，这是一场意外的战斗，韩孺子能想象得到，柴悦率军到来之后，肯定发现叛军准备纵火烧城，不得已立刻发起进攻。

"列阵！"韩孺子大声下令。

洛阳军开始慌乱地排列阵形，南、北军与函谷关军守在后面压阵。

"陛下，这回我真要劝一句了：将士疲惫，敌军势众，这一仗可不好打，不如再等一等。"东海王必须得劝，皇帝若是参战，他只能跟上去，而这一仗怎么看都没有太大胜算。

上官盛的宿卫叛军得到了支援，那也是一群盗匪，有数千人，身上的甲衣十分杂乱，头上却都缠着一样的黑巾，与洛阳城外的贼军不同，这批黑头盗匪人数稍少一些，作战却极有章法，进退有据，而且出手狠辣，击倒一名楚军之后，必有数柄刀枪同时劈刺，不留活口。

"若不让天下流民尽快返乡，早晚都会变得与黑头军一样难缠。"韩孺子最清楚不过，一支军队总是越打越强大，今天的乌合之众，数战之后就可能成为一支勇猛大军。

"先别想流民，咱们被发现啦。"东海王伸出马鞭，宿卫叛军占据上风，竟然还能分出一股力量进攻立足未稳的援军。

韩孺子扭头看了一眼，他的军队的确过于疲惫了，尤其是那些洛阳兵，因为来得匆忙，兵甲不全，有些人甚至两手空空，他们的斗志在行军路上已消耗得差不多，若不是皇帝亲自监督，早就转身逃跑了。

"下马！"韩孺子命令道，自己第一个跳到地上。

东海王犹豫片刻，只能照做，低声提醒："留条后路。"

韩孺子不理他，监督众将士下马列阵，将马匹撵到后方，士兵居高临下，等候敌军到来，军中弓弩稀少，只有二三百支，韩孺子让他们随意射击。

"你知道这些黑头军的来历？"韩孺子问。

东海王急忙摇头："我连听都没听说过。陛下，再不后撤，我就只能抱着你走，事后获罪我也认了。"

最先冲来的是一支黑头军，只有千余人，显然是打得兴起，对新到的援军充满蔑视，想要一举击溃。

韩孺子后退到坡顶，身边侍卫环绕，从这时起，任何人的命令都很难传遍全军，是战是退、是胜是负取决于每一个人、每一行、每一队的单独选择。

洛阳军哪见过这种阵势，阵形明显在后撤，只是被最后一排士兵拦住，没法退得更多。

当初河南尹是怎么支援崔太傅打败齐国叛军的？韩孺子深感好奇。

东海王用更小的声音说："这些家伙可坚持不了多久。"

"那也得坚持，起码坚持到崔宏到来。"

东海王回头望了一眼，道路起伏，哪有楚军的影子？低低地呻吟一声："就算是亲生儿子在这里遇险，崔宏也未必来救，何况崔二正在洛阳城里喝酒快活呢。"

韩孺子不理他，也不回头张望，只盯着越来越近的黑头军，他们都骑着马，上坡之后速度急剧下降。

经验丰富的南、北军士兵呵斥身前的洛阳兵，命令他们竖起长枪。

长兵与地势之利或许能够应对马军。

黑头军杀到了，与第一线的洛阳军撞在一起。

楚军的阵线很单薄，只有三四排，南、北军压阵，这时全都挺枪冲到前方，与洛阳兵并肩作战。

人与马、刀与枪、吼与喊狠狠地撞击，比的不是身手敏捷，也不是刀快枪利，而是哪一方的力气更大、意志更坚。

韩孺子离战线只有几十步远，一切近在眼前。

这是东海王第一次离战场如此之近，吓得面无人色，他没有转身逃跑，已经与皇帝无关，唯一的理由是双腿发软，动弹不得。

一些黑头军冲破了单薄的楚军阵线，他们不认得皇帝，但是看到招展的旗帜，认定这必是主将，挥舞兵器冲来。

皇帝卫兵的器械比较齐全，立刻弯弓射箭，阻止黑头军接近，三十名侍卫紧紧围住皇帝，组成最后一道防线。

韩孺子没有拔刀，站在圈子里，目光扫过，对冲过来的黑头军正眼不瞧，只盯着纠缠在一起的战线，洛阳兵虽然胆小，但是在皇帝的监督和南、北军的挟持之下，暂无后退迹象。

他又向远方看了一眼，对东海王说："嗯，柴悦回来了。"

东海王呆若木鸡，眼睛死死盯着一名骑马冲来的黑头军，那人像是瘦小一圈的樊撞山，身上同样沾满血迹，神情更加凶恶，肩上中了两箭，他却毫不在意，手中举着大刀，继续冲来，眼看着就要闯进圈里。

东海王觉得自己能嗅到此人身上的血腥气。

又有一箭射中，那名黑头军终于从马上坠落。

东海王这才茫然地抬眼望去，敖仓城外的一部分楚军回来救驾了，他们认得皇帝的旗帜。

孤军深入的黑头军被击散，留下一地尸体，他们错误估计了援军的韧性，以为能以少击多，结果却遭到两方夹击。

柴悦冲到皇帝面前，他没有加入战斗，但是在离战场极近的地方指挥作战，一发现后方异常，立刻带兵来救，对他来说，皇帝比敖仓重要得多。

"陛下……"柴悦跳下马，刚说出两个字，韩孺子抬手示意他不必多言，然后说："崔宏大军很快就会到来，请柴将军就在这里建立阵线，不可再退。"

"是。"柴悦迅速下令重新排列阵形，步军一字排开，骑兵守卫两边，中间留出一条通道，让后撤的楚军通过，给他们回旋的余地。

所谓兵败如山倒，正在敖仓城外与叛军作战的楚军，分不清撤退救驾与一败涂地的区别，发现柴将军后撤，他们以为大势已去，开始溃散。

韩孺子上马，守在路边，让卫兵们向狂奔的楚军高喊"陛下在此"。

溃散被止住了，发现皇帝真的到来之后，大部分士兵转过身，重新聚集，准备再战。

宿卫叛军与黑头军尾随而至，楚军阵线尚未完全成形，双方再度交战。

宿卫叛军在京城杀死不少宫人，早已不抱获赦的念头，打起仗来十分勇猛，远远看到皇帝的旗帜，不仅不怕，反而更加奋勇，那支黑头军更是拼命的打法，听说大楚皇帝就在附近，士气越发高涨。

"杀死伪帝！"狂妄的喊声清晰传来，叛军与黑头军承认的是另一位皇帝。

柴悦骑马跑来，韩孺子向他挥手，命他回到原来的位置继续指挥，不要多管闲事。

后撤的楚军每聚集起一批，韩孺子就将他们投入到战场上，没多久，他手中已经无兵可用。

柴悦是名优秀的将军，可这种时候，除了硬扛，他也没有别的办法，只能一遍遍地提醒身边的将士：陛下就在身后，楚军主力很快就会赶来支援。

皇帝的确是这支楚军能够坚持下去的最大动力。

战斗胶着，楚军毕竟人少，被迫步步后退。

"陛下，再不走，咱们会陷入重围。"东海王不像一开始那么害怕，看得却更清楚，宿卫叛军主攻两翼，照这样打下去，早晚会将皇帝与全体楚军包围。

韩孺子心里也很着急，表面上却不动声色，盯着战线，派出几名卫兵去后方查看崔宏的大军还有多远。

他相信崔宏会来，因为崔宏的信使一直没有断过，韩孺子因此能够得到消息，知道崔宏也在马不停蹄地追赶皇帝，离得并不远。

楚军只需多坚持一会儿，就能反败为胜。

上官盛被放纵得太久了，韩孺子希望今天就能将其消灭，以除后患。遍布天下的流民、北方的匈奴、西方可能的强敌、南方的匪乱、无为的大臣、宫里暗藏的矛盾……他还有太多重要的事情急需解决。

午时已过，崔宏大军尚无踪影，两军越战越乱，柴悦三次想来劝说皇帝撤退，都被韩孺子撵了回去，他若一动，前方的楚军必败无疑，到时候，他能不能逃出敌手，还很难说。

正面进攻的敌军突然发生一阵混乱，好像是后方遭到了进攻。

韩孺子已经退下坡顶，看不到另一边的情形，柴悦派人过来送信：敖仓城内派兵参战，正在骚扰敌后。

双方都在这一仗中拼尽了全力，皇帝手中除了百名侍卫与卫兵，再无一兵一卒，上官盛同样派出了全部兵力，杀死或者俘虏皇帝，对他来说将是一次足以扭转乾坤的大胜。

敖仓城的这次袭扰恰到好处，城内兵力极少，只有不到一千人，守城尚难，更不用说进攻，可上官盛急于获胜，忽略了后方，留在身边的将士没有多少，敖仓军看准时机，进攻的就是他。

柴悦不停地派人送来消息，上官盛没有皇帝这么镇定，一发现遇袭，立刻召回前线的士兵，结果引发更广泛的混乱：叛军同样分不清撤退与溃散的区别，却没有人能将他们重新集结起来。

可更多的人根本没接到上官盛的后撤命令，仍在坚持战斗，楚军的压力却稍微减轻，又能多坚持一会儿。

东海王早已不关注前线的战斗，掉转马头，一直在盯着后方的官道，终于兴奋地喊道："援军！援军到了！"

东海王喜极而泣，突然又感到一丝恼怒，崔宏救女婿如此积极，对外甥可从来没这么在意过。

崔宏率军及时赶到，为了追赶皇帝，他也抛下一部分军队，只带四千精锐全速前进，总算赶上了敖仓之战。

时间已是午后，从柴悦率军参战开始，双方已经鏖战三个多时辰，楚军得到两次增援，终于在人数上超过了叛军与黑头军。

上官盛的军队已是强弩之末，加上后方大乱，一望见新到的楚军旗帜，疲惫至极的贼军顿感无望，先是黑头军，随后是宿卫叛军，纷纷转身逃亡。

柴悦也看到了援军，来不及与皇帝商量，迅速传令麾下将士不要追击，而是让到两边，为崔宏大军留出通道，由后来者追亡逐北。

历经长时间的急行军与战斗，楚军比叛军更加疲惫，没有余力追击。

韩孺子明白柴悦的用意，马上派人向崔宏传令，让他不要停止，直接挥师前进，务必要将上官盛叛军彻底击败。

新来的楚军一队队通过，他们也经历过一段急行军，但是对于交战双方来说，他们就是生力军。

四千援军投入战场，崔宏带着众多将领、仪卫、官员、太监和顾问前来拜见皇帝，后面这些人并非行伍出身，拼命跟上队伍，一路上吃了不少苦头，一看见皇帝，知道行程结束，从马上掉下来好几位，其他人被士兵扶下马匹，两脚却站立不稳，远远地就跪下了。

韩孺子感到愧疚，但是没时间讲究君臣之礼，迎向崔宏，说道："上官盛就在敖仓城外，其他人可以放过，首恶绝不可姑息。"

"陛下放心，臣早已下令必要捉拿上官盛。"崔宏见皇帝似乎还不太放心，简单说了几句，带领众将也投入战场，亲自指挥追击。

韩孺子稍稍放心，这才对跪了一地的文臣与太监道："诸位平身，不必拘礼。"

刘介、张有才和泥鳅都没有跟来，他们按照皇帝的命令留在后方军中，监视一道同行的谭家人。

与文臣寒暄数句，韩孺子还是回到将士群中，与柴悦一道安排战后事宜。

这是一次惨烈的战斗，双方的伤亡都不少，就连最为精锐的南、北军，也基本丧失了战斗力。

柴悦建议就地扎营，休息一两天之后再做打算，顺便还能保护敖仓。

崔宏的军队正在扫荡战场，由于没能形成合围之势，叛军与黑头军逃亡者甚多，四千士兵无法一网打尽，只能挑选重点目标追击，尤其是上官盛，皇帝和大将军崔宏都已下令，谁能抓到叛军首领，将是一件了不起的大功。

　　将近一个时辰之后，战场上已没有活着的叛军或黑头军，楚军可以安心扎营了，一部分入住城内，一部分在城外搭建帐篷，一切都由敖仓城提供。

　　韩孺子召见了敖仓守将。

　　敖仓虽然重要，守令却只是一名七品的小官，乔万夫任职多年，无功无过，在一场战斗中被皇帝看中了。

　　敖仓军出城攻击叛军的时机选择得极为恰当，乔万夫称得上是有勇有谋，柴悦也认为此人颇有才华。

　　召到近前，韩孺子却有些失望，乔万夫名字起得大气，本人却是一名五短身材、其貌不扬的中年人，四十多岁，看样子不像是将士，倒像是一名混迹官场的小吏。

　　可人来了，不能毫无表示，韩孺子泛泛地赞扬了几句，将乔万夫交给柴悦，心里却已得出结论，敖仓军的恰逢其时大概是一次偶然。

　　临近傍晚，上官盛还是没有落网，崔宏仍在布置追捕，韩孺子疲倦至极，终于进城休息，本想小憩一会儿，结果头一挨枕就睡了过去，修行内功能让他坚持得更久，却不能真正代替睡眠，他得好好补一觉。

　　再睁眼时，外面的天还是亮的，韩孺子以为自己只睡了一小会儿，片刻之后猛然警醒，这是清晨，他睡了整整一个晚上。

　　韩孺子坐起来，只觉得腰酸背痛，全身没一处舒服，忍不住哼哼了几声，外面立刻传来太监的询问："陛下起了？"

　　韩孺子"嗯"了一声，两名太监推门进来，一人帮助洗漱，一人服侍穿衣。

　　韩孺子这才有机会观察自己的居处，房间不大，装饰也不华丽，桌椅之类都很陈旧，但是极为干净。按理说，这应该是敖仓城内最好的房间了，韩孺子由此推测乔万夫大概是个清贫之官，纵无别的本事，也应该提升一两级。

　　韩孺子一边吃饭，一边命人召集众将。

　　东海王就住在隔壁，过来与皇帝一块儿吃饭，一脸倦意，看样子还没睡够，时不时打量皇帝一眼，等太监不在身边的时候，他小声道："当皇帝就是好啊，从前靠夺、靠抢、靠计谋，现在什么都不用说，就有一群人为陛下奋不顾身。"

　　他还为舅舅崔宏的及时到来而感到嫉妒。

　　韩孺子笑了几声，如果是第一次称帝，崔宏等人的表现在他眼里肯定都是忠诚的象征，现在他却看得很透，这些行为也是朝廷的"习惯"，真正为他所用的力量还是柴悦等少数人。

敖仓城衙门很寒酸，大堂就是一间普通的屋子，连皇帝的仪卫都装不下，韩孺子干脆命人将椅子搬出来，背对大堂，在庭院里会聚文武群臣，侍卫与太监守在身后，仪卫两边列位，卫兵站在大门外，旗帜飘扬，几乎遮蔽了整个院子，皇帝的气势陡然而生，再不会有人怀疑他的身份了。

随行的文臣与武将排队进入，跪地磕头，齐刷刷地说："臣等叩见陛下。"

韩孺子很惊讶，这一切都不是他安排的，他做出的唯一决定就是将椅子从大堂里搬出来，整个仪式都是现成的，尤其是大臣们的整齐划一，很可能经过提前演练。

礼部有官员跟来，这大概是他们的功劳。

可这不是韩孺子现在想要的，整个朝见仪式尽管简短，还是耗费了将近两刻钟，然后将领们才有机会回事。

崔宏职位最高，自然由他第一个开口。

宿卫叛军彻底溃散，上官盛还没抓到，但是一队楚军已经找到他的踪迹，一直在追捕，随时都可能将其带回来。

楚军抓到不少俘虏，连夜审问，终于弄清了那些黑头军的来历，他们是一股盗匪，主力来自云梦泽，召集十几座山寨，共同组建黑头军，一个月前就开始分批潜往洛阳城外的山中，三日前决定与宿卫叛军一块儿攻打敖仓。

黑头军的大头目名叫栾半雄，自称"天授神将"，在云梦泽一带名声响亮，但是这一次没有亲来，派出的是一位"圣军师"，真实姓名不知，其人两日前离开，将黑头军全都交给了上官盛。

东海王站在皇帝身边，听到"圣军师"三字，两人互相看了一眼，都想到了望气者。

更让韩孺子恼怒的是，黑头军一个月前就从云梦泽向北潜入，分明早有准备，就等着京城大乱的时候趁机起事。

杨奉或许高估了望气者的势力，但是有一点看得很准，的确有一股力量在暗中兴风作浪，对他们来说，大楚越乱越好。

还有一条消息，让皇帝和群臣都感到不安，英王没有留在上官盛身边，与圣军师一块儿消失，像是用来交换黑头军的人质。

英王本人不足为惧，可是落入江湖术士手中，却很可能惹来大麻烦。

楚军继续留在敖仓城休整。

这天下午，柴悦求见皇帝，郑重地推荐乔万夫："此人并非行伍出身，早年习文，中途投笔从戎，一直在军中担任文吏，五年前调任敖仓令，每有粮船到来，他都会宴请送粮者，与之详谈关东状况，对洛阳以东，尤其是齐国，可以说是了如指掌。"

韩孺子第二次召见乔万夫，这回只听不说。

乔万夫在皇帝面前有点紧张，不敢抬头，说话稍显结巴，语言也有些啰唆，对关东各地形势详细介绍了个遍，最后得出结论：齐王叛乱乃是必然之事，早晚会发生，上官盛虽然没能率兵逃到东海国，可无论他是生是死，大楚东界仍有一乱。

结论耸人听闻，韩孺子却没听太明白其中的原因，问了几句，将乔万夫打发走。柴悦一直旁听，这时上前道歉："乔万夫太紧张了，没有说清楚，等我再跟他谈谈。"

韩孺子笑道："不急，总之要将东海王送到国中，把乔万夫带上，到时候多留一阵，顺便去趟齐国，我倒要看看，大楚的东边到底为什么必有一乱。"

柴悦退下，他得给乔万夫安排一个官职。

傍晚时分，四处追捕败兵的楚军陆续返回，其中一支带回了上官盛的人头。

上官盛不肯投降，带领数十名卫兵背水一战，被一名楚将射中，另一名楚将割下人头，两人立首功。

韩孺子亲自查看了头颅，确认无误，心中稍感遗憾。

很快，另一支楚军回到城中，抓来一位有名有姓的俘虏，韩孺子立刻下令将此人带来，他要亲自审问。

望气者林坤山一直跟在上官盛身边，逃亡的时候却分开了，与一群黑头军进入附近的山中，结果迷路，撞上了楚军，全体落网。

识时务者为俊杰，望气者就是俊杰中的俊杰，林坤山一见到皇帝就跪下，膝行前进，用极为急迫的语气说："陛下还留在这里？圣军师和宝玺可都在洛阳城内！"

韩孺子第二次进洛阳城，获得盛大欢迎：城门大开，河南尹出城十里，亲自牵马引路，大小官员率领众多百姓沿路跪拜，一直到洛阳侯府，万岁的呼声就没有断过。

街道打扫得一尘不染，洒过水，湿度恰好，不扬灰尘，又不显泥泞，每隔三四里就有一座现搭的彩棚，摆放着大量的酒水果馔，乐人弹奏仙音，美女捧盘献果，只盼能得君王顾盼一眼。

对韩孺子来说，这都是新花样。

他没在任何地方停留，任凭洛阳王牵马入城，在路上仔细观察，发现在路边接驾的人大都不是寻常百姓，很可能是本地商人与他们的奴仆。

在洛阳侯府，河南尹韩稠又要大摆酒宴，这回准备充分，定要让皇帝大开眼界，至于妻甥黄将军之死，他根本不打算提起。

韩孺子没有直接拒绝，但是召进仪卫与卫兵，这些人一进来，大厅立刻变得肃穆，桌椅都被搬走，只给皇帝留一张椅子。

太监、顾问与随行官员林立两边，规模虽然小些，但这已算是正式的朝会，在这种时候，韩孺子对礼部的"习惯"还是很有好感的。

紧接着，韩孺子召见洛阳群官。

从这时起，他要按照自己的想法做事。

韩稠显得有些尴尬，跪在地上，眼看着自己精心布置的酒席还没完全亮相，就被一次严肃的朝会所取代。

等到洛阳群官鱼贯而入，韩稠变了一副面孔，以额触地，臀部高高抬起，像是在戴罪求饶，官员们无不吓了一跳，跪在河南尹身后，同样的姿势，同样的沉默。

大厅里鸦雀无声。

韩孺子等了一会儿，命众人平身，说道："朕此行洛阳，一是平定叛军，二是体察民情。河南尹，朕问你，河南郡流民多少？何时开仓？放粮多少？余粮多少？"

韩稠目瞪口呆，他知道自己府里有多少金银珠宝，少一两也能察觉到，出了府他就一无所知了。

"呃……这个……陛下，下官忝任河南尹，主管一方，不敢说造福本地，倒也清廉公正……"韩稠东拉西扯，突然想到了说辞，"河南尹为民父母，管理大略而已，像赈灾这种事情，下官当然负主管、监督之责，至于具体数字，应由郡丞掌握。"

韩稠稍微松了口气，脸上已是大汗淋漓。

韩孺子佩服这位皇叔的推卸功夫："河南丞出来说话。"

"微臣曾亲临粮仓，监督开仓放粮，百姓欢呼雀跃，无不颂扬陛下恩德……"有韩稠开头，河南丞知道自己该怎么说，一通歌功颂德，也不管当初放粮的时候谁是皇帝，最后道，"本郡户口钱粮的具体情况，应由户科掌握，微臣不敢扰乱圣听。"

到了户科主事，官更小了，勉强有资格进来拜见皇帝，听说要由自己介绍情况，吓得面无人色，哆嗦半天，不敢推卸责任，也无处可推卸，颤声给出一串数字，听上去不错，整个河南郡似乎已不存在流民问题，无灾可赈。

韩孺子却不满意："洛阳与敖仓城外，贼军横行，虽说一部分来自外郡，本郡加入者也不少，为何说没有流民？"

"他们……他们都是盗匪，不是流民，应该由兵科……"户科主事也开始流汗，顾不得同僚之谊，先将责任推出去。

兵科主事愤怒地瞪了同僚一眼，急忙道："占山立寨、有名有号的才是强盗，陛下，像这种战时啸聚、平时四散的人，就是流民，只不过犯过案，或是抢粮，或是劫商，遭到官府通缉，不敢来领粮……"

"通缉他们的可不是户科，我只管按户簿给粮，足额足量，一粒都不少。"

两名官吏面红耳赤地吵起来。

中司监刘介在城内与皇帝会合，这时得到暗示，站出来喝道："皇帝驾前，不可放肆！"

两官这才反应过来，全都趴在地上磕头不止。

韩孺子挥手："河南郡立刻着手再度开仓，流民回乡者，准其重新入籍，之前所犯之罪，非杀人、叛逆，皆可原宥。官府不仅要放粮，还要给予粮种、借贷耕牛，劝民归田，务必保证今秋能有收成。"

这么一来，酒宴是办不成了。

韩孺子不想住在侯府里，早已安排柴悦在城内军营里为自己设帐，下达旨意之后，直接动身入住军营。

不到一个时辰，消息传遍，洛阳城内一片喧哗，都明白这位皇帝不简单，有人为之兴奋，有人因此头疼。

在军帐里，韩孺子召见前俊阳侯花缤。

花缤没能逃出京城，但也得到宽赦，恢复侯位是不可能的，以平民的身份，算成谭家人的附庸。

两人有过一次交谈，当时韩孺子是俘虏，花缤手握生杀大权，这一回完全颠倒过来。

花缤跪在地上，默不作声。

军帐里摆设简单，韩孺子站在桌前，打量这位江湖中赫赫有名的"俊侯"，心中不由得感慨名声的力量："平身。"

花缤站起，仍然保持沉默，没有开口谢恩。

帐中还有四名侍卫，将军柴悦也在，向皇帝摇摇头，表示自己之前什么也没问出来。

韩孺子有点明白太后为什么要养那么多的刑吏，面对一名有罪在身的人，他竟然不知如何开口。

随行的官员当中有几名刑吏，却都不是韩孺子的信任之人。

"曾有传闻说花侯在云梦泽称王。"韩孺子说。

花缤微笑摇头："陛下相信吗？"

"江湖人喜欢大名头，就算称花侯为玉皇降世，也没什么不可信的。"

花缤干笑两声："陛下对江湖倒是很了解，但这次不一样，称王纯是谣言。朝廷一统天下，以为朝廷封的'俊侯'也能在江湖上首屈一指。"

"不是这样吗？"

"唉，从前我也是这么以为，在江湖中走了一圈，才明白根本不是这回事，背靠朝廷，我才是'俊侯'，叛离朝廷，我不过是一条丧家之犬，到哪儿吃的都是嗟来之食，人家的确接待我，却拿我当成扬名的手段，真有正事的时候，没几个人肯出力。"

"花侯手下的奇人异士可不少。"

花缤苦笑："表面风光，那些奇人异士只是借我使用，我跟他们一样，都得奉命行事。"

花缤也在推卸责任，手段比洛阳官吏更委婉一些。

"奉谁的命？"

花缤不吱声了。

"天授神将栾半雄，还是那位圣军师？云梦泽七营十八寨，你属于哪一方？"韩孺子已经打听过，对云梦泽多少有些了解。

花缤略显惊讶，等了一会儿，开口道："圣军师。"

"说说此人。"

"嗯……没什么可说的，圣军师就是圣军师，要说年纪——五十以上，白须白发，仙风道骨，除此之外就没了，我不知道圣军师的来历，据我所知，没人知道。"

"可你却愿意为他做事？"

"许多人为圣军师做事，有人欠他恩情，有人被他说动，比如我。"

"他是怎么劝服你的？"

花缤想了想："回想起来，那些话也没有特别之处，当时我也是昏头了，才会相信他。"

"无妨，说来听听。"

"得到陛下赦免，我才敢说。"

"赦你无罪。"

"圣军师说，大楚经过这些年的折腾，身首隔绝，表面上看还很完整，其实躯干与头颅已经分离，仅有一层皮肉相连，因此头动而身不动，不管宫里发生什么事、换谁……当皇帝，朝廷都不为所动。"

韩孺子与柴悦互视一眼，居然都不能反驳这番话，花缤原是朝中大臣，对此

357

当然深有体会，继续道："圣军师由此推论，大楚软肋明显，乃是建功立业的绝佳时机，先为大楚'换头'，再将头与身重新连接，或可将大楚救活。"

"救活"大楚的人自然也会因此成为最有权势的重臣，甚至能够代替皇帝，花缤就是被这一点说服的。

韩孺子并不道破，他现在确信无疑，圣军师也是一位望气者，没准就是杨奉苦寻多年的淳于枭："这位圣军师投奔云梦泽也不久吧？"

"多半年，比我还晚一点。"

韩孺子盯着花缤："圣军师就在洛阳城内。"

花缤稍稍睁大双眼："以我现在的状态，圣军师不会再用，不如……去问问谭家，他们是真正的江湖人。"

关于这一点，用不着花缤的提醒，韩孺子挥下手，柴悦叫进来卫兵，将花缤带走。

东海王正好进来，看着花缤出去："老家伙什么都没说吧？对他得用刑，弄点血出来，他就什么都招了。"

"谭家怎么说？"韩孺子问。

对谭家，东海王可不会建议用刑，忙回道："每个人我都问过了，单刀直入、旁敲侧击，我敢保证，谭家人对这位圣军师一无所知，他们与云梦泽群盗的确有来往，那是为了做生意方便。栾半雄是个大人物，其父就是名闻天下的大盗，他子承父业，弄得更大，据说，他手下的喽啰都经过官兵的训练，所以黑头军才那么厉害。"

"官兵训练盗匪？"韩孺子对大楚了解越多，越觉得麻烦重重。

"我没细问，应该是犯过重罪、落草为寇的官兵，总之，谭家不认识圣军师，更不知道他藏在哪里。"

一边的柴悦欲言又止，韩孺子道："柴将军有什么想法？"

东海王瞪着柴悦，暗暗警告对方不要说谭家的坏话。

柴悦假装看不见，说道："有件事一直没来得及对陛下说，有人托我为谭家求情。"

韩孺子和东海王都吃了一惊。

东海王惊讶于自己的不知情，韩孺子没料到第一个求情者会是柴悦，随后明白过来，委托柴悦求情的这个人，对皇帝十分了解。

柴悦怕遭到误解，急忙补充道："这个人对洛阳十分了解，或许能帮忙找出圣军师。"

第二十九章

放粮之难

　　韩孺子不是第一个欣赏柴悦的人，身为一名不受宠的庶子，柴悦一直在想方设法向各色人等兜售自己的才华，如大将军韩星等权贵，都很看好这位年轻将军的未来，但是都不愿意提供帮助，以免被认为是别有用心。

　　在韩孺子之前，只有一个人给予困境中的柴悦一些实际的帮助，或是一些金银，或是数套衣物，或是几句介绍，好让柴悦能够体面地周旋于京城权贵之间。

　　此人却不是京城土著。

　　"洛阳大侠王坚火，外祖母是诸侯之女，他却无心做官，最爱扶危济困，因为相貌有些特异，人称'丑王'，经常来往于京城、洛阳之间。"柴悦介绍道。

　　"'俊侯丑王布衣谭'，嘿。"韩孺子已经见识过另外两家，印象不是太好。

　　"我怎么没听说丑王跟谭家关系这么好？"东海王又有点嫉妒，他听说谭家要找人求情，却没人告诉他会是王坚火。

　　柴悦尴尬地笑了笑："两家都是天下闻名的豪侠，总该有些联系吧，我不是特别了解。"随后向皇帝正色道，"柴悦受人恩惠，不得不报，可国家事大，陛下若是……"

　　"无妨，我可以见见这位丑王，明天上午带他来。"

　　柴悦谢恩，东海王笑道："我见过一次丑王，陛下有点准备，他可是真丑，丑得能吓人一跳，以他的家世，却不肯出来当官，大概就是因为容貌。"

　　"面丑心善，俊阳侯当初靠的是权势，谭家人多的是钱财，只有王坚火，以仁心得侠名。"柴悦辩解道。

　　东海王一撇嘴："丑王给你的可是钱财衣物。"

　　"那不一样……"

　　柴悦还想再辩，韩孺子抬手表示自己不想再听："洛阳城已经封闭了？"

　　柴悦道："八门都已封闭，只要圣军师和宝玺还在城里，绝对逃不出去。"

　　韩孺子回来得太晚了，谁也不能保证圣军师还在洛阳。

东海王道："没准林坤山在骗人，为的是让陛下久驻洛阳。如果那个圣军师真藏在这里，河南尹和丑王都脱不了干系。"

韩孺子当然明白这些人之间肯定有着千丝万缕的联系，可是没有半点证据，皇帝也没办法随便抓人。

他让柴悦退下，叫来中司监刘介，命他去传刑部司主事张镜。

趁着只有侍卫在，东海王道："陛下，你得相信我，这些天我一直跟在陛下身边，对谭家的事情一丁点儿都不知晓，他们也不当我是自家人，对我守口如瓶。"

"谭家真以为有人能说服我？"韩孺子有点纳闷，他之所以没有立刻召见丑王，就是不想让对方得意，"他们找来找去，只会将自己往死路上推。"

韩孺子说的是实话，他最忌惮的就是谭家人无所不在的关系网，结果他们却偏偏要显示这一点，令皇帝更加忌惮。

若不是有圣军师的事情干扰，韩孺子甚至想在洛阳就对谭家动手。

杨奉说皇帝有两次成熟，第一次知道自己能做什么，第二次知道自己不能做什么，这话说得有点早了，韩孺子现在想做、能做的事情一大堆，最大的阻碍是时间不够和人手不足。

"谭家人……都很愚蠢，不识时务。"东海王不知道该怎么说，突然压低声音道，"麻烦的是那些男人，女人……就不用惩罚了吧？"

韩孺子笑了一声，他了解得清清楚楚，冠军侯就是死于谭家女子之手，东海王王妃谭氏更称得上是女中豪杰。

刑吏张镜到了，身为刑部的随行官员，又曾在帝位之争中有过反复，张镜对自己的处境忐忑不安，急于立功自保，因此一得到命令就与洛阳的同僚一道，布下天罗地网，暗中寻查圣军师和宝玺的下落。

"暂时还没有线索。"张镜跪在地上，每次来见皇帝他都感到紧张，即使站在人群中也不敢抬头，更不用说单独来见。

"不要太相信洛阳的官吏。"韩孺子提醒道。

"是，微臣只是请洛阳府配合，微臣在这里认得一些人，能够帮忙。"

洛阳是天下名城，与京城联系紧密，身为刑部官员，张镜自有一些特殊渠道。

"嗯，你对王坚火了解多少？"

张镜一愣："洛阳丑王？了解一些，他是与俊阳侯、谭家齐名的豪侠。"

"王坚火与谭家关系怎么样？"

张镜又是一愣，瞥了一眼东海王，他在这里说的每一句话，免不了都会传到谭家耳中，越是如此，他越得实话实说，以显示自己忠于朝廷而不是谭家。

"民间盛传，丑王与谭家仇怨颇深。"

轮到韩孺子微微一愣："两家因何结怨？"

"谭家生意广泛，洛阳乃天下至中，商旅最多，据微臣听闻，谭家一直想在洛阳开办一家客栈，用来周转人财货物，可是没有丑王的允许，客栈办不起来，两家因此结怨。"

韩孺子忍不住冷笑一声："听听，这就是所谓的豪侠，侠名为表，利字居中，无官无职，却能争城夺地，势比一方诸侯。"

东海王和张镜都不敢吱声。

"下去吧，每天早、晚两次过来报告情况，一有消息，随时来见。"

张境磕头退下，心里轻松不少，只要有事可做，就能取得皇帝欢心。

东海王小心翼翼地说："所谓豪侠也就这么回事，唯利是图，一群乌合之众而已。"

韩孺子笑而不语。

中司监刘介进来："陛下，国子监博士瞿子晰求见。"

"请进来。"韩孺子有意将这位儒生培养成为未来的宰相，因此比较客气。

瞿子晰这回行的是臣子之礼，他对什么场合该行哪种礼仪心里有数，礼部只是按规矩行事，他却能说出一套理由来。

获赦平身之后，瞿子晰道："听闻陛下传旨大赦洛阳流民，再度开仓放粮，臣特来庆贺。"

东海王笑道："你又不是洛阳人……咦，不对，你是来庆祝陛下的？"

"当然。"

东海王轻哼一声，知道这些儒生都很骄傲，最爱说怪话，干脆不开口接话了。

"朕刚刚传旨开仓，流民尚未得粮返乡，有何值得庆贺？"韩孺子打起点精神，与这些儒生对话，得十分小心，才能不在言辞上落于下风。

"民为水，君为舟，水静则舟稳，水顺则舟速，水乱则舟覆，陛下初返帝位，朝中臣心未稳，陛下却先想着天下百姓，此乃治水之根本，因此值得庆贺。"

东海王惊讶地看着瞿子晰，以为他在讥讽皇帝不分轻重，心想读书人真是胆大包天，早知如此，自己也该拉拢一批。

韩孺子却不在意，笑道："朕接受庆贺，瞿先生还有何话要说？"

"治水非一日之功，圣旨一下，百姓欣然而至，若无粮可放，或粮食太少，不足以果腹，不免败兴而归，如此一来，治水不成，反酿祸患。"

韩孺子眉头微皱："洛阳乃关东名城，富甲天下，怎么会无粮可放？"

"洛阳富的是民，不是官。洛阳再大，大不过京城，官库中的存粮自有定数，不比其他郡治之所更多，引来的流民却数倍于别的地方，如此一来，存粮必定不够。"

"河南郡为何不早说明情况？"

"天威震慑，小吏怎敢说难？"

回想在洛阳侯府里颁旨的情形，韩孺子不得不承认，作为皇帝，他当时的确很威风，也正因如此，河南尹以下，没有一名官吏敢说半个不字。

韩孺子沉吟片刻："敖仓存粮甚多，总该够了吧？"

瞿子晰伏地磕头，再次表示庆贺，然后起身告退。

"这回他可有的吹嘘了。"东海王还是不太喜欢儒生，"说起来他们与豪侠有什么区别呢？都是沽名钓誉之徒。"

韩孺子没吱声，他在想，自己身边缺一位宰相式的人物，这个人能按旨行事，又不至于吓得官吏们不敢开口说出实情。

在他的亲信之中，恰好缺少这样一个人，柴悦等人是武将，瞿子晰职位太低，而且不太像是好打交道的人，想来想去，还真是殷无害那样的老滑头最合适。

韩孺子打量东海王几眼。

"陛下有什么吩咐？"

东海王聪明，也足够圆滑，假以时日，总能成熟起来，可惜太不值得信任，韩孺子摇摇头："去告诉刘介，让他传户部侍郎刘择芹。"

刘侍郎也是随行官员之一，对开仓放粮曾表现得比别的大臣要热心一些，韩孺子希望此人能用一阵。

东海王出去传旨，刘介进来确认了一下，才出帐派人传唤刘择芹。

"当务之急是找到圣军师和宝玺，真不值得为放粮费心，瞿子晰这种人最爱空谈，然后甩手一走，将麻烦丢给陛下。"东海王心里只想着一件事，"莫不如让谭家帮忙，他们认识的江湖人毕竟比较多。"

"谭家在洛阳的势力会比王坚火更大？"

"呃……不一样啊，丑王可以选择帮忙或者不帮忙，谭家为了赎罪，绝对会尽心尽力。而且我非常怀疑，丑王明天来求情，不是救人，而是要害人：明知陛下不喜欢江湖手段，他却非要以此触怒龙颜，自己得名，谭家受害。陛下，一定要小心在意啊。"

"唉，你对谭家才是'尽心尽力'。"

东海王急忙闭嘴，再不敢开口。

随行官员都住在军营里，户部侍郎刘择芹很快赶到，证明他的确是一位负责的官员，对洛阳的人口与存粮一一道来，正如瞿子晰所料，粮食的确不够。

"洛阳之富名闻天下，各地流民蜂拥而至，前些日子走了一些，剩下的仍然不少，具体数字谁也不清楚。"刘择芹道。

"如果开放敖仓之粮呢？"

刘择芹抬头看了一眼皇帝："这个得问兵部的意见。"

"为何是兵部？"

"天下各大粮城皆归兵部所有，为的是供养各地楚军。据臣所知，敖仓对北方马邑城至关重要……"

"朕明白了。"韩孺子在马邑城待过，知道边军对粮草的消耗有多大。

"臣有一策，不知可用否？"刘择芹道。

"说吧。"

"官仓不足，还有私仓，洛阳富户甚多，家家皆有存粮，虽然无人计数，但是粗略估计，至少是官仓存粮的五倍以上。"

韩孺子点头，兜了一圈，他还是得找河南尹等当地官员帮忙。

军帐外传来曲声，似琴非琴，缥缈灵动，丝丝入耳，韩孺子听了一会儿，感到一阵难以言喻的舒适，于是屏息凝气，努力捕捉那一声声细若游丝的美妙声音。

张有才和泥鳅正在收拾碗筷，见到皇帝抬起一只手，似乎在示意他们不要发出声响，于是两人一个捧着盘子，一个俯身要拿筷子，全都停在那里一动不动，互相瞥了一眼，莫名其妙。

外面突然响起一阵争吵，好像突然闯入林中的黑熊，将美丽羞怯的鸟儿吓得一哄而散——曲声戛然而止，听者一声叹息，如美梦中断。

张有才和泥鳅仍是莫名其妙，但是知道自己能动了，继续收拾桌面。

崔腾闯进帐中，一看就是醉了，满脸通红，目光凶狠，却偏要做出笑嘻嘻的样子，嘴里含含糊糊地说："皇帝是我……妹夫，我们是……家人，嘿嘿，皇妹夫，我就知道你还没睡。"

中司监刘介跟在身后，拽着崔腾的一条胳膊，对他的无礼举动很不满，可惜这里是军营，没有那么多的门户阻止这样的人。

韩孺子向刘介点下头，示意他放手，刘介犹豫一会儿才遵旨，躬身退下。

崔腾还以为"皇妹夫"在向自己点头，连回几下，摇摇晃晃地走来，看着桌上的剩饭剩菜："陛下就吃这个？"

四样菜肴，两荤两素，一碗汤，一碗米饭，就是皇帝的晚膳。

"你又喝酒了。"韩孺子严厉地说。

"嘿嘿。"崔腾毫无必要地压低声音，"陛下忘了，我可是……可是奉旨喝酒。"

"那是几天前的事情。"

"可陛下一直没有收回旨意，我就得……一直喝下去，对不对？"崔腾得意扬扬，他找到一个漏洞，一直用到现在。

韩孺子气得笑了，崔腾是极少数死心塌地忠于他的人之一，可毛病太多，韩孺子甚至不敢给予他正经的官职。

张有才和泥鳅都不喜欢崔腾，冲他的背影挤眉弄眼，捧着碗筷走了。

两名侍卫悄没声地进帐，站在门口，显然是刘介派来的。

崔腾一点也不觉得自己受人讨厌，拉来一张凳子，坐在皇帝对面："我把他们全灌醉了……"

"从现在起，你不准再喝酒，直到得到朕的允许。"韩孺子将话说得清清楚楚。

崔腾仰头想了一会儿，发现没有漏洞，笑道："那就不喝了，你是皇帝，还是我妹夫，你说了算。"

"你有何事？"韩孺子看出崔腾是有备而来，心里跃跃欲试，脸上全表现出来了。

崔腾笑得更欢畅了："陛下真是聪明，怪不得妹妹出嫁前那么……"崔腾抬手捂住嘴巴。

"说下去。"韩孺子命令道。

崔腾慢慢挪开手掌："不怪妹妹，那时候大家都以为陛下是……是太后选出来的一个傻子，连话都不会说，就会咬人、打人。"

韩孺子笑着摇头："所以你妹妹那时候不愿意嫁到宫里？"

"当然！妹妹跟母亲哭、跟老君哭，可是都没用，父亲只想让家里出一位皇后，别的事情一概不管。"

崔宏早就见过皇帝，不至于将他当成傻子，大概是不屑于向家中的女眷解释。

想起新婚之夜崔小君的模样，韩孺子能理解她当时的惊恐不安。

"怎么说起妹妹了？"崔腾挠挠头，"反正妹妹后来是真的开心，我拿从前的事情笑话她，她还生气……算了，不说这个，我给陛下带来几样好东西。"

崔腾做出神神秘秘的表情。

韩孺子还在想小君，半晌方道："你带来什么？"

崔腾酝酿的情绪没得到回应，一下子意兴阑珊："陛下还真是……我带来几样好东西，但陛下得让我带进来，外面的太监给拦住了。"

"不准胡闹。"

"这怎么是胡闹？陛下是皇帝啊，最好的东西如果不送给皇帝，那才叫胡闹。"崔腾站起身，大步走到门口，掀帘喊道，"可以进来了。"

刘介可不会听从他的命令，进帐看向皇帝，得到许可之后才退出帐篷，放行崔腾带来的"好东西"。

四名女子走进来，怀里各自抱着不同的乐器，盈盈跪拜，个个都是貌若天仙的美女，尚未开口，已有欲语还羞的娇态，目光低垂，却有顾盼生姿的艳丽。

崔腾几步跑回皇帝面前："国色天香，人间绝无仅有，整个洛阳，不，整个天下，也找不出第五个来，陛下真是幸运，她们来自不同地方，凑巧在洛阳相聚……"

韩孺子大怒，在桌上重重一拍："崔腾，谁给你的胆子？"

崔腾"扑通"跪下，双眼正好露在桌面以上，露出愕然至极的神情，喃喃道："陛下，没人……没人给我胆子啊。"

"皇后是你亲妹妹，朕此行是为了安定天下，你不出力相助也就算了，竟然进献女色惑乱君心，可对得起皇后，对得起朕对你的信任？"

崔腾张口结舌，身后突然"砰"的一声，原来是捧琵琶的女子被吓得手足无措，乐器掉在了地上。

崔腾用极低的声音说："妹妹不在这儿，谁也不会乱说。皇帝嘛，不享受怎么叫皇帝？普通人还有三妻四妾呢，再说人和人不一样，女人更是各有千秋……"

韩孺子想起来了，崔腾从前是浪荡子柴韵的好朋友，必然臭味相投，崔腾只是一直没表现出来。

韩孺子露出微笑："河南尹让你送来的？"

看到皇帝在笑，崔腾又得意起来，仍然跪在那儿，露出一双眼睛："韩稠哪有这个眼力？他找了一堆庸脂俗粉，连我都看不上眼，怎么能够送给陛下？于是我让他找来更多美人，由我精挑细选。对这四美的大名，我早有耳闻，没想到竟然都在洛阳，要不是我，韩稠就将她们藏起来啦……咦，你们干吗？陛下……陛下……听我说啊……"

两名侍卫架着崔腾，不客气地将他拖出帐篷。

四名女子趴在地上瑟瑟发抖，再也没有欲语还羞的娇态和顾盼生姿的艳丽。

刘介和几名太监进来，命令四女出去，四女膝行后退，连掉在地上的乐器都不要了。

"等等。"韩孺子叫住四人，"刚才是谁在外面弹曲？"

有一名女子似乎做出回答，声音太小，韩孺子听不清，刘介俯身，听了一会儿，起身道："是此女的师父，在外面调试琴弦的时候拨了几下，不想惊扰圣听。"

韩孺子没觉得惊扰，只是很遗憾如此清幽脱俗的曲子，居然出自风尘女子之手，正要挥手，却不死心，一时间犹豫不决。

张有才弯腰，小声问了几句，抬头笑道："陛下，此人的师父是一名琴师，名叫张煮鹤，今年四十有七。"

还是张有才了解皇帝的心思。

韩孺子点点头，挥手让太监带四女退下。

河南尹韩稠急于讨好皇帝，这或许是一个鼓动洛阳富商参与开仓放粮的契机，韩孺子打算明天再次召见洛阳群官。

曲声又传来了，这回是奉旨而弹，越发悠扬动听，却少了几分灵气，韩孺子对音律了解不多，听了一会儿，只觉索然无味，不由得暗自感叹：有些东西只能偶然得之，越是上下求索，离得反而越远。

皇帝准备休息，曲声停止。

张有才等人全都退出，韩孺子躺在床上，默默运行孟娥教给他的内功，慢慢进入半睡半醒的状态。

不知从什么时候起，曲声再度传来，好像是两个人、两张琴，音调截然不同，正用特殊的方式彼此应答。

韩孺子受到了感染，只觉得好像有两个人扶着自己的手臂，送他直上云霄，在虚无缥缈的云层中自由飞翔……

一觉醒来，韩孺子感到前所未有的精力充沛，连日来的疲惫一扫而空，神采奕奕，连进来服侍皇帝的张有才和泥鳅都看出来了，惊讶不已。

韩孺子收拾妥当，问道："那个叫张煮鹤的琴师还在吗？"

"昨晚送走了，陛下若是喜欢，可以随时再召回来。"张有才回道。

"不急，得先打听一下此人的底细，让谁去……"

"我去！"泥鳅立刻站出来，从渔村少年变为皇帝亲随，他憋闷坏了，正想出去走走。

"你在洛阳人生地不熟，怎么打听？"

"有钱就行，去各处听曲，向别的琴师打听，如果大家都听说过张煮鹤，那就成了，没听说过，说明此人必有问题，再让刑部的人去查。"

韩孺子惊讶地看着泥鳅："去吧，看你能打听出来什么。"

"把衣服换了，我的包袱里有银子……"张有才叮嘱道，泥鳅大步往外走，头也不回地摆手，表示这些他都知道。

起床之后的第一件工作还是会见随行大臣，京城送来许多奏章，都已得到批复，送来的是副本，好让皇帝得知朝廷运转正常。

户部侍郎刘择芹上奏，他已向河南郡官府做过详细询问，果不出他所料，官仓存粮远远满足不了洛阳附近的流民，兵部也给出详细数字，除非北边无事，不再增加守军，否则的话敖仓没有多少余粮能放给流民。

朝会之后，韩孺子本想立刻召见河南尹，柴悦过来提醒他，上午还要见一个人。

洛阳丑王王坚火一早就来了，已在营外等候多时，先是接受全身检查，然后由礼部官员简单介绍礼仪，要求他演练无误之后，才能去见皇帝。

王坚火一律照做，对周围人的悄声议论全不在意，进帐之后，他却没有下跪，而是抱拳拱手，说："陛下心中有三件难事，草民自荐，或可助陛下解忧。"

最让韩孺子惊讶的还是王坚火的丑容。

韩孺子早有准备，还是被王坚火的丑吓了一跳。

丑王个子很高，肩膀宽厚，两条长长的手臂，几乎没有脖子，直接顶着一颗硕大的头颅，那张脸尤其令人惊骇，半边正常，说不上丑，也说不上英俊，反正不会有人注意，另半边脸长着一大块赘疣，下坠到肩膀上，半张脸因此倾斜，好像正在融化。

韩孺子见过不少长相凶恶的人，而面前的王坚火，干脆丑到不像人，像是从粗制滥造的画册中跳出来的鬼怪。

王坚火对这种目光习以为常，拱手又说了一遍："陛下心中有三件难事，可有解决之道？"

中司监刘介和跟进来的礼部官员不停咳嗽，示意丑王跪下，王坚火却站得更加笔直。

韩孺子回过神来，没有强迫王坚火下跪，说："那就请足下再猜猜朕心中有哪三件难事？"

"第一件，陛下贵为天子，美中不足的是宝玺下落不明，若落入奸人手中，怕是会惹来不小的麻烦。"

"嗯。"韩孺子不觉得奇怪，宝玺失踪一事早已传遍，就算是寻常百姓也能猜出这是一件"难事"。

"第二件，流民遍布天下，今春将逝，若不能及时劝民返耕，今秋收成不足，流民又将成倍增加，终成大患。"

这第二件"难事"也不难猜，韩孺子点下头。

"第三件，数十万匈奴人在北边虎视眈眈，随时都可能大举入侵。"

韩孺子重夺帝位之后很快就将辟远侯张印派往碎铁城，王坚火由此猜到皇帝忧心北疆，也在情理之中。

韩孺子心中的"难事"不止这三件，不过王坚火的确猜到了最大的三件。

丑王是来为谭家求情的，说来说去却没有提起谭家半个字，韩孺子也不提，顺着对方的话说道："这三件难事，足下已有解决之道？"

王坚火也不客气，点点头，展开双臂，像是一只做出威胁姿态的巨猿，帐篷里的侍卫们都将手伸向了刀柄。

"倒也不难。"王坚火慢慢垂下双臂，他只是用来加重语气，表示一下骄傲。

韩孺子没吱声，见惯了望气者的各种故弄玄虚和儒生的恃才傲物，王坚火的这点本事打动不了他。

"第一件，如果传言没错，宝玺落入江湖人手中，而且就在洛阳城内。狮虎虽猛，却捕不得空中飞鸟。鹰隼虽利，却抓不住地底之鼠。陛下坐拥天下，仍有力所不及之处，草民不才，算得上'地鼠'中的佼佼者，只需陛下一句话，三日之内，我能将宝玺亲手捧送到陛下面前。"

话中的狂傲远多于谦逊，帐中诸人这时已不再关注他的丑，而是觉得此人胆子太大，连命都不要了。

韩孺子仍没有生气，他知道，"龙颜一怒"正中这些豪侠的下怀，于是端起茶杯，抿了一小口，表现得对宝玺毫不在意："接着说。"

"第二件，流民遍布天下，只靠官仓中的粮食，远远不足以赈济，草民的朋友比较多，愿意号召众友开私仓放粮，以补官府之缺。"

韩孺子在心里"嘿"了一声，如果连开放私仓这种事都要江湖豪侠帮忙，那他这个皇帝与从前的傀儡也就没两样了。

"继续。"韩孺子依然隐忍不发。

"第三件，匈奴人虎视北边，解决起来更简单，陛下只需出十万大军，草民推荐十位将军，保证百战百胜，趁着匈奴人尚且犹豫不决，先将其击退千里，令其三五年内不敢窥边。"

大楚的将军，却要一位草民推荐，这不只狂妄，还在公开嘲讽朝廷不知人、不会用人。

柴悦作为居中介绍者，也跟了进来，一直站在门口，垂头不语，偶尔看一眼王坚火，显得非常惊讶。

"嘿。"韩孺子忍不住冷笑出声。

王坚火再次拱手："陛下若是不信，可愿与草民打一个赌？"

"怎么赌？赌什么？"

"就赌三日之内谁能找回宝玺，陛下若是先找到，或者谁都没找到，都算草民输，草民愿赌上贱命一条、院落三座、家人三十一口，或杀或流，任凭陛下发配。"

"如果你赢了呢？"

王坚火突然跪下，恭恭敬敬地磕头："草民若是侥幸赢了，只有一愿，望陛下给谭家一条活路。"

终于说到这儿了，韩孺子冷冷地说："谭家已获宽赦，可他们是东海王的戚属，自然要随东海王就国，大楚不杀无罪之民，谭家若能安分守己，没人能杀他们。"

这既是实话，也是谎言，谭家的人脉越广泛，韩孺子越要将其斩草除根，就连王坚火也已被列为必除之人，缺的只是一个罪名而已。

韩孺子相信，这些豪侠不会忍耐太久，很快就会再次触犯律法。

王坚火又磕了一个头，起身道："既然如此，请恕草民鲁莽，草民告退，随时候诏。"

刘介与礼部官员送丑王出去的时候都很恼怒，不停地斥责、数落，进帐之前明明很听话的一个人，怎么到了皇帝面前就变了一副模样呢？早知如此，无论如何也不能让他面圣。

柴悦更是羞惭不已，丑王是他介绍给皇帝的，必须为此负责，王坚火一走，柴悦就前行几步，跪在地上道歉："臣伏乞陛下恕罪，王坚火……"

"他平时不是这种人。"韩孺子替柴悦说下去，然后示意他起身。

柴悦站起，神情更加惊讶："陛下打听过丑王的为人？"

韩孺子摇摇头，除了柴悦，他身边的人都不太了解这位洛阳丑王："朕只是猜测，王坚火容貌特异，富不过谭家，贵不过俊阳侯，能得众心，必不以狂傲为资。他在这里的所作所为，无非是在使激将法。"

柴悦呆了一会儿："陛下圣明，非臣所及，丑王的激将法终是无用。"

韩孺子笑了一下，连柴悦也会奉承了，倒也不奇怪，为了出人头地，柴悦在权贵圈里游走多年，对这种事情驾轻就熟，韩孺子只是遗憾，照这样下去，大概只有杨奉还敢在他面前无所顾忌地说真话了。

"无用？你没听到他与朕打赌吗？"

柴悦又是一呆："可陛下……没有接受。"

"君与民当然不能直接打赌。"韩孺子接见王坚火就已给他很大的面子，若是当场接受打赌，洛阳丑王的名声就更大了。

"三天之内，必须找回宝玺。"韩孺子挥手让柴悦退下。

柴悦茫然离去，在此之前，他忠于皇帝是因为只有皇帝赏识他，这更像是一种赌博，他赌赢了，前途无量，若是论到才华，柴悦内心里还是有一点骄傲的，可皇帝与丑王的这次"打赌"，却让他完全摸不着头脑，随之生出一股真正的敬佩。

韩孺子接连召见数人，尤其是刑吏张镜，布置寻找宝玺之事："宝玺肯定在洛阳城内，不用再调查有无了。给你两天时间，后天午时之前将宝玺送到朕的面前，加官晋爵，你张镜就是大楚第一刑吏，若是找不回来，阁下枉称'广华群虎'之一，回乡种田去吧。"

江湖讲道义，朝廷有官爵，张镜磕头不止，退出帐篷时既兴奋又紧张，"大楚第一刑吏"意味着太多，比他当初参与争位带来的好处可能还要更多。

离午时还有一会儿，韩孺子召见早已等候多时的河南郡官员，说起让洛阳富户开放私仓，韩稠等人立刻应承，都说不是问题，好像早就商量好了，一句多余的废话也没有。

如此一来，韩孺子反而不安，地方官员的承诺太不可信，可是总不能因为他们答应得太快而发怒，只好让他们定下期限，并保证所有流民都能得到救济。

午饭之后，韩孺子叫来户部侍郎刘择芹，想听听他的意见，结果得到的是含糊其词，刘侍郎唯一的意见就是观察，以为在皇帝的亲自监督之下，河南郡不敢敷衍，很可能圆满完成任务，但是……

韩孺子将刘择芹打发走，他已经是皇帝了，却无法保证自己的旨意能够得到充分执行。

他又召见瞿子晰和十名顾问，书生虽然有些固执，毕竟敢说几句真话。

"洛阳之官，骄奢已成习惯，和帝允许河南尹之位世袭，本是为了安抚谦让王位的河南王，也是想用宗室稳定关东，结果酿成今日之患。陛下若想清除洛阳弊政，需用重典。"

瞿子晰倒是坦诚，不为官员说话，看得也清楚，可是提出的建议太激烈，在韩孺子最急于解决的诸多问题当中，洛阳排不到前列，韩孺子只想尽快找回宝玺，并安置好流民，一旦要在洛阳用"重典"，他在这里耽误的就不是三天、五天，而是三五个月了。

难道只能暂时忍耐？韩孺子不甘心。

出去打探琴师消息的泥鳅回来了，一直等到傍晚服侍皇帝用膳时，他才得到机会报告情况。

"张煮鹤还真是洛阳有名的琴师，祖居此地，也曾行走江湖四处卖艺，三年前返乡，就没再离开过，如今在河阳侯府里任职，教出不少有名的弟子，据说他的琴声能治病。"

"有这么厉害？"张有才不信。

"大家都这么说，我问过不同店里的四位琴师，一提起张煮鹤，全都赞不绝口，只是可惜，他现在极少出侯府给人拨琴了。"

经过一整天的忙碌，韩孺子对琴声的兴趣已经淡了许多，"嗯"了一声没再追问。

泥鳅好不容易出趟门，很兴奋，问道："听说陛下要跟洛阳丑王打赌，是真的吗？"

韩孺子眉毛一扬，果不出他所料，王坚火也认为他们之间有一场"赌局"："我没接受。坊间怎么说？"

"没接受啊。"泥鳅大失所望，"我还在陛下身上押了十两银子呢，明天得要回来。"

"押我十两银子？"

"对啊，都说陛下和丑王打赌，大家则赌谁胜谁负，说句实话，洛阳城里看好丑王的人更多，我押陛下大胜，他们都笑话我。"

韩孺子"嘿"了一声，明知这仍是丑王的激将法，还是感到愤怒："就算宝玺此刻就在丑王手里，三天之内我也要用自己的办法夺回来。"

第三十章

匈奴蠢动

皇宫侍卫是个简称，他们与宫中的大量仪卫同属于宿卫八营之一的剑戟营，却不受宿卫中郎将的指挥，所谓的宿卫军其实只有七营。

侍卫王赫的正式官职是剑戟营左门校尉，正六品，级别不是很高，手下侍卫满员的时候能达到二百人，直接受命于宫中的权宦，通常是中司监，或者御马监、中常侍。

与其他侍卫一样，王赫家世清白，历经重重考验才得到保护皇帝的资格，并成为五大侍卫头目之一。

杨奉信任这个人，曾经很认真地向皇帝推荐，韩孺子也对他怀有很大的期望，于是在二更过后，让张有才将王赫叫来，绕过了中司监刘介。

"宝玺十有八九已经落入王坚火手中，你去将它拿回来，需要多少人就带多少人，朕给你的期限是后天子夜之前。"韩孺子不能将希望全放在刑吏身上。

"是。"王赫是个沉默寡言的人，跪在地上领命。

"要保密。"

"是。"

"宝玺之前是在一名女侍卫手中，你或许认得，她叫孟娥，如果可能的话，找到她的下落。"韩孺子还是没想明白孟娥当初为何会携印潜逃，"要活口。"他补充道。

"是。"王赫退出帐篷，一句话也没多问，也没提自己要带多少人。

张有才服侍皇帝更衣："这个丑王胆子也太大了吧，拿到宝玺拒不交还，还敢与陛下打赌，就算他赢了，陛下照样能杀他，对不对？"

"有些人要名不要命，我必须赢过他。"韩孺子重夺帝位不久，正是对皇权最敏感的时候，他不急于杀人立威，只想尽快弄清皇帝"能做"的事情都有哪些。

一夜无话，韩孺子睡得不是特别好，早早起床，看了一会儿京城送来的奏章副本，杨奉批复得井井有条，基本都符合皇帝的心意。

之前那位不幸的傀儡皇帝与崔太妃、冠军侯一道下葬了，身份是逍遥侯。

开始有官员上奏，提议立皇帝生母为第二位太后，批复没有同意，韩孺子知道这也是母亲本人的意思，他也不急，等他巡行天下之后，满朝文武会争着请立太后，到时会更加实至名归。

有一份副本杨奉特意用红笔标注"御览"，奏章来自礼部，事情不大，匈奴使者滞留已久，几次要求离京返回草原，礼部觉得可以同意，杨奉的批复是大部分放回，留下四人送到皇帝营中。

匈奴人又要开战了。

大单于看上去是真心实意要与大楚结盟，可匈奴人多少年来早已习惯欺软怕硬，大楚一旦显露出半点衰弱，匈奴骑兵就忍不住想要南下抢掠，丑王说得倒是没错，必须击败匈奴，保得三五年的边境太平，才能继续和谈。

韩孺子打算将这当成今早朝会的一项议题，下午再与柴悦等人具体商议。

时间紧迫，要做的事情又如此之多，韩孺子一个人就算不吃不睡也忙不过来，会见随行官员的时候，他让户部侍郎刘择芹主持每日的早朝，这不是一项任命，也没有官衔，却意味着远大的前程，刘择芹谢恩时，努力压制心中的兴奋。

韩孺子希望这能让刘侍郎监督开仓放粮时更积极一些。

可是随行官员的级别都比较低，不敢对大事发表意见，关于匈奴人的威胁，提不出任何有用的建议。

朝会结束，刑吏张镜来报告情况，他已经挖到不少线索，信誓旦旦地保证明日午时之前必能找回宝玺。

京城送来的奏章副本太多，韩孺子继续浏览，东海王被太监刘介送进来，慢慢走近，等皇帝腾出空跟他说话。

"怎么样？"韩孺子头也不抬地问，这些奏章太琐碎了，苑林监想挖一座池塘，礼部认为用处不大，户部声称费用估算有问题，工部表示只挖池塘太浪费，不如趁机疏通一下河道……

各方你来我往，积累的奏章有三十几道，韩孺子看得头都大了。

"向丑王求助是谭雕的主意，他写了一封信，不对，他送了一封信，信里只字不写，托人交给丑王，大概是一切尽在不言中的意思吧。"

韩孺子忍不住抬头笑了。

"怎么了？"东海王莫名其妙地问。

"没什么，这是我听说的第二封无字之信了，看来江湖人喜欢这一套。"韩孺子上一次是从杨奉那里听说类似的事情，杨父临终前曾向一位大侠写无字之信，托付妻子。

"嗯，不管怎样，谭家向丑王低头了，而且也不隐瞒，天下皆知。照此看来，丑王还真不能害死谭家。"东海王盯着皇帝，"整个洛阳城沸沸扬扬，都说陛下与丑王打赌，看谁能够先找到宝玺，不是真的吧？"

"丑王倒是提议打赌，我没有接受。"

东海王仍然盯着皇帝："可赌局还是存在？"

只有东海王能够理解皇帝的心思，韩孺子等了一会儿，说："换作是你，会拒绝吗？"

"已经不可能'换作是我'啦。"东海王谨慎地回避，可心里的确有些想法，"不过我能提一点建议，陛下一开始就不应该召见丑王，他虽然与宗室沾亲，毕竟只是一介草民，一次召见能将他捧上天，只要他开了口，陛下接受不是，拒绝也不是，左右为难。柴悦可给陛下出了一道难题。"

"左右为难也比一明一暗强。"韩孺子却不后悔召见丑王，更不会迁怒于柴悦，"那个圣军师一直躲在暗处，我倒希望他能站出来跟我打赌。"

"陛下精力充沛，遇敌杀敌，无人可及。"东海王的吹捧里总是有一点酸意，"陛下赢了之后怎么办？对丑王一家是杀，还是流放？"

东海王打听的其实是谭家，丑王的命运即是谭家的下场。

韩孺子对此一清二楚，笑道："江湖豪侠以名为生，不去其名只杀其人，解决不了多少问题，武帝杀了那么多豪侠，结果却是人人以侠为尚，前仆后继，这才几年工夫，豪侠又已遍布天下。"

"这倒也是，想当初，谭家还只是牧马、经商的大户，丑王除了丑得吓人，也没有多少侠名，结果武帝发威铲除了旧豪侠，他们却冒了出来。"

"谭家最初的侠名不就是来自照顾被诛豪侠的眷属吗？丑王大概也是一样。"

东海王点点头："可惜这些人太迷恋侠名，又或者是太蠢，不肯听我的劝，非要求助于另一方豪侠，唉，谭家人真是……不过王妃很看得开，她说愿赌服输，谭家和我输了就是输了，从此就该谨守臣民的本分……"

东海王想救的不是谭家，只是王妃一个人。

韩孺子不接话，突然道："你喜欢东海国吗？"

东海王神情一变："陛下……"

"别害怕，我在想要不要将你迁到边疆去，匈奴人又在蠢蠢欲动，如今守边的是燕、赵、代三国，两王老迈，一王年幼，都不足恃，或许你行。"

东海王目瞪口呆，脑子飞转，寻思这件事对自己的影响："能得到陛下的信任，这是天大的荣幸，我当然没有意见，去哪儿都行，就怕我能力不足，有辱圣意。"

韩孺子只是随口一说，他还没有做出决定，边疆重镇，交给东海王他也不放心，叹了口气："北方匈奴，南方群盗，再加上流民遍地，每一件都不难解决，撞在一起却是大麻烦。"

"南方群盗？陛下要铲除云梦泽？"

"云梦泽已经成为豪侠的避难之所，朝廷看得松，豪侠侵占闾巷；朝廷抓得紧，豪侠入泽为盗，非得断其后路，才能抑制豪侠。"

东海王"嘿嘿"笑了两声："陛下真有雄心壮志，我可听说，当初武帝好几次发兵清剿云梦泽，都因为地势险恶而没有成功。"

韩孺子长叹一声："手中无将，东海王，我没想到当了真正的皇帝之后，满朝文武还是没有多少可用之人，是我看人不准，还是我不会用人？"

东海王只剩下干笑，皇帝的话题太敏感，他不敢回答。

韩孺子也不指望得到回答："首先得用人，然后才能挑人，解决这三大麻烦之后，总会有一些人才显露出来。"

"妙计。"东海王赞道，心里却在琢磨，皇帝对自己透露这些话到底有何用意。

午时过后不久，韩孺子召集崔宏、柴悦、房大业等十余名武将，共议抵抗匈奴之事。

崔宏知道自己还没有完全得到信任，因此很少开口，房大业的脾气更是少说多做，甚至做时再说，只有柴悦侃侃而谈："去年的碎铁城之战，匈奴人输得并不服气，的确需要再打一仗。可南、北军征战已久，不宜再动。陛下早就下令各地收编流民入伍，不如再多收一些，送往边疆与匈奴一战。"

"都是平民，能这么快作战吗？"韩孺子很清楚，数量再多的乌合之众，也不如少数的精锐之师。

"若是深入草原追击匈奴，这些人不行，若是守城待战，只需以老兵带新兵，还是可以一战的。"柴悦早有计划，对边疆各城原有多少驻兵、能吸纳多少新兵，计算得清清楚楚。

其他人只能边听边点头。

中司监刘介突然闯了进来，韩孺子早就吩咐过，非要事不得打扰，抬头看向刘介，希望他带来的不是京城苑林挖池塘这类琐事。

刘介快步走到桌前，将一封加急文书送给皇帝，神情严肃，显然是真有要紧事。

韩孺子打开文书看了一眼，腾地站起来，看着迷惑的众将："英王在东海国称帝，上官盛自称大将军，正向齐国进军。"

众人无不大吃一惊，上官盛明明已经死了，他们都看到了头颅，怎么会在东海国又突然出现一个？

东海国来的消息震动了整个洛阳城。

随着越来越多消息的到来，真相终于稍稍清晰了一些，英王很早之前就被送走，当时的传言说他与圣军师一块儿消失，大家都以为他被藏在洛阳的某处，就算去了东海国，没有上官盛的辅助，他一个小孩子也掀不起多大的风浪，因此追查得不是很紧。

可上官盛居然还活着！

崔宏大怒，当初负责追捕叛军的人是他，立刻叫来那两名射杀与割头的将领。两人完全糊涂了，跪在地上指天发誓，声称自己当时的确杀死了上官盛，他们还抓回来上官盛的数名卫兵，可以做证。

崔宏亲自审问，包括当时亲见上官盛被杀的士兵与俘虏，每个人都是单独受讯，整整两个时辰之后，他来向皇帝报告情况。

"东海国的上官盛肯定是假冒的，英王或许是真的。"崔宏非常有把握。

"先不管上官盛和英王的真假，东海国的叛军是哪儿来的？"韩孺子最关注的是这件事。

消息称东海国叛军正要进攻临近的齐国，必定纠集了一支军队，可宿卫叛军和黑头军都已经在敖仓城外被击溃，不是死伤就是被俘，逃走者寥寥无几，在这几天时间里，他们马不停蹄才能赶到东海国，想重新组建军队，根本不可能。

东海国必有一支已然成形的军队等在那里。

"齐国的军队早已被打败，俘虏都被发配到边疆，周边各国以及郡县驻军极少，加在一起也不过数千人，怎么会……怎么会……"崔宏更是百思不得其解，当初是他带兵平定齐乱，为了防止再有后患，特意奉太后的命令，调走了关东地区的大部分兵力。

"陛下，事不宜迟，请允许我即刻带兵去往东海国和齐国察看情况，兵马无须太多，五千足矣。"崔宏仍不相信东部会有大量叛军。

自从知道东海国叛乱的消息之后，韩孺子就一直忙碌，但他没有召集群臣议事，他很清楚，在目前这种情况下，官员们只会想办法推脱责任，争来争去，最后还得他一个人做决定。

"朕已经派柴悦率兵出发了。"

崔宏俯伏在地，在这位少年皇帝面前，他从来没有感到过轻松，唯有想到很可能已经怀孕的女儿，他才会稍稍踏实一些。

"陛下已经派兵了？"

"嗯，但是还不够，待会儿有劳大将军会议群臣，多派兵马前去支援柴将军，东海国此叛必然早有准备，万不可轻敌。"

"遵旨。容臣问一句，陛下还要亲征东海国吗？"

"当然，朕的建议是兵分三路，柴悦为中军，直扑叛军，视情况选择战与不战；房将军为右军，前往齐南，他曾在齐国任职，熟悉那里的情况；大将军与朕共率左军，由北方进发。"

崔宏大吃一惊，之前离开京城追击宿卫叛军时，皇帝只发兵一万，所有人都觉得少，如今东海国只是兴起一股来历不明的叛军，皇帝却如临大敌，竟然要兵分三路前去攻打。

崔宏带兵多年，虽说并非百战百胜的名将，多少还是有些本事的，提醒道："陛下是不是应该先召集群臣商议一下？"

"大臣都在京城，随行官员通报消息而已，没什么可商议的。请大将军这就去安排吧，各路将士多多益善。"

崔宏不能直接反驳皇帝的旨意，磕头退下。

天已经黑了，刑吏张镜前来求见，他已经听说东海国叛乱的消息，因此来见皇帝时加倍地小心谨慎："微臣已将范围缩小到四坊二十六巷，今晚子夜开始逐屋逐户检搜，明日午时之前，必能找回宝玺。"

"嗯。"韩孺子冷淡地回应一声，挥手命张镜退下，没有告诉他还有侍卫也在暗中寻找宝玺。

他一个人在帐中坐了一会儿，没有大臣和将军，也没有太监与侍卫，天下大势越是危急，他越是喜欢这种孤独的状态。

"朕，乃孤家寡人……"他在昏暗的灯光中喃喃自语，努力回忆那段模糊不清的场景：老年的武帝独自坐在宝座之上，一遍又一遍重复同一句话，脸上的神情却是变幻不定，一会儿是难以言喻的寂寞，一会儿是高高在上的骄傲，一会儿又是勘破世情的坦然……

中司监刘介进帐，轻声道："陛下，人到了。"

韩孺子点点头，表示可以带此人进来，无论怎样，皇帝不是真正的孤家寡人，就算整个朝廷都不愿意为他做事，皇帝仍是这世上能够获得最多帮助的人，起码是之一。

敖仓小吏乔万夫进帐，发现帐篷里只有皇帝一人，连名服侍的太监都没有，不由得大惊，在门口跪下，本来就有点紧张，现在更是全身发抖。

"进前说话。"韩孺子微笑道，乔万夫是名小吏，不属于朝廷大臣的一部分，正常情况下，一辈子也没机会面圣，令他害怕与紧张的是"皇帝"，而不是少年本人。

乔万夫起身前趋几步，立刻又跪下，离皇帝保持七八步的距离，不敢再近了。

韩孺子盯着乔万夫，心想王坚火那样的人能成为天下闻名的豪侠，或许其貌不扬的小吏当中也有能人。

"你说过，无论上官盛是生是死，大楚东界仍有一乱。"

"是，微臣说过。"乔万夫的声音稍有些发颤，有时候预言太准也是个罪过，"可微臣没想到会发生得这么早。"

"再跟我说说你为什么认为会有此乱。"

"如微臣之前所说，齐国物产丰富……"

"不不，简单一点，别超过三句话。"韩孺子领教过此人的啰唆，不想听他从头说起。

"呃……"乔万夫发了一会儿呆，反复斟酌，终于道，"从齐鲁来的舟船货物多到船舷压水，返回的时候却大都空空荡荡，微臣因此说必有一乱。"

"嗯，可以再多说几句。"

"微臣在敖仓任职多年，亲眼所见，再加上查阅之前的历年记载，发现由东往西运送的粮食与奇珍异宝极多，返航时却没有多少可运之物，因此得出结论：京城需要东部诸国，东部诸国却不那么需要京城，诸国之中又以齐国为最。"

"可大楚定鼎一百二十多年，齐国只叛乱过一次。"

"陛下如果回忆一下《国史》，会发现诸侯之中属齐王更换最为频繁，极少能延续两代以上，新帝登基，只要来得及，都会换上亲近的弟弟或者皇子当齐王，最不济，也要在齐国附近安插一位诸侯。"

"比如东海王。"韩孺子恍然，父亲桓帝也是这么做的，封幼子为东海王，其实是想借助崔家的势力抗衡齐王，却没来得及让东海王就国，"从来没人告诉朕应该这么做。"

"微臣不敢妄猜，只是觉得如果再等一阵，等陛下有了皇子，应该封王的时候，总会有大臣提议封在东部。"

韩孺子大致明白了，东部诸国相对独立，一旦与朝廷关系冷淡，就有可能反叛："这次叛乱发生在东海国，而且有一支军队，你能猜出这支军队的来历吗？"

乔万夫回道："叛军的来源可能有多个，微臣只能猜到一个。自从去年朝廷……停顿以来，从东边来的船只就很少了，十几万船工多半年无事可做，只怕很容易受到蛊惑。"

韩孺子吃了一惊："这件事朕也有责任，是朕下令，要求各地开仓放粮赈济流民，京城受灾不重，暂时无须运来更多粮食。"

乔万夫磕头："微臣口不择言，罪该万死。"

"你没有错，朕要听的就是真话。"韩孺子切切实实地感受到，治理天下如此之难，明明是出于好意做的事情，却可能带来一连串的恶果。

"最重要的原因还是有人意欲作乱，利用陛下的善政，挑起叛乱。"

"平身。"韩孺子说道，对乔万夫的印象变得大好。

乔万夫磕头谢恩，起身之后也不那么紧张了，甚至主动道："齐国、东海国虽有叛乱之便利，却无叛乱之实力，陛下无须过于忧心。"

"嗯，你再说说。"

"齐国富饶，其民易自满，依臣所见，齐国人大都不愿西迁，乘船西上，个个面带戚容，顺流东下，人人喜不自胜，微臣是以知道齐国虽有叛乱之心，却无雄心壮志，将士恋乡，不足为惧。"

韩孺子大笑："听君一席话，胜读十年书。"

乔万夫又跪下了，连称"惶恐"。

韩孺子叫人送走乔万夫，随后去附近的帐篷里参加群臣议事，乔万夫的分析都是"远水"，想救"近火"，还得依靠军队，可是听他一席话之后，韩孺子的确更加自信，这就够了。

大将军崔宏难得一次雷厉风行，就这么一会儿工夫，已经制订了一个粗略计划，武将领兵，文官安排粮草供应，最迟明天一早就能派出一支军队前去支援柴悦，午时左右南路的房大业也能出发，只有北路大军需要皇帝做决定。

"两日之后，一早出发。"韩孺子说，后天中午是他与丑王的"赌局"见分晓之时，再解决一些事情，他就能离开洛阳了。

他得向众臣解释一下为什么非要兵分三路："朕不相信世上有那么多凑巧的事情，刚刚传来消息说北方匈奴有南下之意，东海国就发生了叛乱，两者之间或有关联。中路之军诱敌，南路之军主攻，北路之军防备的是匈奴。"

有一个理由皇帝没有说，他越来越相信杨奉的猜测：朝廷或许真有一个强大的敌人，一直躲在阴影里，偶露峥嵘，都被忽略，这一次，它似乎露出了一整颗头颅。